冰火棱镜

画家杨玉琪的多味人生

杨玉琪 著

安徽师范大学出版社
·芜湖·

责任编辑：汪鹏生
装帧设计：董丹阳

图书在版编目(CIP)数据

冰火棱镜：画家杨玉琪的多味人生 / 杨玉琪著. —芜湖：安徽师范大学出版社，2016.7

ISBN 978-7-5676-2546-4

Ⅰ.①冰… Ⅱ.①杨… Ⅲ.①散文集－中国－当代Ⅳ.①I267

中国版本图书馆CIP数据核字(2016)第147856号

本书所有照片及书画均为杨玉琪先生所作。

冰火棱镜

杨玉琪　著

出版发行：安徽师范大学出版社
　　　　芜湖市九华南路189号安徽师范大学花津校区　邮政编码：241002
网　　址：http://www.ahnupress.com/
发 行 部：0553-3883578　5910327　5910310(传真)　E-mail:asdcbsfxb@126.com
印　　刷：浙江新华数码印务有限公司
版　　次：2016年7月第1版
印　　次：2016年7月第1次印刷
规　　格：700 mm×1000 mm　1/16
印　　张：27
插　　页：8
字　　数：400千
书　　号：ISBN 978-7-5676-2546-4
定　　价：89.00元

冰火棱镜

自传体的散文是严肃而真实的，它如清透弧形的水滴，又如多棱的透镜，总会进行聚焦浓缩或折射解析。它是人生的沉淀、挫折的反思、理性的升华。也像无标题音乐的演奏，没有标识、没有题解，更没有注释，全凭听众调动自身的学养去体会、解读和领悟。最终得到什么，各自随缘。

——杨玉琪

苍松迎瑞雪

春花秋实图

秋风起兮

夜读

清风徐来

月朦胧，鸟朦胧

美国世界名人传记中心 ABI
终身成就金像奖

“2000新千年荣誉奖章”
（美国传记中心颁发）

“剑桥国际传记中心”
金质勋章（杨玉琪教授）

“世界学者名人录
——杨玉琪教授”

“世界名人堂”

作者与夫人在马耳他大岛

作者全家在加勒比海23万吨邮轮八楼街心花园

残雪

微雨

陋室铭 2

陋室铭 1

行书 疏影横斜

行书 黄鹤楼

影片题名——永贻芬芳

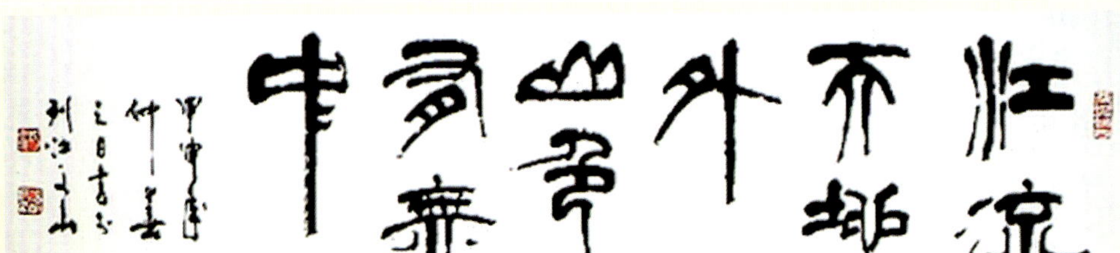

篆书 山色有无中

目　　录

上　篇·境

故乡·异乡

妻子·儿子

懵懂少年

艺术与人生的多味

父亲·母亲

附 录(一) 另类艺术论——跨越大师雷池

附录(二) 我的“心灵鸡汤”

附录(三) 电影文学剧本《晨 露》

附录(四) 作者简介

开篇絮语

心理学家们曾经说过：倘若经常不自觉地回忆过去，就是人生进入老年的典型标志。

如不是遇到特别的情况，我是极少有意识地回忆过去的。

无需讳言，人生开启的序幕和初始的灰色部分确实留下一些不堪回首的印记，但后期演变却让我越来越迷醉，在努力和享受的过程中逐步养成积极进取和“向前看”的性格。一直乐观地认为离“正式、认真地回首往事”还很遥远，甚至遥远到“渺茫”的地步。总是敷衍自己将“回忆”的计划安排到仰望天花板动弹不得的时候。

直至接到政府寄来《退休金申请表》，才猛然意识到自己似乎真的老了，意识中的怀疑和抵制只不过是掩耳盗铃。必须认真思考并接受这个残酷的现实，盘算着将计划要写的几本书、几本画册尽可能地抓紧完成，多挤出点时间积极安排环游世界的旅行，以免留下遗憾。

于是“总结一生、写点感悟”的想法开始不时地伸头探脑。

这念头究竟从何时开始，似乎渺渺然无从查考。

也许起自二十多年前？——

著名作家陈祖芬的专程采访，促成了一百多小时的畅谈。从尘封已久的悲惨童年到抵死抗命的青少年，再到从巨石下强挤出头的中青年。把结成血痂的包袱逐一撕开搜检、绞出灵魂吝啬的泪、剜出疮疤黑色的血。难道我还未忘却那忍受着撕心裂肺的痛楚又同时享受着“宣泄秘辛”的酣畅淋漓的痛快？

抑或是在我移居加拿大步入坦途后，祖芬跟踪采访、再次深度挖掘体会我截然不同心路历程的时候？

从她所写的第一部长篇传记《永恒的诱惑——一位叫杨玉琪的画家》到十年后的第二个长篇《多伦多之恋》，记述了我坎坷的前半生和五彩缤纷的后续。这期间经历了进入全新世界的迷茫、陌生国度白手耕耘的艰辛、登高远眺的兴奋、美好前途的憧憬、成功后的狂喜、辉煌过后的平静和恬淡、新的转型和探索，由人生人性、社会历史直至哲学层面的深深思考。

记得《多伦多之恋》脱稿寄付《十月》杂志身心放松之后，祖芬曾感叹了一句：玉琪，以你现在的艺术高度和思想深度，已再没有人能准确地写透你了。看来这辈子最后的传记得由你亲自动手了。我当时似乎并未在意，随着又一个十年过去，竟真的产生了一丝试笔的冲动。

动笔前我也曾进行过长时间的思考。

我是不赞成只沉溺于过程和情节之中的。倘若只限于字面上的"传"和"记"意义实在不大。个人的经历再丰富复杂、惊心动魄甚至传奇，面对历史、社会也只不过九牛一毛、沧海一滴而已。照本宣科的叙述只会浪费时间。读者们倘若想看到更加浓缩精彩的东西，小说或戏剧俯拾皆是。何必一定要选择纪实性的作品？

传记文学是严肃而真实的。它可以是清透弧形的水滴，也可以是多棱的透镜。不管什么形状，总该是光亮明净，总要聚焦浓缩或折射解析点什么才对。它应是作者在特定历史阶段人生的沉淀、经验的累积、挫折的反思、理性的升华。即便愚者千虑，也应有智慧碰撞的火花。唯有这样才能带给读者触动、借鉴、参考以及启迪。它应以自身思索的精粹与读者构建交流的通道，去拨动他们心底可能连自己都尚未意识到的隐蔽的弦，从而引起共鸣。这还真像一组无标题音乐的演奏，没有标识、没有题解、没有注释，全凭听众调动自身的学养去体会、解读和领悟。不仅满足感官的愉悦，还应获得更深层次的感受。至于最终得到什么，则各自随缘。

前人说过：幸福家家都一样，痛苦却各有各的不同。其实说穿了，即便不幸或苦难也都是大同小异差不多的。

因此，将数十年浩繁的经历和感悟整理出来，其实还真不是一件容易的事。碎片的挖掘、收集、拼接等要尽可能不出现时空上的"张冠李戴"，服从历史的真实，方能准确地折射出特定阶段的特定光彩。

看来工作计划的调整势在必行了。趁现在记忆力尚可、思维尚未迟钝的时候开始行动，才不会让人生留下遗憾。

我深切体会到当年祖芬所讲"写透"二字的内涵。这是她数十年深研报告文学的积淀和综合感悟。本来就"传记" 和"报告文学"的字面解释，写出就行，何谓写透？这个“透”是指深层意义而言的，是另一度空间。能在思维层面上与读者之间架起一道沟通的桥梁，这本书才会有最起码的意义。曹雪芹在《红楼梦》的开篇中发出感叹：“谁解其中味？”是说真正的“味”不是轻易就能看出或触摸到的，要品，要细细地咂摸，甚至需要调动一生的修为、经历去体会。唯有这样才能深解其味。

蓄之久而发之暴。

时至今日，素材的存量是足够了，如何打造好那个“弧面”的棱镜却不知能否尽如人意。应该尽力克服自己这个“处女座”追求完美的劣根性，一切顺其自然吧。

这也算是一段历史，自应留待后人评说。

上　篇·境

拥有自由、快乐心境的人怀揣虔诚和执着，唯执着追求才有可能创造奇迹。

故乡·异乡

命运的双重奏

飞机终于磨磨蹭蹭地滑向跑道，又迟疑着好像在耍赖不肯上天。过了好久才不得已似的慢慢加速，终于离开地面向着云层、向着茫茫的“未知”飞去。

连自己都觉得奇怪，我为什么丝毫没有初次出国的兴奋和激动。这可是我藏在心底几十年的愿望和奋斗目标呵。

我现在的最强烈的真实感觉是“仓皇出逃”、“侥幸成功”，像漏网之鱼松了口气：终于安全起飞了，终于真的离开了。这种感觉我无法说清，即使说清了也绝对无人相信。自信自己几十年来一直夹着尾巴做人，不敢犯错更遑论犯罪了，但极度的不安全感一直死死地缠绕着我无法挣脱。

那时“因私出国”在小城还是凤毛麟角，处于“传说”状态的。

当我历尽千辛万苦办下护照和签证之后，竟然引起各级领导的关心并约见谈话。动之以情、晓之以理、反复叮咛：你是一个有影响的人，说话要谨慎，要维护大局、维护国家的形象和利益。我当然能听懂弦外之音，于是极为诚恳地点头如捣蒜。接着就是“按期归国”的问题，我当然满口应承，并玩笑地一语点破，以解他们的后顾之忧：我老婆儿子还抵押在这儿呐，这“人质”的分量还不够吗？

浩繁的暂时注销户口，暂停油粮、副食、煤炭等生活物资供应……待彻底完成并核对无误后方能以公安局专门印制的“出境证(一)”去兑换成“出境证(二)”，才算最后“手续齐备”。在这“万里长征”中倘有某一部门或某一领导想留下你，只需在任何一个小环节上稍作“技术性拖延”都可以轻松搅黄整件事，让你“为山九仞，功亏一篑”。

那时曾流行一句话：“点头不算，摇头算。”恕我愚钝，要办成事儿不都要“求”人家“点头”吗，为什么点了头还不算呢？其实它的核心思想是：比如办某件事需要盖全二十个公章，哪怕磕磕绊绊、披荆斩棘已完成十九个，千万不要头脑发热以为大功即将告成。只要最后那位芥豆之微、连芝麻粒儿也算不上，但掌着某个“印把子”的小小副科长没能摆平，那就注定了全盘告吹的下场。十九个部门点头了，不算。那个摇头的“才算”。你的生死成败是“摇头”的人最终决定的。

俗话说，“久病成良医”，虽不幸但也算积累了经验。

几十年的经历告诉我，越看似接近成功，越必须处处低调。绝不张扬，小心谨慎，如临深渊，如履薄冰。

回想起几分钟前在候机楼时，每一次广播通知都让我心惊肉跳，总怕在最后一秒遭到迎头痛击。我的心一直提到嗓子眼儿，生怕播音员那机械、甜美的声音送出这样的通知：杨玉琪旅客，请到服务台来，有人找。

再往前一个多小时，又一个小小的突发事情给了我强烈的心理暗示：

太太带着刚满两岁的儿子以及妹妹、妹夫一起来送我。大人们心里都在忐忑着不知猴年马月才能再相见，都强压着凄惶和酸楚，代之以敷衍的、尴尬的、掩饰的笑意顾左右而言他。到大家几乎都快“绷”不住的时候，分别的时刻终于来到。我不敢看他们，也不敢说任何告别的话，猛地拖起箱子就走。仅竖起手朝后面示意了一下，留给他们一个背影。

这时自娱自乐的儿子突然停了下来，仰起小脸惊惶地看着妈妈和姑妈、姑父。他似乎突然意识到一件极为可怕的事情已经发生，他猛然“哇”地一声大叫，嚎哭着钻过铁栅栏，跌跌撞撞地朝我直冲过来：“爸爸！我要爸爸！我要我的爸爸！”……幸亏姑父眼尖腿快，越过栅栏将他一把拽了回来，他还是发疯似的挣扎着想跳下地来继续追我。

我听得很清楚，头脑里也飞快地演绎着“想像的画面”，但绝不敢回头看上一眼，当时已完全失去了自信的底气。假如真的回过头去了，实在不敢保证还有撒手前行的勇气和决断。

现在，飞机终于上天了，我也应该从虚幻的“迫害妄想症”的“自设情境”中释放出来，但不行。我竟完全无法相信“只可意会而不可言传”的阴霾确已过去。我的感觉和心态早已扭曲变形而且僵化了。几十年兢兢业业，绷紧了神经小心做人，突然在一瞬间拆除了心理的枷锁，实在不能很快缓过神来。我甚至依稀希望也能有胡屠户猛扇两个耳光让我醒来，但又本能地情愿赖在这“似乎是真实的安全感”中永远“晕”下去。

灯海遐想

在天上已经飞了十多个小时，机舱里疲惫的旅客们东倒西歪杂乱无章，简直有点儿溃不成军。

我是为数不多处于兴奋状态的人。

有时兴奋并不完全代表高兴和愉快。头脑极度清醒毫无睡意，无数该想不该想的、应该忘记却仍未忘记的、极愿避开但总是避不开的思绪一股脑儿纷至沓来，剪不断、理还乱。

终于有机会离开呆了四十二年的故土，要想做到“毅然决然”其实是很难的。哪怕已经盼了几十年，想像中的外部世界无限美好，但毕竟有着看不见摸不着的虚幻。尽管早就积蓄了“风萧萧兮易水寒，壮士一去兮不复还”的豪气，但终究对故土环境、故乡亲友有着千丝万缕的眷念，难以割舍。在以前年复一年的引颈企盼中，我一直想像着当“那一天”真正到来的时候我一定会欣喜若狂，但现在却完全没有这种感觉。

我究竟是为了摆脱和逃离什么，还是向往、追求什么，在这个特定的时段我竟然迷糊了，或者是竟还没有真正想清楚，只是一种想像中的渴望？

算算应该已是多伦多的晚上，从舷窗看下去是一片灯的海洋。是飞机在盘旋等待降落指令？近一个小时过去了，灯海仍旧无边无涯。呵，多么浩繁、多么壮丽、多么璀璨、多么炫目！无数闪耀的光点层层叠叠镶嵌在黑色天鹅绒般的大地上，不知是灯光点亮了深邃的黑暗，还是无边的墨海映衬出璀璨的繁星。我突然觉得自己很渺小，小到微不足道、小到可以忽略不计。想到我即将投身并淹没在这璀璨而又黑暗、深邃的海洋里，而这亿万灯光中却没有一盏与我有关，更没有任何一盏会属于我。

我能成为这灯海中的一盏，或真正拥有属于自己的一盏灯吗，抑或是彻底沉入那深不可测的无边黑暗？ 我想。

光明和黑暗无缝地编织在一起，同属于未知和不可掌控。我这才意识到这是一场豪赌，全凭一时的冲动押上了自己的事业、前途、家庭幸福，把一切希望交给完全未知的命运。

温暖、微笑的加拿大

茫然地、机械地随着人流在永无休止的甬道里无声地流动。

过移民局的时候，因为属于首次入境，需回答的问题较多，加上我完全不懂英语，于是被礼貌地请到一个小型休息厅等待一位懂中文的移民官来帮助我。

五分钟后我被带到一位移民官的工作台前。只见她抬起蓄着一头金色卷发的脑袋，一脸的阳光灿烂，甚至还略带一点诧异和惊喜：哦，中国人，欢迎您！外国腔的中文伴着她友善而热烈的眼神，无疑带来一缕和煦的春风。

在那一瞬间我突然觉得我似乎不止是"个人"，我竟和"中国"这个伟大的名词联系到一起了，顿时感到多了一丝自信。

在知道我是"加拿大庆祝国庆委员会" 邀请的艺术家和文化学者，前来参加庆典、举办画展和宣讲东方文化时，这位移民官更是兴奋莫名。她告诉我她当年读大学时选择的第二外语就是中文。能到中国去实地看看是她多年的愿望。

语言障碍没有了，对东方文化艺术的共同爱好更拉近了我们之间的距离。我们仿佛在刹那间就成了相知多年的好朋友。她居然热情地劝说我应该留下来，加拿大的多元文化国策需要我。我着实为她的真诚感动，因此坦诚地告诉她我原本也有这样的想法，只是完全不懂应走的程序以及必须具备的条件。

本来边检移民局的主要职责就只是检查证件和签证、决定扣留或放行。但她现在完全成了我的参谋，一边详尽讲解移民的各项细则和注意事项以及运作过程中的诀窍，一边检查和核对我的签证性质和期限。她很快就发现了一个"专业"问题：首先是我最初向加拿大驻华大使馆提出申请的时候，为了确保安全顺利地获得签证，只要求了三个月的居留期；再就是比照邀请信的内容，只能适用于旅游签证。

她告诉我，持旅游签证的人是不可以在加拿大工作而且不可以有收入的。像我这样的画家在加拿大不卖画实在太可惜，要是能转换成工作签证就好了。她让我耐心等一等，她去找他的上级主管请求帮忙协助。经过近

阿根廷名人公墓

半小时的沟通，才有些扫兴地返回来。她不无遗憾地告诉我，她们上级主管也非常乐意帮助我，但边检移民局实在无权改变签证的性质。但她们的权力可以延长我在加拿大的合法居留期，让我更加方便从容地利用这段时间去市中心的安省移民局申请变更或直接提出移民申请。

然后她又不厌其烦地交待各种应该注意之处并提供了相关机构、部门的地址和电话号码。

呵，在近两个小时的时间里，整个情境仿佛由冬天的冷酷凄惶过渡到阳光和煦的春天再到热忱炽烈的夏天。第一次出国、第一次踏上陌生的土地，隔膜和生涩本在意料之中，但一下子就被友好和热情融化了。我从心底透出一股暖流：加拿大真是一个友好的国家。但同时又有一个声音提醒我：这是少数人或个别的特例呢，还是加拿大普遍的社会现象？

答案很快就出来了。这个答案由我亲眼所见并亲身感受的几件“小”事情构成，但给了我极为强烈的触动。

告别了移民官我这才猛然想起离下飞机已不知不觉过去了两个钟头。在这个超级大的机场里又时值深夜，没人管也没人认领的行李会遭遇到什么样的命运？离航班到港已经太久了，所有乘客早已散尽，拟定前来接机的邀请方还在吗？他们在确定该航班的客人早已清空许久之后，还在毫无指望地等着吗？

空旷的、硕大无比的、简直一眼望不到头的行李厅里，传送机大都静悄悄地休息着。我一眼就看到我的两件行李并排地放在靠墙处，一个黑人壮汉站在旁边百无聊赖地晃着腿。看到我径直走过来，他的眼睛突然亮了，龇出一口洁白的牙齿。他用手势朝行李比划了一下，似乎在问：是您的吗？我也笑了。这无声的交流仿佛就像一位老朋友在等我，让我提着的心又热了一下。

接机大厅里的人也明显地少了。我一进来就远远看见一对五十岁左右的华人夫妇正拿着一张写着中文名字的硬纸逐一询问。我立即预感到他们一定是来接我的，于是匆匆迎了过去，他们也敏感地迎上来扬扬手中的纸：请问您是不是杨先生？

我紧紧地、紧紧地握着他们的手，频频点头却说不出更多的话。这种感动是无法仅用“谢谢”就能完全表达的。在那尚未普及手机的年代，素未谋面的陌生人如果错过了，那是很难再联络上的。假如真的失之交臂，不但今夜住宿难以落实，就算挨到明天，要想联络上也是“难于上青天”的。

我恍惚了，莫名其妙地产生了回到家的错觉。

推着行李车往外走的时候，我看见一块大大的、奇怪的灯箱广告立在甬道边的地上。上面五颜六色、大大小小、乱七八糟地用几十种文字写着单词，其中中文写的是四个字：我没钱了。

我没钱了？这是怎么回事？

我回身向接我的朋友请教，他笑着告诉我：这上面几十种文字写的都是一个相同意思的词，那就是“我没钱了”。这是为丢失了钱包、有经济上的困难需求和某些国外来的难民准备的。为防止他们不懂英语法语，无法方便地表述他们的要求，所以就用全世界所有的语种写上，求救者只要随便拉上一个人指指他所认识的文字，大家立刻就会明白，马上会帮你联络警察或机场职员。

我简直惊呆了。

世界上助人的慈善机构到处都有，但真诚、主动、方便、贴心到如此程度，相信在全世界这是很少见到的。

能将这“真诚、主动、方便、贴心”做到极致，做到“世界之最”，这不仅需要政府的优良制度，还需要整个社会的热情、良善和包容。只有将这些美德渗透到每个公民的细胞和血液里，才能在举手投足间、在每个发自内心的笑容里自然地、习惯地涌溢出来。这是一种怎样的大情怀？带给人的又岂止是感动而已？

爱、怨、恨交响变奏曲

人呵，真的是太奇怪的动物，奇怪得常常对自己的所思所想都无法准确地理解和界定。

就说眼下吧，已坚实地踏上这向往已久、美好而温馨的国度，本应无比轻松和满足。但无法解释的是现在脑海中翻腾的却仍是过往的点点滴滴。而且对诸多委屈、惊恐、痛苦等全都失去了"正常"应有的感觉，觉得本来就是命该如此，怨不得谁也恨不得谁的。一切竟在突然间变得有点甜蜜、有点温馨，甚至有点不舍和难忘。

想起前年写的一篇短文，恰能辅证一个怀旧老人对这些"抽象"且"老掉牙"话题的难割难舍。

南极冰山

我在国内生活了四十多年才移居海外。在这四十多年中，好像除了在小学语文课堂上听老师讲过关于"爱国"的内容而外，自己几乎从来没有想过关于爱不爱国的问题。绝不是因为不爱或是有什么恨意，只是完全没有想起来考虑这个问题而已。"只缘身在此山中"，就像一直生活在母亲身边一样，实在不存在"想念"的问题，所以也就没有负担和内疚。

直到加拿大入境处官员发出那句友善问候："哦，中国人，欢迎您"的刹那间，我才触电般切实地感觉到我竟和"中国"这个神圣的词紧紧地结合在一起。这是一种从未有过的奇妙感觉，竟体味到一丝温馨和自豪。自此，"爱国"这两个字一下子扎入脑中，并由模糊慢慢变得清晰起来。

在这之后漫长的岁月里，每逢在表格中"国籍"一栏里写上"CHINA"的时候，一种庄严感就会油然而生。

记得二十年前多伦多报载一则消息：有一个东方面孔的男子在超市偷商品被发现了，超市老板在他的脖子上挂了一片硬纸板，上面写着"中国人，小偷"。这看似一件小事、一个突发的个案，却引起华侨界的轩然大波。集会、抗议、声讨、铺天盖地的文章登上各类报纸。关键就是指责超市老板把"中国人"这个神圣而不可侵犯的"大概念"的词轻率地写在一个极不恰当、极特殊、极个别、极具体的地方，与一个极为负面的词排列在一起。

这件事也深深地触动了我敏感的神经。尽管一向"两耳不闻窗外事"，这时竟也血脉偾张地激动起来，毫不迟疑地加入声讨大军中，直至这个老板公开认错、登报赔礼道歉才告结束。

多年后的一天，我在多伦多参与组织、接待了由省长季允石率领的江苏省政府访加代表团。在数百名华人华侨精英出席的盛大欢迎宴会上，我致欢迎辞时无意中扯到关于"爱国"的话题，竟引得季允石省长眼眶红红、泛出泪光，激动地握住我的手久久不肯放开。

其中有一段这样的话：

今天娘家来人了，我们大家都感到非常兴奋、异常欣慰。

在座的各位来自不同的省市，有着不同的学历和家庭背景，怀揣着截然不同的目标和憧憬走到国外来了。坦率说，其中不乏有人遭逢过不公的待遇甚至冤屈，有人陷于某种无形的桎梏之中无法施展才华。总之，不管有过什么样的不愉快，这种阴影都早已随风而去。对亲人、对家乡、对祖国的那份爱和思念是永恒的。

我说：诸位在幼年时都一定有过被妈妈误解、冤枉、责骂，甚至打屁股的时候，当时的愤怒和内心的反抗是可以想见的。不知多少次咬牙切齿地暗暗发誓要快快长大，早日离开家而且再不回来。最常用的反抗形式是不说话、不理睬妈妈，甚至赌气不吃饭。那是小孩子任性的本能，却正是因为深知妈妈真爱自己，我生气不吃饭她一定会心痛、难受。自己的报复行动正打中了妈妈的软肋，是夸大利用了她对自己的爱。直至自己有了儿子，才懂得这样对待妈妈是何等的不公、何等的残忍。

倘若再继续演绎下去：自己正揉着疼痛的屁股、流着委屈的泪水赌气走出家门，迎面遇着邻居大娘便倾诉胸中的愤懑。邻居大娘基于你夸张的叙述、出于对你的怜爱，更是为了对你进行安抚，很可能就会顺着你的"血泪控诉"而开始评价指责你妈妈没有爱心、浮躁、不分青红皂白、狠心、暴力……接下去就可能戏剧性地出现另一种有趣的场景：你会突然间忘记对妈妈的"深仇大恨"，立即感到邻居大娘的指责是不公允、不应该的，她误解了妈妈。我自己可以赌气、反抗，用不吃饭来折磨妈妈，因为我是她儿子，更因为我内心深深地知道妈妈是爱我的。而你一个"外人"怎么可以这么指手划脚，这么说我妈妈？

结果是：轻则掉头而去，重则怒目而视。而那个"外人"面对这突然的"翻脸"，一定会满脸茫然："怎么回事，这个孩子？"这就是坚不可摧，属于血缘层面的"内外有别"。

有了子女才体会到父母的爱，出了国门才深知海外游子的根永远深植在祖国的土地。这份情愫永远在血液里流淌而无法移除和割舍。

季允石省长在致答谢辞的时候说：我参加工作几十年，到过世界上许多国家，今天第一次在遥远的大洋彼岸听到一位海外华人如此真挚、动情地谈论"爱国"这个话题，真的让我非常感动。

看着他微红的双眼，明显地感觉到他语气里的些许哽噎。

男厕所和女厕所

身体的零部件似乎刹那间就只剩下脑子、眼睛和手勉强好使了，我不得不承认“三料残疾”的残酷现实——又聋又哑又没腿。别人讲话我不懂，我讲话别人也不懂。在这里没车简直就和没腿一样寸步难行。

九零年代初中国移民极少，中国面孔中大多是香港和南洋来的老华侨。要想听到普通话是很“奢侈”的事。连总理向华人致新年贺词的时候也只能学一句“共海放踹”（恭喜发财）。他们都以为广东话就是中国的国语。

正常人都知道要想在这里生活下去不学英语是绝对不行的，可我偏偏“不正常”：我已43岁高龄了，让我花几年工夫去学英语还真舍不得。既然苦读十年也无法上台演讲，何必浪费呢？

我唯一急迫要学的就两个词：“男厕所”和“女厕所”。因为好多地方都找不到那“看图识字”的标识，特别可恨。一查字典，出来了：MAN和WOMAN，大功告成！从此就可以放心大胆走天涯，再无后顾之忧了。可英文单词都长得像孪生兄弟，很难区分。“聪明人”的特点往往是宁肯动脑也决不死记的，灵机一动就看出端倪：“男”的英文单词“短”些而“女”的单词“长”些。于是更加踏实，完全可以“学以致用”了。

朋友请我去一个高档会所喝咖啡。中途有了“需要”，朋友贴心地要带我去。我傲然一笑：我行！长与短太好区分了，我毫不犹豫地推门而入。可进去之后却有点迷惘而忐忑了：竟没有发现男用小便池。难道高档厕所竟是这样的？事急无奈，推开一格小门胡乱解决后手都没敢洗就急速离开这个“是非之地”。可刚拉开门，就有一位衣着入时的外国女士款款而来，人家还礼貌地笑着打招呼：嗨！但突然间她也迷糊了，迟疑着不敢贸然举步。我这时才体会到什么叫“惶惶如漏网之鱼”。事后终究不服气，又去实地考察了一下，我确实是选择了“短”的呀。

再仔细一看，上面清楚地写着LADIES和GENTLEMAN。（淑女和绅士）他们倒是尊贵和高尚了，却害得我差点出“事故”。

看来我的“长短理论”无法“放之四海而皆准”了。再做“研究”，又发现

近南极诸群岛:企鹅海豹天堂

MAN的第一个字母M多么像两条腿中间挂了个小东西,而WOMAN的第一个字母W的两条腿中间则什么都没有。

嗬!明白了。

英文字母也可以演化成象形文字来理解的。朋友笑着质疑:如果再碰到LADIES和GENTLEMAN呢?我胸有成竹地应对:GENTLEMAN的G从侧面看不也挂着一个小东西么?

朋友们大笑,佩服得五体投地,说:倘若以后英国要搞文字改革,我们一定联名推荐你去当主任委员。

艺术的“世界语”

一位侨领朋友十分希望我能留下来，于是安排我与加拿大律师公会副主席、皇家御用大律师罗登堡先生见面。罗登堡是一个犹太人，热情、开朗，酷爱艺术品收藏。所以见到一位“真正的”东方艺术家便从心底里兴奋。通常他见客人都是在礼节性的握手过后立即按下马表以便计时收费。因为是刚刚出国对外面的情况不了解加之囊中羞涩，对于找这最高级别的大律师本来就心中没底，看着那马表更是有些发怵。

这天他只略略翻了一下朋友为我准备的基本资料，很快就对我们说：“末、由、闷、苔！”朋友立即欣喜地解释：他说“没有问题”！所有人都知道他判断和承诺的准确性、可信度是毋庸置疑的。于是喜形于色、皆大欢喜。

看着桌上的马表仍在顽强而揪心的“滴答滴答”，正准备礼貌地告辞，却见他兴奋地拉起我的手就往外走，其他人都莫名其妙地傻笑着原地不动。他拉着我转过几个坐满律师的办公室来到一个巨大无比的艺术展厅，墙上挂满了欧洲古典油画，橱子里则全都是座钟、珐琅、陶瓷和大理石雕，这艺术宫殿原来就是他个人的办公室。他像好不容易遇到知音一样，逐一讲解，如数家珍。他详尽介绍藏品的来历和妙处，完全忘了我是一个完全不懂英文的人。而我也迷醉了、犯傻了，我急切地回应他的讲解并详述我的感受和观点。当然，我说的是中文。

奇迹就这样发生和进行着：两个语言完全不通的人，表情丰富地连说带比划，热烈地交流各自对艺术的喜好、欣赏和赞评。艺术本身成了我们之间沟通的媒介。我们大谈达·芬奇、伦勃朗，谈德拉克罗瓦、安格尔，谈大卫、维纳斯。我们绝对听不懂对方说的是什么，但又似乎完全听懂了对方的表述和情绪。大概是这些令人振聋发聩的名字的发音，再配合我们的表情和肢体动作，构成了最精准的表述和沟通。两个“哑巴”彼此赞同并欣赏对方的观点，就这样热烈地交流了一个多小时仍意犹未尽。要不是会客厅里助手的电话提醒，还真不知道会“疯”到什么时候。

我们都好久没有这么兴奋过了，我们全都忘了那个严肃认真的马表。

临分别，他再三嘱咐我不要忘记第二天清晨五点钟去他家共进早餐的约定。

那位多年习惯晚睡晚起的侨领朋友天刚蒙蒙亮就开车来载我,因为路途很远他不想迟到。

罗登堡家位于安大略湖边的半山坡上,湖边的私家码头上停着一艘巨大的游艇。据说他们全家经常驾船从魁北克出海,一直开到美国最南端的迈阿密度假。

在参观了大客厅、小客厅、书斋之后,我们穿过二楼继续向上。本以为是到三楼,眼前却豁然开朗起来。原来我们已走出屋子来到更上面的平台。这里的高度已超过三楼,因此湖面景色尽收眼底。相比登山及海上看日出又是另一番情趣。

醉翁之意不在酒。美景和丰盛的餐点并没能把我们拴在这个山坡平台上。很快罗登堡又把我们拖到他的藏品陈列厅。我又一次惊呆了,这绝对是一座艺术博物馆。比昨天见到的又不知大了多少。居然还看到一幅我的作品被挂在一处显眼的墙面上。

比昨天更兴奋、更热情洋溢甚至还有点激烈的"哑巴对话"又一次展开。

今天明明有位极好的翻译在场,但我们似乎都觉得不需要了。面对这些世界级的艺术瑰宝,直接面对面表述才是最过瘾的。

回到车里,朋友发出一声由衷的感叹:原来你们昨天就是这样交流的呵,真是奇迹中的奇迹!我说呢,和罗登堡认识这么多年了,他也没有邀请过我来他家做客,真是重利轻友!

按这位朋友的常规思维,我是给罗登堡带来收益的客户,才让他这个吝啬的犹太人如此热情和破费。他真的不能理解,是对艺术共同的喜好才会碰撞出奇迹的火花。

直到移民成功之后,罗登堡才只肯收了我一半的费用。

“移民部的电脑坏了”

根据加拿大移民法中“只能异国申请”的规定，我是在美国的巴弗罗城递表的。因此移民官面谈也必须在当地的移民局进行。约定时间是上午十一点钟，于是我早早地就来到大厅准备着。

接待窗口的设置有点像中国的银行营业厅，大玻璃下有一个半圆形的凹槽以便递送资料。我连续不断地塞着我的各类画册、报纸、杂志、出版物、宣传品以及画展、演讲资料（我常戏称为“吹牛资本”），递送了十来次以后，仿佛仍然没完没了、永无止境。办事人员忍不住站起身来探看究竟，没想到竟有满满两公文箱。他无奈地笑着跑出来，说：还是我自己拎进去吧，要不然到中午都递不完呢。

一位年轻女士找到我说，她是移民局专门为我聘请的翻译。她首先就问我的英语水平如何，我说：从头到尾都会，就是中间的不太会。她愕然。我只得解释说：一开始的“咕得毛林、哈哇油”（Good morning，how are you）和最后的“拜拜”（Bye-bye）都会，可中间就只剩下“夜司”（Yes）和“三克油”（Thank you）了。她摇着头十分担心：移民部特别重视申请人的归属意识。前天就有一位条件极好的人因为不想学英文而被否决了。我们不如抓紧时间“恶补”一下吧。

我的天！一窍不通的英文也是能恶补的吗？听天由命吧。横下心来之后反倒一下子轻松了。因为“自知无望”所以“只得无求”，故而也就“品自高”了。

一位笑容可掬、衣着高雅的中年女士走出来：“Mr. Yuqi Yang”？我绝不会愚钝到连自己的名字也听不出来，立即意识到是移民官请我进去了。于是立刻迎上去：“Good morning，how are you？”这是我唯一熟悉的三句英语之一，所以底气十足、大声说了出来。就像故事里的傻女婿去见丈母娘，途中就只学到了“毛林、夜司、三克油” 这几句话，没曾想一下子居然就歪打正着地用上了。接着握手、问候、寒暄，气氛很是融洽。直到办公室坐下，她还在叽里咕噜地说着什么。我私下猜想这大概都是些礼节性的外交辞令吧，因此一直报之以我的世界语：点头和微笑。没有语言，但显得更有城府、莫

福克兰群岛之一企鹅岛

测高深。

我和翻译并排在移民官办公桌的对面坐着。只见她拿出申请表来“验明正身”。清楚地看着她指着我表格中的一项项内容，听着她嘴里持续不断的叽里咕噜中不时跳出China以及江苏、泰州、王丽君、杨珺等古怪的英文发音，我知道这是在核对资料呢，所以一概答之以“yes”，附加点头和微笑。翻到画册了，她似乎更加兴趣盎然。一页页翻下去，嘴里继续是长篇大论的叽里咕噜。这时翻译用脚踢了踢我：她在赞赏你的作品呢。我恍然大悟，立刻甩出傻女婿的第二句话：“Thank you！”这很能误导她认为我完全听懂了她的赞扬。只可惜当时我连“very much”还不会，只能不断机械地重复“Thank you”，后来回想起来实在有点傻。在大略地翻动了一下两箱子的吹牛资本后，她大概被这些“浩如烟海”的辅证打动了（抑或是镇住了），马上站起身来庄重地向我伸出了右手：“加拿大欢迎您！”翻译马上站起来用中文对我说了三个字：“成功了。”

成功了？这么简单、这么神奇？

这时候我反倒有些紧张，甚至有些不知所措了。不断重复着“Thank you”。

突然灵光一闪,又冒出傻女婿的第三句话:“Bye-Bye!”

可“丈母娘”并没有让我Bye-Bye,示意我重新坐下。因为是属于私人交流的部分了,翻译也自然地加入了谈话。她给我讲了许多在加拿大生活的经验乃至诀窍,关于办画展、关于报关、关于避税、关于购房、关于……

临行时我诚恳地将那本画册送给她,她也诚恳地对我说:她非常非常喜欢我的画,也很想拥有一本我的画册,但万分抱歉,政府的纪律不允许。

我从此再也没有见过这位移民官。但二十五年来,许多通过美国移民来的艺术家都告诉我,这位移民官曾自豪地介绍当初与我的面谈,并请他们见到我的时候代为致意。这是我在加拿大交往最久,至今仍以特殊形式交往着,但仅见过一次面的永久的朋友。我至今不知道她叫什么名字。当年她一定自我介绍过,但她怎么也不会想到我完全没听懂。混在那一大串叽里咕噜里的内容中我实在无法分辨。

面谈结束的一个星期后,罗登堡律师所打电话给我说,移民批准文件(俗称移民纸)到了,让我去取。我无论如何也不相信,以为他们在开玩笑。因为我知道移民程序,面谈后还要汇总整理发送到渥太华移民部,然后转皇家骑警调查背景,再会同卫生部的体检资料综合审核,通过后才发出正式批准文件,最短也需耗时半年以上。可罗登堡认真地说:我们所里近百名律师本来也都不信,但看到寄来的文件就在桌上放着,大家几乎是异口同声地说:

大概是移民部的电脑坏了。

真是移民部的电脑坏了?

联邦大法官的约见

我当年决定移民的想法本来就很单纯：周游世界、排除干扰专心创作和给儿子一片更大的天空。其中的第二、三两项自己就能掌控，只要付出努力就成。

而第一条就有点麻烦了。

比如参加一个旅行团去欧洲吧，每个国家的签证都需要二十天左右，等到后面的国家签下来前面的就过期了，根本无法顺利成行。而对于加拿大人，全世界有一百三十多个国家免签或落地签。哪怕吃晚饭时临时作个决定，放下碗筷开车去机场，立马可以飞去全世界几乎任何地方。因此拥有一本加拿大护照就成了我努力的目标。

居住时限很快就到了，离目标越来越近了。递出《入籍申请表》以后心又一下子收紧起来：还必须参加考试呢。必须全面了解加拿大的历史、地理、政府的组成运作、公民的权利和义务，等等。对于一般人而言，这些只算是登山，只要努力终可学完。但对我来说却是比癌症更可怕的噩梦。所有教材和试卷都是英文的，这绝对、绝对不是只会“古得毛林和三克油”的人所能妄想攻克的。成功的机会不是渺茫而是宇宙黑洞。我的认知是：假如在这样的情况下还仍然痴心妄想，那一定是个无可救药的狂人疯子。

放弃是铁定的了，我已下定决心，苦熬到五十岁后的“老人免试”。

心头和身上的包袱卸下了，再也不去理会考试的事。一次通知来了，请假不去。第二次、第三次连请假都免了，改成了绝不理会。

可万万没有想到，这样几乎绝无仅有的状况引起联邦公民部的高度怀疑：

此人是失踪，还是返回原居地了？是什么原因促使他放弃如此重要、人人向往的入籍考试？

因此我收到联邦大法官的正式书面通知：约见面谈。法律界的朋友告诉我这很严重，倘若不能消除他的疑虑，可能连永久居民的身份都会受到影响，彻底Game over。

也就是说可能会连根拔起，打回原形。

这是需要认真对付的。我、太太、儿子和一个精通英文的学生来到大法官办公室外的大厅守候。眼看着前面的约见人一个个惴惴不安地进去，一会儿又委顿不堪地出来。我越发觉得揪心，仿佛在等待一个明知是死刑的、没有上诉机会的判决。我甚至忐忑到有点没出息地关照翻译：万一有问题答错或犹疑，请她帮助解释老师听力不好，以期获得缓冲和解释的机会。终于轮到我了，起身时竟感到一丝慷慨就义的悲壮。

联邦大法官是一个白须白发、身形高大的老人，高贵儒雅中也不乏慈祥，有点像达尔文。就在他礼貌地起身握手的时候，我不失时机地、十分“幼稚”地递上一张事先准备好的名片。我估计他当然会礼貌地接过去、当然也会礼貌地看一看，上面那些“英国剑桥终身院士”、“美国ABI终身成就奖”、入典《世界名人录》等唬人的闪光头衔，希望能引起他的重视。果如所料，他一直吸着气、一直“哦、哦”着。

于是我又及时地递上一本画册。

本不想得到什么具体效果，私心里只想以这样礼节性的寒暄来缓和一下严肃的气氛。没想到他竟然又一次站起身来，与我握手并表示敬意之后才又坐下去仔细翻阅画册。

“哦、哦”了好一会之后，他又兴奋地、长篇大论地和我聊了起来。两眼放光并伴以手势，似乎告诉我一件值得炫耀的事。我“饶有兴趣”地“专心”听着，但我耳朵接受的信息是除了叽里咕噜还是叽里咕噜。突然，话语里曝出“北京”“上海”“苏州”几个老外发音的中文单词，我一下子明白了他是讲述去中国旅游的所见所闻。于是立即热烈地响应并伴着手势大加赞赏。其实我只是分享了他回忆的快乐，但他一定感受到我对他见解的共鸣。

他谈完一阵又去看画册，不时抬起头来发表一些议论和感慨。我此时完全担当了相声搭档里的“捧哏”角色。自己也在友好祥和的气氛里逐渐放松下来。

突然，只见他好像猛地想起了什么，合起画册，表情严肃地正襟危坐起来：“该进入正题了，现在开始考试。”

面试？我明白了。心一下子收紧了并悬到半空中。

问：“加拿大有几个省？”

答:“Ten.”

问:“加拿大的首都在哪里?”

答:“Ottawa.”(渥太华)

老人一下子站起来与我握手:“欢迎您成为加拿大公民!”

我似乎仍在空中浮着,不知道说什么才好。这三次握手为我的下半生解除了后顾之忧,铺平了道路。

告别分手时老人竟像个纯真的中学生一样对我说,给我签个名吧。我连忙翻开画册大大地、认真地签了名递给他。只见他眼神中掠过一丝犹豫,但终于欣然接受了。

在此后的二十年里,我不知向多少个朋友讲起这些关于“哑巴”的趣事和奇迹。大笑之余我终于领悟到,这是加拿大社会的文明和包容,是对知识、文化、艺术的重视,是加拿大多元文化国策的深入人心。为国家吸纳人才,人人有责、主动尽力。

这就是国家的凝聚力所在。

如果说巴弗罗城的移民官是通过“辅证资料”的审查,觉得符合移民部标准的话,那大法官则更具大智慧。想入籍而又怕考试,原因是一看便知的。但直觉告诉他:加拿大需要这样的艺术家。在法律、政策和文化情怀相互不协调的时候,他睿智地、不动声色地找到了平衡点。完成了正式考试并成绩合格,但题目却是几百个预选考题中最为简单、绝不会答错的。

文明的、有文化的、包容的社会才是和谐的、有凝聚力的。

每个人、每个家庭都在愉悦的氛围里做着自己最擅长也最愿意做的事,因此也就会做到最好、做到极致。所有的极致融会一起就会支撑一个国家挺立于世界之巅。

加拿大的国际形象一直就是温和而毫不激进,更不张牙舞爪地干涉这个、控制那个。她几乎与所有国家都友好相处、避免冲突。就这样一个只有三千多万人的温和、良善的国家,却多年来一直稳居全世界七大工业国之列。

这个问题难道不值得思考吗?

光环聚焦处 凄清孤寂时

站在一个画家的角度看,举办个人画展无疑是最为风光的时候了。

数十载寒窗苦练,相伴的大多是只影孤灯。画家的修炼相似于禅修、证悟,只是在渐悟或顿悟之前还多了一层技术层面的训练,只有在突破了技术的桎梏之后才能进入灵性境界自由驰骋。不同于一般的“美术爱好者”或者人们口头常说的“画匠”,真正的画家们终极追求的是“画面”这个载体之外灵性的表达。可一旦达到这个层面之后,正所谓“曲高而和寡”,能欣赏、理解、产生共鸣的人会越来越少。从表面情况看,随着画家的名气越来越大,追随者确实会越来越多,但此时的“溢美之词”却会越来越像隔靴搔痒,令人难受。

这大概就是真正的艺术家(完全不同于时髦的、当红的“画家”们)越来越处于孤寂状态的主要原因。一来是他在那空灵的境界里遨游是最为自由、最为享受的,夫复何求?二来应酬那些不知所云的赞美也实在味如嚼蜡、无甚滋味且浪费时间。行外的人往往将此视之为孤傲,其实并不尽然。“孤”或有之,“傲”却不一定。隔行如隔山,外人不能理解作品追求的意境本是极正常的事。就像面对一群不懂中文的朋友,唯一应对的方式也只能是点头微笑而已。除此还能怎么样呢?

之所以写出这类似“牢骚”的一小节,主要还是为了尽可能地寻求理解。

三十年前我也未能免俗,也曾痴迷地、尽心尽力地筹办过个人画展。

心里明知道这是一把双刃剑,成则为王,败则为寇。但在中国南京这个文化积淀极其深厚、人文荟萃的地方,能顺利通过“检测”获得认可应该算是入行的较高起点。就像油画之于巴黎、音乐之于维也纳、相声之于天津一样。谨慎思考之后,最终还是认为“冒险一拼”应该是值得的。

画展终于成功举办了。

盛况空前自不必说,当时健在的画坛泰斗级人物除两三位行动不便者外几乎悉数到场祝贺或题词鼓励。亚明、林散之、陈大羽、宋文治、谭勇、杨建侯、王达弗、萧娴、张文俊、赵绪成、宋玉麟、童衍方、李亚、李味青……一

科西嘉岛

个个在现代美术史上响当当的名字至今仍在两厚册嘉宾签到簿中闪着耀眼光芒。他们无一例外都是事先看了我的画或是作品的照片，认为足够水准才愿意出席的，因此这两厚本签名册几乎可以看作专家认可的鉴定书，这比表面的热闹更令我心里踏实和温暖。

在三十年前的中国，小轿车还属稀罕物件。车头上贴着“杨玉琪画展专用车”标志、不同品牌的24辆各式轿车往来穿梭接送嘉宾（这都是金陵老年大学我的学生们自发准备的），几辆大巴、中巴有的是南京师范大学送美术学院教授、老师和同学们来画展观摩的，有的是家乡泰州市送市委、政府、政协、人大以及文联、文化局等领导前来画展祝贺的，展馆前的道路一度为之堵塞。省、市电视台及各大媒体跟踪采访报道……

相对于当时，包括新中国成立以来南京举办过所有画展的规模和轰动效应，用“盛况空前”来形容也绝不为过。甚至还有画界的朋友用“空前绝后”来形容，这当然是带着感情色彩的夸张。“空前”尚待商榷，“绝后”则是毫无道理的。

事后，泰州市的领导们又热情盛邀我再回泰州展出一次，向家乡人民汇报。开幕时也是“四套班子”领导同时到场祝贺。政协主席开玩笑说：今天我们全部关门，搬到你这儿办公来了。

几年后，陈祖芬来泰州采访看到许多我在现场的照片，尤其是身处聚光灯中心，被众多摄像机和“长枪短炮”包围着的时候，她告诉我她没有看到任何兴奋、激动、得意和舒心畅意。她从我脸上看到的是疲惫、无奈，甚至还有悲苦和五味杂陈。

人呵，有时就是那么奇怪，在终身为之舍命奋斗的目标终于达成的时候，心中涌现出的却仍是漫长而痛苦的“历程”，成功的喜悦反而被冲淡了。仿佛真正值得留恋的还是那段不堪回首的点点滴滴。那滋味是复合的、深层而厚重的，反倒值得终身回味。

我想到从小到现在近三十年的学画历程，几乎全都是“偷”着学的；我想到娘将她唯一的、过年才舍得穿的“出客服装”卖了七角钱给我买画纸；我想到那位“瘦得不能再瘦”的冯天培老师；我想到怀揣十元钱勇闯上海考大学并“当”上了熊猫画家；我想到了铺天盖地批判“白专”道路的大字报和批斗大会；我想到写画展及作者简介的时候，竟搜肠刮肚也编不出一个“头衔”来，我完全是一个“四大皆空”的“自由画画人”；我想到了在这三十多年里有谁能关心和“拉扯”一把，抑或哪怕只是少一点打击和压制，在我学画的道路上少设一点障碍那该有多好，那我的成功会不会来得更早一点，成就会更大一点？……

当我把这些讲给祖芬听的时候，她说我是把一个沉重的历史包袱打开检索后扔给了她，这是从心头一滴一滴硬“绞”出来的苦涩的泪。

其实所谓“成功”也只不过是昙花一现的“被知道”“被认可”而已。真的，也就如此而已，我还是我，一切依旧。至于更高远的目标当时并不十分明确，似乎我只能终身享受“过程”，也唯有这个“过程”才是真正支撑我走下去的力量。

我也绝对没有轻狂、浮躁到自认为已成大名鼎鼎的画家，我离这个标准还差得很远。这次“成功”确是因为有幸碰到一个偶然而难得的“现象”。

今天鼓足勇气、“丧失良心”地揭露一个美术界内部公认的却谁也不敢或不愿承认的事实：由于师承、风格以及机构和人际关系等诸多因素，派系之间的壁垒是极为森严的，甚至还有老死不相往来的现象。所以，即使是真正泰斗级的大艺术家举办画展，总还会有相当一部分人拒绝前来捧场，要想达到“盛况空前”的程度几乎没有可能。

而我这个名不见经传的年轻画家恰恰反而占了“外地人”这个奇妙的“地利”。我嘛，两笔画也还算勉强看得过去，我一向对前辈长者以及与我年纪相仿的画家们都视为师友，虚心向他们求教学习。更重要的是我不属于任何一座“山头”，和大家没有任何成见和矛盾，故而大家都动了惺惺相惜的恻隐之心,觉得一个小城市的年轻人独自出来闯荡实属不易,应该尽力帮一帮他。所以这才出现了南京美术界所有“山头”的人马同时在一个场合出现的罕见、奇特而又壮观的景象。

大概也就是这“千载难逢”的机遇才促成了所谓“空前绝后”的热闹场面。

这绝不能代表我“艺高”,只能说明我的“运气好”而已。

再一次的画展就是在加拿大政府大厅里举办的、“国家层面”的画展。这是“加拿大庆祝国庆委员会”当年落实“多元文化国策”的重头戏。一年前的既定计划中就确定,要邀请一位中国艺术家来加拿大讲演东方文化和举办画展。也不知是什么因缘,经过近一年的调查研究和甄别筛选,最后竟阴差阳错地选中了我。

在政府大厅里举办画展,这在历史上是绝无仅有的。用于陈列画作镜框的展架都专门从外面兴师动众地搬运过来。因为是属于政府部门的“政治、文化”活动,其正规程度可想而知。

来宾们(哦,不对,应该说是“主人”们吧——我才算是“来宾”呢)济济一堂,翻译的一一介绍弄得我晕天黑地。我哪里搞得清这些“鬼佬”们的身份和名字?耳边完全被主席、部长、议长、议员的衔头充斥,唯有统一应之以握手和微笑。我想政府所有的内阁要员们应该都会来了吧,后来移民部的电脑竟为我千载难逢地“坏”了一次,是不是就缘于此呢?这也就不得而知了。

对这次画展我倒是真心很兴奋的,感觉似乎很有那么一点“代表中国”的意思。那天送进我耳朵里最多的一个词就是CHINA,我的作品、我的演讲,包括我个人都是和“中国”这个词连在一起的。这陡然提升了我的荣誉感、自豪感、责任感和爱国情怀。

震撼心灵的“核爆”——“懂一点中国”

面对多伦多社会大众的《杨玉琪画展》，应一家新开张画廊的盛情邀请隆重开幕了。

对于这场画展我本来是没有太大兴趣的。

在以往的传闻中，加拿大尽管位列世界七大工业国之中，国民经济、社会状况、环境气候等综合指数都名列前茅，多伦多屡屡被联合国评为全球最宜居城市。但终因建国历史短暂，绝大部分国民都是移民或是移民的后代，文化积淀毕竟不够深厚，常被讥之为“文化沙漠”。加之当年定居这里的中国人中有很多是百年前“铁路华工”的后裔，再就是从商的南洋人和香港人。其中好多人甚至都听不懂“国语”。我也先入为主地受到这种偏见的影响，觉得这种纯东方的艺术大概不会有太多人感兴趣。故只是消极应付，并没有寄于太大的热情和期待。

直至开幕当天我才真的被震撼了。

市长亲临并带来省长的书面贺辞，中国总领事馆文化领事、安省美术会会长、香港美术会会长、台湾文复会会长均到场祝贺。尤其让人感动的是众多华人社团表现出超常的热情，花篮挤满了展厅，延伸到走道两边，直至整幢建筑的大门之外。

在一片花海、欢声笑语中，突然听到了地道的、热烈的中国锣鼓声。尽管毫无思想准备略感错愕，觉得与“画展”这种高雅的文化活动不太搭调，但这种热情和喜庆还是打动了我，像遇到久违亲人一样倍感亲切。还没有等到完全从错愕中回过神来，一阵密集的鞭炮声响起，突然从门外欢快地跳进两只金碧辉煌的“狮子”。它们边跳跃边翻滚，向所有来宾和观众热情示好，萌态可掬。呵，原来这是“南洋醒狮社团”以他们独特的方式祝贺来了。

紧接着又有一位享誉欧美、十几年来一直被评为世界第一的蛋糕大师送来了一块巨大的，他亲自动手设计、制作、烘焙的大蛋糕。特别有意思的是，他在蛋糕表面预留了一块糖制的平面，请我在上面画上几笔以表现中西合作的美好含义。我欣然动笔画了一幅《梅竹双清》，获得在场所有人的鼓掌喝彩。

怎么能不被这自发的、真诚而热烈的场面深深地打动呢，这传说中的“文化沙漠”里，社会大众尤其是海外华人对中国传统文化的热爱和渴求竟到了如此强烈的程度，以至于我在致欢迎辞的时候竟有一丝哽噎。我从他们渴求的眼神里看到了“久旱逢甘雨”的企盼，也让我感受到了“他乡遇故知”的温暖。

我完全能体会到这绝不单单是为我个人、为这批国画作品，而是在血管里流淌着的对乡土的眷恋、对祖先传统文化无法割舍的深情。

刚进入自由参观的程序，只见一位看上去老得不能再老的老太太费力地拨开围拢着我的人群挤了进来。总该有八九十岁高龄了吧，得体的衣着、高雅娴静的气度，配合着她慈祥而睿智的眼神让人肃然起敬。

她拉着我的手摇了又摇，语态真诚而又迫切地对我说：

“老师，拜托您，请无论如何收下我的儿子当学生。我并不指望他能画出多好的画，我只是想让他多懂一点中国！”

我脑子一下子没转过弯来，潜意识里觉得她会带她的“小孩”、一个年青人前来学画。当她把身后的一个壮男人推到我面前的时候，真的大出我意料之外。这是一位六十多岁、比我大了近二十岁的男人。可转念一想也是，老太太已八十多了，儿子怎么还会是个小年青呢？

男人似乎很腼腆，红着脸一言不发地微笑着。老太太告诉我，他已经是第三代华侨了，是个刚退休的牙医。他从没去过中国，也完全不会讲中国话，是个完全彻底的“鬼佬”。老太太一直担心他忘了根，忘了自己是中国人，所以求我无论如何收下他，让他“懂一点中国”。

懂一点中国？我彻底震惊了。

这不是政治口号，这不是豪言壮语。这是一位世世代代生活在海外的老人深藏心底最基本的渴求。她明知道韶华已逝来日无多，从头学起已无可能。只能“不得已而求其次”，仅希望能“多懂一点中国”。这个几乎算是有点可怜的“奢望”，背后是不是藏着百年来海外华人的思乡之情？

面对这样的两代老人，面对他们不能算要求的要求，我能忍心拒绝吗？我完全说不出话来，只能是一个劲儿地点头应承：行！行！没有问题！

就在那一瞬间，墙上的画仿佛一下子变得厚重了起来。似乎已经不单是一个画面、一组物象，也不仅仅是平日奋力追求的骨法用笔、气韵生动，或是构图精美、色彩炫丽。我突然觉得再伟大的个人相对于一个民族、相对于传统文化是何等渺小，让深藏心底的盲目自尊甚至狂妄自大之心一下子置于冰窖。也同时意识到这些作品不应该仅仅是怡情养性的玩物，不仅是个人宣泄情绪、张扬性格的渠道。这应该是民族文化传承的载体，是这座传统大厦中承重的一砖一石，甚至应该是连接外部世界的桥梁，是沟通推广的鼓手或吹号人。

想到这里，几个月来将我和CHINA紧紧连接在一起的一幕幕场景又清晰地浮现在眼前。这次我真正切实地感受到了作为一个文化人、一个文化使者肩上沉甸甸的无法推卸的责任。这和由谁委派或以什么理由、什么形式进行并没有绝对的关系。这是每一位“个体的人”都应自觉承担的义务。为此，我甚至在心底深处悄悄地觉得自己竟还有那么点儿“崇高”。

这“崇高”是否就缘于老太太和现场嘉宾的“净化”和“触动”？

紧接着出现的状况充分验证了刚才老太太的要求并不是偶然的、突发的特例，而是一个群体的共同诉求。

好多人见我答应了老太太，于是也纷纷提出了学画的要求。他们中有一家美国银行多伦多分行的副总裁，有加拿大公民部的副部长，有两位来自加勒比海岛国“圣·马丁”和“千里达”的企业家……短短一个多小时就收了二十多位学员。他们来自世界各地、来自一个真正大概念的“五湖四海”。仿佛一下子组成了一个与加拿大、与多伦多相映成趣的、迷你型的小联合国。

我居然就在那一瞬间下定决心，在自己追求攀登艺术高峰的同时，尽可能多做一点拓荒、播种、普及、推广的工作，并把这当成自己的另一项事业，甚至是终生的事业。

也就是这个看似匆忙而轻率的决定，竟部分地改变了我的人生轨迹，也影响并改变了我的性格。我让自己融入了一个全新的更大的群体，终身乐此不疲。

老师的“老师”们

西腊雅典卫城

幼年时受传统教育的影响，对老师的尊重一向是不亚于父母的。得益于老师的传道、授业、解惑，“老师”在自己心底一直占着一个极为崇高的位置，甚至觉得他们是无所不知无所不能的。

直至自己成了“老师辈”的人，仍一直以这个信念为标准要求自己，努力真正做到为人师表，绝不可辱没了老师的清誉和权威。对学生当然遵循“有教无类”“因材施教”而不会将他们拒之门外。至于最终收效如何，则但凭各自慧根，是强求不得的。

总之，我一直坚定地认为老师之于学生，是单向传输的，是完全的“半导体”。

然而，自从在多伦多被动地打开“收徒之门”后，却常感受到学生们带给我的触动，从而使自己受到另类的教育和启迪，而且是触及灵魂深处的感动和领悟。

所有这些，都源自于远离故土、远离祖国母亲的怀抱、远离生于斯养于斯的人文环境和流淌在血管里积淀数千年的传统文化基因，这反而会更加激发出“回归、寻根的饥渴”这个庞大历史背景。在“生于此山中”之时，并未能“识得庐山真面目”。由于疏忽、由于不经意、由于日复一日的忙碌操劳，总是寄望于“有了空闲”之后。在“明日复明日，明日何其多”的蹉跎中错失了许多本可以浸淫其中的乐趣。直至时过境迁、美景不再，方才想到奋起直追，仿佛抓住一块漂在茫茫水面上的浮木。

这些“饥渴感”非“个中人”绝对无法体会。对我的震撼是直击心底、振聋发聩的。它远远超出了我这个中年后方才走出国门之人的思考范围。这全新的感觉和体悟甚至可以说是“不可思议”的。

在写下本文题目的时候颇费了一番思量，我真心觉得有好多地方是他们教育了我，是我这一人生阶段的“老师”。只有这样写才是我真实心态的写照，尽管他们全都是自然无意识的。

要想把这些“老师”们全都认真写出来是写不完的，只能浮光掠影地忆及他们的一些无声举动、片言只语，也算是在海外另一层面的“艺苑掇英”罢。

在一次学生们的年度画展上，一位略显沧桑的老太太拉住我询问还收不收学生。因为当时接待嘉宾很忙，只匆匆留给她电话号码和地址就招呼别人去了，很快也就忘了这件极为平常的小事。

没想到两个多月之后，她真的找上门来报名学习了。不是她的儿子、女儿，而是她自己。

她告诉我，她刚从护士岗位上办好退休手续，如今在一家艺术博物馆当兼职管理员。相对轻松自由了，可以了却年轻时的心愿了。

她在美国出生长大，现居住在雪城。美国雪城(Syracuse)离多伦多六七百公里，单程驾车需要七个小时。我的天！怎么可能？她淡淡地笑了笑：没关系的，我不会开车，是先生送我来的。我说：赶紧请你先生进来坐吧，外面这么冷，在车里待两个小时会冻坏的！她说：他很腼腆的，怕见生人。他都习惯了，不要紧的。

我想，这也许是一时兴起、一时冲动吧，应该坚持不下来的。

然而，她却出乎意料地坚持了近五年。

五个酷暑和严冬过去了，我始终没见过她先生长什么样。

一位香港移民学生对我说:老师,我住在纽约的老父亲来看望我,想跟着一起来看我上课可以吗?我说,没关系,欢迎老先生过来。于是我见到了一位可爱的、幽默调皮的、满头银丝、风度翩翩的老先生。

两个多月以后,我又见到了这位老先生。

他略显狡黠地笑着说:老师,我正式向您拜师来了。我专门在您家旁边买了一套公寓,再不回纽约去了。我瞪大了眼睛:就为了学画?他笑着说:是呵,我都想了六七十年了。

他极为谦和、简朴。唯一与人不同的是,每次来时手中都拿着一个超长的"鞋拔子"——他不愿女儿或别的同学帮他脱鞋穿鞋。

似乎他的爱好就剩下画画和喝酒了。我偶尔留他喝两盅国内朋友送来的酒,竟让他动容又动情。有一天他像小孩子一样欢快地给我打电话:老师,我也托人弄到茅台酒了,就跟您请我喝的一样,我送两瓶给您!为了不破坏他对国产酒的感情,我终于没忍心告诉他那是假的。

从他俭朴的衣着看不出他当初是干什么的,五六年下来只获得一点零星散落的印象:在偶尔谈及观赏矿石的时候,他会轻描淡写地说,老师若有兴趣可以去实地看看,我在巴西就有一个矿。再偶尔谈到草原风光的时候,他也会悄悄地邀请我:老师,我陪您去看看吧,我在澳大利亚和新西兰还留了两个牧场。

老人夫妇本来在纽约住为的是靠近儿子,因为学画"改换门庭"投奔了女儿。几年后女儿回流去香港了,他才无奈地卖掉楼房迁回纽约去。我问:你对这几年的折腾后悔不?他呵呵笑了:我高兴还来不及呢。

有一天,我接了一个从美国底特律打来要求学画的电话,听声音应是一位年轻的女孩。

她的要求有些奇怪和不合常理:她希望允许她两个礼拜来上一次课,每次连续上三堂课,星期六一节、星期天两节。这个要求将给我带来极大的不便。因为我这里的规矩就是每个班的学员人数固定,且都已基本满额,倘若增加了学生,则会对别的同学不公平。所以就婉言谢绝了。

相隔没几天她又打来电话继续要求,其理由有三:

从美国底特律开车来多伦多,单程需要五个多小时,加上过海关边检以及不确定的天气因素，每周都来会有困难；

她是要上班的，而且工作很忙；

她特别想多听到一些老师对别班同学的讲课内容，因为她最大的心愿是提高美学方面的修养。

我有点儿被她打动了。反复征求过另几班同学的意见后，大家都欣然接纳她参加该班的学习。

她终于如愿以偿了。

她从未画过中国画但专业绘画基础很好，所以进步极快。她的学习劲头真有些“如饥似渴”。不管是不同画种的绘画技巧，还是绘画理论；不同时期、不同流派美术作品的特点，它们的美学特征和美学理念；如何去欣赏它们“美”的“特性”与“共性”；它与不同国家、不同民族、不同文化背景审美情趣之间的关联……这些本已远远超出中国花鸟画的教学内容范畴，但她仍然每次都带着准备好的诸多问题向我“穷追猛打”。这真的是一位极为奇特的学生，我被她勤勉好学的精神深深打动。我把她视为我最为得意的学生之一。

相熟了之后我和她开玩笑：你下次上课时干脆带把刀来，把我这只画画的手一下子“剁走”岂不更加省事？她看着我笑了：不够的，老师。我还得把您头脑中的东西全部挖走才行。

后来我慢慢知道了，她是世界著名的福特汽车公司总部的外观设计师，也是唯一的华人设计师，更是唯一的年轻女设计师。

三年多后我偶然回中国办事，有一天助理带来一份中文报纸，上面用整版的篇幅隆重推介一个人。标题是《美国福特汽车公司十大杰出设计师——刘家宝》。

我笑着对助理说：这是我最得意的学生。

一天晚上我正在家中闲坐，旁边一位邻居打电话给我，说有位老先生想拜访我，现正在他家客厅坐着呐。出于礼貌我必须表示欢迎。

几分钟后一位满头白发、笑呵呵的老人走了进来。那风度、那潇洒、那从骨子里透出的睿智和高贵让人顿生敬意和好感。我仿佛已和他相识多年了，一见如故。我说您像极了国际奥委会主席萨马兰奇，他说他是纯正的中国血统,已是在海外出生的第五代了。老人姓马,他告诉我他们这个大家族有个极为严厉的家规:族中无论男女只要与外国血统的人结婚,立即发放一份财产令其独立生活,终身不得再与家族有任何联系。

他说从小就被培养得精通五种语言和酷爱美术,但又被迫成了金融家以维系家族的事业,成了一家瑞士银行的终身董事。现在的时间较为宽松,仍想回归幼年的梦想。只是上了年纪无法像年青人那样勤奋练习,只能多动“口、耳、眼、脑”而较少动手了,希望能获得我的“慨允”。

于是我这里又多了一位“编制外”、半师半友的特殊学生。

从往后数年的闲聊中得知,马老当年曾分别与蒋介石和毛泽东先生有过多次面晤。更为奇妙的是,1947年他还曾在南京两次见过我的父亲。

老人家中的陈设猛一看去并不奢华,但透出一种极为特殊而无法言述的贵族底蕴。所有的家具大都是从伦敦苏富比拍卖会购得的路易十三皇宫和皇室成员的家藏,然后由专业团队用专机护送直接运来安装到位的。这些艺术珍品只有在欧洲的大博物馆中才能远远地欣赏得到。而现在,那椅子正被我们随意坐着,桌子上放着韩籍管家为我们煮的咖啡。

有一天他正在我家客厅的沙发上坐着,谈着艺术、谈着艺术品。这也就是我们特殊的上课形式。其间接到一个从美国打来的陌生电话,原来是马老的母亲打来的。他的父母亲同年,都已经104岁了,还十分健朗。我礼貌一番后问道:伯母是找Pitter(马老的英文名)吗?她说:老师,我今天就是找您的。我知道,您说的话他听。您就帮我好好地劝他成个家吧,能在您的学生中帮他物色介绍一位吗?他也快80岁的人了,该安顿下来了。

马老无奈但幸福地笑着,竟还带有一丝未成年人的羞赧。他说:不要听她的,我们家二老就是不靠谱。这不,就在去年我父亲竟然还自己爬上屋顶修理破损,把儿孙们吓得跪了一地,求着老爷子下来。说:您要是嫌不好,我们另外给您买幢更好的还不行吗?老爷子却气定神闲:我也就是活动活动而已,少见多怪!

有一年我邀请了青岛、重庆、哈尔滨、沈阳、珠海等十几个出版社的社长来多伦多开书展,马老就请他们到家中做客。马老笑着说:今天算是赶巧了,再隔两天我这个巡回大使就要离开多伦多了。我知道他在瑞士洛桑、香港、悉尼、巴西和美国都有自己的宅子,分别由管家护理着。他不去

“巡视巡视”怎么行呢？

事后社长们说了一句差不多意思相近的话：相对于我们来说，马老是属于另一个世界的人。

写这一节之前，必须先普及两个广东话中常用的词：“恶”和“骂”。因为在多伦多的美术爱好者中常流传着一句话：杨老师好“恶”的！但他们之中十之八九却又是冲着这“恶”来的。究其实，乃“严格、严厉”之谓也，还从未听说过成天笑眯眯的杨老师会“恶”到与人吵架的。这里是真正学艺术、受训练的地方，必须严格要求才能成正果。这里没有说笑闲聊，彻底不同于老师们陪着寂寞无聊的“太太团”消磨时间的那些社区才艺班。

还有“批评、指出缺点”，只要表情严肃、语气稍重则会被称之为“骂”。可这与相互争吵出言不逊是完全不同的概念。但“骂”终究是“骂”，作为颇有些社会地位的成年学生们，听多了心里总也一定会有些不舒服的。

正值祖芬前来采访期间，一位同学宴请我们夫妇也同时邀请祖芬和同班的同学参加。她要“回流”，全家搬回香港去了，以此谢师、辞行。

席中她与祖芬耳语说：我们老师好“恶”的，老是“骂”我们。我都有被他骂哭了两三次呢。有一次我实在气极了，也大声冲他吼：老师，我在香港也是管着几百人的公司董事长，从来只有我骂人，决没人敢骂我的。你不要以为能把我骂走，我这辈子学定画画了，永远都不会走的！（其实她所说的“吼”也只不过是声量略有提高而已，完全没有失去上流社会知识女性特有的高雅气质。）

说到这里稍一激动不自觉地提高了声调，满桌的同学都听见了，引起一阵哄堂大笑：“你这不是要走了吗，是被杨老师骂走的？”

她转过身来自豪地对大家说：“告诉你们，我还是老师的学生。老师已经答应我，每次去香港都会给我讲课改作业呢！”

后来我也实现了我的承诺，她在香港马会的私人会馆里接待我。我们喝酒、吃饭、聊天、谈艺术、看作业，其乐融融，完全彻底地忘记了恶和骂。

我只是觉得这样的上课“费用”实在太高了一点。

在蓝天碧水的加勒比海上，嵌着一千多个美丽的岛屿。有的几个岛就是一个小国家。那里是美国和加拿大的后花园,很多人短时段的假期都会在那里度过。不知玩过多少次了,至今还是数不全那些岛国的名字。但其中有两个我早就知道了,因为我有两位学生就是从那儿来的。那就是圣·马丁和千里达。

千里达的陈先生从那次画展就黏上我了。他在千里达是搞实业的,开了几家面粉、粮食和食品加工厂。他说从小就喜欢画画,但在那个弹丸之地的小岛上就从来没有看见过“画”是怎么“弄”出来的。所以就随意买来一些印有彩色风景的书(不是美术教科书),买了些不知什么原料制成的颜料和刷子,就在工厂的墙上依样画葫芦地乱涂一通。“自己胳肢自己笑”,有些自我欣赏,也有些自我陶醉。厂里的员工更不要说了,“皇上”的画嘛,能夸多好就夸多好。直到看了我的画展才朦朦胧胧知道画画是怎么回事。这么好的学习机会怎肯轻易放过?

两年多后,他向我求了一幅画。说是和他的作品一起送给千里达的商会。他红着脸告诉我,他还是千里达商会和美术会的会长呢。

另一位老人本在圣·马丁拥有几间像沃尔玛那样的超市连锁,认识我以后就全交给儿孙们管理了。

他们家是几代前就闯荡海外的客家人,除了客家土语和葡萄牙语而外,别的话几乎完全听不懂。我只得像哑巴一样“连说带比划”地“身体力行”。可他“入迷”后越发不满足了,于是就交纳全班的学费包下整个时段一个人上课。他是所有学生中最为痴迷的,甚至达到了“病”入膏肓的地步。

他对自己的每一幅画都极满意,每一幅都“全绫大裱”并配上精美镜框。一两百个镜框堆得家里的客厅和房间几乎没有下脚之处。只要有客人来,必定不厌其烦地一一搬出供朋友欣赏。

在他的八十寿宴上我见到了他的夫人。老太太见到我就拉着不肯放手,不住口地连声感谢,令我大惑不解。在她不断的絮叨中我才得知,老人自学画以后杜绝了麻将赌博;基本谢绝了老朋友们的吃喝应酬;因为顾不上,日常饮食也简单清淡了许多;再加上每天十多个小时站着画画,这个锻炼的强度可不容小觑。

结论是:身体好多了,脾气也好多了。

老太太怎能不好好地谢谢我呢?

还有一群较为特殊的学生,他们是香港移民中的“太空人”。他们在这里定居,拥有固定的物业,却又要像候鸟一样定期或不定期的飞来飞去,以照料那边尚未能够完全脱得开的生意。

像这样的状况本就应作为业余爱好遣兴就好,可偏偏其中有一些人竟痴迷到了“不可理喻”的程度,这是让我始料未及的。

他们本可以在返港期间保留“位子”,(我这里还没有正规到使用“学籍”二字的地步,但囿于我的精力和时间,“开班数”常不能完全满足要求,排队等候数月乃至一年的事时有发生。所以“拿位”是他们最为认真对待的事。)让暂时急需位子的人先行填充,待他们回多伦多后再行商量调整。但其中竟有人等不及下次回来再上课,怕落下学习进度,终于创下了全新的“远程教育”新模式。

在互联网极为普及的今天,远程视频已是人人都懂、人人都会操作的正常交流工具。有谁能想像在手机都尚未普及的年代,越洋联系是何等困难,费用又何其昂贵!更何况美术教学最重要的是视觉方面的需要。尤其在他们尚处于初学阶段,空对空的“盲谈”艺术技巧和理论是无法达到具体指导、逐个讲解具体存在问题的。

这些学习书法的同学不能算“穷则思变”却也是“急则生智”,他们终于想出了一个较为实用的办法:事先约定好学习、上课的时间,提前半小时用传真机把自己的书法练习作业传过来,然后再拨通越洋长途电话。我和他手中都有一份基本相同的作品,我可以逐一对着发现的问题进行详细的分析讲解。虽然不能看到具体演示,却也聊胜于无——我们可以直接交流和释疑。

这在当时绝对可以算是创造“远程教育”的先河了。

好多同学都开玩笑说,我们早应该申请远程教育的国际专利,甚至申报吉尼斯世界纪录呢。

蓝天下的蒲公英 春天的使者

随着国际关系大格局的演变,中加关系的进一步改善,多伦多的中国面孔越来越多,在公众场合听到"国语"的机会也越来越多。初来时的孤独感越来越少,身边的朋友圈,尤其是热爱中国画艺术的人群越来越壮大。

身边聚集的"美术爱好者"队伍之所以能在不太长的时间里蓬勃发展甚至"家喻户晓",(有点夸张,但又一下子找不到更准确的词来形容。)应该得力于两方面的地利、人和:

当地各种媒体开始关注我们这群"少数族裔中的大多数",一有"风吹草动"就会敏感采集、广泛宣传。一些电视台相继做了采访和专题报道之后,加拿大国家级"多元文化电视台"又连续数年开办了"杰出人物专访"这个固定栏目,分别播放各个族裔中杰出精英的事迹,这其中当然也少不了介绍我们的节目。加拿大国民中几乎绝大部分都是移民或是移民的后代,大家对本族裔的各种状况都极为关心,几乎人人都会看这档影响力很大的栏目。

更凑巧的是这个栏目的片头就是从我的专题采访镜头中剪辑的,因此在几年的时间里,人们只要打开电视,就常会看到我那张不算英俊但永远笑眯眯、胖墩墩的脸。可就是这张平实而缺少立体感的东方面孔,在众多金发碧眼、"高低落差"很大的西方形象中反而显得卓尔不群,"物以稀为贵",变得尤为突出,似乎更能吸引人们的眼球,从那并不犀利的目光中品味出东方人特有的平和、内敛和睿智。以至于让我在相当长的一段时间里深深体会到影视明星们的"局促和尴尬":无论是在商场还是餐馆,总有人投来好奇的目光以及交头接耳的指指点点。

还有就是一年一度固定的、持之以恒的大型画展,以及配合画展宣传印制精美的画册。

起先考虑到学生们学习时间还不长、绘画水准有些参差不齐,故前面几年是以《杨玉琪教授师生作品联展》的形式公开对外展示的。后来随着队伍的不断壮大,绘画水平也越来越稳定和提高了,所以就直接把学生们的作品推向台前,使之进一步扩大影响,同时也接受社会大众的检验,因此更名为《杨玉琪美术学院第X届画展》。

每次参加的数十名同学都带着自己全部的家庭成员、各自的同事朋友、朋友的亲朋好友们前来共襄盛举。每个参展同学身边都簇拥着一个人数众多的粉丝团。加上各种华人社团、新闻媒体、电台、电视台……仿佛多伦多所有的华人全都集中到这里了，成了多伦多最大场面的“华人圈”集会。它充分显示了海外华人的凝聚力，显示了东方传统文化在西方社会受欢迎的程度。

哦，每一届画展都像是华人华侨的盛大节日，无数张兴奋、激动、惊奇、佩服的脸，无数赞美、羡慕的欢声笑语汇成一片欢乐的海洋。

同时展现的还有花的海洋，成百个花篮万紫千红、争奇斗艳，从展室、走道到大厅，一直延伸至大门外，大有阻碍交通之势。

最让我奇怪的是每年都有不少以花店名义送给我的超大花篮。我根本不认识老板是什么人、不知道花店坐落何方，对他们的馈赠总觉得受之有愧。同学们的话终于使我恍然大悟：我们每年的画展给这些花店带来全年之中最大宗的销售量，他们怎能不感谢您这位“财神菩萨”呢？

年复一年、年复一年，我也没有详细统计过我们这个“艺术盛典”究竟具体办了多少年。我只知道从儿子跟在后面碍手碍脚，现在已经每次都爬到墙的高处挂画，并且限制老爸动手了。

夸大一点说，这是一代人的节日，也是一代人的记忆。

* * *

每年当瑞雪消融，和风不再刺骨，万物开始复苏的时候，首先露出黄灿灿的笑脸迎接金色阳光的是迎春花。它好像是总代表，站在最前列唱响春的序曲。它更像是号手，总是第一个唤醒整个大地。

紧随其声不甘落后的是同样黄灿灿的蒲公英。它有着和阳光同样热烈的颜色，更像阳光一样把金色铺满整个大地。它是那样的敏锐和坚韧，它是那样的胸怀广阔、格高意远，它不在乎土地是优沃肥美还是荒芜贫瘠，它不计较热闹繁华还是无人问津，它总是率先将春天的灿烂洒遍每一个角落。

看吧,一茬金灿灿过去,一茬金灿灿又来,似乎精力越来越旺盛、生命力越来越强劲,周而复始,生生不息。与此同时,一丛丛洁白的绒花在春风里摇曳,只待时机成熟稍有借力,立刻直上蓝天,飞向期盼已久的青云之上。那一个个小伞兵看似无足轻重,却都在竭尽所能力争向更远的天边飞去,因为它们全都清楚地知道自己身上承载的传承使命。它们有的很快就有了抉择,有的仍在坚韧地前行,但只要一落地,同样都会立即扎下根来继续繁衍生息、继续传承自身的传统,使之永久地、永久地发扬光大。

由此,我又一次想到了我自己、我们全家、我的学生们和朋友们。

我再一次想到个人奋斗的成功和民族的群体力量相比无疑是渺小的,甚至是微不足道的。但我毕竟是这个群体中的一员,我身体里流淌的是中华民族传统的血液,我愿和他们一起唱响春天之歌,让它响彻云霄、响遍全世界。

庞贝遗址

从“垃圾堆”里捡出来的“英国剑桥终身院士”

彼得堡冬宫教堂

以前经常提及我那“聋哑人”的残疾，以调侃的语气讲述由此引发的种种趣事甚至笑话，令朋友们捧腹。表面的欢乐掩盖了说不清也说不尽的无奈和酸楚。在这个西方社会里定居生活，尤其是还想求得一点发展，不懂英语实在是太难、太难了。

记得刚上初中的那一年，学校突然宣布“上面”关于教学改革的通知：从我们这一届起不用再学英语。我们都曾像被特赦了一样兴奋莫名。可这个决定实行了一年就又改回来了。我们的上届和下届都学了，就只有我们成了极特殊的一批。回想当初还为此高兴了好几年，可现在就完全笑不起来了。四十多岁才移民过来，再从头学英文实在难于上青天。残疾就残疾吧，命中注定了，有什么办法呢？

因此，我家一个特殊的“垃圾堆”就很自然地应运而生。

一些与社会各界交往的信件，各类会议、活动的邀请函，各种乱七八糟的奖状、证书，看起来像是“正规”一点的文件、资料……都随手扔在落地电视和音箱之间的空当里，等待有学生或好朋友来访的时候帮助看看、协助处理一下。好像农村老太太接到儿子来信了，就要拿出去找人帮助念念一样。但这种机会总不是很及时的，经常忘了也就忘了、忽略了也就忽略了，反正大多是锦上添花的“身外之物”，大多无关痛痒，绝不会影响到我正常生活的。

这是1997年的一个极普通的日子，和往常一样平淡得像一杯温吞水。

一位以前的学生来访，在将该请教的问题谈完后，礼貌上觉得不便立即告辞，于是就找出一些话题闲聊。他突然看到“垃圾堆”上有一个纸筒，便随口问里面是不是画？我说也不知是哪儿寄来的什么奖状、证书之类的东西。他好奇地取出来一看，突然大声叫了起来：老师！您真的不知道这是什么吗？我茫然地摇了摇头。他正襟危坐，特别庄重地告诉我：这是《英国剑桥终身院士证书》。

这倒真的大出我意料之外。

后来他又帮我翻阅、整理、检索那个庞大的“垃圾堆”，竟还又找出了英国《世界名人录》的约稿信和美国“ABI世界名人传记中心”的入典通知和约稿函。

这是我完全没有想到的。在这个普普通通、乱糟糟的“垃圾堆”里竟蕴含了这么多“无价的宝藏”，隐匿了那么多意外的惊喜。

在那一瞬间，我突然想到了居里夫人。她藐视名利、视荣誉为无物，把那些外界视为至高荣誉的勋章、奖章扔给孩子们在地上滚着玩儿。这些举动曾赢得世人极大的尊敬甚至崇拜。而我面对这里的“珍宝”，也同样任由它们尘封、视而不见，任由它们与“垃圾”为伍，是不是和居里夫人的圣洁、清高也有着异曲同工之处？

其实，我从心底里知道自己并没有超然到那种境界。这完全是“南橘北枳”，形相似而实不同。她是“真的”不在乎，而我却不过是因为“聋哑残疾”不得不如此。

我虽没有削尖脑袋、不择手段去钻营，但真的见到这些国际性的荣誉降临到自己头上，总还是觉得数十年的辛苦努力没有白费，终于得到了世人的认可，心里还是充满了激动和兴奋。暗地里也曾对自己说，走到这一步总算是“成功”了，这辈子总算没白来这个世界一趟。但对自己的不能“免俗”，竟还与居里夫人的清高牵扯成一回事，实在有点厚颜。想到这里，又不禁哑然失笑。

在这之后的几个月里，眼前的一切像重新编排过似的“转了个儿”，前来订画的人数突然猛增。眼看支票厚度的不断增加，银行存款的数字不断增大，（外界基本都知道我多年前即定下的规矩："润笔"必须先付。可以提出题材要求，但绝不可以限时，否则不予接受。）我不得不让丽君认真打好一个表格，将订画者的姓名、数量、题材和润金一一填上。完成一幅就用红笔注明，以免搞错。

紧接着各种采访、演讲、剪彩、嘉宾、评委等外务的邀请接踵而来，大有应接不暇之势。这时吝啬时间的天性又显露出来，不愿意在这些无谓的活动中耗费自己的生命，于是基本采取"一概婉谢"的态度。同时也因此而博得了"低调""不张扬"的美誉。当然，也会有点儿让人觉得莫测高深，甚至也会有人觉得我的"隐居"有点自私、有点不合时宜。

就这样晕晕乎乎地忙了大半年，真是应了那些年大家常挂在嘴边的话："累，并快乐着。"这一年似乎成了自移民以来发展最好，也最为顺当的阶段，甚至可说成是名利双收。

我一直总是相信"谋事在人，成事在友"。在长年累月有心无心插柳的过程中，不经意间总有许多朋友在关注着你，并时不时地搭把手扶一扶、出点力，对当时的他来说可能只是举手之劳，但当众多关注集中到一点的时候，常会造成奇迹的出现。

一天丽君突然意味深长地问我：你还记得当年的南京画展么？我心里一激灵:那怎么会忘记？——

1986年我准备在南京开画展。

南京是一个文化积淀深厚、人文荟萃、卧虎藏龙的地方。"打响了"，从此阳光明媚；失败了，则十年内再别想抬起头来。故很多画家对于在南京办展都是有点发怵的，我当然也不例外。

画展展期定在五月二十三日，可到了四月一日连展标还没有落实呢，心里未免有点忐忑。

不想仅仅五天后，三个朋友分别送来了林散之先生、亚明先生以及时任省文联主席的李进先生的展标题字，其中李进先生还写了一横一竖两幅，让我按需要选用。

接下来的几天里，萧娴、陈大羽、宋文治、张文俊、李亚、赵绪成、童衍方、宋玉麟、李味青等画坛名宿的祝贺题词都陆续到了，我画室的墙壁上简直成了名家书法展览。

多么奇妙的能量汇集、关爱聚焦，恍惚感觉这简直就像是“巧合”，竟和几天前形成了不可思议的冰火两重天。

画展终于成功了，得到了诸多意料之外的收获和惊喜。我尤其看重的是业界师友由衷的肯定和对发展前景的期许和祝福。

万没想到，这奇妙的能量汇集、关爱聚焦竟还能毫不衰减地延续下去，成了我继续前行的动力源泉。当年美好的祝福竟铸成了一个几乎是不可能的奇迹：

很难想像，这些事会同时发生在1988年——

一、正式载入《中国当代国画家辞典》。

二、人民日报出版社首次出版大型精装画册《杨玉琪画集》。吴作人、廖静文题签，蔡若虹题签并作序。

三、陈祖芬撰写并出版长篇传记《永恒的诱惑——一位叫杨玉琪的画家》。

四、正式评上国家高级职称。

五、生了一个可爱的儿子。

“福无双至”是先祖们生活经验的智慧总结。是呵，有几个人遇到过“福双至”的呢？现在居然五次“惊天动地”的大喜事接踵而来，这种极小几率的“偶然”，其中包含了多少极为复杂的“多因素”的必然？

妻子·儿子

生日礼物的“惊”“喜”

丽君和珺儿终于来到了加拿大。这是用近两年“孤独、空虚”和“寂寞、无助”的代价换来的。作为一个丈夫和父亲我觉得欠她们娘儿俩的情感和责任实在太多了，她们能苦熬到今天，真的是太不容易。

我本是个既不浪漫，又不太注意生活细节的人。

自相识到结婚生儿子，我从未送过丽君生日礼物，没有鲜花，也没有过庆祝晚宴。她自己倒没说过什么，只是母亲无意中的一次问及让我像一下子遭到了迎头棒喝。用母亲当时的话说，你这样像个男人吗？你对得起人吗？回过头来细想：十年了，总共只一起看过一场电影，还是那部引起万人空巷，似乎人人都必须要看也不得不看的《卖花姑娘》。

在加拿大孤军奋斗的一年多时间里，常在深夜静对窗外月光辗转反侧、思绪万端，常在冷静的反思中隐隐感到悔恨的刺痛。总也会暗自思量，一旦有机会重逢，定要设法把这十年的遗憾补回来。

“行动方案”的台本设计了一个又一个、补充了又补充、完善了又完善，但总是觉得够不上补偿的分量。似乎怎么也达不到能让她体会“平生第一次”的惊喜。

为了保密的需要，在紧张、积极筹备的过程中，“喜”尚未尝到，却先让她不可避免地受到了“惊”——

刚到多伦多的第二天，在一个饭店吃好早点，我就把她们母子俩带到一个大型商场里。我心里想，这是一个有着几百家商店、多个影剧院和数十家餐厅的超大型室内商场，一整天也逛不完。把她们放在这里“自由活动”，我离开去“办点事”应该不会有什么问题。于是乎叮嘱一番，约定了见面地点后我就离开了。

一个多小时后我赶了回来，竟看到她们万般无奈甚至有点“绝望”地坐在走道中间的长椅上。四岁的儿子见到我竟然带着哭腔说：爸爸，我以为你把我们扔了呢！我这才猛然记起，对于第一次、第一天出国来到完全陌生的环境，面对全部用英文法文写成的招牌，面对熙熙攘攘各种肤色、各种装扮的“鬼佬”们，面对永远也逛不完的商店、满耳都是叽里咕噜听不懂的语言，她们确实有点慌了，生怕绕不回约定见面的地方。儿子又突然提出要喝水、要上厕所，对于身无分文的丽君是彻底忐忑、彻底无助了。再说，就算有钱，到哪里才能找到卖饮料的店铺呢？

这一惊实在非同小可，直至见到我，简直就如同见到了救世主。我确实为我的疏忽感到心痛，但怎么也必须忍着。我是为了要完成那个大惊喜而到旁边的政府部门咨询如何申请新移民出国手续的。

第二次受惊就更有点吓人：刚过了两天，我说夜里要出去办点事，这就显得更加无稽和荒唐，什么事情需要夜里两点钟出去办理、什么机构要到夜里两点钟才办公？长别两年后刚刚团聚，对这里、对这两年发生的一切都全懵懂无知，再加上前天商场的那场惊吓，她心中的疑虑和不安是可以想见的。我深知这个“恶作剧”是有点过分，但“小不忍则乱大谋”，一切为了最终的效果，为迎接高潮的到来，只得继续铺垫，忍痛豁出去了。

我是带着政府咨询部门给我的指导资料和美国驻多伦多总领事馆的地址前去排队申请美国旅行签证的。因为他们每天只工作上午半天，接待的名额有限制，所以必须及早排队才有机会。

十月中旬的夜里，多伦多已经很冷了，排在铁栅栏外露天里的队伍已蜿蜒弯过了后面的街角。所有人都蜷缩在帽子大衣里跺着脚、呼着气、忍耐着、坚持着。我想这里面的每一个人几乎都有着一个美国梦，唯独我没有。我只是为了给妻子一个难忘的生日礼物，一个惊喜、一份深藏在心底的歉疚和一份由衷的补偿。

直到第二天中午前我才灰头土脸、疲惫不堪地驾着车回来。我从丽君明显失眠的脸上和眼神里读到了一丝疑惧和不安。但她还是一如既往地什么也不问，仍然温顺地端上早就备好的餐点。

我几乎就要崩溃了，几乎就要忍不住将秘密全盘托出了，但终究还是选择了沉默，选择了避开她探寻的目光。

那是一个晴朗的早晨。

太阳尚未升起，天空是一片纯净的湛蓝。没有一片云彩、没有一丝杂质，蓝得甚至像是假的、像一个人工做成的大穹隆。我的心情也和这天气一样的好，终于盼到实施我计划的时候了。

今天是丽君三十岁的生日。

可她还被蒙在鼓里呢。由于全新的生活、全新的环境冲击着她，她几乎从来没有闲心去关注今天是几月几号、是星期几、是个什么日子。她完全沉浸在新奇和欢悦之中。

儿子在后座用三条被子围成的安乐窝里安然睡去，丽君在副驾驶的位置上一会儿看着高速路前面的风景，一会儿又扭过头来看看我，洋溢着一脸幸福的笑意。照例还是什么也不问，多年养成的那份信任和笃定让她习惯了不再去操那些闲心。跟着杨玉琪是绝对不会错的，只管安心享受就是了。

今天汽车的引擎声都显得特别欢乐。我们很快就听到了巨大水流震耳欲聋的隆隆冲击声。这就是世界七大奇观之一的"尼亚拉加"大瀑布。那每秒数千吨的流量、九十多米的落差，再加上由三组瀑布组成的马蹄形瀑布群气势磅礴，蔚为壮观。更为奇妙的是，世界上几乎所有的瀑布都在山里，以"挂前川"的形式展示它的风姿，而尼亚拉加却是在平原上、在城市中的一条巨大无比的深邃峡谷中。游客们是站在河岸边、站在瀑布的顶端向下看，那感觉完全颠覆了常人对瀑布的旧有概念，于是更增添了一层新奇的感受。

他们完全被眼前的壮观景色震慑了：儿子雀跃欢呼，丽君则"哦、哦"地赞叹不已。

这条大河和瀑布群从城市中央呼啸而过，似乎是将整个城市一下子切割成两半。其实这是由三座大桥连接着的两个城市：尼亚拉加城属于加拿大，而巴弗罗则属于美国。

丽君的眼睛和嘴巴张得更大了。多年来头脑中觉得遥不可及的美国竟然就在眼前，好像一抬腿就能跨过去一样。她知道当年的中国有多少人做着美国梦，多少人竭尽平生之力削尖脑袋苦苦钻营，甚至冒着偷渡犯罪的危险孤注一掷；多少人为此堕入"蛇头"的陷阱万劫不复甚至失去生命。

这个神奇的梦竟然就在眼前，几乎唾手可得但却又咫尺天涯。要想真的跨过去却难于上青天。我笑着逗她：想不想过去玩玩？她笑着"嗤"了一声:白日做梦！我又一本正经地说:桥不就在那儿吗？我们过去试试好不好？她明知这是个弥天大玩笑,那就陪着你笑一笑好了。于是也就温顺地带着儿子跟我上了车。

不足一分钟就到了桥头,没有任何阻碍就直接开上了桥。这座桥名叫"彩虹桥"。因为瀑布撞击而升腾数百米高的水汽在阳光的映照下几乎常年都能折射出清晰的彩虹横跨桥上。人们的汽车就像直接穿过彩虹进入另一个奇妙的世界一样。

桥的另一端有警察站岗执勤。一见到我们的车子,便走近前来敬了个礼。我按下车窗递出护照,他们只是低下头点一下人数、核对一下面孔,然后退步又敬了一个礼,微笑着摊开手,做了一个"请便"的姿势。谢谢之后我就关起车窗悠然而入。

看到这二十秒钟的默剧表演,丽君就更加糊涂了:这就算进入美国了,竟然连一个字都不用讲？她甚至仍然不放心地又加追问了一句:现在我们就是在美国了？我微笑着点点头,心里充满了得意和满足。我这么多天来的努力终于没有白费,终于达到了我所预期的效果。

接下去在巴弗罗城的街道上缓缓地行车溜达的时候,丽君还像没有醒来似的自言自语:究竟是怎么回事,竟然这么简单？是不是你做了什么手脚？我这才笑着解释那两次让她"受惊"的秘密。

中午进餐我特别选择了一间外部装潢特别豪华的西餐厅。根据一年多来的经验,对于点菜我已经不太犯怵了。一般餐馆菜单上基本都会对应地印上菜肴的照片,只要"看图识字"即可。

侍应生送上菜单后我彻底傻眼了。大概是这家餐厅太"高档"了,根本不必考虑粗浅的看图识字的需要。菜单全部采用华美的花体英文印制,每种菜肴的下面都有极详细的说明。我猜想都是介绍配料和制作方法的。

对着"天书",我的脑子飞快地转着、思量着如何应对这尴尬的局面。侍应生还是训练有素、颇具涵养、耐心地微笑着等候指令。我不得不抬起头:"I, English, No!"侍者宽容地笑着点点头又摇摇头,仿佛在安慰我:没有关系！于是更加弯下腰来详加指点和解释。他完全想不到这样的解释只会让我更糊涂。我突然灵机一动,果断地抽过他手上的笔,在那张精美漂亮的餐巾纸上三下两下就画了一头栩栩如生的牛。他佩服地张大了嘴并恍然大悟，但终于憋不住掩嘴、耸肩大笑起来并回头向所有侍应生招了招手。

当时已过了中午的正餐时间，整个大厅里只有我们这一台客人。大家也都轻松地嘻笑着围过来，真是“其乐也融融”。连后面的大厨也被吸引过来凑热闹。在七嘴八舌的关切声中，我领悟到他们想知道我想吃“什么样”的牛肉。于是我敞开外衣，在自己肋骨的部位比划了一下，于是他们大笑着完全明白了我要吃牛排。当他们再伸出手指的时候，我爽快地指了指丽君和儿子，伸出了三个手指：要三份。现在轮到他们摇头说“No”了，我完全不明白他们为什么不接受我的要求。对应下面所有的关切问询，我都一概摊开手、耸耸肩，微笑以对。他们由衷地“快乐着”但又“无奈着”，最后只得按着他们自己的“理解”去准备了。

面对一篮子各式面包和牛油果酱，才记起确实很饿了。我们便都狼吞虎咽、毫不节制地大吃起来。紧接着又送来开胃前菜、浓汤和沙拉，都是每人一份。不多时间之后，大家都摇摇头、看着桌上的丰富菜肴“望洋兴叹”了。只是心里还在嘀咕：牛排呢？莫不是他们搞错了？

就在酒足饭饱，腆着肚子准备结账的时候，三份巨大的牛排送上来了。我的老天！用“巨大”二字来形容绝不为过。几年后我才懂得安格斯牛排为了达到嫩度和口感，每块必须达到二十盎司才会有最好的口味。我这才明白他们为什么反对我订三份。以他们的经验，我们合用一份就已足够。最后，我们每人只是象征性地各切一小块尝了尝，就赶紧付了账“狼狈而逃”了。

临行前又最后瞄了一眼桌上几乎未动的丰盛菜肴，尴尬中似乎又感到一种变态的自豪和潇洒。我想到了电影《百万英镑》里的亚当先生，不禁哑然失笑。

这个欢乐的窘况竟让我们全家记了整整二十五年，时不时地还会翻出来笑上一通。它的经典笑料和纪念意义远远超过了正餐本身，令全家终生难忘。

晚上回到多伦多市区已经华灯初上，这充满意外和惊喜的一天似乎可以划上一个圆满的句号了。我这才回过脸去问丽君：今天是个什么日子？看到她先是愣了一下，接着眼睛和鼻头就微微有些泛红，紧抿嘴角什么话都没有说。

谜底既已揭开，我“仿佛突然想到”似的说，到前面的商场里找一家蛋糕店选一个生日蛋糕吧，于是“无意间”走进一家蛋糕专门店。面对柜台里五彩缤纷的蛋糕，儿子乐得手舞足蹈，自告奋勇帮妈妈挑选。突然他猛地大声叫了起来：妈妈，快来看！这上面有你的名字！

怎么可能——在一个外国商场的“鬼佬”店里？

仔细一看，果然——

硕大的蛋糕中央赫然写着两排歪歪扭扭的中文字：

“丽君爱妻，生日快乐。”

只见她慢慢直起身来，盯着我看了好一会：

“你呀，……”

这是我一生中第一次做出这么浪漫的举动。其实，从一开始只是为了内心的歉疚想作出补偿。没想到自己设计制造的浪漫情节把我自己都感动到了，而丽君表现出来的“无声的感动”则让我更加感动。我明白了，这种绕口令式的连环感动确有着动人心魄、教人心甘情愿为之付出一生的力量。

为了巩固这份感动，第二年丽君生日时我送给她一艘双引擎、十人座、加篷的白色游艇——丽君号。这是安大略湖里第一艘中文命名的游艇。插曲是定制的船厂无法制作中文船标，最后还是由我亲自出马，花了近一天的时间才精心题写并描绘到船舷上面去的。

国色天香

阴差阳错

幼年的经历一直在心灵深处设立了天人交战的战场。欺侮、羞辱、横眉冷对纵然会给我造成创伤，但总有一些善意的关心和照顾将它安抚得柔软而平和。我时常在想，一个善意的眼神和微笑为什么会让我久久难忘，以至一经想起仍旧会从心底涌起一阵暖流？

所以，我一直坚信“善”的力量是强大隽永的。因身处边缘状态，我无法给予别人太多的帮助，可“善”的种子总在心底埋藏并孕育着。只要有所求，只要力所能及，我一定会尽量给予帮助。所谓“破船多揽差”的状况时有发生，但仍愿勉力而为。逆境的摧残并没能把我的人性推向“恶”的深渊，我清醒地体会到这是上苍善意的护佑。

一位“发小”请求我介入一宗有关他朋友的、难缠的婚姻诉讼。

先是女事主的困境博得我的同情；再就是触动了我“凡天下事都愿试一试”的天性，觉得这是唯一“接触司法”的机会；第三是对方聘请的辩护人拥有“死人都能说活”的称号，这也激起了我心底隐藏很深的征服欲。因此也就阴差阳错地答应了。

结果：由于思虑缜密、立意精准、应对方略准备充分而无懈可击，所以事主目标全部达到可谓完胜，我的答辩材料后来竟然流传出来成为一时佳话。更为出乎意料的是，结束时男方当事人和那位“能将死人说活”的辩护人还特地跑到我们这边来与我紧紧握手，对我精彩的辩辞和客观理性的立场表示尊重和敬意。

尽管后来好长一段时间都为一时冲动参与了这场不光彩的诉讼而后悔，但又为所取得的“胜利”而私下沾沾自喜。

人世间的事常会有莫名其妙的因果关系和连锁反应。

女事主的感激导致了礼节性的拜访，继而就顺理成章地有了进一步的走动和交往。

一天晚上，我正在市局机关值夜班，她又和朋友带着一个女孩子来拜访我。介绍说她是我们系统一个工厂的检验员，托我帮她调个“有点出息”的工作。这是极易解决的事，我一口就答应了。

她一直低着头，垂着长长的头发。虽未看清面孔，但拘谨、腼腆到如此程度却给我留下了极为深刻的印象。闲聊中得知女孩心气很高、极爱学习，尤其喜爱绘画，因此就阴差阳错地成了我的学生。

没过多久，市里筹备一个大型工业产品展览会请我担任总设计师，同时需要聘请一大批美工、设计人员当助手，于是她又阴差阳错地离开了原单位。从此就有机会、有充足的时间学习绘画、学习设计了。

当年，美术设计这个专业还是比较吃香的，好多年青人都愿意跟着我学习。当然其中也不乏有人是看中我在这个行业里的声誉，以及手中那么一点芝麻绿豆般的小权。但僧多粥少，机会并不多，也不常有。她就是在展览会结束不久，一个新的中外合资企业成立时，她又报名参加考试，被正式录取进入了该企业的设计室当了设计员，从此阴差阳错地走上了专业之路。

又几个月之后，我在改革开放大潮的冲击下终于也静极思动，产生了跃跃欲试的冲动。恰巧这时也阴差阳错地碰上一个去南京师范大学美术学院继续研修的机会，于是以这个堂而皇之的借口离开泰州去了南京。

从此，我得以师从徐悲鸿大师的得意门生谭勇教授研习中国花鸟画，"名正言顺"地重新回到"纯艺术"的道路上来。机会虽是阴差阳错偶然碰上的，但对艺术的追求和努力却从未间断过，切实的行动计划是经过深谋远虑、蓄谋已久的。我又一次将今后的前途甚至今后的生计押给了自己从小就确定的"走纯艺术道路的愿望"，押给了未知。

当时离开泰州确实是孤注一掷，彻底舍弃前半生各种累积的冲动行为。大有"风萧萧兮易水寒，壮士一去兮不复还"的悲壮情怀。我也曾想竭力靠近李白"仰天大笑出门去，我辈岂是蓬蒿人"的豪气，但始终找不到那种感觉。我大概是太过习惯于"夹紧尾巴做人"了，怎么也鼓不起那股豪气，怎么也笑不出声来。

我自己也深感奇怪：这是盼了多年想冲破牢笼的大好机会，本应会兴奋得发狂发疯，但感到的却只有凄凉和悲壮。是不是被捆绑久了一旦松开绳索，胳膊腿儿还是麻木肿胀不能动弹？

走了，真的走了。我完全没有打算再回来。

可我做梦也没有想到：六年以后，那个腼腆胆小的女孩竟然阴差阳错地成了我的妻子。

三十二年后的一天，偶然看到一期中文电视《非诚勿扰》。其中不少女孩公然声称自己择偶的目标是“大叔型”的，说处于这个阶段的男性普遍经过社会的磨砺、工作的竞争、与异性交往的领悟，以及各种历练甚至跌爬滚打，会更加经验丰富、睿智成熟，事业和经济基础也会有相当的累积，所以更能彰显出男人的魅力。听起来似乎很有道理，但毕竟彼此间的年龄差距有悖于传统眼光，这种“务实”的择偶观确实略显异类和新潮，甚至引发了关于“物质”和“拜金”的讨论。

我笑着调侃丽君：她们算什么前卫、新潮，有人三十年前就下决心跟着大叔了，那才算引领潮流呢。

丽君微微红了红脸，悠悠地说：人家是看准了稳健的基础才嫁的，你那时除了年龄大而外还有什么呢？

我说：那么你是阴差阳错、歪打正着碰上我这个“潜力股”了？

丽君说：我可什么也没想。大概是前世欠了你的吧。

这倒似乎是实话。

我无法说清比她大十六岁算是优势还是劣势。当时除了那一点点才气和拼搏精神，可真的就一无所有了。

芦塘小憩

“南飘”撷趣

近几年国内很流行“北飘”这个新创的词。

我私心觉得这个“飘”字用得何等精彩、何等传神！它舍去了许多人很在意的“冷”“饿”“累”“孤独”那些折磨人的切实感觉，只有真正身临其境的人才知道这些“有形的苦”都还是可以挺过去的，因此也就不是最可怕的。真正无时无刻如影随形撕咬啮食内心，连睡梦中也不停歇的折磨却是“心底的空虚”“前途的迷茫”。整个身心无着无落，成年累月在无边的混沌中晃荡、无法自控的浮沉。真的只有一个“飘”字才能形容得尽。要换另一个字去取代它，却是万万不能。

那时的我与之相较，虽地点不同但“飘”的实质却是一样的。三十年前的“飘”们是地道的孤军奋战，不要说“飘一族”了，甚至连“一小撮”也够不上，是属于“凤毛麟角”的稀有动物。所幸“头儿”曾和我同在技术科共事过多年，像老大哥一样了解我关照我，因此领着工资、拿着补贴飘着，毕竟少了“物质”的后顾之忧，应该算是“高级飘”罢。尽管眼前一片空茫，但仍存一丝底气，甚至一点潇洒。

这底气也来自绘画功底的累积。为精神追求而“飘”，当然也会在精神上寻求慰藉。艺术的魅力就在于一旦沉迷进去，就会远离那万般苦楚，只剩下享受了。更所幸我对吃喝等物质享受本就没有太大兴趣，只求量而不求质。好坏无所谓，混饱肚子就行。

有一段时间的作息时间是这样的：

清晨，窗户发白，偶尔听到小鸟的鸣叫，我就知道到了该休息睡觉的时候了。时近中午，“任务的压迫感”强制自己醒来，旁边机关食堂的开饭时间是固定而严肃的，过时不候。因此，再睡眼惺忪也得去把维持一天生命的“能源”买回来。

在一个比汤盆略大、比脸盆略小的盆子里，三分之二是米饭，上面盖着菜。匆匆洗漱后，我会在盆子里比划一条中线，然后由上到下将其中一半消灭，我也不知这应算作早餐还是午餐。吃完之后随便拿出一本书（我那里绝无小说、杂志等闲书），看一会儿发一会呆、再看再发呆，印象中总是发呆的时候居多,总是似乎在认真地思考些什么,却又仿佛什么也没想。直到天将黑,再消灭残存食物之中的一半,就在吃完这顿无法界定名称的一餐之后,窗外的亮光已被室内的灯光取代,我心目中的一天现在正式开启。

发呆时天马行空、杂乱无章的模糊思绪仿佛像突然注入了新的生命,顿时鲜活了起来,挣扎着、涌动着,争先恐后地准备随时喷薄而出。于是我就铺开宣纸,完全不受控制地挥洒起来。

我的习惯是每拖出一刀宣纸,先将它们一开为三堆在画案右首。每当一个灵感跳出来,拈过一张就可开始作画,完全不受裁纸、判清正反等干扰而打乱情绪。画完一幅,看也不看随手扔向画案左首的地面。待第二幅完成再将画扔上去。如此周而复始,直至大脑清空、身体散架。

到这时才变换姿势和工作性质,改为坐下来喝一口清茶,逐张检视地上的画,分析优劣,找出与初始灵感的差距。当然同时也会伴有欣赏和陶醉。这时大脑、心境和周围环境一片空灵和宁静,仿佛进入了一个旷邈无边的空间,只有我一个人,只有我的画,我在和它们进行灵性的交流。

经过挑剔、鉴别,这堆作品被分为两类:满意的扔到床上,不够水准的则塞向床下,等待它们的下场就是集中清理进垃圾场。奇怪的是那些惨遭遗弃、困居床下的习作有时竟像自己有缺陷的孩子一样时时牵动你的心,总是在反复咂摸它之所以不成功的原因所在,总是不愿意轻言放弃,总想是否有办法进行补救、帮助它脱离苦海。经常会在几天之后的某一时刻突然心血来潮跪到床前去扒拉那个垃圾堆。好不容易从那"浩如烟海"的纸堆里翻找出来,再摊到画案上反复揣摩,然后拿起笔倾注刚刚爆出的灵感火花。偶尔也会鬼使神差似的达到出神入化的奇妙效果。这大概就是所谓的"精诚所至,金石为开"吧。

这时肚子往往会提醒我,到了进"第三餐"的时候了。于是端出那仅存的四分之一,兑点保温瓶里的水泡一泡。尽管那名副其实的保"温"瓶里常常是货真价实的"温"水,但绝对无所谓。因为这是最轻松、最怡然自得的幸福时刻了,在这样的感觉中,随便什么粗茶淡饭也会成为一天之中最为美味的一餐。

还有更幸福的时候呐,那就是偶尔还会从橱顶上取下一个大口的玻璃瓶,里面装着丽君亲手熬制带过来的肉酱。哦,那可是天下的美味!我那时真的觉得再没有比它更好吃的东西了，它独特的好味道可以一直从胃渗透到心里，所以经常舍不得吃。可生活智商为零，却又对艺术“一根筋”的我，有时竟还会无意识地将它忘记。等到再次打开的时候，发现它居然长毛了。祖芬在听了以后曾笑着说：那是“肉们”不甘寂寞，又返祖“退而为猪”了。

这期间的另一个状况是文化底蕴极为深厚的古城南京，确有它不同凡响的独特之处。国画界这个圈子里，很多人都知道了有我这么个画得还不错的“外地来的画家”。他们的友善和包容让我感动，因此也交了不少同道好友。我的居处尽管简陋，但一人独居，没有另外家庭成员干扰，所以环境相对自由。有不少朋友常愿意来这里聊天、切磋画艺。手痒了，随便涂抹一幅，兴致到了，就摇头晃脑吟上几句并挥毫写出。看到墙上挂着的新作，对了脾胃则大呼过瘾，看出毛病也会直言不讳，甚至弄张纸来连说带比划演示一通。这种氛围越来越浓之后，吸引了更多的艺坛同道来此聚会。更因我的窗户面对大院的主干道且通宵亮着灯，所以朋友们可以不分早晚直接走到窗下轻轻一敲，房门自会应声而开。

坦率说，这种浓浓的学术氛围给了我极大的触动也让我受益颇多。除了艺术方面的长进和提高外，性格、胸襟、气魄也同时开放了很多。有时我甚至不知天高地厚地想到当年“扬州八怪”和“竹林七贤”的相互交谊，终于悟出了其中的精髓。

夏园小聚

一场大醉、一场嚎啕

渴望成功和被世人所知，是画家和争取成为画家的人们梦寐以求的事，举办画展、出版画册应是首选。它能让自己的作品有一个全面、集中的展示，让更多的人直接欣赏到作品的原貌，从而产生一定的反响，这是走向成功的必由之路。我也未能免俗，只是因为诸多复杂的原因一直把这个愿望深深地藏在心底秘不示人。

从刚到南京开始，就有热心的朋友提醒并鼓动我开画展，但我始终笑而不答。我冷静地知道这是一把双刃剑，成功了固然可能飞上枝头成凤凰，但失败了也会被钉上耻辱柱长久无法翻身。我必须要清醒、客观、精准地知道自己在南京美术界这个坐标上的位置，我不想亲手把自己毁在“盲目自大”“盲目陶醉”的温柔陷阱里。

经过一段刻苦修行，我终于觉得可以安排一次“试飞”了。于是带了二三十幅作品“闯”到深圳。时逢刚刚改革开放不久，我几乎可以毫不脸红地承认，我应该算是最早闯深圳的极少数画家之一。目标明确而单纯：检验和测试。

第一个测试场所是当时规模最大的香港博雅艺术公司深圳分公司。他们书画艺术部经理看了我的画后立即要求留下几幅，当时就将这些画挂进了展览大厅的正中间，同时商量订购两百幅我的作品，并在香港博雅创建十五周年庆典时为我在香港举办个人画展。从他们的经验和眼光里我知道了自己的基本位置。

另一个例子是抽象得变形了的漫画式场景，像在讲一个离奇的、完全不可信的，但又是绝对真实的故事：

在另一个大型的著名画廊“深圳银湖艺术中心”展厅里也挂了两幅我的作品，那是标明价格准备出售的。在画廊经理与我商量定价的时候，我注意到展厅里还有江苏画坛泰斗级大师的几幅作品，标价也就在400至600元，最大的一幅四尺山水才860元。(当年的画价普遍如此。前一年林老的四尺对开并裱好的诗词条幅在南京才标价60元。)我私心揣度岂可与大师比肩？于是提出标价200至300元。经理笑着摇摇头：你的画已经相当够水准了,不应如此低调。在他的坚持下我才壮着胆勉强同意标出我认为的天价420元和450元。

几天后我与经理聊天说,是价格太高了罢,要不怎么还卖不出呢?经理笑而不答。隔了一会他才与我商量说,我们做个试验好不好,看看是你对还是我对。我点头应允。于是他就在那两幅画的价格牌上分别又加了一个“零”。这简直是胡闹!可还未来得及“抗议”就进来两批日本的大型旅游团,他忙着接待,我就无聊地坐在一边闭目养神,连一直有人围在我的作品面前议论都没在意。旅行团离开了,经理笑眯眯地走了过来:杨老师你看看,你的画哪儿去了?

真的卖了。实实在在的8700元。

我绝不会狂妄到自认为超过了大师们的地步,相信这是地地道道的商业炒作行为。但我也清楚地知道我的作品已经得到了认可。报纸、杂志、电视台的报道也反映出当时各方面对我的肯定。我是该认真思考如何走好下一步的问题了。

现在有两条路清晰地摆在面前:

第一条路是紧紧抓住眼前的机遇,拼命画画以满足艺术公司和画廊的需求,同时也满足自己对金钱的需求。

是的,我太需要钱了。刚来深圳的时候口袋里就只有600元钱,为了坚持得时间更久一点,连续好多天早、午、晚三餐皆以方便面果腹,以至在之后的许多年里留下一个“见到方便面就恶心想吐”的后遗症。当时这里还有一家准艺术公司愿意给出月薪240元并提供宿舍想留下我为他们工作。说实话,这个条件在普遍工资只有40—50元的年代是非常诱人的。更有利的是方便与多家画廊保持联系,满足双方共同的需求。

这与我多年奋斗的目标似乎很像、很接近了,似乎就成“专业”画家了。可我清醒地认识到,这只是一条较为舒适的“商业画家”的道路,势必不得不委屈自己走向“迎合买家胃口”“适应市场需要”“批量生产”的陷阱。它会让我永远含着奶嘴印刷人民币,一定会磨掉我的灵气,永远无法再继续长大。

另一条道路则是立即从充满金钱诱惑的商海退步抽身,折回当初既定的学术道路重新起步,攀登艺术的高峰。这条路无疑是坎坷、崎岖而漫长的,不知何时才能走到尽头,抑或根本就没有尽头。

然而,在这条路的地平线上却始终有着灿烂的五彩霞光,云端里始终矗立着一座座巍峨的丰碑,能清楚地看到前辈大师们在微笑着向我频频招手。

理智和诱惑之间的抉择是痛苦而残忍的,它有时会需要你付出抑制人性的代价。在极度贫困了许多年之后,对金钱的需求越来越具体而强烈。令你的心儿怦怦直跳的巨大利益明明就摆在面前伸手可及,却硬是要扭过头去装出不屑一顾的神气是何等艰难。

经过几个月的反复权衡思考,我终于下定了决心回南京重走既定的老路。在向朋友们宣布最终决定的那个晚上,朋友们陪着我一杯接一杯地喝着红酒,惋惜又唏嘘。第二天他们告诉我昨晚喝醉了的状况:一开始是豪情万丈地发表滔滔不绝的演讲,大有为理想献身的崇高和伟大。后来又似乎想到了矛盾和无奈,再接着就不知是想起了幼时的艰辛抑或是因为选择了继续艰辛下去,顿时泪如泉涌一发而不可收。仿佛封闭多年的河堤一旦冲开缺口,那股宣泄的力量是无法遏止的。

其实我心里完全知道,昨晚的情绪尽管有些放纵,但仍控制在清醒、理智的范围之内。这是天人交战后的放松,是激斗之后最终取得胜利的亢奋,是慷慨赴义的悲壮。这无声的嚎啕,是一个成熟理智大男人的庄严宣誓。

像又一次走向征程的勇士,这次是满心坚定、满怀豪情并充满了必胜的信心。风没有了萧疏肃杀之气,变得温和了起来,易水也不再寒冷,唱起了欢快的歌。

在被诸般不理解和质疑围堵得水泄不通的时候,总有一个带着和煦春风般的笑靥在默默关注、无言地支持着我,在纠结中不断给我的天平增添砝码。丽君的信念已近病态的盲目:不用理解也毫不怀疑,我所有的决定永远都是对的。这让我感觉到我不是孤军奋战的,我的心底永远有一个没有合约、没有承诺但坚实可信、足可依赖的同盟者。

现在,几乎从各方面都印证了奋力冲刺的时机已接近成熟,是该将多年对艺术的思考和研究心得用作品表达出来,创作一批高质量作品举办画展、出版画集向全社会公开展示的时候了。

树屋之中天地宽

中国画艺术是一项综合性的艺术。除了作品本身而外,装裱的“形式”、“款式”、绫锦颜色的搭配以及与画面内容风格的相互衬托都是极为重要的因素。

每个画家都知道装裱师技术水平的高低以及艺术眼光、艺术修养的高低是会直接影响作品形象的。而这样的裱画师何其少呵。其中的佼佼者常被大师级、泰斗级以及专业体制内的机构垄断,常年忙得不可开交,简直针插不进水泼不进。要说“不得已而求其次”吧,又必须先设计好对每一幅作品的装裱要求,逐幅与裱画师沟通。自己“烦不胜烦”也就不说了,可人家是要靠此谋生吃饭的,哪有心思听你细细啰嗦?懂些礼貌的人也只是装着仔细听,其实根本不可能往心里去。最后的成品常常会令人大失所望、啼笑皆非。

我正在为画展作品的装裱犯愁呢,恰好碰上了一场及时雨:我接到丽君的来信,她告诉我,她现在已完全掌握了裱画的所有技术,可以有把握装裱我的作品了。我反复看了两三遍,简直不敢相信自己的眼睛。

这怎么可能呢?

当年在泰州的时候我确实多次给她讲过中国画装裱的知识和细节,但那只是教学需要,纸上谈兵。我是“跛足和尚讲经——只能说而不能行的”,我自己根本不会裱画。

真没想到她是如此“讷于言”而“敏于行”且心思缜密的有心人。她大概一直就清醒地认识到自己终身只能靠设计图案谋生,而绝无可能成为画家。竟从初时就留了心眼,立志学成裱画这门技艺来助我完成大业。

这肯定是“蓄谋已久”的了。那她是怎样学成的?这封信如此适时地送达我的手中并不是偶然的巧合,竟是她“深谋远虑”“长线计划”中的一个环节?在这一两年中为什么没有透露出一丝风声,是我粗心大意疏忽了,还是她精心地刻意屏蔽相关信息?

无数问题接踵而来,弄得我摸不着头脑,可还是固执地不敢轻易相信。对她的美学眼光和色彩搭配的敏感程度我是早就知道并且信得过的,但要真的动手裱画,仅凭口头上一些粗浅的传授以及书本上的理论知识是远远不够的,即使再去向专业裱画师请教学艺也还是不够的。这项技艺的技术关键多达上百个,其中任何一项掌握不好都会造成负面的连锁反应。

最简单如糨糊的生熟、稠度,防腐剂的添加,托纸、托绫的技巧,辨别丝绫的正反面,再包括取方、裁切、嵌线、卷边、上墙干燥、安装上下轴头、贴签、结带等近百道工序,哪一道都是精致至极,失之毫厘差之千里。这些竟能"自学"而成?更何况其中的所有技艺都不仅是"知道了""懂得了"就可以操作完成的,更重要的是经验和手上的"功夫",需要经年累月苦练才能熟练掌握的。这对她来说无疑是"难于上青天"。

还是那句撇不开的话:怎么可能?假如真的"可能"了,那得付出何等艰辛的努力,需要付出多少个不眠之夜?

从这里我隐隐感受到了一些"画外音",一种只可意会而不可言传的感觉。

抱着姑且一试的心理寄给她十幅新作,可寄出后一直悬着心,总是担心着会有什么意外发生。

十来天过去了,什么消息也没有。我实在放心不下,终于忍不住悄悄抽空返回了一趟泰州。我要亲眼看一看她到底把那些画"弄"成什么样子了?

我这是第一次去她们家拜访。

竹篱笆围出一个宽大而整洁的庭院,三间朝南的正房外带东、西两个厢房。其中一间当厨房,另一间就是属于丽君独立的小天地了。这厢房是后来扩建的,不太大,还"因地制宜"地把一棵大树包在了中间。既成了顶梁柱,又保留了这棵树,一举两得。从外面看就像撑着一把伞似的,有了一点童话世界的感觉。

从屋内看,为了迁就正房不得已截去一小块。不过剩下的一米八正好搁一张床,配上一张不大的办公桌,应该算小而紧凑、干净整齐。

可现在完全不一样了,办公桌上放着一块大大的裱画案板。对着门的墙边一溜放着五六块贴画的活动木夹板。为了充分利用这个墙面,本来一米八的床缩成了一米五,让出三十公分好让人方便插进一块板子去。床的宽度又让出了四分之一,用报纸包得整齐干净的砖和木板搭成两层搁板,上面堆满宣纸、画、托好的纸卷和绫卷,以及各种零星的裱画工具。整个室内拥挤得屁股都转不过来,只能吸着肚子侧身而过。

室内的景象让我顾不得看墙上的画，只是盯着那一米五长的“一小块床”倒吸着凉气。一米六几的大个儿女孩竟然每天就在这块小小的地方蜷缩着睡觉——不是偶尔，而是每天?!

我眉头紧锁、心潮澎湃。半天只挤出了一句话：你怎么可以这样?!

她像犯了大错的小孩涨红了脸，连忙结结巴巴讨饶似的解释：老师，没关系的，我完全习惯了。而且每天中午还能在设计室睡一觉呢。

我好半天才回过神来，仔细看了墙上装裱已接近完成的画。

画面光洁，没有一丝折皱自不必说了，那“养局”的嵌线细而且直，毫无瑕疵；那拼色、那窄边，无一处不显出是“老手所为”。即使站在画板面前亲眼所见、抬起手来亲自触摸之后，我仍然晕乎乎地不敢相信眼前的真实。

这绝对是一个奇迹。

一个每天上班的人仅凭业余时间，无师自通地钻研，仅用一年多的时间就将手上的功夫练到如此精纯的程度，这是什么样的信念在支撑着？简直无法相信在这间只有两个木质窗格、四面透风、没有冷暖空调的小小空间里，夏日的酷暑蚊虫、冬日的滴水成冰是如何克服的？

她红着脸、抿着嘴儿笑：没关系的，夏天的汗干脆就让它自己流好了，不必理会的。反正临睡前一次性洗澡换衣就行。冬天刷子下去结冰了，我自会用热毛巾和热水袋对付它。怕什么？

退出来后我看到院子里放了一棵已经风干的树，约有大碗口粗、近三米长。我随口问：这是干什么用的？她说：准备加工轴辊、轴头的呀。这是从工厂旁边一户农民家买的，前天才用自行车推回来。说完又返身回屋从床里面的木板架上拿下几根已削好了榫头的轴辊，眼神里闪过一丝得意：“怎么样，还过得去吗，老师？今天你要是不来，我正准备给轴头上油漆呢。”

幕后的苦与乐

丽君当年完全没有《非诚勿扰》女孩们那样开朗、活泼和想说就说、毫无顾忌的劲儿。对于她的看法想法你基本别想从她的嘴里“听到”，而是需要从她的行动中细细体会、细细品味才能明白。她很多缜密而细腻的小心思完全渗透进她所做的事，通过步步落实才慢慢体现出来的。是那么温润而不露痕迹，倘若稍微粗心一点也就会掠过去了。但偶尔事过境迁之后稍作回想，就会从心底泛起一股暖流。

这是一本需要调动自身全部学养沉浸其中才能读懂读透的书。

你忽略了什么，她也不会介意，还是静静地不作一声；你体会到什么了，传过去欣喜的眼神或感动的表达，她还只是嫣然一笑：“上辈子欠了你的，有什么办法呢?”或者是“我愿意、我心甘情愿，有什么办法呢?”

哦，明白了。

她要付出，“没办法”停止；她要支持我的事业，“没办法”歇手；她要为了爱奉献牺牲，“没办法”后退。诸般的“没办法”让她“无奈”了，“只得”就这样“认命”了。

男人经常会是粗线条、缺心眼儿的。

记得初到南京的那段时间，在我的头脑里除了画画几乎装不进任何东西，更谈不上“想到”或“思考”什么了。单纯得如同一张白纸，简单得如同一个白痴。这绝不是扮清纯、标榜自己，而是像饿到极点的人一旦碰到食品，立即会“智商降到零”，返回到动物对待食物的贪婪，立即将身边的同类和可能产生的隐患丢到脑后。

丽君偶尔会利用出差或公众假期的机会，来南京给我送点生活必需品和增加补充营养的、可稍作贮存的小菜，比如说“肉酱”。顺带也会帮我洗洗换下的衣服。

对于一些“杂务”我是不拘小节的：袜子总要穿到“脱下来能站着”才会想到换；衬衫领头泛出油光、像剃头店的“趟(方言，音 tāng)刀布”了，反过来还可穿上几天。一件件换到没有“递补”了，再统一翻出来检视，总能选出这里面比较而言“最干净”的那件再穿一次。为了防止那不太可爱的气味扩散开来,床底下的废纸箱和床单褥子下面是最理想的贮藏点,保质、保鲜又保味。丽君来了就会像警察清点案发现场那样,进行彻底的搜寻。集中"批发"清洗一次。她曾笑着对我说:第一遍浸泡是不能也不必打肥皂的,因为那黑水浓得像泥浆,完全可以拿去肥田的。多少次不让她弄,她说这是"以工换工"。我可以省下时间来画画,而她正好可以边洗边看。一举两得,又何乐而不为呢?

有一次偶然上街买东西,碰到几个我当时执教的老年大学美术系的学生。其中一位热情地问:老师,您女儿都这么大了?问得丽君红了脸、低下头,我也讷讷不知应对,只是在心里暗自偷笑。

事情过去了,在我的头脑里没有留下任何痕迹。但不知为什么,对丽君似乎产生了很大的震动和影响。好久以后,我偶尔会留意到丽君身上颜色艳丽的衣服基本不见了,代之以款式老旧、色彩晦暗的服装。长长的披发被盘了上去挽成一个髻,再配上一付塑料框的眼镜,仿佛一下子成熟了好多,也"老"了许多。我偶尔也会说她不会打扮自己,她却丝毫不以为意,她说头发盘上去是为了做事情爽利。对于衣服的解释是,这样在出差旅途中会耐脏。

我继续傻乎乎地教育她,要适当注意自己的形象,别人看你这样就会觉得老气横秋,完全不像个年轻女孩了。她说这样才好呢,我又不要给别人看的。

此后,她似乎开始注意尽量不与我一起在公众场合出现。像甘居幕后的"剧务"一样,电影、电视剧中浩如烟海、纷繁复杂的大小事务都经由她的手料理得服服帖帖,但始终把光鲜亮丽留给了我。

最为典型的事件是轰动南京、被画界同道好友赞誉为"空前绝后"的画展,以及泰州市的领导专门邀请我回乡举办的汇报展,我都曾盛邀她出席开幕式,但她都"碰巧"出差了。

我始终说不清是为了什么,但总觉得有点奇怪。开始的时候我猜测是因为腼腆和害羞、害怕在公众面前亮相,但好像又不完全是这个原因。

最后的结论是:女孩的心思真难猜。

直到近三年后才揭开了谜底。就是因为她心中早已有了"那位大叔"。而在当年那么保守的社会环境里,为了确保我不受无谓的舆论干扰,她选择了甘当“隐身人”。就连自己的装扮衣饰都是精心设计的:尽量向中年妇女靠拢。只是她当时并不明白,她的脸、她的白净皮肤和纯真的笑靥是绝对藏不住的。就像一个未成年的小女孩调皮地穿上爸爸或妈妈的大衣服,不但不能装扮成大人,反而会在大人们的眼里更显幼稚、单纯甚至可笑。

含辛茹苦六年之后,丽君这才终于从幕后转了出来,真正成了名正言顺的妻子。但最大的改变并不是进入什么光环,而只是更加方便和更加彻底的付出。

随着最近几年新移民中“太空人”越来越多,国内普遍出现的婚姻观念淡薄的弊端逐步显现之后,众多“留守教子”而“无法相夫”的太太们也对这种现象深存担忧和恐惧。

当闺蜜们聊起这个话题,丽君总是真诚地劝解她们:男人闯事业、打江山自有他们的艰难困苦,他们需要有一个永远支持他、理解他、信任他,为他解除所有后顾之忧的,绝对安全放心的后方基地,也需要一个辛苦了、累了、受伤了缩回来休息疗伤的温暖小窝。男人永远需要这个小窝。这对他会有永恒的吸引力,让他产生终身的依赖。不信任乃至疑忌只会产生向外的“推力”从而破坏抵消相互间的吸引力。不带任何企图的“真心付出”才是最强力的婚姻黏合剂呐。

结婚之后,我才更加体会到她的爱需要细细品味。

所谓“单纯”“敦厚”“傻乎乎”其实是一种境界。

凤尾森森

孕　育

自写下这个章节的题目，头脑中首先蹦出的一个词竟然是“孕育”。

“孕育”实在是一个神奇的过程：它似乎总是毫无先兆突然出现，带来巨大惊喜的同时又会让你因猝不及防有些短暂的张皇失措。常常会“疑幻疑真”，不敢骤然相信这意外之喜的真实降临。最初的狂喜过去之后，接踵而至的则是忐忑、急切的企盼和患得患失的坐卧不宁。它既是甜蜜的等待又是痛苦的煎熬，生怕这期间发生一丁点意外的闪失而致使这个惊喜悄然离去。这又像极了小时候在花盆里埋下一粒种子，总是恨不得一天三次扒开泥土看看它究竟发芽了没有。待到某一天仿佛忘记了它之后，突然会猛地发现花盆里终于怯生生地冒出两瓣嫩白而略带粉红的小芽。即便到了这个时候，仍然会有一丝疑惑：这是真的吗？

1988年对我来说似乎真的是一个孕育之年。

身处内地的小城泰州也拟向全世界展现她的风采，决定在前沿深圳举办一场巨型的工业展览会。这是小城首次面对外部世界，必须倾尽全市之力，只能成功不可失败。消耗经费之庞大、动用人力物力之巨令小城的人们瞠目结舌。这是当年全市工作的重中之重。从年初开始即组织了一大批精英分子专职从事筹备工作，我是当然的总设计师。我必须为此奉献出半年多的心血和精力，确保10月1日的华丽亮相。

三月初接到市文联秘书长的电话，通知我去取一封信。我满腹狐疑：我的信怎么寄到文联去了？原来是《中国当代国画家辞典》编纂委员会寄给我的《入典通知书》，他们根本不知道我的通讯地址。

说老实话，当年这份《入典通知书》对我的震动是巨大的。仿佛有一股无形的力量把我一下子拎上天、云里雾里、上不着天下不着地。

可这仅仅是“通知”而已，还要准备作品照片、文字资料送审，待到最后通过《辞典》正式出版才算尘埃落定。

这筹备、编辑的时间何其漫长，可能的“变数”又何其多！这个凭空飞来的通知引发的患得患失之心何时才能安然落地？

当年的职称评定也是牵动人心的大事。我久已不是“局机关”的“设计头儿”了，由系统内各工厂具中级职称的设计师组成的评定小组倒是铁面无私，完全不考虑我多年对他们的培训指导。甚至包括我亲自去人事局看档案帮忙调回家乡的一位设计师，他们都觉得按上级制定的条条框框我完全不够格评中级职称。

对此我是丝毫不以为意的。就如同给我一张“三好学生”奖状，再贴上一朵小红花，我不会觉得这个游戏有什么好玩。所幸市里的高级职称评委会看到了其中的“滑稽”，专门开了两次会、重新整理了材料送到江苏省高级职称评委会。如今“高级职称”终于也正式进入孕育期了，只是不知道什么时候才会传来捷报佳音？

众所周知，《人民日报》是国内中央级的首席党报，就连“人民日报出版社”也以正统著称享誉国内外。大概也是受到改革开放大潮的影响吧，当年决定扩大出版物的门类，其中就包括画册类。出版社决定首次出版的大型精装本画册就是《杨玉琪画集》。请全国美协主席吴作人及徐悲鸿夫人廖静文题签并专门请美术理论家、全国美协副主席蔡若虹题签、作序。以当年全国出版物的普遍水准看，规格之高实属罕见。几经研究、磋商之后终于签订出版合约、进入“流程”了。于是，我又开始了新一轮激动而又忐忑的漫长等待。

北京两位既是作家又是编辑的热心夫妇是我素未谋面的朋友。他们一直认为我应该从那个小城里彻底跳出来，进入一个更为宽广的空间，让更多的人了解我并喜欢我的艺术。除了在报章发文评介而外，他们还会抓住一切机会向各界推荐。

中秋过后，他们把我的坎坷经历给著名报告文学作家陈祖芬讲了，引起了她的共鸣和兴趣。她说，如果我有兴趣并且有时间接受采访的话，她想专程安排时间来泰州与我见面详谈。

陈祖芬？那位连续十年囊括全国报告文学一等奖的大名家？

我震惊了，简直不敢相信自己的耳朵。

对个人来说绝对惊天动地的这么几件事，只要其中任何一件落实了，将成为我一生中成功的里程碑和再次腾飞的基石。尽管势头很猛、似乎也像伸手可及，但我绝对没有被冲昏头脑，我仍保持了一分清醒：能实现一件两件就是“奇迹”了，我绝无奢望这“五胞胎”会全都“安全降生”。果若如此，这就不仅是奇迹，而简直就是“神话”，就是“天方夜谭”了。

有时命运“好”起来的时候，就像智商不高的傻编剧，只会顺着自己的主观愿望，把能想到的所有好事全都胡乱叠加在一起，而完全不管它是否有可能真的实现。如今在那“五胞胎”之外，竟然又从天外掉下一个超出意料之外的特大惊喜，猛然实实在在地砸在我的头上。我真的晕了，这是我心中一直盼望但不敢说出口的最原始的愿望。

结婚之后没多久，丽君就喜滋滋地告诉我：她怀孕了。

呵，这对于一个打拼了半辈子，已经四十岁出头的中年男人意味着什么？它意味着事业的延续、成功的延续、理想的延续、生命的延续。前面那“五胞胎”刹那间变得不那么重要了。那些都是“身外之物”，只有这才是“血肉相连”的。

假如全世界举办一次“幸运者”大评比，我百分之一万相信我定会稳夺冠军。上帝对我太偏心、太眷顾了，完全不在乎别人的嫉妒和抱怨。

相对于其他，这个企盼是更迫切、更强烈了。这是一种几乎会令我窒息的兴奋，它同时也带来更加无法控制的忐忑不安——还有八个多月漫长的道路要走呵。这途中会不会碰到什么不顺畅的事儿呢？

我好像一下子掉进熬成糖浆但尚未冷却的大锅，全身浸泡着又香又甜的蜜汁，但同时又受着炽热的煎熬。完全可以爬出来冲洗换衣，但我选择忍受和坚持。我坚信我会熬到最后的大功告成。

我甚至想到古埃及传说中的“斯芬克狮”，我一定要拥抱她、亲吻她，无论付出什么代价我都心甘情愿。

因为，我爱她。

分　娩

甜蜜和煎熬是两种截然不同的感受，是绝对无法糅合在一起的。可它当下在我的身上实现了最为完美的融合。两种感觉同时清晰地并存，争相展现各自的力量以强调自己的存在。

中国自古以来有句智慧的总结：福无双至，祸不单行。

在复杂多变而且漫长的人生道路上，确实是崎岖多于平坦的。所以得“福”的机率就少多了，更难遇到有幸运的事情接踵而至的。

但人的欲望却很容易调动起来，而且一旦激活就很难控制。我明明知道那前“五胞胎”是绝无可能全都实现的，但总还在心底里抱着一丝渺茫的企盼。

投身于某一繁重但足够刺激兴奋的事情是转移目标的最好办法。

从年初起就开始夜以继日地奋战，到八月底展览会的筹备工作差不多已接近完成，只等运到深圳的展场去安装布置就行了。装车完毕我数了数大卡车的数量，竟有三十几辆之多。我也曾在心底感叹：这可是我半年多的心血呵，从整体设计到分场馆设计，从每一个展台展架的图纸到指导制作，哪一个环节不是浸透了我的心血？

在带领整个团队安装布置接近尾声的时候，还遇到一个可笑的小插曲。正厅的迎门处有一巨型屏风，丝绒底上装嵌着泡沫塑料雕成的金色大字：“梅兰芳的故乡、企业家的乐园。”可不知是不是胶水质量的原因，梅兰芳三个字老是沾不紧往下掉，反复多少次都不行。正巧市里领导前来检查验收，拍拍我的肩膀开了句玩笑：反正都是名人嘛，换成“杨玉琪的故乡、企业家的乐园”不就行了嘛！引起一阵哄堂大笑。可也怪，从此“梅兰芳”那三个字就再也没有掉下来。仿佛梅老先生也知道调皮得太过分了，应适可而止。要不然万一真的换掉他呢。

验收顺利过关，市领导和我们制作团队皆大欢喜。我心中的大石总算落了地。离10月1日开幕还有十二天，细节的修补调整时间极为充裕。

这时我才有较为轻松闲适的心情环顾了一下大厅，最后眼光仍落到大屏风上。突然“故乡”两个字触动了我、心中一阵绞痛。我已经多少天没有

北欧雕塑

想到家、没有想到丽君、没有想到父母、没有想到我那即将来到这个世界的儿子?

离丽君的预产期尽管还有十天,可强烈的思念一下子占据了我整个身心。我突然被一种莫名其妙的感觉所控制,觉得一分钟都不能再停留,我需要立即赶回泰州。我找到筹备处的总务,请他为我安排机票。他说:哪一天?我说:今天!他瞪大了眼睛:今天?!我明知困难,甚至不可能,但还是坚决地说:现在,立即!

想不到他还真的有办法,从一个泰州同事的手中"夺"回一张当天下午飞上海的机票。待我拖着行李箱走出酒店大堂的时候,送我去机场的车已经在门口等着了。

飞抵上海机场已是华灯初上,没有可能赶去江北了,只得找间旅馆暂且栖身,以待明天早晨继续前行。

按现在的眼光看,上海到泰州也就三百多公里的路程,开车三个多小时即可到达。可那是二十六年前,没有高速路,只南京才有一座过江大桥,所以路上的行程至少要八个多小时。

而我从下飞机到赶回家却整整用了二十六个小时。

其实当时并没有听到什么紧急情况，本可消消停停不必太着急。可奇怪的是总有一种说不清楚的神秘预感在火烧火燎地催逼着我，总觉得必须火速赶到家中，片刻也不能停留。

整夜受着煎熬、片刻未曾合眼，凌晨四点就忍不住起床了。待赶到汽车站，当日票早已全部售罄，预售也得三天以后。无奈何转身直奔火车站，决心先去镇江，然后再一站一站赶下去，化整为零。这样做确实会辛苦很多，但毕竟总会感到在向着家的方向一步步靠近，总比无望的期待要稍为踏实一些的。

下午四点抵达镇江，仍然无车可以接驳。前途一片虚空，但还是坚持走一步算一步，先乘轮渡过江再说。江北的六圩港码头其实连“村庄”都算不上，就几间房带一个空旷的停车场。对着这萧瑟的状况我有点心虚了：难道就在这荒凉的江边露天过夜？毕竟保命要紧，于是逐一询问仅有几辆车的去向，决心只要能搭上一辆抵达“有人烟”的地方就行。万幸，其中一辆破车回江都，那是地处码头和泰州之间的小镇，并不算绕路。

一路上我使出浑身解数与司机套近乎，希望能打动他载我去泰州。可毕竟还有36公里，司机不舍与家人共餐的机会。软磨硬泡之后，他终于答应到江都后请他的朋友换车送我，说定收费80元。老天！这可是一个月的工资呵，让我心里着实痛了好一会。但“人在囧途”，为了那个“不知究竟是什么”的“目标”只得认了。有什么办法呢？

拖着疲惫不堪的身子爬上五楼，家里黑灯瞎火连小保姆也不在，心想肯定是去我母亲家吃晚饭了。挨到那边刚推开门，全家像见到喜神一样欢呼起来，他们正为联络不上我而犯愁呢，想不到竟出乎意料地喜从天降，来了场“及时雨”。他们七嘴八舌地争着告诉我：丽君的预产期提前了整整八天，从今天凌晨就开始有很强烈的动静了，已于上午住进了医院并直接送上了产床。

哦！我瞬间明白那莫名其妙的心灵感应来自何处了。我盼了多少年的儿子终于来了，怎么能不通知他老爸呢！就在这刹那间我突然懂得了血缘、懂得了亲情、懂得了冥冥之中生命间神奇的维系纽带。我说：我儿子要来啦？母亲马上给我打预防针：我们这个大家庭还就缺个女孩呢。我却信心满满：放心好了，我当初做的就是儿子。

徘徊在妇产科门前的过道，已经是晚上八点了。护士长出来告诉我，丽君已经在产床上待了六七个小时，看来应该快了。这时我突然看到丽君竟然挣扎着从产床上爬下来看我了。护士长回头吓得惊呼了一声：你不要命啦？

丽君虽然虚脱地满脸挂着冷汗，但仍然坚持微笑着安慰我：我挺好，没事的，真的没事，你不要紧张。没等说完就被护士长连扶带推地送进去了。看着丽君频频回头仿佛还想说些什么，我竟有些哽噎。我完全体会到她想说，但还没有说出来的话。在她最最需要得到安慰和支持力量的时候，反过来抚慰我。她怕我担心、怕我紧张、怕我…… 总之，她心中装得满满的全都是我而唯独没有她自己。

整个走道上没有一张凳子椅子，八九个“准爸爸”模样的年轻人在不安地来回踱步。所有的人都把神经高度集中在耳朵上，努力捕捉着从门里传出的哭喊声，仔细地分辨着是不是自己的那一位。每过几十分钟或一个多小时，就会看到一位小护士从推开的门缝里挤出来，机械地、毫无感情地喊一声：“xx床！”所有的人都会立即围拢上去，为的就是听听那刻板的几个字：“男(女)的！ x斤x两，母子(女)平安！”说完没有一秒钟停留，立即面无表情地转身而去。可就这么几个冰冷的字，对于颈子都伸长了、眼睛都瞪红了的“大老爷儿”们却如妙语梵音，引起一阵激动和真诚的祝贺。

随着小护士的一次次现身，“老爷儿”们的数量也在逐渐减少。到凌晨三点左右的时候，就剩下我孤身只影一个男人了，身边只有我的小妹陪着。走道顿时变得冷清而空旷，间或的踱步似乎都会引起回声。

算算我已经近两天两夜没合眼了，但仍然亢奋得没有一丝睡意。只不过因为前一阵超负荷的劳累，浑身像散了架似的疼痛，找个地方坐一坐弯弯腿成了我当时最大的奢望。但我却一秒钟也不愿离开，这是丽君一生中最需要、最渴望得到陪伴的时候，我相信虽然隔着厚厚的墙，但她一定能感知到我的存在，我要尽力分担她的疼痛和孤独。当然我也不愿失去在第一时间获得儿子降临人间的消息。

清晨，四时二十分。

护士长的脸上带着阳光出来了，连声音都似乎在歌唱：小子！是个小子！3800克，母子平安！最后还不忘加了一句：产妇要休息了，你也回去睡觉吧。慈祥得像亲奶奶，是的，她是我的舅妈，孩子的舅奶奶。

回家报了喜讯，稍事休息，我又赶了回来。我要尽快看到“劳苦功高”的丽君，也想尽早看到我盼望已久的儿子。

丽君还是那样甜甜地笑着，一点也没有想像中的得意和倨傲。只是儿子还不让见，在“集中看管”着呢。丽君说，明天五点钟第一次喂奶的时候你就可以来看了。可第二天、第三天清晨四点钟就爬起身赶到医院，小家伙总是甜甜地睡着，不肯睁开眼看我一眼。全家都笑着说，你儿子一定来头不小，你去“拜望”他三天了，他还没有愿意见你呐。

我一点也不生气。我觉得我是罪有应得。儿子一定在想：在娘肚子里这几个月，你陪了我们多少？关心过我们多少？就是进医院也是妈妈自己来的。那时你这个当爸爸的在哪里了？现在不见，包括在走廊里站一夜，都是对你的惩罚。

我在心里诚心诚意地对儿子，同时也是对他妈妈说：我认错，我会用我的整个下半辈子陪伴你们、补偿你们。

至此，对于个人来说“惊天动地”的六件大事已切实完成了两件。概率之高、质量之高都令人激动不已，再奢求可就是“贪”了。我反复告诫自己：绝对应该满足了。记得父亲刚回来不久给我写了一幅小小的书法作品，文曰：有子万事足，无官一身轻。我体会其中复杂的内涵，既写他当时的心态，也是对我的期许。现在愿望都满足了，从心底感谢上天的眷顾。

可更加神奇而不可思议的是：仿佛儿子是奉了上天旨意、肩负统率执行任务而来的，在短短几个月的时间里，另外四件大事竟紧跟着无一遗漏地成功实现了。

这彻底打破了“福无双至”的魔咒，创造了一个堪称世界之最的奇迹。

第一件作品:从西洋画到中国画

我自幼是学习西洋画的,尤其醉心于水彩画。那水色交融自然渗化的奇特效果常令我心醉。成年后借助多年打下的书法功底,带着对色彩对光影的迷恋纵身投入中华传统文学、美学、哲学的海洋之中,倾尽全部精力进行中国画创作。

待"人到中年"得到国内艺术界基本认可和支持后,又毅然抛开已获得的一切,投身到一个全然陌生的国度开始新的探索。用了二十多年时间在西方世界全新的环境、全新的气候、全新的土壤,甚至用全新的水分和养料、用纯东方的种子精心培育了一棵全新面貌的植物——潜心研究中国画的传统与创新、中国画艺术屹立于世界艺术之林的根本特质和中国画艺术的世界语。

所幸多年的努力并未白费。

在天地更宽、视野更加广阔之后,根扎得更深、获得的养分更多;树干更加粗壮、顶风冒雪抗击打的能力更强;枝叶更加茂盛、能吸收更多的雨露和阳光,完全融入和适应了新的生态环境。它的勃勃生机也吸引了西方世界欣赏的眼光。

第二件作品:我的另类思维

站在不同的方位观察世界,必然会得到完全不同的印象和感观,也必然会引发不同的思考,继而产生全新的推论。这对于受数千年东方传统文化熏陶的人来说,会产生多方位的强烈冲击。本来"不应该"的,似乎出现了一丝存在的理由;本来是"当然"的,也可能露出了一点令人生疑的端倪。久而久之,这些"清新的异端"竟然逐步侵蚀了坚固的城堡,让人自然而然地慢慢敞开窗、打开门,最后竟主动探出头甚至走出门去不断验证这些零星的、一鳞半爪的"一闪念"。

从"无意识"到"有意识"是一个飞跃。

主动变换或选择角度去观察事物,才能看到本来不为人知的另一面或另几面,让事物立体化呈现出来。这样的思考才会更全面、更接近真实,得出的结论才会更加客观而正确。这与仅以“经验”及“知识”作为思考决策的基础是截然不同的。

相较于传统的思维模式，这种思维方式可能会进入常人未知的维度。它完全摆脱（而不是背离）人类习惯了的、固有的、线性的逻辑思维模式，无限扩展到360度全新的空间。在这个空间里，所有已知和未知因素之间的互撞，再不像逻辑思维里两线相碰只能产生一个交点，而是可能、应该、必然会产生若干种可能和结论。在彻底打破“原有经验”的桎梏之后，本来并无希望实现的目标就会成为可能。

我为了验证这个观点，仔细回顾了全人类六千年的文明史。在前五千七百多年里，人类文明和科技发展是极为有限的，是和时间不相称的。而近二百多年极为短暂的时间里，人类的进步和发展竟达到翻天覆地、日新月异乃至出神入化的地步。究其实质，恰恰是因为观念的改变和思维方式的改变。

经有意识的系统研究之后，我从理论到实践创立了相对完整的另类思维体系。撰写并出版了《杨玉琪的另类谋略》《另类思维——探寻宝藏的钥匙》《另类艺术论——跨越大师雷池》《云龙塔开心世界》《文化创意思考》《文化足迹 历史回声》以及超大型文化项目策划书。从中央到地方数十家电视台连续播放长篇视频演讲《杨玉琪院士的另类思维》（十八集）。受中央部委邀请于2003—2005年连续担任“海外优秀学者回国服务自愿团”团长，赴北京和部分省（自治区、直辖市）及诸多著名高校给政府、企业家及教研人员作演讲。至此，我从大半生专事绘画的“动手的小人”演变成满世界到处卖嘴皮子的“动口的君子”。

第三件作品：儿子

说起来有些可笑，这第三件作品竟是我的儿子。

我自幼从畸形环境中挣扎过来，在一般人的眼中似乎是成功的，但冷暖自知，对社会上种种违背人性的行为我所见甚多，所以，努力使儿子从“基因”深处对这些“劣根性”产生免疫力和抗拒力，就是我余生的重要责任，我把“培养儿子”，使之尽可能完美当作“毕生又一件重要作品”来完成。一来作为对自己早年遗憾的补偿，二来也是希望实现对经年所见诸多(包括我自己)人性中的劣根性进行改造的宿愿。

一般情况下，人们成年以后组建家庭、生儿育女是再正常不过的了。对子女精心培养、望子成龙望女成凤，将自己一生未能达成的愿望转移到子女身上，希冀通过他们的"成功"让自己得到某种程度的满足。可怜天下父母心，哪家的父母不是这样的呢？

人同此心、心同此理，我当然不能免"俗"。

目标虽然一致，但理解的深度和培养的方法却又天差地别。

世间的爱有很多种。我一直认为父爱应该是偏理性的，是清醒的、理智的，是目光长远的。为了儿子漫长一生的方方面面，长远规划是绝对必须的。一旦目标确定为此而做出局部牺牲也是必不可少的。

无舍，难以有得；小不忍则乱大谋。

经过对自身经历的体验和梳理，充分觉得"大环境"对人的成长实在太重要了，干脆换一个环境吧。

要做出这个决定是十分艰难的。

明明已达到"名利双收"的地步，加上当年的"高级职称"还相当有含金量，(与几年后的"职称"泛滥成灾、人人头上都有一顶"职称"的帽子完全不可同日而语。)仅凭这个"本儿"，这辈子什么也不再干、直接休息养老也可丰衣足食了。以四十四岁的"高龄"移民，一切从零开始，确实有点可怕，很可能会"得不偿失"甚至"满盘皆输"。但为了这幅"人生最重要作品"的圆满完成，我的结论是认了，或者说，赌了。

凌波仙子

珍珠串儿

珺儿和现在所有的独生子女一样，从一出生就被众星捧月似的宠着，所以非常爱笑。尤其是丽君给他喂奶的时候，总是喝两口就抬起头看着妈妈笑，笑够了再低下头去喝两口。这时要哄他睡觉是非常困难的，越是哄越是笑，真的拿他没办法。

这时我就会抱过他，装出一副毫无表情的脸，不管他是否听懂，也“一本正经”地告诉他该睡觉了。然后用平缓的、机械的、没有抑扬顿挫的声音和他讲话：宝宝长大了，就要上幼儿园了；先上小班，一年以后呢，就可以上中班了；再隔一年呢，就上大班了；再过一年呢，就要上小学了；先上一年级，然后呢，就要上二年级了……这些话他是完全听不懂的，是极其枯燥无味的，所以很快就会安静下来。常常还没有上完初中呢，就沉沉睡去了。久而久之，在他那“毫无意识”的“意识”里就接受了这样的信息：到了爸爸手里就“必须”听话，乖乖地照办，毫无商量妥协的余地。这是完全“理性”的，和妈妈的“嬉笑玩闹”是完全不一样的。

那时母亲和丽君还时常打趣我，说你用这种方式教育儿子看来也不会有多大效果。不信你看，儿子连上到高中都有困难，更不用说上大学了。将来能有多大出息？

珺儿还未满周岁的时候，我就当着他的面亲手给他做了两张专用小板凳，他非常喜欢，成了他众多玩具中的重要部分。玩累了的时候就可以模仿大人的样子坐着而不必再去爬沙发了。有一天我在抓拍他那“小大人样儿”的时候，他竟想把小板凳端起来。那小板凳对他来说是何等巨大而沉重！加上完全不懂找准重心，硬是抓住一边就妄图撬起来。涨红了脸多次摆弄都未能成功。我抓住这个教育的好机会，一直鼓励他不要放弃，继续加油，最后终于龇牙咧嘴、颤颤巍巍把小板凳端了起来。我们对他的鼓励和表扬一直让他对自己独立干事的能力充满自信。那张珍贵的照片在好多年后都一直是用来反复表扬和鼓励他的活教材，就像是他人生的第一张奖状一样。

珺儿终于能扶着沙发、家具在屋子里摸着走动了，一旦获得了这个“自

夏宫内景

由权”,对新奇事物的探索也就随着“积极”了起来。

有一天我正在画一幅整张宣纸的大画,没想到他摸到我的画案前面。由于还没有画案高呢,我根本没法看见他。他却好像在反复琢磨,爸爸这么长时间都不理我,桌子上的东西一定很好玩吧。于是踮起脚尖伸上手去,正好够着宣纸的边,抓紧了就猛然一扯,撕下一大块来。

这幅画也才刚开始不久,撕去一点本无所谓,但我还是夹起他来,让他看清这究竟是什么。然后反复告诉他这是最重要的东西,绝不可以乱碰的。他眼神里充满了恐惧和茫然,完全不懂爸爸为什么发火。

这时奶奶和妈妈也赶过来解围,理由是他还什么都不懂呢。

我却认为这次机会不能错过,仍坚持指着墙上的各种画给他上课,并晃着撕破的纸告诉他:这是个大错。并拿起他的小手打了几下手心。其实那么一点儿大、软软的小手捏在手心里本身就是个难度系数很高的动作,根本打不起来,即便打了也根本不会疼,但让他第一次真正感到了惊恐害怕,知道了问题的严重。伴随着后来不断给他看各种图画,同时伴之以反复的提醒,以后竟再也没有发生过类似事件。

应出版社的要求抓紧补拍几幅作品照片,看看珺儿在婴儿床里睡得正香,估计短时间内也不会醒,于是就和丽君偷偷溜下楼去办事。想不到回来时他已哭得声嘶力竭,只是没有本领从高高的床围栏里翻出来。对我刺激最大的竟是频频摇头拒绝喝奶,久久地揪住丽君的衣服不放,一副惊魂未定的样子。那一瞬间我领悟到这并不是简单的撒娇抗议,而是孩子对于离开父母有着与生俱来的先天性的恐惧。

我甚至想到:是否是由于我童年失去父亲的阴影遗传给了他?

一年之后,在上海机场又上演了一场令人撕心裂肺而且前景渺茫的"生离"。我相信那次突如其来的"袭击"对于两岁小孩带来的惊恐记忆是极难磨灭的。

紧接着几个月之后丽君去北京办理探亲签证,将珺儿委托给我妹妹照看。她曾开玩笑吓唬他:你妈妈不要你了,她去加拿大找爸爸去了。孩子当时并没有哭闹,只是瞪大了眼睛静静地坐着。直到隔了好半天我妹妹已忘记先前的玩笑话了,只见珺儿慢慢地蹭过来抱着她的大腿,仰起头,满脸乞求的神情:小娘娘,我以后就跟着你过了,好吗?

哦,老天!一句玩笑竟给这个才两岁多的小孩带来如此巨大的震动,竟能引发他这么"长时间、冷静的思考"!足见"被遗弃"的阴影是何等厉害。

更加让人心酸、心痛的是,丽君返回泰州后明显感觉到儿子似乎常存戒备心理,总会隔三差五地突然冒出一句:"妈妈,你不会不要我了吧?"或者"妈妈,你不会一个人去加拿大找爸爸吧?""妈妈,我会听你的话,你千万不要丢掉我呵!"

最明显的后遗症是,他只要在醒来后没能第一眼看到妈妈,马上就会惊慌万分地大叫起来。甚至有一次清晨,丽君抽空出去买点菜,小家伙居然穿着单衣就从五楼一直找到楼下,把邻居们都吓一大跳,连哄带骗老半天才把他弄上楼去。

国人对周围环境的认识和心态是颇有些奇怪的,探索别人隐私的兴趣往往是很大的。

想来这都是为了搜集更多用于传播"权威消息"的资料,在传播时可以获得短时间的重视，满足一点表现欲；倘若搜集到比自己环境更差、更惨的事例则可以在比较和嘲笑中得到一丝慰藉；对于条件略胜于己者，则更愿意费心费力拼命挖掘其负面消息，希冀得出“也不怎么样嘛”，或者“比我们也好不到哪里去嘛”的结论，以使平时一直仰望、嫉妒的愤懑心情得以舒缓。

近三十年前的小城对于“出国”二字还是难以想像的。对于国外的印象要不是“纸醉金迷”就是“腐朽没落”，要不是“豪华奢靡”就是“凶杀犯罪”。总之，外国都不是好地方、不是人待的地方，那里充满了诱惑和危险。

可矛盾的是对于处于等待期的“准移民”家属们，则又是另一种羡慕、嫉妒和恨。他们对于丽君超常的关心和问询中，总会让人清晰地感受到几乎丝毫不避讳的“等着看笑话”，甚至是等着那个“能让他们幸灾乐祸”的结果尽快到来。

当时我在小城算是“名人”了，因此也顺理成章地成为议论中心。最初绝密的“涉外行动”终于被嗅觉灵敏的人民大众侦察得一清二楚、无所遁形。

短暂的交头接耳、指指点点之后，很快就有胆子大一点、脸皮厚一点、窥私欲更强烈一点的人直接粉墨登场了。他们关心“所有细节”的程度远远超出了正常人忍受的极限。只要看到丽君出门，这些热心的关注者就会包围过来：“哦，都这么久了，杨老师怎么还不回来呢？”“他在外面就不孤单吗？”“就不想老婆孩子吗？”“外面是花花世界呵，不要被什么绊住了哟！”“马上就要过春节了，杨老师总该要回来了吧？”

应对这些“热情”，坚强的神经和超常的忍耐力是绝对必需的。所以，并不坚强和超常的丽君只得敷衍着“快了、快了”，然后就强行冲出包围圈匆匆逃离。经常走出去好远，还会听到后面充满同情的感叹：“嗨，造孽哟，丢下这孤儿寡母的……”

猎奇者的智商也不容小觑，他们很快感觉到丽君的应付和规避。于是转而向较为弱小的珺儿身上寻找刺激。每遇到这些貌似逗着玩的挑衅，珺儿总会梗起脖子抗争：“不是的，爸爸会回来带我们走的！”“我爸爸马上就要回来了！”“我爸爸要回来过年了！”

其实，两三岁的小家伙根本不知道爸爸究竟什么时候才会回来，但是他完全能感受到这些“众多关怀”里包含的“不善”。

他很快就提高了识别能力，硬是被磨炼出保护自己、保护妈妈的欲望和能力。他学会了应付,学会了虚与委蛇。

我们常把这称为"社会经验"或"世故",本是成年以后才会逐步碰到,通过跌爬滚打才能学会的本领,现在竟让一个比白纸还清澈透明的两三岁的小毛孩熟练地掌握、应付了。不知是应该鼓掌祝贺呢,还是应该感到无奈和悲哀?

至此,人们应该更加理解昔日孟母的智慧和果断。

是呵,当你无法对抗某种环境的时候,避开应是最明智的选择。

珺儿应该算是在蜜水里泡大的,两边的长辈、老人、亲戚们成天围绕着他转,他是当然的中心和焦点,成天被各种各样的爱包围着。虽不至于到"溺爱"的程度,但"予取予求"是绝对能满足的。当时单位还安排一位年轻小伙子作为我的助理每天来到我家上班,协助处理外部事务,所以我们也不用上班,和专职小保姆一起从早到晚陪着他玩乐。

我曾留意观察过,倒也没有发现"小皇帝"身上有骄横、唯我独尊的畸形性格。在我的记忆中也几乎搜检不到他哭闹的印象。是不是所有这些缺点都被无边的爱掩盖了,以至于失去了暴露的机会?

他留给所有人的印象就是:爱笑、乖巧、听话、嘴甜。

像这样温室里的花朵,对"病虫害"的抵抗力究竟能有多大?

刚满四岁没几天,珺儿就随我们来到加拿大。

在海外生活一切都是需要"自力更生"的。从车道铲雪、花园打理、草地修剪、食物及日用品采买到一日三餐全部都得自己动手。于是就有了第一次带珺儿去超市购物那"惊心动魄"的一幕——

珺儿是平生第一次逛商店,那种"震撼"从他激动兴奋的脸上就能明显看出来。哦,那么多好吃的、好看的、好玩的东西堆在那里,大家都任意地随便拿几个放进自己的小推车里,然后再神态自若地继续向前寻找和选取,竟然没人管、没人制止。这是多么美妙的地方!

从超市出来回到车里,我突然发现小家伙嘴里好像含着什么,小手里也攥着一个小东西。他神色坦然地打开给我们看,原来是一块小小的胶皮糖。他告诉我,就是刚才那个店里的。我的老天!他竟然完全没有"花钱买东西"的概念。和大家一样随便拿、随便吃了有什么错?而且也没有人管呀。

我费了好大劲认真地告诉他,所有的东西都是要花钱买的。不交钱就是"偷",是"不诚实",是很大的错。警察叔叔知道了是要把他带走的。

他完全傻了。从来没有人告诉过他,所有东西都是需要"买"了之后才能属于自己的。这是多么"奇怪"的事情!尽管一脸茫然和无辜,但从我异常严肃的态度里他也感到了害怕和惶恐。于是我又重新带他下车走回超市,补交了钱才回家。至此,这件事又成了我们常备不懈的关于"诚实"的教材。

第二天又发生了一件有趣的事情成了这个"案件"的后续。

我拿出一百元给丽君出去买东西,随手将这五张二十元的纸币放在茶几上,可转眼就少了一张。我正奇怪着呢,就看见珺儿在沙发旁的地毯上坐着,正埋头认真地剪着什么,身旁零星地散落着废纸屑。仔细一看真让我哭笑不得,那张二十元纸币在他手中已被剪得所剩无几了。于是又给他补了一课:这就是"钱",是买东西用的。这么一张就能买一大堆胶皮糖呐。

结论:尽管损失很大,但是因为"不知道""不懂得",并没有撒谎隐瞒,所以不算犯错,可以原谅。

这次防微杜渐的结果是,绝对确认了所有错误中最大的错就是不诚实。现实证明这支疫苗是深入骨髓的,是终身免疫的。

在今后的几年里,只要听到警车开过的声音,就会听到儿子不无惋惜、自言自语地感叹:唉,又有一个小孩犯错了。

几年后的一天下午,我们正和一个朋友在几百公里以外的小镇上搜寻古董呢,手机突然响了,肯定是长途漫游。朋友好心地提醒我,最好先关掉再打回去就会便宜一点。可我等不及了,电话里传来儿子稚嫩的声音:爸爸,我作业做完了,可不可以看一会儿电视?我说:现在可以了。儿子欢呼了一声就挂了电话。

现在轮到朋友傻了:就为了这个要求打长途?他明明可以打开电视自己就悄悄看了,你们又怎么会知道?

我笑了。这是我给他定下的规矩,我和他终身的约定。

丽君和孩子是九月中旬抵达多伦多的,正逢这里新学年开学,珺儿也就顺利地进入附近公立小学的幼稚园。

上学前必须给儿子起个英文名。

起名字很简单，只要翻翻《英汉字典》找个简短一点、喊起来顺口响亮的单词就行了。但我最担心的是今天名字起好了，第二天一早醒来忘记自己儿子叫什么了，那不成了天大的笑话？我总不能老是把儿子拖过来问：儿子，对不起，爸爸忘记你叫什么名字了，你告诉爸爸好吗？

最后，终于想起多伦多有一条极高尚、极有名的大街，街名是Leslie(莱斯理)。人们常把它挂在嘴边，绝不会忘记的。于是郑重决定：就是它了。

从此，儿子就一下子由“杨珺”变成了Leslie.Yang (莱斯理·杨)。

第一天送他去学校，返家后就一直在担心：他若有什么要求怎么与老师沟通？要上厕所了，该进哪个门？和别的小朋友如何交流、玩耍？……总之是一千个不放心、一万个牵肠挂肚。

离放学还有好一会儿呢，我们就来到学校扒着玻璃窗往里看。只见十几个小孩围成一圈坐在厚厚的地毯上，正拍着小手唱歌呢。中间的一张小椅子上，笑眯眯的老师抱着珺儿坐在她腿上。珺儿倚在老师怀里还不时扬起头看看她，露出一脸的幸福。

下课铃声响了，孩子们立即跳起来冲向各自专用的衣物柜，迅速穿好鞋帽衣服向大门走来。我们盯着珺儿看，只见他也似模似样地学着小朋友整理好衣物，最后还不忘回过头去朝着老师一笑：蜜司丝露，拜！

从儿子的那一句“蜜司丝露，拜”，我就能感受到在这第一节课的时间里，那位老师下了多大的功夫。

冲出门后也顾不得招呼我们，立即和几个小男孩一起奔向室外活动场地上的模拟汽车。一边大笑着相互招呼，一边拼命地转动方向盘。仿佛是在进行速度的比赛。这时候我们才知道自己的担心是多余的。纯真的肢体语言已经把他们紧紧地融合一起了。

早上刚醒来，想到今天要写的内容，随口问了丽君一句：你还记得珺儿幼稚园老师的名字吗？丽君想也没想就脱口而出：蜜司丝露。

已经二十二年没有见过了，她留给我们的印象仍那么清晰而美好。“蜜司丝露”也是儿子学会的第一个英语单词。

为了让莱斯理能在更好的环境里学习，我们在紧靠名校的地方买了一幢独立的三层小屋，从家走到学校用不了一分钟。

学校是以一位加拿大公认的少年英雄“泰芮·福克斯”的名字命名的，其环境、教学条件、教学质量在广大市民中有口皆碑。

学校经常邀请家长前往参观、参加各类活动或座谈。看似平淡寻常，但其中蕴含的理念却对我们有着振聋发聩的警醒作用，敦促我们深思。

中央冷气和暖气24小时自动控制全校的温度，室内足球场、篮球场、演艺厅、图书馆、美术室、音乐室、电脑室一应俱全，时刻准备发挥它们的功能。宽阔的走廊里整齐地排着学生各自专用的衣柜，他们进校后第一件事就是脱去外面的衣帽和鞋装进自己的柜子，以便轻松地上课和运动。

这里每个班都只有十二三名学生。偌大的教室里只有前面三分之一的地方排着课桌椅，后半部的三分之二空着。上课时同学们经常围坐在厚厚的地毯上，老师就坐在他们中间讲课或带他们开展活动。那样子真有点像老母鸡在草地上带着一群小鸡自由嬉戏。

教室后面放着钢琴，四周的桌子和吊柜上，放满了电脑、教具、各种弦乐器和铜管乐器、绘画颜料和绘画器材、各式纸张、各种做手工的材料和器具、各类教科书和课外读物，琳琅满目，应有尽有。按国家规定，大学以前的所有费用，甚至包括每天接送的巴士和学校安排的旅行项目全部都是免费的。

不管什么时候，孩子们都可以随时向老师提出问题：“嗨！司蒂芬，为什么会是这样的呢？”这里的学生对老师都是直呼其名的。只有我们这些酸文假醋、“礼仪之邦”的人稍感错愕，任何人都不会觉得有什么不妥。这里的老师完全是孩子们的好朋友，是平等的大哥哥大姐姐。像这样的老师讲的话孩子们更信任，更认同，更容易接受。

看着师生们亲如一家完全打成一片，让我感到温馨。但对于新观念的接受还需要一个时间过程。有一天莱斯理放学回来，看到我就扬一扬手：嗨！

我立刻叫住他上了一堂中华文明的礼仪课。告诉他：这是在我们家里，我是爸爸，是长辈，应该有礼貌。你跟我“嗨”什么“嗨”？

在一次家长会后，我们悄悄地问老师：莱斯理在班上排第几名？这让老师大为惊讶，感到不可思议：为什么要排名次？这样对所有的孩子都会带来负面后果的呀！难道您不觉得这对排名靠前的人会增加压力或滋长自满情绪，而对排名靠后者的自尊心会造成伤害吗？

这个理念是我们中国人从来没有想过的。仔细想想，还真有点道理。

印象最深的是学校举行文艺会演，每个班级都会出节目。那生动、自由活泼和由衷的高兴感染了在场的每一位家长。

比如说大合唱，学校事先也要求大家尽量穿白衬衫蓝裤子，但绝不强求。所以阶梯上五、六排同学高矮胖瘦、各色服装，黑人白人黄种人，随意杂处五彩缤纷。每个人都在认真努力地唱着，全情投入。那种天真、那种纯净无邪、那种重在参与的兴奋和自豪溢于言表。这才是孩子们的天性，才是真正能打动人的动情之处。

还有一件事是需要认真说一说的：

刚满六岁的莱斯理是学校里少数华裔小孩中的一个，老师特别喜欢他。因此观察和关心他的时候就会更多一点。很快老师就发现他与同学分享玩具和图书的意识较弱，总想拥有的时间更长一些。

教会国家的人对于“分享”的概念大多是深入骨髓的。

老师觉得这有点不正常，需要及时纠正。于是她就向学校进行了汇报，由学校专门打了申请报告送市教育局，再转呈省教育厅，请求派一位高级儿童教育专家前来进行一对一的辅导。几天后专家就到了，每天从放学起工作一小时，专门和莱斯理交朋友、做游戏、做运动，在嬉戏中慢慢影响他的性格习惯。那段时间莱斯理开心极了，每天放学后都有人专门陪他一个人玩。直到五个月后专家给出报告：辅导结束了，一切正常。

这件事让我感动了好久好久。仅凭这么一点“感觉”，就让一位高级教育专家连续工作了五个月。我悄悄打听了一下，专家每小时的工资是80加元。

莱斯理从小就知道他是男子汉，应该是家里的顶梁柱。为了表示这一点，他经常主动代替妈妈承担那些他认为只应该是男人做的事情，乐此不疲。

可能是因为国外的生活太悠闲了，这里的人们经常把一些家庭杂务当成兴趣、当成消遣而选择自己动手。比如装个吊灯，修个卫生间水箱，换个水管、龙头或者装配组合家具等等。对于这些，莱斯理都是极有兴趣的。

为了争取当我助手的资格,他会早早完成家庭作业并为我的“工作”提前做好各项准备。

和别人家一样,我们也有一个大而全的工具房,各种电锯、电钻、钳子、扳手一应俱全。每逢“开工”之前我都有意让莱斯理先分析可能会用到什么工具,然后到工具房取过来摆放好,中途有需要再行补充,结束后物归原处。

我严格规定每次取用工具只限一分钟,这样既需要奔跑迅速,更要熟悉每件工具固定存放在什么地方。倘若放回的时候不能恢复原样,则下次取用时就会因找寻而浪费时间。用这样的方法培养条理性是非常有效的。小学没毕业的时候莱斯理就已经可以独立去我们的好朋友家安装组合电视柜、百页窗帘和修剪园子里的树木了。

从他刚来的时候,我们就有意识地培养他的劳动习惯。由小到大、由轻到重、由简到繁、由纯体力到动脑筋看图纸,按部就班逐步实施。先是整理自己的玩具、书桌和床铺,然后就是擦皮鞋、收拾餐台慢慢增加到每天打扫家中的四个卫生间,直至擦洗三辆汽车。

关于这些劳动项目,我们订有详细的奖惩机制:

我和他反复商讨签署的书面合约规定,对工作内容、次数、质量标准、工资单价等都有专用表格,每次逐项详细填写,检查验收合格后才可计数。其中尤为重要的是如因功课紧张可以顺延时间,但连续三天不工作则停一天罚三天。

慢慢地,那个记录的小本也就成了他小金库的存折,他会时不时地翻出来算算,对自己的劳动成果很满意。

由于每个星期都有固定发放的零花钱而且常有富余,小金库里的“钱数”其实并无太大的实用价值,慢慢竟成了精神层面的象征。我们就给他一个“好建议”:用自己挣来的劳动所得给爸爸妈妈买生日礼物,这样会更有意义。他欣然接受。偶尔跑进妈妈的更衣室,他也会笑眯眯地数数墙上自己送给妈妈的包包,满脸的得意和自豪。

“钱”在我们家并不只是“硬通货”的价值标准,还有着另一层更为重要的道德标准和情感标准。他从正式工作的第一个月开始就宣布,工资的一半给我们养老、旅游之用,每年五万加元。一本签好名的空白支票簿交给妈妈,让她每个月到时间就撕下一张,填好数字去银行兑现。

去年他升职了，成了一家大投资银行总行的项目经理。丽君开玩笑逗他，说：还记得吗，你还有五六千元压岁钱在老爸那里存着呢。儿子笑笑说：八千多呢，算赞助你们旅行了。

哦，儿子并不是傻、忘记了，也不是糊涂、不会计数了，而是出自内心的孝顺和厚道。

突然又想起他小时候的另一项“奖励机制”：

家里来客人了，他不管手中的作业有多忙都必须下楼来礼貌地问好；客人走时也必须和我们一起送出门外；去饭店吃饭必须为大家续茶水；进出时须抢先为大家开门并扶稳，待别人走过后才能关上；旅行时必须抢着拉行李，包括帮助年老的团友……做好了这些都会有奖励。

而这个奖励竟是：准许星期天去我们自家的“中华音像图书电子城”值班、劳动。

世界上到处都布满了各种各样的“沟”。

这些“沟”或宽或窄、或深或浅、或明显或隐蔽、或一眼便能看透或扑朔迷离，需细细体会思考方能感觉到它的存在。

在现代汉语和日常生活中，人们已经习惯将“沟”的概念代入并引申到人际关系、观察世界的态度、东西方文化的差异之中。真的，它几乎无处不在。

还是说回莱斯理吧。

虽然将他定位为我毕生的第三件大作品，特别选了一处干扰少、污染小的地方定向培养，倾尽后半生的全部心血，用中国传统文化的精髓滋养和塑造他的性格、人格、教养、内涵，但终因“水土”的关系，这个“产品”的基因竟有了不小的改变。虽不至于完全钩鼻凹眼，但棱角分明，立体了许多。

我们多年的“交流”方式真的就是“交流”，是双向的、探讨式的。

不知从什么时候开始，他的话语里会偶尔冒出一句：“现在都什么年代了？”怎么了，是我的观点落后了？这就是传说中的“代沟”么？再后来又会出现：“爸爸，这里是加拿大呀！”加拿大又怎么了，这难道就是东西方传统文化的鸿沟么？

比如说：刚升入大学二年级就因成绩不错获准进入“四个月上课、四个月实习”（和正常员工拿同等的工资）的高级班。很快又有两位教授聘请他当兼职助教，给低年级同学上课、辅导，及批改试卷。这也是薪金很高的工作。我一直提醒他要和教授多聊天、多交流、多联络感情，向他们透露老爸也是美国、新加坡等多个大学的教授，是英国剑桥的终身院士，是世界名人，可能你就更容易得到教授的认同。另外，要想办法感谢教授的栽培，选个适当的方式表达谢意。

催促多次他仍一笑置之。最后被“挤”出来的一句话就是：爸爸，这里是加拿大呀！

仅有的一次妥协是毕业了、参加工作了，他和教授仍保持联络，关系良好，偶尔还会应邀回母校给师弟师妹们做演讲。得知其中一位女教授刚生了小孩，在我的“威逼”下这才买了些婴儿用品前去祝贺。后来我想，他屈服的最主要原因还是“与教授已没有了直接的利益关系”才肯让步的。

至今他的同学、朋友、同事、上级几乎无人知道莱斯理的爸爸是个有名的画家，他也绝不肯拿我的画或画册去“搞好关系”。

另一件让我想不通的事：

他在前一家投资银行工作的时候，参与并成功完成了多个大项目。其中最小的金额是几亿美金，大的达几十亿、上百亿。行业里的习惯是项目完成后，凡参与者每人赠一座奖牌，上面镌刻着参与者的姓名、项目名称和金额。大家都会把奖牌放在自己的办公室里作为一个阶段的工作总结。

这样美轮美奂的奖牌莱斯理一共获得八座。

在准备换到另一家投资银行工作的时候，我反复又反复地提醒他将这些奖牌全部带走，放到新办公室里，也算是一种资格的象征。但他始终笑而不理。他觉得这是在前一家银行的成绩，有什么摆谱的必要？

最后被逼急了，他做了个无奈的妥协：全部运回家来交给我们处理。丽君马上在她的专用书房里清理出两格书橱，将奖牌放了进去，并时不时地对着它们笑眯眯地看上一会儿。

这样的例子还可以举出很多。

现在，我不得不反复问自己：我是不是真的老了？落伍了？跟不上时代的步伐了？抑或是我们传统的文化、传统的人生态度和处世哲学真的需要重新思考、重新调整了？

看来，这确实是“沟”，是很难跨越但又必须跨越的“沟”。

艺术·人生

民族性与自尊

艺术界常有一句话挂在嘴边，那就是“越是民族的，才越是世界的”。这大概是专指艺术和艺术品而言的。我从小就模糊地记得这似乎始出于美术理论家蔡若虹先生之口。我确实觉得很有道理，但概念还不甚完整，还须要往深里挖掘、往广里延伸，由小及大且从大处着眼，研究“透”它真正的精髓所在，从而再创造出若干辅助条件方能取得成功。

后来，在出版社邀请蔡先生为我的画册作序的时候，我还有幸与先生有了一次竟日长谈来着重探讨这个问题。我们都极为坦诚地表述出自己的观点，并没有力图去说服对方。但这席长谈却让我们这两个忘年的新友相互激赏、引为知己。

自从走出国门以后，尤其是以东方民族的一分子走进西方社会之后，则越来越多地碰到与此相关的类似问题。因此也就不可避免地留心起这方面的状况来。同时我也脱离了仅盯着艺术、艺术品的具体研究层面，扩大了视野，站到一个更高、更超然的台阶上去观察、研究和思考。

首先想到我国的五十多个民族。他们的语言、生活方式、服饰、音乐、婚丧风俗等都各具特色，却没有多少能成为“世界的”。且不说全世界对他们知之甚少，就连作为骨肉同胞的我们，有几人能把这些民族的名字记全了？因此，只有外在的特点，仅凭这些色彩斑斓的小装饰是绝对不够的，

还要有精神层面的凝练、塑造、累积和提高，真正形成自己独有的精神面貌和内在气质才能对外界产生强烈的吸引力。这也就是“大”气质和“小”点缀之间本质性的不同。“大气质”的深邃内涵对于欣赏者、研究者而言，是要靠长时间的体会、领悟加上自身的修养和鉴赏力逐步发现的。它虽然比不上“小点缀们”刹那间的晃眼，但厚重文化累积的征服力是无比强大的。

挪威风光

反之，终身未跨出过国门的人，又有几个不知道印第安人、爱斯基摩人、亚马逊人乃至毛利人？对于犹太民族、日耳曼民族和大和民族谁都会在脑中留有印象。甚至有些还能具体感受到法国人的浪漫，英国人的保守和贵族绅士风度，西班牙人的热情奔放，奥地利、意大利人的艺术品位，德国人的严谨和认真等特点，这些个性都会极为鲜明地从他们每个毛孔里顽强渗透出来。

比如日本的日用陶瓷，其制作原始、粗犷、朴实、厚重，纹饰和外形同样的随意，似乎完全是粗制滥造、漫不经心。几乎根本不需要刻意印上Made in Japan，便可看出这是日本的产品。这种刻意的不经意、粗糙之极的精致里渗透着、溢满了民族文化的品格。再比如不管你走到世界上任何一个城市，看到饭馆招牌上明明写着汉字，但那些“中文盲”的西方人无一例外都知道是日本的餐馆，都是冲着味噌、寿司和刺身而去。那浓郁的东方情调装潢风格极具日本特色，食客们可能无法用语言表达清楚，但绝不会与中国、韩国、马来西亚或泰国餐馆搞混了。

我总觉得每个民族之所以能在浩瀚的人类世界里挺立而且被重视、被尊重，首先就要形成一个突出而明显的公认形象，这就是高度的民族文化自信形成的凝聚力，经过长期的共同努力和积累逐步积淀而成的“民族性”。倘若所有人都感觉不到一个民族所形成的特性，那怎么可能得到全世界的注目和尊重？

我也在思考和寻觅着我们的“民族性”。

经过五六千年文化历史的流淌和演绎、进步，我们民族确有或确曾有过若干辉煌的、值得称道的特点。但是否形成了世界范围内基本公认的、能准确代表我们民族性的特质和共性呢？比如泱泱大国（哪怕是自封的）的气度和包容，而不是暴发户式的盲目自大？或者如礼仪之邦理应溶入民族血液的关于“礼义廉耻”详细的行为准则？再或者多少克服掉一些崇洋媚外，去掉一些从骨子里透出的自卑？我们应如何光大我们的优秀的文化传统？

在一百多年以来的前几十年里，我们当时的特质倒也曾获得过“国际公认”（那是令正直的“明白人”深感焦虑和痛心疾首的），那就是“一盘散沙”和“东亚睡狮”。无法否认这个结论确也有着某种程度上的准确性。细析之，每一粒沙子都是经亿万年风刀霜剑和水流冲刷而顽强坚持下来的精英，每一粒的硬度和抗击打的圆润度都是惊人的。在显微镜下细细观察，它们都五彩斑斓各具特色，所缺少的也只有凝聚力这一点而已。

再说不管是“病”还是“睡”，全世界一致承认的还是“狮”，无可替代的兽中之王。现在这只雄狮已经清醒几十年了，他各方面的力量已经有令世界注目的充分积聚和体现。那么，我们的民族自信和凝聚力又在哪里，如何体现我们的民族凝聚力？

只有在真正深入理解了中华文化的博大精深的基础上，才会建立起真正的民族自信，才能建立真正的自尊。

民族性的淡化和迷失

面对每个城市里那些山寨版的欧美建筑，规范统一的玻璃幕墙摩天楼，挂着区县政府招牌大大小小的“白宫”，几乎完全取代了中国传统风格的建筑。理由似乎只有一个，那就是太“土”了。取而代之的是纯粹的、正宗的“洋”。不是消化吸收后“取其精华，去其糟粕”的“洋为中用”，而是照抄、直搬、不差毫厘。除掉机场和火车站的楼顶上竖着该城市的名字而外，你将会完全迷失在那些造型基本统一、毫无特色的建筑群中不知身在何处。我想，人们绝不会把巴黎、伦敦、阿姆斯特丹或柏林搞混了，它们各具特色的精神风貌是迥然不同的。就是撇开那几处标志性的建筑，那从骨子里透出来的民族文化和特质是无处不在的。

继而面对铺天盖地、泛滥成灾的“洋味”招牌，心里同样不是滋味：波士顿餐厅、伊丽莎白发廊、圣安娜饼屋……甚至连上不得台面的按摩院、洗脚房也会冠以什么“莎”、什么“娜”的。这种现象久已传染、泛滥到房地产业，只要稍稍留意，全国各地几乎都成了外国的“租界”：夏威夷庄园、迈阿密豪苑、威尼斯水城……寄希望于用“洋名”来彰显自己的“高档”，是不是太可怜了？

再回到“走向世界”这个老生常谈的问题上来。

书法应该可以算是国粹之一，纯属民族的了。（世界上也只有日本和韩国还有那么一点点人涉猎这门艺术）可几千年过去了，有没有就成“世界的”了呢？至今上了英美拍卖会的少数几幅古人书法作品，那“天价”大抵也是冲着历史文物价值而不是书法艺术价值去的。

为什么？这是一个值得警醒并深思的问题。

现在，“书法美学”的理论体系是否真的完善了？有没有一个“相对中正”的美学评判标准？评论界有没有尽心尽力进行理论研究，以便让外部世界对此了解更多，从而让世界都认可书法艺术美的真正内涵？

书法家们本也应在理论上弄懂弄通才能更上层楼。但眼见到许多书法家数十年寒窗苦练之后终于成功，那字儿也确实写得不错，并一步步渐居高位。不知是捧臭脚的人多了让他迷糊，抑或是心中仍有些发虚，为了巩固地位，便盲目地“创立自我”，全无方向地追求“变法”。以“狂”“怪”为终极目标，字形越来越歪斜扭捏。

你们不懂、不识、惊呆了，张口结舌？这正是一些“书法家”们追求的效果。因为他深深地知道，到了这个层面就再也没有人敢有歧义了。因为不等讲完就有权威们的迎头棒喝在候着你：那太高深了，你们哪里会看得懂？结果叫好声越来越多，而正常评论却噤若寒蝉。于是人们愈加迷惘、愈加糊涂，慢慢退回到完全弄不清书法家的“狂草”和“道士画符”到底有什么不同。

我也曾傻傻地翻遍了千多年来留存青史书法家的作品，无论“豪放严谨”或“潇洒率性”乃至“恣肆狂放”，他们各自的风格独特迥异。可至今尚未找到有“东施效颦”“扭捏作态”或者是“装腔作势”“故意唬人”的。我简直怀疑自己，我是不是真的孤陋寡闻了？

在迷惘多年也“钻研”多年之后，我似乎摸到了一点门道：其实大可不必数十载含辛茹苦，只要练到“皮厚”“心黑”，是可以在一段短时间内“蒙”住很多人的。读一读李宗吾先生的《厚黑学》一定可以瞬间恍然。

还是正经、严肃一点吧。

说实话，像这样独特的艺术瑰宝，由于自身的不自信而丢掉了可贵的精粹，畸形的环境氛围又诱导它误入歧途，实在可惜得令人心痛。

没有了正确的共识和累积，何时才能让它真正具备了民族性？不具备真正有价值的民族性，如何能长久地吸引全世界有识之士的目光？

其实民族性并无高低、强弱和对错之分。它是受各自历史文化背景、各自的世界观、人生观、核心价值观的影响，经大浪淘沙慢慢演变而成的。它是一种对世界、对人生的理解。任何人都没有权利去指责别人追求浪漫就是好逸恶劳、得过且过；严谨认真就是刻板木讷；热情奔放就是放荡不羁。

波斯米亚人随想

去年(2013年)乘船横渡欧洲,游览整个多瑙河、莱茵河直至荷兰的出海口。

记得在布拉格停留的几天里,每天都会在广场上或马路边看到三五成群的波斯米亚人组成小乐队在演奏。乐师们无一不是认真投入、心无旁骛、沉醉其中、享受至极。他们面前一两米远的地下无一例外地放着一个打开着的琴盒,当然是为了获得观众的打赏和赞助。

但令我惊奇的是:不管观众多少甚至一个也没有的时候,掌声多或者掌声少的时候,他们是同样狂热地投入。仿佛他们的演奏就只是为了自己享受。有人扔钱他们也不会表示感谢,甚至眼皮也不会抬起来;无人扔钱也丝毫不会影响他们的情绪,好像这根本与自己无关、,这并不是他们来此演奏的初衷。

令我更为惊讶的是:从后来与他们的交流中得知,他们一般下午就休息去了,因为已经挣够了晚上喝啤酒的钱。

我关切地问:那明天呢?

他们潇洒地大笑:那不是还有明天嘛。

我明白了。这就是他们的人生价值观。他们人生最大的目标就是快乐地、全身心投入地玩音乐。

音乐是他们民族的魂。

他们把演奏场地安排在广场或路边,是为了分享音乐、分享快乐,“顺便”也弄点钱维持生命。但主要目的还是为了第二天继续玩音乐的超级享受。

在我们中国人眼中,这几乎和流浪汉甚至乞丐相类,但却有着本质的不同:我享受了自己的音乐,你碰巧听到了,这就够了。你给点钱也很正常。

我根本不需要表示感谢,更不需要也绝不可能向你表示讨好和谄媚。正因为是不带目的、全身心的倾注,他们的音乐是忘我的、干净的、没有铜臭味的。

与之相较,(实在有点刻薄了,恳请务必宽宥)我们周围的乞丐和“画家”则太过务实和功利了。

乞丐们几乎看到每一个人都会屈膝、合掌行礼，堆起谄媚的笑，低声下气的哀告，但只要眼前的人一旦没有具体表示就走了过去，乞丐们会不管那人是什么原因，马上拉下脸来冲着他们的背影咬牙切齿：小气鬼，一毛不拔！有时甚至还会啐口唾沫。这是怎么了？是因为自己的“付出”没有得到“回报”觉得亏了？

还有一些或许还并不值得称之为画家的“画家”们，动笔前就想着如何把这幅画卖掉。因此必然会首先为“顾客”着想，迎合“买家”的口味与喜好。(哪怕他们只是个附庸风雅的有钱人呢)这必定会直接影响到画家的灵气，还必定会抛开自我，从主题、构图、色彩到题款都渗透进谄媚与讨好，像涂脂抹粉待选的宫女。另一种则是无时无刻不惦记着自己多少钱一平尺的身价，毫不顾忌(或根本不懂)此时的画里已渗进了铜绿。

艺术品流通本是市场的事，买画是爱好者或收藏家的事，推广销售是经纪人、画廊、拍卖会的事，各有分工各司其职方属正常。倘若总想着越俎代庖跨界行事，则一定会舍长就短、能量相抵、漏洞百出。而其中最为核心的“画家”们，只要有丝毫蠢蠢欲动的心思，妄图染指另几个行当，则“抱着石头唱戏”的结果是无论如何逃不脱的。尤其是本来可能还尚有一点灵气的画作，立马就会从艺术品降格为商品。这将是何等可惜的事？

长日如小年

浮光掠影（日本散记）

从记事开始我就恨透了日本人。

那时我们接触的所有文字资料都清晰地告诉我们：日本人是没有人性的，是残暴的、无恶不作的。随着年龄的不断增长，慢慢知道了那只是其中的一部分，是受军国主义思潮控制、激化形成的，就和德国纳粹在犹太集中营表现的一样。

再后来，到我真正关注"民族性"这个问题的时候才有了更加客观的理解和判断。

其实在每个民族、每个国家里总是包含了"各式人等"的，社会的、人性的阴暗面无处不在。绝不应该幼稚到强求整个社会、人性都是美好无瑕的。不断提升自律和社会道德规范的约束，逐步纠偏，使负面的东西越来越少，加强对于公德和对相同价值观的追求，慢慢凝聚成一股正气并越来越壮大，形成一种共识、一种全民的习惯、一种共同追求的目标。当这些蔚然成风并被外部世界发现之后，便形成了对这个民族标志性的认识。这"口碑"就会像标签和名片一样贴到他们的身上，这也就成了他们的民族性。

这些特性在长期形成的过程中也是经过大浪淘沙不断修正的，因此及

布拉格

时甄别谬误就十分重要。比如随着造假、山寨产品和腐败现象的不断“普及”，就会形成“什么都不可信任”的固定印象，久而久之后果将不堪设想。

民族性这个题目似乎很大、很高深，但往往也会从极小的表象中凸显出来。

有一次，我带一个年轻助手出国办事，途经日本作短暂停留。

在飞机上就开始筹划安排这紧凑的行程，于是叫来了日本空姐。相互语言交流都不顺畅，三个人连说带比划，又拿出纸笔来个“图文并茂”，但仍有理解不透之处。我们都觉得麻烦她太多，很不好意思了，多次表示要求停止，但她仍然跪蹲在座椅旁耐心地画图解释。最后以我们假装完全明白才告结束。

我们的第一个目标是歌舞伎町一番街。在去新宿的火车上我们仍对下车后如何找到那“街”心怀忐忑。对座一位修长而帅气的小伙子也是拿出纸笔耐心地比划讲解。最后见我们仍然不甚了了，就一边安慰我们：不要紧张，路途不远，走走就到。并表示下车后他会带我们走到能看到一番街的转角口。呵，太好了。谢了又谢之余，心底里仍忘不了有点小防备。

果然很近，不到一公里的距离。那位年青人指点清楚目的地后，极为礼貌地含笑点头、握手告别。看他转身往回走我们很诧异：怎么回事？他并不和我们完全同路，是专门绕路送我们的？他笑笑说：我还要去赶下一趟火车呢，我的家在下一站的小镇。

天哪，他下火车就是为了给我们指路！我一下子感到喉头哽塞，完全说不出话来了。

接待我们的日本朋友在陪同游览完一番街之后已到下半夜了，我建议到周边街上走走。突然看到在后街一扇关着的大门旁钉着一块小木牌，上面竟然写着：“中国人不准入内。”我心中积聚了几十年的怒火一下子被点燃了。它尽管只是限制，没有了几十年前侮辱性的词汇，但限制也是某种歧视。我们口袋里虽然装的是加拿大护照，但心底里仍然认为自己是中国人。日本朋友告诉我，这是一家小赌场，这个牌子主要是针对当地福建帮派的。

我知道助理是个赌博高手，于是豪气地一挥手：进！

不知是难得一见的中国面孔让他们大感错愕，还是我们昂然而入的气势镇住了他们，他们十来个工作人员除了机械地鞠躬，“嗨”了一声之外，竟没有人再讲话。不知是什么念头指使，我竟完全不自觉地摆出一副“老大”的派头指了指助理：你，上！

他在台面上玩的什么我完全不懂，只看见他面前的筹码越堆越高。于是我又站起身来一挥手：走！于是兑换了大把现金昂然离去。自始至终没有听到赌场员工讲过一句话，他们还没有从这两个中国人铁青的、威严的面孔中缓过神来。推开大门之后，我们不约而同地爆出无法遏止的大笑。

这莫名其妙的幼稚举动实在和我的身份、学养极不相称，但就是那块不起眼的小木牌刹那间触碰并引爆了埋藏心底几十年“同仇敌忾”的那根弦。那一瞬间完全没有酝酿、没有思索，全凭着本能行动而且不计后果。

这是否也应该是我们民族性的一部分？

赶到机场，离停止Check-in的时间已经很近了。机场工作人员十分抱歉地对我们说：对不起，只有吸烟区的座位了。我自己都无法解释自己的情绪竟然被昨天那块赌场木牌莫名所以地调动起来。我一下子沉下脸冷冷地抛出三个字：不可以。员工有点紧张了，低下头去再次认真地查看核对电脑，终于无奈地再次道歉。在未获宽容后她请来了她的上级主管。道歉后他说：我们本想请您升舱，但今天头等舱、商务舱确实全都满了。如果您能同意换乘另一架下午起飞的飞机，我们很乐意为您安排。看着他认真地道歉、不断地鞠躬、不断地“嗨”着，看着他油光锃亮的“地中海头顶”，心中竟莫名其妙地升起一股“你们也有今天”的快意。“快意”中竟又掺进了孩子般恶作剧的调皮心态，我倒要看看你们最后到底如何解决？于是绷着的脸上更加没有了丝毫可通融的表情：“我真的没有想到日本竟然落后到飞机上仍然保留吸烟区的地步！难道你们真的不懂得这会妨碍别人的健康吗？你们对旅客的健康究竟如何负责？”在不断的鞠躬和“嗨”声中，他查遍了所有日航公司飞多伦多的航班，皆没有找到合适的解决方案。助理一直扯我的衣角，意思是可以放过他们了。可我却递给他一个有点谐谑的眼神：坚持，继续！

其实此时我已完全没有了愤怒和挑战的情绪。已经由挑剔、捉弄、调侃式的“得理不饶人”慢慢转换成探寻研究甚至还有了一点欣赏。他们在自知自己服务不到位、处于理屈的状态下，面对的客人不管如何的“刁蛮”和“挑衅”，仍然保持礼貌克制和积极想方设法努力争取解决问题而不是消极应付。这种坚忍的、恪守规矩原则的特质让我一步步对他们刮目相看，甚至产生出一些敬意。

后来这位主管又找来更高层的主管。他告诉我，他是负责联络协调世界所有航空公司业务的，现在由他全权负责解决此事，请我稍待。经过近二十分钟紧张的电脑查询联系之后，确定了美国、英国和加拿大三家航空公司有适合我要求的航班和座位。他详细介绍情况后请我选择。其机型、座位、直飞路线都超过预期的好。我当即诚恳地表达了谢意并办好了手续。

握手告别时他告诉我，这两张机票是他们公司为我们另外花钱订购的。(原航班座位只能放空浪费了)由于规格的提高加上是临时购买，价格比我原来的机票贵了一倍。总算起来，我们现在获得的机位价值竟是原票价的三倍。

再看看他真诚谦恭的笑脸，我彻底被感动了。我为过分的挑衅挑剔和近乎恶作剧的“考验”感到羞愧。

这是一组关于民族性探讨的小插曲。

是呵，“民族性”是由全民族千百年来不断累积、修正、凝聚而成的，它决不抽象。任何一个小水滴都能折射出太阳的光辉。

冷暖自知

异域收藏记趣

Antique(古玩)记趣

收藏这玩意儿说来也怪,一旦沾上就无法轻易脱身,是会成瘾的。它和毒品并不一样,各色人等从中获得的快感竟大不相同。有人喜爱字画,每弄到一件必悬之于壁,每天不分早晚对着它摇头晃脑;钟情“把件”者,除了睡觉整日玩件不离手,一曰养,二来便于玩,三来亦可在同道好友面前显摆;痴迷钟表者会沉醉于“拆洗装配”,直至捣鼓出声儿来,若有小人小鸟出来转一圈则更会乐得心花大开,像滴进蜜水一样甜丝丝;沉迷瓷器者则乐于在哥窑、定窑、粉彩、青花中徜徉,在胎质的紧密与疏松、釉质的肥厚与淡薄中纠缠,在忐忑与欣喜中彷徨但自得其乐。可他们都有一个共通的地方,就是常用主观愿望取代客观的判断,常对宏观大势视而不见。他们“愿意”忽略举世震惊、举国上下触及灵魂、声势浩大摧枯拉朽的十年大革命“完全彻底破四旧”的伟大成果,不顾“覆巢之下无完卵”的古训,追求彩票式的捡漏。虽每天失望但每天都有希望,也算锻炼出“向前看”的积极心态。

依我愚见:不管喜好哪个门类、以何种形式介入,或做学问做研究,或用于装饰布置,抑或是单纯地为了喜欢为了玩,都是收藏者的正常心态。在“吐故纳新、大浪淘沙”的过程中希冀获得盈利也无可厚非。我只是觉得将盈利放在第一位,甚至定为唯一的目标,完全把它变成一个“生意”,那就失去了收藏的本意和收藏的乐趣。仅从字面看就知道,“收藏”的本意就是“纳”与“贮”,是单向的只进不出。要想营利则必须买卖,那就成双向运作了。当然“买卖”也是正常的商业形态,但仍打着收藏的幌子附庸风雅未免有点儿可笑。

因为国家规定的限制,我在国内的藏品是无法带出来的。所以“一穷二白”的我在“白手起家”的过程中倒是迫使自己抛开了原先收藏的观念,开始重新思考了。

我确实已彻底改变了收藏方向、收藏理念和对收藏品的欣赏和享受。纯粹的艺术家和纯粹的艺术品给我带来的心灵陶冶和享受是无法言喻的，是那些工艺美术家、工匠们弄出来的盆儿、罐儿、瓶儿、碟儿无法望其项背的。

那些工艺品（有些简直就是普通陶瓷产品）既不是唯一，也不会稀缺，在批量生产的潮流中早把本来就不太多的灵气冲淡并溶解了，最终就剩下那些"好看的"盆儿、罐儿、瓶儿、碟儿，只有形而没有灵魂。

甚至还应该从另一角度想一想，连当今景德镇的个体工匠们都可以轻易地模仿个"八九不离十"，骗得那些"专家""鉴定师"们拿着放大镜翻来覆去地研究却仍模棱两可或者争论不休，完全没有了底气。这就足可说明它们的生产工艺、原料和手工、技术本就没有什么值得珍视之处。但它仍有"打动人"的力量：那就是它可以产生价值，也方便包装炒作甚至欺蒙哄骗。

哦，哦！那又属"生意"的范畴了，我是外行，不敢置喙。

加拿大的短暂历史促进、包容了"多元文化"的意识和国策，世界各国的古董这里几乎无所不包。对于收藏者来说，要将这么多国家的历史文化背景都搞深搞透几乎是不可能的。弄清源头已属不易，再要准确断代就更难了。

从"拥有"的角度说，我充分发挥自己的强项，转向了对纯"艺术品"的追求，热衷于具有唯一性的大理石雕塑、稀缺的名家青铜雕塑以及部分著名艺术品的复制品，将工艺品及它们的文物价值排到第二位。

从"心态"方面说，我更加倾向于"玩"，更加迷醉于与古董商们比试知识、眼光过程中的"斗智斗勇"。同时也珍惜搜寻过程中的附产品：沿途风景点的欣赏、小镇风情的体验、对古老家族历史的探究以及对"原住民"印地安人和爱斯基摩人文化艺术的研究和学习。

有次我带着一对教授夫妇远行，在地处荒野公路边的一家小小咖啡店里发现了一件我们称之"小可爱"的大理石精品，估计是一位欧洲贵族移民的后裔因家道中落才不得已拿出来寄售的。我们几次约见主人都遭婉拒，故只得一次次通过咖啡店与他电话联络、一次次驾车数百公里亲自去"磨"，虽然辛苦但仍然乐在其中。

那段时间我们都被“小可爱”折磨得神魂颠倒,坚信它的艺术水准足可媲美罗浮宫的藏品。教授夫人告诉我说,她的先生会在半夜推醒她,坐起来拍着床边反复赞叹:太美了,太美了! 简直像犯了呓症一样。

皇天不负有心人,“小可爱”终于到家了,我们将她安放在家中最显眼的地方。十七年来每天都要看她几眼,她已完全成了我们家庭中的重要一员,就像我们的女儿一样。我们从来都没有想过她的价值早从以“千”为单位演变成以“万”为单位了,但有为了几万美金卖掉自己女儿的吗? 再反过来说,就算银行存款数字增大了,带来的乐趣究竟能有多少,又能维持多久呢?

来加拿大几年之后,陈祖芬前来跟踪采访在我们家住了几个月。她都完全习惯了我的生活方式和节奏,除了画画和教学,我一般不在家里待着。只要说一声“出行”,她会第一个背上挎包在门外等着。如果预计当天的行程较远,我们甚至会在夜里三、四点钟就起来开车出发。

我设定的目标往往不是一个“点”而是某一片“地区”。包括这个区域里的所有风景点、所有小镇、所有乡间小道,我会对每一条道路进行“地毯式搜索”。当然,最主要的还是搜寻 Antique store(古董店)。这和中国完全不同,古董店不会只集中在城市和大城镇。只有几十户人家的小镇、某一条乡间小路的尽头或者某座山丘的脚下都常会发现路边竖着一块朴实的木制牌子,上面写着 Antique。

酷爱此道者几乎无处不在。他们中有不少是“祖传、世袭”的收藏家,他们的古董“店”大多只为陈列欣赏、只为交流和交友,成交与否往往是不太在意的。

多伦多以北两百多公里的小山边有一条就叫 Antique 的私家路。路的尽头有三座小楼,一圈围墙组成的一个独立庄园。紧闭的大门边就钉着一块写着 Antique 的木牌。既挂牌又关着门,主人的方针不言自明。按响门铃,笑容可掬的中年主人把我们迎进一座独幢小楼。呵,这竟然就是他的藏品展厅,璀璨夺目、五彩缤纷自不必赘述。我们从中发现了一座与“小可爱”差不多大小的男孩大理石雕像。心想抱回家给“小可爱”一个伴儿该有多好,只是展品标牌上写着的价格让我有点犹豫。

半年多后我们又一次专门去看那小男孩,却已不见了踪影。暗自懊悔与他失之交臂,自叹今生无缘再能聚首,只得无奈地怅然而返。

一年后再次造访庄园，在硕大的池塘边与主人一起观鱼、品茗、清谈。再进展厅时竟又见到小男孩雕像陈列在柜子上。主人告诉我，前一阵他将它搬到卧室去放了几个月，玩过瘾了才又重新搬回来。

久别重逢带来的惊喜几乎让我窒息，价格已不再是障碍。主人知道我实在太爱这座大理石雕了，他觉得我会是一个"称职"的拥有者。故欣然割爱并主动在原价基础上让出一大块来以示友好。

这也是与中国国情完全不同的地方。中国买家为了压价会拼命指责商品的毛病并显示自己对此并不太感兴趣。而在西方社会，真诚的赞美和喜爱会打动对方，他会觉得你特别适合拥有这件藏品，故常会主动给你意外的惊喜，甚至因此而交上朋友。

在和我们一起寻宝的过程中，祖芬注意到我常用的安省地图上几乎每条线上都用不同颜色的透明水彩笔描过。乍一看去简直就像一张色彩斑斓的网。她问我：这是为什么？我说：对于初次探寻的地区，我会从一开始就注意避免重复，所以每次走过的路线我都会用彩色笔标上。她惊叹道：这是多么长的行程呵！我拍拍方向盘笑道：这是第三部车了，除了去超市买菜购物，所有的"里程数"就都用在这张地图上了。

临回中国时，我送给祖芬两件她曾提出来想"收藏"的东西：一件是"文革"期间因无书可读，我在无聊之极时用蝇头小楷恭录的十几本菜谱，还有一件就是那张五彩缤纷的地图。

缠绵

白宫总统办公室藏品的孪生兄弟

偶然在网上看到几张奥巴马办公时的照片。

我感兴趣的是那间颇具神秘色彩的椭圆形办公室的装潢布置，简约、高贵、气派、大方，完全没有暴发户式的“纸醉金迷”和豪华。

细看之余我的心不禁狂跳起来：整个办公室里唯一的艺术品就放在那个矮而扁的三屉柜上。那是一件表现美国西部牛仔降伏烈马的大型青铜雕塑。只见那匹烈马狂暴无比，前两足腾空，身体几乎直立，只有两只后腿着地支撑。也就是说整座近百磅的铜雕就仅凭那两个后马蹄连接着象征地面的底座，极为险峻、极具动感。那支点、那重心是何等精准！瞪大的眼睛、张大的嘴、强扭的脖子和扬起的鬃毛，更显出它的狂野与暴烈。身体、腿和臀部的每一块肌肉都绷紧着，爆发出强大的力量。那牛仔伏低着身体一手勒缰、一手扬鞭，看得出这场拼搏已进行了好长一段时间，几乎已快到“你死我活”的最后阶段。驯马人甚至已有一只脚脱出马镫，险象已经出现，但他仍然顽强坚持着。这是以意志拼搏的最后瞬间，是夺取最后胜利的至高境界。这力量的较量、意志的较量、生命的较量带来强烈的震撼，也同时形成了独特的、剽悍的美感。

这是世界著名的美国画家、雕塑家Frederic Remington（弗雷德里克·雷明顿）十九世纪末创作的代表作品。

任何人见到上述文字都会感到奇怪，因为再高清的照片也无法让人看到那么多细节。这也正是我有兴趣细细写来的根本原因所在——在我客厅的沙发茶几上也摆放着一座它的孪生兄弟：“一母所生”“一模所出”的有着雕塑家签名的原作青铜雕塑。

回想起当年捧回铜雕的那次拍卖会，竟创了两个拍卖会记录（玩笑语）被传为业内佳话：

一是完全不懂英文的聋哑人，不知拍品来自哪个国家、作者是谁、名气如何，仅凭艺术眼光、美学眼光、个人喜好就“盲目”地、不顾一切地下注争抢并最终击败所有对手而得偿所愿。

第二项记录是推出了一位年龄最小的举牌人。

当时的儿子已刚过六岁，在幼稚园学了两年后就入读小学一年级了，日常生活用语已能顺利掌握。同时他也跟着我逛了两年多的古董店，有了一定的眼力和价格的判断力。在取得一致意见之后我们父子俩协同上阵，而丽君则负责坐在一旁抿着嘴儿笑。

我一直搂着儿子的肩膀斜倚在座椅靠背上。约定在需要举牌的时候捏一捏他的肩膀作为提示，以方便在关键时刻面授机宜。儿子则握着号牌紧张地时刻准备着。在运作前面一些拍品时，我也捏准时机让他举举牌、锻炼锻炼他的决断和勇气，以适应会场的气氛和环境。没想到刚举了两三次牌，他竟成了比拍品还有吸引力的亮点。许多人都禁不住扭过头来朝他看，而他却因为紧张、认真而目不斜视。在众多参与举牌的藏家眼中，他似乎天生就有沉着、稳健的大将之风。

最后的战场终于在我们和另一名收藏家之间展开。那位先生似乎也是志在必得，紧咬着不放。儿子只是在报价刚超过我们约定底线时迅速地扭过头掠了我一眼，又飞速地转过头去。从他一脸坚毅的神色里，我也看出了他准备坚持到底的决心和必胜的自信。

在那一瞬间我的思考是：此时的价位仍未突破我心底没有说出口的“第二道防线”，还应该继续拼下去。更重要的是想借此机会考验一下儿子的眼光、信心和气魄，看他对这件艺术品到底喜欢到什么程度。所以没有理会他征询的眼神，也没有明确给他继续或放弃的指令，任由他自己决定。

再经过四五轮的攀抢，对方终于动摇并气馁了，完全失去了斗志。尴尬地、无奈地笑着摇摇头，投降了。他做梦也没有想到，今天会输给一个东方面孔的“小不点儿”。

儿子涨红了脸，兴奋、得意溢于言表，像极了一位刚指挥完一场大战役并取得彻底胜利的大将军。

我和他一样没有想到，二十年后竟无意中与白宫总统办公室的唯一藏品成了近亲，成了“一母所生”的孪生兄弟。

“槛外人”戏说收藏
——前年一时心血来潮，发表于“雅昌”的博文

真是越来越佩服鲁迅先生了。尽管长期以来并未意识或不愿承认，常常在一闪念之间还是会冷不丁冒出点儿“阿Q精神”来。连我这个身居海外二十余年的“中”华侨身上也还能有这种“遗传”的体现，可见民族性中这种基因的稳定与顽强。

比如说收藏。

对于那些宋官窑、元青花、先秦两汉青铜、战国玉器是无论如何不敢动占有之念的。心底里的那点儿仰慕早被那动辄百万、千万乃至上亿的庞大数目以及“十品九赝”的普遍状况吓得晕乎乎、荡然无存了。不得不无奈地认定那些“东西”和我辈分居两个世界终身无缘。就将它们定位为心仪的“偶像”罢。实在想极了，就去趟博物馆过过瘾。尽管“可远观而不能近亵焉”，心犹未甘，但却是省了钱的。更何况能免去“交学费”而引发的心绞痛呢，一笑。

所以，就连出国前玩的几枚汉铜镜、唐葡萄镜，甚至极为罕见的金代双鱼镜、宣德炉等都一直束之高阁，至今未请专家鉴定过。说也可笑，并非因珍贵而“秘不示人”，而是身居赝品泛滥之地，不鉴定尚能保存一丝丝美好的念想，要万一（哦，可不是“万一”，而是“十之八九”）被专家的火眼金睛识透为假货，那是极难承受这种打击的。还不如睁只眼、闭只眼，听之任之，不去戳破那层窗户纸。可怜见儿的，这不是典型“鸵鸟式”的“阿Q精神”么？

然而，人性是复杂的。猎奇心和占有欲终究难以泯灭。在加拿大这个有着“多元文化国策”保护、养育的收藏天堂里，又忍不住蠢蠢欲动起来。一旦溃堤，往往就一发而不可收，终至爱而成癖、无可救药。

加拿大是一个仅130多年历史的年轻国家。从独立建国往上追溯，越过英、法殖民统治时期就直接到了爱斯基摩人和印第安土著的年代了。其清纯、其历史之单薄是超乎想像的。移民前即认定它是一片文化沙漠。但令我瞠目结舌、大出意料之外的是，她“多元文化国策”之有力、之普及、之

深入人心，是绝对无法以常规思维方式去臆测的。

谁能想像得出，仅在多伦多及周边地区会有近似“沃尔玛”规模的古董商场数十家、各有特色各有侧重的古董店上百家？在一个仅两万人口的古老小镇，鼎盛时期竟有二十三家古董店？在理发店、饰品店、咖啡店、鲜花店里大多会辟出一块地方来陈设古董。并不一定是为了卖，而是体现了溶化在血液里的那份教养，那种高贵典雅，那由内而外散发出来的文化品味和品位。

外来人绝对无法想像，在市郊外两百多公里的乡村公路边，极不起眼的小小咖啡店居然同时也是一间古董店。我竟从中淘到一件至今定为“镇宅之宝”、美轮美奂的欧洲十九世纪大理石雕像。再驱车下去数十公里间，只能远远看到星星点点“寂寞的”农家庄园。然而却常会出乎意料地发现在更小的支路口插着一块写着 Antique（古董）的牌子引诱着爱好者们。在数公里的小路尽头，那座唯一的、孤零零农家庄园的巨大谷仓里，上下两层楼竟然满堆着华美的古董。以我推想，它一天会有几个顾客，或者说多少天会来一个顾客？这样的店与其说是为了营利，毋宁说是为了兴趣、为了爱好，甚至只是为了“玩”。

你更难相信在这个年轻的国度里，竟然有和国家同龄的百年老古董商场。请注意，不只是一间百年老“店”，而是一座规模巨大的“古董商场”！连那幢巨型的木构建筑也是百年前的老古董。这家古董商场竟然从来没有搬迁过，更何况它就坐落在仅有三万多居民的小镇边上。

这说不尽的“不可思议”时时冲击着我脆弱的、固有的习惯性思维。在一次例行的搜寻和享受中，竟看见这个古董商场的大门外停着两辆大型货柜车。细问之下才得知是刚从欧洲进口古董的货车。我的天，古董量竟然大到用货柜车装运！加拿大为了吸引、包容全世界各民族的多元文化，对这些古董不设任何特别的税收。海关对古董的进出口也绝无年份、级别的限制而顺畅放行。因为“它”已归纳进一个特别有趣、可爱的项目名称之内，这就是“旧工艺品”类。

哦哦，对此我简直无话可说。不是吓的，是因为感动。

扯远了，暂且打住。

还是回到由“阿Q精神”生发出来的“另类收藏理念”。说“理念”，也只是“美其名曰”而已。实际上只是为自己的穷酸和古董鉴定知识贫乏而施行的掩饰。

既然“买不起”又“鉴不明”那些阳春白雪，那就只能另辟蹊径、退而求其次了。为让自己的虚荣心寻求一点抚慰，我的借口是：为何一定要把追求定在“年代”上呢？那不就是当年工匠们成批生产的么？尽管为侍奉皇家或达官贵人，工艺确实精湛；更因年代久远存世渐少而以稀为贵；但终究还只是工匠们的批量产品，是日用器物或者“工艺品”。

艺术家，尤其是大艺术家们创作出来的，一件件不相重复、匠心独具的“艺术品”岂不更具稀缺性和艺术性？只要下决心舍去“年代”这个追求，（当然，内心还是不得不承认这都是囊中羞涩和鉴赏力不及闹的，是不得已的。）就可以打破桎梏、放宽眼界、开辟另一番天地了。就可以获得另一层面美的享受和艺术冲击。

那种兴奋和激动是与“器物们”给予的感受不可同日而语的。

比如说：仅器形端庄圆润、线条流畅、釉质肥厚、胎质紧密又怎么样呢？“碗”而已、“钵”而已、“瓶”而已。当然，也绝不可否认，它“值钱”。它能满足坐拥财富的虚荣心。

但以阿Q想来，豪宅、名车、银行存款也是财富的另一种体现。它还可以给人生的每一天带来直接的享受，可以去环游世界，看更多更好的东西，更好地享受人生的整个过程。就如我的那些铜镜、宣德炉罢，放在国内二十多年未见了，尽管是“真的”拥有着，但又怎么样呢？收藏原以欣赏艺术、品味历史为本，一旦将价值、金钱、营利列为首位，那就完全变味了。所有的一切都将被铜味掩盖、淹没，就不再“好玩”了。

人都是会受环境影响的。记得出国第七年时画了一幅带油画、水彩味的国画，上题：“旅居加国已近七载，以亦中亦西之身，作此亦中亦西之画。毁誉不计，但求遣兴耳。”

收藏亦然。

所见世界各民族文化艺术之精粹五彩缤纷、浩如烟海，给我的冲击和震撼是无法用语言形容的。初抵埠，看什么都新鲜，都有购买的冲动。加之当时对世界各国历史和文化背景知识的缺乏，很自然地就把观赏性、艺术性和个人喜好排在了第一位。每次外出几天后归来，汽车后备箱中都是

“垃圾”满满。多年来，几部车的里程载明数十万公里，大多就是用于这样“玩”的。(因为我一天都没有出去工作过)随着时间推移和知识累积，对所购藏品慢慢从激动、兴奋到理性欣赏，到有选择的淡然、筛选、淘汰、放弃，所留藏品越来越少，却也越来越精。滑稽可笑的是，最后竟然在自己的公司“中华图书音像电子城”里辟出专区，开了一间古董店。将逐步淘汰出的东西陈列销售，以“藏”养“藏”。使之生生不息、源远流长。

为防朋友以我之“矛”攻我之“盾”，特需申辩强调的是：我这是手段，是过程，是收回所交“学费”的“成本”，是良性循环而绝不是目的。

在加拿大这个Antique海洋中，包容了全世界的“旧工艺品”，而几乎没有人能全部熟知它们。故捡漏的情况更为多见。

试举一例：

有一次和朋友闲逛一间西人所开、极为高档的古董店。本来就为饱饱眼福而已，并没有购买的打算。但看到一件东方寺庙中年深月久被香火熏得黑黑的佛首，雕工、神情极为精美，分量沉重仿佛红木雕成。所标价格也与之基本匹配。经仔细揣摩后我断定其质地为象牙。于是掩盖住暗暗的狂喜，一本正经地不顾友人反对捧了回来。清洗后，果然象牙无疑。称一称，三公斤多。第二天，我的一个在香港开古董店的老学生来我家见到这尊佛像，说：老师你也有一座佛像？我笑问：为何说“也”有？他说：我本来也有一座与您相似的，只不过小一些、轻很多，上个月刚卖掉。我随口问：什么价？答曰：港币，五十万。

每一件藏品都有一个故事，千百件藏品就有千百个故事，再津津乐道也讲不完。我愿与同道朋友们分享我的心得、无奈和喜悦。然须再三、郑重地申明：这完全是茶余饭后的闲聊，是阿Q式的自辩，是无奈的自我解嘲，绝不是严肃的学术论文。也无意、且不愿、更不敢冒犯藏界先贤。我不想引起争议。倘若藏界精英中有不齿于此谬论者，大可嗤之以鼻、一笑置之。因为这毕竟是一个“槛外人”信手拈来的粗糙文字而已。

“网盲”的随笔散记

致同道诸君:

一个地地道道、货真价实的“网盲”踟蹰再三,终于鼓足勇气上路了。

在潜心摸索了许多天之后,这才勉强“拙拙巴巴”地弄清了如何在“日志”中发表文字。

对于我这个在海外生活了二十多年,至今仍病态地顽固拒学外语,又聋又哑无法与外界交流请教的人来说,简直兴奋不已、无可名状,甚至都有点儿佩服起自己来了。

也许是多年田园牧歌式的悠闲恬淡而使自己无事生非、难熬技痒,故不揣冒昧跨出这第一步。能坚持多久,是否会“一发而不可收”则不得而知。也许是乘兴而来、淡然而收也说不定。亟望诸君关注、指导、扶持、鼓励,以期让这个新手的路走得更长久一点。

多年来四处演讲、频发谬论,倒也积累了些许思考并形成文字。或出书,或请国内的助理发表在本人官方网站“艺海慧天——杨玉琪的缤纷世界”(www.yangyuqi888.com)的部分专栏中。有兴趣作全面探寻者,请拨冗进入该网站浏览。只是因内容浩繁庞杂,若想全部看完则需费时多日。虽劳神思,但却是可以锻炼耐心和恒心的,一笑。

仅就内容而言,大体可分为几大部分:较为系统完整的《杨玉琪另类艺术论》和逮着什么就议论什么的《艺术漫谈》《人生哲学》《社会哲理》《另类思维》和《其它杂议》。兴之所至天马行空、口无遮拦侃侃而谈、挂一漏万以偏概全,甚至尖酸刻薄之处比比皆是,故难免会得罪一些同道。倘有冒犯,先此谢罪。我只是茶余饭后就事论事而已,绝不会、也不敢、更不愿针对任何人的。

中国有句老话说:“君子动口、小人动手。”我从小到四十岁左右一直都是画画的,绝对是“动手”的“小人”。之后评上高级职称、出版了长篇传记、进了大辞典这才开始到处演讲、卖嘴皮子,逐步演变成“动口”的“君子”。然而,终究是半路出家,虽粉墨登场但总难免在不经意或得意忘形时露出一点破绽来。对诸君的大度包容,在此,先致感激之忱。

此为开篇告白,静待先贤诸君指教。

(网名:Mr.杨玉琪)

生日礼物

按理说，我早已过了“无聊”的年龄，且因自幼家庭的教养、青少年时期大环境的巨大挤压以及后来的所谓成功，造就或曰塑造了我一贯“端庄”形象的壳儿。在外人眼中，我应该算是一个较为正统、喜怒不形于色的人。

今天突然一反平常“道貌岸然”的形象写下这么一段无聊的文字，确实是因为“受宠”过头而“受惊”了，有些不知所措、有些得意忘形。偶一不慎，终于露出了狐狸尾巴。

昨天是我的生日。

生日，每人每年都会必然遇到一次，极为寻常，本没有什么值得夸耀。这似乎应该只是少男少女们津津乐道并享受其中的事。一个步入花甲之年的人以此行文实在真有点儿“无聊”。

已开始“怀旧”的我近几年总会在这个时间段回忆起2006年的8月5日。那天我在广东狮子会作了一整天关于“另类思维”的大型演讲。晚宴前无意中泄露了当天是我六十岁生日的信息。数百名身为企业家的听众们瞬间沸腾了起来，纷纷主动订台、买酒、购蛋糕，要求全体参加今天的晚宴并将招待会变成生日庆典。

我致辞时兴奋难掩，故作严肃地调侃说：“我谢谢你们筵开数十席为我祝寿，但我并不开心。我本来还想以我残留的男性风采继续去博得众多女性朋友的青睐，但今天泄漏了这个天大秘密：哦，杨玉琪居然已是一个年至花甲的小老头！我觉得很受打击。正常男子汉强烈的失落感已袭上我脆弱的心头，我再也无话可说了。谢谢大家。”

话音落下，两秒钟的愕然造成的真空寂静后，突然爆发出哄然大笑和排山倒海的掌声。全场大部分女士都站立起哄：杨院士风华正茂、杨教授的风采一流！我笑弯了腰、笑出了泪。

突然，一位女士大声喊道：杨院士，我可以和你拥抱一下吗？没成想这句半玩笑的要求竟然得到众多女士们的激情响应。一瞬间，大家蜂拥到台前并迅速排起了长长的队伍。我不仅是出于礼貌，更是出于男性虚荣的本能，欣然与所有女士一一拥抱。多少位？实在记不清了。以在场人数的一半为女性，又以其中一半人到台前计，怎么也应该过百了。事后有人戏说：

杨玉琪创造了一个“短时间内与女性朋友拥抱人数的世界之最”。

这么一个“轰轰烈烈”的生日庆典应该算是平常人的“顶峰”了,我想,再有什么机缘巧合也绝不可能再出其右。但近几天来自世界各地网络上二十多万条生日祝福,真的让我感动万分又激动万分。我完全沉浸到友谊的温馨之中。

其中一位朋友的贺词写道:“问候祝福您66岁的今天,祝愿您还露出6岁的笑容!66岁的今天,您还焕发着16岁的光彩!66岁的今天,您还有着26岁的健康!66岁的今天,您还保持着36岁的快乐!66岁的今天,您还保留着46岁的安详!66岁的今天,您还保存着56岁的幸福!祝您永葆6岁的笑容、16岁的青春、26岁的健康、36岁的快乐、46岁的事业、56岁的幸福、66岁的平安!66大顺!祝您生活之树常绿,生命之水长流。”

呵呵,这么多“六”连在一起,促使我也猛然觉得是有点儿不寻常了。我也不能免俗:六六大顺嘛!尽管只是精神层面的主观愿望而并无实惠可言,但毕竟“好意头”总是会让人开心的。

今晨从那温馨的余韵中醒来,头未梳、脸未洗就习惯性地步入书房查邮件。当打开“雅昌”我的博客网页时,一组极为难得、机缘巧合的访问人数让我眼前一亮,竟然是888888!呵呵,天下居然有这样的巧合!我并不相信这888888真的可以让我发发发,但心底总是有那么一些甜丝丝。

稍一冷静,我猛然体悟到:这是雅昌网友的热心支持和真心关爱。回想数月前我这个“网盲”终于鼓起勇气“开博上路”,发出《开篇告白》时,当即得到诸多陌生网友的支持和鼓励。“出乎意料”的关切让我“出乎意料”地激动了好一阵。而今时光才过去几个月,朋友们竟已光临、关心、鼓励、指导高达888888人次!这么多好友的情谊,让我觉得自己拥有了这个世界上最为宝贵的财富。

朋友们,在此深致感激之忱。

由此,促使我进一步修正了对“网络”的看法以及对“网友”的理解。本来我只是消极地应付版面,每隔十天半月发点东西去维持。今天面对如此众多、如此热心坦诚的网友,我决定更加主动积极地向诸位展现一个更为完整、全面的自己。将更多本来不想也不敢公布的作品或资料陆续呈现出来,以回报朋友们的关注。

每逢佳节倍思亲，更何况旅居海外已二十余年的花甲老人？近日稍闲，偶然翻阅国内手机所存的好友信息，发现一则南京好友前年转发给我的网络妙文以及当时兴之所致随手回复的短信。时隔年余，虽时过境迁读后仍不禁莞尔。

研究发现：中国文化其实就是“吃”文化。

谋生叫糊口；工作叫饭碗；受雇叫混饭；

靠积蓄过日子叫吃老本；混得好的叫吃得开；

占女人便宜叫吃豆腐；女人漂亮叫秀色可餐；

受人欢迎叫吃香；受偏爱、受照顾叫吃小灶；不顾他人叫吃独食；

没人理会叫吃闭门羹；有苦难言叫吃哑巴亏；

嫉妒叫吃醋；理解不透叫囫囵吞枣；理解深刻叫吃透精神；

广泛流传叫脍炙人口；

收入太少叫吃不饱；负担太重叫吃不消；犹豫不决叫吃不准；

干不成事叫干什么吃的；负不起责任叫吃不了兜着走；

打招呼叫吃了吗？

回复：

谋生糊口毕生从未在意，

年近不惑即主动敲掉饭碗不再混饭；

如今吃老本尚算悠然，是否算吃得开留待公论。

关于吃豆腐，

是理智和自尊抑制着本能的欲求：“非不能也，是不为也”，

——更何况家中自有秀色可餐呢。

是否吃香、能否吃小灶甚至吃独食虽无绝对把握，

但坚信总不至于吃闭门羹更遑论吃哑巴亏了。

胸襟宽大豪气、理解、体贴、容让便无需吃醋；

吃透高尚人类精神而不是囫囵吞枣，故著作和演讲也会脍炙人口，

基本不会出现吃不饱、吃不消或吃不准的状况；

平生从未遇到有人敢指责我干什么吃的，当然也不会吃不了兜着走了。

因居海外多年，已根本忘记打招呼是问吃了吗？

我的习惯用语是：

你好、看到你很高兴、有什么可以帮到你、愿你快乐每一天！

偶翻旧年“劫后余生”残稿，断简残篇、霉气甚重、黄而且脆，轻轻碰触即欲支离破碎、化作尘泥。细检之，文笔幼稚、不堪卒读。身负那个“特殊年代”的沉重压力，为避横祸，根本不敢畅意抒怀。只能以此“温吞水”自遣，强颜欢笑、未免尴尬。虽如鸡肋般读之无味，但毕竟也算是一段特定的印记，弃之终觉可惜。况且年轻时的旧作如同幼时尿床，人人皆从此过，何羞之有？故原貌原样不加修饰录入电脑留存。今一时兴起搜寻出来，聊供中年以上朋友一粲。这篇“旧古董”比上不足年份、比下又不够时尚新潮，故请年轻朋友略之。

注：文后所记时间为一九七二年，倏忽已过四十余年矣。呜呼，一叹。

游西湖，杂吟（记实而已，无甚，也不敢随意感慨）

登灵隐

结伴踏青登灵地，绿抹江南报春时。
蓊森叠翠西天路，金碧辉煌云林寺。
袅袅青烟香火盛，栩栩如生佛祖慈。
自古信仰随人愿，点通灵犀识菩提。

春日游西湖

佼佼西子舞春风，淡抹青山雾朦胧。
涌出涓涓千顷水，飞来峥峥一座峰。
虔心向善灵鹫近，立志遨游曲径通。
更喜畅饮虎跑露，烟雨送我入画中。

虎跑品茗

潇潇烟雨银铃声，助品清茗倍觉醇。
若无山君生善念，安得甘泉似天成？

平湖饮宴

淼淼平湖飘绿洲，拔地高耸楼外楼。

醪醇鱼鲜身心醉，几忘人生似水流。

花港观鱼

回廊曲径清池边，几度催去几度回。

绿水尽被红鲤染，鱼欢人乐绽春蕾。

飞来峰小赋

重重叠叠，危峻高耸。

玲珑剔透，几近镂空。

天阶与羊肠连接，佛龛共幽洞相通。

松涛阵阵，似大海低回吟唱；

清泉汩汩，如银铃激越叮咚。

乐而忘机，醉山河之美艳；

登临叹止，羡造化之神功。

吁嗟乎！

惜人生，似弹指飞箭样易逝；

赞青山，如明月苍天般无穷。

游三潭印月

（此时当醉了，飘出几多胡言。稍后友朋记之。聊博一笑。）

泛舟三潭扫兴归，水中无月挂中天。

何当练就潜泳术，搜尽池底带月回。

吊岳坟

威震关山岳王祠，英雄业绩铸于斯。

山枯水断君不老，浩气长存与天齐。

中　篇

幻——心之所系幻亦真

在人生数十年漫长的旅途中，每个人都会有千奇百怪、纷繁复杂的经历。有的转瞬就淹没在记忆的长河里，有的却可能影响整个一生。它并不取决于时段的长短，也不取决于事件的大小；它不取决于自身重视的程度，也不取决于牵涉面的宽窄；它不一定与社会历史的重大事件有所关联，也并不……

呵,神奇的峨眉

布拉格广场雕塑

峨眉山是我多少年来一直向往的地方。

出于对美好事物的追求迷恋,“峨眉天下秀”无疑是一个巨大的诱惑。但在心底深处却一直有一缕神思在跃动:峨眉山是普贤菩萨的道场,而普贤菩萨又正是主宰智慧的神佛,我对他充满了无法言说的崇敬和莫名的亲切感,总想有机会能亲自去朝拜一番。

可能是由于“心诚则灵”吧,机会终于来了。那年头人们是几乎没有旅游这个概念的,所谓“机会”,就是借出差开会的机会顺道游览一番,捞点公家的油水。

时间并不是很凑巧,会期是十一月底,而峨眉山却因海拔太高和气候太冷十月份就封山了,强行上去是会有危险的。但对我和同行的徐州小伙子小薛来说根本就不是问题,抓住机会才是最重要的。

进山的第一个重要庙宇是报国寺。刚入山门,迎面的长联似乎给了我一个振聋发聩的当头棒喝:

事在人为，莫道万般皆是命；

境由心造，退后一步自然宽。

哦，大智慧呵。这副对联仿佛就是专门为我而撰写的，专门为我当时的境遇、窘况和心境而撰写的，我也仿佛是为了读这副对联才来峨眉山的。我仿佛突然间悟到了一点什么，心境突然变得空灵起来。四周是那么澄澈、浩渺，毫无一丝尘埃。愤懑迷惘、灰心失望甚至遁世的杂念刹那间都离我而去了，我感到了前所未有的轻松。

是呵，我仿佛找到了心灵的归宿。

极目远眺，挺秀的山势层峦叠嶂，时而隐没于云雾之中缥缈不定，时而又云开雾散像屏障一样突兀地耸立在眼前。耳边秋虫唧唧，脚旁泉水淙淙，简直无法用一个“美”字能形容得尽。其时已进入初冬，山中的林木虽然仍披着绿装但已很明显地看出萧瑟之状。寒风吹在身上虽不算刺骨，却也有着深深的凉意。当时游人已极为稀少，越往上走人迹越稀，常常几个小时见不着人影。时而听到自己脚步引发的空蒙回声，竟恍惚觉得这脚步声仿佛是从遥远的上古传来。这远古的脚步走到今天，谁知道曾经走过了几千万年？意识模糊之中，我已不知身在何处，抑或已没有了“身”的存在，自身已经融入一种空茫，只剩下感觉在飘行、在体悟？当时只是在这种无自主意识的状态中被一种无形的力量推动着，一步步攀登、向前，向着那无际的、没有任何实际目标的空茫……偶尔回过神来的时候，我竟然莫名其妙地觉得眼中的景物竟然都不是具象的实体，而彻底幻化成虚无的心底的感悟。我仿佛一下子彻底摆脱了环境的、生活的、心灵的、各式各样有形无形的枷锁，突然间变得无羁无绊、天马行空。像穷汉中了六合彩大奖，我甚至为自己可以任意决定“想或是不想”的“绝对自由”感到一丝不习惯和无所适从。

我的灵性难道已从躯壳中分离了出来？

噢，不可能的。

满头的汗水、周身的疲惫、腿脚的酸痛都在提醒我，自己仍然在人世间苦苦挣扎。短短不足三十年的生命历程似乎是在毫不经意间倏忽而过，但每一个阶段、每一个节点，甚至每一天、每一分钟却又是那么难熬。短暂的生命时空揭示出它深邃的内涵：虚与实、精神与身体、愿望与境遇其实都是可以随时转换的。

境由心造。

痛苦悲凉、温馨感动皆是自身的感受形成的情绪转换。若从不同角度去理解,所得到的感受和结果都会截然不同,它不会完全顺应时间的推移逐步淡然和消逝。你忽视它,它就会很快消失;你执着地在意它,它就可能存贮在你的心中成为永恒。最终忽视和舍弃什么、追念和保留什么,这是自行选择的,这个选择将会影响一生的生存质量。何不将一切本以为是实在的、物质的、看得见摸得着的、从某个方面看阴影面会显得大一点的生活看成只是一个时间段里展现出的“镜像”?它其实是流动的、变幻的,故而并不能永存。而精神世界呢,则可以久久地深藏心底,供你时时回味享受它的温馨。哪怕短暂如一个关注的眼神、一个微笑、一个激动的泪花、窗前小鸟的呢喃、人群中转瞬即逝的红裙子,甚至对一颗流星的许愿,都可以让你终身享受呢。

这难道就是“四大皆空”的灵境?

第一天晚上,清音阁特别腌制的小菜峨眉笋伴着粗糙的米饭,竟让我吃出了清甜和爽利。其实它并不是我们日常概念中的春笋或冬笋,并不是那种刚出土的芽尖儿,它完全就是一米多长、货真价实、成了形的细竹竿,但是很脆、很嫩、鲜美而清香。伴着廊外幽幽的月光、竹叶沙沙的吟唱、潺潺流水的叮咚和偶尔传来的一声两声鸟鸣,我仿佛觉得世界已经彻底消失。所有俗世的追求和奢望都变得空洞、幼稚甚至可笑。朦胧地领悟到这似乎才是生活的本质,这才是心灵的归宿。

在万年寺无梁殿,终于得以仰望高大的、鎏金的普贤菩萨像。我看到的不是肃穆、庄严和高不可攀,而是感到了一种莫名的熟悉和亲切,好像一位久别重逢的长辈在对你微笑:你终于来了,为什么不早点来呢?

我突然觉得心中涌出许多话想对他说,却又壅塞在那里说不出一个字来。我静静地仰望着他智慧的眼睛,他也慈祥地看着我。时空在这一刹那凝固了。我似乎读懂了他要对我说的一切,我坚信他也一定完全知道了我想要对他倾诉的心思。这种交流根本无需借助语言、动作和表情、神态,这是另一个全新维度的灵性交流。在那一瞬间我甚至觉得这里大概就是我的归宿,一个宁静、安详、温馨、美好的永久性归宿。

再往上还有六十二里的山路才能到达下一个可以歇脚的洗象池。

传说这洗象池是普贤菩萨乘着他的坐骑白象从西方极乐世界飞来，首次在东土停留休息并洗刷白象的地方，是一个不可不去瞻仰一番的圣迹。我们必须要在天黑之前赶到，否则危险可就大了。在我们事先预订的计划中，这次游览峨眉的终点站也就是洗象池。因为再往上就越过雪线了，上面大雪封山，根本无路可寻。在这白茫茫一片琉璃世界的莽莽大山之中，平安归来的机率是极小的，就连当地山民也不会轻易冒这个险。

幸而我们一路都在爬高，红红的夕阳似乎也就沉没得慢了一些。在拼尽最后一点体力攀上几乎是直上直下的“五里钻天坡”之后，终于和太阳落山的速度同步，在天黑之前敲响了洗象池大殿的门。

十年的红色风暴也没有漏过这个深山里的古寺。山门围墙都已颓败倾倒，完全失去了往日的形貌。甚至我都抱着怀疑的态度思忖着它究竟是否确实存在过。清扫过的地面告诉我这里一定还有人居住。电是久已不通了，已被抹去的最后一片暮霭使大门紧闭、高耸黝黑的大殿显得更加幽深而恐怖。

两位实在无家可归、无法遣散的昔日僧人给我们开了门。他们久已不敢穿着出家人的服饰，完全与当地山民无异。尤其让我们感动的是他们的博爱和善良。他们给我们吃的米饭和蔬菜完全是当时国家定量计划供应、每月一次从山下背上来的。虽然我们坚持付了钱和粮票，但能不能接得上下次出山采购的时间一定是很成问题的。刚才因为一天的疲劳和饥饿促使我们食欲大增，饭量竟超过往常一倍有多。事后着实懊悔了好一阵，为什么没有事先问清楚呢？慈悲的出家僧人呵，是你们用自己赖以度日的口粮帮助了我们。

阿弥陀佛！

天籁萦绕　梦亦非梦

一截短短的蜡烛头闪烁地照亮了大殿的一小片区域,这是僧人在清理出的杂物空隙间为我们临时搁置的床铺。摇曳的烛光使黑暗而幽深的虚空里黑影憧憧,形如鬼魅。

坚硬如铁又潮乎乎、黏糊糊的被褥根本无法抵御高山顶上冬日的风寒。我和衣蜷缩在被子里瑟瑟着、苦熬着,壮健的小薛早已鼾声大作,让我更觉得孤单和无助。短短的蜡炬早已成灰,不会再流泪了,给我们留下的是无尽的黑暗和空茫。记忆中窗棂的方向似乎黑得浅一些,但也完全够不到灰白的程度。就是伸出手来在眼前摇一摇,也还是模模糊糊数不清究竟几根手指。只是明显地感觉到从蜂巢似的窗格中扑进来的寒气里夹着说不出的细微、复杂但醇厚的声音。分不清是风声、秋虫还是遥远的松涛?好像都是,又好像都不是。它是那么虚无却又是那么具体,在静摄心神认真聆听并想作具体分辨时,它就飘忽不见了;但稍一放松,它却又重新在耳边萦绕,或者更准确地说,是在"脑子"里、在"心"中萦绕。

哦,这就是"天籁"么?

我猛然醒悟了:是呵,我离天这么近,真实的居于云端之上,这简直就是在天上呵。这天籁是上天的音乐,还是神佛在用他们的方式给我以启示?我听不懂他们的语言,但我却完全被这天籁的浩渺、旷远、空灵、祥和的氛围所笼罩、感染,仿佛重新坠入母亲的子宫……

迷迷糊糊中忽然觉得殿门被推开了,娘竟然从外面走了进来站到我的床前。她一句话也不说,只是默默地看着我。从她平静的脸上看不出是喜是悲,但我明显感觉到母亲对我的无限关切。我急于想起身来询问娘怎么也到了这山上,但是我怎么也翻不起身来,也发不出任何声音。只能在心里干着急,眼巴巴地看着娘一步一回头地慢慢隐去。

忽然又看见大妹妹、小妹妹以及众多亲戚、要好的同事、朋友还有久不见面的老师和同学,一个个鱼贯而入走向我的床前。所有人也都是同样的不说话,只是默默地凝视一番,表示出一种诚挚的关切,然后再默默地离开。

恍惚中我完全忘了自己身在何处,家人及亲朋好友们怎么会集中来到我这里？好奇心提醒我更加留意起他们来：一个、两个、三个……我竟然清楚地数到三十多个。他们究竟是为了什么？

想到这里我心里猛然一惊，背后涌出一阵冷汗，头皮完全炸了起来。这架势多么像遗体告别仪式！我是死了吗？可我明明醒着。直到他们相继隐去，眼前恢复成无边无际黑暗的时候，湿透的内衣逼得我直打冷颤，我这才“真正”醒来。

可这次“真正醒来”反又让我更加疑惑了：黑暗的情境和刚才的梦境是一模一样的，一样的清醒、一样的感受、一样的具备思维能力。我究竟是醒着还是死了？抑或是预告了我即将到来的死亡？唯一让我奇怪的是我并没有感到死亡的恐惧。自古道“蝼蚁尚且贪生”，动物们对于死亡的畏惧是与生俱来的天性。我这是怎么了？对于人生最大、最迫切、最恐怖的问题竟然会如此迟钝、如此麻木？

辗转反侧之余我又猛然悟到：通过两天来峨眉的点化启迪，加上这无上妙境给予自己的潜在影响，我竟然好像已经看透了人间的奥旨、勘透了生死的迷障！清明世界、朗朗乾坤就摆在自己眼前，透明而又清晰：生死本来就没有什么一定之“相”，就只在一线之间，或者说一念之间。是阴阳两面却又循环往复。它本就是一个圆，一个画着阴阳的圆。黑尽了就是白、白尽了就是黑。

无知才会产生畏惧。

既然已经清楚地预知了下一步会发生什么，那还有什么可怕的呢？

春绿江南

“点化”还是“陷阱”

凡夫俗子毕竟就是凡夫俗子。

晨光熹微时，尚在为夜间的“顿悟”沾沾自喜，自以为已经大彻大悟，洞悉了世间的所有奥旨，从此成为方外之人了。现在回想起来真有点像小孩子扮过家家酒一样：你做新娘、我做新郎，交杯庆贺、认真之极。到头来却连新郎新娘是干什么的都没有搞清楚，只是觉得穿着新衣服，吹吹打打、热闹非凡、实在有趣而已。直玩到妈妈喊着回家吃晚饭，这才依依不舍地离开。但终究都没有搞清楚所有这些在大人们的眼睛里仅仅不过是一场儿童游戏而已。

果然，在清醒地穿齐衣着并饱食僧人们的舍身招待之后，仍然对梦境的暗示心有余悸，总觉得这暗示的结果即将在眼前出现一样。表面上坦然得像什么事情都没有发生过，但心底里一直惴惴然倍加谨慎。所幸与小薛事先就约好今天一定下山。看着一望无际蓝得都有点虚假的天空，心想沿着原路下山只要小心一点大概也不至于出什么意外。为了不扰乱小薛的心情，我丝毫没有透露意念中的玄机。

洗象池位于一座山头的顶端，要经过庙后一大片斜坡上的原始森林才能蜿蜒地翻过几座较低的山头向远处更高的金顶延伸过去。大殿前是一块巨大无比的平坦空地，想来是山门围墙坍塌后内外的平地连成了一片的缘故。极目远眺，除了蓝天还是蓝天，并没有日常概念里天地交接的地平线，茫茫云海漫向天尽处，终于和天空毫无痕迹地融在一起。只有偶尔几座山头挣扎着从云海里探出头来，成为这清静虚空的点缀。

这平台其实是悬崖的边缘，与几乎直上直下的“五里钻天坡”成直角相接。所以站在平台上是看不到下山路径的。也就是由于这个奇突的险要地形，让我们看到一个极为寻常的“奇迹”。正当我们与僧人话别后准备下山的一刹那，我们突然看到一位白发长髯、仙风道骨的老人从悬崖边上“冉冉升起”。我顿时猛然一惊，怀疑自己是不是又陷入另一个梦境。直到“老神仙”乐呵呵地笑着与我们打招呼，这才把我从神游状态强拉回来。

天哪，一眼看上去竟然感觉很像是一个“熟人”、一个不知何时相交极深的旧知交,但理智却告诉我这绝对是一位素未谋面的陌生人。看着他清癯但健硕的身姿,穿着显然是僧袍改制而成的长衫,感觉这非古非今的装束在他身上更具超凡脱俗的况味。闲聊中,老人得知我们正准备下山,竟大不以为然地摇着头说:我在峨眉山住了近六十年了,以我的经验看今天一定可以看到佛光。你们现在下山实在太可惜了,这可是极为难得的缘分哪!我心里又是一紧:"老神仙"已明知我们是两位画家,但并未用美丽壮观来打动我们,而是用了"难得的缘分"这个词。这其中有什么机锋没有?是不是昨夜那个奇怪梦境的延续?抑或是命运中一个避不开的陷阱?

我的内心立即产生了极为复杂的交战:佛光是我自懂事十几年以来一直向往看到的,今天已近在咫尺,竟又被那个怪梦所提醒、干扰和阻挠!幸耶,悔耶,我竟一时无法分辨,只是僵在当场说不出话。年轻气盛的小薛可真正激动起来了:这难得的机会绝不能放弃!走,我们上!

我心中有"鬼"仍然迟疑不决。"老神仙"竟已站起身来走到我面前,慈祥而睿智的目光盯着我,仿佛完全看清了我怀揣的鬼胎,嘴角甚至浮出一丝揶揄:施主,佛光在等着你哪!我近七十的人都能上去,你还犹豫什么?来,我的拐杖送给你,和你结个"缘"吧!说完带上帮他背米的中年挑夫飘然而去。倘若说成是健步如飞,那肯定是夸张形容,但从他的背影看,脚步是绝对的轻松潇洒。加上之前的种种状况,我感觉他确实是要飘然而去了,心里涌起一阵莫名的留恋和不舍。面对小薛冲动的催促,我竟想到了"命定"两个字,似乎冥冥中的那股神秘力量在毫不妥协地把我推向那个避不过的深渊。二十多年的苦痛生涯闪电般地一幕幕从眼前掠过,仿佛在提醒自己:这当中有多少是值得留恋的?舍去了又有什么值得惋惜的?假如真的注定该当今天结束生命,那在下山的途中哪里不能出现意外?那让它和见到神奇佛光的极乐交融在一起不是最好的安排吗?传说中多少人为了斯芬克斯那销魂的一吻而心甘情愿地死在她的利爪之下?人固有一死,只在远近迟速间而已。这时小薛的耐心已经耗尽,竟不由分说拉起我就走。我也在绝对清醒和几乎无意识的状态下随着小薛向"老神仙"的背影追去。

这实在是一段不寻常的旅程。

游峨眉、赏佳景本应是一件极开心的事，而我这个“自愿”的决定里竟包含了义无反顾、迈向未知的“悲壮”情怀。

白茫茫林海雪原

我是在江苏中部地区长大的。那里虽然每年冬天都可以见到雪，但极少可以堆积到第二天的。追求新鲜的年轻人为了要拍到一张像样的雪景，往往会在刚下雪的时候就带着相机往公园跑。就和“心忧炭贱愿天寒”一样，为了拍到好照片，真恨不得它下得大些、再大些。但往往事与愿违，经常奔到半路雪就停了，又或是在景区苦苦坚守着，但终因地温太高雪始终留不住，根本堆不起来。兴奋而来败兴而归是常有的事。

不长时间之后我们即被眼前的景象迷住了，或者完全可以说是惊呆了。我们身处的原始森林里已是完全铺满了积雪，根本看不见路抑或是本来也就没有什么路。合抱的大树之间的空隙很大，想走过人去是绝无问题的。但树下则堆满了重重叠叠大小不等的圆圆的雪丘，想来下面被覆盖着的一定是那一丛丛的灌木。往上看则似穹隆盖顶，树冠顶上坚实的枝干和浓密的松针像一个个庄严的华盖承载着圣洁的白雪。从它们的间隙中洒

多瑙河沿岸

下缕缕阳光让人更加感到仿佛是进入了一个玲珑剔透的琉璃的童话世界。这完全就是电影《林海雪原》中杨子荣打虎上山那个场景的复制版，只是自己身临其境，感觉更为震撼。大树间的地面上曲曲折折地印着两行清晰的脚印，深度约为一尺左右，这是“老神仙”他们留下来给我们指点迷津的。尽管完全看不到他们，但绝对相信他们一定就在不远处等着我们呢。

好不容易走出森林，突然被耀眼的银光罩住了，眼睛完全睁不开来。那年代墨镜还属于奢侈品，而且似乎还与黑社会什么的有点牵连，人们大多避之唯恐不及。不过这时储备的知识告诉我，雪盲症的后果是极为严重而可怕的。只得尽量压低帽檐、尽量眯缝起眼睛、尽量不往被阳光照得刺眼的像反光银板一样的雪地上看。

我模模糊糊地感到自己今天像被催眠了一样，又好像突然从纷繁复杂的喧闹环境一下子坠入空旷无物的大厅，脑中空得几乎能听到自己心跳的回响。似乎就只剩下“往前走”三个字在策动自己。用“心无旁骛”来形容确有点像，甚至都有点儿“心境空明”的况味。

平时复杂的思维变得单一了，但却似乎突然增加了高度、深度和穿透度。明显地感觉到与平时大不一样，有些敏感甚至有点疯魔。仿佛眼前发生的任何一点小小状况都是一种上苍的启示。我竟然想到在松林中虽然有点阴暗、有点幽深，充满未知且看不清前面的路，但时间稍长终于习惯了，迷茫和恐惧感也就自然减轻了许多。脚印的指引尽管也只是眼前短距离的目标标识，更远的前景仍然充满未知，但总还是可以顺着惯性艰难前行。理想中的光标虽然遥远，但那火苗却始终在忽闪着，激励着自己前进的勇气。

一旦突然地、毫无思想准备地进入那盼望已久华光万丈的光明天地，却可能因为自己的慧根不够、修为不够而无法承载这份光明带来的极乐，甚至给自身带来无法想像的伤害。子非鱼焉知鱼之乐？是呵，子非鱼，焉知鱼乐或者不乐？焉知鱼因何而乐或因何不乐？什么可以给它带来快乐？它是否确实需要这种快乐？这快乐的背后是否隐藏着某些未知的伤害？

眯缝了好一阵之后，终于看清我们刚走出的森林正处于一个悬崖边上，脚印正把我们引向一条光洁的山脊。它弯弯曲曲地向下方游去，通向另一座山峰的半山腰。对面那座山由于背光更显得高大巍峨。走过去，我们又要开始攀登另一座高峰了。

在转弯向上的起始处，我们看到两个小小的灰色人影在向我们招手，那是"老神仙"他们在等着我们。熟悉而又陌生的"老神仙"呵，你怎么就知道、就相信我们一定会奋然跟上来？

沐浴在虽不显温暖但和煦柔润的阳光里，心里开朗了许多。四周那么明亮，山脊那么光洁，"指引"那么清晰，目标那么明朗。一切看上去都那么美好，但一启步就感到了超乎想像的困难。

首先是向下的惯性，脚必须紧紧"抓住"地面才不至于"刹不住车"。表面的雪层是新鲜的松软的，沿着"老神仙"的脚印踩上去很舒服，也很安心。但绝没有想到舒适的下面却充满了危机。山上今年已经不知下过几场雪了，每下一次，白天的阳光会让表层稍稍溶化，但到了夜间则会冰冻起来，形成一个逐步加厚的冰壳，不到开春就再也不会化开。再次覆盖的新雪则会掩盖住这可怕的危险，并开始它在整个冬天里周而复始的循环。初进"光明世界"的狂喜瞬间消失了，我们立即变得小心翼翼的"脚踏实地"起来。但终因道行不深、脚下飘浮不定，时有滑倒的险象发生。幸亏紧握"老神仙"赠送的拐杖，才免去许多次摔跤的可能。

就在这低头对着脚印虔诚地一步一个脚印，同时又一步一滑的行进中，我加深领悟了"上山容易下山难"的道理。竟暗暗定下今后的选择：宁可选择不断攀高，虽然累、虽然需要流汗甚至流血，但心里踏实。即便有艰难险阻，但大多是实在的、可见或可预见的，只要竭尽全力哪怕手脚并用，终能一级一级地向着目标步步逼近。而看似光明并省力的下坡路可就完全不同了，它可能会被美丽的虚幻掩盖，对不可预知的危险只要稍有疏忽就可能产生极为严重的后果。轻则折胳膊断腿，重则一步踩空，直接就滑向那万劫不复幽暗的虚空。

这多么像人生之路，平坦与崎岖、光明与幽暗、上行与下行、拼搏与闲适，其实都是表象，同样是一个不断变幻转换的圆。如何选择，见仁见智。

终于与"老神仙"会师了。他话虽不多，从他慈祥的笑容里我读到了嘉许。但心底里那一点魔怔了的灵光又让我从他睿智的眼神里感觉到更深层的涵义，但终究也说不清楚那涵义究竟是什么。

紧跟着"老神仙"一路继续向上，心里踏实多了。看着"老神仙"清健的背影,心里充满了羡慕和崇敬。在他不时停下来等待喘息不止的我们时又会感到惶愧。

两个多小时后,在一处山凹的转角处发现了一座半埋在大雪深处的小屋,我猜想可能是当年的猎人们小憩休整之处。它的实际大小相当于两间简陋的农舍,但在莽莽大山的映衬下,当时给我的感觉简直就像是城市里街角处的售报亭,而绝不会想到这里竟是可以住人的地方。

令我们大出意料之外的是,只见“老神仙”停下脚步转过身来,指着那间小屋呵呵地笑着说:我到了,这就是我住的地方!小友,你们赶紧上吧,还剩二十四里路了,你们抓紧一点正好可以赶上看佛光!

我突然像猛然陷入绝境似的“傻”住了,接着竟然是我们“自己”上去?我们怎么认识路?下面还有两倍路径的途中不知还要翻过几座山?可我们连个问路的人也找不着哇!可转头再仰望着站在高处的“老神仙”,那么高大挺拔,那么慈祥庄严,那不就是佛么?那么诚挚、那么可信,我们还有什么需要怀疑的呢?

尽管如此安抚着自己,心底里的阴暗处仍然在犯着小嘀咕:他当初为什么那么激烈地怂恿我们冒险上山?为什么不事先告诉我们他会在三分之一处停驻?会是一个恶作剧、一个陷阱么?可他这样做又到底是为了什么?

再次抬头仰望,再次被祥和圣洁的感觉笼罩。我瞬间否定了私心的疑惑,甚至为我的阴暗心理感到羞愧和自责。我紧走几步站到他面前深深地鞠了一躬:谢谢您,师父!他仍然呵呵地笑着:上去吧,我们后会有期!记住,这里就是当初我修行了几十年的接引殿原址。

“接引”殿?

接引谁,包括接引我吗?接引我到哪里去?是去佛光里的极乐世界,还是又一个苦难的深渊?最终我还能回来吗?

历尽艰辛　虔心朝圣

怀揣极度的忐忑和茫然无助踏上了新的征程。

当然，首先是被佛光所吸引，这是多少年来的夙愿。眼见得“近在咫尺”了，岂可轻易放弃？但总觉得更像是被“捉弄”甚至是被“裹胁”上来的。心里尽管已经认定了“老神仙”的善意，但这个行程终究是和众多的危险搅在一起的呀。现在是无论如何也退不回去了，要不连自己都会瞧不起自己的。

是呵，确实到了不得不硬着头皮上的时候了。

似乎是对刚放“单飞”的我们进行安抚，一开始的进程还较为顺利。从地形地貌上还勉强能分析出雪底下路径的大致走向，我们深知迷路是致命的危险。开始是一段盘山绕行的上坡，虽然累，但心里踏实，这是最好的安慰和鼓励。偶尔也会看到不远处的山坡疏林间有一片灰棕色的小点在上下蹿跳，并发出长短不一的欢叫。我想这一定就是有名的峨眉猴群了，心里倒是愿意它们近前来和我们作个伴儿，以排解突然寂寞孤单的空虚。可它们一直在远处警惕地观望，似乎一个巨大的疑惑在困扰着它们：这两个家伙在这种不合时宜的季节闯上山来，一定是心怀叵测别有所图吧？它们却不知道这一阵划破静寂的喧闹竟让我们几乎完全松弛下来，一门心思地往上攀去。

刚翻过这个山头，新的更大的考验就来了。这本是座背阴的山面，光光的，很少树木。看上去是一个极长极远、弯弯曲曲的大下坡，尽头和对面山坡的连接处混混沌沌迷蒙一片，完全看不清楚是什么状况。

根据前面的经验我深知巨大的危险就在眼前，恐惧感立即袭来，根本无法控制。无论小薛如何苦口婆心的动员，我也曾多次咬咬牙抱着“豁出去了”的心态试了几次，终究还是抖抖索索地缩回脚来。似乎真的到了不可逾越的关口了，小薛突然改变动员策略开始了“身教”。只见他完全趴在雪地上慢慢往下“退”——哦，这真是一个好办法，完全解决了滑倒后直接跌下山谷的危险。我刚想趴下身来也照样试一试，但看到小薛身后已到了这段小下坡的尽头必须立即拐弯了，而他的身后竟然就是悬崖的边缘。只要稍稍控制不住，那就会一直滑下去“一了百了”了。英勇的小薛竟然继续着他的“身教”，每遇一段拐弯都是由他先下，待滑至悬崖边缘的时候试着用脚寻找一处可借力蹬实的岩石，然后抬起脸、张开双臂，等待我沿着他“游”过的雪道慢慢下滑，直至他的胸膛将我顶住。就这样在我和悬崖之间建了一座坚实的屏障。待我停止下滑并伏定不动之后，他再重复刚才的动作，向下一个“转折点”滑去。

小薛的神勇和“忘我护友”的胸襟让我感动不已。我也一直检视自己，平时似乎也并不像今天这样孱弱。今天这是怎么了？是不是那个梦境的阴影仍在缠绕着我挥之不去？阳光般的小薛能藐视危险勇往向前是不是就因为他心无挂碍？今天回想起来小薛真有点像是一位尽责尽职的护法。他护的绝不仅是一个人，而是一段缘、一段因果、一段来自另一个维度的大智慧的精心安排。他不为什么，只为心中的真、善、美。

近四十年后我们在“雅昌”艺术网站相逢，这是峨眉山分别后的首次接触。他请我书写一幅《心经》全文，数日后就发来装成镜框的那幅《心经》悬挂在佛堂正中的照片。我不知道他是什么时候皈依佛教的，但我坚定不移地相信：从那趟峨眉山之行开始，他的佛性、他的慧根已深深地植入他的心灵里了。

漫长的二十四里山路呵，真的充满了艰难险阻。

两个傻傻的、执着的苦行人（还没有够得上“僧”呢）还在雪地上一步一步地爬着。我全身上下、由里向外几乎全都湿透。由于很多时候不是用人的正常方式直立行走的，而是“爬”行，必须把双臂都插进深深的积雪里、双脚每一步都蹬向雪窝，因此整个袖筒和裤腿里全都灌满了雪。本来还有屁股和后背可以保持一点干燥，但遇到危险性较小的路段我也会改成仰面向上，享受一点速滑的乐趣。追忆一下童年玩滑梯的美好时光。外面棉衣的湿透还不是最可怕的，它最多就只会加重自身的重量并在零度以下的气温中微微发硬，让我们感受古代武士穿上铠甲时的感觉而已。在“恢复人形”时我们会张开臂、张开腿笨拙地前行，以减少肢体间的摩擦。所幸再难看的姿态也没人笑话，因为山上根本没有其他人。最难以忍受的是湿透的内衣粘在身上的感觉，持续不断的遇险吓出来的冷汗、奋力攀爬流出的热汗把内衣、毛衣、绒衣都浸透了，寒风一旦灌进来，贴着肉的部分都将冰冷变成刺痛。那时只觉得中国文字里最为生动贴切的两个词就是“透心凉”和“寒风刺骨”。

所幸在海拔三千米之上由于风势强劲,雪落下后容易被吹跑所以不易存留,故而再往上走雪层反而越来越薄,甚至有些地方还会偶尔露出岩石的本来面目。虽然越来越累,但心境轻松了,完全可以像一个顶天立地的“人”一样走路了。看着身边慢慢涌起的云海,我们也真的觉得自己头顶蓝天脚踩山巅,天地之间除了我俩之外就再也没有别的什么了。

再沿着一条弯道走上去,陡然升上了一块巨大的平台。喝,真的是“一览众山小”!四周再没有高过这个平台的山头了。

那么,这竟然就是金顶了?我们竟然就走到了?我们就要和久慕的佛光相见了?真的么,是真的么?!本以为遥遥无期的时刻、本以为无法抵达的圣境,居然可能就是这眼前的平台!

狐疑之余发现远处又有一间与接引殿相似的、孤零零、木制的“报刊亭”。这将是我们见到人类的唯一希望,所以快步奔过去敲响了那扇木门。门开处一位身量瘦小略显枯槁的老人像看到天外来客一样惊奇地瞪着我们,开口的第一句话竟是告诉我们在这种月份上山本就危险得很,今天这个时候下山已绝对来不及,到了夜间即使不被冻死也会遭遇猛兽。他摇了摇头叹了口气:这样吧,今夜你们可以进这个小屋避避风寒和野兽,只是没有床铺和被褥,实在是抱歉了。看来老人首先关注我们的人身安全,至于身在何处则是可以忽略不计的。

接着老人才告诉我们这里就是金顶,前面走到尽头就是舍身崖,是看佛光的最佳去处。当时在我们心中佛光才是第一位的,匆匆谢过之后转身就往崖边奔去。这时我才突然想起,今晨的突然改变主意致使什么都未准备,我们到现在竟还“粒米未进”呢。听到这里,老人竟变成一个仿佛犯了大错的孩童,嗫嚅着连连致歉:实在对不起,我自己每月定量的二十四斤米都是从山下挑上来的,想多一两也没有哇。

哦,是的。那年月谁不是这样呢?

“佛光”里的大乾坤

自古以来，人世间对美好事物的向往和追求暂时无法实现的时候，则大多寄望于信仰，寄望于自己心中所信奉的神佛或由神佛衍化而成的神迹。其中大多数的神迹都无确切的事实作为分析考证的依据，但又有很多是依托于神奇的自然现象，它的稀有性、独特性甚至是唯一性造成了千百年来无法解透的谜。既然科学解释不清，人们毋宁相信这些就是圣迹。甚至在自然奇观已被科学家解释清楚以后，仍有众多信徒坚持自己的信念并从多方面提出质疑，提供许多例证作为支撑的依据，而这些“依据”却又可能是科学难以验证的、玄而又玄的部分。

还是先眼见为实吧。

当踉踉跄跄奔到舍身崖边缘的时候，我们完全被大自然神奇的壮美所震慑。澄净透明、蓝宝石一样的天空无比高远却又伸手可及般的贴近，自己就像琥珀里的小虫一样被凝固在这瓦蓝的净空中。茫茫云海从脚下向无限远的天边平铺开去，那么平静、那么柔和、那么温婉地涌动着。洁白的绒絮仿佛被一只巨大而细腻的手轻抚着向极远处散去，像在演奏一首大自然永恒的、无声的无标题乐章。疏密有致点缀其中的几座山峰就是乐章中画龙点睛的重音符。正因为它是无声的，所以更觉旷邈、更觉宏大。它是天籁之音，它的博大和深邃可让普天之下所有的人根据自身不同的经历和学养从中获得截然不同的感受和启迪。

我们完全和天地化为一体了，成了一座静态的雕塑，甚至都已经忘了自己是否仍在呼吸，抑或一直在屏住气息，生怕惊扰了这永恒的宁静或是宁静的永恒。一任冬日和煦的阳光轻抚后背，什么饥饿寒冷、什么压抑痛苦全都烟消云散了。我真的想就这样无知无觉地伫立下去，直至地老天荒。

突然，就在前方不远处毫无征兆地显现出一个清晰无比的七彩光环，那么浑圆、那么光洁、那么艳丽。红橙黄绿青蓝紫七种光色清楚并存但又相互融合。看似没有发光，却又明显地感觉到光华外透。它就悬浮在眼前不足百米的云海之上，光环中的白炽部分似光非光、明亮之极但又柔和之极。它比皎洁的明月更具光华，它比太阳更为轻柔、有光而无芒。更为奇妙的是光环中央竟然有一个极为清晰的人头像。

哦,这就是佛光,这竟然就是佛光!这真的就是佛光!清清楚楚地立在眼前毫不虚幻,几乎伸手可及。呵,佛光,十几年痴心向往的神迹竟然真的就在眼前!我的心狂跳了,人也不由自主地狂跳、狂叫了起来,完全无所顾忌,只为尽情地发泄心中无限的激情。抑或其中也包含了自到人世间来所经受积聚的所有委屈、冤枉、误解、肉体的创痛和精神的折磨?在那一瞬间我突然加深理解了佛教中"空"的深邃内涵。当有机会把所有残存的精神垃圾倒空之后,当然会获得轻松和解放,但这个"空"并不完全代表着"无",它是一种新的"博大"。它具有了更多新的"放下"和"包容"。四大皆空和包罗万象竟有着异曲同工之妙。今天,我懂了。

十秒、二十秒还是三十秒?时间在此时此刻已完全停止了运转,我们已失去了时间的概念。佛光突然消逝了,就像从未出现过一样。可就在我们尚未从惊愕和失望中醒来的时候,它又神奇地显现了。我们更加仔细地研究观察了光圈中的佛像,哦,它更加清晰了,它竟然还戴着一顶鸭舌帽!我无意中抬起右手一挥,这是怎么回事?光圈里的那位"佛"也同时挥了挥手,似乎在应答我的质疑。我的天!佛光圈中的像竟是我自己?!于是我又有意识地做了几个动作,拿下帽子、摇头挥手,影像无不照做。那真的就是自己的影子。转脸向小薛看去,他也在自得其乐地做着怪模怪样的动作呢。

对于这种神奇的自然奇观,我们事先是查阅了相关资料、做了功课的。原本仅为欣赏美景,却在奇观出现的刹那被毫无缘由地褫夺了正常理智和科学常识,完全陷入了无法解释的灵境。这是大自然奇妙的力量撼动了我们的心灵,抑或是冥冥中真的有一种神秘力量造就了这奇妙的大自然?

对此,科学的解释是:在峨眉金顶的一处极特殊的位置上,因为地处特殊高度,视野开阔毫无障碍,只有云海从脚下向远处延伸。这个固定不变的前提条件倘若碰巧与其它三个动态条件同时出现才能促成这个奇迹的发生——这是极为难得的机缘。据说当年郭沫若先生为了看佛光在金顶上待了二十天,终因缘分未到失望而归。

具体条件是:在下午一点半至两点半之间,太阳从一个相对合适的角度照射过来;其时云海必须处于平静无波的状态;更为难得的是还要正巧在这个时候有一股轻不得也重不得、快不得也慢不得的雾岚从金顶与前面一座山峰之间的狭谷中升起，使这片空气中含满水汽并形成一片无形的幕，在水汽的折射作用下就会形成“七色彩虹”。此时阳光的角度居高临下，佛光是显现在“下面”的云海中而不是在“天上”。更因为没有了地平线的遮挡限制，人们会看到完整圆形的七彩光圈。与太阳、佛光处于同一直线的观者，将自己身影的上部重叠映照在光圈的正中，便形成了这个绝无仅有的奇观。

当感觉带着我们的灵性回到人间之后，第一件想到的事则是留下这难得的影像记忆。赤贫的我们是不可能拥有相机的，最原始也最有价值的方法就是“写生”，用手中的画笔把它画下来。我画的是水彩，于是从怀中拉出一只揣了三天现已冰凉的暖水袋。(只要能确保它不结冰我就谢天谢地了)人们普遍认为艺术创作是需要灵感的，而今天这个灵感的冲击力是何等巨大！我几乎都不假思索，下笔如有神助。色彩、水分、渲染、渗化，一切都那么顺手，一切都恰到好处。它似乎凝聚了我全部的精气神，集中了全部的艺术才华并超乎寻常地发挥出来，在尺幅的纸面上让奇妙的神光永驻，同时也溶入了希冀和向往。

在我们凝神作画的期间仿佛曾经有人和我们搭讪聊天，问及我们来自何处，为何在这充满危险的时段上山等等。因为头脑已被佛光完全控制，只是无意识地专心作画，根本无法有别的思索空间，甚至都没有来得及诧异在这个山顶上除了那位独修老人而外怎么可能还有另外的人类存在？他似乎漫不经心地问，我们也漫不经心、有一搭没一搭地敷衍应答。只感觉他是一个成年男人，其高矮胖瘦、年龄大小则一概没有留意。至于他何时走来何时离去我们都不知道。

直至佛光彻底隐去我们这才真正从那个幻境中返回现实。和我们的灵性同时返回的是极度的饥饿、寒冷和恐惧。时间已过了下午三点，下山是绝无可能了。无法解决饥饿问题也早已有了铁定的答案。我们甚至商讨起人类耐饿的极限，可那些都与我们的处境大不相同：我们已经耗了一整天的体力，今天晚上也无睡觉的地方，明天再忍饥赶一天山路这可能吗？不会在途中倒毙吗？可怕的阴影立马笼罩了过来，心情的沮丧程度已达至冰点，就像这光秃秃山头上的气温一样。

就在我们整理画具准备回到“报刊亭”去躲避风寒的时候，看到远处急急地走来一个陌生的年轻人。他红红的脸上布满一层细密的汗珠。当知道我们要去小木屋的时候他似乎松了一口气:总算赶上了,我还担心你们赶下山去了呢。从声音里我们已经听出这就是刚刚与我们聊天的人,可我们并不认识呀,他找我们干什么呢?但一念闪过我们马上明白了:这一定也是一位狂热的佛光迷恋者,冒险上山也是为一睹佛光的真容。想到这里立刻觉得有了同类人的亲近感。我马上热情地邀约他和我们一起去修行老人那儿避难,并郑重告诉他不用担心,老人已经答应我们了。在外面撑一夜是绝对扛不过去的。

听到这儿他开心地笑了,露出一口洁白的牙:不行的,没有火烤衣服真的是会被冻死的,没东西吃就更不能提供热量了。我们也只有无可奈何地摇摇头无话可说。在这样的险境里,不听天由命又能怎么样呢?

没想到年轻人极认真地说:不兜圈子了,跟我走吧!

我们这才知道他是后面山上军用703电视台的工程师。看到我们即将遭遇的危险他真的担心了,因此赶回去向领导做了专门汇报,并声称他已完全了解清楚我们绝对不是坏人。请领导批准我们去电视台过夜,整个安全和招待由他全部负责。领导终于同意了,他这才跑步赶过来接我们去军事禁区。这巨大的喜讯惊得我们完全说不出话来,简直不敢相信自己的耳朵。这可是绝处逢生呵!我竟然想到重刑犯在突然被宣布特赦时的感受。同时又想,这是佛光显灵了么?是普贤在暗中帮助我么?

“老神仙”在竭力动员我上山的时候,以他数十年的经验对此行的风险一定是了如指掌的,他就不担心我们会出事吗?他是事先就知道我们一定会得到救助的吗?那他执意要安排我们经历这一次磨难又得到佛光的洗礼,这是为了什么?是有着更深的内涵吗?是久已注定我必须经历这一“劫”吗?

佛光呵,千百年来多少人历尽艰辛虔诚到此却无缘得见;有多少人见到后狂喜雀跃、纵身跳下舍身崖彻底了却人世间的烦恼;而今我虽历尽艰难险阻,从生与死的边缘搏斗过来得以沐浴佛光的光华,又有人将我们从危险的深渊里解救回来,上天对我是何等的眷顾?

直到几十年后我回顾一生并开始撰写回忆录的时候才彻底恍然:我的整个人生像极了两个顶端相接的圆锥。上半生五味杂陈、磕磕绊绊、晦涩难耐,下半生则五彩缤纷、淋漓酣畅、舒心愉悦。而中间相接的那个点竟然就是五天的峨眉之行、五十分钟对佛光的虔诚参拜!其界限之分明绝对如同冰与火、阴与阳。从那五天过后我竟再没有碰到过任何一个解决不了的困难或受环境约束遇到过丝毫不顺心的事。

这奇妙的、无法解释透彻的境遇从此深埋心底未敢稍有淡忘。除了感恩当然也有不解。直到十四年后,台湾一位著名教授(易经专家,世界易经研究会副会长、秘书长)来大陆与我进行了整整十个日夜的长谈时,他为我指点了迷津:其实从做梦的那一刻起,命运多舛的杨玉琪已经死了,后来历经佛光的点化重获了新生,尽管还是旧的身体,但命运却已彻底变换了。

再经过了二十五年的验证,我信了。终身毫不怀疑。

只顾宣泄无法遏止的强烈感受,不经意地岔开了整体事件的叙述。再重新拉回来吧:

天下竟有这样的巧事,这位工程师小伙也是一位美术爱好者。他是服从父母的安排才放弃美术报考工科的。今天竟有两位画家送到自己眼前来了,怎肯轻易放过?翻过山头赶来一看喜欢得不行,着实勾起了心底的那根痒痒筋儿。在获得领导的批准后他当即做了精心的安排部署:当我们跨进一个整洁宽敞的大房间时,一股热浪迎面扑来。两个硕大的火炉正旺旺地窜着欢快的火焰,这是专给我们两个烤衣服用的。痛痛快快地洗了个热水澡之后,一桌丰盛的晚宴已出现在眼前。这是货真价实的雪中送炭、饥时供餐呵。有谁想到我们竟是萍水相逢呢?

说不完的热情话语、道不尽的渴慕之意。最后我们还应邀去放映厅看了电影《春苗》。那时人们还只刚刚听说电视这玩艺儿,但究竟长什么样儿还未见过呢。

这友谊的维系继续了十多年,后来不知怎么就断了音信。但小伙子的帅气形象和腼腆的微笑至今仍在心中珍藏着。我永远记得他的名字叫:杨文斌。

亲爱的朋友,你现在在哪儿呵?

下　篇

多味人生

有一种说法：人生像一趟旅行，它一定由开始、过程、结束三部分组成，基本上是线型的；又有人说不必在乎它的长度，应该重视它的厚度和宽度，那它又像是较长型的块状了；而我回忆总结自己的人生，却觉得像是两个顶点相接的圆锥。在一段较短的圆锥中遍尝人生百味之后，一个极为神奇的机缘引爆了一个“核变”。人生刹那间散尽阴霾，进入一个五彩缤纷甚至光华万丈的新圆锥。这又应了我们中华民族古圣先贤的名言：祸福相倚。

孩子眼中的世界

缘 起

在尚未“垂垂老矣”的前几年偶尔看到一篇文章，作者辑录了好多世界名人的墓志铭，其中更有许多竟是墓主人自己写的。文笔精妙、涵义隽永自不必说了，其智慧的思辨和深邃的哲理、笑对死亡的幽默和勘破生死大限的襟怀无不令人叹服。

当时也曾起了“东施效颦”的冲动，在一段时间里不断地挖空心思、绞尽脑汁，成天涂涂抹抹故作深沉。总希望哪一天灵感驱动神来之笔，流出一篇精彩至极、可供千古传颂的佳作。在世时虽无惊天动地的大作为，于墓志铭上风光一回也算不无小补。但终因根基太浅，只留下几则“为赋新诗强说愁”的断简残篇，担心贻笑大方至今不敢示人。

检索到一页心血来潮的记录，有头无尾并不能单独成文。细读之后却感觉像王熙凤在芦雪亭诗会上那句粗俗但应景、平淡却又给后续者留下巨大空间的“一夜北风紧”一样，虽属简笔速写，却也是自我坦白的大实话。本就希望进行浓缩概括，不想正好掩盖了记忆的零散和模糊。把它贴在《孩子眼中的世界》这一章之前还可以勉强起到“启后”的作用。

题目呢？——

也许是上帝有意给他开了个巨大的玩笑，也许是偶尔搭错了哪条线，竟然会在同一个人的身上，将截然不同甚至相反的境遇、性格、思维特征编织成奇妙而匪夷所思的组合。这种很不和谐甚至非常极端的“混搭”一直如影随形地黏着他，伴随着人生的每个阶段。

一般正常的人都是学而知之的，都是在出生之后经过不断的学习和累积而慢慢观察世界、了解世界、懂得世界、融入世界的。可他近乎刁钻的“小聪明”在“出生之前”就显露出来了。

首先是避过了中华民族艰苦卓绝的八年抗战，选择在1946年来到这个世界，并精心挑选了一个时任中央政府某部委文职官吏的父亲。满以为可以顺顺当当地迈上人生坦途，但小聪明毕竟不是大智慧，靠投机钻营所获得的蝇头小利注定会如肥皂泡一样稍纵即逝。

童年留下的唯一印象是跟父亲外出。至于去哪里和干什么是完全不懂也绝不在意的。真正的乐趣是伏在车窗上认真清点沿途军警向全家乘坐的"黑牌"轿车立正敬礼的人数。盲目狂妄地总以为军警们的敬意都是冲着自己的，于是一路拍着小手欢叫着：看！又一个！又有一个向我敬礼了！

可做梦也没想到瞬息万变稍纵即逝，时而光鲜亮丽时而乌云压顶的窗外风景几乎成了他半生畸形的缩影。奶娘保姆们众星捧月的关爱、严密的安保护卫、锦衣玉食的物质生活，包括机械而例行公事般的致敬，当所有色彩绚丽的肥皂泡瞬间破灭之后，接踵而至的就是漫长的、无边无际的、投机不成而带来的苦果。也正由于这段因福致祸、又"由祸得福"的复杂经历令他提前尝遍了人生百味，赢得了常人无法企及的早熟人生，提早结束了无知的童年和懵懂的少年时代，直接就一步跨入成年人的行列。

古圣人云：三十而立，四十而不惑，五十而知天命，六十而耳顺，七十而从心所欲不逾矩。

倘若做一个小结：他十三四岁的时候为了吃饱肚子就情非得已的"自立"了；二十岁尚未出头就受尽世间诸般苦楚，看透了世态炎凉，早已磨炼成金刚不坏之身，还有什么能使之迷惘？在经过数百次的磕碰和多年的冲刷之后，棱角锋利的石块早已成了粗粝但浑圆的鹅卵石，虽不是心如止水但也早已无欲无求。对"天命"早已洞悉，何止"知"而已？

如此看来，他这一生应该是很"值"了，以相似长度的时间浓缩并获得了比常人多得多的历练，这算不算增加了人生的宽度和厚度？

这是多年前的旧稿"翻新、借用"的，大致还是保留了当年的原貌。这个"第三人称"也就继续让它留着吧，这样是不是可以"批判"得更加"入骨"一点，更加"客观"一点？

童　　趣

幼年的印象中父亲是个除了看书什么都不懂、什么都不会，极其无用的人，但又是一个不怒自威、轻易招惹不得的很“凶”的人。他正被政府“管制”而没资格工作，只能赋闲在家带我们兄妹。他从早到晚几乎不跟我们说话，只是在我们动静大了或犯下什么过错的时候才用手指节敲敲桌子，无声地瞪着我们，显示出他的威严和煞气。我们当然会立刻毛骨悚然，噤若寒蝉。

所以为了逃避他，我在四岁半的时候就死皮赖脸地每天跟着娘去学校，那里才是我的天堂。只是到了上课时间才有点尴尬，没处放、没人管。所幸当时学校招生管理不严，一年级的夏爱华老师就好心地把我带到她班上去成为一个特殊的、无名无分、过渡期的编外学生。

我的年龄比同班同学小了整整两岁。

已经算是有点特殊的我，第一次轰动教师办公室的“大出名”是因为我和夏老师的“斗智斗勇”。这件事我自认为聪明绝顶，除了我没有一个人能想得到这么好的主意并且有这个胆量去对付老师。可总也想不通为什么所有老师都觉得我极其滑稽可笑，因而一直以此取笑了我好多年。

班上有个胖墩儿同学，大家都有点怕他却又都喜欢他。他会想出很多新花样来玩，让同学们兴奋不已。我们都很崇拜他，尊他为我们的首领。可他总是嫌我太小而瞧不起我，完全不让我和他们一起玩。有时明明我占着理他还是仗着块头大而欺负我。那天我气极了，瞅准机会趁其不备，用尽全身力气推了他一个大跟斗。同学们都围上来使劲地鼓掌起哄。我正洋洋得意的时候，夏老师赶过来劝架并把我拉向办公室。我知道打架是大错误，拉到办公室肯定要挨一顿批评。更重要的是娘看到后就会知道我犯了错，就会伤心，回家后肯定没有我的好日子过。千万不能去办公室！想到这里我一下子挣脱了夏老师的手飞奔着躲进男厕所。嘿嘿，你是个女老师，敢进入男厕所吗？这里将是我坚不可摧的堡垒和屏障，只要躲进里面你能奈我何？我完全陶醉于计谋得逞的胜利喜悦之中，甚至已忘记这件事的源头和后果。可做梦也没想到我这个不到五岁的“男子汉”在儿子都已

荷兰风车

上大学的老师眼里根本什么都不是。夏老师先叫一名男同学进来火力侦察，确认了里面没有别人，竟然就大模大样地走了进来，把我直接拖到办公室。别的老师得知原委之后全都揉胸捧腹一齐大笑起来。

自此，我在全校老师中名声大噪。在此后好长一段时间里，好些老师碰见我都会问一句："嘿，杨玉琪，今天有没有躲进男厕所？"或是"今天有没有被夏老师从男厕所抓出来？"

人的表现欲是天生的，有时甚至是持续不断、无处不在的。

学校大门的两边是两个小池塘，风景很美。池塘边有一棵树歪歪的，不是歪脖，简直就是弯腰。它在离地一米处即几乎成90度向河心弯去。倘若有胆量爬到那近乎横着的树干并继续移往树梢，那就像凌驾在河心之上，可以看到自己完整的倒影。若是胆子再大一点敢于晃上几晃的话，树梢最长的枝叶就会扫向湖面，荡起一圈又一圈的涟漪。

呵，那情景是何等美妙！我已经好几次看到高年级男生跨坐在树干上，有意做出满不在乎的样子晃荡着，引来女生和低年级同学们阵阵惊叹和围观。他们在我心中简直就是无所畏惧的英雄！我一直幻想着有一天我也能成为众人赞叹的对象。为此，我也私底下背着人做过不少准备。比如去爬那些不在河边的树并且能在不太高的树杈上尽量多停留一会儿。我知道在众目睽睽之下失手或灰溜溜宣告失败是何等难堪。

有一天当我觉得已有充分把握的时候，决定在刚放学人潮涌动的时候实施我的“极限表演”。围观同学的目光支撑着我的信心和勇气。心里害怕极了但脸上却装着气定神闲，以此告诉大家这个高难的危险动作对我来说是何等轻而易举。终于爬上去了，我也抱往一根树枝骑在树干上晃荡。这时工友刘师傅去老虎灶打开水正好路过，便大声喊道：杨玉琪，危险！快下来！再不下来我去告诉你娘！正沉浸在成功的喜悦和公众赞赏目光之中的我哪里肯善罢甘休？竟朗声回答：你是工友，不用你管！刘师傅无奈地摇摇头自语着：好，好，我是工友，不用我管！可当他打水回来路过的时候，却听到我无助的哭腔：刘师傅，不得了了，我的鞋子掉到河里了！那时候我们的衣帽鞋袜好多都是“绝无仅有”，具有“唯一”性的，所处地位皆是举足轻重、无可替代的。这只鞋的失去对我来说就意味着明天只能光着脚上学。好心的刘师傅放下水瓶走过来：我是工友，你不是不要工友管吗？可说归说，终究还是帮我将布鞋从河里捞了上来。当我低着头红着脸从树上爬下来的时候，听到的是一阵哄笑。

第二天学校的门口就出现了一张公告：禁止在河边爬树。

几乎全校师生都知道这份公告背后的缘由究竟出自何处。

流着鼻涕的"画坛领袖"

也还是才上一年级，还是那个"编外生"的时候。

当每次班长从办公室搬来老师批改好的作业本，大家都会等不及点名分发而一窝蜂冲上去疯抢，好早一点拿到自己的那一本，看看老师给的分数。每逢这时我是基本不会跟大家争的，我有着清晰的自知之明。我最小、基础最差，又是刚进来不久的插班生，我的成绩肯定比不过他们。在大家积极地相互询问彼此分数的时候，我大都不讲话。要强的性格让我憋得很难受，我无法忍受那屈居人后低人一等的感觉。所幸那时的同学们除了比分数而外，还爱比谁的毛笔字上老师给的红圈多。因为红圈越多就代表谁的字越好。喝，那可是我的强项！从小时候起，画画以及一切与画相关的内容都是我的最爱。连启蒙认字不久以后那些单字卡片都是我自己依样画葫芦写成的。因此我的"书法"成绩名列前茅乃是正常而又经常的事。因为自认差距很大，小伙伴们也都非常服气。这才让我好胜的虚荣心得到些许平衡。

更没想到突然有一天发生了一件让全班同学都惊诧不已、佩服万分的大事。老师竟然在我所写的一个"列"字上给画上了双圈！这是连听都没有听说过的事情。对一个不足五岁的小孩来说更无疑是惊天动地的事。小朋友们"哦、哦"的赞叹声直让我晕晕乎乎陶醉了好久。直到今天我还记得那个"列"字和那两个红得像火一样的圈。这次的"肯定"成了鼓舞我继续发奋的动力，甚至完全可以说这两个圈是为我打开艺术大门的门环，决定了我跨入人生道路的第一步。

班主任夏爱华老师除给了我激发艺术潜力、培育画家幼芽的双圈而外，竟还将我的这幅"处女作"拿到教师办公室传阅，让我一时"名声大噪"。这已是夏老师第二次让我在办公室出名了。

这次是真的"出名"了。一阵传阅赞叹之后竟然还惊动了学校里的"大画家"、唯一可以画毛主席像和墙头油画的王述尧老师。

我和王述尧老师的交往可谓"年代久远"了，所以戏称为"忘年老友"一点都不为过。

记得那是一个星期天的下午，我照例伏在饭桌上“鬼画符”——这是娘对我画画及作品的戏称。一抬头就看见高大壮硕的王老师笑嘻嘻地站在我桌前饶有兴味地看我涂鸦。他顺手拿起一幅我已完成搁置一边的小画，上面画了一个手捧茶壶的老汉，半眯着眼微笑着像是很享受的样子。王老师问这是谁画的，我说是我。没想到王老师从鼻子里嗤了一声，呵呵笑着顺手就在我的头上重重地敲了一记：小家伙胡说，这怎么可能？！显然他根本不信那幅画出自一个小孩之手。

这时娘正好从河边洗衣服回来，郑重地证明这确实是亲眼看我画的。从王老师瞪大的眼睛里和又点头又摇头的啧啧称奇声中，我突然领悟到既然我的“作品”连画家老师都不敢相信，大概真的是不错了。一股得意之情油然而生。也许我就是从这一刻起朦朦胧胧地坚定了继续画下去的信心，并在艺海求索的一生中不间断地从中汲取鼓励的力量？

王老师沉思片刻，拉起我的手就向学校走去。

星期天的学校静悄悄。没有人打扰我们，王老师也没有说话。我不知道他要带我去哪里，去干什么。只是觉得被王老师那肥厚的大手握着从心底觉得温暖。穿过一排排的教室，穿过空旷的操场，直走到学校最深处的东北角。这里就是王老师专属的办公室和堆放教具的场所。王老师郑重地跟我说，从今天开始你每天放学做完作业后随时都可以到这里来，这里对你完全开放。我会教你画画，你也可以随便使用这里的工具和颜料。看着眼前的一切，我晕了、傻了，完全不知发生了什么，意味着什么。只觉得全身轻快得像要飘起来一样。至于后来怎么离开那里，怎么回到家里，则完全记不清了。

每天放学后，家中的清冷和了无生气令人压抑。小妹和小弟托管给邻家，晚上娘下班后才接回来。家里只有比我小近五岁尚无法沟通交流的大妹。那点家庭作业对我来说原本就是小菜一碟费不了多长时间，剩下的无聊时光总喜欢再回到那个放学后空荡荡的学校去消磨，了无人迹的学校才是我的天堂。多么自由、多么美好！更何况那里还有我专属的“百草园”呢。是比鲁迅先生童年游玩的“百草园”丰富得多、有趣得多的“百草园”，是货真价实的海外仙山！

在王述尧老师只有小小几平方米的办公室里，却因教学需要而五花八门、无奇不有，好像是集中了天底下所有有趣的东西。那些演示天体运动的三球仪，各种动植物标本，各种试管、烧杯、天平、化学试剂自不必说了，大至篮球小至乒乓球的各种球应有尽有。甚至还有赛跑用的发令枪和珍稀无比的纸质炮仗弹！

然而，最最吸引我的还是那满抽屉各种各样的绘画材料。

哦，好像所有能想得到的颜料都在这里了。要什么色有什么色，要多少就有多少。尤其让我眼馋的是竟然还有画家们才用得到的油画颜料和雕塑用的橡皮泥。这些东西王老师都特许对我一个人开放。也就是说，我想要什么就可以自作主张拿什么，想拿多少就拿多少。这对一个酷爱绘画的少年来说无疑是丰厚无比的宝藏！虽然我一定会尽量节省着用，但心里那份充实满足是无法形容的。哪怕什么都不拿，就只是打开抽屉看看，逐个摸一摸，将它们排列整齐也是一种至高无上的享受。

夏老师的一个双圈，王老师的一记敲打，竟然确定了我的人生轨迹，这是包括我自己在内的所有人始料未及的。看到此文的园丁、人类灵魂的工程师们，你们是否应该多多思考一下：除了传授知识以外，你的一个眼神、态度或一个毫不起眼、无意识的动作会在孩子的心底扎下根，影响或改变他的一生，以至使他终生难忘？

自从进入那个五彩缤纷的世界，我仿佛一下子从懵懵懂懂的学龄前儿童成长为“正式”的小学生。从只知道玩闹或糊里糊涂的“鬼画符”变成从心里觉得有兴趣、有奔头，从完全的无意识变成了有意识。似乎从那个时候起，“画画”这件事在我的心中已不知不觉上升为除吃饭睡觉而外极其重要的事情。尽管还根本不懂什么理想、目标，但只要一想到画画就会兴奋不已，怎么也按捺不住那种冲动。每天总惦记着能早点到我那个“百草园”去，但我也绝对清醒地知道，这是有着雷打不动的先决前提和条件的，那就是认真完成好家庭作业。

从学画的进程上来看，我已在王老师的指导下从“业余游击队”慢慢变成“专业正规军”了。整个路子都是按照最正规的方法来安排教学和训练的，很多内容技巧和专业术语我都听不太懂，但我也都能囫囵吞枣照单全收。尽管有时食而不知其味，但仍然勉力而为，甚至比老师的要求更加用功。

我不再一心迷恋描摹小人书，正式开始了“写生”。

当然,我一点也不懂什么叫写生。但从此不光只是照着人家的作品"依样画葫芦"。可照着真东西画就难多了,形状大小、比例位置,要注意的地方太多了,差一点儿都不行。在只有高年级同学才能参加的美术兴趣小组里,夹着我这么一个又瘦又小、有时还流着鼻涕的小萝卜头,实在是另一种形式的"出类拔萃""鹤立鸡群"。这样的"惹眼"和常常会招来异样的目光,真是一种说不出的享受,虚荣心得到极大的满足。简直觉得自己就已经是一个高年级学生了。

走在路上每每看到同龄小孩们趴在地上玩游戏并且一再呼唤、盛情邀请的时候,心里会痒得难受恨不得也参与进去玩上一把。可在心动的那一瞬,总有一个声音从心底响起:我是大孩子了,我得做大孩子该做的事。于是便立即熬住那份心痒,装着不屑一顾的样子昂首而过。可走过很远总还忍不住回头偷偷瞄上一眼。

成人后才懂得,这是我最初品尝到的"痛,并快乐着"的复杂滋味。

像千米长跑或马拉松比赛,一段时间过后所有的参赛者必会慢慢分出前后、拉开距离,我的实力开始逐步显现出来。在大家的眼里我再不是那个不起眼的小不点儿,他们开始慢慢接纳我,平起平坐不再歧视,后来则主动靠拢并问东问西。最后,从俯视、平视最终到几乎带着那么点儿崇拜的仰视,我仿佛连同身材都一起高大了起来。有时同学太多王老师照应不过来,也会时不时把我调来调去,分到各个不同的小组和大家"共同研究"。

至此,我成了全国年龄最小、级别最低、范围最小的"美术社团"的灵魂人物。

真的,是学校范围内流着鼻涕的"画坛领袖"。

一次绘画兴趣小组写生一只方形宫灯,以练习几何形体的立体透视。完成后看看还有不少时间,我就信手在看到的两个面上画上了兰花和竹子。这可是我当初描摹小人书的基本功。没想到竟获得同学和王老师的大大赞赏。他们都说这两幅"国画"画得不错。王老师也连连点头说:嗯,下笔很"泼"!当时只是乐滋滋地知道这是赞扬的好话,可实际是什么意思并不很明白。直到好长一段时间以后我才慢慢领悟到,大概就是指下笔很准、毫不迟疑、放得开,也很泼辣。我同时也隐隐地知道,今天达到这个效果完全是以前反复练习、反复临摹的结果。要保持这份荣耀,就得下比别人多得多的功夫。可是“国画”又是什么?“国画”这两个字我竟连听都没听过。当时还硬撑着装出一副不以为然的样子,事后就一直缠着王老师要学习国画。回想起来,这可能就是我走向中国画创作道路的第一步。后来这幅画破格允许参加全校高年级同学美术比赛并获了奖。这更夯实了我学画的信心,也更加激发起王老师教我的兴趣和热情。

从此,我除了参加兴趣班学习而外,还荣幸地当上了王老师的“童工”。王老师似乎有着无穷的精力,除掉教学还要负责全校的环境美化。所有的墙头壁画和领袖像都是出自他的手。每逢他画画时都记得带上我帮他“接接拿拿”。

那时我经过一两年的训练,已经慢慢从无意识学习进入有意识学习了。我会一边看,一边揣摩,猜测老师马上可能会需要什么工具、画笔或颜色了,我会预先拿在手里,待老师一回过头来的时候及时准确地递上去。每逢这时,老师的眼神里都会溢出由衷的赞许。

在那几年里,我感到最幸福的就是王老师那温暖的大手按在我的头上狠狠地揉一揉并说上一句“这小鬼,还真行”!我一直觉得这是老师给我的最高奖赏。那暖烘烘的感觉在老师早已仙去、六十年后的今天,仍旧能使我心潮澎湃不能自已。

泰州城虽小但历史悠久,也出过不少名人。已进入历史的诸多大名头们对刚进小学二年级的我来说,绝对是另一个世界的事,我无从、也无兴趣知道。但活生生出现在眼前的“世界名人”却对我产生了巨大的冲击,甚至影响了我的一生。

前一天,学校老师就通知了第二天下午不上课。要求同学们穿上最好的衣服集体去参加一项市里的重要活动。孩子们对新鲜的事都是充满好奇和易于超前激动的,于是都围着老师反复追问到底是什么活动。于是老师就告诉我们说:在我们泰州有一位非常了不起的大艺术家,他的名字叫梅兰芳,是一位京剧大师。刚被联合国评为“世界文化名人”。明天他会回故乡来探亲,下榻在市里唯一的招待所——乔园。他为祖国争了光,也为家乡争了光,所以明天下午就会安排附近小学的同学们前去夹道欢迎。

哦,大人物,世界名人,专门安排的夹道欢迎!我顿时觉得这可比我小时候在汽车里接受军警的敬礼威风多了。当时在车里清点敬礼人数的得意瞬间变得渺小和微不足道。第一次朦朦胧胧地知道了不管干什么,只要干到极致、干到出类拔萃,都会成为一座高峰受人仰慕。

被所有人仰慕和崇拜是个什么感觉?虽然没有直接感受过,但那感觉一定是出奇的美妙!我想到有时在班上受到老师的表扬,全班同学那齐刷刷艳羡的目光射过来,那浑身痒酥酥的感觉真是极好的。

乔园招待所就坐落在最繁华的市中心海陵南路上。下午两点钟就已经开始交通管制,乔园大门以北的街两边列队站满了几千个小学生,他们个个都兴奋得小脸通红,翘首企盼着名人的到来。我当时就站在大门前面的第一排,可以看到欢迎队伍一直延伸到很远的大道尽头。

突然,远处的鼓队响了起来。随着彩色小纸旗的舞动,“欢迎、欢迎、热烈欢迎!”的口号声轰然响起。夹道欢迎的队伍开始躁动,大家都往路中间挤,眼见得道路越来越窄,大家都想争先、近距离地看到这位大人物。我也被这热烈的气氛所感染,从心底里热血沸腾。随着欢迎声浪的逐渐高涨,梅兰芳先生的身形越来越近、越来越清晰。白净、清秀、微胖,整齐的发型、合身的西装、带着可亲的微笑慢慢走来,偶尔也会轻轻握一握那些急切地伸过来的小手。孩子们跳得更高、喊得更响了,我也本能地伸出手去,希望握一握这伟大的手。

越来越近、越来越近了,眼看梅先生还隔三五个人就走到我面前了,我好像突然被什么想法触动了似的缩回手来,仍保持原来边鼓掌边雀跃的姿势和动作。面对亲切地看着我的梅先生,激动之余我爆出一个“极为出格”的念头:为什么站在中间接受掌声和鲜花的人不是我?我为什么不能站到中间去?我终有一天要站到中间去!……

我做梦也没有想到这个“一闪念”竟烙在脑海里再也磨灭不去了。这颗大人物留下的种子竟在心底深深地、深深地扎下了根。从那时起,这颗不安分的种子就开始调动一切能量,尽可能地吸收身边的所有养料,随时准备破土而出了。

整整四十五年后——

我两次接受中央特邀,担任“海外优秀学者回国服务自愿团”团长,组织率领数十位国际知名的专家学者回来为祖国的建设贡献力量。

在访问各级政府部门进行演讲交流的时候,在多次受到军乐队、红地毯隆重欢迎仪式的时候，在受到交通管制、警车开道、群众夹道欢迎的时候，当步入人民大会堂、北京饭店会见大厅和中央政治局领导们交流的时候，在领导们会见全体团员并合影留念、我在前列正中央就座的时候，脑海里都会浮现出当年夹道欢迎梅先生时的景象。同时浮起的还有当时给自己暗暗设定的努力目标和为之终生奋斗的决心。

榜样的力量是无穷的，这可算是一个实例。

慢慢地，我就不露痕迹地正式和高年级绘画兴趣班的同学们“平起平坐”了。其实我心里知道，说“平起平坐”并不十分准确。这只是限指从开始受到歧视和冷眼，到获得大家认可渐渐融入集体的这个时间段。再后来慢慢开始“脱颖而出”，甚至简直就有点像是鹤立鸡群的时候，我的“江湖地位”就完全颠倒了过来。我几乎成了这个团体的精神首领。除掉被大家羡慕的虚荣享受而外，最大的“实惠”是“出头”的机会更多了。比如设计黑板报啦、书写标语布置会场啦、参加校际甚至全市的少儿美术比赛啦总是少不了有我，而且竞争对手越来越少。也正因为有了这么多的累积，这才有了一次幸运之神的意外降临，圆了一个幼童朦胧的美梦，也造就了这个幼童几乎百年不遇的辉煌。

这件被正式载入国家史册重大事件的主体是：大约是1953年底或1954年初，苏联主席伏罗希洛夫访华。鉴于当时中国和苏联尚处在维持友好、共同对敌的大国际背景下，为进一步加强中苏友好、增进友谊，中国政府倾尽全力投入这个有着历史意义的重要活动中。宣传力度之大、范围之广、接待的规格和热闹的程度都盛况空前。

这浩浩荡荡万顷波涛中的一朵小浪花是：鉴于伏罗希洛夫主席在国内还兼管教育和少年儿童工作，为促进两国少年儿童之间的相互了解、沟通和交流，中国政府拟赠送他一幅由中国小朋友创作的画作为国宾礼品，由他带回去转赠给全体苏联儿童。这是一个带着浓烈政治色彩的活动，于是便由政府出面组织、发动并展开了一场轰轰烈烈的全国性宣传，号召全国少年儿童积极创作，踊跃报名参赛。

经过不知多少轮的层层征稿、层层展览、层层筛选，最后竟然出人意外地选中了泰州市小朋友创作的一幅国画《中苏友谊松柏长青》，并将画制成绣品精心裱褙，请伏罗希洛夫爷爷带给苏联人民以示世代友好。

这个小朋友的名字就叫杨玉琪，时年七岁。

这是一个怀揣画家梦的小孩人生第一个重要的里程碑。

这个偶然的幸运也许是主宰大神“失误”的安排或阴差阳错，倘若再晚上一年多，我的画艺可能会有更大进步、会画得更好，但也一定会因为父亲的被捕而被取消参赛资格。这份荣誉也定会和我擦肩而过。

那是一个特别容易让人兴奋的年代，一个只要有人振臂一呼就会有亿万人蜂拥而上的年代。

那一年，邳县的农民画被发现以后，立即被肯定并以迅雷不及掩耳之势向全国推广。仿佛六亿中华儿女一夜间全都成了画家，城里无论大街小巷，只要有方正朝外的墙面一律要求用石灰刷成白色，好画最新最美的画图。

什么小孩在麦浪上跳舞啦、豆荚做成的小船可以载人渡河啦、共产主义金山就在眼前啦、工农大众的铁拳和社会主义的铜墙铁壁砸得帝修反抱头鼠窜啦等等。满城的墙面上一派灿烂辉煌。

在学校这个知识分子集聚的地方，自然更应该人才济济远胜于邳县的农民。因此不仅是学校内部，连学校周边地区的墙面也都作为硬任务分配给了学校。学校也就不管年级高低，不管专业是数学还是历史，一律平均摊派到每个老师头上，一般都有四五块之多。这可是非同小可的政治任务，不得也不敢推诿的。美术老师自然成了人人争抢的香饽饽，硬被别人连求带哄地将本不归他的任务也压了上去。由于任务紧急，精力和时间就成了最大的矛盾。

穷则变、变则通，初级而原始的“走后门”出现了。许多老师心急火燎，带上糖果礼品来求俞钊棣老师帮忙。俞老师也不会画画，真正要找的是她的儿子杨玉琪。

于是，杨玉琪一下子时髦了，成了人人求的抢手货。“经济规律”也在此时体现出来，几乎是约定俗成的统一价码：每个老师的任务等于二斤杂糖。哈哈，我一下子成了“百万富翁”，家里的小柜子里成了糖的世界。过年的时候每家每户才发二斤杂糖票，一大家子就靠它营造新年的喜庆。而现在我想吃多少就吃多少，想什么时候吃就什么时候吃。在弟妹们心中和邻居小伙伴眼里，我顿时成了大英雄。只要我高兴，马上就可以大方地赏他一粒糖。所以那几天我不论走到哪里，都有一群崇拜者前后簇拥着。

这天工人们终于粉刷好墙面并且搭好了脚手架。我在“万众瞩目”下威风地爬上了脚手架。从来没有站过这么高，后面又有那么多人盯着，心里终不免发虚，小腿竟微微有些发颤。可在心里叮嘱自己：外面的架势千万不能倒，不管怎么也要硬撑着。我自己当时都觉得那气派还真有点像个艺术家。

墙面对我来说是太大了。我事先想好的办法就是根据原图小样先用木炭条分段打稿。刚画了一会儿，自己并不觉得十分满意，可后面已传来一片赞叹声。这可真是令人享受的声音！正当我开始陶醉时，突然被一个冲上脚手架的彪形大汉拉了下来，嘴里还不断骂着：没人教育的捣蛋鬼！我一下子吓蒙了，不知说什么好。他也根本不容我解释，拎着我的耳朵就向校长办公室走去。他太强大了我绝对无法反抗，只得护住耳朵脚不沾地的拼命跟着。在我的心里，耳朵痛倒还在其次，而在大庭广众之下被人如此对待完全破坏了我“大英雄”的形象，这种羞辱是完全无法容忍的。

工人师傅夜以继日赶工完成的墙面被一个不起眼的小捣蛋鬼爬上去乱涂，眼看要重新返工，他的气愤自在情理之中，不想在听了大汉气急败坏的告状后校长竟笑出了眼泪：你们这些天的加班全都是为他弄的！怎么着，还不快向我们的小画家赔礼道歉？那么高大粗壮的大汉竟然一下子腼腆了起来，涨紫了脸和脖子、挠着后脑勺、结结巴巴地直嘟囔：噢噢，这样啊，怎么会……？

当校长和那大汉一齐把我护送上脚手架后，从那些尚未散去的崇拜者和围观人群中轰然激起一片善意的、欢乐的笑声。

荷枪实弹的操演，并不是电视剧

1955年9月13日的深夜——不不，准确地说应该是9月14日凌晨。

天气已有点凉，我们全家都蜷缩在被窝里进入梦乡。突然，一阵激烈而急促的敲门声和吆喝声把我们惊醒。容不得点上那自制的煤油灯，父亲就被催促得摸黑去开了门。随着咣当一声门响十几支强烈的电筒光直对我们。除了嘈杂的人声我们什么也看不清。随即，我们全家都被命令穿上衣服集中站在天井的一角不让动弹，完全不知道发生了什么。只见电筒光柱里好多人挤在屁股都转不过身的屋子里忙碌而认真地翻箱倒柜。我一直在纳闷，他们也不太讲话，只是在急切地翻找。到底在找什么呢？家里的那点儿东西我太清楚了，实在没有什么有用的好东西，更没有什么藏东西的地方。

一阵喧闹过后，这批人终于走了，我们被允许回到黑暗的屋内。奇怪，屋角两片墙的连接处怎么有一条长长的裂缝透进外面路灯的光亮？我这才想起前些时天刚转凉时，父母亲联手合作，将从学校要回来的旧报纸塞进去抵挡那直往里钻的嗖嗖冷风。难道那些人要的就是这些？弟妹们大概还没有从惊诧中回过神来，谁都没有讲话也没有哭。直到母亲窸窸窣窣擦着一根火柴。看着她颤抖的手点亮那盏用墨水瓶改装成的煤油灯，我这才发现父亲不见了。肯定是被那些人带走了。那是些什么人呢？为什么要带走父亲呢？看着母亲盯着灯头傻坐在床边一任泪水无声地流淌，我们几个更不敢讲话了。几个人挤成一团，不知是为相互取暖还是相互依赖。瑟缩着、狐疑着、希冀着或者像什么都没有想似的傻愣着，盯着雕像一般的娘直到天明。

终于挨到要上学的时候了，我们夹起书包揣两根胡萝卜走上街头。

奇怪了，街上两边站满了人，后面的人甚至踮起脚尖伸长脖子向里张望，不时紧张地悄声议论着。看什么呢，究竟发生什么事了？我从人缝中挤了进去，只见两队民警荷枪实弹押解着一支数百人的队伍缓缓走来。这些人大都蓬头垢面、精神萎靡、步履蹒跚。每人胸前无一例外地挂着一块简陋的白色牌子，上面匆忙而潦草地写着：历史反革命、伪保长、伪乡长、伪警察、美蒋特务等字样。

突然我觉得头皮一炸，那缓缓走来的是谁？竟然是我的爸爸！他神情木然，机械地随大流拖沓着。牌子上赫然写着“历史反革命、中统特务”的字样。天哪，怎么回事？我毫无意识、本能地向后缩着我原本就瘦小的身躯，却又鬼使神差地想再多看爸爸一眼。突然，我们四目相接了。不知是不是因为事发突然，没有任何思想准备而来不及反应，我们一下子百感交集却又奇怪地漠然相对。他只是紧盯着我看，紧盯着，像是想看到我的骨头里，又像想把我装进他的脑子里。这时已完全没有了时间概念，连大地都仿佛从脚下抽去了。我只是傻头傻脑地盯着他的眼睛，看着他从后面慢慢走来，又慢慢向前面走去。他频频地回头，回头，回头，直到被后面的队伍挡住。

这是儿时对父亲的最后印象。这印象一直深深地烙在我脑海里，直到二十年后社会闹剧接近尾声，我们才又各自被安排成另一种角色，出演了一场戏剧性的重逢。

在写完上面这一小节的时候，时空早已转换。时间倏忽已过去近六十年，我已从懵懂少年变成两鬓斑白、“从心所欲不逾矩”的老人。定居大洋彼岸、地球的另一边也已二十余年，我真的不敢相信童年时的那一幕竟像昨天刚发生一样，每一个微小的细节都记得那么清楚。天理良心，我绝对不是“为了要记住”而记住，更不是为了“仇恨”。它只是短暂但极为强烈的恐怖画面瞬间烙在少年的记忆中。真的，是“烙”而不是“记”。

以至于我一生见到警察都会产生莫名的恐惧。甚至在所谓事业有成回国受到国家极高礼遇，警察沿途管制交通，警车为我的车队开道的时候，我头脑里都会闪过这病态的感觉。有时在书籍或影视作品中见到高墙监狱劳改农场等画面，都会不自觉地投身到那个情境中去，想像着，甚至毫无道理的夸大着那里面的苦难，把自己主动装进那个虚拟的牢笼中饱受折磨。我不是心理学家，我无法解释其中深层次的科学道理。我只是叙述出我近六十年来的真实体验。

直到有一天，碰巧看到一则很多人都可能会忽略掉、平淡得不能再平淡的新闻报道，而对我，却如一把重磅的铁锤以雷霆万钧之力猛地砸向至今尚未痊愈，或许永远都无法痊愈的受伤的心。

在美国一个极普通的小镇上，有一天刺耳的警笛声打破了惯常的宁静。警察们迅速包围了一幢房屋。在这幢房子里正上演着一场惊心动魄的持刀抢劫并劫持人质的恶性案件。

案情极其简单但极其凶险。

劫匪携带凶器入室盗窃，被女主人发现后报警求救。所有人都知道只要接到报警电话，警察必定会在三五分钟之内赶到。眼看逃跑无望，窃贼猛地抽出一把利刃架在女主人刚五岁儿子的颈项上，以孩子的生命为筹码威胁屋主交出现金财物并放其逃跑。警察们通过不断喊话攻心促其放下凶器投降，但这个已演变成劫匪的窃贼仍在丧心病狂地作垂死抵抗。警察们也是为了确保那个五岁小孩的生命安全一直不敢开枪。在僵持中，时间一分一秒地过去。眼看小孩也从极度惊恐进而几乎失去了正常的意识，完全被吓傻了。只是瞪着一双空洞失神的眼睛，浑身颤抖着发不出任何声音来。直到过了十几分钟，一些警察悄悄从后窗爬了进来并在小孩周围形成一个风雨不透的包围圈，劫匪终于确认插翅难逃之后才扔掉利刃，放开了小孩。小孩仍因受惊过度而软瘫在地瑟瑟发抖。

这时，出人意料的一幕发生了。警队队长上前一步满面笑容地大声宣布："演习到此结束，全体收队！"所有警员、小孩母亲，甚至包括绑匪瞬间都傻眼了，不知发生了什么变数。但大家看到小孩脸上的表情从恐惧到迷惘再到惊诧，最后竟带着欢快的笑容跳起来抱住了队长叔叔。他兴奋之极，自己竟毫无准备地亲身参与了一次警察叔叔们荷枪实弹"真正"的演习，这是一件多么值得炫耀的事！刹那间的错愕之后，大家迅速理解了队长的良苦用心。他不想在孩子幼小的心灵里留下任何一点阴影，他要让孩子感受到美好的阳光。于是，屋子里一下子欢声四起："噢，结束了，下班了！"

更加出人意料的事是：整个小镇的人在得知了这个故事之后，竟不约而同地信守这个心底的共识，从此再也没有人提及过这个恐惧而揪心的故事。这个"秘密"在这个善良纯朴的万人小镇上一直保守了近二十年。

当这个小孩成年并参加工作、步入社会之后，才有人告诉了他这个"秘密"。这个阳光的小男子汉流泪了。

苦孩子早当家

自从经历了那个惊魂之夜的洗礼，我确实好像一下子成长了许多。无论是心智性格还是对娘的体贴和理解，抑或是对家庭的责任心和担当。我一下子清醒地意识到，家里就剩下娘和我两个“大人”了。（尽管我还差几天才九岁）妹妹和弟弟还完全是两个整天只会挂着眼泪和流着鼻涕的小屁孩儿，除了要吃要喝要拉要撒而外什么都不懂。

家里有很多琐碎的事光指望娘是不行的。

一早醒来，给这个穿衣给那个拉尿已经难以招架，还有弟妹们尚未睡醒就被强拉起床的下床气要发泄呢。这个舞手那个蹬脚，这个一哭那个就紧跟帮腔，活脱脱就是配合默契、表演精湛的“二重哭”。

这时候娘往往是皱着眉头不出声的。我知道娘其实也没有完全睡醒，她才刚躺下两三个小时呵。她太累了，她一定精准地测算过，为了尽量保留残存的精力去对付一整天繁重的教学，“管”和“骂”是可以靠装聋作哑省略去的，但穿衣和接尿却是逃避不了的硬任务。于是我就成了威胁他们乖乖就范的震慑力量。他们也都知道，假如真的落到我手上来完成这些事，那就不会这么舒坦了，于是也会识相地稍作收敛。但每天极为难得和娘亲密接触的这几分钟是他们决不肯轻易放弃的——这是在娘面前撒娇撒泼、极为宝贵的机会。

更何况娘还要弄早饭呢。

那时的小城里民用煤炭还没有普及到我们这样的百姓人家，做饭是要用芦柴草或豆萁烧“锅墙儿”的。所谓锅墙儿，比砖砌的灶台还要简易：只是在一只土陶的小缸下方挖一个洞用于填柴草，上面的口沿上搁上一个大铁锅而已。由于没有夹层透风，所以烧饭时必须一刻不离的管理着才不致熄火。更重要的是必须时时严防火星子曝出或柴草滑出来引起火灾。这项工作以前一直是父亲的“专利”，而现在只能由娘来接班了。在她的心里我还尚未“够格”，她是不敢冒此大险的。

这“战斗的早晨”总是在学校早读的预备铃声响起的时候才强行结束。（从我们家快步走到学校不超过两分钟）娘像“百米赛跑”的运动员一样

奥地利教堂

倏地弹跳起来，夹起昨夜临睡前准备好的大书包冲出门去。一边跑一边回过头喊着每天内容相同的录音：交给你啦，看锅膛里的火熄掉没有？喂他们早饭，送他们去托儿所，带上门，自己不要忘了带书包……记住！……我知道，这精减到略去名字的喊话是冲着我的，这是运动比赛的接力棒，下面就全都是我的事了。凭着对声音由强变弱的分辨经验，到最后一句的时候娘就基本上已跨进了学校。

这时一股豪情便油然而生，我像上了阵的大将军一样指挥着部下们。弟妹们几乎是无条件地服从我，叫他们做什么他们就做什么，绝对不敢有丝毫抗拒和违拗。这让我经常觉得我比娘厉害多了，弟妹们都十分怕我，因为我不像娘那样有耐心和韧性。在真把我惹烦了、惹急了的时候，我会背着娘偷偷地但却是狠狠地打他们的屁股，教训他们的。到了这个没有娘可以撒娇耍赖的时候，家里反而会安静下来秩序井然。

于是，他们在我的指挥之下老老实实吃完早饭，在我的吆喝和押解下像操演的士兵自觉地向托儿所走去。到了托儿所门口我一般是不送进去的,一来是因为我早读的时间早已过了,我不能迟到太久;二来就怕阿姨们拉住我不放:哈哈,逮住了,今天又没有给他们洗脸吧?你看这鼻涕、你看这眼屎……这会让我像犯了罪一样无地自容。

我这个弟妹们眼中"至高无上的绝对权威"也有一个难以启齿的毛病,那就是"怕黑"。一到晚上别说出去外面了,哪怕就是娘要我去院子里拿个什么东西都会让我心惊胆战,头皮发麻。

我常想,这大概是由于我们家晚上照明的灯常年只有一盏,还是那种在墨水瓶盖上穿个装着棉线芯儿的小管,再倒上煤油手工做成的。因为这种灯只要灯芯稍微拽长一点就会冒黑烟,所以火苗一般只能控制在黄豆大小。(想来古人所形容的"青灯如豆"大概也就缘于此吧。)由于亮度实在不够,全家人围着这唯一的光源,都低着头尽量往前凑,所以脸被熏黑,额前的头发被点着便是常有的事。

娘在备课、批改作业或为我们缝补衣物,我在做作业或者画画,弟妹们也会翻着娘从学校借回来的图书咿咿呀呀。偶尔猛一抬头会被四周墙上的巨大黑影吓得心头一紧。冷静下来之后也明知道这是自己一家人的身影,但那巨大而恐怖的压力感还是会在心底留下不安。

这种感觉在父亲被抓走以后越来越强烈了,仿佛四周布满了危险,仿佛随时随地都会有什么不可知的阴影向自己扑过来,像所有的恐怖片一样:越是未知就越是阴森可怖。

在父亲走后半年,家里突然多了一件令人意外的奢侈品——一盏马灯,一盏真正可以在室外行走而不会被风吹灭的马灯。当娘第一次试着点给我看的时候,我的兴奋和激动是难以形容的。哦,那么亮,简直就是个小太阳!娘还特许我拎在手里晃荡了几下,那感觉太奇妙了,绝不像家里本来的那个小墨水瓶灯,移动时得小心加小心,又怕煤油泼出来,又怕风把它吹灭。于是我又极其认真地学习了如何升高灯罩、如何拧准灯芯、如何划火柴、如何点火。(要知道那时被准许划火柴点灯,是多么崇高的信任和荣誉!简直就和现在的年轻人首次获准领取身份证一样,那是成年的证明。)经过一遍遍反复练习,终于熟练掌握了点灯的技术。娘在一处我能够得着的地方钉了一个钉子挂上马灯,以便我能随时使用。

从那时起我就被这盏马灯迷住了,老是缠着娘问什么时候才可以点这盏灯。娘说:快了,快了。接着又郑重地问我:假如有一天夜里我让你点着这盏灯出去帮我做件事,你敢吗?

夜里?出去?多么可怕的条件,但又是多么巨大的诱惑!我立马被这可怕的任务和巨大的诱惑交缠住,一时无法作出痛快的选择。

看着我的犹豫,娘的眼睛里掠过一丝忧虑和愁苦。落寞和孤寂让娘的眼睛瞬间黯淡下去。娘沉默了。

隔了两天娘又扯起这个话题。在我的迟疑中,娘知道了:要让一个刚满九岁的小孩在短时间内消除那长期以来难以克制的恐惧,光靠马灯的“诱惑”是远远不够的。在几番内心挣扎过后,于是有了一次平等的、成人与成人之间的正式谈话——

儿子,你爸爸走了,不知道哪年哪月才能回来。家里的事就只能靠我们自己顶着了。你现在是家里的大男子汉,我们要一起挑起这个担子来。爸爸在我肚子里给你留下了一个小弟弟或小妹妹,他很快就要来了。你现在还不懂得妈妈生小孩是非常危险的事,要有几个懂接生、有经验的人帮助才行。如果发生在夜里没人帮忙,娘就有可能活不成了。我想办法借来这盏马灯,就是为了让你夜里出去为我请人而准备的。你也知道,现在肯帮助我们的人太少了,娘只有靠你了。你懂吗?

我懂了。

我今天才真正知道了这盏灯的来历和作用。它让我在瞬间变成了一个高大强壮顶天立地的男子汉。我一下子勇气大增,我要保护娘!于是非常严肃认真地抬起头,作出一个与年龄极不相称的庄严承诺:娘,你放心,我不怕!不管多晚只要你一叫我,我就马上起来叫人!

其实让我去叫人的地方以成年人的眼光看并不算太远。那是我当年的出生之地——沈家大院。他们一大家子四个房头、几十口人都聚居这里,由一位善良的老人统领着。我们都叫她大妈妈,就是她亲手把我接到这个世界上的。说是为了好养活,于是就让我跟着这个大家族按辈分、按顺序排行。轮到我正好排行第十,可我“大哥”的年龄比娘还大,但哥嫂们都规规矩矩叫我娘为“娘”。而他们比我还大的儿子,从小到成年、到中年也一直都规规矩矩地喊我“十叔”。这让我从小就得意万分、引以为荣。

在当年那种“气候”条件下，看来愿意帮助我们并且值得信任的人也就只剩下大妈妈一家了。又因为那时根本没有电话，娘早就和她们约好，一旦发生紧急状况就让“十叔”去她家敲门。顺便说一句：大妈妈那时已年近七十，可看到我都是笑眯眯叫我“十叔”的。

“状况”终于到了。我在半夜里被娘叫了起来。哦，真的，我一辈子也忘不了那一夜的感觉。紧张、兴奋、害怕交织在一起，但同时又有一种敢于赴汤蹈火的悲壮，也为好不容易能有一次保护娘、为娘做事的机会而充满自豪。

五十多年前小城的夜是静谧的、神秘的。稀稀落落、昏黄瞌睡似的路灯更衬出夜的阴森和恐怖。尤其是远处传来的狗吠和紧紧盯在背后、令人毛骨悚然的脚步回声。手中的马灯已不是那个心中的小太阳，而是随时用以和魔鬼搏斗的武器。白天走过不知几百遍的路突然变得无比漫长，简直像走不到头一样。

终于敲响了沈家大院的门。很快，大妈妈、嫂子们就簇拥着我这个英雄的小“十叔”来到娘身边。沉浸在得意中尚未回过神来的时候，我听到了响亮的婴儿啼哭。本应给产妇的奢侈品“红糖糯米粥”第一碗就给了我。她们都说第一个必须慰劳的人就应该是我。我自己也很得意：是我直接参与把小婴儿接到这个世界上的。

娘这次生的是一个小妹妹，我却不懂得娘为什么总是称她为“遗腹子”。

要报户口了，娘给她起名叫“玉云”。但我知道，从我那位同父异母的大哥开始，我们都是按“玉”字排的，并且都统一选用了偏旁为斜玉的字：琳、琪、珊、珉。我问娘：小妹的名字为什么不跟着我们排呢？

娘若有所思，但没有回答我。

我从小就知道父亲的名字叫杨运辉，好多年后等我又长大了一点才知道我父亲还有一个名字：“云飞。”

屈辱而羞耻的“红领巾”事件

童年就在我差几天九岁的那一刻戛然而止。

我的周围成了一个完全陌生的世界。“妈妈在学校当老师”的优越感刹那间荡然无存。平时温和而友好的同学都对我垂下眼视而不见；平常接触不多的同学更如遇瘟疫，皱起眉头厌恶地逃离；更有一帮调皮鬼见到我就会扮鬼脸，做出低头弯腰两手反绑背后的动作。每天上学、回家的路上都会有整齐而稚嫩的童声口号夹道欢迎：“一二三，反革命！”“一二三，抓特务！”

慢慢地，我习惯了、麻木了。

慢慢地，我冷静了、不心浮气躁了、不争强好胜了。我觉得一下子长大成熟了。

慢慢地，我也越来越清醒了。我深深地知道从此这个世界不再属于我。我几乎不再讲话了，钻进一个自己营造的全封闭世界。

学校领导当天早晨就把我叫到办公室谈话。其内容主要是让我与反革命的父亲划清界限、站稳立场等。这些谈话对不足九岁的我来说有点太抽象，怎么听也似懂非懂，只是糊里糊涂一味顺从地点头应承。

本来特别喜欢我、乐意逗我说笑的老师们都像约好似的沉默了。说笑逗乐没有了，只是专注的眼神里多了些许关切和怜悯。没人的时候还会摸摸我的头轻轻揉搓一下或是扶住肩膀重重地按一按。这些无声的暗示、沟通和交流里隐含着极为复杂的情感，但其中一定蕴涵了某种关爱和鼓励。每逢这时候，我心里总会泛起股股暖流，鼻头酸酸的但说不出话。人真是万物之灵。在彼此的交流中居然有比语言更能隐蔽而精准表达内心的方式和手段。它甚至比语言更少了虚伪、掩饰和欺骗。人类拥有复杂而高级的思维，有表达思想情感的语言文字。面对和谐相处了亿万年的生物界，这是进步呢，还是退化了？是可喜、可幸、可贺呢，还是可悲可叹？

当时触动我心尖的还有另一件事，同样也是一个晴天霹雳：

当年的小学生们最高的荣誉就是加入少先队，佩戴上红领巾。这是七八岁孩子们至高无上的向往。那时的我虽已上到五年级，但还差几天才够九周岁的入队标准。

多少次我背着娘从她的办公桌抽屉里“借”出一条为即将入队同学准备的红领巾，偷偷练习打那个特殊的结，偷偷放在枕头边看着，带着真正拥有它的憧憬入睡，第二天再找机会偷偷地“还”回去。尽管是娘抽屉里的，但我清楚地知道它并不属于我。

熬呵，熬呵，好不容易熬到接近九岁生日，眼看就可以和别的同学一样戴上红领巾了，却万没想到在这节骨眼上风云突变。学校领导通知我暂时不能加入中国少年先锋队了。我虽是中国的少年，却绝不是先锋。我被划入了另类、订入了另册。几年来的最高梦想破灭了，这比小朋友骂我、奚落嘲笑我不知严重多少倍。这是学校的决定、老师的正式通知呵。于是我懂得了什么叫真正的绝望。

我不再去触碰娘抽屉里的红领巾，它是我心底最最强烈的伤痛。

一次学校组织演出活动，因为“大型”，故地点设在当时全市最大的“苏北大戏院”。我参加的是集体诗朗诵节目，但两个无法避免的尴尬让我难堪不已：节目要求统一着装，白衬衫蓝长裤。可我哪里有白衬衫？我只有一件领口残破、用面粉口袋拆改手工缝成的“白褂子”，而绝不是用缝纫机做成的“衬衫”。

一个星期前娘就张罗着帮我借，可问遍了所有的同事和邻居都没有借到大小差不多合适的。后来只得厚着脸皮发动她班上的同学，终于成功借到了一件。可娘让我试的时候，我却抵死也不肯穿上。那竟然是一件女式的衬衫！娘一直哽咽着劝我说，上了台远远的一定看不出来，她没有想到九岁的我对男女的概念竟是那么清晰。在我的眼睛里，女式衬衫领口的款式和男孩衬衫是完全不一样的！娘竟然硬是逼着一个真正的小男子汉穿着女孩衣服上台表演，这是无法忍受的奇耻大辱。直到娘终于忍不住流下了眼泪，我这才停止挣扎。

这是我心底深处最隐秘、最敏感也最柔弱的弦，我最受不了娘的眼泪。她是再苦再累也不会轻易掉泪的——尤其当着我们的面。我深知娘的难、娘的痛，再委屈也不能伤娘的心呵。我终于含着泪答应穿上这充满羞辱的女孩衬衫。

演出前的后台满是兴奋激动的笑脸，化好妆的我低头蹲在墙角，尽可能地遮掩着衬衫领口不让同学们看见。突然带队老师有了一个重大发现：统一着装中唯一不统一的是我没有红领巾。整齐划一的队列里竟然缺一条红领巾，这是何等醒目的不协调！她马上向一个刚下场的同学借来红领巾让我戴上。看着眼前一片红色在晃动，竟没听清老师究竟说了什么。只觉得头脑突然嗡的一声炸开了，一股极为复杂、无法说清的感觉在心头搅动。这大概就是传说中打翻了装满酸甜苦辣咸的五味罐的味道吧。

多年的愿望莫名其妙突然就实现了，多少个日日夜夜的盼望，多少次偷偷摸摸的占有，现在竟然可以“名正言顺”“堂而皇之”在大庭广众之中、在众目睽睽灯光聚集的舞台上公然戴上红领巾！我兴奋、我激动，我几乎要窒息、完全透不过气来。

这不是真的，但又像极了是真的！我涨红了脸嗫嚅着说不出话来。可在刚想伸手接过那条红领巾的一刹那，我猛然意识到这是一个虚幻的骗局，是为了达到某种形式、某个与我完全无关的活动需要而实施的欺骗。这么神圣的东西怎么可以借用呢？我这个已被正式宣布“暂无资格入队”的人怎么可以堂而皇之的佩戴它呢？

这是施舍吗，绝不是！是遮掩、是利用、是欺骗、是屈辱、是蹂躏！我绝不能接受这个屈辱。我坚决地扭过头去，无声但却执拗地抵制着。不管老师如何苦口婆心甚至施加压力，我皆不为所动。

眼看上场时间已近，老师不得已又将娘找了过来。娘把我拉到一个没人的去处对我说：你怎么想的我都懂，可娘很难做呵。要是影响了这次重要的演出，娘的罪过就大了。就当是帮帮娘，好吗？再说，戴上它不正可以挡住那衣服领口吗？知子莫若母，娘的这两把钥匙精准地打开了我的心结。还有什么可说的呢，一切尽在不言中。我放松了绷紧的肌肉和身躯，任由娘替我将红领巾围上。在她仔细地帮我拉一拉、理一理的时候，我确切地知道她是在尽量为我遮掩那可恨的女式衣领。这是我们娘儿俩心中共同的痛呵。

我终于戴上了红领巾。

这是我一生唯一的一次佩戴红领巾。

为“真理”抗争导致臭名远扬

似乎是小男孩们喜欢展示自身强大的生理天性，特别心仪的玩具往往都具有“暴力倾向”。弹弓啦、玩具枪啦，越狠越带有威慑力的就越有“价值”。但“越有价值”的玩具也就越会遭到老师的封杀、学校的禁止。

在那个年代流行一种自制的玩具手枪。那是用一根带帽的三轮车钢丝辐条弯成手枪形状而成的。它的妙处就在于可在“帽子”的凹陷处装上一枚半个绿豆大小的、纸质带火药的“炮仗子儿”，只要用食指一扳，弹性就会使钢丝的另一头猛地滑入这个凹陷处，击响那枚炮仗子儿。哦，最激动人心的就是那“呯”的一声。最使老师担心的也是那“呯”的一声以及可能引发的不堪后果。因此这是明令禁止在校内玩弄的，一旦被发现是要没收的。这可是真的心肝宝贝呀，因此男孩们绝舍不得封存在家里，当然也不敢公然拿出来冒那个风险，最多只是放在口袋里隔着衣服摸一摸“过过干瘾”，总要熬到放学离开学校后才敢拿出来。

我没有钱去修车铺买那废钢丝辐条，于是只有眼巴巴咽唾沫的份儿。我口袋里只有两把处于二等地位但同样属于违禁品的弹弓。那是从“百草园”借来玩的。真的，是“借”而不是“偷”。因为我玩过之后总一定会“悄悄地”还回去的。

这一天我竟在王老师办公桌的抽屉角落里找到了一枚真正的、体育比赛发令枪用的、大型的“炮仗子儿”。那是有半个黄豆大的一粒！比那些小屁孩儿玩的“小绿豆”可威风多了。只要敲响必能震惊全学校。这是多么巨大的诱惑！击响它的渴望煎熬着我，上课的时候都将手放在口袋里抚摸着它。

挨过了一节课又一节课，好像无穷无尽再不能挨到下课放学的时候。

我终于忍不住了，失控了。

在一次上课预备铃响过以后，同学们都已涌进教室，学校里顿时一片寂静。突然“呯”的一声巨响传来，在这寂静中显得格外惊心。各教室一片哗然，多少个窗口立即挤满了同学们惊诧的脸。

我被带到校长室，连同从口袋里搜出的违禁品。

我是很“仗义”的，我决不能供出“犯罪品”的出处，不能连累王老师。我抵死坚称炮仗子儿是捡来的，是用四五粒“小绿豆”垒在一起敲的。抵赖的说辞我自己认为是天衣无缝，甚至从心底欣赏自己的“捷才”，暗自觉得只要咬紧牙关就能逢凶化吉、遇难呈祥。

在写过两份检讨后最终判决却是没收所有违禁玩具。

天哪，那弹弓可是“借”来的，是要悄悄还回去的。我一定要誓死捍卫它！反复哀求未果之后，我终于勃然大怒：我玩的是炮仗子儿，如果还有剩余你们尽管收去。但放在口袋里没有拿出来玩的东西怎能没收？不公平！要收就应该全校都收！（我清楚地知道有多少男同学的口袋里藏着违禁品呵）说着拿起写好的两张检查撕个粉碎。

具体处理此事的景同源副校长气得脸发黑、青筋暴出，拍桌子坚称要开除我。但临时召开的办公会上却有多数老师坚持对小学儿童应以教育为主，况且我的要求也不是全无道理。于是，暴怒的景校长拂袖而去，坚称不开除杨玉琪他就不再上班。直至一个星期后市教育局出面斡旋，又责令我向景校长鞠躬赔礼道歉，这事才算过去。我心里却在偷偷窃喜：弹弓已悄悄“还”回去了，丝毫没有影响到王老师。这就是天大的幸运、天大的胜利。更何况我也确有错误，鞠个躬就鞠个躬吧，又能怎么样呢？

后续中最有戏剧性的是：十多年后的“文革”初期，景校长成了“死不改悔的走资派”，我则成了“资产阶级代表人物、现行反革命”，被同时送到工厂的九类份子小组监督劳动，景校长还担任我们“九组”副组长。第一天见面时我们竟互相捶肩、捧腹大笑：烂木头终于又滚到一堆了。

我向他拱拱手：前辈老首长，请多多关照。

他笑着抱拳还礼：好说，好说。

懵懂少年

非富非贵却入读“私校”

在海外生活了二十多年，有一个话题是经常接触到的。

大多数有孩子的人都有一个强烈的愿望，就是能送孩子上“私校”读书。好多刚抵埠不久的新移民们，他们自己尚在生活的起跑线上苦苦挣扎，有些甚至还没敢确定何时生小孩，但今后供小孩上私校的目标却是坚定不移，早已定好了的。不知有多少父母以孩子上私校为荣，似乎那里就孕育着他们人生全部的终极目标和希望。

是的，在西方国家整个社会的福利制度是相当完善的。全民免费教育便是其中很重要的一项。每个家庭都能享受免费到公立学校读书的福利待遇。不需考试、不需交费、不分彼此、绝对公平。

十多年前亲身经历了一件与此相关的“小事”让我至今觉得匪夷所思、惊心动魄。

那是刚来多伦多的第三年，儿子上公立小学一年级。那是一间名为“泰芮·福克斯”的著名学校，其设备条件之好远远超出我们的想像。上学放学有校车接送，就连组织游览风景区、滑雪场，参观博物馆、科学馆、艺术馆及相关工厂矿山，也全都是免费安排的。另外，从他们出生到十八周岁，每个月二百至五百加元的“牛奶金”也是由政府相关部门按时将支票寄到家里的。这几百加元是个什么概念呢？这么说吧，这些钱若用于孩子们每个月正常的伙食费是绰绰有余的。

就以这样的学校设施和服务条件，我们听说政府每天还要在每个孩子身上花费四十加元。怎么可能？这不是天方夜谭嘛！私心猜度这也许是政府的宣传而已，不必太认真的。可没想到真的有一天不得不承认这个现实生活中的“神话”。真的，我应该为“以小人之心去揣度一个诚信的政府”感到羞愧。

那是有一次学校老师与上级教育部门产生了意见分歧，多次沟通未果进而形成了矛盾的对抗，最终导致全体教师罢工。学生们也只得留在家中不能上学校了，直到十天后法院仲裁老师败诉才恢复上课。以我们的习惯思维，政府已解决矛盾恢复上课了，还再有什么话可说呢？第二天儿子莱斯理放学回家，一进门就高举一张支票大叫：爸爸，快看！支票！四百元！我将信将疑接过一看，果然是一张政府签发的四百加元现金支票。这是怎么回事呢？不缴学费还要往回拿钱？这是多么不可思议！不是“美好的神话”又是什么？后来去学校问了老师才知道：在加拿大，每个孩子都有接受教育的权利。这个权利不会因任何情况的发生而受到影响。这次停课不应影响孩子们的学习。故政府决定：一、学校必须利用暑假将这十天的课程补上；二、政府每天应花在孩子身上的四十加元也一次性发给孩子们以作补偿。

哦哦，我说不出话。

任何一个正常的国民，即使发挥再丰富的想像力也不会作此非分之想。这个“意外中的意外”竟然“主动”飞到自己面前。这绝对是天上掉馅儿饼。虽然不太大，但挺让人感动、引人深思。

还是回到有关“私校”的话题上来。

公立学校的体系已这么完善甚至是完美了，为什么人们还要对私校趋之若鹜呢？相对于由政府官方经营，有强大的政府财政作后盾，如此完美，全部免费的公立学校，私立学校的创办和经营其实应该是极为艰难的。因为它的运作费用全部来自于学生们缴纳的学费。其数额用“极为高昂”来形容也绝不为过。在这个前提下，学生或学生家长想得到的必定远远超过公立学校的教学和服务。是的，期望值的差距绝对很大。为获得稳定的生源、维系生存的可能，作为民间的另一个教育体系，数十年乃至近百年来“私校们”全力打拼，终于成功地做到了。它们以高水平的知识教育和高层次的素质教育赢得了社会的普遍认同和信赖。让他们心甘情愿地交上每学期上万元的高昂学费，同时还要经过近乎严苛的考试。因此，能挤进私校者非富即贵，同时还要加上自身的优秀。绝对不同于国人想像中“花钱买文凭”的纨绔子弟。

公众社会的结论是：虽不能确保进入私校的学生毕业后都能百分之百

进入哈佛、牛津、剑桥，最后全都能成为社会精英、进入上流社会，但金融界、商界、政府中的精英分子却大多出自私校，这是不争的事实。甚至在主流社会里“私校出身”久已成了某种身份、背景和实际能力的参照标志。

儿子莱斯理经耳濡目染，自然也会受到这种思潮的影响。他就曾经问过我：爸爸，我也去读私校好吗？我也为儿子主动要求去接受更严格教育的私校读书而感到欣慰。没想到他又仰起脸天真地问道：爸爸，你小时候也是读私校的吗？以他的理解，爸爸已经是英国剑桥的终身院士，美国、新加坡好几所大学的教授、导师了，出身私校应是理所当然的事。

他万万没有想到这句极为简单的问话却像重磅大锤一样猛击老爸的心。

我突然噎住了，心里一阵针刺似的疼痛。儿子无知，仍旧仰着脸追问：是吗，爸爸？我只得强忍住鼻头的酸楚说：是的，是私校。

是的，是“私校”。

在我小学毕业报考初中时，尽管考试成绩很好但到底还是“名落孙山”。父亲是“历史反革命”，而我则顺理成章地戴上“反革命子女”帽子，被拒于公立中学的校门之外。当时听到这个消息后，“极度愤懑”自是必然反应，但心底里却又反常地泛起一丝解脱后的轻松。窃以为从此就可不去上学，就可摆脱同学们在我后面追着喊“小反革命”了，从此就彻底自由，想干什么就干什么了。

更让我心急难耐的是我从此还可以不受时间限制任意地画画，不必为作业烦心，也不必为晚上点灯熬油而受到娘的催促。这一举而多得的事情将是何等美好？

可“好景”不长，二十天后一份民办中学的录取通知书击毁了我的“黄粱美梦”。

娘表情复杂而凝滞地盯着通知书，下面赫然印着学杂费表。那十八元五角的天价学费几乎接近娘一个月的工资，我们全家近一个月的活命钱！娘是老师，我知道娘心里在想什么。所以懂事地安慰娘：不怕的！娘，我自己也真的不想上了。我可以捡菜、摸砖、烧饭，做很多事情，可以把小妹接回来由我带，我保证！

娘一下子搂过我的头按抵在胸前，我明显地感到那两只手在激烈地抖动。一滴滴水珠落在我的头顶上，有点凉。不知过了多久，娘推开我说：

去，去给外婆报个喜吧，告诉她你被录取上中学了。

我觉得没脸，我觉得屈辱。我坚决不肯去外婆家。我觉得娘是气糊涂了，连好坏都不分了。但娘仍然没有解释，仍是一味地催促我去向外婆报喜。最后是头顶上凉凉的水滴提醒我，要顺从，是一定不可以和娘"拗"的。果然不出我所料，外婆也没有以此为喜。盯着我看了老半天才幽幽地轻叹了一口气：哎，孩子，你自己可要争气呵……最后慢慢转回身从柜子抽屉里拿出二十元钱塞进我手中。

明白了。

娘的性格从来是再苦再累也抵死不求人的。但作为一个母亲，在儿子面临人生悬崖的时候，她茫然无助了。她在痛苦中挣扎，她陷入自尊心和儿子一生前途之间的激烈抗争。在这极为艰难的抉择中，她平生第一次屈服了。

但终究还是抹不开面子，这才让我去"报喜"。知子莫若母。她知道，如果直接说明了是去求援的话，我也是打死不肯去的。

面对莱斯理纯真的脸上那双清透的眼睛，我艰难地说了我是上的"私校"。儿子笑了，更坚定了上私校的信心。他从小就知道世界上最不能容忍、最大的缺点是撒谎。他自己绝不撒谎，也绝对相信爸爸妈妈讲出来的一定是真话。

这次我并没有撒谎。我上的确确实实是"私校"。然而我能解释得清楚吗？我是怎么上的"私校"？那是什么样的"私校"？

春风雅集

关于"私校"的点滴记忆

我们学校的老师真是五花八门。其中大体可区分为两大类:一类是从镇反、肃反等政治运动中被清洗出革命队伍的反革命分子。当然里面也有"略好"一点的"五类分子的后代"或"帽子掌握在群众手中"的、无法准确分类的人员。他们大多因为确有货真价实的专业知识,学校似乎也非他不可而网罗进来的。他们都兢兢业业夹着尾巴认真做人、认真做事。还有一类则是"政治上要求进步""紧跟形势"的积极分子。他们阶级觉悟极高,是上级领导完全可以放心的人。

不知是不是出于同情和惺惺相惜,前者的老师们往往和我们这类学生会多一些共同语言,也多了些只可意会而不可言传的关照。比如教语文的钱老师,他会在我的作文本上密密麻麻地写满眉批和总批,甚至有时批语字数会超过我文本的字数。出于尊敬和崇拜,我也常拿一些课外的习作去请教。每逢我说,钱老师,我写了点东西想请您指点指点时,他总是习惯性地笑笑:不敢当、不敢当,我们共同研究吧。然后总是仔细阅读、耐心而详细地分析评述,并提出切实而中肯的"不一定对,仅供你参考而已"的改进建议。并总也不忘记提醒一句:欢迎常过来,我们多讨论讨论。也就是这些"共同研究、仅供参考"的讨论,溶蚀了我对学校的反感和抵触,迷上了他们所执教的文学和历史,顺着他们的指引真正进入了文学的海洋。

在此后的数十年中,任社会风云变幻,几位老师仍以"忘年老友"的身份与我交往,似乎有着割舍不断的情谊。其中一位杨济先生,高而瘦,微驼。白皙的长脸上永远挂着真诚、谦和、关切的笑意。每逢在街上碰到,他都是以鞠躬式的欠身把我让至路边的人稀处长谈。我老是想,先生的微驼是不是数十年的谦和、欠身造成的?只可惜我身居海外二十余年,不知先生身体可还康健?

另一些年轻教师则大多昂首挺胸、侃侃而谈,十足"为人师"的风度。是因为"五十步教百步"呢,抑或是"以高年级教低年级",从那时起我对"姑妄言之、姑妄听之"一词多了一个另类的理解。更因教育部门规定的学科太多而学校的专业老师又有些短缺,因而硬性摊派勉为其难者也常有之。

无奈地安排一些不熟悉专业的老师代兼着,也算聊胜于无吧。

比如美术。

我们的美术老师就是一位“真君子”,绝对“只动口而不动手”。每次上课都是拿来一个水瓶或脸盆茶杯之类的东西让同学们写生。偶尔也会有选择地拿出几幅同学的作业品评一番。后来很快发现了我这个“人才”,于是每次上课都把我叫到台上给同学们示范。有时也还会自我解嘲:我是瘸腿和尚讲经——能说不能行啦。杨玉琪比我画得好!

对于这份“兼职助教”的工作我是丝毫不反感甚至是极其热心的。当同学们专心的眼神紧盯着我的时候,那感觉真是好极了!我不敢断定是不是由于长期遭受冷眼歧视而激发了内心隐蔽而原始的表现欲。

直到数十年后,我这个当初曾被三流或不入流的大学拒之门外,而今天受邀站到清华、北大、东南大学、福州大学等诸多高等学府讲台上的时候,我确实又感到一种极为复杂的快意。我也认识到这是因尚未炉火纯青锻成“百炼精钢”而暴露出的浅薄。老庄的“无为”、佛家的“放下”、隐者的“淡泊”我也在众多场合讲过无数遍,但要真正做到“身体力行”何其难哉?!

此外更让我私心满足的是老师会大方地让我使用学校的图画纸和颜料。那可是真正锡管装的水彩画颜料!和大部分同学那些须用笔蘸水一点点揉擦使之溶化的硬质颜料是不可同日而语的。而这恰恰又都是我最缺乏又最渴望拥有的东西。

也就是这个拼凑组合而成的学校碰上我这么个本就先天不足有着心理缺陷的学生,“最终产品”的畸形也应该是意料中的事。内心深处的极度自卑造就了极度病态的自尊;处处小心谨慎夹紧尾巴做人却又偶尔会不失时机地显摆一把,希冀获得众人肯定而赞许的目光;荣任美术课的“编外助教”,在校刊和黑板报上几乎不间断地发表作品,平面几何的成绩从未低过九十六分,但代数、物理、化学等学科却又常常不及格;语文、写作、历史等功课的学习几近疯狂但却又有着多次的旷课记录。对这个无数矛盾的综合体、对这个极懂事又极不懂事的学生,老师简直无法作出准确而明晰的评价。假如以毕业为界对这一阶段作“盖棺论定”的话,还真无法一下子说清。以至离校前同学们用小本请老师们题词做总结留念的时候,竟有两三位老师踌躇着对我说:能不能请你把本子留在这儿,等我晚上仔细想一想再给你写,好么?

毋庸讳言,在校期间时时刻刻都会碰到的现实问题仍然是"钱"的问题。当初根本没有想到除了学费之外还有许多用钱的地方。比如说作业纸。与小学不同,中学不用作业本而用单张的作业纸。那作业纸可真贵!六厘钱一张,买二十张就要一毛二分钱。这对我来说是力不能及的,但却又是绝对无法回避的。可天无绝人之路,我竟找到了两条解决之道。

学校有两个"出版物"。(此词不准确,但我找不到更好的代用词了,姑且暂存。)一是每星期更换内容的黑板报,二是半个月出一期的油印校报。用于报道学校的各项活动,发表同学们创作的文学作品。我毛遂自荐拼命挤进编辑组参与排版美化和缮写,这种免费锻炼的机会我是不会轻易放过的。更大的好处还不仅于此,"两报"所刊登的文章可都是给"稿费"的,而且相当之高。比如仅四句的小诗即可获得五张作业纸的奖励,而五张作业纸省着点用几乎可以坚持一星期。

这是一个取之不尽用之不竭的源泉。

尽管当时不肯公开承认,但是我心底里下定决心,为了作业纸而投入近乎疯狂的创作之中。或许是天可怜见,或许是钱老师、杨老师对我的帮助辅导,也或许是我的持之以恒,抑或是参加了编辑组这个近水楼台,我的小诗短文竟然连连得中,在全校的诗歌比赛中也频频得奖。因此作业纸也就源源不断地流进了我的书包之内,从此再无"断纸之忧"!三年间竟几乎没有要花自己的钱去买作业纸——当然我也根本没有钱。

说实话,我的初衷主要是为"谋生",不想却歪打正着闯出一点江湖名气来。完全出乎意料,竟在全校范围内获得了一个封号:"东方的高尔基。"

哦,老天!怎么会这样?!

每个人并不都是时时怀揣"宏图大愿"的。说来极其可笑,我在学校的那段时间里一直十分渴望得到两件现在想起来极其微不足道的东西,有时甚至魔怔到昼思夜想的程度,实在有点不可理喻。

一是羡慕一位吴姓同学拥有的特别书包。那是一块近一米见方的紫红色的包书布、一只讲义夹、一只文具盒和一段帆布带的美妙组合。使用时的操作流程是:在硬讲义夹上堆齐书再放上窄窄的文具盒,再用书包布的两个对角紧紧地裹住再扎上帆布带。这时一叠书的形状就有棱有角地显现了出来。背上后再拎起另外两只对角,从右肩及左腋下包抄过去在胸前打上一个神气的英雄结。那气概简直威风得像个行走江湖的大侠!那时还不流行也不懂用那个"帅"字,现在想来却非此字而不能形容。可以想见,这对同样是小男子汉的我来说是多么大的诱惑!

我也有个书包,很美、很漂亮,但我宁可天天拖拖沓沓地挟着课本上学也坚决不肯用。那是在开口处用两块木制把手装饰的方形花布包,是20世纪三四十年代摩登女士用的手拎包,也是娘年轻时代留下的仅有纪念。娘也知道我一直渴望拥有这身"行头",但终究未能从一家人的嘴里挖出那购置"行头"的钱。只得一次次动员我"暂时先用着",但自古以来男女有别,我一个堂堂男子汉怎么能用这个包呢?

那个拥有一块包书布的愿望直到离开学校也未能实现。完全失望后我也曾宽慰过自己:光有块布又有什么用呢?没有讲义夹和文具盒也无法撑得有棱有角呀,那又有什么好看威风呢?就在不断的自我宽慰中,这个曾经十分强烈的愿望终于无奈地淡去,留下了隐隐的却又是终身的遗憾。

如果说那只书包给我带来的是久久的遗憾,接着的"速写簿事件"造成的却是终身的悔恨。

出于对绘画的喜爱,世界上凡是与绘画相关的一切东西都对我有着极其巨大的吸引力。小到铅笔、毛笔、纸张,大到颜料、画册、画夹,越是毫无指望拥有的,急切得到的渴望反而会越发强烈。对我来说画纸是最为奢侈的消耗品。随着掌握的知识越来越多,我也深知需要多画速写来练习自己的基本功。但我哪里舍得"速"写呵,那得浪费多少纸!我简直像拖延时间似的"慢"写,除了精心刻画,仔细描摹力求精准而外,我甚至还将这拖延的过程作为一种"过瘾"的享受。

突然有一天,我意外发现一个绝对不喜画画的同学却拥有一本软面半精装的速写簿,他正因为内页没有横格不方便使用而遗憾。他告诉我这是一个亲戚送他的,价值一元八角多呢。我多么渴望得到它!它也只有在我手里才能算生得其所、物尽其用。于是我们开始了旷日持久的相互试探、沟通、商讨,以寻求交换的可能性。由于我太"一穷二白"了,手中根本没有什么东西可以引起他的兴趣。但我决不愿意轻易放弃,仍在无望地坚持着寻求实施交换的可能。

有一天机会终于来了。我无意中发现了一个秘密:这个同学是从郊县小镇来的,一个人租住小屋无人监管,不知什么时候竟染上了抽烟的习惯。他居然神秘兮兮地提出如果有两包飞马牌香烟就可以换走速写簿。呵,一线曙光出现了。一包"飞马"才二毛三分钱,这是多么的不等值! 这巨大的"利润空间"一下子弄得我晕乎乎,眼前、身边的一切都不存在了,只剩下伸手可得的速写簿在向我招手。我一下子想到娘在箱子里是藏了几包香烟的,每逢夜间备课累极了的时候都要抽上两根提神的。想到这里神经一下子搭错线、短路了,只剩下香烟和速写簿。

平生第一次"交易"办成了,平生最有价值的绘画用品得到了,几个月来最大的愿望终于实现了,但我却陷入了平生最黑暗的深渊,陷入了无边的终身的痛悔。娘当然很快就发现了,接过我抖抖歪歪交出的速写簿,紧盯着我却整晚没有对我说一句话。大地仿佛一下子从脚下抽去了,我伴着嗡嗡的耳鸣悬浮在半空中。我只觉得娘的眼神一直刺进我的心底,里面饱含着冷如寒冰的绝望。直到四十多年后娘离开人世,她都没有再提及这件事。但它却深深地嵌刻在我心里永难磨灭。

人最难以容忍而且受伤害最大的一定是朋友的背叛。倘若这个朋友是位异性,那创痛之深和影响之久远则更加无法估量和表述。

上次的交易将极大的满足和极深的悔恨紧紧地纠缠在一起,这个痛楚时时啮噬着我,但我都咬紧牙不动声色。我不能让这个见不得人的耻辱公诸大众,那会彻底毁了我而无法在世间立足。我坚信只要我自己不说出来外人是绝对无从知晓的。因为我和那个交易的对方有个严肃的约定:各自为对方严守秘密绝不走漏半点风声。

但我失误了,高估了对方的诚信。中国式的小市民那种醉心于从搬弄别人隐私中获取快感的癖好,我还根本没有体会。直至到了某个周末参加民主生活会的时候我才彻底恍然:我"早已"被"叛徒"出卖了。一个只为逞口舌之快而廉价出卖的"香烟事件"早已在同学中成了公开的秘密。逆反的自尊心使我无地自容,觉得从此再也无法在人前抬头了。

更让我觉得天崩地陷的是另一个女同学的发言。天哪,竟然是她! 言语中充满了鄙夷和不屑。可她大概到今天也不会想到她的一次随意性发言给我带来的永无休止的伤害。

那时的我仍比大家小一至两岁。平常看到男女同学们各自都有较为亲近的朋友本没有什么感觉，只是偶尔才会莫名其妙地留意女同学们的一颦一笑。十二岁的我尚未解风情，完全不懂异性交往的事。只在心里觉得她是全班最漂亮的女孩，好几个男生都喜欢围着她转。有时忍不住多看她几眼，但也就仅此而已，从未加入过那时时围着转的男生行列。尽管极少搭话，但久而久之竟在莫名其妙的幻觉中觉得与她越来越靠近了，从没想过她根本没有留意，也根本不会想到我在默默地、无望地注视着她。

天可作证，我那时真的不懂什么是爱，更加上长期形成的“二等公民”的自卑心态，绝不会无知到去奢望什么，只是暗暗地欣赏而已。是的，仅此而已。可就这个“而已”却让我感觉到丝丝暖意。万没想到如今我“真正”成了众人唾弃的下三滥，连最心仪的女孩也对我嗤之以鼻。

像蜗牛一样，当颤巍巍柔软的触角试探性地伸向未知世界的时候，因毫无抵抗力而极易受伤，病态的谨慎就成了唯一的“安保”。因此，这次挫伤促使我将模糊、朦胧、美好而无望的向往连同身体一起缩进那个不堪一击的壳，连同一个更美丽、更遥远、更隐秘的梦。

那是一个更加唯美的、纯艺术的、无性别概念的“超然”感觉。

那是娘曾经教过的一个女孩。在我这个无知少年的眼睛里那简直就是美的化身。无论是周遭环境内、书本画册里还是电影中，再不会找到比她更美的女孩。

那时的小城有个约定俗成的审美标准：能放进照相馆橱窗里的都是绝顶漂亮的。她们家就是开照相馆的，爸爸妈妈连同她和哥哥的放大照片都在里面长期陈列着。那简直就是美艳绝伦，就是艺术品，只可远观而不可近亵的艺术品！

这个“资本家”的女儿第二年也顺理成章地来到我们那个“私校”。

有一天竟然看到她在教室外的走廊上哭着。那时还不懂什么“梨花带雨”的形容词，只是感到一个珍藏的宝贝遭到碰撞的心疼。刹那间整个世界都已隐去，眼前只剩下一个特写镜头：光洁细嫩的脸蛋上鼻尖红得透明，两只大眼睛里满溢着委屈。扑闪着的长长睫毛上两颗晶莹透亮的泪珠更增加了妩媚的神采。这两颗珍珠从此深深地印在我的脑海里，直到今天。

"东窗事发"之后，可以想见当时是多么害怕我的"劣迹"会扩散开来，以至于亵渎到钻石般剔透的珍珠。

多年来对于"歧视"的逆反抗争至此失去了坚守的原动力，我开始真正地鄙视自己，甚至从心里否定了自己。顿时觉得周遭的一切包括这个学校都一下子变得更加阴冷晦暗，再无丝毫可留恋之处。

绝望带来的不是沉沦就是反抗，我自己都没能想到我尚有报复的"血气"。不久之后我终于等到了一个绝佳的反击机会，我的满腔热血猛地冲上头脑，我没有丝毫压抑、克制和犹豫。

火山爆发了。

那是一个星期天的下午，我在校外的公共厕所里意外地看到那个出卖并毁了我的叛徒正在"大号"上蹲着。他看到我进来眼睛里明显地闪过一丝惊慌。农村孩子的高大壮实和他几乎无眉的麻脸上透着凶狠，要在平时我是无法跟他对决的。可眼下正是一个极佳的机会。处于这个特殊的时刻，他的反抗力几乎为零。我毫不迟疑地冲上去狠狠地抽了他两个耳光，嘴里重复地吼着：我让你叛变！我让你失信！打完后立即转过身扬长而去。走出好远还听到从厕所里传出来的叫骂声：小反革命！抓反革命！……这骂声竟让我想道：这是不是阶级斗争、阶级报复？

而最终让我坦然无愧的是：他的小市民癖好毁了我，我也以"正义"的力量还击了他。事有先后因果，我不为过。尤其重要的是我维护了我的自尊、坚守了自己的诚信。我并没有以公布他抽烟的秘密而达到报复的目的。我答应过不说我就一定要信守承诺，而不管对方的诚信如何。我为此而常感自豪。

在五十多年后的今天将这个信守了半个世纪的"天大秘密"披露出来，大概也应该得到原谅的。法律不也讲究时效吗？

今天倘若我的这位同学能碰巧看到这段内容，请接受我迟来的却是真诚的道歉。这段小故事一定至今仍刻印在你的记忆中，它也在我心中保留了五十余年。不过请相信其中已完全没有了仇恨，没有了报复的快感。有的只是对年少无知的愧疚，有的只是盼望着重逢后会心而释怀的大笑。对于这段儿时的插曲我们都是可以详细讲述给小孙子们听的,不是吗?

“香烟事件”之后,我几乎都是形单影只,再也不奢望去交什么朋友。觉得只有缩进自我封闭的世界里才是最安全的。没人知道我在想什么、做什么。在人群中我是个无足轻重不起眼的人,只要没有突发事件就根本不会有人注意到我。

然而,身陷黑暗深渊的人哪怕见到一丝极微弱的亮光也会感到灿烂和温暖。放学回家的路上突然听见有人喊我的名字,我心里一凛——那声音竟充满了惊喜和热烈。原来是当年的两个死党、小学同班同学。他们也是娘班上的学生,当年我与这两个同学牢不可破的友谊却是被娘“硬生生”拆散开的。

毫不夸张地说,我绝对是他们的崇拜对象。妈妈是学校老师自不必说了,仅凭我在学校里的那些“惊天动地的丰功伟绩”已足够让他们眼馋和宾服。而他们呐,却有着我极为羡慕的当年苦得不能再苦、低得不能再低而今则红得不能再红的家庭出身。尤其让我感动的是,他们竟是同学中的另类,根红苗壮却不具备应有的阶级觉悟,极愿与我这个反革命子女混在一起不分彼此。这对长年处于四面白眼、八方鄙夷环境中的我来说,这种自发的、纯真的而绝非虚伪施舍的友谊是何等珍贵!那简直就是长时间溺水后偶尔碰到的浮木。

于是我背叛了我的家教,背离了自己含辛茹苦、发愤用功以图出人头地的初衷和决心,沉溺于这畸形的友谊之中。忘却了读书学习,甚至忘记了画画。直到成绩一落千丈,这才引起娘的警觉和随之而来泰山压顶、暴风骤雨般的干涉和限制。

一个死党叫长喜,他的父母和姐姐都是靠一根扁担讨生活的“棒棒军”。粗声大气的吆喝和肆无忌惮的豪爽笑声,简直是我可望而不可即的家庭氛围。每当收工,他爸爸都会搬张小桌坐到大门外喝上一杯地瓜烧。通常只有咸菜和萝卜干下酒,在极偶尔的情况下也会带回一包两分钱一个的卤水鸭头。还有一种给我留下美好记忆、奇特的下酒物是值得说一说的:那就是烤得焦黄、油香四溢的“花生饼”。那并不是正常意义上“花生做成的饼”而只是油厂榨油后剩下的渣滓,压成饼的形状只为方便运输。农民们大多用来沤肥料或喂猪。

但他家发明了这种烘烤法之后竟也成了人类可食的东西，真的很香！尽管要很费力才能咬下一小块来，但那是完全值得的。长喜常常会带给我一两块，我也会小心翼翼地省着，分两三天才舍得吃完它。

另一个死党叫吴云。他爸爸就像他的名字一样每天毫无羁绊地四处飘着，是个没有店面、只是上门服务的剃头匠。他会把推子、刀剪包在围脖用的白布里夹在腋下走街串巷。人们都习惯称他为“夹刀包”的。

他平常剃一个头收五分钱，但因为我和他儿子是哥儿们加上他又是娘的学生家长，每次就只收我三分而让我拥有二分私房钱。

吴云没有妈妈，他爸爸又成天不着家，故他们家就很自然地成了我们三个人的活动据点。在那里我们简直无所不为：会从咸菜坛子里捞出咸菜来一根根慢慢撕着吃，会用酱油冲开水当饮料喝，甚至有一天我还平生第一次喝了酒。

记得那天他神秘地告诉我们说，他发现了小半瓶爸爸不知什么时候喝剩下的啤酒。我那时还没听说过啤酒，也不认得那个“啤”字，只以为是“皮”酒。因为满怀着对酒的神秘渴望和自然的畏惧，我们每人只敢喝了一小杯。

准确地说是称不上“杯”的，那只是连小半口容量都没有的啤酒瓶子盖儿。

哦，除了淡淡的清苦简直没有什么味儿，完全没有想像中的那么激烈和豪爽。想不到第一次像男人一样喝酒，得到的竟是彻底失去了对酒的那种充满神秘感的渴望。

他们两个虽然出身于铁杆的无产阶级，甚至是无产阶级中的无产阶级，但他们并没有无产阶级的等级观念和对错标准。他们单纯而豪气，对我盲目地俯首帖耳。那种丝毫没有功利因素的友谊令我陶醉，更何况还常常能得到他们拔刀相助、抵御外侮的保护呢。

一两年不见，他们似乎高大了很多。儿时的感觉一下子涌了回来。对于娘为了挽救我、防止我继续失足滑下去而生生拆散我们的友情，他们似乎并不记恨。那份真挚的热忱和惊喜溢于言表。我似乎又一下子回到那温暖的港湾，产生了向他们倾诉的冲动。

友情是个奇怪而无法解释的东西，有时它并不一定会随着时间的推移而淡化。这次“邦交”的恢复,反而将这儿时的友情出乎意料地向前推进了很多。他们理解我、同情我、为我鸣不平甚至义愤填膺,这让我倍加感动。

我毫不迟疑地加入了他们的游荡,充分享受那种不去上学、不受学校家长管束、那份天高任鸟飞的自由。我们经常结伴从小城的南端起沿着唯一的大街懒散地、无聊地挨门逐户闲逛。袋子里分文全无,也就根本不指望买什么东西。

可小城太小了,有时走到最北头还不到中午。于是便也会找个台阶坐下来看那熙熙攘攘的人群,他们或悠闲或匆忙或开心或忧伤,各自为各自的目标匆匆而过。没有人留意我们,可也绝没有人歧视或干涉我们。我们融于这庞杂喧闹的环境之中,却又明确地感受到自己游离于这个情境之外。从那种相互间毫无关联、绝对平等的冷漠中,又让人觉得一种不受威胁的安全。

我一直记着峨眉山庙宇里的那副对联:

事在人为,莫道万般皆是命;

境由心造,退后一步自然宽。

是呵,对环境好坏的认定并不完全取决于那个环境的客观状况,而主要取决于各人心中对环境的要求和理解。所以,“境”是由“心”造的,妙哉斯言。

连我自己都不敢相信,一个从未读过老庄哲学,更未参禅学佛的十二岁少年,却在当年那个特定时代的熏陶中悟出那么高深的哲理。在充斥着市井商贩的闹市中居然能感受到孤寂和凄清,享受到了安全和宁静。

然而我终究还是六根未净,还有许多人间尘事尚未了结,还得去面对。

比如为了苦命的娘,我再委屈也得硬着头皮去学校应卯。我还得“咬口生姜喝口醋”地挨下去,至少要混到一张勉强合格的成绩单,直要混到初中毕业才能算是有个最起码的交代。我不忍让娘的期望在我这儿破灭,我绝对不敢再面对娘那绝望的眼神。

心底里的另一段未了孽缘就是画画,丢不下却又拿不起。我身后那只温暖肥厚的大手没有了,没有人再把着我的手修改习作,也再没有人在我的头上慈爱地揉一揉。我的那份心境似乎也被王述尧老师带走了。他因为“借向党交心向党提意见之名,实施复辟资本主义”而戴上右派帽子并判刑押送劳改农场了。

我也曾傻傻地带着我画的习作去老师家找过师母，苦苦地索要老师的地址好给他写信求教。每次看到师母都是含着泪、摇着头说不出话。我反复央求着希图软化她的固执。她一直说：傻孩子，你不懂。但我究竟傻在哪里、不懂什么她又不明说。

多少次恳求无果之后，我转向了另外的老师——图书馆。这可是个绝妙的地方，它跟我那"私校"只有一墙之隔算是近水楼台。尽管那时还不准借回家，但任何书籍画册都可以在阅览室随便借阅。对我来说真是一片全新的天地，那里什么画家的画册没有哇！

数年后，当我在这个小城及周边地区小有名气但尚未能去高等艺术院校学习的时候，舆论总是喜欢给我套上"自学成才"的桂冠。他们绝想像不出有多少位国家级甚至国际级的大师教导过我，当过我的老师。中国的古元、艾中信、董希文、吴作人、张充仁；俄国的列宾、苏里柯夫、列维坦、约干松、克利玛申；还有众多英国的水彩画家，他们为我打开了一扇又一扇艺术殿堂的大门，让我徜徉于五彩缤纷的奇妙世界。

桦林深秋

我曾经多少次天真地想过，要是能让我去那无人的荒岛像鲁宾孙和星期五那样生活该有多好！而现在我就真的找到了那种感觉。那个年代去图书馆的人很少，而且都是各自静悄悄地专注于自己眼前的书本。每个人都是完全独立、互不关心、各不相扰的。最觉惬意的是竟没有人多看你一眼，更不要说那歧视的眼神了。连管理员无声无息地将书递给你之后，也就立即懒洋洋地专注她手中的毛线活了。

还有一个更好的去处就是公园。这是城里唯一的小公园。从东门走到西门也就五六分钟，转上一圈把所有的小路都走遍也花不了半个小时。小城的人们大多觉得它没什么可看的，所以很少有人去。就是看到有人匆匆走过也往往只是为了抄近道而目不斜视。而这正是我觉得最美妙的地方，在这里写生画画基本不用担心会遭人围观。美景任你挑、时间由你定，晨昏风雨想怎么选就怎么选。甚至在极早极晚公园关门的时候，我也可以像主人一样随便进出。因为我知道在一处偏僻地方的铁栅栏是缺了两根的。

自此，我除了勉强应付逃不掉的学业而外就尽可能地周旋于这两个仙境之间。先向大师们求教、释疑、解惑，提高理论水平，然后就去公园写生实践；再比对大师的作品找问题找缺点再去实践，如此循环往复。于是一幅幅、一批批水彩风景画就从这里流淌出来，以至几年后在小城的同道中流出了一个让我脸红心跳的口头荣衔：泰州水彩画三杰。

封闭而五彩缤纷的万花筒

在那个封闭的万花筒里,我的世界其实是丰富多彩、五彩缤纷的。我会瞅准每一个可以旷课逃学的机会,去探索未知的、充满诱惑的新天地。这些目标无一例外都是与“画”有关的。

工人文化宫、文化馆每年一次的美术展览,每月换新的文艺橱窗,偶尔举办的美术讲座都是我迫不及待日夜期盼的。它因为不常有而更显珍贵,往往看到贴出的预告都会让我心痒难熬。

每天开门并且都有东西可看的地方是城里唯一的裱画店。那个小铺面两边的木板墙上无时无刻不贴满了画。满头银丝戴着酒瓶底眼镜的老裱画师真是个好人,他会主动允许我在横挡门前明示闲人免进的长凳上坐着慢慢看。只要不妨碍他工作,即使跨过长凳稍稍往里走两步他也是不会赶我走的。

那时我还不能完全看懂画的好坏,但心里总觉得能送到这里装裱的画都是非常了不起的,这是一种可望而不可即的无上尊荣。说来可笑,当我几年后第一次将画送到这里来装裱的半个月里,那种“尊荣情结”竟折磨得我几乎每天都要特地从那门口来回走两趟。羞涩地忐忑着,但心底里甜蜜着。生怕裱画师嘲笑,反而不敢在门前逗留。佯装着若无其事昂首阔步地走过去,但眼角的余光却精明地一遍遍扫过那面神圣的墙。这病态的“裱画情结”竟一直延续了好多年。乃至小有名气之后有人登门求画,只要对方加上一句:这画我是一定要送去装裱的,不管真假我都会有些许感动。答应时也往往会痛快许多。

还有一些挂着“画室”招牌但也许还称不上是“画”的地方,那就是专门将已故人的照片用手工描摹放大的地方,俗称画像店。他们为了招徕顾客都会在店内店外挂满各式各样的肖像画,其中也会穿插一些小水彩、小油画、小风景之类的作品,也还是值得看看的。

尤其妙的是室主大多很悠闲,都很愿意有人来浏览甚至聊天,以免让人觉得他的生意清淡。故而我就又多了两个落脚之处,尤其是一家年轻人经营的“乃一画室”。我和乃一很快就成了无话不谈的朋友。他偶尔也会

莱茵河畔风景

请我画两笔水彩演示给他看，有时也会装进镜框挂在门口展示。因生意需要当然不能署上我的名字，作为酬谢，他也会请我小吃一顿。

一天，我突然发现他门口多了两幅极为精彩的水彩风景画。因为彼此心照故他也不会瞒我，坦诚相告说是请一位叫冯天培的先生画的，画得实在太好了，无论是构图色彩和意境，都透着那份高雅和沉静，越看越让我入迷。

于是立即在心里升起一个愿望：要是能向这位冯先生学画就好了。于是当天的谈话内容几乎都是围绕着冯先生；于是硬缠着他要了冯先生家的地址；于是就有了第一次的登门拜访；于是就跨进了奠定一生基础、全新的艺术之门。

凌云堂——浓缩了的大千世界

走进名叫“钥匙弯”的那条窄得对面而行都得侧身相让的小巷，曲里拐弯像迷宫一样名副其实。它像极了我此时的心情：激动忐忑、彳亍迟疑却又步履坚定，冒着被轰出门的尴尬却又希冀着奇迹出现——我现在正走近泰州市郁浦街七号冯天培先生的家。

我要鼓足勇气去拜访崇拜至极的冯先生。

在大门外我深深地吸了几口气压住强烈的心跳，跨进那扇老旧而残破的门。穿过那两重荒凉萧瑟的小院，正屋的廊沿上坐着一位清癯——呵不，何止是“清癯”，简直就是无法形容的瘦削，瘦得不能再瘦——的老人。由于我已经做了相当仔细的功课，从乃一那儿掌握了非常多关于冯先生的第一手资料。我想：这就是他了。刚要开口请教，却先听得一丝轻悠悠的气声从遥远的地方飘来：你找谁呀？我一下子愣住了。这声音竟如此空濛、旷邈、悠远，完全不像正常的人声。我涨红了脸深深地鞠了一躬，结结巴巴地说：冯老师，我想拜您为师！这时又一阵轻笑幽幽：呵呵，这么小小年纪就敢独自前来拜师，胆量不小呵！是谁叫你来的？我嗫嚅道：我自己……先生微笑着站起来。站在台阶下瘦小的我仰望着先生，感觉他竟如此高大、仙风道骨。

先生让我走进堂屋的桌前，我来不及坐下就马上将卷在手中的习作打开。先生一幅幅仔细看过去，有时还会再翻回来重复看看。我的心一直提到嗓子眼，紧张地屏住气，仿佛在等待着先生的审判。时间不知过去了多久，我只觉得好像有一辈子那么长。好不容易老师才翻过最后一页，抬起头、眯起眼、盯着我看了好一会儿：“嗯，还行！”

“还行？！”是我画得“还行”，还是拜师的事“还行”？从老师的眼神中我读到了慈祥和赞许，紧绷的神经一下子松弛了下来。

我不想用“久旱逢甘霖”或“黑暗见明灯”等陈词套话来形容当时的心境，它们都不足以甚至无法形容我的兴奋和激动。应该是完全超越了兴奋和激动，彻底失去了知觉和反应。只是傻傻地、晕晕地浮在半空，机械地结巴着，语无伦次地回答着先生的提问。

一会儿意识到老师不见了，只听得房间的里屋传来老鼠啮噬似的沙沙声。一会儿老师又出现了，手里拿着两册大开本的铅笔风景素描。又一句“气声”传来：借给你，带回去慢慢看，参考着练习吧。

让我带回去?！我有没有听错？这是多么贵重而有价值的东西！我任何时候，甚至在睡梦中都没敢想过，会有两本大画册可以堂而皇之地带回家慢慢看。可我才刚刚认识冯老师呵，而他甚至连我叫什么名字都没有问！

事后多少年我都在想，什么才是震撼心灵的最高享受？我总会毫不迟疑地说：是被信任的感觉。尤其是被一位陌生的成年人、一位前辈师长不含丝毫功利心的信任。——更何况我还正处在那人生最最彷徨的阶段？

我珍惜这两本画册，更珍惜这份信任，还有饱含其中的教诲和鼓励。为了这，我可以付出一切。

我小心地裁出和画册页数相同的白报纸，(为了节约，开本当然会比画册小很多。)划上统一尺寸的边框，一丝不苟认真临摹，力求画出的感觉和画册一样。我尽力挤出包括睡觉在内的所有时间投身其中，希望尽早完成交回冯老师手中。两个星期过去了，全身耗掉的肉、深深凹进的黑眼窝和那一厚叠方方正正的临摹画稿，也给冯老师带去了震动。他什么也没有说，只是微微摇着头“啧、啧”了两声。但略略睁大的眼睛里溢满了赞许和肯定。

先生也许是因为太瘦了，除掉皮就是骨，中间可以运动的肌肉层几乎没有，所以先生似乎不会笑或者亦可说成不太有笑的表情。除了“呵、呵”轻轻的气声而外，最能表达和传输感情的就只剩下眼神了。

记得在认识先生的几年中，唯一的一次真正开怀大笑是在我家。

那天也许是先生知道了他曾经是我外公的学生，我们也算是世交了，因此特别高兴，提出想到我家看看去。老师到我家去！这是想都不敢想的事！一路上我一直偎在老师身边飘飘然，竟突然莫名其妙地悟出了“趾高气扬”一词的生动内涵。

家里实在太拮据了，没有什么可招待的。娘说：就下碗鸡蛋面，(这在我们家已是超级奢侈品了)再拍点萝卜拌拌当小菜吧。可用刀一拍上去溅得满屋都是。冯先生兴致盎然地说：来，我教你个好办法。找个干净毛巾把所有萝卜一起包着，拿小板凳轻轻一拍就行。娘依法一试，果然。全家大笑，先生也开心地大笑了：张大了嘴、连续发出“呵、呵”的气声，仰在椅子上不停地耸着肩。

冯天培先生是从当年的上海新华艺专走出来的，那可是近现代诸多艺术大师的摇篮。解放前靠卖画治印为生，解放后成了一名中学美术老师。可能是当年太喜欢说话了，加上天性中的耿直和孤傲，自然免不了擦枪走火、招人嫉恨。被“评”上右派应是意料中事，先生则卓尔不群做出令人心惊的出格决定：一甩手，不“当”这个右派了。毅然决然抛掉别人可望而不可即的铁饭碗，封笔、辞职、飘然而去。

那个小镇中学的积极分子们正沉浸在揪出隐藏很深右派分子的狂喜之中，还没来得及考虑如何处置，是开除公职、清洗出教师队伍，还是就地免职改任校工？但万万没想到这个阶级敌人会“自动认输”退出历史舞台。不用革命群众费吹灰之力就自动消失了。于是两厢情愿水到渠成。

后来交往深了才慢慢知道老师拥有多少个“小城之最”。

“瘦之最”是一目了然的，无须赘述。

“傲之最”用“辞职不当右派”加上“穷之最”就可辅证。义无反顾地自动敲掉铁饭碗，就只剩下师母在街道小厂的十几元收入了。可家里有六只空碗等着装饭吃呢。

与“傲之最”同时并存的竟还有“谦之最”。传授绘画艺术离不开言传身教。除讲解技法和理论，“演示”也必不可少。我们当然也不例外，同样经过了“演示”“修改习作”“共同创作”（一人画主体一人补景）的过程。但一年多以后老师郑重宣布：我再不会在你的画上动手了。我大感错愕，求之再三得到的回答竟然是：我不想把你的画弄坏。

“凌云之志和处境落差之最。”明知身处底层且永无翻身之日，他仍倾尽毕生精力孜孜于研究创作《百蝶图谱》，搜集钩摹整理《中国历代印谱大全》，明知出版无望但仍然勤耕不辍。

“富之最”却是需要细细说一说的。

回想起来，我从冯先生那儿受教绝大部分来自“清谈”。我总有提不完的问题，先生也总有停不下的情致。每每看到先生面颊潮红额头沁出微微虚汗，我就知道先生有点挺不住了。于是就适时转移话题或借故离开，但先生总是把我按住。看到先生气急需喝口水略作喘息时，仍瞪眼摇手示意不让我离开。我深知先生对我倾心相授的情谊，也知道先生知识的闸门一旦打开，就会立即喷涌而出再也无法遏止。

先生家唯一的房间是用一张顶天立地、背朝外面朝里的大橱一分为二的。外面仅一桌两椅，里面则是没有窗户、终年没有光线透入的黑洞。由于不可见、不可知，也就愈加显得幽深和神秘。从外部观察分析，估计仅十平方米左右而已，而对当时的我来说，却是一个取之不尽、用之不竭、灿烂辉煌的藏宝洞。

两个压抑之极急欲迸发的话匣子一旦相遇，那天马行空无所不及势成必然。在我的记忆中，不管提到历朝历代哪个画派的哪位画家，先生都会站起来走进“黑洞”。伴着极为熟悉的老鼠啮噬般的沙沙声，马上就会取出与之相关的画册资料放到我面前，久而久之屡试不爽。因此在我心里一直坚信那“黑洞”绝对是一个丰富的宝藏。先生是何等富有！这里还有几十部“世间孤本”——先生亲手钩摹的数十本印谱和永远无法拨云见日的毕生心血《凌云堂集印》和《百蝶图谱》。

呵，满怀凌云之志的凌云堂主最终油尽灯枯，最终陨灭在苏北小城、曲里拐弯的窄狭小巷、钥匙弯的尽头——郁浦街七号。

那是1963年的春天，我正在为一张二等的高中文凭拼搏奋斗。突然接到意料之中但又意料之外的噩耗：先生仙去了。我号啕着匍匐于先生灵前。

我想起几年来我对先生唯一的一次孝敬：一斤白糖、二斤荸荠。尽管用去攒了半年多的全部积蓄和全家积了三个月的糖票，数量之微薄一直令我赧颜。但那天老师面对着这份三角六分加一角六分合计五角二分的“礼物”，还十分不安地直叨叨：哎，哎哎，这是干什么事。

而在今天这个特殊的时刻和场合，我还听到师母转述先生昨夜弥留之际最后特别关照的话：

借给玉琪的所有画册和印谱都不许取回，就留给他作个念想罢。他前面的路还长着呢。

也许先生临走还惦记着留给我一些照亮漫长艺术道路的明灯，也许我的奋斗目标中也包含着先生未尽的凌云之志？

绘画“机器”

随着年龄的增长,家里六个张着的嘴越来越不容易填满了。娘骨子里的传统观念决定了她无法“开源”,剩下唯一的解决办法就是“节流”,从自己嘴里一点点抠出来塞进这些“欲壑难填”的无底洞中。这杯水车薪完全于事无补。长期的劳碌和营养不良让娘的身体日渐衰弱,终因肝硬化、肝腹水而频频住院治疗。我这个刚满十四岁的少年仿佛一下子成年了,成了对这个家庭必须有所担当的男子汉。

于是,我开始动脑筋“走资本主义道路”了。

我注意到一家文具纸品店里有一种长年出售的商品,就是面向农村、吉祥喜庆的“国画”四条屏立轴。准确地说这并不能算真正的国画,而是用白报纸和彩色纸粗劣地装裱而成的“貌似中国画”的东西。它是成批生产的,却又是手工绘制的。我觉得我会比他们画得更好,于是厚着脸皮前去毛遂自荐。大概由于我完全还是个不起眼的小不点儿,人家根本就信不过。觉得万一画得不好,那连纸张、装裱的成本也会泡汤。在三番两次百折不挠的沟通之后,对方终于被感动,将信将疑地勉强同意先画十幅试试。

这是个难得的考验机会,我必须认真对付。于是在打稿、创作、绘制了一个星期后终于获得了认可,我也终于拿到了我这辈子纯粹靠“卖画”赚得的第一笔收入:人民币六角整。这时,我才知道每一幅包括墨汁颜料在内的工本费是六分钱。哦,六分钱!这还是我争取了又争取才得来的机会,我绝不能打退堂鼓,我要坚持下去,就当是免费提供给我练习的画纸好了。

可紧接着的难题是:第一,六分钱只勉强够颜料的成本,稍不注意就会亏损。第二,下面这一百幅必须四幅一组,分为二十五套。题材大概都是“花开富贵”“竹报三多”“红梅迎春”“秋菊傲霜”等吉祥内容。麻烦的是同一内容的二十五幅要求看上去一模一样才行。第三就是由于“加工费”太低,绘画的速度稍慢一点就等于在作无用之功。

人们都说“穷则思变”。这些问题最终也被我的“聪明才智”克服解决了。颜料是从化工染料店买来各种直接色染料,一角钱一包,可用开水冲成一大碗而且色彩足够鲜艳。

其它两个问题是一起解决的：我会先在一张与画面同样大的牛皮纸上画好墨线稿，然后借邻居的缝纫机用空针在有线的地方走一遍，这就形成了由无数针眼连成的镂空画稿。只要将它放在画纸上用棉花沾锅灰一擦，三、五秒钟就完成了打底的工作。然后就像开动人工印刷机一样，墨线包括题款二十五幅一气完成；花头二十五幅一气完成，然后将叶子、果实、石头等逐一"印刷"。整个过程不需换笔、换色，极为简便。只要涂完一种，站在旁边的妹妹马上就会抽开挂到墙面成排的钉子上待干。动作越来越熟练，配合也越来越默契。整部"机器"运转最顺畅的时候，最高纪录竟然可以达到每天完成一百幅。

噢，在那个普通工人月工资只有二十多元的年代，每天六元可算是极高工资了。我可以毫不迟疑地给娘送去不收粮票、有着糖油馅儿的高级糕点，也可以潇洒地买回芋头、红薯伴上高价的白砂糖犒赏弟妹们。这些现代人不会正眼相看的东西，在那个物质极为匮乏的岁月里都是可望而不可即的奢侈品，是岌岌可危的生命得以延续的希望。

世界上绝没有不变的"永恒"，只有永恒的"变化"。

后来有一句很"哲学"很深奥的话常在部分人的口中转述用以彰显身份。那就是："物质生活得到满足以后，精神生活的追求就变得越来越重要。"

确实是这样的。在那一分钱逼死英雄汉、生命的存在受到严重威胁的时候，金钱就是水面上的浮木，只要能拼尽最后一点力气抓住它，就可以免于沉溺，获得生的希望。所以在那一瞬间，它就是心目中的唯一。可等到漂浮至岸边，触摸到坚实的大地再无性命之忧的时候，对围观人群的眼光、议论马上就会上升到极重要的地步。对自己衣衫褴褛、狼狈之状会觉得羞愧万分，恨无地缝可入。

"高收入"带来物质享受的满足感很快就消逝不见了。这份腆着脸努力争取，好不容易得来的工作，很快由惊喜、珍惜逐步过渡到机械性的漠然、郁闷和烦躁。在成了"少年富豪"没过多久，我很快又陷入另一种迷茫，另一个难以逾越的心理障碍中。我一方面在自己、娘和弟妹们吃饱肚子的满足感里得到慰藉，在"男子汉"初承家庭重担获得的成功里陶醉，也为暂时避离死亡边缘而略感安全。但紧跟而来的感觉却是一种别扭和挣扎，一种精神和物质的交战。

先是取回空白画芯和送去成品的过程令我羞愧。这倒不单单是因为很重、很费体力，(我会花三角钱雇一个农民工替我挑着)更是因为内心深处的那份“鬼”。走在街上总觉得好像所有的人都会盯着自己看一样。因为一直追求高尚的“纯艺术”，所以心底里的那份自尊和自傲始终挣扎着要昂起头来。

莫名的堕落感越来越沉重地压向我。这绝对不是艺术、不是绘画，甚至只能算是掌握一点“手艺”的工匠，是一部货真价实的印刷机器。这对从小就悉心追求的艺术简直就是亵渎，对于艺术生命无疑是慢性自杀。因此，经过一番苦苦的挣扎，终于下定决心：在“画艺”已得到认可并被晋升为可以画每幅二角五分的大幅画时“金盆洗手”了。我并没有想到，在放弃了这份高薪的工作重新埋头于自己对纯艺术的追求之后，竟获得了前所未有的安详和宁静。

细细想来，我快速进步其隐蔽的根源竟然是“虚荣心”的驱使。这似乎是令人费解、有悖“常理”的。

在“万能上帝”创造的大千世界里，大概都源于他老人家个人的思维，各个领域中看似毫不相关的“风、马、牛”，内在的“原理”大多相通。哪怕低至植物界，其各方面的“天性”却和动物界甚至“人类天性”仍有许多相通之处。

地球上所有生物都本能地珍爱生命，各自会拼尽全力去争取尽可能多

墨西哥玛雅遗址

的生存空间，包括土壤、养料、水、空气和阳光。只要有一丁点可能，它都会努力地探出头去深吸氧气、拥抱阳光。即使刚出芽就被大石残忍地压住，它也会拼命从夹缝中曲里拐弯地钻出那片阴暗、那种挤压。一旦冲出环境的制约和桎梏，它必定会努力伸展出哪怕是残缺的身姿迎风摇曳，展现自己旺盛的生命力，展示它的美丽、它的特质，极少有甘心被压永不抬头的。在挣扎求生的过程中，它会付出比同类多得多的艰辛努力。和运动员一样，超常的锻炼最终获得的是更加顽强而旺盛的生命力。钢板或弹簧的反弹力完全取决于压力的大小，压力越大反弹力就越强。

这就是“逆反力量”往往强于正常成长力量的“基本原理”。

前几年一次微醺之后，和几个年轻同道高谈阔论。我一时兴起发表了一则谬论：虚心并不一定都会使人进步，骄傲也不一定就会使人落后。这里有个不容忽略的“层面”和“度”的问题。只要稍稍一“过”，即会走向反面。“虚心”过了头则难免会“心虚”，竞争力和奋发前行之心必然会打折扣；骄傲则一定要分清“傲气”和“傲骨”，两者是截然不同的，绝不可混为一谈。傲气是外露的、盲目的、不知天高地厚、一味狂妄自大、目空一切、刚愎自用；傲骨则是内在的素质。

我很早就冷静地分析过自己和别人的异同，并确认自身的优势。不流于外却在内心深处坚持自己的崇高信念和既定目标，即使遇到千难万险也定然矢志不渝、百折不回。因为对自己充满了自信，坚信通过自身努力必定会到达光辉的顶峰。这是支撑自己毫不动摇、自强不息的动力。

有了这，何愁不能取得更大的进步？

幼稚的冲动、愚蠢的决定

一个人竭尽全力向着既定的目标攀登，虽历尽千辛万苦仍百折不回，似乎是应该值得肯定和赞扬的。但在某个特定的年代，它却又显得那么不合时宜，甚至会像堂·吉诃德那样，越执着就越觉得那么滑稽和可笑。尤其是在撞得头破血流遍体鳞伤之后不久，又好了伤疤忘了痛，奋身跳入另一个未知的深渊。“无望地”希冀能有奇迹出现，却明知可能又是一次自取其辱。这种神经质般的挣扎只能说明已病入膏肓、无可救药。

真是物以类聚、人以群分。

那位只懂绘画艺术而对世事一无所知，连相貌体态都像极了堂·吉诃德的冯老师，似乎已感觉到对我这个气味相投的忘年小友已无法再有更大的指导和帮助了，故竭力怂恿我去投考美术学院。幼稚得可爱的冯先生呵，大概早已忘记当年被“评”上右派愤而“挂冠离去”的经历，总觉得恩师的外孙、世代书香门第正统出身的杨玉琪“理所当然”地应该去接受正统教育。有了这个先入为主的“理所当然”，故掩耳盗铃般地觉得人世间的一切外部因素似乎都不存在了。于是，这一老一少两个纯洁无知的“懵懂少年”开始无日无夜地编织起这个想像中色彩斑斓的美梦。

娘真的为难了。过往的经历告诉她，这就是一个永远不可能实现的童话。但她的教师素养又提醒她不要残忍地戳破这个五彩缤纷的肥皂泡，这里面包裹着儿子对未来人生的向往。她只得更加节衣缩食以筹集差旅所需，（其实，这个家庭早已无衣可节、无食可缩了，只是尽力“熬榨”骨头里残存的油脂而已。）她最终的辉煌成果是在还有两天就要截止报名的前夜，拿出十元钱。这是她近半个月的工资，也是全家十天的伙食费。

五元钱的报名费是必不可少的，拼着熬二十六个小时不睡觉选乘最最廉价的内河小火轮，只需两元七角，还有两元三角剩余呢。行了，大功告成！至于上海的市内交通、住宿、吃饭以及回程的船票等根本就不在考虑之列。我整个人完全痴呆了、疯癫了，智商一下子变成为零。

到上海后，外婆、舅舅的大力支持超出了我事先的想像。这让我立马解除了后顾之忧。

尤其令我感动至今的是我那位不识字、一生从未生育的老姑母。姑母从小就被人贩子拐卖外地，和家中完全断了音讯，直到中年以后才辗转找到自己的亲人。大概因为失去过所以就更为珍惜，她几乎偏执地把"娘家"这个靠山以及与靠山相关的一切都看得极为重要。见到一直引以为傲的"娘家侄儿"，更是兴奋莫名。

她多年来一直向街坊邻居炫耀她"娘家侄儿"十岁前幼儿时的聪明才智："他哪怕捏起半个嘴来，你们也别想说得过他！"遗憾的是我从未来过上海，因此也从未有机会当面证实这些溢美之词的真实性和可信度。

现在竟突然站到她面前，尤其是来上海考大学的，这是何等体面的事！侄儿的嘴并没有需要真的捏起半个来验证一下，姑妈的嘴倒是先笑歪了。催着姑父给我弄好吃的、催着姑父给我零花钱、催着姑父除下手表借给我进场考试……很晚了才送我回学校。走到巷口的黑暗处，又悄悄塞给我一小"根"卷得紧紧的钱："拿着，这是我帮邻居洗衣买菜倒马桶攒下的私房钱，你姑父不知道的。你先拿去用着，我还有呢！"这样攒下的钱自然不会很多，但这浸着汗气的小小纸卷却让我感觉到亲情的"沉重"。

早春二月

“成名”就在一瞬间

上海戏剧学院坐落在高雅而幽静的华山路上，几幢德国人留下的小洋楼掩映在浓密的梧桐丛中，好一派异国风情。

大门口的横幅欢迎标语下，一大群穿着白衬衫蓝短裙的高年级学姐们组成的考生服务团优雅而热情。很久以后才在闲聊中得知，这里面就有一位后来成为著名作家、担任北京作家协会副主席的陈祖芬。她在二十五年后专程从北京来泰州采访我，在长谈整整十五天后写成长篇传记作品《永恒的诱惑——一位叫杨玉琪的画家》。她当时大概做梦也不会想到，当年接待的那个瘦弱矮小、土里土气的苏北少年在被她的母校冷酷地拒之门外后，竟然磕磕绊绊地走向了世界的大舞台。

报名的大厅里熙熙攘攘、人头攒动。因为是最后一天的下午了，从全国各地赶来的考生们紧张、急切而又激动。因为舞台美术系只招收二十个人，故必须从三四千个报名者中先筛掉一大部分，故老师们在审查上交作品的时候慎之又慎、严而又严。考生们的忐忑不安都写在脸上，所以满眼望去，神情沮丧但又不舍离去者占了相当大的比例。

终于轮到我了。

老师仅掠了我一眼就低下头看表格了。大概我这个不起眼的苏北人没有激起老师多看我一眼的兴趣。只是在看到我作品的时候才似乎被触动了一下，含糊地自语：嗯，作品不错！但紧接着又皱起眉头：速写呢？我连忙说：老师，这几幅水彩画都是速写，几分钟内完成的！老师无表情地摇摇头：我们要看到的是铅笔速写，看你快速准确把握造型的能力。对不起，下一位！

我急了，连忙大声说：老师，我有！说着拉过背后的画夹嚓嚓嚓地画了起来。也许是急出来的灵感，也许是鬼使神差，一幅极为生动的考生群像就在十几、二十秒的时间里跃然纸上。

三位老师接过去之后，眼光就再也没有从我脸上离开过。可能他们真的没有遇到过这种“顶风犯上”的急智和气势；或者看到了完全不同于一般同学的唯唯诺诺，敢于在老师和众多考生面前表现的勇气；再或者是被这幅超常发挥、妙手偶得的作品打动；抑或是刚刚表现出的磅礴气势与我矮小土气外形之间的落差让他们倍感惊讶？三位老师在交换了一下眼神之后一齐微笑了：好，通过！祝贺你，小伙子！

在我涨红着脸接过准考证的时候，瞄到了一个细节、也算是一个奇迹：一位老师把我的准考证号码记在他面前的小本子上。我深深地舒了一口气，强压下心中的狂喜。我知道我被老师关注了，我离成功又近了一步。

刚从一个人丛中挤出来，又立刻被更多的人包围住了。有人拉着我的手问长问短，有人争着想看画夹里的作品，有人想留通讯地址以便长久交往……总之，是被炽烈的热情包围着，被纯真无邪的友谊包围着，被真诚的赞叹声包围着。心底里甚至还泛起一丝被崇拜的感觉。

这可是我一生中还从未有过的境遇和感觉！这种毫无功利的纯真友情让我感到温暖、感到激情的涌动。这是多么美好而陌生的感觉！这里绝不会有人问及我的家庭出身、家境的窘迫……在这里人人都是平等的、友善的。我顿时忘却了所有经历过的苦难，一下子觉得世界多美好。

在众多考生的簇拥下，几乎像是被抬着一样来到学校旁边临时辟为考生暂住宿舍的小院。这是一幢极为精致高雅的德式小洋楼，是当年德国领事馆的旧址。因为我是属于最后报名成功的考生，房间里的铺位已经额满，最后只得用屏风将旋转楼梯中间的空地围起来让我们几个考生住。

可有些滑稽的是，从正门进来看这个“中央大厅”是被围起来了，似乎还蛮体面，但是对于上二楼、三楼的人来说这却是一个毫无隐私的公开展览。当我们躺在铺（所有考生都没有床，全部都是地铺）上休息的时候，穹顶的装饰和天窗让我们赞叹不已，但也使我们成了整幢楼里包括表演系、戏剧文学系考生在内的所有人的目光焦点。而在这六个同宿舍的人中，我又是唯一的一个有话题的人，于是就顺理成章地成为人人都认识的“公众人物”。

从这天起，“中央大厅”就成了敞门入场的“艺术沙龙”。所有进进出出的人都喜欢进来坐一坐，看看画、聊聊天。

那个年代的人大多是单纯的，而这些考生又全都是刚从温室内伸出头来，尚未受到复杂社会污染的稚气青少年。他们热情似火又纯净透明，所以一下子就完全融成一体不分彼此。因为还有两天才正式考试，故大家都像出笼的小鸟、脱缰的野马一样“天高任鸟飞”。

第二天,有着共同愿望的十来个人一起去西郊动物园看大熊猫。这可是多少年的愿望了,兴奋和激动自不必说。对我而言可不光是看一看那么简单,我要把它画下来,作为永久纪念。

这件事说起来简单,可做起来并不那么容易。

首先是大熊猫比较懒怠怕动,躺着时就那么一团毛茸茸,一点都不生动。好不容易等它爬起身来,又会从这头走到那头,得跟在后面追着才能看仔细。而我又是画水彩的,画夹、画笔、调色盒是必不可少的工具,两只手本就拿不过来,更何况还有必不可少的水杯呢。

这时几个小伙伴马上揣起自己的速写本,一个人夺过画夹背到背上,抢在前面奔跑着充当随时可移动的画架;一个人托着打开的调色盒,一个人端着水杯紧跟在那个“画架”左右,形成一个配合默契、功能完备的整体。一边跑还一边欢快地大叫着:“保证重点!”

重点?谁是重点?是我么?为什么?……再加上周围很多游客都在友善地笑着、注视着我们这群近乎疯狂的年轻人,我又一次晕乎乎了。

艺术真的很奇妙,只要轻轻地触碰到那个敏感的点,“灵感”就似乎又一次被激发了出来,竟能超常发挥到自己都无法想像的程度。周遭的喧闹瞬间远去,我一下子坠入了空濛的境界。

饱含水分和色彩的笔触碰到浸润湿透的水彩画纸,那种奇妙的滃染和渗化形成的毛茸茸的感觉像极了那些憨态可掬的可爱家伙们。它们可不管我们的“艰难和辛劳”,依旧自顾自地悠闲散步、翻滚嬉闹,抓住了每个游客的心。“逼”得我们绝不肯放松一分一秒,绝不肯漏掉任何一个转瞬即逝的神态,恨不能把它们所有的表演动作全都记录下来。

画纸没干透?没关系,我们这支队伍的后备力量还多着呢。于是,马上就有人上来抢着取去已完成的作品,以便腾出画夹来进行第二幅的创作。我完完全全被熊猫们的“萌态”所吸引,甚至也为自己笔下出乎意料的神奇效果所刺激,同时又为这么多新朋友无私热情的帮助所感动,心中涌出的都是创作的灵感与冲动。在那个年代照相机还是极为稀罕的物件儿,从围观游客的脸上和眼中我看到了他们毫不掩饰的惊奇和羡慕。

晚上,“中央大厅”里以熊猫为主题的“水彩画展”顺理成章地公开亮相了。大概由于所有人都对大熊猫有着特殊的喜爱,画展的位置又地处“一夫当关”的要冲,是全楼所有人的必经之地,当然也有可能是考试前夕“真空式的无聊”,再加上整个晚上大家也几乎无处可去,故这个绝对不是“画展”的画展居然盛况空前。

友善的问候、惊喜的笑靥、赞叹的话语、崇拜的眼神组成的意外冲击来得太突然、太强烈了,对于一个刚从小城走出来的十六岁少年,我猝不及防,完全没有抵御的能力。几乎丧失了正常的意识和正常的交际反应,只剩下“呵呵呵”地一味傻笑。

这其中还有不少人拿出小记事本请我留下通讯地址以便长期交往,也有人送给我照片,反面还热情地写上寄望的言词。印象最深的是一位当时已二十出头、帅气而又干练的杭州小伙子,现在还依稀记得他叫张镜明,他居然在照片反面郑重地写着“赠熊猫画家”几个字。

“画家”? 这个像珠穆朗玛一样圣洁而高不可攀的桂冠,我做梦也不敢狂妄地把它和自己的名字连在一起。这对我来说仿佛真的是一个隔世的梦,是一个今生奋力拼搏追求,而到不知何时的来世才能到达的顶峰。恍惚中我好像看到一个光芒四射的模糊物体正在向我靠近并越来越清晰、越来越清晰,似乎伸手可及。我知道,这就是潜意识里逐渐具象化了的理想。

更让我感到惊诧万分的是,从第二天起“熊猫画家”竟成了我的代名词。无论什么时候,在什么地方碰到考生同学们,伴着热情、伴着友谊、伴着笑脸而来的竟然都是统一的称呼:“熊猫画家”。

哦,天哪! 到底是怎么回事,让大家突然统一忘记了我本来那个平凡的名字?

终于进考场了,紧张兴奋得有点儿窒息。

我突然莫名其妙、不识时宜地想起了科举。我们这种考试应算哪一级?“乡试”肯定太低了,那是地方州府一级的;“殿试”也绝对够不上,那是要皇上亲临的;那就大约可以归入“会试”了,因为这是全国性的招考。

监考老师解释考题的声音把我拉回了现实。今天可供选择的题目有两个:设计一本书的封面或是设计一张邮票,题材内容不拘,限用三套色。

我小聪明地意识到有两个小问题可以引起老师的注意,于是举手请教:请问老师,白色算不算一套色?(因为在印刷时留出空白和另外加印一套白色，效果和成本是截然不同的。）另外，设计图完成后要不要再画一幅与成品尺寸同大的“视觉效果”图？监考老师们大概事先也没有考虑到这些问题，在示意我稍待后便走出教室和另几个教室的老师商量。虽然很快就有了统一的意见，但我却因为“设计经验丰富”而给老师留下了印象。

更重要的是我猜测出老师们在商量的时候一定会问及提问人，他在解答完毕以后特意走到我桌前，拿起统一放在课桌右上角的准考证看了看号码，随后友善地微笑着向我点了点头。我敏锐地感觉到他眼神里蕴藏的内涵。

紧接着我又提出了一个超出常理的要求：我的一瓶金粉颜料忘记在宿舍了，可不可以回去拿一拿？老师想了一下说，考场规定，迟到不超过十五分钟可以允许进场，特批我可以十五分钟之内赶回来。我兴奋极了，这是特殊的关顾，这是法外的恩泽。

以华表形象和广场狂欢气氛为主体图案、以红黑金白为主色调、充满喜庆感觉、“一百分”面值邮票的设计构思很快确定了，我投入了紧张而认真的绘制中。我要把失去的十分钟夺回来，我还要留出时间来画等同邮票原尺寸的效果图。尽管老师让考生自行选择画与不画，但这绝对是一次显示技巧的难得机会，就像数学考试的加试题一样。就在考试进行了一大半的时候，监考老师又一次走到我桌前轻轻地敲了敲桌面：不要着急，慢慢画。你可以不受时间限制。

教室里很多敏感的考生都抬起头，羡慕地望向我这个幸运儿。我抑制着狂跳的心，涨红了脸抬起头，向老师投去感激的微笑。

我深深地知道、教室里所有的考生同学也都知道，这是一个受到上天宠爱的幸运儿，这次被录取已毫无悬念，可以清晰地看到人生的坦途已在眼前展开。

晴天霹雳式的打击

被木制旋转楼梯上急促杂沓的脚步声和嘈杂的人声吵醒了，我猛然想起今天是初榜公布的日子。于是立刻穿衣起床，准备洗漱。

“熊猫画家，看榜去！”

“快走呵，熊猫画家！”

热情友善的招呼声令我应答不暇。我听得出来这大多是较有把握和底气、自信满满的同学。面对这些兴奋、年轻的脸，我突然觉得我应该沉住气，尽可能地表现出庄重和沉稳，所以故意不慌不忙慢条斯理地收拾着铺盖。眼角的余光中我甚至看到有人在相互交换不解的眼神：熊猫画家今天怎么了？

前几天的所有经历都给我留下明晰的信息：我被录取是绝无悬念的。就是因为有了这绝对的把握，我才要更加“喜怒不形于色”，不能表现出轻浮甚至张狂。对于这稍显过头的想法，我也曾闪过一刹那的反思：是不是因为长期受压制而习惯了夹起尾巴做人？这一闪念即刻就被否定了。我现在完全是处于无拘无束的状态，完全没有必要自我抑制。

我现在满脑子想的是，这次真的是千军万马过独木桥，肯定有很多人会因为落马而痛苦失望。在这样的时刻，成功者哪怕一点点沾沾自喜的表现对他们都会是刺激和打击。我自懂事以来就是在各种各样的刺激和打击下挣扎过来的，我深知这有多么痛苦，同时又是多么难以言表。今天我终于成功了，所以一定要淡然处之尽量收敛。

终于走到校本部的公告栏前，大大的初榜公告前人头攒动，一片嗡嗡的议论声，似乎在激烈地讨论着什么。在刚进校门的时候我就想到，三四十个人名用不了两分钟就会看完，围着的人群里绝大部分应该是本来充满自信却意外遭遇失落的同学。在走近人群的时候，意外地看到有同学相互撞了撞胳膊，竟自动让出一条通道并投来闪避而同情的目光。不知道是不是出于第六感，我的心猛地咯噔了一下，依稀觉得刚刚的议论似乎与我有那么一点关联。

初榜上的名字清晰而明白，学校的公章虽小但鲜红、醒目。但怎么找不到我的名字？我揉了揉眼睛，想再认真搜寻一遍，但整个初榜一下子模糊了，变成一片混沌。头脑里也同样一片空白，耳边的嗡嗡声也消失了。只觉得脚下的水泥地有点软，好像无法承受身体的重量。我努力定了定心神，残存的一点理智告诉自己，要挺住、要坚强。

但是不行，我好像从里到外全都软了，再也无法站立。在模糊的意识里似乎被无数双手簇拥着，无数人在呼叫着我的名字。但我太累了、太累了，就想沉沉睡去再也不要醒来。于是，真的就什么都不存在了，就连身体的重量也已失去，只觉得像一片羽毛在空灵和宁静中飘浮。

还是那些急切的呼唤声把我从虚无中拉了回来。我努力撑开眼睛，眼前的模糊景象慢慢清晰起来。我觉得仿佛置身于一个深井中，有无数的人一圈圈围着我，从身边直到高高的天际。刹那间，我竟觉得这大概就是飞向另一个世界的通道，周围的人群都是上帝派来接引的天使。

我终究没有真的飞起来，竟莫名其妙地回到了那个围着屏风的"中央大厅"。考生同学们的关切之情都写在脸上，溶在呼唤声里。他们竟还都沉浸在"熊猫画家"没被录取的愤愤不平之中无法释怀。用他们几乎一致的看法说，只要有一个录取名额，那就只应该属于我。现在这样的结果极不公平，肯定有"猫腻"。

在同学们七嘴八舌的安慰和表述中，我竟听到了一个惊得我几乎发怵的信息：在我被几个同学"架离"之后，布告栏前的考生越聚越多，议论之余情绪也越来越激动。

因为艺术院校不同于普通高校，考试时是可以随便看看别人作品的。所以各自水平的高低大家都了然于胸。可能在欣赏角度和个人喜好方面会有细微差别，但对熊猫画家"肯定"的观点则是基本一致的。

眼前的结果实在太出人意料了。心灵净如白纸、单纯而善良的考生们真的愤怒了。不知是谁喊了一声找学校领导去，要求给出一个合理的解释！年轻人的血是热得发烫的，极易引起冲动。于是一呼百应、浩浩荡荡地涌向学校教务处。也不知道是什么原因，教务处无人接待。这冷遇反而更加激起同学们的愤慨，于是，这支自发形成的队伍更加不受控制，终于冲出校门，涌向上海市政府人民接待室。

这在当年可算是耸人听闻的特大事件。根据我的人生经历和惨痛的经验教训,倘若我在现场一定会被这大逆不道的行为吓瘫,甚至会联想到被抓捕、坐牢。我会拼着性命求他们,阻止他们不要冲动。但这群根正苗红的革命后代们头脑中根本没有这根弦,他们是大无畏的。

到底还是上级领导应对群众的经验比较丰富、善于疏导,马上笑脸相迎热情接待。立马电召学校领导前来当面解答问题。

紧急磋商之后,学校派出了舞台美术系系主任前来应对学生们的质疑。最终的解释大致可总经结为三条:

一是有不少考生绘画水准确实很高,甚至有少数人已达到老师的水平,在社会上已有了一定的知名度。但他们基本上已形成自己相对固定的风格和较难克服的、根深蒂固的个人绘画习惯,再从头接受训练已无必要且较为困难。

二是很多考生不是应届毕业生。而学校录取"非应届毕业生"的额度只有3%。今年的舞美系共招收20名学生,所以按此比例"往届生"只有不到1个名额。

三是除了专业水准的考核而外,家庭出身也是录取的重要条件之一。

呵,解释得何等清楚明白,又是何等的冷若冰霜;何等的义正词严,又何等的斩钉截铁。

看着穹顶外黑沉沉的夜空,我知道我已昏睡了十几个小时。奇怪的是我并没有狂躁和痛不欲生。我一直冥顽不灵地坚信"努力"可以改变命运,细想起来是何等幼稚和可笑。我似乎猛然悟透了人生和社会的真谛,命中该有的终究会有,命中没有的切莫强求。智慧的泰州人早就对类似的社会现象总结出一段深含哲理的顺口溜,文曰:"夹皮包的终究会夹皮包,扎围腰的终究要扎围腰。夹皮包的不会去扎围腰,扎围腰的也绝不可能去夹皮包。"

现在终于明白了,彻底地明白了。

我感觉到自己突然之间的升华:一切烦恼皆自找。我要彻底认清楚自己,认清楚自己脸上所烙的印记标签,认清楚自己在这个社会坐标中的准确定位。

苦海无边,回头是岸。

不怕全不懂,就怕"懂不全"。

躺在"中央大厅"的地铺上,我似乎是"平静"地接受了这个冷酷的现实。可一个风华正茂的年轻人突然心存“四大皆空”之念,实在有点不伦不类,甚至还有点滑稽、有点可笑。

心里想着早点离开这个伤心之地,可昏昏沉沉全身瘫软完全无法爬起身来。枕边堆满各种食物,其中不乏平时根本不敢奢望的美味糕点,这些都是同学们专门弄来“引诱”我的。他们都知道我已经整整两天粒米未进了,再拖下去真可能会发生危险。

理智中的求生欲望在不断提醒自己,怎么着也要多少吃一点东西以维持身体最低的需求。糕点们的色泽和香气也在努力勾引我和它们一亲芳泽。在同学们的劝说和帮助下,我也曾勉力尝试,可怎么也咽不下去。用水冲灌着强吞一小点也会很快呕吐出来。我内心深深地知道,我并不是(至少从现在起不是)因厌世而绝食,这完全是出自肌体上抗拒的本能。直到第三天中午才能喝了点稀饭和豆浆。有了这点“稀释的燃料”,这部散了架的机器才又勉强拼凑并运转起来。

我撑起身子在“中央大厅”和走廊过道慢慢地浏览了一圈,最后扶着楼梯仰望高高的穹顶。它豪华典雅的雕刻装饰显得那么庄重、那么辉煌。我知道我将和它永别了,像极了一闪而过的、华美而曼妙的梦境。也算是曾经来过,曾经在这里获得过友谊、获得过肯定和荣誉,总算是留下一点美好的记忆吧。

别了,华美的德式小楼;别了,密如穹隆的林荫大道;别了,友善纯真无私的同学们;别了,儿时五彩缤纷的美梦;别了,一个懵懂少年的短暂青春。

我将我的画夹和画夹里应报名之需精心准备的代表作,甚至还有那些带给我极大荣耀和声誉的熊猫宝贝们,我曾视若珍宝的画笔、颜料、调色盒和各种绘画工具、人造革旅行袋和里面的旧衣杂物,全部留在了“中央大厅”的角落,也同时将它们锁进记忆的角落里。

我终于走了。空着心、空着脑、空着手。

在我们家乡一直流传着这样的话:“天作孽,犹可为;自作孽,不可活。”老年人在教导孩子们的时候往往都会说:“不作死就不会死。”看来这些都是民间智慧的结晶,是社会实践的真理。

我猜想当初造物主在创造人类的时候,就按照自己的喜好和想像赋予了人类很多功能,以便人类能在极为复杂残酷的自然环境和社会环境里得以生存。

比如说:遗忘;比如说:自我疗伤。

人生失意之事常八九,得意之事无二三,定是苦多甜少。倘若总是记着痛苦不放,人就会整个陷入无边的痛苦之中,永远无法自拔。

幸亏上帝给我们安装了“遗忘程序”,因此人就可以启动选择性记忆或选择性遗忘,让自己尽可能长久地记住幸福时光而尽快忘掉不堪回首的苦难。与之配合的就是“自我疗伤”。人生漫漫长路难免有小病小痛、磕磕绊绊、伤风感冒、头疼脑热,去看医生五六天准能治愈,而不去看医生呢,一个星期也能康复。就算跌打肿痛、破皮流血,一会儿也能自己止住,三五天后淤青定会褪尽,血痂掉落后一切又光洁如初,就像从来没有发生过一样。

感谢上帝为我们精心设计的程序。

上帝的初衷一定是为了带给我们对未来美好的希望,以利更加轻松地前行。

可上帝给我安装的“自我疗伤程序”调试得过头一点了。在屡屡撞墙、摔跤、头破血流、身心重创之后,很短时间就会将那些血淋淋的创伤和苦难从记忆中删除。这本来看似好事,但可恶的病态健忘却又导致“好了伤疤忘了痛”,常常被同一块石头绊倒多次。随之而来更高频率的撞墙、摔跤和更重力度的受伤和流血让我身心俱疲。我知道我已病入膏肓,巨石的重压和荆棘的刺痛总是败在这“病态的健忘”面前。

我无法抱憾上帝给我调配的程序,也不想埋怨父母遗传给我的总是不切实际向往美好的性格。我不得不“认命”了。

自上海回来以后,我是真的“金盆洗手”,绝不动笔也无法再动笔了。整天浑浑噩噩、无所事事却又丝毫感受不到逍遥的轻松和乐趣,反而时时有着被困笼中无法伸展的压抑。在这个阶段我真正懂得了“闲得难受”“寂寞无聊”那种空虚的真谛。对什么都没有兴趣,书籍报刊看两页就昏昏欲睡,但躺到床上却又像烙饼一样翻来覆去地睡不着;浑身像散了架一样筋骨酸痛,但休息后则更加疲劳如芒刺在背,只得马上爬起身来困兽般地走来走去、永无休止。这是平生最轻松、最没有追求、最没有压力的一段时光,但对我来说却又是最辛苦、最痛苦的时光。

我好像被整个世界遗忘了,也被自己遗忘了。

实在无聊到极点的时候，我偶尔也会上街走走。那绝对是纯粹无目标的"走走"而已，完全信马由缰、不经大脑、毫无意识地彳亍前行。可经过一段时间之后，有一天我突然惊奇地发现，我的驻足之处竟还是那些画像店和裱画店。画像店主人依然热情友好，得知我的遭遇后也是由衷地唏嘘。他给我的建议是从自我封闭的状态里"走出来"，找一份工作把自己融到人群中去，才能真正彻底摆脱空虚和无聊。

他的劝说打动了我。

正好当地一家毛巾被单厂刚刚恢复生产，正在物色一位美术、商标设计人员。这份工作对我而言是十分轻松的，而且隐隐约约又感觉和绘画还有着那么一点点关联。这又拨动了我心底里埋藏很深很久的那根弦，于是自我解嘲地安慰自己：也算是靠"绘画"吃饭了，尽管只是这个门类中的"二等"。

任何新环境对于新人来说总会有一段时间的新鲜感。这也有点像温水煮青蛙那样，对初初的温热还确实感到蛮舒服，并没有发现有什么危险或隐患存在。领导和管理干部们大多陷身于这个停业了多年、现在尚未恢复正常秩序的忙乱之中。于是我这个驾轻就熟"一人顶一岗"的人，只要能应付生产的需要，基本就处于无人管理的状态。而工作量呢，一个月里面只要认真干个两三天就行。

俗话说：无事生非。

对我这个一直习惯了夹紧尾巴做人的人，真正的"非"是生不出来的。但万般无聊之际总是蠢蠢欲动想做点什么。因此，就以设计图样为挡箭牌，堂而皇之的做一些绘画练习。

我那时才真正体会到，一个人只要沾染上什么"瘾"，就会终身难以戒除。哪怕在强制的环境下不得不隐忍一段时间，但只要稍有松动，立马就会死灰复燃，甚至变本加厉，仿佛还要把失去的那部分重新夺回来。比如赌博、比如喝酒抽烟、比如吸毒，再比如：绘画。

我是有自知之明的，深知已是病入膏肓无可救药，根本无法挣脱那"瘾"的枷锁，即使努力控制那又能怎么样呢？也只得放任自流、听之任之了。更何况单位还无偿提供充足的笔墨工具、颜料纸张以及领着工资的闲散时间呢。这病态的"瘾"既然已"勾"起来了，立马就一发而不可收。

整个白天查找整理资料、练笔打稿，晚上回家则一心投入到创作中。可还有一段人们常会忽略的时间呢，那就是凌晨。我习惯三点钟起床，这是我临摹碑帖、练习书法的时段。对此我还有个小小的秘诀，就是在数九严冬的时候，先砸开院子里水缸中的结冰，用冰水擦洗手脸。一阵冻僵的麻木过后，手上的血脉流通就会越来越顺畅、越写越暖和，学习效果出奇地好。真有点像传说中的武侠们“冬练三九、夏练三伏”一样。

这样做实在是乐在其中，但对于我这个痴迷的“脑残”来说却又隐藏着一个危险，那就是偶尔抬起头来的时候，突然会发现时钟已超过了七点，再怎么向单位飞过去也注定要迟到了。于是我又聪明地改为三点钟从家里出发去单位，在办公室写字同样无人打扰，从而彻底免除了迟到之虞。只是引得传达室的老徐头又纳闷又惊讶：老杨爹（我的朋友们对我的戏称），你的工作怎就这么忙呢？我只是笑笑，并不作答。于是，没过多久我的反常举动就传遍了全单位，从此赢得了工作勤奋的美誉。

人的思维惯性常因缺少“摩擦力”而不易“刹车”。人生道路上这极为短暂的“平安”和“坦途”很快就磨平了心底的伤疤。凭着直觉似乎感到周遭环境的和谐与友善，于是相信和煦的阳光会一直这样照耀下去，并希冀着新奇迹的到来。

坚冰溶化了。裹着硬壳的、希望的种子又开始萌芽了。

三年前上海华山路上发生的一幕幕动人心魄的故事又重新在脑海里浮现。只是令人万分奇怪的是，这次却是从自我保护的“选择性遗忘”变成了“选择性记忆”。想到的全都是艳羡的眼光和由衷的赞美，全都是荣耀和希望以及那几乎伸手可及的成功。自我暗示自己硬把上次的失败理解成“意外”，而把即将努力获取成功的可能看成“必然”。

幼稚而可笑的“良好愿望”其实是又一次愚蠢而可悲的掩耳盗铃。

历史常会惊人的相似。这次准备的过程和遭遇与三年前几乎毫厘不爽，甚至今天信笔至此，连自己都失去了“重写一遍”的兴趣。

从自身来说，绘画的技能更高了，经验也更加丰富了，所以报名作品无论是数量还是质量都是竭尽全力准备到最多最好。更重要的是内心的想法比以前更加“收敛”更加“务实”了。也算是久病成医吧，我已具备了盲目时的清醒、自负中的自卑，懂得了在设定目标的时候保持冷静，把握“不得已而求其次”的分寸。我识相地放弃了对全国一流二流美术院校的奢望，选择了一家地区性、不以美术为主体的学校：苏州丝绸工学院印染设计专业。

也正因为这样，我只需到邻近的扬州市参加分地区集中报名和考试。

在扬州师范学院，几十家院校一齐招生接受报名的大礼堂里，四周用长台子围起来，每张台子上竖立着学校的名牌，后面各坐着三位招生老师，圈中熙熙攘攘人声鼎沸。当时我留神观察了一下，知名度较高的院校报名台前人头攒动拥挤不堪，而影响较小的学校台面前则冷冷清清，反差之大令人嗟叹。见到这样的情景我反倒偷偷窃笑，为我事先制定的正确报名方略而暗自庆幸。

果然，丝绸工学院台前一个考生也没有，三位老师正百无聊赖地看向热闹的人群。尤其是中间那位看似“为主”的老师，更是用拳头支着两腮游离于整个大厅的氛围之外。看到我慢慢走近，他们也觉得定和前面的报名考生“过台前而不停步”一样与他们无关。直到我脚步停了下来，他们才突然被“惊醒”，眼睛里甚至闪过一丝兴奋的光芒。

不知道前面有没有人报过名，但明显地感觉到我是受他们欢迎的“稀客”。因此，除了例行公事的填表问询之外，还毫无拘束地闲聊起来，气氛很是热烈融洽。

程序紧接着就到了看作品的阶段，我拿下画夹放到台子上。我注意到三位老师在看到第一幅的时候，竟同时不由自主轻轻地“哦”了一声，充满了明显的惊讶和赞叹。接着每看一幅都会停顿一下，相互交换一下眼神：这幅留下？本来按规定只要五幅左右就可以了，但他们一直看到近二十幅还没有停下来。最后竟征求我的意见：“干脆全都留下吧，可以吗？”我于是又有了与三年前一样的“晕乎乎”。还用得着说那个“吗”字嘛，当然可以！这可是我求之不得的肯定和礼遇呀。

大概由于没有看到别的考生来报名，同时也是为了表示对我的兴趣和友好，中间那位老师最后竟然站起来说：走，我送你到宿舍去！我激动地抬起头，一下子觉得这位老师是那么高大又那么友善。

路上他对我说：杨同学，你的专业部分肯定是没有问题的了。你从现在起就把所有的精力都用于准备文化课考试吧。

这颗定心丸让我又一次清楚地感到，在希望的峰巅上，幸运之神正微笑着向我招手。

到宿舍后，我悄悄拿出准考证，号码004。在照片折起的押角处盖着带队老师鲜红的名章：郭光安。

这次考试如预料中一样的顺利，和上次一样结交了很多朋友，尤其是加深了和郭老师之间的友情，分手的那天竟有些依依不舍。他一直说，希望我能尽早到学校来学习，而我则把老师们从扬州一直送到长江边，再乘轮渡送到镇江，直到把他们送上开往苏州的火车才分手。

这次似乎因为有了更大的把握，心里更加踏实也更加轻松。于是着实放纵了自己一把，作了平生第一次真正意义上的旅游。游遍了镇江所有的旅游景点：金山、焦山、北固山。我想彻底抛开自卑的阴霾，尽快地紧紧拥抱住近在咫尺的灿烂明天。

然而，然而——

命运的冷酷和残忍总是会远远超出人类的想像。它在想要打击和惩罚你的时候，总是先用虚幻的假象引诱你到接近顶峰的边缘，当你悠悠然迷醉在成功的海市蜃楼前猝不及防的时候，再猛地将你推下万劫不复的痛苦深渊。

当我志得意满返回泰州上班的那天，我看到我办公室的门窗全部被大字报封住。推开门，四面墙上、办公桌，甚至连椅子、柜子上都糊满了大字报。大致内容是：反革命子女、资产阶级孝子贤孙、妄想走白专道路、成名成家……其实，多几条、少几条对我来说已经完全无所谓了，我又一次彻底而清醒地明白："命运"这个上帝既定的方针是不可逆转的，他的力量是无比强大的，丝毫容不得半点抗争。

我又一次被砸倒在命运之神的脚下，匍匐在他得意的狞笑声中。

这是1966年5月。

一场翻天覆地的"大革命"开始了。

"点鬼台"和"红大刀"

在我的记忆里只要一想到"文革"就会联想到一个词:海洋。游行集会的人潮汇集成人的海洋、铺天盖地红旗标语组成的红色海洋,还有就是"批判、砸烂、打倒"的巨型标语、大字报、大专栏组成的白色海洋。在这三个"海洋"中,除第一个由于自身先天不足被横扫而出剔除在外,内心的自卑和胆怯也不容许自己心生向往,以至彻底无缘。另两个"海洋"则被不容分说地赶入其中。那先天不足的瑕疵在这里被反衬和扩大了,显得格外的扎眼和格格不入。

只要有点儿小聪明,在我们那个号称"市"却实为"县"的地方要当个小城名流并不太难。参加几次市文化宫或博物馆举办的适时应景的画展,文艺界的圈内人及部分有些文化的民众对你的名字就不会陌生。但要真正做到家喻户晓,成为街谈巷议的大众话题人物,却也不易办到。

然而,我确实成大名了。在全市范围内就像每天的报纸头条,家喻户晓、人人明白。

当时,一个历史上从未有过的奇特现象是满街搭建的大批判专栏。初期,它作为一个宣传阵地也确实起过一些作用,可慢慢地味道就有了少许改变,衍生出不少别的作用来。

首先是抢占市中心的最繁华处,再就是越建越高大、越豪华,三是更加凸显主办单位。

至此我才明白,它最重要的作用已不仅是政治宣传,而是"显摆"某单位、某司令部、某造反团体的肌肉力量以及博取民众眼球以提高其知名度。因此,内容的新奇有趣、版面的编排美化、色彩的和谐艳丽等皆用尽心思、各显其能。

在那个精神生活单一而枯燥的岁月里,不知有多少人把上街看专栏当成唯一的消遣。甚至不少人都能牢记每一块专栏的换贴日期以确保先睹为快。俗话说时势造英雄,正是这样的大气候造就了全市人气排名第一的专栏——以新创漫画为主的"红大刀"。而这个"红大刀"却正是由我这个校长兼校工、上课代打钟的光杆司令一手完成的。

时至今日,画过些什么已完全不记得了,确认的是在五六年的时间里,两千多幅漫画给全市人民送去了短暂的欢乐,让他们发出会心一笑,暂时忘却身边发生的不幸和苦难。每到换期张贴的时候,步行逛街的人们必定会驻足守候、全程陪侍。在整个除旧换新的三个小时里指点着、评论着、嬉笑着、欢乐着。大家拥挤着、推搡着却毫不介意。对于每次必定造成的长时间交通堵塞以至寸步难行也是毫无怨言。

在最夸张的时候,我上下班在路上走着也会听到身前身后的行人在谈论还有三天“红大刀”又该换了。偶尔去电影院看个电影,前后左右也总会有人在交换有关“红大刀”杜撰的小道消息。甚至有一次去厕所方便,还无意中听到隔壁几个女孩在议论“红大刀”的年龄和长相。甚至还有“崇拜者”(这个词实在有些肉麻,远不如当今流行的“粉丝”来得亲切和含蓄)经多方打听辗转找到我家,拎着一点现在看来十分可怜,但当时却十分奢侈的花生和鸡蛋前来学艺求教。如此等等,不一而足。

于是,造反将士们的虚荣心也得到了极大的满足。除了组织的荣誉感

北极光

而外，他们还极其热衷于亲自爬上高墙去张贴。尽管辛苦仍乐此不疲。内心享受的是：站在高梯上被万人仰视的时候，他们仿佛觉得人们企盼欣赏的内容里也会包括他这个张贴的人本身。

更何况每一期揭下来的旧纸也将成为他们的私产。那些旧图画纸本就厚重，再加上风干了的厚糨糊，送到废品收购站能换回两三包香烟呢。因此这期间他们完全忘记了我还是个专政对象，更不是他们这个造反阵营里的人，他们忘乎所以地把我当哥儿弟兄捧着。于是我也就得其所哉，半人半鬼地偷着乐。

当这个小城里最有影响力的专栏前人头攒动、哄笑连连，几乎针插不进水泼不进、交通为之堵塞瘫痪的同时，却有一个极为有趣的现象呈现着：在它旁边的不远处矗立着一座同样大小、同样威武、同样豪华的专栏，它的名字叫做“点鬼台”。

本来在这小城寸土寸金的闹市街道上，再大的单位、再强的“司令部”也只能“约定俗成”地占据一座专栏的地盘。大概由于“红大刀”的影响吧，大家似乎蔫蔫地觉得气势上实在无法与之抗衡故而自认不敌，竟然让同一个单位在此占有这第二块地盘。

它们的职能定位是：“红大刀”专栏用于吸引眼球带动人气扩大影响，而另一座则是用于紧跟大形势为政治服务。大家所不知道的是：两块版面竟是同一个作者、同一个编辑、同一个美工！具有强烈对比意味的是，这一块的色调凝重而阴冷，标题是石碑一样厚重的黑体字：“点鬼台”。上面整齐地排列着数十个小城的人们个个耳熟能详的、各种类型专政对象的名单。在这个名单里赫然写着一个大家尤为熟悉的名字——杨玉琪。

今天回想起绘制这期专栏的过程，仍然无法仅用五味杂陈几个字去形容和概括。被人骂，至少还会产生一点哪怕是心底深处不敢泄露的愤懑，还可以运用我们的“国粹”阿Q精神自我安慰一番。而对于到大街上面向全市民众竭力“美化地”丑化自己，实非常人所能做到。那种纠结扭曲的变态折磨，其痛苦程度远远超过结束自己的生命。

尤其是上街指挥张贴的那一天，极度的忐忑集中浓缩到出发前的时刻，竟觉得如上了镣铐一样的寸步难挨。似乎觉得每个人都在盯着自己看——用他们那无法表述的复杂眼神。及至抵达目的地，那些壮汉们即将一张张贴完的时候，我才敢抬起头来看向路上经过的行人。眼前的景象奇迹般地让我舒了口长气：根本无人驻足，也没有什么人的眼神在上面停留。色调和标题已约定俗成地概括并透泄出其中的内容。而这类内容已让民众太熟悉、太熟悉了，都深知这只是闹剧的一部分，并不新鲜也不好玩。他们对此已完全失去兴趣、完全麻木了。

于是，在长时间并肩矗立，精致程度和艺术水准相同的“红”与“黑”两块专栏前，从此出现其中一块被引颈企盼并交口称赞，而另一块则无人问津甚至“连眼珠也不转过去”的两个极端、对比强烈的状况。说来也怪，从此我那种自卑的恐惧似乎一下子减轻了许多。走在“点鬼台”下也能脸不红、心不跳，抬起头像正常人一样走过了。

不知道我是真的已经习惯了当坏人，还是一下子脸皮变厚了？

出于对伟大领袖真诚的热爱和疯狂的崇拜，那期间几乎凡是可以画画的墙面都会画上领袖的光辉形象。在每个工矿企事业单位的迎门处，都用布、砖或木板、铁板等各种材料专门竖起一面墙来画主席像。甚至连大门两边墙垛的上空也不会放过，用钢材和铁板焊接成威武的牌楼再画上主席的像。

浩如烟海的数量需求凸显了专业制作人的严重稀缺。朴素的阶级感情促使一大批工农群众亲自上阵绘制。可这毕竟不同于铁钳扳手，油画笔和刷子并不为他们的赤诚之心感动，总是别别扭扭的不听使唤。

于是乎，不知有多少光辉形象不再光辉，甚至还有些滑稽和可笑；于是乎，铁心捍卫的革命者不满了，新上台的执政者们开始干涉了；于是乎，我这个政治上本不够资格的专政对象成了市里特批的六位可以绘制领袖像的人员；（那时不能称“画家”，因为只要被称为这个家、那个家，则定然是资产阶级残渣余孽无疑。）于是乎，我就被他们从阴暗的角落里提溜了出来；于是乎，我得以从这两股力量的夹缝中伸出头来，看到了暂时属于我的白云和蓝天；于是乎，全市性频繁的万人大游行的队伍里被恭恭敬敬抬着的无数“光辉形象”中，就有很大比例出自我的手笔。

有人曾戏称这是史上规模最大的“油画肖像个人作品展”。当然更准确的表述应该是史上规模最大的“油画肖像六人作品联展”。

更需要提及的是：在游行队伍里迎风飘扬着的成千上万面旗帜，无论是机关、工矿、商店或农村公社、大队；无论是各种革命委员会还是兵团司令部、战斗队；不分造反派或保皇派，在这里似乎都已烟消云散，呈现出一派热烈、祥和与团结的气象。

旗帜上面大多印着或是绣着字，书写着单位名称或司令部、战斗队的名号。不管是楷书、隶书还是行书，（篆书是没有的，那属于“封资修”，何况革命群众们也几乎不认识呢。）其中一大半都是我书写的。

更具讽刺意味的是，在这种万众欢腾的大红流里，成千上万的人抬着或高擎着我的作品兴奋着或狂欢着，但我这个“作者”却无资格参与其中。一般只能待在我专属的工作室（明亮、高大、宽敞，但政治级别却等同于圈养九类分子的小黑屋）里孤寂地向往和想像。

直到有一天我借着外出购买颜料画笔的机会才得以巧遇大游行的队伍。傻傻地站在路边老半天回不过神来：噢，天哪！几小时看不到尽头的红色洪流里竟然举办着几乎是我个人的“书法展览”和“油画肖像展览”。

艺术水准当然不免幼稚和粗糙，但数量之多、场面之宏伟则一定是举世无双的。惊诧之余我突然冒出了一个绝不敢讲出口的想法：我这个“人”是被整个社会踩在脚底下的，但我的“书法作品”却又被高高地擎举着，我的“油画作品”却又被人恭恭敬敬地顶礼膜拜：三忠于、四无限、早请示、晚回报。这是何等巨大的反差，又是多么强烈的讽刺？

静者自乐

微笑的温度

我的工作室面对着一个大空场，两面都是窗户，宽敞而明亮，容不得半点隐私和秘密。我想，把我安排在这里工作，其中一个重要原因大概也是为了方便革命群众的监督吧。

这空场是召开全体职工大会的地方，平时也是员工们去食堂打开水和吃饭的主要通道。在隔离审查的日子里，我除了去化验室那个临时囚禁地睡上几小时而外，都是天刚蒙蒙亮就起床工作直至深夜，近二十个小时都在这里度过。

我的小聪明让我意识到，尽管我埋头工作、目不斜视，但随时随地都会有各种各样的眼光在紧盯着我。也正因为如此，我的任劳任怨也一定会被监督我的人看到。他们看到的是我抄写大字报的认真，而我却把它当作免费提供笔墨纸砚的书法练习。我从中得到我想要的东西，又同时传送出老老实实接受监督改造的信息，两全其美，故而倒也乐此不疲。

在众多冷漠的眼神里，我突然感到了一丝异样。

有一个面熟却叫不出名字的漂亮女孩，总是在清晨到上班前的这段相对冷清、“人烟稀少”的时间里出现在这个空场上。她仿佛总是不停地去食堂打水，但每次都会向门里投来羞涩、友善的目光。

我本觉得世界上已经没有温暖了，甚至有点怀疑自己的感觉。好奇心驱使我留心起她来。偶然的一次对视竟还真的让我心里一紧，有了轻微的触电感觉。她的眼里似乎也闪过一丝火花，并送来一个阳光般灿烂的甜美微笑。美丽的影像一闪而过，和暖的阳光也一闪而过。如影随形的孤寂似乎否定了这幻象的存在。这是真的吗？我多么期盼它是真的，但又多么不敢相信这是真的。

几天后的清晨我略施小计，有意打翻墨汁瓶弄脏了正在抄写的大字报。然后伏在桌边上假寐。突然，我听到一阵急促的脚步声，有人奔了进来，一双温软的小手激烈地摇动着我的双肩，带着急切的哭腔呼叫着我的名字：“杨玉琪，你醒醒！”那种关切之情溢于言表，我不忍心再演下去了，慢慢抬起头看着她那涨得通红的小脸：“我没事，谢谢你！”我看到一双纯真、美丽、热烈,又隐含着一丝哀怨、闪着泪珠的眼睛。

我仿佛在这瞬间懂得了关爱和真情。

时间一下子凝固了,我的身体也凝固了。正常思维冻结了,完全无法思考。但杂乱的思绪又纷至沓来,逼得我不得不思考。

正在这时,又一个纤瘦的身影闪了进来,在桌上放了一个纸包。只留下简短的一句话,就像做贼一样慌张地离去了:"你还年轻,要当心身体呵。"

这是在食堂工作的炊事员阿姨,平时除了吃饭并无接触。只知道她不识字,衣着朴素但一直收拾得很干净。清秀白皙的脸上总是带着浅浅的微笑。我打开纸包,里面是两个热腾腾、香喷喷的烧饼。我突然鼻子发酸,眼睛一下子润湿了。我想起了母亲。这是母亲般的心哪。我和着泪勉强吞进了一个,并郑重地包起另一个藏进柜子的底层角落里。我想让这母亲般的味道和感觉保留得更久一点,也为了隐匿这"内外勾结"的罪证,我要保护她不受牵连。我深知,凭她的社会阅历,绝对会明白这样做是很危险的,是丧失阶级立场的表现。

在成年以后的岁月里,我也曾多少次接触过女性热烈的眼神,也接触过表达各种不同情绪的眼泪,但总是鬼使神差地让我想起那个一闪而过的美丽幻影。她的勇敢和无畏让我感动也让我震惊。她的单纯和幼稚让我怜惜并产生出强烈的保护她的愿望:我绝不能让她受连累。而以我的处境和能力,这种保护只能是被动而残忍的。痛定之后,从此放弃了我积极表现的机会,清晨时分,工作室里再也没有出现过我的身影。

我这一生中在很多场合,无数次地提到我们家乡的烧饼是最好吃的。多少人也都赞成我的观点,因为真的很好吃。可他们不知道,我除了迷恋它的香和脆而外,还会念念不忘那种特殊的味道,那母亲般的味道。

我们单位地处较为偏僻的近郊,任何流行、时髦的玩意儿总会晚半拍才会被引进。

比如每天"好人们"照例进行常规的早请示、晚回报,跳"忠字舞"、唱语录歌;而九类分子们没有资格参加,但放他们闲着似乎又不服气。于是,有敏锐嗅觉的人就从外面取经,学会了一个新项目:就是在同一时段里让"坏人们"挂上他们各自头衔的硬纸板站在大门外示众,我也被列在这个队伍里。

由于觉得新奇，会引来很多小孩围观，甚至也有一些妇女扶肩搭背结伴前来凑热闹。她们往往会指指点点、交头接耳地悄声评论，偶尔也会把脸藏到女友身后咯咯窃笑。对她们的轻侮和放肆，我们只能和关在笼中展览的珍稀动物一样无休止的忍耐。帮助我们解脱尴尬的大多是她们的丈夫——那些老实巴交、憨厚的庄稼汉子。

记得有一天，那些女人肆无忌惮的疯笑特别厉害，只见一个中年男人铁青着脸到人群中拉住一位妇女并拽她离开。女人为了维护自己在女友们眼中的"面子"则死犟着不愿回家。汉子真的火了，抡起犁耙般的手掌给了她一记狠狠的耳光。

眼看一场大吵大闹是无法避免的了，可就在这时奇迹发生了。只见女人捂住打肿了的腮帮，像傻了一样一声不吭僵在当场。从眼神中看出，初时的惊诧和愤怒竟然在瞬间消失，继之而来的是惊奇、迷惘、猜测、体会和验证的复杂神情。再过了一会儿，从她的眼中爆出极其狂喜的泪花，突然反身扑到丈夫肩上：老头子，我能听见了！

原来这个女人前些时不知为什么突然耳聋了。大概出于经济方面的考虑，也没去医院检查，就这么一直拖着。今天这个强烈的震动竟使她耳道

多瑙河夜色

通了。从来只听说能把耳朵打聋，今天这个奇迹竟出现在眼前。这对合不拢嘴的夫妻含着眼泪走了，围观的人群也莫名其妙地议论着散开了。

我陷入了沉思：汉子是不忍看着我们尴尬而奋力解救我们，冥冥之中仿佛有股正义而神秘的力量在褒奖、弘扬这种当时已丧失殆尽或不敢公开表露的正义与同情。

我从不迷信，但我坚信这奇迹一定是某种力量在起作用。他在提醒人们努力恢复善良的人性，恢复人与人之间的相互关爱和同情，杜绝冷漠和嘲弄，更不能助纣为虐、落井下石。

善良给人带来的感动是深刻而恒久的。当年虽然没有听到他的片言只语，那木讷、憨厚的形象却深深地藏在心底。那时汉子已是四十岁以上的中年人了，倘若仍健在应已有九十高龄。以他的单纯和朴实，绝不会想到在近半个世纪以后，在海外的某一个城市里仍有人在惦念着他。真诚地愿他长寿。

有一天，连续几天赶制完成的专栏刚刚贴完，我晕头胀脑地简直站立不住了，拖着疲惫的双腿极想找一个立马可以躺下的地方好好地"瘫"一会儿。

恰好"红大刀"专栏的斜对过，就是一家全市最高级的理发厅。它连店名都透着华贵和高雅——紫罗兰理发厅。我想也没想就挨了进去，准备借着这里的躺椅弯弯腿休息片刻，并趁便理一理那疯长了两个月像鸟窝似的头发。

当衣着整洁举止优雅的理发师礼貌地征询理什么样式的时候，心情恶劣的我在潜意识里莫名其妙地闪过"三千烦恼丝" 这个词，同时又想到留着这"烦恼丝"确实也给自己带来很具体的烦恼——它是批斗时造反派们控制我脑袋和身躯姿势的绝妙"抓手"和"工具"。这与自己有害却给"他们"提供方便的"劳什子"还留它干什么？于是简短而决绝地说了两个字："剃光！"

我从镜子里看到这个理发师一下子愣住了，不知所措地搓着手。目力所及的理发师们也都停下了手中的剪刀朝我这边看过来。这个要求对他们来说实在太奇怪了，这种街边小店的活儿怎么会跑到这顶尖级的理发殿堂来？在看到他们一阵交头接耳之后，一位"师傅级"的白发老人放下手中的活计替换下刚才接待我的那一位。

师傅的脸上带着职业的微笑轻轻地在我耳边问道:“请问,您是杨老师吗?”我诧异地看向他:“是呵,您——?”我看到他的眼神里多了一分长者的慈祥和关爱:“留着吧。”这久违的友善和关爱深深地触动了我冰冷的心,我竟不可理喻地产生了一股极为反常的任性和发泄:“你不要管了,剃光!”面对一个任性撒泼的孩子,老人反而更加温和了:“我知道您,也知道您现在想什么。犯不着呵。有多少人都像您一样,不都还咬紧牙活着吗?您突然这么一赌气,不是更容易惹出对抗的话题来么?忍忍吧,我就不信永远会这样!”

哦,本以为在这个人世间已彻底不存在的友善,尤其是来自一个“陌生人”的关爱,对那时的大环境和我自己来说是何等不协调,这无疑是冰与火的碰撞。这两重天怎么可能产生交接呢,冲击力竟然这么巨大!心底的坚冰溶化了,我垂下眼帘,妥协了:尽量留短些罢,谢谢您。

老人仿佛是在一根一根的认真修剪我的头发,也在不停地与我闲聊。他告诉我他们早就知道我了,知道我的“红大刀”,知道我的“点鬼台”,也知道关于我的一切。墙上的时钟告诉我,时间已过去近两个小时,但我一点都没有感到枯燥漫长。我几乎忘记了进来小憩的初衷,不愿就此睡去。我要认真地、细细地享受这阔别已久的温润。

终于完成了,我的头上脸上顿时焕然一新,其实更重要的是心底里也有了一丝新意——就好像黑暗的洞窟顶上突然射进一线亮光。付钱的时候老人说什么也不肯收。这怎么可以呢,我与他几乎争执得面红耳赤。他一直坚持说他能认识我很开心,要我无论如何给他“面子”。

在先前的闲聊中得知,他们的店名确实太过“资产阶级”了,也想革命一下与时俱进跟上时代。几经讨论已经报请上级批准正式更名为“工农兵理发店”。于是我对他说,我替您题写新店名吧。我看着老人瞪大眼睛、张着嘴巴完全说不出话,一副受宠若惊的模样。多么单纯而又善良的老人呵。

那时普天之下最为充裕的就是笔墨纸张。于是说干就干,乘兴一挥而就。第二天从门前经过的时候,就看见油漆工爬在高高的脚手架上认真地描摹着那六个大字。

从此,我就再也没有进过这家理发店。我不想与老人再起“给不给面子”的争执。其实,更为重要的是我想要一丝不差、原汁原味地保存好那次理发留下的记忆,一个无限美好、不容亵渎的珍贵回忆。

我国有句老话:平生不做亏心事,半夜敲门心不惊。这几乎是放之四海而皆准的公理。

自从九岁时那个半夜的敲门声以后就落下病根儿了。只要门外有一丁点儿风吹草动我都会警觉地醒来。莫名其妙地心里一惊,扑通、扑通跳个不停。那一阵偏偏是夜里事儿特多,隔壁、隔壁的隔壁抑或是这条小街的深远处,敲门声、吆喝声总能清晰地传出老远。

那时的“坏人”也实在是太多了,总是需要时不时地把他们提溜出来集中看管进行专政。这同时也可替夜间还坚守在革命岗位的人们提神醒脑、解解瞌睡。当然这些事情也会隔三差五地有我的份儿。

就在一个万籁俱寂的深夜,我被一阵若有若无的敲击声惊醒。其实准确地说并不能算是“惊”醒。它并不那么惊心动魄,轻轻地、怯怯地、时断时续。

我刚醒来时甚至怀疑是自己的神经过敏。侧耳细听,没有了。但过了一会儿,它又固执地响起。真不知道它已坚持了多久。从“力度”上来分析似乎并不含恶意,不具危险性。可它是找谁的呢?是隔壁,还是对门呢?就算是我家的大门,可大院里前后三进住着不少人家呢。

由于它的坚持执着,我想邻居们一定也有人听见了,可为什么无人应答呢?真的是“事不关己、高高挂起”呢,或是因为“多一事不如少一事”而怕惹上说不清道不明的麻烦呢?人性的冷漠真让人心寒。想到这里,我决定披衣起床去开门看个究竟。

打开大门,路灯下站着一位老年农妇,扶着一个大大的、鼓鼓囊囊的、熟悉不过的塑料编织袋。只见她向前倾着身子眯缝着眼试探地问:是玉琪么?我一下没有反应过来:您是——?还没等她答话,我猛地一激灵,醒悟了过来:您是奶奶?她一下子放开口袋,捉住我的两条胳膊使劲地摇:哦,哦,是你呀!还好,还好吧?我连忙示意她小声进屋,并帮她拎起那个沉重无比的蛇皮袋。

这是我们家一位没有血缘关系的“亲”奶奶。

从那个我无法企及的“很久、很久以前”,这位奶奶的奶奶就在我母亲的大家庭里当女佣。后来老人家年纪慢慢大了,就让她的女儿,也就是这位奶奶的妈妈来接着干。这位“妈妈”当时还是个黄花大闺女。再后来，她也结婚了，有了自己的儿女；再后来，她也慢慢年纪大了，又让自己的女儿来为她的工作接棒。

在她们祖辈的心目当中，这里就是她们另一个家。这不仅是为了一份工作，而是为了“家”，为她们祖辈割舍不下的那份亲情。

她们家一直就住在我市南郊五六里地的村庄里，走路也用不了一个小时。两家交往之密集频繁简直就到了不分彼此的程度。似乎大家从来就没有想起过这边是“东家”、那边是“伙计”。这些年深月久的故事我是完全没有机会见过，上述这些全部都是来自外婆和母亲的口述。因为我母亲从小就是这位奶奶带大的。在我们的记忆里，她一直就是母亲口中的“姨”，我们心里和口中的“奶奶”。

直到后来外婆定居上海，奶奶也有了自己的孙子，她这才回到自己家中。再后来，时光又过去十多年，奶奶年纪也越来越大，这才少了一些走动。改由她已当上水文站站长的大儿子逢年过节给我们带来些瓜果蔬菜，更带来难以言说的温馨。

奶奶进屋后一下子就颤颤巍巍地扑到母亲床前，拽着母亲的手泣不成声。母亲也哽咽着无声地流泪。好半天才听见奶奶说：二姑娘，你受苦了，你怎么能挺得住啊？……我早就听说你们的情况了，我早就想来了，可又怕给你们添麻烦……母亲说：我们反正已是在第十八层了，还能再有十九层吗？倒是您，太危险了！您不怕人家说你丧失阶级立场吗？奶奶抹了抹眼泪说：我都这把老骨头了，还能把我怎么样？再说，我们家八辈子都是贫农……我跟儿子说，我死也要来看看！我不放心呵！……你们都一定要把身体养好，保住本钱，霉运总会过去的！

说着又拉过那个鼓鼓的口袋，把东西倒到地下，有红薯、胡萝卜，有洋葱、茄子、辣椒，还有大白菜。还有……嘿！竟然还有让我们眼睛发亮、馋涎欲滴的一小块咸肉和几条不大的干鱼！由于匮乏，这些“物质的宝藏”给我们带来一阵狂喜，更有一团火样的激情在心中涌动。

血浓于水呵！不，没有血缘的亲情更浓于酒呵，尤其在那个把我们当成臭烘烘的社会垃圾清扫到角落里无人敢碰，也无人愿意多看一眼，避之唯恐不及的环境里，这份亲情、这份关切完全融化了我们久已坚硬了的心。成了支撑我们全家继续活下去的动力。奶奶似乎还在为拿不出更多、更像样的东西而觉得惭愧和抱歉，而我们却已完全说不出话了。执手相望，唯有泪千行。

因为出身太好和本人的积极向上，他儿子是单位的部门领导，也是紧跟形势、要求进步的中坚骨干。他也担心给人看到会惹上是非，所以只能在这深夜里用三轮车把妈妈送到门口，他再退到远处去溜达。等到了事先约定的时间再来把妈妈接回去。

我突然想到电影里地下工作者们接头的场景，惊险、刺激，为了一个既定的信念而义无反顾。

而我们呢，却是完全对立的两个阶级：一边是名门望族的封建老财，一边是世代受奴役的穷苦人。活脱脱就是理论上标准的“黄世仁”和“杨白劳”。可我没有觉得有什么不和谐，也绝不认为这是一种讽刺。因为我深深地懂得这是祖祖辈辈相互间亲情的升华，是人类本来应有的善良天性。

因为惦记我们，为了要接济我们，为了叮咛鼓励我们坚强地继续活下去，她挺着已近耄耋之年的病弱身躯，冒着让亲生儿子犯“政治错误”的风险来看望我们。这个举动对她来说是有百害而无一利的。

这就是奶奶，是我们家比亲人还要亲的奶奶。

秋趣

欢乐的批斗大会

从理论上来说，凡真正当过“活靶子”、当过专政对象、亲身体验过“批斗大会”的人都一定会终生难忘那种锥心刺骨、度秒如年的感受。惊恐、愤懑交织着屈辱和绝望，仿佛灵魂已剥离出躯壳飘浮在半空，暂时忽略身体遭受折磨的伤痛，在现场气氛的炽烈大火中默默忍受炙烤和煎熬。羞辱感在与生俱来的自尊被践踏得荡然无存之后，也会被心上磨得厚厚的那层茧裹藏起来。

人一旦失去了羞耻感，面皮似乎也就变成越来越厚，像古代武士的铠甲，有点儿刀枪不入的味道了。

我曾搜集过描述这种心态的方言：上海人说“横竖横，四脚朝天”；北方人讲“死猪不怕开水烫”；泰州人会说“既捆得起来，就掯得住打”；如果整理出来还可以写出许多。

因此，当年的我除了年轻、社会阅历浅、不知天高地厚再加上绝望和无畏，盲目加麻木的出格行为也时有发生。有时小小的“阴谋得逞”也会偶尔刺激到阶级敌人们的阶级感情，在他们隐晦地投来赞许目光的时候，心底里还是会得到一丝转瞬即逝的享受。

在那段粗糙麻木的记忆中，怪异而无法解释的是我并没有记住那些锥心刺骨的伤痛，更没有把它演变成“阶级仇恨”。对于那些想方设法折磨别人的人们，他们一会儿被感动得热泪盈眶，几乎真的会去“誓死捍卫”；一会儿又会被鼓动得义愤填膺，决心上阵去拼个你死我活。我看到的却是人类本能的“从众性”和久居社会底层，但希冀获得重视的潜在渴求。我真的看到了他们的无知和可怜。

我这个坏人堆里的“初生牛犊”，经常会在不知死活的懵懂状态下探索着周围新鲜而未知的世界：到底怎么了？到底是为了什么？

是经历了十几次还是几十次批斗大会？我完全不记得了。像反复播放的无聊电视剧，不但没有加深印象，反而因无味而淡忘了。在认真地当了几年坏人之后，真正留下深刻印象的批斗大会几乎只有一次。这绝不是因为超常的受辱或受虐，相反的，是因为它似乎有点儿——欢乐。

下午要开批斗大会了，我这个“当然的”对象是绝对逃不脱的，心里总不免有点忐忑。中午去食堂的路上，一个造反派头头面无表情地与我擦肩而过。我仿佛听到他的自言自语：今天你只是陪斗，不用怕。我会专门安排人站你后面。我心里略微感到些许轻松。经验告诉我，后身站着的两个押解战士将直接决定我今天会不会被“坐飞机”以及其它方面会不会受苦。

大会开始了，押送我进场的居然是就是那位有着美丽大眼睛的善良女孩和另一位以前就相处融洽的女员工。不知为什么，看到她一本正经绷着的脸和竭力摆出“忠字舞”式的飒爽英姿，总有点觉得这是一场不真实的表演，甚至有点滑稽的味道。

首先照例是批刘少奇，一个写着与我一样头衔的稻草人。照例的读批判稿，照例的打倒、砸烂，踏上一只脚，照例的义愤填膺和慷慨激昂。轮到我了，照例的读批判稿，照例的是我接着读检查。（刚才的稻草人是不会讲话的，但我会。）

几乎所有的程序都是在一个统一的模式下有条不紊地进行，没有新的内容，更没有新的悬念和刺激。在我的感觉里，似乎连那义愤和激昂也都失去了发自内心的冲动，只剩下按脚本表演的“形式”。我想，群众对这种“革命”的新鲜感大概也慢慢消退了，或者说有点疲惫了，仅剩“台上”与“台下”两个阵营的清晰划分给他们留下的安全感才是必须要坚守的。

那时全单位只有一个麦克风放在台当中，还是由长钢管、大块生铁底座组成的、极其老式的那种。由于电线不够长而活靶子却又被押解成一长排不得轻易乱动，于是就叫站在我旁边的那个“伪警察”斜举着送到我嘴前。大概是真的太重了，更由于姿势的别扭，不一会，我就从眼角余光中看到他额上的汗珠和听到他沉重的呼吸声。

这期间，经验丰富的大会主持人还会适时地穿插一些口号以增强气氛。为让现在的年轻人能加深一点理解，打个比方，就好像现在的相声和脱口秀演出时会专门安排一些人“领笑”和“领掌”一样。

我当然也会无师自通，很老练地配合大会的气氛，适时地停下来聆听革命群众的呼声，待口号声稍息我才会继续读下去。我自己也搞不清是因为什么，我竟然一下子走神了。我突然发现，低着头站在台口竟然可以看见下面前三、四排那些仰视的脸。淡然的、萎靡的、百无聊赖的、兴奋的，甚至还有几张近似欢乐的面孔。有几个人发现了我在偷窥他们,于是也饶有兴致地向我挤挤眉、眨眨眼。

我突然觉得这种奇特的交流和互动是善意的,是友好的。我感到了一丝若有若无淡淡的温暖。紧接着台上带头领呼的口号声又响起来:“打倒杨玉琪!”“杨玉琪不投降就叫他灭亡!”

按常理分析,台上领呼之后台下数百人的响应声本应气势磅礴、响彻云霄的,但今天却反常的应者寥寥,气氛有点尴尬。于是主持人怒了。他气急败坏地斥责“某些人”阶级感情的淡薄,本应同仇敌忾却麻木不仁。这是非常严重的阶级立场问题,是大是大非的问题。

在施加压力表示“我要仔细看看到底是哪些人没有跟着呼口号”之后,伸臂举拳的人是多了不少,但声音的洪亮程度却没有增加很多。我特意留心了前几排,他们几乎都举了手,但有不少人是边举手、边转脸向后看去,似乎也在关心着后面“革命立场不坚定的那些人”经过教育后究竟有没有转变。其实我绝对相信,他们是为了避开台上主持人审视的目光。那时我已基本练就了泰山崩于前而色不变,“死猪不怕开水烫”的心理素质,面对这样的场面表面上完全“漠然处之”,仿佛真的就是一段毫无知觉的烂木头。

但在心底的极深处,我却偷偷地笑了。

紧接着轮到“伪警察”当主角了。既定的程序也终于走到他自我检查的时候。这下子该我举着那个“铁家伙”让他对着说话了。以我的身板和力气是完全不可能胜任的,但我又完全不能表现出丝毫的抗拒——因为这任务本身就隐藏着体罚,甚至取乐的成分。我恭顺地将麦克风的大头搁在地下,斜扶着将话筒头送到他脸前。

一开始似乎也没有人发觉我的小聪明,可那个该死的“伪警察”认罪态度太好了,而且越来越好。除了自我批判的态度越来越诚恳、声调越来越沉痛而外,腰也越弯越低,以至我也只得尽可能地弯下腰,扶着麦克风去“就着他”。不多一会我扭曲的腰肌竟然也到了承受的极限。

不知是出于“求生”的本能,还是哪根筋搭错了,我竟从上衣口袋里摸出一把小螺丝刀,简单地旋了两下就轻易地把小小的“话筒头”卸了下来。这样我就可以轻松地直起腰,只用一只手拿着话筒头就行了。

整个会场在极短暂的错愕之后,突然爆发出一阵哄笑。那哄笑似乎真的很欢乐。我这才意识到我闯祸了，捅了个不可原谅的大娄子。有好几分钟会场都被“打倒”“踏上一只脚、让他永世不得翻身”的口号声淹没。可我简直希望他们就这样喊下去，让我的腰部能再多休息一会儿。

最后，终于有人激愤地提出让我重新安装上去，可同时又有几个还未乐够，仍嫌事儿闹得不够大，但绝对是根正苗红的小青年嚷嚷着“要文斗、不要武斗”的最高指示，竟终于让激进者们觉得绝对权威还是要维护的，只好委屈地借着“伪警察”检查结束换上另一个“靶子”而转移了目标。

这场别开生面热闹的批斗会终于结束了。回到九组（黑九类分子专政小组的简称或曰内部戏称）“同类们”尚心有余悸、关切之情溢于言表：“杨玉琪，你不要命了?!”有好长一段时间，友善一点的革命群众们则会带着揶揄的笑意指着我的鼻子：“嘿，你这个家伙！……”

春意

“老　　内”

在“九组”这个特殊的组织编制里，我绝对是个另类。

由于“革命工作”的需要，我绝大部分都是战斗在歌颂和批判交织一起的宣传工作第一线，但我确又是货真价实的九组一员。尽管平时基本不太需要参加九组带有惩罚性质的劳动，但到了集中批斗之时，我也会被集中看管在九组的基地。在批斗大会的前一刻，从这里集中然后押进会场集体亮相。

因此，老是觉得我是居于阴阳两界的人物。有时似乎两边都管着，但大部分时候由于两界的信息渠道不太畅通，故经常会产生管理真空。而我已在这中间修炼得游刃有余，我能充分利用，甚至主动创造出这种“天不收、地不管”的环境自得其乐。

“偷安式局面”的开创成功，在很大程度上得归功于我们的组长“老内”。

“老内”的本名当时知道的人就不多。一来因为“老内”这个名字朗朗上口流传很广，另外也因为他的本名中有一个字大家不太认识，为了藏拙，喊的人也就越来越少了。更重要的是现在这个名字紧跟形势、极具时代感，它的出处也源于三个词：叛徒、内奸、工贼。

他们家和我们家都算是当地望族，是三代以上的世交。他又是我外祖父的得意门生，母亲是他师妹，我也就成了他当然的晚辈。他“当”右派前是中文高级教师（相当于教授），高深的文学修养和丰富的社会阅历让他深知鹤立鸡群的危险，迫使他营造了极好的人缘。人人都觉得他是一位和蔼可亲的长者，是个和谁都可以相处得很好、无人能找出他缺点的老好人。可是革命的理论又时时提醒着人们：右派绝不可能是好人。那一定是披着羊皮的狼。他的笑脸一定是装出来迷惑大众的，他的心一定是恶毒的、奸诈的。因为总也识不破他的险恶用心，大家也就信手拈来选取了“内奸”这个词。但出于平时相处的友情，智慧地删去一个难听的“奸”字，冠上一个“老”字。终于产生了这个沿用很久、让人感觉亲切的名字。

我曾经对“老内”说过，这是民众集体创作，应属于民间文学。

“老内”同意。笑着说：是的，很精彩。

我受教最深的第一课是在小组开会学习前闲聊的时候。

当听到"老内"说:我"当"右派的时候……不禁笑出声来。这是我平生第一次听人谈自己"劣迹"的时候会用"当"这个常冠在英雄、先进代表等光荣之前的专用词。这是大众在肯定、赞赏你的成绩之后推举你获得上述头衔时所用的褒意的词,而"右派"则显然不在其内。尤其出自一个文人之口,更让人觉得滑稽可笑。

这个词大概已经用过很多次了,也没有被革命群众发现过有什么猫腻。我的敏感让他觉得遇到了知音,嘴角露出一丝不易觉察的笑意:我本不想,是人家集体推举"硬"安给我的,我也只得勉为其难笑纳了。——有什么办法呢?我突然从他一本正经的脸上,那睿智的眼神里读到了用调侃和自嘲释放负面情绪的豁达心态和洞察社会、适应形势以自我保护的大智慧。

自古就有"一字师"之说。"老内"的这个"当"字使我一下子懂得了许多:有政治学、社会学、心理学的内容,它让我终身受用。

在劳动或看管的间隙,我们经常会谈文学、谈文字。在那个几乎所有书籍都被烧光的岁月里,他超常的记忆力为我提供了稀有而宝贵的精神食粮。俗话说幼学如漆,那时我虽已不能算幼,但好多名句却至今记忆犹新。

比如解放前那场轰动一时的笔墨官司:

旧上海一位名叫易君左的文人写了一篇短文名曰《闲话扬州》,其中部分带有调侃意味的游戏笔墨引起扬州文人的反弹。后来竟有人以此事拟出上联登报求对。他巧用了人名和文名以及名、动虚实分拆互代,故既有趣又难度极高,时隔好久才有人对出下联。

上联是:易君左 闲话扬州 引起扬州闲话 "易君"左矣

下联是:林子超 主席国府 闲充国府主席 "林子"超然

(注:国民政府"傀儡"主席林森,字子超)

由此而触动了我们久已不拨的那根爱好文学的神经,找到了一个消磨时间的游戏。在一次夜间劳动中,我被安排帮一名工人推车。车很重,那个年轻工人一路大声吼叫像是纤夫在喊川江号子。由于磅礴的气势和我们两个人的名字里都有一个"琪"字,引得"老内"诗兴大发。他招手把我叫过去在耳边说,出个打油联给你对一对,要当心"同义而不同字"的运用以及"佛教道场和佛教中人"的结合。说完朝我笑着挤挤眼:这是一道难题。

上联是:两琪推车 气势如同光孝寺哼哈二将

我想,两与二是同义的双数字,与之对应的字本就不多。光孝寺是我们当地实有的著名寺庙,而哼哈二将确又像极了我们当时的状况。凝神间,看着老内正低着头、弯腰曲背,无休止地整理着一条条毛巾,把它们铺上滚动不歇的烫平机进行烘干熨烫。灵感一下子来了,在下一趟推车返回时我就告诉他我的下联是:

独子烫平 神情俨然紫竹院悟道孤僧

因为得意,因为兴奋,漫漫长夜仿佛缩短了许多,沉重的推车好像也轻快了起来。

在后来的劳动间隙里,我们便常常互通有无,从各自头脑的缝隙中努力搜索出一些残存的记忆,用以稀释心中的压抑和愁苦,干扰那挥之不去的迷茫和绝望。

比如说妙趣横生却又贴切无比的理发店联:

虽说毫末技艺,

却是顶上功夫。

比如说谜底为"瓢"的有趣谜面。(瓢,一种用葫芦剖成两瓣、农家用来舀水、舀米、舀面粉的日常用具)仿佛有一位温良贤淑、任劳任怨、恪守妇道的女子遭到疑忌甚至污蔑时绝望的控诉:

生团圆,死分开,满腹儿女今何在?有苦我吃、冷热我挨。一生未往"烟花"街,焉能把我声名败?

猛一听似乎也很平常,但结果是这么好的人竟还说她"嫖"(瓢的谐音)!

再比如谜底为"罐漏"(别称罐斗)的生动谜面。(罐漏,横挂在屋檐口用于承接雨水的装置。现在多用铁皮制造,而多年前则多用粗长的毛竹一劈为二,敲掉中间的节,以形成一个光滑而便于淌水的半圆形长槽,再用金属制成的大钩子托住并固定于房屋檐口。两头则有小管引向下面的水缸,使雨水得以搜集贮存。)谜面所写的内容则是一个年轻小媳妇在受到公婆姑嫂等全家人的言语挤对后委屈地向丈夫哭诉的一番叙述:

"我为你,破身失节;我被你,哄上金钩。你一家的檐雨(言语)我怎能消受?逼得我泪珠儿长流。要让我不流泪,那除非天高地厚"。(晴天)

要写下去还有很多。信笔至此,应令所有人都惊诧不已:近五十年过去了，当年的闲聊内容竟然一字不落地记得如此清晰，仿佛深深地刻印在脑海深处。其实对我来说一点也不奇怪，当时我们并不是在进行常规意义上的猜谜游戏，“老内”常常是先讲出谜底然后再解析谜面文字的精妙和深邃的内涵。我常会在事后觉得余味未尽，于是又“反刍”出来细细咀嚼。不多时间之后我就猛醒了，深深感觉到“老内”的良苦用心。他是借闲聊在警醒我、影响我、引导我。他完全理解一个风华正茂的年轻人在受到致命的冤屈和打击后必然会产生出的情绪，并试图用另一种方法来缓解这些情绪。

“老内”是想对我“潜移默化”，但我却如同“醍醐灌顶”。完全可以说，这些“闲篇”影响了我的一生。这些浸润到骨髓里的东西怎么可能忘记掉？

“老内”对我的教导是从“当”字开始的，他是我当之无愧的、永远的“一字师”。

至今我还不能完全准确地解释在人类的天性中是不是真的有点“贱”。

小时候学过一个歇后语：“黄连树下弹琴，苦中作乐。”

其中的“主”应该是“苦”，这是无法推翻的事实。所谓“作乐”，那也只不过是一种自我安慰、自我调适的排解手段而已。故而从理论上来说，留存在脑海中磨灭不去的应是那苦才对。

然而在我今天拿起笔来，想尽可能准确详细地回忆和记录下这段悲苦历史的时候，却惊异地发现被我努力挖掘出来的竟大多是温馨、快乐和美好。真的是好了伤疤忘了痛么？真的是人性中的“贱”吗？

纠结了许久之后我才恍然大悟：这正是造物主赐给人类自我疗伤的本能，一种以积极的心态向前看的本能。人类的天性终究是善良、厚道、包容和理性的。即便在某个特定的非常时期，部分人的天性被蒙蔽了，动物性暂时膨胀并屏蔽了善良的人性，但那毕竟是少数的，时间也是短暂的。就和人类在一生中总会在不经意间生病一样，经医生治疗之后绝大部分都会康复，也就会和健康的正常人一样了。最终病入膏肓无药可治者毕竟极少。这种遗忘在精神病界有一个较为准确的词叫做“选择性失忆”。这种自我保护是具有积极意义的。

写下这段有感而发的文字，绝不是为了说教，也不是修饰吹捧自己。我总想把“老内”写得完整一点，应该包括苦难至少是苦恼。但我脑子里浮现出的总是“老内”那谦和的微笑以及他和那些大字不识几箩筐但根正苗红的小青年们一起吃饭聊天,甚至嬉笑打闹的场景。

最后只勉强记起这么点儿一鳞半爪的画面:

一天,“老内”反常地紫涨着脸、有些蔫蔫的耷拉着脑袋。我关切地问他:怎么啦?他只是摇摇头、摇摇手一言不发,与平常的“老内”判若两人,仿佛遭受到了极大的委屈和侮辱而无法释怀。而往常从批斗会场下来也未见到他如此沮丧过。

再三追问之下,他才说出刚刚发生在大街上让他觉得奇耻大辱、无地自容的一幕:

上班的路上,他突然遇到一位十多年未见的大学同事,那是他这一生中为数不多的红颜知己。当年他们的郎才女貌再加上“女才郎貌”,这对众人眼中的神仙爱侣曾经风靡整个学校。但自从“当”上了右派分子他们就天各一方,再也没有了任何音讯。

这段真空造就的痛苦外人无从得知,但这恍如隔世的重逢是何等的惊心动魄!他们尘封已久的才气横溢、纯真高雅的金色年华一下子从十多年前的象牙塔中瞬间倒流到眼前。

突然,身后一个满身油污的小青年扬着友好欢快的笑脸在他后脑勺上甩了一记清脆而响亮的巴掌:“嗨,枪毙的!一起走啊!”(“枪毙的”,这是底层劳动者和小市民们相互示好的昵称。甚至有些父母对子女也会用此称呼。在当地很常见。)

他一下子涨红了脸,他在前女友眼睛里看到了震惊和错愕。高智商的她明知这不是逞凶而是出自其真诚的友好。

哦!昔日高等学府里的佼佼者、风流倜傥的才子竟堕落到与这种莽汉称兄道弟的地步?!从他身上的衣着以及小兄弟与他毫不掩饰的纯真友情,她瞬间意识到当年的童话世界已经消逝。由惊喜、欣慰、希冀到失望乃至绝望的眼神在她美丽的大眼睛里飞速闪过。他依稀记得她带着勉强挤出的无奈笑意礼貌地弯了弯腰就转身飘然而去了,仿佛就像从没有出现过一样。

是梦吗?他脑子被一下子抽空了,除了茫然还是茫然。只是凭着残存的本能浑浑噩噩地走向工作地。

事过境迁之后,“老内”曾对我说:为了生存、为了安全,我使出了浑身解数才跟这些“枪毙的”真正地打成了一片,成了“哥儿弟兄”。我曾暗暗佩服自己,为了安全生存的表演是成功的。可万万没有想到,最后竟以丢尽脸面、丢尽自尊、彻底无地自容为代价。惨哪,老弟!

今天我也是忍着心的绞痛讲出了这个似乎是淡而无味的故事。不知有几人能真正看懂,又有几人能深解其中之味?

还有一次不太愉快的经历是一个闹剧式的小品:

那天下午又说要召开全体大会了,少不了又要我们上台当一回活靶子。尽管已炼成百毒不侵的金刚不坏之身,但心底终究还会有点儿忐忑。然而好消息来了:今天不开批斗会,而是毛泽东思想宣传队的文艺表演。并且九类分子也让参与一齐观看。这特殊难得的待遇让我们兴奋莫名。俗话说乐极生悲,“老内”这么个城府极深的人竟也有些失态了。在去往会场的路上一边走一边说:哦,真不错!我们也能“文一下娱”了。

这句话从文字方面看似乎不太通,但在我们家乡的语言习惯里却常常这样运用:比如“上一下街”“去一下厕所”“回家吃一下饭”或者“我去和他说一下话”等等。

在那个全民政治嗅觉空前敏锐的特殊年代,任你有再丰富的想像力也会冷不丁的让你瞬间石化。就在“老内”正高兴着的时候,旁边一位革命群众叫住了他:怎么叫“闻一下鱼”?“闻什么鱼?”“是臭鱼还是烂鱼?”于是才高八斗的中文老师顿时变得结结巴巴:“不,不不”……那位觉悟极高的革命者却和破获了反革命集团一样兴奋不已。围观的人越来越多:这是污蔑毛泽东思想宣传队,用心何其恶毒!一切反动派绝不甘心退出历史舞台!批判声口号声从四面响起,气氛越来越紧张、火药味越来越浓,终于演化成一个临时突发性的批斗会。这“阶级斗争新动向”让很多人似乎真的看到了阶级敌人心不死的生动教材。

这“临时插演”的活报剧在集体导演的推动下竟有人想到让坏人们自相残杀的妙招,让我们九组成员也一个个上去批判揭发“老内”的反动言行。我们这些已被清扫出历史舞台的人今天突然被临时特赦,享受半天“群众”待遇,本已幸福得有点迷糊。现在居然又提升了一级,从批斗对象变成批判者了,这是何等难得的机遇!于是,那几个坏分子、伪警察、国军连长和国民党残渣余孽也都抓紧这个表现的机会,纷纷跳上台去踩上一只脚。

轮到我了。“老内”微微抬起头、面无表情地看着我，空洞的眼神里看不出对刚刚得意忘形的懊恼，也看不出委屈和怨恨。但我却猜测到他脑中必定会浮现出曹植的著名诗句：“煮豆燃豆萁，豆在釜中泣。本是同根生，相煎何太急！”我知道别人说什么他并不介意，可我怎么说他一定会看重。

我不想落井下石，也不想在他伤口上撒盐。因此飞速地盘算着如何能蒙混过关而又不伤着“老内”。我不如曹植那么有才，短短十步的时间里我只想到了一个字：“绕”。

于是在背了一段关于“扫帚不到，灰尘照例不会自己跑掉”的最高指示后说道：对于“文一下娱”的说法是很不严肃的。这方面刚才大家已经说了很多，涉及的范围也很广……话音尚未落地，就看见一个穿着白大褂极显眼的身影跳了起来：杨玉琪矛头指向革命群众！杨玉琪不投降就叫他灭亡！我不知道我说错了什么，一下子傻眼了，僵在当场。只见那位应该还算有点文化的医务室医生脸红脖子粗地冲上台来：杨玉琪居然把我们的批判发言说成是“袭击”，用心何等恶毒！

“袭击”？我明白了。

那位医生是敏感地发现我话语中用词的险恶用心了，他把“涉及”理解成了“袭击”！这也难怪他，本是我用词太“文绉绉”了，赤脚医生出身的他也许精力都用在伤风感冒、碘酒纱布上了，实在无暇顾及中国的语言和文字。更重要的是我们家乡的方言中“涉及”和“袭击”是完全同音的，都是读成“xiji”。

我还能说什么呢？真的彻底无语了。没想到朴素的阶级感情提纯之后，竟然会让一个人敏感到这种程度。我突然领悟到“老内”为什么那么平静，几乎没有解释更没有争辩。于是我也就很快平静了下来，甚至还偷偷为这意外的插入无意中为“老内”挡了些许子弹而略感欣慰。

艺术宝藏涅槃记

在小城出名实在是太容易了。只要在任何方面将任何一件事做得稍稍突出一点,很快就会得到肯定并招人羡慕。

我曾经很自豪地认为我算是一个藏品丰富的大收藏家。现在说起来真像痴人说梦,极具讽刺意味。倘若用现在的眼光来看这件事,打个准确的比方吧,有点像腰缠万贯的富豪看待邻家小孩的压岁钱一样。对那个小孩来说,那点压岁钱是他实现愿望的基础和保障,甚至是他的全部。别人可能不屑一顾,而他却能从中看到他的快乐、幸福、理想和人生。

在五、六十年代那除了政治几乎什么都很匮乏的年代里,我却极为重视"艺术品收藏"。元青花、清粉彩我是不懂的,玉器、牙雕也绝不在我的视线范围之内。我所盯牢的全都是"书画艺术品"。

从石鼓、魏碑、王羲之再到宋四家,从李公麟、梁楷、赵佶到倪云林、清四王直至任伯年、吴昌硕、齐白石,只要是艺术史上有记载的几乎无一遗漏。这浩如烟海的收藏当然也无一例外地全部是"微缩的印刷品"。它们大部分来自旧画片、旧画册,更多的是来自于旧杂志的封面和封底。

当然,偶尔也总会有一些从旧书摊或是新华书店咬着牙"捧"回来的完整的画册。当然它得同时具备几个条件:首先是好得让我眼睛发亮,放下就会心绞痛,离开就会魂牵梦萦;更重要的是价格一定要便宜得物超所值,且在我接受能力范围之内;再加上正巧干瘪的口袋里尚存一点余资(不过说实话,这样的机会并不多)的时候,我才会下决心舍弃今后这个月的早餐带它回家。

几乎每一张小画片都是我的孩子,都是我多年来历尽千辛万苦挖掘和搜寻回来的。我差不多能讲出每一片的来历和故事。

我有一座搜之不尽、取之不完的宝山,那是全市废品收购站的总站仓库。哦!那是一座座真实意义上的书籍之山,在上面翻爬搜寻还真的会有进山挖矿的感觉。越挖越觉得它的庞大,同时也更加觉得自己的渺小。这是从全市以一角二分一斤的价格收购而来准备集中送造纸厂回炉用的。

一位好友把我介绍给站长,他特许我搜寻并撕下我觉得有用的部分然后以一角五分一斤的价格买走。我曾经计算过:一角钱就可以买到近四十页的画片,而且那在我眼中都是提炼了又提炼的精华,是五彩缤纷艺术世界浓缩了的宝贝。更重要的是它就在我面前伸手可及,只要我愿意就可以收为己有。多么美妙的宝藏!我已经不记得有多少个星期日在这书山上度过,常常是工作人员下班的催促才迫使我恋恋不舍地爬下山来。到这个时候令我最纠结、最残忍的就是“取舍”了。

对当今的小孩来说,看见地上有一元钱大概也不太会去捡的,而当时还是捡到一分钱都要交到警察叔叔手中的年代,一个人每天的生活费只有几角钱的年代,一角钱就相当于一顿早餐的年代。我怎能不反复掂量口袋里那几枚已经被捂得出汗的钢镚儿呢。因此,也经常会有手长衣袖短,不得不忍痛割爱的时候。有几次甚至产生了在车站的隐蔽处忍痛抛弃无法养活的孩子那种生离死别的幻觉。

可也有让我喜出望外的时候。

在我们家附近经常会遇见一位不分寒暑常年挑着担子收废品的老人。他那一圈银色的白发围着铮亮的溜冰场似的顶门,衬托着那张方正的脸上笑眯眯的眼睛更显慈祥。尤为突出的是那对纯白而又浓密的寿星长眉让人倍感亲切。他的斯文和教养与他肩上的废品担子极不相称。以他的年龄完全可以做我的祖父了,但不知从什么时候起我们就成了朋友。他隔三差五就会来我们家一次。他不会进来,只是在大门外向这个不算太深的大宅院高声喊一句:“老杨爹!——”

这个称呼对我这个年轻人来说实在有点奇怪、有点不伦不类,但看到老人那认真的样子就会知道这不是开玩笑。我不敢肯定是不是因为我过早地成熟,过早地知道夹起尾巴做人,过早地懂得包裹和掩饰内心的喜怒哀乐,过早地失去或者说越过了金色的童年和梦幻快乐的青少年阶段,所以同辈的小伙伴们就开玩笑地叫我老杨爹了。久而久之就成了习惯,就成了一个固定的专属称谓。只记得多少年后,一群年轻人来我家找我,也是在门外大呼小叫。我母亲听到了还以为是找我父亲呢,就急忙迎了出去。当看到是一群年轻人的时候,她疑惑了:你们是找——?答曰:杨玉琪呀。母亲忍不住笑了,我是“老杨爹”的母亲,你们该怎么称呼我呢?

白眉老人也是很早就知道并习惯了我这个“名字”。他也深知我的爱好和需求，所以一旦收到他认为我会需要的画册和杂志封面都会收存了给我送来。当然我也一定会以略高于收购站的价格付给他。时间久了，这个主要目的和功能慢慢演变成一种习惯，甚至简直成了找我聊天的借口。再后来，重量、价格的概念变得越来越模糊。直到有一天我对着一堆画片两眼直放光，但又涨红着脸讷讷地说不出话来的时候，老人贴心地拍拍我的肩膀：没事，没事！你先拿去吧，无所谓的！等你什么时候方便了再给我就行。

看着他慢慢远去的背影，我迷糊了。这真的是一位收废品的老人么？他的谈吐、他的眼神是那么睿智，又那么重视对知识的维护。透过泪水迷糊了的眼眶，我仿佛看见一座孤零零矗立着的航标灯塔。

最为可惜的是我至今都不知道他姓什么，只记得从小就和别的小孩一起叫他"白眉毛"。后来不叫了，但总也没有再想起来问问他。老觉得我们总会就这样一直永无止境地交往下去。就在我"当"了"坏人"好久好久，可以稍作喘息的时候，突然有一天想起好长时间没有见到白眉老人了，真有些想他，真很盼着他在大门外高喊老杨爹的声音，但终究再也没有听到过。如今半个世纪过去了，我早已成了名副其实的老杨爹，仍然常想听到那熟悉的叫老杨爹的声音，但终究再也没有听到过。

有很长一段时间，修剪整理这些画片就成了我主要的业余兴趣爱好。我会仔细修剪掉那些"边边角角"无关主旨的部分，甚至有时还要结合背面的内容来决定取舍。最后，我会按门类、按年代、按画种、按人名将它们分类并用纸口袋分别装好它们并写上名称和编号。

它们被整齐地码放在两张原来是存放棉被后来让我腾空了的柜子里。在我的心目中它们就是一座座艺术的丰碑。我的收藏品曾被不知多少人羡慕过。在与同道好友的切磋交流中，我总是能够随手抽出涉及谈话内容的画片资料，在我的记忆里还从未有过"查无此人"的尴尬。因此后来竟然发展到好友们倘要查找什么资料作参考，总喜欢直接来找我。因为比起去图书馆大海捞针，绝不如到我这里"唾手可得"来得更方便快捷。

整个社会都热闹起来了。

我无法找到准确的词汇去形容，是热情，是热烈，还是某种程度的狂热？总之，全社会的每个角落都沸腾起来了。人们都被一种莫名的力量驱驶，兴奋点全都达到最高潮。那时街上的巨幅标语中出现最多的就是“横扫”“砸烂”“摧枯拉朽”。

当时我已被划为另类了，所以敏锐地感受到这洪流、这热浪就是冲着一切旧的、封建的、反动的残渣余孽而来的，也理所当然地包括我在内。这气氛压得我惶惶不可终日。我确实感受到了炙烤的烈焰在慢慢迫近。动物性的求生本能激起我的每一条神经触角，在隐蔽而阴暗的角落里窥视、探测各种各样的新苗头新动向，以便能尽可能地从容应对。

我留意到初始的对象大都是“物”。从寺庙里的泥菩萨、牌匾、楹联到大户人家隐壁墙上的装饰和福字，最后甚至仔细到屋檐口有着吉祥图案的瓦当。再紧接着就“由表及里”了。古董字画自不必说了，描绘着“封建”纹样的花瓶、瓷罐乃至日用碗碟也都被清扫出来，毫不犹豫地公开砸碎。仿佛这些都是瘟疫的源头，必须彻底毁灭方能免除后患。像搞收藏一样，看得多了自然也就能慢慢咂摸出一些道道来。

这其中有很多是“红袖章”们向着明确锁定的目标英姿飒爽地挺着胸、排着队、呼着口号、唱着歌，用革命的棍棒捣烂的。但还有相当一部分是物件的主人们“主动”搬到大门外当着大伙的面冷静地一件件砸碎的。我注意到他们的态度基本上都不是出于对“封资修”的仇恨，没有那份义愤填膺。他们的眼睛里似乎含着某种忧郁和无奈，某种理智思考后的平和。我甚至还以阴暗的“小人之心”揣度出他们动作里的表白、表现，乃至表演的成分。他们似乎想让更多的人看到并见证他们“自发”的革命行动，委婉地却又固执地传达出某些难以言说的诉求。

我又注意到，这些从大门口一眼就可以看出的殷实之家的台阶旁，一直都显眼地、杂乱地堆放着碎瓷器、破窗棂、装裱字画的轴辊，以及灰烬中尚未烧透的古旧书。他们绝不会去清扫它们，他们一定希望它们就这样长久地展示下去。

我似乎从中悟到了什么，但又不能准确地理清和表述出来，更无法从更深层面去剖析出内在的含义。我从中隐隐地预感到自己潜伏着的危险，觉得自己也应该做点儿什么，以便为应对未知的危险做准备。我一会儿感到刻不容缓，一会儿又在自我安慰，得过且过。

直到有一天碰到大我两岁的、曾经一起学画的师兄。他说娘担心你呀，要你千万小心哦。娘呵，“儿行千里母担忧”这句话是一点也不错的。师兄口中的“娘”是他自己的娘，但我从小也跟着他一起这样叫。娘来看我们的时候，也都会带两份相同的糕点给我们俩。同样的环境和身世让我们两家亲如一家。

我们两家都曾是当地首屈一指的望族，我们都没有父亲。我父亲在我九岁时就被捕入狱杳无音讯了，他更惨，六岁时父亲就被镇压了。

我们都是靠做教师的母亲独自支撑着养活三四个儿女。也正是出于这种绝对的信任，他悄悄告诉我，昨天晚上娘为了防备抄家，叫他把一包家传的金银首饰扔到河里去了。我的心猛地抽搐了一下，这是娘赖以拉扯子女、支撑全家往前熬的精神支柱呵。我听懂了娘传递的信息，确保安全、保全性命才是最重要的。

在彻夜辗转难眠之后，我终于下定了决心，对刚进初中不久、盲目狂热的“编外”红卫兵大妹妹布置任务说，你今天下午不用上学，帮我把柜子里的所有书籍资料清理一遍，只要是你认为有问题的，统统给我烧掉。妹妹好像完全没有听懂，愣愣地傻在那儿。这是怎么了，那是你的命呵？于是我又以平日常用的权威语气说了一遍，她这才迟疑地、怯怯地答应了。

这一天是我一生中最为奇特而复杂的一天。整个白天好像完全静止了一样的漫长而难熬。我多么想早一分钟飞回家看看我的宝贝们还残存多少，可总也盼不到那个下班的时刻。想到无情的火焰在分分秒秒吞噬着我的宝贝们，每过几秒钟就会有宝贝化为灰烬时，仿佛觉得我的心也在被烤炙。于是，又万分矛盾地想拉住时间，让它走得更慢一些，好让宝贝们能再多活一会儿。整整一天，我的感觉就是无助的、无奈的、眼巴巴地守着，与最亲、最亲的人生离死别。

终于到点了，可以回家了。但我又觉得每一步都是那么难挨。我这才知道自己是多么惧怕见到那最后的惨况。算起来离妹妹开始工作已经过去了六个小时，我这才跨进家门。天井里那堆火苗还很旺，妹妹的工作显然才接近尾声，但仍坚持着最后的坚持。见我回来才直起身看着我，眼睛里似乎含着泪，像极了一个知道自己犯了错的小孩。

我一瞬间变得空洞和麻木，顺手将钥匙甩向橱顶。我失去了对所有事的兴趣，也失去了打开柜子再看一眼的勇气。

终于有一天抄家的队伍真的来了，我反而像得到安慰似的长长地舒了一口气。看着铺满天井的各式书籍，看着在上面毫无感情踩来踩去的那些沉重的翻毛粗皮鞋，本来意料之中必然会得到的严厉呵斥和发现新罪证的指责却意外地让我轻松地“失望”了。我这才衷心地佩服妹妹那红卫兵式的敏锐的政治嗅觉和精准眼力，竟让我免除了一场新的灾难。

更让我窃笑的是，这些书既然很普通构不成犯罪的证据，也就让他们兴味索然了。这些又沉重、又无趣、又无政治价值的东西费力拉回去又有什么用？于是，勉强装了两车作为象征性的战利品而外，其余的就大手一挥，赦免了。对这些劫后余生的残留品，我是如获至宝。一本本仔细地捡起来，掸掸灰、擦擦鞋印，重新装进那几乎已经空了的书柜里。

题外话：十多年后与一位画友喝酒，半酣之余他竟对我说：“杨兄，你知道吗，我家里还有一本当初你搜集剪贴的齐白石呢！这是当年我和好几个画友通过关系获准去四旧物品焚烧场搜捡得到的。现在该物归原主了。”我急切地问他封面、装订、内容是什么样的，保管得如何。在得到肯定的答案之后，我平静地说不必还了，就算我送给你的吧。在你这个新主人的手里保管着，我很放心，总比化成灰好得多了。只希望什么时候让我再看一眼就行。

通过这件事我深刻地理解和体会到，一些不管是被拐还是不慎丢失了孩子的家长们，历尽辛劳多少年终于寻找到孩子的下落之后，他们大多会满足于看一看，了解整个过程和近况，交流一下相思之苦，并不一定坚持从养父母手里接回孩子。因为孩子的安全健在和孩子的前途才是最最重要的。

艺术与人生的多味

海陵饭店——年轻人的“里程碑”

1989年的春天对我来说确实是一个真正意义上的春天，一个一元复始、万象更新的春天。

陈祖芬专程从北京来小城采访我。为了联络方便也出于尊重，我请她入住地处市中心的海陵饭店。尽管因为喧闹，第二天就移至较为偏远的银河宾馆，但这家饭店还是给她留下了深刻的印象。

因为她在这里听到了第一个关于我的故事。

在这幢四层的建筑物顶上显眼地竖立着由铜板焊成、每字高度一点六米的四个立体大字：“海陵饭店。”旁边同行的国学教授赞了一句：好精神的字！因为没看到落款，故又追问了一句，这是谁写的？

我当时与祖芬也才见面三个多小时，还有些腼腆、有些放不开，红着脸告诉他们：这是我刚刚二十岁的时候写的。算一算离当时也已过去二十多年了。

这是尚未进入正式采访的题外话，却令他们格外好奇。于是聊天就从这里开始了。

六十年代的小城泰州那真的是一座名副其实的小城。那时还有外地人谐谑地调侃泰州：一条街、两座楼，一个警察管两头，一个公园三只猴。虽略带贬义却也还生动准确，就是那几幢可怜的小楼也大多只有两层而已。

后来出了一件让小城震动了一下的事：一幢四层大楼要在闹市区落成了，这可是鹤立鸡群的“高层建筑”，让小城的人们着实兴奋了一阵，深感与有荣焉。

这幢大楼的用途确定为市级招待所，高级洋气就成了标准。虽还不懂什么“星级”，但名字绝对不能再用低级土气的“招待所”三个字了。市领导几经讨论、几经反复，最终确定以泰州的古称海陵命名，叫做“海陵饭店”。

领导们一致认为这是泰州的“标志性建筑”，是泰州人的面子，因而书写店名也就变得极为重要。小城名流中善书法者不乏其人，但最终决定请谁书写却成了难以决定的事。于是有人出了个点子：排出十来位大家公认的书法家，请他们每人题写一幅然后挂在一起集体公选，这样就可以统一意见，好中求好了。大家也都知道这些名流们大多有着各自的脾气和傲气，公然说明内情恐怕无人愿意参与：选上了固然好，选不上那就有了一个不光彩的记录。基于此，分头邀请的工作人员们约定统一口径，坚称所邀请的“就您一位”，以示尊重。

不知算是有幸还是不幸，这十一位的名单中竟然也有我。

当他们拿着市政府的介绍信找到我单位的时候，我正开始“当坏人”。单位领导觉得对上级布置的任务是必须唯命是从、不折不扣完成的，更何况杨玉琪还是一个看管对象呢。简单得很，“叫”他来写一写就是了，就连命令的口气都带着随便和轻蔑。

不想我却莫名其妙地不识时务、不识抬举，觉得这些外来的差事本应该是“可请而不可压”的。于是，我说这几天心情不太好是无法写字的，请稍等一阵再说吧。当时领导的脖子上就暴出了青筋：不就写几个字嘛，为什么要推三阻四？这可是态度问题，一定要写，就在这里写！所幸来客似乎还懂点艺术懂点书法，反倒出来打圆场：就晚几天吧，一星期行吗？我勉强点了点头。走出办公室，背后还传来领导的发威声：这臭老九！搭什么臭架子？

没想到，第二天来人就越过领导直接找到我，说尽了好话请求三天后务必写好，说市领导想看。笑脸难拒，我也就顺水推舟答应了。于是第四天早晨上班时经过那幢楼，就将写好的字留在了他们的传达室。

可到了中午就有朋友告诉了我这件事情背后的真相。说这十一个人中有三个聪明人事先得到消息没有参加，今天上午只有八个和我一样傻乎乎的家伙送去了作品。正好市里一个重要大会在对街的文化宫召开，中午休会时全体领导会一起来参加评审。

这可让我后悔死了。我是书画界年龄最小的，选不上是势所必然本也无关紧要，但终究免不了会被同道们嘲笑“年幼无知、自不量力”。要是万一侥幸中选，那今后如何面对诸多前辈师长？

忐忑不安中消息传来:我“不幸”中选了。

果然,以书协主席为代表的一大群前辈们的嘲讽铺天盖地而来。最为经典且令人叹服的看法是:练好书法没有三十年寒暑的功夫行吗?

所以结论就是:杨玉琪还没学会怎么拿笔呢,能写好字?

从那时起,有好长一阵我在书法界是不招人待见的,被排斥在这座铜墙铁壁的堡垒之外。从此失去了向老师们请教学习的机会。

我真的是有冤没处诉。我是被骗的、被逼的,是不得已的。我有自知之明,深知自己学业未成。我绝不想、也不敢、更不愿强占前辈们的面子。这件事已过去近半个世纪,我仍然愿意向前辈师长们深致歉忱。原谅我吧。

所以,到今天我还是说不清楚,那是一座值得骄傲的丰碑呢,还是因“年少轻狂”而长留心底的痛?

写到这里我又穿越般地想起,在此事过去的十八年之后,我的恩师、南京师范大学的谭勇教授在我的个人画展取得空前成功之时,曾慎重地、语重心长地对我说,玉琪,你要保持清醒呵,在你的头上还压着三座大山呢。经过仔细揣摩我终于弄明白了,在中国美术界论资排辈的传统是根深蒂固的。德高望重的前辈师长们尚还健在,怎能让不知天高地厚的愣头小子轻易打乱和破坏这个铜墙铁壁似的固有规则和秩序?

再回头从另一方面去看,当年还自以为在逆境的磨炼下已经比同龄人成熟了很多,懂得更多,谁知那仅仅是复杂的社会学中的沧海一粟。原来自己竟是如此幼稚和可笑。

当时还有一件印象极深的事:

至今手头还珍藏着一本深烙着当时印记、劫后余生的巨型画册。它的特殊不仅在于它大八开本的壮观和超过半寸厚的分量,而是因为它凝聚了包括我在内的五位美术痴迷者一个星期不眠不休的心血。

记得那时有一位年纪稍长的画友从邻近的扬州市博物馆里借来一本巨型的古籍画册,用白描手法绘制了上万种各类鸟雀的外形特征和动态,并附有极为详尽的文字说明。那真是难得一见的绝妙参考资料,简直就是一本包罗万象的鸟类大百科全书,令人难以释手。他极想复制一份留存下来,但那是近半个世纪前,民间还根本没有复印设备。只能像复制工程图纸那样,先用半透明的描图纸蒙在原图上再依样手工描绘。老天爷,这将是多么浩大的工程!只凭一己之力无异于蚍蜉撼树、愚公移山。更何况借期只有一个星期,到时必须完璧归赵、不容拖延。于是,他发挥自己装订古籍的技术将画册先行拆开,然后找了我们五个"画疯子"分头描摹,完成之后再用晒图机分别各晒出五份来相互交换。这样每个人都会拥有一本完整的《百鸟图集》晒图本和五分之一的勾描原本了。

这是多么摄人心魄的倡议和壮举!我们每个人都深知时间的紧迫和工作量的巨大。而且一旦允诺加入就意味着和这个集体、这项工程捆绑到一起,只要稍有失误或是反悔,则会造成整个计划的失败,就会成为五个"画疯子"队伍里的千古罪人。于是,我们五个人一起陷入这个充满未知的深渊。大家都不分昼夜地拼命挤出每一滴醒着的时间极为认真地描摹着。所有人都不想成为这个画册合订本中的"水平最差者",绝不肯随着这本画册的千古流传而被钉上耻辱柱。

这个星期真是奇妙的一周。极其辛劳又极其兴奋。看着厚厚的原稿,会有一种遥遥无期熬不到头的失落和无助;再回头看看慢慢变厚的描摹稿,顿时又喜滋滋、信心倍增。一笔笔的仔细勾描,让人觉得耗费在每一幅上的时间都是一个漫长的无底洞;但算到七天期限的无情迫近,又觉得时间像飞一样的流逝。冰与火,苦与乐,甚至是爱与恨交织在一起,成了一种别样的煎熬。

真的是:痛,并快乐着。

六天之后的下午,当这五个几乎已失了形的画痴们绿着脸、黑着眼圈、步履蹒跚地集中凑到一起的时候,大家都几乎疲惫得说不出话,但凹陷的眼睛里都闪烁着兴奋、喜悦的胜利之光。

关于人生、学艺的思考

自从幼年时由学校组织去市招待所夹道欢迎京剧大师梅兰芳返故乡访问那时起，由兴奋激动到羡慕崇敬继而激发出立志成为文化名人的决心，并由此陷入不知是天堂还是地狱的虚空之中再也无法脱身。（我不想说这是一个陷阱，因为是我自找的，并未受到任何外界力量的诱惑和胁迫。而且对我而言绝对是美好而崇高的愿望。）尽管似乎有些遥不可及，但它毕竟总是一直在那地平线上闪着光呢。

还是拿书法来举例罢。

说来也怪，我从小就对人生的短暂充满敬畏。

人的寿命毕竟有限，谁能保证自己就一定能长命百岁呢。即以平均年龄八十岁计算，确保一定"大成"的希望绝对是十分渺茫的。千百年来真正达到"丰碑"级的人少之又少即是明证，除非他是极为难得的天才。试想想，假如齐白石先生七十岁就过世了的话，寿限虽已不算太短，但中华文化的历史长河里是一定不会留下这个光辉名字的。呵，这是多可怕的结果！千百年来，多少文人墨客头悬梁，锥刺股，刻苦拼命，孜孜以求，最后却终因天不假年而在艺术的疆场折戟沉沙、遗恨终生。充其量，最终也就只能算是个"学"者（并不是指习惯意义上的"学者"，而是专谓终身只是"学习"，而无个人独特成果和建树的那类人）而已。

传统学习的"常规程序"是：必先选定某几家，逐一挤进各家之门，精研各家之道。这当然没有错，然"大家"们的成就何等之高，要揣摩出点儿"道道"来谈何容易？费时费力或不能深入悟其精粹自不必说了，一旦"陷入"要想"全身脱出"又谈何容易！白石老人曾说："学我者生，似我者死。"此论何其精辟。但检视白石先生后人们的作品，几乎都像是荣宝斋的木版水印。像则像矣，但又如何？由此足见入门尚属较易，脱出后再创新貌则更难。要不，怎么不能再多出几位像李苦禅先生这样的佼佼者呢？

这是从一开始就绝对无法预知结果艰苦的赌博，成功率极低，而且没有任何"悔棋"的可能，就和每个生命的"盲目投胎"一样。面对这样的结果，人生的意义又何在呢？每想到这里总不免头皮发麻、后脊梁阵阵发凉。我也坚信有同样想法的一定大有人在,必然的结果一定是:浅尝辄止,掉头就走者有之;得过且过,淡然面对者有之;转为“实用”,以此谋生者有之;坚持“不问收获”者亦定然有之。自认属于顽固不化的“一根筋”,但依我对于“时间”吝啬的天性是绝不肯,也不敢以这“唯一”的一次生命压在这张“不可知”的赌桌上。万一输了,何时再能回来还不知道呢。

那么,要想抓住“必定成功”的结果,那就必须另辟蹊径了。

“书法”这个中华文化艺术瑰宝之博大精深,不是一两篇文章能够讲深讲透的。

它的初级层面属于“技”的范畴,当然必须勤学苦练,力求熟练掌握运笔技巧和累积功力。但应清醒地认识到及至这个阶段也才只是达到“写字”的层面而已,离“书法”还远着呢。这就像过去的老中医们用毛笔开了一辈子“丸散膏丹”,字写得不可谓不好看,运笔不可谓不“熟”,然而却“俗”。

千百年来,世人谈论书法作品多首先从笔法入手。或论“用笔得XX法度”,或“深得XX碑之笔意”云云。依我愚见,用笔乃书法必备之基本功,不必当成首要甚至是唯一的衡量标准来论及。真正越过这个门槛才只能勉强算是挤入“书法”的范畴,否则也就仅仅是一堆文字而已。

“技”的层级之上是“艺”。是艺术,是上层建筑,是阳春白雪,是精灵,是魂,可望而不可即。就算仅仅是“望”,也得有眼力、有学养、有见地、有境界才行。人们常说功夫在画外。而这“外”,天地宽着呢。

评论一幢建筑的“艺术特色”,除掉实用功能,自应不必挖开地面去研究它的地基、材料、力学构成或脚手架。相反,设计师的文化底蕴、艺术修养、独到见解和广博学识倒是研究者绝对不容忽略的。

书法的“字形结体”当然是最起码的,很重要。但和对建筑的感观一样,如果大家一眼就看出,就惊呼:“好呀,简直就像华盛顿的白宫、奥地利的萨尔茨堡一样!”不知这算是表扬呢,还是别的什么意思?贝聿铭的悉尼歌剧院像谁了?迪拜的帆船大酒店又像谁了?最后能在历史长河里留下痕迹的仍是白宫、萨尔茨堡、悉尼歌剧院、迪拜大酒店,而绝不会是那些“仿制品”。

书法亦如人,更重要的是“气质和内涵”。所以,倘要有所建树就应在

"性格特点"上多下功夫。或遒劲、或苍古、或潇洒、或稚拙、或婉约、或清丽。绝不同于演员演剧,靠"装扮"、靠"模仿"、靠"表演"、靠"做"是不行的。东施效颦会令人作呕并贻笑后世。

还有更"高难"的。

"不与人同易,不与己同难。"形成风格之后如能再有勇气、有才气不断否定自己、不断变法,最后方能成为真正的"大家",才能在美术史上占有一席之地。

由入门到达"技术"的高峰,如登山。只要努力坚持、勤奋刻苦、甘愿为此耗时耗力,则几乎人人皆可抵达。而攀登"艺术"之巅,则如登天,是无路可通的。只有从技术的巅峰再展开智慧的翅膀,借助众多前辈大师的灵慧之光才能冲向云霄。

每位"大家"都是一座丰碑、一座宝藏,要想窥其堂奥,即使终其一生也未必就能钻研深透。面对数十座乃至上百座峰巅,面对这几乎无解的问题,我想到了"借智慧""借时间"。

后世的艺术评论家们往往穷其一生只研究一个方面、一个领域、一个流派乃至极少数艺术家。他们集中全部才智用于研究,故而极易深透。他们最终把研究成果综合、归纳、剖析、精炼,形成不朽的理论著作流传后世。倘若能把众多理论家的毕生成果再集中汇铸成可借鉴、可使用的"巨人的肩膀",以它为起点,飞上蓝天必然指日可待。

磨刀不误砍柴工。

只需稍作整理就可轻易获得历代理论家对"丰碑"们相对统一的认识,顺利获知"丰碑"们最为精彩并借以留存青史的部分,用他们的精粹"导引"自己研习,是充实内在学养、提高眼力、少走弯路、强健冲天之翅的重要手段。自己根本不用事无巨细、亲力亲为去摸索。

"时间"并不是实现这个理想的"唯一"因素——尽管它算是一个"重要"因素。在这条崎岖复杂的前进路上还是有捷径可寻的。

以书家的"心得体悟"为师、以理论家的著作为"秘书小结",将每位大师那一两点精粹集中糅合消化、演变延伸,再运用自己的学养和智慧冷静客观地揣摩,从骨子里(而不只是从外部形象上)进行碰撞和深度领悟,爆发的火花才是全新的,真正属于自己的。这样也才能避免艺术界一个最大的弊端:只要见到某人的作品,立马就会看出他的师承,知道他是学什么碑帖出身的。现在甚至有人竟目光短浅到以此为荣,殊不知这却是很可悲,甚至是很可怜的。

去年有位老学生知道我是咖啡发烧友,送我一包据说很名贵的"猫屎咖啡",饮后真的觉得其香无比、风味独特。这是咖啡豆成熟后被果子狸之类的猫科动物吃进肚里,由于坚实不消化,故又原样排出。经专人搜寻捡起特别加工这才成了可遇而不可求的稀有珍品。尽管从外形上看似乎与普通咖啡无太大区别,但毕竟经过了挑拣选择吞进嘴里,伴之以唾液胃酸再加上长时间的反复蠕动消化,终于让它起了"质"的变化,飞上枝头成了凤凰。书法和绘画艺术的追求,是否也需要经过这样的蜕变?

书法艺术的真正大成确要做到"特立独行","我就是我"而绝不是别人。经过半个多世纪的消化和磨炼,虽自知我的"字"绝不算好,也许还会遭到评论家们的诟病,但从另一方面说,我的字像千百年来的"谁、谁"了?则恐怕很难有人指出来。这是我早就定下的目标,现在总算勉强做到了。

以广博的胸怀接纳一切、以冷静的思维严格筛选、以理智的思考确定方案、以坚定的信念付诸行动、以智慧的学养领悟精髓,这就是我学习的诀窍和心得,实践证明这对我特别有效。至于能否推而广之、放之四海而皆准,那就仁者见仁、智者见智了。

根据对数十年经验教训的梳理总结,总觉得业界约定俗成的诸般铁律以及周遭的环境风气、学术氛围对渴望成功者的制约甚至是摧残也是不可小觑的。已近古稀之年并久已偏居海外的我,应该有勇气冒天下之大不韪,直抒胸臆地议论一番以正视听。要不,那件皇帝的新装到何时才能脱下呢。

纵观世界尤其是中国艺坛,丰碑座座,令人高山仰止。他们"引无数英雄竞折腰"。千百年来,多少人为之劳碌终生。仅以"业内权威评论"而言,至今尚未见一人被赞誉为超过了齐白石、徐悲鸿、张大千;超过了吴昌硕、八大、石涛;或者超过了颜柳欧褚、苏黄米蔡;抑或是超越了王铎、孙过庭乃至怀素、张旭和王羲之。

以物种起源、人类进化、社会发展的规律来说,理应是"长江后浪推前浪,一代新人胜故人"的。为何至今尚无一人能获此殊荣?是人类自那些丰碑问世起就逐步退化了,还是冥冥之中有一条不可逾越的"铁槛",致使即便有人侥幸越过也不会被认可?

"为长者讳、为贤者讳"是我们中华民族的美德,但只要稍"过"一点即会成为阻碍后进超越的障碍。当今的业界已经习惯成自然,将这个惯性的观念溶入了自己的血液之中。几乎无人不承认、不遵循这个"潜规则"。

然而,在大多数人的"心底里"却又承认:以艺界成员的"特有共性"论,作品都是自己的最好。这就和"儿子都是自己的好"是一样的。虽不至于狂妄到"唯我独尊",却几乎是"并列天下第一"的。

是否可作这样的推论:千百年来,未必所有的人都心悦诚服地认为自己比不上大师们。只是"不敢"或"不愿"明说而已。何以哉?铁垒难破。何必以卵击石、自取其辱?

对此,愚以为破解之道是:评论界尤其是权威性评论的公正与客观。对大师、对权威,切不可"迷信"至认为他们流的汗都是香的,其任何地方"皆"为顶峰而且"永远"不可逾越。是可以,也应该将其视为是"当时"那个年代,或"之前之后一段时期内"的顶峰"之一",而绝不可能是"永久的"顶峰。因为历史总是要前进的。站在历史的角度,任何顶峰的高度也都是有局限的。

我也曾经傻傻地想过,当今那些"专业"的或曰"专职"的理论家和评论家们为了饭票、为了职称写一些应景文章当然无可厚非。但终身拾人牙慧,终身从事于"改编"与"应和",其实是没有什么味道的。就如英国人所说:仅靠研究莎翁肚脐眼儿的大小混日子又有什么趣味可言呢?大师们不是万能的、无所不晓的神。他们纵然是太阳毕竟也有黑子,即便是高山也定然有它背阴之处。平面意味着平淡,立体才有分量、才会丰富。

至今尚未见到有智有勇的学者们携起手来共同新建和开拓一个全新的学科:从千百年来无人敢于触碰的另一面去研究解剖大师们,找出他们尚未被"发现"的错误缺点和不足之处,再以自己的聪明才智提出改进方案和建议,至少是以"旁观者清"的冷静角度进一步丰富和完善他们的艺术。这将是多么有意义的事!倘假以时日,这支评论界的"异军"必能在艺术的历史长河里留下浓墨重彩的精华,为后世的艺术家们提供另类的借鉴。(假如真的勇气不足,则可从已故的、年代久远的大师们入手,至少他们暂时还无法爬起来与你争论一番的。开个玩笑，请莫见怪。）

说实话，何以人类的科技可以日新月异飞速发展，而文化艺术却进展“迟滞”，甚至还有越不过寥若晨星的历代大师的丰碑而稍显退步的情形呢？这绝对与思维定势有关，与研习传承的顽固习惯有关。这是一个阻碍文化、阻碍历史前进的巨大障碍。这障碍应该首先来自心里，来自对师徒口口相传的盲目顺从，来自对前人的盲目崇拜，更来自对传统、对继承的误读。想到在“文学”这个大门类里尚建有“比较文学”这个分支，我猜想其主要研究方向大约也应该是通过纵横向、东西方作家和文学作品的比较和鉴别从而得出更新、更全面立体的结论来提供给后世参考学习的。而在“美术”的大园地里为什么就不能出现“比较艺术”这门新学科呢？（详尽议论请参阅拙作《另类思维——杨玉琪的另类谋略》，沈阳出版社，2003年版）

这些“离经叛道”的想法自幼就主导着我的学习方法和进程。实践是检验真理的唯一标准，我今已年近古稀，虽无大成却也小有领悟。即便“不上台盘”但也自成一路，也曾有不少年轻人受我蛊惑痴愚至今的。这也是我甘冒遭唾的恶果而选择公然发布的动力。愿这篇传统洪流中不起眼的一家之言，能给一些敏锐的思想者一点参考。

艳阳天

“体制”内外

鉴于艺术圈内的特殊性和复杂性，常会令自以为历世颇深但恰又涉世尚浅的我心力交瘁。总时时觉得自己是走在一条蜿蜒曲折泥泞的乡间小路上，两边都是深深的坑。一边是乱草坑、一边是泥水坑，一不小心就会滑落下去。尽管尚未看出会有性命之虞，但伤筋动骨惹一身污臭，且一时半会儿爬不出来的后果却是显而易见的。即使再小心，脚下的泥淖也常会陷住腿脚很难拔出来。因此，总不免偶尔会情绪低落、迷惘和无所适从。经常也会遇到事儿躲着走，能不招惹就尽量不招惹。总以为：惹不起还躲不起么？但不管是由于外因或内因，仍有许多事情是躲不掉的。

因为在这个小城里算是混出了一点小小的知名度，很多事情就常会主动找上门来。由于道行尚浅，还未真正修炼到心如止水、四大皆空，对于那些与名利相关的诱惑，总还会免不了在心底蠢蠢欲动。其实细细分析起来，也并不完全是看重那点蜗角上的名利，在更深的层面里有时更是为了捍卫那份极易受伤的自尊。从小“被边缘化”形成的极度自卑心理确实影响了自己的真正成熟。才刚刚闻到一丝若有若无的初春气息，就开始敏感到这可能也是疗伤和重建自尊的机会，尽管很冒险但还是想试一试。

记得是中国共产党建党六十周年前夕，市里的宣传部门照例会筹备很多的庆祝活动。其中有一项重头戏就是反映社会新貌的大型画展。既曰“大型”，歌颂的范围就要尽可能全面到各个方方面面，画种要丰富，作品数量和艺术水准也要达到全市历届画展的最高水平，力求数量质量双丰收。

哦，小城充其量就那么多“画家”，要进行认真严肃的主题创作，要完成这个重大的政治任务谈何容易？懒散惯了的“江湖派”们自有一点怕苦畏难，纷纷表现出看似热情的谨慎。大家都在观望着那些常年在文化机构闲适地养尊处优的“体制内”们。政府用国家财政常年供着你们，不就是为了“用兵一时”么？

我当然也不例外，更何况我还有着对政治先天恐惧的后遗症呢。

因此，接了通知好久我还没有一点动笔的意思。

随着雷打不动的“画展开幕日”一天天临近，面对着“温吞水”的筹备局面和实际成果,宣传部的领导们有些紧张了。他们可是顶着上级领导的政治压力哦。他们及时调整了战略部署,变普遍撒网为逐个出击。于是,电话催促、约见面谈轮番进行。晓以大义、动之小情、许之以利三管齐下。

一天中午上班的路上,迎面看到不知是有意守候还是偶遇的文化局主管这项工作的科长。他无论如何也要力邀我到路边长谈,果不其然又是一长篇热情友好、充满兄弟情谊的交流。对此我是有充分思想准备的,也有着以不变应万变的应对方案。他似乎也感觉到我冥顽不灵的固执,最后紧握着我的手郑重地说:这次活动是要载入我市史册的,也算是一个里程碑吧。以你的水准至少也可以评上个三等奖吧,何乐而不为呢?

噢,噢!"至少也可以评上个三等奖?!"

我一下子被深深地触动了。不是被这微不足道的小小名利所打动,而是被他坦诚的"善意"深深刺痛。科长的眼神里满溢着质朴和诚挚,绝看不出半点轻侮和蔑视。

明白了。这是渗透骨子里的"体制内"有生俱来的优越感。约定俗成并且被普遍接受的真理是:既然被安排在其"位",那就必定具其"能"。在正常的情况下,官方评比的奖项当然主要会颁给"正规军"了。体制外的"游击队"们能捞个三等奖那已是意外的荣宠了。

可能就是这个被我曲解了的善意促使我翻出年前赴外地写生的油画风景,选出四幅稍稍能反映出社会新貌的作品送了过去。我就是想看看我的作品在集中检视时究竟会排在什么位置。

预展时确实举行了评比,竟然还例外地公开进行。同时还走了"群众路线",请了十二位行内人担任评委。为免尴尬,采用了无记名投票的方式。

没想到历史有时竟会出人意料地重演。我的写生作品并不能算是传统意义上的主题创作,竟然得到十一票荣获一等奖。在场的人们都知道这就是满票。一来自己还未厚颜到投自己一票;二来也会顾忌到万一真的统计出自己的作品获得十二票,那今后在圈内还活不活了?

我知道这是一次偶然的、难得的体制内和体制外的碰撞,也是一次冲破壁垒并且取得意外机遇的碰撞。虽不敢说空前绝后、绝无仅有,但多少年来这种类似事情发生的概率是极为鲜见的,所以就显得尤为珍贵。

机会还是有的。

另一个与文化系统几乎风马牛毫不相及的系统“科学技术委员会”和“科学技术协会”正在向所有画家乃至美术工作者们抛出热情的橄榄枝，号召大家投身到科普美术作品的创作之中。这任务可是当年的国家高层所作出的重大战略部署之一。因此，短时间内便热闹非凡、声势大振。

我也曾多次参加江苏省科普美展并屡次获奖。透过这些我似乎看到了更加平等的尊重、更加透明的公正、更加亲和的氛围。这种意外甚至给了我欣喜和惊奇。这个体制的壁垒哪儿去了？

经过我病态心理的分析终于看透了，普天下的真理都是相通的。尽管是不同于文化艺术的科学界，在他们的地盘内也有一个同样坚固的堡垒。比如说申请项目课题乃至科研经费，直至论文发表、评奖、提职称、参加各级科研成果展和各级科学技术大会等同样是在这个体制内进行的。对于身处这个领域的“体制外”们同样是很难摸到门径的。

对于科普美术恰成了一个大大的例外，甚至可算是奇迹。对于这座城

南极大象岛

堡来说，科普美术是一项面子工程，它是挂在城楼上的大红灯笼，是介于宣传品和点缀、装饰品之间的东西。它还可为这座城堡增添光彩并为城堡的领导者们带来可供观赏的业绩呢。最为关键的是它绝对不会给这个体制带来任何不便和影响，更何况这些参与者本就不在他的管辖范围之内，甚至连工作职位、工资奖金都不必安排支付的。他们是不听宣、不听调，只需要“礼聘”的。而这个“礼”不是指财帛，而是坦诚、礼貌、尊重和温暖。

为了长期地“团”住这帮散兵游勇，于是从中央到各省市科普美协应运而生。尽管以文化领域的体制来看，它是疏离了纯艺术的、编外的二等品，但相对于体制外的画家们，他们看到的则是：这是由国家批准的、正式的山头，在这里可以找到“家”的感觉。少了冷漠和钩心斗角，多了些自由和谐。

我市科技界的领导们敏感地响应上级的授意，也组织召开了泰州市科普美协成立大会和进行了协会组织机构的选举，并且以十分超前的意识（无疑是具有高瞻远瞩气魄的极为正确的抉择），在会上直接由全体与会者无记名投票进行公开推举，彻底展示了官方并未事先“内定”或“干预”。

又一次出乎意料，九十一张有效票中我竟获得八十九票，被推举为科普美协副主席。

哦，这个游离于两个体制之间而不直接受它们约束的、相对自由组合而成的团体是何等美好！在中国的大架构内它又是合法的、官方的、名正言顺的。它虽然有着偏重科学知识技术和服务的功利性，但总也和艺术沾点边儿。二等就二等罢，不得已而求其次，总比老是飘浮着无家可归强一些吧？

说来也是，科普美协只不过是在各自封闭的体制之间发现和开发了一个新的生存空间而已。它没有欺骗和夸大，也没有以此造谣忽悠，它并没有妨碍谁并且心甘情愿、不计报酬地付出自己的艺术才华，为的只是想获得一种仍然不太实在的抑或是虚幻的认同和接纳。

敦厚善良的二等艺术家们，他们单纯得太容易满足了。单纯得让人心酸、让人心痛。

以至于后来“开放”或曰“放开”之后，成千上万百炼成“精”的“等外艺术家”们便真的另辟蹊径、自封为王了。他们成立了许多连自己都不相信的（当然重复的次数多了，自己也就慢慢信了）各种“世界”艺术家协会、“国际”书画家协会等多如牛毛的野鸡协会。“协会主”们不管手下有人没人，任意设计个大得吓人的头衔就印上名片满大街唬人，顺应着社会上不少愿吃这一套的善良人的“名人崇拜”癖。

后来也有一些敏锐的专家们关注并研究过这个现象。古今中外能在人类历史上留下浓墨重彩的几乎极少是官养的宫廷御用画家——尽管他们的画可能也很值钱。而真正闪着耀眼光芒、能照亮后世数百上千年的，大多还是体制外的“江湖派”们。这是否与他们的天性尚未受到压抑、干扰、污染甚至摧残，从而保持了自由不羁的天性有关？

稍稍读过点书的人都知道，殚精竭虑辛劳多年用“无处不堵”的愚蠢方法妄图治理洪水的鲧大人，最终以惨败并掉了脑袋而告终。他的儿子禹，却大胆地背离了父亲的传统路线，以“疏”和“导”的方法征服了洪水，成了真正救民于水火的大英雄。

这些妇孺皆知的浅显道理为什么没能给创建体制的人们一丁点儿触动和启迪呢？

身居海外二十多年后我才明白，关键正是来自于体制本身的自我需要。

我走过世界上几十个国家，了解过各国美术界的状况，他们几乎全都是自由艺术家而且是真正意义上的“自由艺术家”。他们没有官方组织控制并喂养的层层级级的美协、画院、创作室，有的只是少数艺术观念相同的、自由结合的、松散而毫无约束的、纯艺术的各类“民间”沙龙 。

恋春

父亲·母亲

眼中之父已非心中之父

这真是一段难以言说的情结。

我自从极小的时候离开了从黑牌轿车里清点立正敬礼的军警人数以及极力挣脱保姆和佣人们亦步亦趋、限制约束的记忆之后,很快就陷入了一个完全无法适应的冷漠环境。为什么别人家的父亲都是抬头挺胸做人,而他却只能低眉顺眼地弯着腰清扫门前的街道?周围的小孩们都喜欢跟在他后面瞎起哄,后来竟发展到也会跟着我起哄和嘲笑,就像做着节日的游戏。我坚定地认为这都是拜我的父亲所赐。但对他的恼恨只能放在心里而绝不敢轻易表露出来的,是他那不怒自威的煞气镇住了我。我真的很怕他。

在他被逮捕之后的那段日子里,我心中就像卸下了一块千斤大石,突然感到似乎轻松了许多,但同时也更加明目张胆地恨他了——这是和我在学校外面的受辱程度成正比的。而之所以敢公开泄愤,这里面还有一层隐蔽的原因:这还可以"顺便"向学校领导表明自己坚定的革命立场,一举而两得,何乐而不为?

再后来,当恼恨慢慢被时间磨蚀得粗糙、模糊了之后,竟又莫名其妙地偶尔会想起他来。想起他那张不苟言笑的脸和那额头正中月牙形的疤痕。(它不像包青天那样是一个标准的新月形,而是折弯了的粗短的线,更像展翅欲飞的鸟。)对他的声音是几乎没有印象了,有时甚至会怀疑自己是否真的听到过他讲话。但他眼神里的内容是极为丰富的,仿佛隐藏着一整个大千世界。

他对我们的压力或惩罚大多表现为"盯"或"瞪",倘若再加上皱起眉头配合着那振翅欲飞的鸟,那种威严更是无以复加,令人无法与之对视。

记得印象中最幼稚而滑稽的一件事,发生在父亲被抓走之后的那段时间。当时自己一直被复杂的情绪所左右,无法释怀。直到偶然从一本书里知道古时候人与人绝交是要用红笔写绝交信的，于是从母亲的办公室里弄来一些批改作业的红墨水，给他写了平生第一次，也是最后一次的信——一封唯一的“绝交信”。当时才九岁的我具体写了些什么已经忘记了，大概应该是充满了对仇恨的发泄吧。只记得最后一行“我要与你绝交”几个字写得特别大，并且还加上了十几个大大的惊叹号。再后来又从学校传达室要来一点糨糊，自己糊个信封装了进去。忐忑了几天之后，在一个母亲让我去买酱小菜的晚上，偷偷地、郑重地将那封“绝交信”投进了街角那孤零零的绿色邮筒。

但令自己多年不解的是，既已公然宣布“绝交”，至此本应轻松地“放下”，但与原意完全相背，由此竟患上了一个奇怪的病症：每天下午放学后都会磨磨蹭蹭走到门外眼巴巴地等着邮差经过。心中有着竭力的否认和抵制，却又强烈地企盼着父亲的回信，哪怕是狠狠地骂我一通的回信。每天看到目不斜视的邮递员骑着墨绿色的自行车在眼前一闪而过，从没有丝毫的迟疑，我的脸上虽然没有眼泪，也看不出失望，可心底里却有着越来越强烈的绞痛。绝没有人知道还有比失望更痛的感觉，那就是忍耐和掩饰。

一天又一天，一个月又一个月过去了，仍旧没有见到父亲发回的片纸只字。在长久的失望并渐趋绝望之后，我开始模糊地怀疑起父亲是否收到了我的信。细细检视过整件事的每个细节，我这才意识到症结所在：在我发出的信封上没有贴邮票，只写了收信人的名字而没有地址。因为父亲被抓之后就彻底失了音讯。究竟关押何处，有谁能知道？

这是一个藏在心底六十年，只有我一个人知道的秘密。当年的母亲已是痛苦万分，我完全不忍再给她添堵。二十年后父亲被特赦回来，面对一张风烛残年、沧桑而憔悴的脸，我仍然选择独自吞下这个永久的秘密。

呵，永久的秘密，永远也没人知道！但它却实实在在地存在过，并煎熬了我许多年。在双亲早已安详地长眠，我也离他们越来越近的时候，我仍旧没有“当面”告诉他们的勇气。但我一直有着想公开说出来的愿望和冲动。就安插在这里罢，也算是一次精神上的减负。

眼前的父亲仿佛完全成了另外一个人。

不知道是他佝偻了还是我们长大了，只觉得他号称一米六五的身高完全是吹嘘出来的。加上单薄得纸版一样、不足九十斤的体重，完全没有了我儿时心目中的那种气势和分量。我也曾私底下猜度过，抑或是二十年的关押改造，完全磨去了他往日的风华?!

对于门外那些充满好奇心、时时愿意窥视周遭邻居、同事隐私的人们，对于从早到晚不间断的探头探脑和窃窃私议，他倒是泰然若定、不为所动的。

“嗨，这家有一个老国民党!”

“国民党长什么样?”

“哎，真的很像！活脱脱就是一个老国民党!”

我真的不懂国民党究竟应该长什么样。是不是就应该像国产电影里的胡宗南、卫立煌、杜聿明，或者是《渡江侦察记》里的情报处长那样？作为一个“国民党大官”的儿子，我自己心里也作过无数次对比。眼前这个“垂垂老矣”的行动迟缓者，却怎么也无法与那些当年也曾叱咤风云的形象联系起来。但他又绝对不同于周围的共产党干部，他们给人的感觉截然不同。是因为家庭出身、内在的气质、还是因为他的国民党背景或反动立场?

1975年，“全国特赦原国民党县团级以上军政人员”的消息无疑是最具震撼性的了，用引爆了一颗政治原子弹也不为过。当年的“阶下囚”一下子成了“座上宾”。广播、报纸连篇累牍的宣传，让全国民众惊诧得一下子很难反应过来。从中央到地方各级领导接见、宴请、陪同赴各地参观访问、确保生活安定、亲人团聚等已足以让相关人等激动不已，更令人吃惊的是，定居处自我选择决定，保证来去自由。也就是说你愿意去台湾或海外生活，一切悉听尊便并由政府提供方便。何时再想回来也同样欢迎。这在当年国共对立已数十年，在极度封闭而保守，几乎是单一思维的政治环境下，简直就像天方夜谭一样令人瞠目结舌。

在泰州籍的十一名特赦人员名单中也赫然写着父亲的名字：杨运辉。

按中央的统一部署，由各省市统战部、公安局的领导组成专职班子逐一落实安排并将具体结果逐日逐级上报直至中央。阵容之壮大、工作力度之强、相关配合的单位之多、参与领导级别之高都是空前的。足见中央是下了最大的决心，一定要把这令全世界都刮目相看的，一定会载入史册的重大政治举措安排落实到最好。在那段时间里，将这件事说成“悠悠万事，唯此唯大”是一点都不为过的。

从宣传品中多次看到在宣布大会上，有不少已届耄耋之年，几十年一直坚定不移忠于国民党的高级将领被感动得潸然泪下，那些沟壑深凿、苍桑麻木的老脸上，下巴和嘴唇一直哆嗦着发不出声，一任老泪纵横也顾不得抹去。他们真的被这种大度、这种宽广的政治气魄彻底地震撼和感动了。多年冥顽不灵的坚冰瞬间被溶化，久已绝望了的枯槁的心一下子活转了过来，重新燃起生的希望，升起迫切见到亲人的强烈渴望。这一举措确实深深打动了海内外所有与此事休戚相关的人们的心。

我们一家当然也不例外，暗自引颈企盼着这一天大喜事的具体落实。

当年我已近"而立"之年，并已提早预付过近十年高昂的、惨烈的、认识社会的学费。早已练就了绝不轻信、处变不惊、冷静面对一切的软硬气功，以保障自身安全为首要目的，积累了丰富的经验以应对各式各样的突发状况。

几年前，母亲早已就"光荣"地率领全家投身农村那广阔的天地"接受贫下中农再教育"并"大有作为"去了，城里就留下我孤孤单单的一条漏网之鱼。当时像这样的"疏漏"是极为罕见的特例。

到农村去接受再教育是大势所趋，没有任何稍作迟疑的可能。我所在的单位也和全国所有机构、企业一样，是由两大派"控制、执政"的。于是，反复开会讨论这个重大议题已成"必须"。本来就对我持友好态度的一派提出的意见是：留下他来，对今后的革命宣传工作有利；另一派痛恨我的人则宣称：他有画画这么个一技之长，如果放出去天高任鸟飞、无人管束，那还了得？光靠画领袖像也会肥得流油哇！困住他，不让他的阴谋得逞！（可是天知道，我尚有着对基本生活环境的认知和判断，并没有傻到企图去钻营那份下乡的"光荣"，更没有也绝不会为此而策划什么阴谋呵。）

奇迹是尽管"目的"大相径庭甚至背道而驰，但最终却是"不谋而合"。一贯针锋相对老死不相往来、但同样革命的两派，在这个问题上超前实现了具有划时代意义的大联合。最后的决定竟然是：特殊情况特殊处理，将他留在本单位继续接受监督改造。于是乎，让我失去了那极为光荣、极为难得的、可以"大有作为"的机会。

扯远了，言归正传。

于是乎，相对于大政策中"唯此唯大"，也是最为人道的"亲人团聚"的核心指标，我这个"杨运辉的亲人"也就具有了唯一性。换句话说，我成了完成这个指标的关键，只有我点头“接收”了，杨运辉的安置才能算真正落实。我就这样毫无悬念地成了工作组谈判的唯一对象。但也正因为必须“独立”面对政府，我也感到了压力、感到了责任的重大（包括政治的、社会的和家庭的）。

准确地说，面对看不见、摸不着、概念抽象的“政府”这个词是不需要费什么思量的。所有的核心内容在红头文件中都表述得极为清楚明白，丝毫不容置疑。但我现在面对的只是“代表政府”前来具体落实文件精神的“人”，他们会按他们的理解，他们日常久已养成的行为规范、工作模式甚至包括他们自身显性或隐性的利益衡量来应对眼下任务的完成。上报最终完成结果的数字是他们最感重要甚至是唯一的目标。

他们极有可能（或者简直就一定会是）昙花一现，一旦过了这件事的“时效”，你再有什么问题就绝没有人去认真理你了。尤其在所有实施细则都尚处于未知状态，且只限于这些临时拼凑的工作组成员口头允诺的情况下，我认为慎重对待是绝对必须的。任何的“含混”都可能导致将来哭诉无门的悲惨结果。长期养成的防范一切的、阴暗的病态心理促使我对外界的一切都本能地持有怀疑甚至是敌视的态度。所以，与工作组的接触也是步步为营、仔细窥测，详加分析盘算，绝不轻易表态。

我的基本策略是：坚持守势、冷静观测、紧闭大门、油盐不进。

一开始就抢先反复强调：我在红旗下长大，受了党二十多年的教育，政治觉悟是一定有的。且不说国共两党的斗争历史，就只说杨运辉带给我母亲、我们全家二十多年痛苦的厄运，简直就罄竹难书。这种怨恨是无法化解的，于公于私我都无法接受。

这实实在在也是冠冕堂皇的理由，噎得他们十分尴尬。基于任务紧迫加上每天必须“层层汇总上报直至中央”的压力，让他们仍旧坚持以超强的忍耐力压住满腔怒火继续与我周旋。

日子就在这无声的僵持中一天天耗去。突然有一天我猛地意识到他们已有好几天没来找我了，这倒反而觉得怪怪的有些不习惯。我隐隐感到这是一波波攻坚战的缝隙，更大的雷霆之威必定会很快到来。可令人大出意料之外的是他们竟真的销声匿迹了，一切从此恢复了平静，就像从来不曾有过这件事一样。

时隔不久,竟然听到这批特赦人员“已全部抵达泰州并与家人团聚”的详细报道,我不禁纳闷:我并没有接受也更未见到其本人,怎么就一下子“都”与亲人团聚了呢?是不是从一开始就搞错了,名单里并没有杨运辉?假如没有搞错,那“上面”又怎么会在尚未有人接受的情况下就轻易把人“发放”下来了呢?那他又是与另外的什么“亲人”团聚的呢?

稍作了解我即懂得了,在当时那样的体制状况下,基层组织要应付或忽悠上级其实是很简单的,并不一定要具备多么高的智商。只要牢牢掌握政策的核心内容,攥紧并堵住相关各方获得完整信息的渠道,就可以独角完成整一台戏了。

也亏了他们的良苦用心,不知从哪儿挖掘出一个远房的、近二十年未见面的父亲的堂妹。她从小就给人家当童养媳,受虐造成听觉障碍,连自己的名字都不认识。后来又遭遗弃,独自带着女儿依附于一个老尼姑吃斋念佛苦熬生涯。对于“人间”事她是完全弄不清的。现在突然来了一批“官家人”发出指令,她除了糊里糊涂唯唯诺诺、点头如鸡啄米之外根本无法再表现出什么。

于是乎,一个老大难“寻找亲人”的问题瞬间迎刃而解;于是乎,总结上报、获得上级嘉许、功成圆满。只是让这两位无法用语言沟通的老头老太挤塞进一间八九平方米的“厨房小屋”里,怎么看怎么别扭。更现实的问题是:老太太终身未曾工作过,完全没有过正经收入,只是靠老尼姑接济糊口。因此不出三天就叫起屈来——这完全超出了她的接受能力。

处于这样尴尬的状况,大概也是一辈子的复杂经历养成的习惯罢,父亲仍然是一派淡定、泰然处之、沉默寡言。在市里各级领导轮着番儿的前来慰问、看望(每次都有一半或更多的人挤不进这个厨房小屋里面来)的一派热情洋溢的欢声笑语中,他仍旧保持着欠身、握手、还礼以及谦和的、礼貌的微笑。

两三个星期后,在工作组领导仍喋喋不休地阐述杨玉琪如何不能紧随时代步伐、配合政治运动、不顾亲情的时候,他轻轻地从床边(如果那仍可以称之为“床”的话)站起身来,在饭桌边缓缓地踱着步。最后平静地、轻轻地留下一句话:

“此地不留人,自有留人处。”

这句看似平淡不带任何一点情绪、低如气声的话，在政治敏感度极高、阶级斗争经验丰富的统战部和公安局（此事的具体负责机构）领导们的耳中却不啻为一颗重磅炸弹。

这是某种暗示抑或就是直接摊牌？

圆满完成接待安置任务的总结已经上报并已得到上级的首肯和嘉许。在这样的关键时刻，安定团结应该是最为重要的。——可千万不能节外生枝、功亏一篑呵。

这个老奸巨猾的家伙绝对不容小觑，谁知道他葫芦里卖的什么药？从表面看，他始终保持儒雅的礼貌甚至还有点谦恭，讲话极少但精准而信息量丰富。领导们深深地知道，整个事件之所以能震动全世界，关键词就是三个："全部落实""来去自由"和"亲人团聚"。而眼前这个矮小的老人似乎抓住了全部的精髓在静观其变。上面那句话可以解读为对儿子的愤懑，但谁又能确保他没有弦外之音呢？

在全世界几乎"一风吹"的叫好声中，是不容许出现一丝不和谐杂音的，尤其是在功成圆满之后。

工作组紧张了。

他们想得更多的是自己必须承担的责任。

这个"聪明"的、几乎不费任何成本，甚至不费吹灰之力就"漂亮"地完成任务之后，其实还有很多的未落实因素是需要但又无法长期掩盖的。他们从这轻轻的气声中"听出"或"推测"出雷管引信点爆前的嗞嗞声。当然，这也完全有可能是多疑而造成的虚空压力，是莫须有的，是根本不存在的。

防患于未然是当务之急，小不忍则乱大谋。

可以想见，他们回过头来重新找我是何等迟疑、无奈和不情愿。他们绝对预测到我定会在第一时间首先祝贺并感谢他们的顺利成功。

"教育和谈判"一下子变成坦诚而友好的谈话。他们十分婉转地批评我关门太早也太死，没有给他们留下讲完话的机会。于是，他们推心置腹地告诉我，其实与中央正式红头文件同时下达的还有具体的实施细则，包括家人倘不具备赡养能力，国家会负责"养起来"，连同医疗保健直到百年之后；住房困难的，中央会调拨建筑材料和专项资金落实解决。领导们将心比心的体贴令我感动。他们深知凭我每月二十多元的工资是绝对无法赡养一位年事已高、体弱多病、已近风烛残年的老人家的。趁着我尚未从傻傻的感动中缓过神来，他们不失时机地提出让我去农村做好母亲的思想工作，让她带领弟妹们返回泰州和老人家实现“真正意义”上的大团圆。

面对着他们真诚的面容和迫切的眼神，我还能再说什么？

于是，我在住处安排了一桌丰盛的家宴。领导们从那个厨屋里将父亲接出来，一路陪同、谈笑风生。沿途记者们拍照的闪光和欢快的爆竹声吸引了无数好奇的市民，更增加了喜庆的气氛。以至院子中、大门外、巷子里、街头上聚满了涌动的看热闹的人群久久不肯离去。

顺便披露一个数字：从父亲寄居的“厨屋”到我的住处，仅有四百多米的咫尺之距。领导们走来用了十几分钟。而父亲的真正回家，我们父子相隔二十年之后的第一次见面却走了整整一个多月。

夜深人静，父子相对无言。

当终于断断续续谈及这一个多月各自内心的煎熬时，父亲的总结还是那么简约：

“知子莫若父。你那么点小心思我还看不透？只是棱角太明显，有点过了，不够圆润。”

可接下去事情演变的结果却是他万万想不到的。他也不得不承认我所积累的社会经验和预测前景的洞察力。

从此父亲就在我的一大一小两间屋子里住了下来。一开始还勉强可以应付，但接回母亲和弟妹们之后就无法招架了。可大家都充满希望的等待着、等待着中央明文规定的专项资金和专项建筑材料构建成的新家。

可几个月过去了、一年过去了、一年半过去了，那房子总只是停留在“听觉享受”的层面。就这些虚空的“听觉享受”也再不是领导告诉我们，而是靠自己削尖脑袋，调动一切可以调动的亲戚朋友以及他们的亲戚朋友多方打听才搜集来的。今天说哪儿砌房子了，是安置特赦人员的；隔一段时间另一个地方又动工了。如此再三，可总不见再有人来告诉通知我们搬家。这些房子都是真实存在的，可一批批都被相关领导优先入住了。父亲这才懵懂地意识到此事早已时过境迁，早就失去了新闻价值，再也不会有人理会了。他们找你配合的时候好话说尽，现在轮到你求他们了，哭诉的门又在哪儿呢？

阿拉斯加冰川

多少封反映实际困难、寄向省里和中央相关部门的信都如石沉大海，连小小浪花都见不到一个。久病成良医，实践出真知，我们在付出诸多学费后这才明白：这些信一到邮局就会被卡住，永远寄不出的。

现在聪明一点了：直接给邓小平和中央统战部写信并抄写成若干份，跑到上海、浙江、安徽等处投寄。希望在没有直接利害关系的异地能碰到他们控制中的小小疏忽，让其中某一条漏网之鱼到达目的地。

终于又有人上门关心了，并客气地安抚，要我们“正确理解”。

当然，我们应承。彼此一切心照。

终于，我们得到了离规定标准尚远的、一大一小两间、由房产公司拆卸的旧料砌成的“新房”。

一切表演终于过去。父母得以安享晚年，我们再也别无所求。

得以近距离长时间地观察这个其貌不扬的小老头儿，心中的疑问反而越来越多。他实在没有半点儿叱咤风云的气势，当年一定充其量仅是个尸位素餐的官僚而已——他的样子和他当年的官位落差实在是太大了。

人就是这么奇怪，结论越是坚实疑惑就越深，探究谜底的欲望反倒越来越强烈。

三十岁不到的我尽管政治上早已批倒批臭，被踏上无数只脚，但“小城名流”的声誉仍坚挺地支撑着我的自信，甚至还有那么一点不轻易显露痕迹的狂傲。于是内心深处总是暗暗地和他较着劲，总觉得我早已是“青出于蓝而胜于蓝”了，因而时时有意无意地泄露出藐视和挑战的神色。

在父亲简陋得可怜的行囊里，竟然被十几本精装的《马恩列斯全集》占去了一半还多的位置。我从内心里感到滑稽而不可思议：你既已脱离了那个牢笼，再也不需要装腔作势、表演进步了，为什么还要从遥远的南疆和田背回这么多块沉重的“砖头”？可当我无意中打开书页的时候就一下子惊呆了。几乎所有的天地头、字里行间，只要有些许空隙的地方皆用极细的蝇头小楷写满了研究心得的笔记。夸张一点说，字数简直不会比原著差多少。

惊人的“量”呵！

我起先猜度他一定是为了表现自己而做给管教们看的，但很快就否决了。在那“绝对”无任何指望改变的环境里，“表现”是没有任何意义和价值的。他竟然“真的”是把它作为一门学科进行了二十年孜孜不倦的研究。

一天，我正在家里练书法呢，看到父亲低着脑袋、一脸沮丧地慢慢踱回来。反复追问之下他才告诉我：他刚刚拿着公家发放的“月饼票”去商店取月饼，人家居然还向他要钱和粮票，这彻底把他搞糊涂了。我揉着笑痛了的肚子，心里又泛起一阵酸楚：这个人真的被关傻了，废了。

他又转过脸来盯着我的书法作品看了老半天。最终缓缓地摇摇头：扁笔（侧锋）太多了。他竟然对一个“书法家”的作品进行评判，意见竟然也还算精准，这惊得我张口结舌。

他顺手提起笔来也写了一幅字。呵，那份苍劲、圆浑，那份高古和恬淡，竟全无一丝人间的烟火之气。

他淡淡地告诉我，他为店家写招牌的时候还没认识我母亲呢。他对我的得意作品“海陵饭店”的评价是：“聪明字而已。”

我开始收敛，开始有意识探索这未知的大海。

他还是惜字如金：好汉不提当年勇。只说与你同年的二十九岁吧，之前我是《江东日报》（当时江苏省的第一大报）的总编辑，到这一年我就是李明扬部队的师参谋长了。

我从此开始彻底收敛了，再盲目狂妄那就真的是傻子或精神病了。于是继续进行艰苦的沙里淘金。其中有这样几个片断——

民国时期的“蒙藏委员会”是中央三院两委之一，相当于现在的“民族事务委员会”，负责所有与少数民族的相关事务。那时倾向中共的少数民族领袖人物也都与我们保持联络。像阿沛·阿旺晋美、乌兰夫、赛福鼎，还有中联部长耿飚等请我们吃饭应酬是常有的事。

基于“正常思维”我问他，在那里面你就没有想过写信与他们联络？他的态度突然出奇地严肃冷峻起来，好久才说出几个字："这是政治、是信仰、是操守。"

有一次谈及儿时的记忆，我说到几则广州的印象。那是国民党全面撤退时我们随政府一起南迁到广州的住处。

他说：那是德宣西路一座花园里两幢洋楼中的一幢，是政府花五十根金条向杨振宁博士家租来给白云梯委员长和我们两家共住的。有几次蒋介石先生前来商谈事情，都让保姆佣人带着我从后门避出去以防止哭闹。

居然与杨振宁有着这样的渊源！我惊得傻眼了。以当年一个年轻人的欲望来理解，只要能搭上一点边，去美国留学是绝对没有问题的。没想到刚想把谈话内容往这方面引，父亲似乎已从我渴求的眼神里读出了我的欲望。盯着我看了好一会，说道：你自己为什么不能成为杨振宁？

我刹那间像是被巨量的冰水迎头浇下，这就是所谓的醍醐灌顶？我为什么总是不自觉地希望借助别人的力量和帮助获得成功？

是呵，我自己为什么不能成为杨振宁？

至此，这句话深深地刻进我的脑海中，成为我一生奋斗不息的座右铭。

直到我只身闯荡并定居海外十年，最终荣获美国ABI终身成就金像奖之后，我才真正领悟到这句话对我一生的影响。

这些一定是父亲当年极想看到的，但他终于再也无法看见，他带着不尽的遗憾永久地走了。

亲情

母亲的回忆

母亲在青年时代应该是一个有决断有担当的人。

生于当地四大望族之一的她本应过着养尊处优的好时光。可具体到她们这个房头，情况就有点儿不一样了。外祖父在上海读大学所学的专业是瞒着家里的，从政法大学毕业时终于被发现。大发雷霆之后强令他去华东纺织学院重新读过。老人家坚持认为：像我们这样的书香门第、积善之家绝不能参与打压一方、解救一方的事情。至孝的外公便老老实实重读了一遍大学。毕业留校孜孜于教学研究，终成一级教授。名誉地位是有了，但象牙塔里的薪金却是不太丰厚的。相对于肩上的家庭重担显然不堪负荷。外婆生了十三个子女(最后只存活八个)，他们是要让儿女们全部读大学的，尤其是排在后面的四个男孩。

排行老二的母亲理解家里的状况，高中刚毕业就毅然决定去当小学教师以支持弟妹们继续求学。最后终于成了八姐弟中唯一没有大学学历的人。

因此她也是最早脱离这个充满书香的大家庭，直接投身社会的人。

几年后，她因一个偶然的机会认识了大她十六岁的父亲，而且被他的才情和干练打动。无法冲破但又必须冲破的强大压力是可以想见的。于是，又一次的“决断和担当”开启了她不知是喜是悲、是成功还是失败、是令人羡慕还是令人唏嘘的、跌宕起伏的别样人生。

长大懂事后我曾特别问过母亲，对这一生您后悔吗？她眯起的眼睛里满溢着幸福，嘴角上扬露出一丝得意的狡黠反问道：你说呢？

没有给出答案，却已有了再明确不过的答案。我当时就想，母亲大概是老糊涂了、选择性的健忘了。因为也只有我深深地知道，母亲这一生所受过的常人无法想像的苦，怎么可能会被忘记？

直到我自身经历过“不惑”“知天命”“耳顺”之后我才真的明白：这是智慧，是对人生的深度感悟，是一种境界。

四十年代的自由恋爱是少见的，十六岁的年龄差更不被世人看好，更何况还背着离异婚姻的“案底”呢。然而母亲已完全被父亲的聪明才智折服而终于被俘获。这一次的“毅然决然”“顶风作案”让自己彻底地站到了家庭和周遭小社会的对立面。

父亲似乎是一步步青云直上，有那么点儿叱咤风云的味道了。但这些仿佛都与母亲无关。她关注的只是他这个人，这个具体的，每天都能看到的、真实的、真挚的、少言寡语却又有着男人脾气的男人。还有她怀中另一个让她倾尽心力、更小的男人——母亲二十岁还差一个月就生下了我。我们几乎成了她的全部。

除此而外的另一件事就是不断地毁旧家、搬家、建新家……如此循环往复似乎永无休止：泰州、镇江、南京、上海、广州。以不到一年就搬迁一次的频率奔忙着，但母亲毫无怨言。这是工作的需要，更是"家"的需要。"家"是最为重要的。

最后一站是广州。

之所以说"最后"一站，是清楚地知道这是国民政府撤退台湾前最终处理善后的落脚点，政府统一安排我们全家飞台湾的日期和机位早已定好，我们在这里也就几个月的过渡而已。

然而，这却是母亲最为不满甚至恼怒的地方。

局势紧张决定了父亲的加倍忙碌可以理解，但语言不通带来的不便却是难以忍受的。上街购物或处理生活中的日常事务都必须借助纸笔才能达成。经常看人写道：你是哑子吗？那滋味非"个中人"无法体会。

那段非常时期，政局和人心的浮动造成市场物价的完全失控。无法随身背着成捆成袋的纸币上街，只得带着金条或金块随时兑换使用。所以被欺骗讹诈的状况几乎每天都会发生。虽不至影响生计，但心底的郁闷和气恼终觉难以忍受。加上跟随多年的保姆管家们也被传染上浮躁不安的心态，完全丢失了往年一贯的踏实与忠诚。逮个机会就席卷而逃的事时有发生，令人防不胜防。警局和护卫也都已形同虚设，让人连报警的想法和冲动都荡然无存。

就在这"恨极了"的时候，母亲接到上海发来的电报。说外祖父因肺气肿发作住院，生命垂危。美英法意四国专家正在会诊抢救。于是母亲毫不迟疑带着我登上回沪的海轮。

外公救转来了，母亲却不愿立即返回广州。前阶段的经历对她来说太晦暗、太可怕了。能赖一天就多赖一天罢。

可局势越来越紧张，撤退日期越来越迫近。父亲心急如焚、日夜催促。可母亲的意识里只知家庭生活而完全没有“政治局势”那根弦，根本不懂得那几个“机位”是何等难得、何等重要、何等有价值。

爱情和亲情的力量超越了一切。

在母亲仍旧坚持赖在她父母身边的时候，父亲最终决定冒险飞返上海接出母亲和我。请假时委员长告诉他：汤恩伯在上海已无论如何坚持不了两个星期了。你如果决心冒险一试，那一周之内必须要赶回来，否则就可能再也回不来了。

父亲终于飞回来了，但终究再也回不去了。

在他回上海后的第二天，陈毅的部队就提前从苏州河北岸攻入了上海。汤恩伯见大势已去，乘军舰退向大海。

上海解放了。

当时共产党的情报工作扎实、准确和快捷着实令人钦佩。不多天之后董必武办公室就找上门来通知约见父亲。他们晓之以理，动之以义，坦诚相告：管理和建设新中国需要各方面的专门人才，欢迎站到革命队伍中来。当时对父亲这样级别的人员实施的具体政策是，愿意去北京工作的，保留原职原薪；倘若不愿参加工作，只要与国民党划清界限、保证不再反共，则可解甲归田返回故乡。

父亲当时的态度在懂事后的我们眼中是迂腐而顽固的，是不合时宜的，是极不明智的。他总想着昨天还是党国的人，今天立即就改换门庭，实在转不过这个弯儿来。所幸还能与妻儿相聚厮守，也算是大幸了。于是办好手续回了泰州。

兜了这么个大大的圈子，终于黄粱梦醒、回到原地。但生活却已彻底变了模样：行李中除了换洗衣裤和盥洗用品别无长物，且囊中空空几乎一文不名。(本准备两三天就返回广州的，细软都在德宣西路藏着呐。)

他们这才领略了绝对意义的“一贫如洗”是什么概念。

成年后我和母亲婉转地交流过对这个节点的看法，她抬起头看向遥远的虚空，缓缓地说：人生没有“倘若和假如”，这都是命，我不后悔。你爸终究还是追回来了，没有抛下我们。总算没有看错他……

再后来我也悄悄问过父亲，他想了想说：塞翁失马，焉知非福。

“解甲归田”的安排其实只是一个有着美丽外衣的说法。

回到泰州后父亲立刻被宣布为管制人员。这类似于判刑后的监外执行,处于当地派出所和革命群众的严密监督之下。可以想见,找份糊口的工作就成了泡影。母亲的衔头是“反革命家属”,介于好人与坏人之间。为了解决一家人的生计,她重操旧业找了一份代课教师的工作,月薪二十一元。

母亲满不在乎的笑容和故作轻松的状态并没能瞒过同事们的眼睛。他们曾婉转地为她设计过解决生计的办法。比如说,让父亲批发点油盐酱醋日用品,每月给老师们家中分送赚取一小点差价,亦可聊胜于无、不无小补。然而,母亲深知尽管不必沿街叫卖,但让父亲拉下这个脸来那她也是无论如何不能接受的。

二十一元是一个多年不变的常数,但“分母”却常变。又有弟妹毫不开眼地挤进这个除了嘴什么也没有的家。可家里还有同父异母的大哥和从乡下来城里上学寄养在我家的表哥呢。锅里的米日见减少,但胡萝卜和水却日渐增多。我总记得在那个不知修了多少次仍旧多处漏气的木制锅盖上,总是时不时地搁上一个小碗。那是在放胡萝卜之前预先捞出的几小勺米粒。充分利用漏出的热气继续加热并保温,这是父亲专门给母亲留的“特供品”。在母亲抗议拒绝的时候,父亲甚至会低眉顺眼地赔着笑脸:吃了吧,保证重点呀。

由于母亲“自作自受”引发的连锁反应,外婆家的憎恨始终准确地对着罪恶的源头,父亲是无法进入外婆家的。直到外公去世,在出殡至祖茔田庄的路途中,长长的送葬队伍必经我们租住的地方。经母亲反复恳求,外婆这才勉强应允父亲像族中近亲和生前友好一样,在自家的住宅门外放上供桌祭品,正式拜灵、路祭。这是父亲和外婆家唯一的一次“正式见面”。其实依我的理解,这也只能算是“非正式”的“见面”。因为除了停灵、等待、磕头、礼毕、起灵、逶迤而去的既定流程之外,并无任何交流。准确地说这只能算是唯一的一次礼节性的宽容。

很快,父亲离开了。

当时的政治氛围迫使母亲必须明确表达政治立场。她当即表示带领全家和反革命分子划清界限:离婚,子女改随她姓。(只有我和大哥因年龄稍长而未改成。)当外婆得知她当时已怀有两个多月身孕的时候,晓之以理动之以情，痛陈利害苦口婆心地劝她“打掉”，但她总是一声不吭，只是一味顽固地摇着头。

也只有外婆对这个女儿的心思和经济方面的捉襟见肘是心知肚明的。

对女儿的极度自尊、死不低头的臭脾气是太了解了，但即使有心接济也须费尽心思，倘若没把整个过程规划“圆润”，是很容易惹恼这位姑奶奶的。往往必须先把“现金”转换成最为适用的“实物”，然后再设计出难以辩驳的理由或曰借口，才能让对方无法推脱最终只得勉强接受。

现在这样说自有矫情、做作和掩耳盗铃之嫌。但我深知母亲当时除掉要强和骨气以及父亲那微不足道的一点温暖支撑着她瘦削的身体而外，剩下的就只有劳碌和责任了。

长期的耳濡目染，我们无形中也被不断影响着。

外公一直病重，晚年都在泰州家中休养。他总是喜欢安排我做事，但每次都明码标价付给酬劳，比如打苍蝇。说明了打着一个一分钱，但实践证明外公是极容易被“糊弄”的。结账时他从来不会拿过装苍蝇的火柴盒去数，充分信任我的自觉报账，而且会远超过“四舍五入”而最终“一切化零为整”。有一次拍了一只但掉进他沙发的背后的缝隙里，我大叫：“一个！真的，一个！”外公连忙笑着说：“算，算，照算！”于是，从此他“背后”的苍蝇就慢慢“多”了起来。我只要转到他身后，都会以“啪”的一声伴随一阵嬉笑：“外公，又一个，真的！”

每逢领了“工资”趾高气扬地交到母亲手里的时候，我都会极为郑重地加上一句：这是我劳动挣来的！只有这样母亲才会心安理得地微笑着收下。

我几乎记不起母亲什么时候掉过泪。只有一次，刚过五岁的小弟缠着她邀宠：娘，我会算数了！你听，我们家一天吃三顿菜粥，一个星期七天，我们就吃了二十一顿菜粥了。对吗，娘？就在那一瞬间我看到娘的眼眶和鼻尖红了，但终于抿紧嘴角背过身去，强制着没让那滴眼泪掉出来。

直至移居加拿大之前我几乎都没有长期和母亲分开过。即便是她们去了广阔天地，我也会创造一切机会骑车十个多小时去农村看她。我们相依为命几十年，自认是绝对了解她的。但到了真的要下笔的时候这才发现，我竟然和母亲交流得并不多，甚至听她讲话都那么少。要选出一个相对准确的角度切入竟然那么困难。

母亲应该勉强算是一个小范围里的公众人物。

在小学的高年级当老师。几十年一茬接着一茬地不知面对过多少学生、学生家长；学校里除了包括她在内的少数“元老级”，走马灯似的不知换过多少同事；几十年在学校周围租房居住，邻居们都是一代接着一代地友好相处。假如让这些成分复杂的各类人群总结概括一下他们心目中的俞老师，结论一定会是：阳光、开朗、热情、坦诚。教学质量之高以及对工作积极负责的程度，所有领导同事的看法竟是出奇的一致。尽管还受着“离了婚的反革命分子家属”这顶无形帽子的牵连和影响无法进入领导岗位，但在一次工资调整时竟全票通过连升三级，创造了一个在全国范围内都难得一见的奇迹。

仿佛每天在学校的十个小时已耗去了母亲绝大部分的精力，放学回家以后她便几乎不太讲话。父亲“炊事员”的工作又责无旁贷地压到了她的身上，她陀螺似的飞速运转着。在稀粥尚未熬成的间隙，整理房间，搜寻我们藏在床下或席子底下的臭袜子、脏衣服见缝插针地揉搓起来。

偶尔碰到邻居带着小孩前来告我们的状，她也只是一边陪着不是一边在我们屁股上狠揍几下。她知道我们对错误的认识，不必再作“理论教育”了。她只是用微微颤抖的手指着我们，好半天才从牙缝里挤出一句话：你们怎么就不能让我省点儿心呢？她失望的眼神就是对我们最重的责罚，这是刺痛心底的责罚，比打屁股可厉害多了。我们会马上噤若寒蝉，闷着头做作业去。

晚饭后一般已近九点，家庭作业也基本完成。她会用一盆水从小到大依次帮助弟妹们洗脚，我当然自己完成。此时盆里的水大多只剩下一半，最后由我颤颤巍巍地端去天井里倒掉。

这一群“不安定分子”被驱赶上床之后，喧闹声会随着时间逐渐平息。于是母亲开始在家中唯一的煤油灯前备课和批改作业。那时每班的学生大都六十人左右，那一大摞作业本在我们眼里简直就是难以逾越的高山。

在我幼时的印象里，夜里起床小便时煤油灯总还是亮着。母亲也不会理我，但我上床后总愿意多看她一会儿。这时作业大抵已经改完，母亲手中会有弄不完的穿洞袜子、补丁褂子和时时需要接长裤管的各式裤子。天亮后我们总会在母亲的吆喝声中不情愿地醒来。

又是这么早！难道她没有睡觉？可认真仔细地回想一下，确实记不起来母亲曾经睡过觉。抑或她这辈子就根本不需要睡觉？

这一天的记录其实就是我们整个童年的缩影。母亲几乎从来没有抱过我们、爱抚过我们，甚至没有轻言悄语地和我们说过些什么。我们也都懂事地不干扰她、不给她添麻烦。我们真的知道不是她不想，而是她太累、太累了。她肩上独自担着全家生活的重担，她是用她的每一分钟、每一滴心血确保能让我们安全地活着。

我们也曾私下议论过，我们都特别喜欢在学校、在路上或者在“家”以外的任何地方看到母亲。因为那永远是一个满面春风、爽朗友善、精力充沛的人。

她只是城东小学的俞老师，甚至是成百上千同学们的母亲。对他们，无论是上课或谈话的时候，都太像一位母亲了。她曾多次把饿着肚子的学生带回家来喝一碗稀粥，然后再加点水，用更稀的粥来当我们的晚餐。

她鲜亮的一面都给了学生、学校和社会，剩下的另一面虽不够温情、甜蜜和细腻，但这种爱里饱含着血和泪，甚至包括她的整个生命。

能享受到这种爱是极为难得的，能读懂并体会到这种爱的人是幸福的。

我就是拥有这份幸福的人。

早春残雪

永别的奇迹和遗憾

行笔至此，有一个"终身无法弥补的遗憾"以及伴随其中"甜蜜的安慰"是无论如何必须提及的。

大概是由于母亲十多年来一直独自带着一群"小萝卜头儿"在凶险四伏的社会里闯荡，无人保护、无人商量、孤军奋战，其压力之大可以想见。因此，我自成年初期就不知不觉地升格为值得母亲信赖并与之商量大小事情的人，其位置介乎母子和朋友之间。我深知支撑母亲坚强地活下来的力量有两股：一是责任和义务；另一股则是由她的性格所决定，那就是几近病态的自尊，她是为争一口气、为了别人眼中的形象而拼命努力着。

母亲对我是基本满意的，我为她争得了荣誉。尽管对家里的具体困难并没有什么实质性的帮助，但面子上有了光，这在她的心目中就足够了。她以我为荣。我常开玩笑说，我只能负责"务虚"，是没有多少能力"务实"的。

在她离世的半年前，我带着太太和儿子回故乡看她。她除了孤独并无异常。我总猜想她对几年来一直没有听从我的安排去多伦多养老有点后悔和遗憾，因此让孙子好好地陪陪她。

万没想到我们返回多伦多才三个多月，就接到小妹从医院打来的电话，说母亲肺癌晚期急性发作正在抢救。院方调动一切手段确保她活到第三天的晚上，让我们能见上最后一面。同时又准备了另一套急救方案，以防她见到我突然激动就当场离去。

我放下电话直奔皮尔逊机场。

刚出上海浦东机场，泰州市政协的小车已在门外等候。这三百多公里的路程是怎么走过来的，我已完全没有印象。夜里十一点钟离医院承诺死保的时限只剩一个小时的时候，我冲进了病房。

像有着心灵感应一样，母亲竟然睁开了眼睛。喘息着说：你回来了？

我分明看到母亲的眼睛里闪烁过一道明亮的光。

这或许就是传说中的生命之光？

专家、全体医务人员和我们共同见证了一个奇迹：母亲没有需要动用第二套急救方案，而且第一套方案中所有监测仪器显示出的生命体征数据竟十分平稳而且越来越好。

慢慢地，母亲能进食了，抽取胸腔积水的次数减少了，可以坐起来了，最后甚至输氧的呼吸机也被移向了一旁。

老天爷！心灵的力量、亲情的力量、“务虚”的力量竟然会如此强大？

随着奇迹的推进，专家们调整了医疗方案，我也在病房里安装了一部外线座机电话。（当年手机才刚刚出现，尚未流行开来。）聘请了三位新护工和我们兄妹一起全天候轮值。

在泰州这个小城，奇迹的消息传得飞快。市里领导、亲朋好友、母亲的老学生们纷纷赶到，病房里又重新热闹了起来。

一个多月过去了。奇迹并没有昙花一现，它在持续向更好的方向发展。我几乎每天都在给她拍照片，因为她的笑容越来越自然、越来越灿烂了。

我常去专家办公室请教，他们每次都笑着抢先对我说：实在无法解释。“确保”的那三天里，他们真的是竭尽了全力和心血这才勉强做到不辱使命的。

因为无底、因为无期，专家们允许我暂时返回处理一些紧急事务，一有状况会立即通知我回来。对母亲则谎称临时去一趟广州。

回多伦多后的一个多星期，母亲照样正常，照样有着灿烂的笑容。我每天两次打电话来病房和妹妹们用暗语交流了解和安排各项相关事宜。

终于有一天，她们临时外出。新来的护工女孩接了电话。母亲问是谁打来的，女孩不知内情随口答道，是大哥从多伦多打来的。

呵，明白了。天塌了。儿子是回多伦多去了，再见的机会几乎没有了。

母亲闭上了眼睛，也没有多说什么，似乎是在平静地休息。就这样，母亲在当天晚上平静地走了，连通知我赶回来的机会都没留。

紧接着的守灵、追悼会、火化、确定墓地等相当复杂烦琐的事务，除家人外还真多亏了一个近二十个人自发组成的治丧委员会。那全都是母亲五十年前的学生，他们当时自己也都已退休了。

从母亲发病到送葬完毕的两个多月里，由外地专程赶回的同父异母的大哥一直随侍在侧。母亲虽然只比他大十二岁，但他从小就和我们一样尊敬母亲，同样的叫“娘”。此时他也是近六十岁的人了，仍坚持从早到晚须臾不离。他不止一次红着眼睛说：我很小的时候妈妈就去世了，十几岁爸爸又离开了。是娘养了我的"小",我一定要送娘"终老"。

在父亲的身上也曾发生过一个奇迹让我心底稍安。那是发生在1987年的岁末。

当年人民日报出版社首次破例为我出版大型精装画册。在我从北京签好合同,落实好所有细节回到泰州的那个晚上,父亲已经失去意识、长时间地处于弥留状态,家里所有的人都已做好各项准备围在床前,静静地陪伴着他最后的离去。我哭喊着扑到床前,告诉他这激动人心的殊荣。尽管毫无生气的脸上没有任何反应,但我仍然坚持着诉说,我希冀他仍能听得见。我深知,这是他最关注、最放不下的事情。我身上承载着他自身夭折理想的另一种形式的延续。

果然,他紧闭的眼角渗出一滴清亮的泪珠。呵,那绝不像很多书中所载的那样是"浑浊的老泪"。不,那是绝对清亮的、在灯光下闪出耀眼光芒的生命之火。

我知道他显然是听到并理解了,尽可以放心而去了。但完全令人不可思议的是:父亲竟然睁开双眼活了过来,并且平静地、悠然地又活过了五年。似乎冥冥中上苍刻意安排了要让他亲眼见到他寄托了全部希望的儿子成功。就在这几年里,他亲眼看到我入编《中国当代国画家辞典》、出版了陈祖芬撰写的长篇传记《永恒的诱惑——一位叫杨玉琪的画家》、评上了高级职称,更重要的是他等来了盼望已久的孙子。

2015－3－21 初稿于 加拿大多伦多
2015－3－31 二稿于 加拿大多伦多

附 录(一) 另类艺术论——跨越大师雷池[1]

小 序

当爱妻将多年积攒、抄录、整理的文稿送到案头的时候，我确实是有些意外的。

对于艺术创作的理论性思考是我近二十年来一以贯之的日常习惯。或是百思不解，或是似有启迪。常于灵光一闪之中偶有所悟，但终是零零星星一鳞半爪。当时也会信手拿起手边的笔，在目力所及的任何纸张上(如旧信封、废广告的背面等，当时还未接触到电脑呢)记录这一时灵感以备忘记。所以养成想到哪、写到哪的习惯，不拘形式不论长短。一直并无奢望形成一个相对完整的理论体系，所以更无“成书”之想。现在竟然看到这么厚厚的一叠，也觉暗暗一惊。一来感叹岁月累积之功，二来感动于爱妻数十年如一日的悉心搜集整理，否则早已不知流失淹没到哪里去了。

其中还有不少内容观点是我多年授课所讲，细看之后深感不安。本人经年陋习是演讲从不用稿，兴之所至天马行空。受虚荣心和表现欲驱使，常为加强气氛效果，或为讲透某个观点，逞一时口舌之快而举例过激，用词刻薄。而今“白纸黑字”“罪证确凿”，再也无从抵赖。故立感额渗细汗，后背发凉。

我从来不愿也不敢妄评大师先贤们的高论及作品，偶尔只是为了说清楚问题借来作例而已，绝无丝毫狂妄不敬之意。再者，久居西方社会，各种中文画册书籍均极匮乏，所能接触者亦仅少量大师资料而已，实属事出无奈。倘有冒犯之处恳请同道原宥。还有，自己本就学艺未精，未能画出几幅像样的作品，聊供剖析的画幅只为直观表达创作“追求”而已，是否达到事先设定的情境要求则另当别论。就算是抛砖引玉罢，能自曝其短以唤起同道的注意，也算是为艺术作另类的贡献。记得鲁迅先生曾讲过，厨师做

---

①本篇是作者专论绘画艺术理论的著作，未正式出版，现作附录收于本书中。

出菜来,食客们可以根据自己的喜好随便评论。但厨师却决不会说:那你做一盘我吃吃?今天算是又做了一回厨师,我将遵守厨师的职业道德。

此书乃根据随记及口述记录稿整理。可作茶余饭后的谈资,亦可作为一得之见聊供参考,甚或作为反面教材警醒后辈也行。只是决不可与“正儿八经”的“理论著作”相提并论。疏漏、偏颇、过激、错误之处一定很多,愿借此机会求教于海内外先贤同道。

本人自幼酷爱美术,尝以前半生不是君子自嘲。(民间常有君子动口,小人动手之说。不惑之前专事绘画,属用“手”干活,故有“小人”之嫌。)移居海外并小有所成之后,改而从事哲学及新思维的研究。(详见拙作《杨玉琪的另类谋略》,沈阳出版社,2003年版)另类的思维方式缘自自创,首先被洗脑的当然就是自己。常从全新角度去看待、思考问题,故不时会发现一些人们尚未思及的层面。应用于各领域也能偶获出其不意的效果。常受邀至中国和欧美一些国家的著名高等学府作演讲。故而也就慢慢成了“动口”的君子。

人们的“正常”思维常受制于“思维定式”极难突破。在一个习惯了的社会空间里,旧有的知识和经验像一个巨大的半透明气球将人们笼罩其中。

思维也就被限制在这个空间之内。以逻辑思维去推理,思路似乎也很清晰,推论也很正确。但“当然、应该”等定式严重制约了思维的突破和飞跃。岂不知昨天“当然”“应该”的事,到今天可能就“不一定”了,到明天更说不定就会成为谬误。(这样的例子比比皆是,不胜枚举。)时代在发展,观念也要及时更新。而更新观念的最好方法就是跳出原有窠臼,站到一个更高更新的位置去俯瞰、思考,说不定全新的佳论就突现在脑海之中。

我不知道世界上是谁第一个发现了水,但绝对不是鱼。因为鱼一直生活在水中,所以永远无法感受到水的存在。

也许是因为近二十多年离开故土定居海外,接触到了更加宽阔的空间;也许是因为疏离了老本行的中国画艺术而转入哲学的研究;再加上思维模式的创新,我对中国画艺术,包括技术手段和绘画理论都已和当年的看法迥然不同。现在加以整理和编纂奉献给国内美术界的同道,不知能否和国际学术界一样,给予某种程度的认可?

十年磨一剑。

从八十年代中期人民日报出版社为我出版了第一本画集以来，十年后又在国内出版了第二本《杨玉琪画集》(青岛出版社出版)。在这第三本与绘画相关的文集即将问世之际，我又想起吴作人先生当年在右手关节奇肿无法动笔的情况下抱病为画集题签；廖静文太师母也给予极高褒奖并题字。著名美学家、美术理论家蔡若虹先生和程大利先生又再次为画集撰写了极其精彩的序。我也在《画集二》后写了一段文字以记录创作的心态、心声和艺术思想的演变。现不揣鄙陋摘录于此，以飨同道诸贤：

第二本《画集》终于付梓，不由得长长地舒了一口气。这“分娩”的喜悦，来自近七年的“怀胎”。漫长的、寂寞的、恬淡的、宁静的、祥和的七年，让我得以深深地思索；有利的地域条件又使我尽情地吮吸西方艺术的精华。加拿大的多元文化国策，孕育出一个中西文化的混血儿。当然，它有着百分之九十以上的中国血统，有着两千多年黄山、泰山、长江、黄河的丰富内涵，但眉宇间却又透出一丝丝开朗、清新的英气。虽绝不是钩鼻凹眼，却无疑增强了立体感，使平实中多了一点丰富。画界对此的反应固然会见仁见智，但由于自身的偏爱乃至于“护短”，只得将可以想见的议论置诸脑后。正如画册的第一幅《夜未央》中所题：“旅居加国已近七载，以亦中亦西之身，作此亦中亦西之画，毁誉不计，但求遣兴耳。”此话率真得像护仔的母亲，但真情天性却是可爱的。想来定会见谅于艺坛同好，我坚信。

七年的田园牧歌，使我远离了世俗的尘嚣，全身心投入造化的灵境。在与自然的交融中，更深地领略到老庄哲学、儒家文化以及禅宗的神髓。它的无处不在和博大精深，使我这个痴愚了数十年的俗人渐渐地悟到人生的真谛，那就是博爱、慈悲、仁厚和宽恕。那些蝇头小利引发的蜗角之争，枯燥生活派生出的民间口头文学都远去了、淡化了，直至全无一丝痕迹留下。以平淡冲和的心境更感世间的美好，从而也进一步领悟到造化的神奇。“淡如秋水闲中味，和似春风静后功。”

“境由心造”。世间本无绝对的苦与乐、美与丑，一切皆取决于自身的理解。人生之至乐是不贪不争，是施惠，是博爱。在我的眼中，所有山川流水、树木花草、鸟兽虫鱼乃至蓝天白云无不充满生机，充满情爱。它们给我灵感，给我启迪。是我取之不尽、用之不竭、越掘越深、越研越广的创作源泉。在我的画中全都是这些善良、纯真、不起眼的“小友”，我在它们身上注满了真情。我想,只有“爱”才是艺术的世界性语言,才是永恒的主题。

信笔至此,又想到1986年在南京我的个人画展上一位同道好友的建议。他提及我的作品表现手法太多、面貌各异,似乎还在探索阶段,尚未形成自己的风格,显得不甚“成熟”。事后我一直苦苦思索,是否应舍弃大部分的“手法”和追求而仅用少量技巧作画,借以快速形成自己的风格面貌表示成熟?但以我与大自然的深交所得,造化之妙,无边无涯,又岂是少数几种“手法”所能尽情体现的。再研究、再探索、再创造尚且不够,更何况舍弃?基于我的痴愚,看来这辈子是不可能“成熟”了,也绝无奢望成为“大家”。说句自我解嘲的话,我倒甘心于这种生涩,这种幼稚,这种不伦不类。褒一褒是宠辱不惊,贬一贬叫冥顽不灵。

“不与人同易,不与己同难。”艺术之树之所以常青,之所以能使无数文人墨客迷醉,它的魅力就在于不断超越前人、超越自己,不断创新。固定的“程式”不是艺术,不算传统。它绝不能“传”下去,故而也不会“统”起来。

也曾有朋友指着某些画问:这是不是中国画?我无言以对。事后常想,究竟怎样才算中国画?是否以宣纸、水墨、国画颜料画出的就是中国画?抑或用了这些材料而带着油画、水彩风格的作品也不算中国画?进而又有了新的问题:为什么一定要“算”中国画?我的理解是:中西画种的根本区别不在材料,不在形式,而在于西洋画主要表现的是客观世界;中国画却更近于哲学,更富思想内涵,更重抒情,更重写“意”,主要表达主观世界。视力所见的物象是展示画家情感情绪的载体,技巧形式亦仅“手段”而已。比如演讲,为了更生动形象地阐述观点,调动听众情绪的共鸣以加深对内容的理解,在国语中偶尔夹杂一些方言俚语,甚至一两句洋泾浜英文,有时反而会产生诙谐幽默、出人意料的艺术效果。

扯远了。就此打住。

是为序。

知己莫如己

这是一本令人觉得有点“怪”的书。

这是一位人们常胡乱称之为教授、艺术家、画家，抑或是学者、思想家、哲学家，而究其实却什么也不是，或可略微准确地称之为“天真顽童”的古稀老人多年言论的记述和编纂。

首先“怪”在无法明晰地确定它的类别。是一本画册？形式上就不太像。是一本“理论”著作？也没有那么严肃和厚重。是一本美术作品的图解？[①]也不尽精准。甚至应归入美术类、思想类、哲学类、杂文类还是别的什么类，一时也难以认定。当然，也不必一定非要弄得那么清楚。初稿完成时取名为“门外呓语”，以表示这是一个尚未入门者的粗浅见解而已。但许多人读后都深有振聋发聩之感。至少像一缕清新之风吹入艺术的堂奥，令人耳目一新。同道好友们觉得我已获得美国ABI终身成就奖、英国剑桥终身院士等数十项世界顶尖殊荣，用此书名确实不妥。再三思考之后，又将书名改为《跨越大师雷池》。意为攀上大师之肩，希望看得更远，走得更远。想想也是，艺术本来不就讲究“创新”么？这本“四不像”的小册子就让它保留原样存世罢。何必一定要把它强行塞入一个并不完全适合它的空间里去呢。

其次“怪”在他的立论（或曰思维）同样有点儿“那个”。有点不那么规则的跃动、有点儿天马行空、有点儿卖弄小聪明、有点儿不太“专业”、有点儿不知道天高地厚，甚至会让人感觉到有点儿狂妄和叛逆。

其实，知己莫若己。

我知道自己具有超越常规的思维方式（这组词太过堂皇，其实常人眼中的精神病患者也是如此），常以异常的目光、视角和思想关注周围的世界，剖析所见到的万事万物。犀利的手术刀加上执着的性格，使探究不仅及皮及肉，甚至深入骨髓，直逼灵魂本质。所创立的“另类思维”思想体系雏形，通过多年来在多个国家及国内多家著名高等学府的演讲，与众多专家学者的交流碰撞不断得到验证和认同，也拥有了众多的理解者、支持者，

①本书原拟单独出版，其中附有画作，本次收入时集中将原画舍去。

雅典卫城

甚至知音,也在国际间获得很好的口碑和尊荣。

再就是它的视角。它绝不限于就事论事、就画论画、就艺谈艺。我认为世界上所有学科在超越了“术”的范畴达到“道”的层面之后,其精髓都是相通的。就像穿越过大气层之后,就会进入一个毫无视觉障碍的朗朗乾坤,一个空灵的境界。在那种状态下什么都是相通的。这仅仅是个比方,真正想表述的是:当对某一个学科的研究和理解达到相当的高度,跳出一定“层面”之后,再换一个角度去俯瞰、审视这个学科的话,就会很容易地获得截然不同的理解和结论。

当然,也正因为所及的那个“层面”处于虚空状态,达者寥寥,故极有可能尚不能被常人所接受。“嗤之以鼻”也罢,“横遭冷眼”也罢,皆在意料之中。惟再三申达:此书确乃“门外呓语”而已,在前辈先贤及艺坛同道面前,我永远甘当初窥堂奥的小学生。

“道与术”

世间万事万物倘欲深究，皆可从“道”与“术”两个层面去透析。

“道”是指事物的本质、灵魂和内在的规律。对于道，是需要一层层拨开迷雾，精研思考，探本求源的。要使自己的作品合于“道”，是需要大智慧的。许多人误将“智慧”与“知识”等同看待，其实大谬不然。“智慧”是遍览各家之说、博采各家之长汇于一点，经过深层次的思考领悟出其中的奥旨和精髓，从而升华到一个全新的层面和高度，得出超乎常人的理解和结论，开拓出一个新的方向，引领一个新的潮流。这里所指的“悟”是一个只可意会而不可言表的概念。它有“渐悟”和“顿悟”之分，是外部知识通过内因“化合、反应”，或者是内因经外界高论的“点化、碰撞”而产生的裂变火花。它必然经过一个“蓄之久而发之暴”的过程。但如果修炼的道行不够，慧根不够，即便是蓄之久也未见得一定会发之暴的。智慧与悟性讲起来确实有点“玄”，但这是可以感觉、可以理解的“玄”。它是无法单纯通过传授和学习去获得的。

知识却是可以通过接受传授，通过书本、通过各种渠道和各种方法的学习所获得。只要孜孜不倦、勤奋刻苦、日积月累终会有所收获。社会的前进，各行各业的发展，当然离不开知识，但仅仅依靠知识，则只能渐进而无法飞跃。要想达到飞跃，则需要发现、发明、创新、创造。而这些，则是需要智慧才能获得的。

依我所见，创意创新、发明创造是由零到一，也就是“从无到有”的。而离开这，则只能是由一到十，循序渐进，慢慢来。

五十年代初曾有许多国家、众多的人引用英国学者培根的一句名言：“知识就是力量。”这句话从某种层面来看并不一定完整，知识与力量并不能完全划上等号。知识就一定是力量吗？不一定。读破万卷书的书呆子，考试得高分而其它方面一无所长的人比比皆是，他们的力量何在呢？真正推动人类社会大步向前发展，并能在人类历史上占有一席之地的一定是具创造力的大智慧者。如爱迪生、牛顿、伽利略、阿基米德；如曹雪芹、施耐庵、李白、杜甫、李清照；如米盖朗哲罗、达·芬奇、毕加索、凡·高；如八大、石涛、齐白石、徐悲鸿,他们的伟大成就无一例外地来自于他们的大智慧,而不仅仅是知识而已。

讲句颇有不敬意味的戏言。中国历来都习惯将学富五车的大知识分子尊称为“学者”。然而,推动社会“飞跃”发展,不是所有人都能起到很大作用。一个熟读经史,饱览诗书的大学问家,假如最终只是考证出朱元璋几岁离家、乞讨路线,或者只是确认了曹雪芹的婶母是谁,她的侄儿和侄儿媳妇叫什么名字,这究竟有什么重大意义呢?他们可能会是一名好的教授,其实,充其量只是“学”者而已。

艺术的生命力就在于“创新”。这个创新绝不止于技巧、材料、形式和内容。关键在于理念和立意。后者可以推动或引领艺术界同仁飞跃向前,甚至书写新的历史篇章。而前者则永远只能是“能工巧匠”,可喜、可爱而不可敬。

大智慧的思考、发现、创造继而上升到总结规律、形成理论,这才是真正的“道”。

“术”则是为了达到一个既定目标,完成某项任务而具体运用的手段和方法。它是实干层面具体操作的逐步完善而绝非理念上的突破。他可以是勇猛冲锋陷阵的好士兵或精明强干的组织执行者,而绝不是制定宏图大略的战略家和司令员。后者一定要具备超人的大智慧,而前者却以“小聪明”就可做到。只是在技艺、操作手段上下功夫,聪明是聪明了,但也仅是“耳聪目明”加上巧手作成某些具体事情而已。难怪在汉语历来的常用词里大抵都在聪明这个词前面冠以一个“小”字。究其源,就因为它没有多用脑子,通过悟性抵达到智慧的层面。要不,历来人们在用到智慧一词时为什么都常常冠一“大”字呢?

“道无术而不行，术无道而盲目”

当然，应该说这两者是相辅相成的，缺一不可。我只是强调一下主次而已。借用孙武的观点，战略和战术谁最重要，一场大战役的胜败是取决于军事首脑还是士兵这是不言自明的。

纵观美术界尤其是中国画画坛，仍有大部分画家还只是在孜孜不倦，甚至穷毕生之精力追求功力、用笔、用墨、线条、色彩，或是题材、内容、形式、画材，甚至各种所谓特殊技巧，无所不用其极。偶有一得，便沾沾自喜、自我欣赏、自我陶醉。殊不知雕虫小技绝非大道。我们经常碰到一些美术作品，从技术方面看绝无瑕疵，但就是不能给人以冲击力、引起共鸣，因而过目即忘。而另有些大才并非画界中人，偶尔兴来涂鸦，或书或画皆觉出手不凡。究其原因：境界高、格调高。这是由学养、鉴赏力、有思想、高追求而达成的。简言之，是因为脑，而不是手。板桥先生云：园中之竹非眼中之竹，眼中之竹又非胸中之竹，胸中之竹又非手中之竹。他的手中之竹从何而来？是四十年来的实践与思索而成的。请注意，不是越画越熟，而是越画越生。

是对高境界、画理画论的思考与追求，而绝不是笔法的熟练和老道。

多数中国画家们都是非常勤奋的。他们在夜以继日、年复一年地“创作”。其过程大抵是先有一画题（打算画什么）或简单构思就可以动笔了。比如说，点两只画熟了的鸟，确实颇见“功力”。再画点什么呢？配块石头罢。看看还觉单调，再添棵芭蕉亦可。倘若还嫌空，再插上几片竹叶。好，差不多了。题款，钤印，完成。眯起眼看看，鸟也灵动，芭蕉水墨淋漓，几片竹叶也很“帅”、很“挺”，石头也能分出“三面”，构图嘛，画熟了的，不知几千次了，很“舒服”。

这是“创作”么？画家会说，当然是创作了。以前鸟是画在上面，这一幅摆在下面了；以前鸟头是向左的，现在向右了；以前是飞着的，现在站下来了；以前配的是藤萝，这幅可是芭蕉。行了，完全彻底的“不同”了，怎么不是创作？但往深里想想，到底“创”了些什么？我以为这只是重复，至多也只能算是“重组”“搭配”“改编”。同样是京剧《红灯记》，观众会因为“这次李铁梅是从台左跑到台右了,李奶奶改为坐着唱了,李玉和增加了动作,扶着铁梅肩膀了”而再去重复看一遍么?

画面的组织安排(或曰编排)固然重要,但不是首要。我想,首先感染观众的是画家的立意,并为此而调动一切手段去营造紧紧围绕主题的那个特定情绪和氛围。是金色的秋天还是萧瑟的秋风?是和煦的春风还是料峭的春寒?是宁静温馨的月夜还是悲凄的晓风残月?是银装素裹的红梅报春,还是枯枝瑟瑟的苦寒荒漠?

除了确定一个好的主题,编好一个场面、一组剧情而外,更重要的是导演充分激发他的艺术灵感,通过深层次的思考去挖掘剧本的内涵,无所不用其极地调动一切可能调动的手段(包括演员自身的表现,也就是画面上的那些“零件”)去深化、渲染、烘托、凸显那个目的或主题。同样是春夏秋冬,同样是高山流水、白天黑夜,情绪的变化会影响到手法的调动,会影响到显现的氛围,从而最终影响到宣泄的程度和传达给观众的信息。观众的共鸣由此而产生。这不是旁白、文字提示,不是说教、灌输和强加,而是渗透、碰撞和引爆。

设想一下,观众站在一幅画有宁静、安详、温馨月光的作品下,面对甜蜜蜜交颈而眠,毫无戒备心的小鸟,会大声喧闹而手舞足蹈?面对傲然伟岸、挺风傲雪的遒劲苍松,会不会像被一只五十磅重的软橡皮大锤猛击一下,咚的一声引起心的震撼,使全身肌肉绷紧、颤动,几乎窒息了似的肃然起敬?

看一幅中国画作品的优劣,简而言之应从“笔、墨、意”三个方面入手。“笔”指用笔。造型精准、轻重虚实合理、点划极富表现力、功力深厚这是最起码必须具备的水准。“墨”是指墨分五色,焦浓重淡清的微妙变化,尤其是水的运用,使之产生枯涩和水墨滃染的效果以极好地烘托画面的层次和气势。这些都是属于“术”的范畴。是作画的基础,是为画面主题服务的必要手段,同时也是毫无新意的老生常谈,自不必细述。

关键是“意”。这是一幅画的灵魂,是主题思想,是情绪的准确把握,是艺术语言的精当运用,是震慑观者心魄的乐章。它展现出高标的格调、丰富的内涵、深邃的思想以及留给观者无限想像的拓展空间。这才是真正的“艺术”。艺术就是“三行去掉两行”。它是生活的浓缩提炼、去芜存菁,又同时是另一个高层面无限扩展的崭新空间，因而魅力无穷。这是一个极高的“境界”，绝非仅靠一些雕虫小技就可抵达的茫茫彼岸。

现在，众多的工笔画家也开始在追求超级写实的基础上进一步追求“意境”了。尽管还只是停留在渲染画面的初级阶段，但意识的觉醒是可喜的。通过不懈的努力追求，终有一天会进入一个全新的高度。写意画家中也有一大部分开始捐弃过分强化了的特立独行，毫无理由的张狂和怪异。认识到不一般的东西不一定全都是好东西，比如脓疱。

再者，即便是好的风格和表现手法，假如在掌握了之后就深陷其中，以不变应万变，不管画什么内容题材，想表现什么状态，一律用同一种手法去处理，除了不能精当地表现而外，这些不离其宗的重复还不使观者腻死？还有什么新鲜感和激情可言？看一百幅不就和看了一幅一样？就说率真、率性或放任吧，在一定程度范围内，在某些特定的情境下初初还会让人觉得可爱，但要是事事如此，时时如此，那就讨厌了。

比如《还珠格格》中的小燕子，与人一言不合马上就会打起来，胡搅蛮缠、毫无理性。时间稍长就令人反胃甚至切齿了。试想一下，要不是这个角色是一个漂亮的妙龄女孩，人们对她大都存有一份怜爱之心还能容忍得稍久一点，倘若角色是一个成年猥琐男性，那不活脱脱就是一个无赖泼皮么？早就会被人们的唾沫淹死了。

这里也就突显出两个问题：一是“度”，精准把握不可过分；二是不可过多重复。审美尚且还有疲劳，更何况并不全都是美呢。再说，画面是千变万化的，内容题材是千变万化的。画家想表达的思想和情绪、想传达的信息也是千变万化的，怎么能只用少数的表现手法、展现少数的风格就能诠释这众多的千变万化呢？以不变应万变在这里是行不通的，最后只能遭到被唾弃的下场。

细节决定成败 不能“尽精微”,就不能“致广大”

中国历朝历代野史说部(或用现代话说就是文艺小说)那么多,为什么能名垂青史的就只剩下四大名著?稍作研究即可知道,绝大部分作品只是停留在“讲故事”的初级阶段,只有情节,而较少细节刻画,人物大都只有概念性的性格,所以给人留下的印象就比较模糊。只举一例即可说明:在表达人物的情绪态度时,不管遇到什么“程度”的事,一律写成不禁“大怒”“大喜”“大乐”“大悲”,这样的词往往充斥全书。碰到所有的事都会是同样的“大”乐、“大”怒、“大”喜、“大”悲么?就不会因为程度不同而“稍微”“比较”“一丝丝”的喜怒乐悲么?当时喜怒哀乐的具体表现又是如何的呢?看那些大牌艺术家的精湛表演,其心理活动表情都是极其复杂而微妙的,是多层次而且不温不火的,只有不入流者才会过分地挤眉弄眼、表情夸张。

再举一个类似的例子。平时人们常会提到“山东汉子”“西北汉子”“东北汉子”。同样是“汉子”,同样是高大威猛、五大三粗的男人形象,细究起来内在的性格差别还是很大的。要不山东、西北、东北这样的定位词就没有任何意义了。同样是豪爽、好交朋友,同样可以大碗喝酒大块吃肉,但山东大汉则更侧重于“义”,侧重于思考,侧重于遵循行为道德规范。而西北汉子则更为“憨”“厚”乃至“木讷”。他们不善言词,不善表露感情,但像黄土高原一样的“敦实”,可将一切相托。东北汉子则可能更“豪气”和“刚烈”。他们可为朋友两肋插刀,但一言不合也可能会拔刀相向。假如以类似的题材入画而且又能抓住他们各自的精魂,那这些大汉群像就会更加有血有肉更加丰富多彩,从而也就更加能打动人心了。

概念化、程式化的东西绝不是艺术,也就一定没有艺术的感染力。

看一看堪称“艺术家”的曹雪芹在他堪称“艺术品”的巨著《红楼梦》里是如何写“大乐”的:“上上下下都哈哈的大笑起来。史湘云撑不住,一口饭都喷了出来;林黛玉笑岔了气,伏着桌子叫哎哟;宝玉躺倒贾母怀里;贾母笑得搂着宝玉叫心肝;王夫人笑的用手指着凤姐儿,只说不出话来;薛姨妈也撑不住,口里的茶喷了探春一裙子;探春手里的饭碗都合在迎春身上;惜春离了座位,拉着他乳母,叫揉一揉肠子。地下的无一个不弯腰屈背。也有躲出去蹲着笑去的,也有忍着笑上来替他姊妹换衣裳的。独有凤姐、鸳鸯二人撑着，还只管让刘姥姥。”

众多的人都是同样的“大笑”，但由于年龄、身份、地位、性格不同，各自的表现就千差万别，而且“疏密有致”、主次分明。也就是这千差万别，才让她们活脱脱跃出纸面，给读者以巨大的艺术感染力。大手笔的精髓是精微的观察、深入的挖掘和睿智的思考、取舍、提炼，这才能成之为真正的艺术品。

再看常被冠之以“艺术”头衔的时装模特表演。服装设计本是五彩缤纷、千变万化的。设计师们根据不同性别，不同年龄、不同性格、不同教养、不同风韵的人们运用不同颜色不同质地的面料设计出风格迥异的各式服装。这本是与艺术较为接近的行业。为了让更多的人更生动直观地欣赏到这些服装的精妙之处，普遍的做法就是举行时装模特表演。这本是一个极好的创意和举措。精美的T型台，璀璨的灯光，面目姣美、身材高挑、气质高雅的模特理应给精美的服装锦上添花，注入新的活力，使无生命的服装变得充满勃勃生机。

然而，事与愿违。

由于当事人和导演低能或略带偏执的理解，致使此类表演如抱着石头唱戏，吃力而不讨好。表演的本意并不只是找个漂亮的衣裳架子将其撑起来让大家看得清楚些而已。是要通过精湛的表演把服装的妙处进一步挖掘出来，使观众真正感受到该服装的特质、风韵、精魂。或高贵、或华美、或柔性、或帅气、或精干、或娴雅、或个性张扬、或温顺内敛，从而拨动不同观众心底各自迥然不同的琴弦，皆能获得不同层面不同程度美的感受。而模特们却不管服装的风格和特质，一律配以毫无表情的扑克牌面孔和统一机械的“猫步”。这种僵化，这种千篇一律，这种以不变“套”万变与仿真的活动塑料衣架有何太大区别？它不但不能“生发”和升华服装的精魂，反而会掩盖它的光华、扼杀它的生命活力。

大“道”相通，万物一理。

中国画也是如此。如果重复一种表现方法，坚持一种风格面貌，即使在画面上有些可圈可点之处，又有什么太大价值呢？纯粹的笔墨趣味固然是文人们抒发情感的方法之一，也是部分画家努力追求的艺术语言，这无可厚非。但细想一下，除掉有趣，那就什么也没有了。

看来，往深度去发展，才是中国画发展前进的方向。

笔墨当随时代 似与不似之间

前辈艺术大师的经典教导。

石涛云:“笔墨当随时代。”先生不墨守成规,艺术理念紧与时代同步。相较于死抱先贤不放,讲究笔笔有出处,不敢越雷池一步者,毫无疑问地会居于独领风骚的地位。

齐白石老先生说:“画贵在似与不似之间。太似为媚俗,不似为欺世。”这段精辟的艺术见解不但成就了白石老人晚年变法的巅峰,也成了近代中国画坛的里程碑和指路灯塔,影响了一代画风,成就了一大批画家精英。

黄宾虹先生也曾经说过:“画有三,绝似物象者此欺世盗名之画。绝不似物象者,往往托名写意、鱼目混珠,亦欺世盗名之画。惟绝似又绝不似物象者,此乃真画。”宾虹先生还曾专门论述过画的品流:“画有初观之令人惊叹其技能之精工,谛审之而无天趣者,为下品。初见为佳,久视亦不觉其可厌,是为中品。初视不甚佳,谛观而其佳处为人所不能到,且与人以不易知,此为上品。”

杰出画家、伟大的艺术教育家徐悲鸿先生更进一步提出了“以形写神”、“尽精微而致广大”。即在准确造型的基础上更强调生动传神,也就是追求更强的“跃动的生命力”。

我们都是吮吸着前辈大师的乳汁长大的,是在他们艺术理论体系和实践经验指导下才小有所成的。太师母廖静文在看了我的部分作品后欣然提笔为我的两本画册题签,并赞誉我为悲鸿先生的第二代传人。太师母的鼓励和肯定使我终生难忘、终生受益。

近二十年定居海外的游历生涯又使我有机会近距离接触到众多世界顶尖级艺术家的作品。在获益良多的同时也令我思考了很多。大师们的精髓能不能“继承、捍卫和发展”呢?想到此,愿将一孔之见公之于众,以求教于诸贤。

“笔墨当随时代”。

当然,我们不会也不应将这句话狭隘地理解为这仅仅限指用笔用墨,它包含了在一定程度上对艺术的理解领悟,对审美情趣的认知。“环肥燕瘦”也只是历史长河中审美习惯不断更迭、变换的结果，并无好坏错对之分。是否可以暂将“笔墨”解释为“艺术表现手法”。为了能充分表达出作者的胸襟、情绪、意愿，表达的方法是可以多种多样而不受约束的。甚至可以无所不用其极，只要能达到目的就成。陈词滥调（陈旧的手法）是不行的。例如用古文言作演讲，恐怕有兴趣听下去的人就不会多，更何况还有大半的人听不懂呢！这是“当随时代”的实质和意义。

然而，光是“笔墨”随了时代就够吗？如果思想不能紧跟时代前进，理念或概念不能随时更新，观念已经完全僵化或落后，甚至再也不能被当代人所看重和接受，普遍认为这些已离我们远去，从当年能激动人心的精粹，变得那么肤浅、落伍、过时。再玩这些真会被别人瞧不起，嗤之以鼻。对这些“老古董”（此词在此含有贬义，绝不等同于真正意义上的文物古董），任你巧舌如簧，使出浑身解数，运用当今最能迷惑人心的时髦手段和语言，也必将收效甚微并短命。就如新瓶装旧酒即使取得一点促销成绩，也一定是有限的、暂时的。时代的发展，社会的进步总是会不以人们的意志为转移冲击包括艺术在内的各个层面，从而使它们各自在更新的层面上，在社会需求不断提高、竞争更加复杂、一轮接一轮优胜劣汰的“进化”中接受考验。历史的长河是公正的、毫不留情的。只有由表及里地适应新的历史潮流，才能获得真正属于自己的生存空间。因此，站在历史的高度，以另一种全新的角度来重新审视中国美术史，再来面对大师们在那个历史阶段里对中国绘画的精辟论述，总是感觉到此论虽极高极精，却仍只是停留在“画面”上，尚未能深及作品的灵魂、艺术的内核，故仍仅属于“术”的范畴。

“似与不似之间”，是对“工笔”和“写意”两大门类中各自较为极端观点的融合（但绝不是折中），是出于对艺术语言及表达方式的充分理解而提炼出来的精华。丰富了近代中国画的理论，开一代新画风，引领了一代潮流。在那个历史阶段，确实是一座巅峰；以那个历史阶段的“衡量标准”（此词极不精准，但一时无法替换，估暂存之）来看，也是很难逾越的。然而，历史又向前流淌了数十年之后，可否以现代人的思考来温习一下这段划时代的经典理论呢？

依我的一得之见，觉得此论的焦点仍只是停留在绘画手法和画面形象的处理上。是“表”而不是“里”。

这又牵出一个老掉牙的话题。相对于摄影,绘画对形象的处理和追求是不同的。如果仅仅是追求绝对的“像”,那干脆就用照相机好了。喀嚓一下,多方便。

为什么还要“画”呢?用照相机摄影虽也有用光、角度、景深取舍等艺术处理手法,却无法冲破“忠实记录”的范围。绘画则能够也应该对画面物象进行精炼、夸张、提高。可寓以深意,也可根据主题的需要进行大容量甚至超时空的任意组合。夸张一点说,为了达到预先设定的目标或效果,简直可以无所不用其极。

既然绘画的“长项”超过摄影多多,而且都是超越“忠实记录”,也就是在绝对“像”这个层面之上的,为什么还要舍弃这些长项反过来去追求那个“似”和“太似”呢?既然确定了画面效果为首要目标,那假如真的只是为了“像”,那就运用现代科技手段好了,何必再去傻傻地、哼哧哼哧地费时费力呢。

所以,绘画首先应该跨越的是“似”和“太似”。此话题一掠而过,不再交待。

其实,要说只是将标准定在“不必那么绝对的像”的层面上,那从初学者到功力极其深厚的大画家全都能达到,只是程度不同而已。再说,真要画得“绝对”的“像”,达到照相的水准,除极少数专研此道者外几乎都不可

南极考察船雪龙号

能。也就是说你想要“媚俗”还不够格呢。而绝对“不似”者也几乎没有可能。从数万年前人类先祖在岩洞中留下的那些“作品”来看,几乎都还可以辨认出牛羊马鹿。尽管没有受过专业培训,经由专家指导,无论中外的岩画都无一例外地处于“似与不似之间”。再如当今的学龄前稚童,画个歪歪的太阳也知道在四周加上七、八条线表示光芒,画个猫儿也知道在大眼睛中画一条线,同时也不会忘记画上几根胡须,画个小白兔也一定要画成大耳朵、红眼睛和短尾巴。说像吧,实在不太像;说不像吧,你也只能说:呵,这个兔子画得太不像,那只小猫也画得不像!可你在无意中已经道破了玄机:你首先肯定了那是小兔和小猫,只不过不像而已。而你绝不会对着这两幅画说这张桌子和那张椅子画得太不像。若果真如此,那才是真正意义上的“不似”。要做到这也是极为困难,甚至是不可能的。那最后剩下的比较容易,也是必然的结果就是:几乎所有人的作品都是在“似与不似之间”,别无他途。那能否可以换句话说:除掉恶意乱搞者,几乎所有人的作品都在这个范畴之内,何必再去苦苦追求?如果仅仅将这作为审美的“衡量标准”,那也就无所谓标准了。

真的,仅此是不够的。

以一幅名画为例:“他日相呼”。数十年不知有多少专家学者为此写过评论文章。当然几乎无一例外的全都是溢美之词。对于此,我是非常信服的,毫无异议。但是否可能再推进一步,让观者“看到”或“体悟”到这两只小鸡“本来”是亲兄弟或亲姐妹,本来是有友情的,只是因为利益驱使才起了争执?此外,蚯蚓是谁先找到的,它应该属于谁?又是谁经不住诱惑想冲过来抢夺妄图占为己有?本来的拥有者是因为“小气”而舍不得放开还是感觉受到侵害怒不可遏而奋起抵抗?如果能将正邪、攻守、强弱表现出来,更将它们各自的性格突显出来岂不是更为传神,更为有趣?再从“具体表现”来说,“誓死捍卫”和“恃强凌弱”的心态、形体动作都是不同的。这从眼神里也应该能显现出来。仅以捍卫一方,也可能因力量太弱而惊恐,因即将被抢而绝望。也可能有“好好商量我还可分你一半,要抢就完全没门儿!”的念头。也很有可能对“抵抗外侮”有必胜的把握,“我就逗你玩玩,看你的自不量力能坚持到何时!”倘若能挖掘到这一深度才能使作品达到另一个新的高度,我以为这才真的有趣,有看头,有嚼头,有想头。开个过分的玩笑,也让美术评论家有事可做,有话可说。甚至还有可能出现考证派、索隐派、悬疑派,让他们穷毕生精力去作不朽之文章,那才真的有趣,不仅仅是停留在笔墨技巧、画面形式上的有趣。

纵观多年来美术评论方面的文章,论及西画者大多奢谈这个世纪那个世纪、这个画派那个画派,似乎唯有这样才能显出作者知识之渊博。至于它们的源流、演变过程、特色、精髓等则含糊其辞不得要旨,甚至顾左右而言他。论及中国书画者,则言必谈“六法”“书谱”,或者宋元、明清。无论褒贬,所用词汇大多是“放之四海而皆准”的通用货。比如说写齐白石、李苦禅、朱屺瞻或陈大羽,把人名画名互换一下也许还能用;写王雪涛、江寒汀、陈半丁、张辛稼,换掉名字也没有太大问题;还有李可染、钱松岩、魏紫熙、陆俨少;还有宋文治、吴湖帆、白雪石;抑或是于非闇、陈之佛、喻继高,只要将画种和风格大致分类,有少数几篇评论文章为基础,稍稍改头换面即可互相通用了。这并不是因为画家没有各自的特色,而是评论者只是就画面谈画面、就笔墨谈笔墨、就风格谈风格,而没有深挖到精髓,找到他们之间真正的不同,当然就只能是“哥儿弟兄”“大同小异”了。——就和前文论及的三种“大汉”一样,李逵、张飞和鲁智深是各有其精彩之处的。如果不能达到这个高度,那将是多么可怕、可悲而且值得担心的事!

智者之思

理论指导实践——画评与画论

理论指导实践,这是常识。我想,评论界是否也应反思一下呢?

再回到上面的话题需要略作解释的是,上述内容只是为了把深化作品内涵和感染力的思考阐述得更清楚而信手拈来的例子。这个“度”是需要严格把握准的。绝对不是提倡将所描绘的对象夸张成“卡通漫画”的形式,更不是“无厘头”式的闹剧。

这就如大表演艺术家、大牌演员演正剧,先从剧本提供安排的人物情境获取信息,再经过导演的启发引导,然后调动自己的学养和社会经验,在充分理解角色的基础上尽可能深地挖掘角色的性格甚至是潜在性格,他与周遭的情节关系、环境关系、人物关系和性格关系,设定他在特定的情境中应该凸显的性格的“尺度”。在“尺度”的严格控制下才去创作、设定应作的反应,特定的“典型”表情和动作。是“典型”,是“强调”,但绝不是“夸张”。既能达到打动人的力度,又要让人“信服”。觉得本来就应如此。“不足”是可以原谅的,但过度“夸张”,极富“表演气”却是不能容忍的。

喜剧小品和相声等表演形式另当别论。但即以此论,典型、提炼、夸张尽管是喜剧的灵魂,是必不可少的手段,但夸张仍然有个严格的“度”。这就是至今仍有很多等而下之的演员以为在舞台上动作夸张、大呼小叫就是不拘束、放得开。岂不知喜剧夸张的最高层面是“幽默”,而绝不是为“搞”笑而“搞笑”的闹剧。

当然,社会之大包罗万象。这里也会因欣赏者的学养、品味、追求不同而需要一些“低级搞笑”存在。不过我想真正有品位的文化人是绝对不会欣赏“无厘头”的。

纯艺术的绘画作品尽管包括历史剧、轻喜剧、悲剧、言情剧;尽管也有精炼和典型夸张,但它一定应归类为“正剧”。稍有过头,即会产生矫揉造作,扭扭捏捏,东施效颦、令人恶心的后果,或者一步跨入“卡通、漫画”的另一种绘画门类。

还是要再重复一遍:宁可不足,切莫过头。

悲鸿大师进而又对中国绘画提出了更高的要求:“以形写神。”光有形是

波斯米亚乐队

不够的,还要有“神”。何谓有神?从大师的作品去理解,应该就是生动、活灵活现、充满生机、有极强的生命力。依我愚见,如果更进一步的话,所写对象还应有灵魂、有性格、有故事。这似乎是一个很奇怪的要求。这里探讨的主要是独幅的中国画。它是描绘对象在自然界的活动中,在时空的一刹那突然凝固而产生的画面。不论是自然凝固的一刹那(如摄影成像),还是经由画家的艺术创作主观安排组合而成,都只是一瞬间的具体境像。它绝不同于连环画,更不同于动漫作品。它毫无延续性故更无连续性。如何能使那些只有在相对长的一段时空中才能产生、发展、演变而成的情节和故事在一幅画中表现出来?这应该是给绘画提出的更高且更严峻的要求。

佛教经典话语“一花一世界,一叶一如来”中想来包括了这层含义。

表现故事情节的具体方式不外乎几种:文字、语言、表演和连续影像。而这些都是要占用时间的。这和“瞬间”似乎是绝对无法调和的矛盾。

其实不然。如果能精准捕捉住描绘对象瞬间的眼神、表情、情绪、性格、微妙动作以及这些与周围环境的关联,就能给人以触动、推理、联想甚至还能引发遐想。这样,由画面而引申出来的故事情节就产生了。——只不过它不是出现在画面上,而是产生于画面(其实也应是画家创作时的主观愿望）与观者交流时的深度理解和共鸣之中。真正好的艺术作品是能够有力量“发动”观者来一齐参与创作的。

记得四十年前见过一幅俄国画家列宾的名画印刷品。题目叫《意外归来》（也有译作《不期而至》的），表现了一家四口中的男主人被流放多年杳无音讯后的一天突然归来的瞬间。他看到完全改变了外貌的妻子一时不敢相认。多少年一直盼着与家人团聚，一朝得以实现后百感交集。妻子也因他的饱经沧桑、颓然老去，加之毫无思想准备也一下子惊呆了，仿佛不敢相信眼前的一切而全身僵硬着。加上已经由幼童长成少年的一双儿女那愕然的眼神，更加让人联想到他们一定多少次听过妈妈讲爸爸的故事，但由于当年年龄太小已对父亲毫无印象，甚至连“父亲”这个概念也已经模糊。面对这个完全不同于他们想像中那个父亲的“陌生人”，愕然、慌张、百感交集凝固于一瞬间。又在这一瞬叙述了一个漫长的、凄婉动人的家庭悲欢离合的故事，甚至还从一个侧面反映出沙俄时代的一段历史。

这就是瞬间与永恒。

当然，相对于人物而言，山水、花鸟、走兽、草虫要达到这个高度可能更为困难。这就更需要画家中的有识之士作为一个全新的研究课题和更高端的目标去努力探索。因为这些描摹对象都是一些无思维或仅具“初级”思维的生物。我想，通过艺术家的匠心独运，一定能够赋予它们人类所独具的思维、性格和感情。山峰是高了一些，但只要确立了这个理念，向着这座高峰努力攀援，定有登上峰顶的一天。

我多年探索的心得是，根据作品主题、情绪、气氛的需要，先设定它们的年龄、性别、生活背景、家庭出身、所受教育、自身修养，在故事里所扮演的角色，再思考探索这样的“角色”在此情境或情节中，“应该”会有什么样的动作和“表情”，“应该”如何“想”以及如何“表述情绪”等。倘若能做到这一步，就更能迅速将观者带入某个特定的情境，并且感染他们。

我也见过许多画家画的骏马。若以寻常眼光来看，专业画家的作品当然十分了得、无懈可击。他们也常喜欢题上“奋进”“一马当先”等字样。是不是在画着奔马的画幅中题上“奋进”两个字就一定是奋进了？它们为何跑，如何跑，已跑到哪个阶段？有否遇到过坎坷，现在体力如何，心态如何？是坚持、强撑、力竭还是考虑放弃？它的眼中有什么，有没有向往、目标甚至理想?如果能让观者进一步看到、感受或联想到这些就会更有“看头”,更有“味道”,也就能更加容易地打动观者的心。

再比如有些画家画骆驼。他们觉得似乎只要有了骆驼的外形就可以题上诸如“任重道远”的款识。仅仅这样就能表现任重道远了?不一定。仔细想一想,它刚起步和力竭时是不同的,吃饱喝足和干渴时也是不一样的。艰辛的累积,绷紧肌肉的颤动,负重后略显僵硬的膝盖,会显示出每前进一步都必须使出浑身的力气。只有将所有这些都理解透了并能精准地表现出来,再加上眼神的刚毅、坚韧、目标明晰而心无旁骛、永不服输、任劳任怨。这才是骆驼的典型品格,也只有这才是表现任重道远主题的有力手段。哪怕就是画负重的毛驴,也有不堪重负勉力而行的,也有无所谓觉得很轻松的,也有盼着赶快完成这趟苦差早点获得饲料奖赏的,也有认命而变得麻木不仁的。有天真烂漫活泼可爱的,也有像阿凡提的坐骑那样,眼睛里透着阳光和善意的狡黠,甚至还会有那么一点儿幽默感的。若到不了这个层面,不就是一幅错题了字的动物图谱?假如能匠心独具,下苦功仔细观察研究,找到别人尚未留意到的,想到别人尚未考虑到的,画出别人尚未能表现的精妙之处,这样的作品才能屹立于当代艺术之林,也一定能在艺术史上刻下一道深深的印迹。

“大美”与“大丑”

还想就白石大师提及关于“不似”的理论再谈一点拙见。

我没有胆量附和着说他们“欺世”。只是由于才疏学浅，或者是由于年龄而产生的落伍，面对这类作品产生了不少的困惑。

“美术”，顾名思义应解释为创造美的技艺。“美”是与“丑”相对应的概念。爱美之心人皆有之，这是全人类都共同向往追求的共性。（甚至还有不少动物都具爱美天性呢）多年来，我一直关注着一批专攻“丑”“狂”“怪”的画家，总想从中悟出点什么道道来，但又总是不得其门而入。

当然，美有很多种，不一定全都是光鲜和亮丽。即便是残破，也自有它的美存在。人们常把“大俗即大雅”“大丑亦美”“大巧若拙”“大智若愚”挂在嘴边，这也都是极富哲理的精辟见解。

比如，我极为喜爱中国老农的形象。那种质朴，那种憨厚，那种迟钝乃至木讷，那一张张布满沟沟壑壑如干裂土地的脸上，镌刻着经年累月风吹日晒、忍饥受冻的印迹和难以言表的沧桑苦难。

但他们浑浊的眼中透露出那种无邪的清澈、善良的本性，毫无掩饰的真诚、平和的心境、博大的包容和坚忍。那枯树桩一般的大手、弯曲而又异常坚挺的脊梁，传达给人的信息是可信、可靠、可近、可亲。要想打个比方的话，像老牛，像大地。要以美术作品为例，如罗中立的《父亲》，刘文西的陕北老农，陈丹青的老藏民。

我是一位花鸟画家，无法画出他们那样深沉厚重的作品，只是有一天突然跳出画一画“他们”的念头。鬼使神差画了两幅池塘里暂歇劳顿的老牛，又题上两句看似毫不相干的旧句：“风流不在谈锋健，袖手无言味最长”和“心非木石岂无感，吞声踯躅不敢言”。应是当时我对老农部分品格的理解和认同。

以光鲜亮丽的标准来衡量，若想表现他们，无论是画面或是人物形象都确实不太美，甚至很丑。但从中透露折射出的却是极为美好的人性的光辉。这应该能成为“雅俗”“美丑”“巧拙”“智愚”的最佳解释。因为有了这博大精深的“真与善”的内涵，所以，他们的外部形象竟显现出另一种特殊而无可替代的美感来。

令我迷惘的是另一种。

那是“刻意”做出来的丑陋。五官歪邪、毫无生气的扑克牌脸、极度空洞、阴冷、死鱼一般的眼睛,怪异扭曲的胳膊和腿,再加上一个莫测高深的题目(如“空间”“组合”“印象”之类),浅薄如我辈等实在不能理解。就如站在一大篇陈景润演算证明“1+1”的计算公式前一样,眼前一片迷茫、脑中一片空白。完全说不出话,只有瞠目结舌的份儿。

出于中国文人固有的那种“劣根性”,却又不好意思去请教,生怕会遭到鄙夷的白眼——这种问题还用问吗? 太落伍了,这位老先生!

突然想到早年听到过的一则小故事。

说不清是在法国还是意大利了,有一位艺术态度极为严肃的传统型画家。虽穷途潦倒到几乎三餐不继,但仍然坚持当初的信念在刻苦创作。因不愿跟随当时日新月异、闪电流星般掠过的各种时髦流派,慢慢地被大众认为真的是落伍了,他的画再也无人问津。万般苦闷之余,他将心中不解之结诉之于挚友——一位学识丰富、对社会有独到认知的心理学家。为了给他的痴迷解惑,心理学家给他设计了一个试验——

他建议画家将他日常使用的一块擦洗油画笔及调色板的色彩斑斓的抹布稍加调整修饰,配制了一个极其贵重的豪华镜框送去参加一个极高级别的画展。由于所标价格高出一般作品的数十倍,引起办展方的特殊重视,故被布置在画展大厅的正中央。

在开幕式上,大概是由于标出了当时的“天价”,这幅画引起了极大的轰动。画家、收藏家、美术评论家、媒体记者争相挤到前面观看此画,掀起了一阵又一阵的惊叹声。所有人都仿佛是这幅“画”久别重逢的知音,都在极为痴迷地、摇头晃脑地“欣赏”着、惊叹着。“哦,哦,这幅画!”“哦,你看你看,多么……啧,啧!”“呵,伟大的旷世之作! 简直……真是……!”尽管没有一个人能讲出所以然来,但人人都不肯立即离开,就好像真的被这幅“作品”迷住了一样。

终于有些媒体人忍不住了,以采访的形式虔诚地、小心翼翼地走到画家面前:“请问尊敬的画家先生,您这幅大作表达的主题是什么?”“画家先生,您这幅杰作想向观众传达什么信息?”“您的创作灵感来自于何处?”“这幅惊世之作构思创作了多久?""请您谈谈您这幅杰作对当今画坛将会产生哪些深远影响?"面对无数的追捧及各式各样的问题,画家都严格按照朋友的设计,摆出一副不可一世的架势,用不屑一顾、略带鄙夷的眼神瞥一眼对方,以不变应万变地抛出一句莫测高深又莫名其妙的话:"你见过一条小河么?"然后立即转脸拂袖而去。意思是这么浅显的问题还用得着我来解释吗?拿这样的问题来问我也太失水准了!似乎对这些浅薄无知的人多说一个字也是多余的。

记者们、评论家们被这句话砸得瘟头瘟脑。他们顾不得生气立即返身挤进人群,再去细细揣摩那幅画的"深意"和"妙境"。

冷冷的一句"你见过一条小河么?"似乎所有答案都涵盖在这个极为浅陋的问题之中。似乎只要是见过一条小河的人都应该懂得这幅画的奥旨。然而任你再三细究、揣摩,仍然无从发现那条神秘的小河,更猜不透这块色彩斑斓的布与那条小河有什么关联。

可极富专业精神的文化记者们明天终究要发稿呀,终究要写观感、写评论呀,那些评论家们也一定要努力维持自己的学术地位,总不能沦落到"连一幅画都看不懂"罢?!面对众多崇拜者和学生辈的请教,自己该如何应对?既然从画家口中得不到解答,那就充分发挥调动自己的聪明才智,开发想像的空间吧。于是——

第二天,各大媒体均以显著位置大加宣扬一幅惊天动地的旷世杰作已经问世。它如何美,如何深奥,有多么深邃的内涵。为了创作这幅作品,画家苦苦研究了多少年才达到这么高的、前无古人的境界。它将对当今的画界产生何等巨大的推动作用,是数百年来美术史上的又一座里程碑。

于是,一位划时代的伟大画家诞生了。当然,毫无疑问他的作品被收藏家争相购买,价格之高自不必说。所有作品皆是以前积压在仓库底层的、传统意义上的作品。它们被视为画家的"早期"作品而弥足珍贵。

更值得深思的是:在当时相当长的一段时间里,在各种文艺沙龙或艺术界的集会中,几乎无人不谈这幅画,无人不能把它的深意阐述得淋漓尽致,更有人能将它提到一个更高的理论层面去分析,旁征博引,洋洋大观。

因为,谁不能谈论此画并发表高见,谁就是浅薄无知。

呜呼,新版的"皇帝的新装"。

不必去探究这件事的真伪,但愿它只是一个笑话,一则故事。远离昨天的我们,是否应该从这个刻薄、荒诞而又深富哲理的故事中悟出点什么来?!

现在,也确实还有许多有理想、有追求的画家在不断苦苦探索,许多已成名人的画家也仍在不断否定自己,变法创新,力求不与人同,以形成自己的独特风貌。

冷眼旁观,也有不少人是在"为变而变"。在理论层面尚未悟透的情况下,盲目抛弃以前的自己似乎有点轻率。说不定抛弃的恰恰是十分难得的好东西呢。这正如在前进的路上"另辟蹊径"本没有什么不对,但假如思路不清晰,说不定会从光明正道转入曲里拐弯的支路上绕不回来了呢。运用智慧从高层面去思索并制定拓展方案(如使用卫星导航仪那样,先确定一个明晰的目标输进电脑,这才会显示出一条指导你前进的正确道路。)这样就"安全"了。多少画家盲目变法,最后从一个相对的高峰上滑落下来,逐渐式微而最终失去自我的大有人在。

细究起来,"不与人同"其实是容易的。开个玩笑,比如说写字和书法。几乎每个人或每个书法家写出来的作品都是各不相同的。即使是嫡派真传的好学生,与老师也一定存有差异。从字形、风貌到内涵,或清丽恬雅、或散淡高古、或遒劲雄健、或古朴苍老,百字百态。就像世界上没有完全相同的两片树叶一样。就是面对着临或摹,明眼人也会看破。要不书法赝品怎么发现呢。

倒是"不与己同"会有些难度。人们经常会在思维、技艺方面逐渐养成某种习惯,甚至成为某种程式。更由于惰性使然,会在一定程度上依赖这种定式,不下大决心花大力气是较难克服的。这当然是指一步步向更好、更高级的方面演变。绝不是为变而变,不管好歹只求不同。

一生求新求变次数较多的西方画家中应数毕加索。他是在具备了坚实的写实功底之后受到外部环境的触动,再经过深深的思索才一步步蜕变出来的。从作品可以看出,他每个阶段都有清晰的思路和明确的目标,他是有"根基"的。而当今就有少部分年轻人被急于求名的心理所驱使,不愿(或者因慧根不够而不能)下寒窗十载的苦功,在尚未将古今中外的好作品都精研透彻的情况下就忙着去"创新","追求个性风格了"。这样,必然没有高深的理论作支撑,必然是盲目的。虽然外表"华丽",就和沙滩上的建筑一样,支撑不了许久。

更不要说其中极少一部分人捡到一点西方人的“牙慧”就大做文章,去有意唬人。根本不管这是人家久已过时淘汰的、标新立异昙花一现的,只要略有“新鲜感”的东西就去拿来一用,其实这“新鲜”是对孤陋寡闻者而言的。数十年前在国内还有可能因出版物的限制而不易见到国外的美术动向和资料,那还有唬一唬人的可能。而现在早已是电脑化、信息化的社会,伸出食指在电脑上点一点就马上可以获得任何最新资讯。想想这种“新鲜感”还能维持多久呢?

多年前曾经发生过这样一件事:一位德高望重、传统型的著名中国画教授指导了一名研究生。他在学习期间迫于老师的权威,不得不屈从于老师安排的课程,然而他心里想的是“速成”,是“迅速蹿红”。故在好不容易挨到举办毕业展览时来了个“突然袭击”(此词不准、暂存待修)。亮相的全部是那些歪头怪脸、莫测高深的东西。导师在展厅转了一圈后这位同学诚惶诚恐地请导师指点。老师只讲了一句“我根本没看懂”! 然后拂袖而去。

我真的不信这位享誉国际的前辈大画家竟这么“浅薄”。

“丑、怪”的话题可暂且略过,这毕竟只是艺术长河中极小的漩涡,它不会持久,也掀不起大浪。只是一些小聪明者玩的心理游戏而已。但是不是还有另外一种可能:一些基本功极差、连一般造型能力都不具备的人,不愿去下功夫提高自己,而是直接打出反写实、反传统的旗号。“非不能也,是不为也。”我本来追求的就是“抽象”嘛! 这是“现代”“潮流”甚至是“未来”! 对于这些,呜呼,我再也没有话说。

再回到“美术”一词上来。

“美”从字形上来看,从“羊”从“大”。当初老祖宗们创造这个字的时候,本意是指人对味觉的良好感受。食物极度匮乏的先民们能吃到羊已经觉得很好吃了,更何况大羊肥羊呢。这是要吃到嘴里后经过反复咀嚼、品味才能得到的感受。换言之,此结论是由两方面的因素组成:被品味的对象和受用的人。又由于受用人的偏好和品味标准不尽相同,得出的结论也会不尽相同。——说不定有人专爱吃鱼呢。更何况达到“美食家”水平的人毕竟是少数。在几千年后的今天,“美”字已慢慢从专指味觉感受(至今尚残存如“美味佳肴”之类的少数用词)而演变成泛指视觉感受了。但凡看到好的东西或景象,都会给人带来“美”的享受。这也由两方面的因素组成。“景、物”是固有的客观存在,如果不能触动观者内心某根隐秘而细腻的弦,是无法引起共鸣的,是完全可能被“忽略”被“视而不见”的。

想到四十年前我第一次去桂林,热情的接待单位盛情安排了一位五十多岁的处长陪我游漓江。当我被如诗如画的景色所震惊、陶醉的时候,那位土生土长的桂林处长说了一句让我更为震惊的话:“我在桂林生活了五十多年了,就从没想过要来玩漓江。我今天也是第一次来,根本不觉得有什么好看。要不是领导安排,我还真不来呢。”愕然之余,我悟出了这个道理:美好的事物是要和领受者的心灵进行“双向互动”才能形成“共鸣”的。

当今的人们(当然尤其是女性)“美”字用得越来越少了,取而代之的是“漂亮”。风景漂亮,建筑漂亮,衣着饰物、脸蛋、身材漂亮,只要是看着舒服感觉好的,几乎无不冠之以“漂亮”一词。却极少有人深究“漂亮”的准确含义。

我曾为了加强表述我的理解,有意作了略微牵强夸张的解释:从字面上说,浮在水面上,随波逐流叫漂,物体表面发出的光为亮。它可能会使人感觉晃眼、华丽,但它终究是表面的,是游离不定极易消失的。我曾经对一大批女学生戏言:你们时刻都在追求漂亮,挂个项链、钉个耳坠、穿件华服、背个坤包,蹬着高跟鞋,再加上涂脂抹粉、描唇画眉,这些本来没有什么错,而且从某种程度说也确实“好看了”不少。但,这些都是表面的,是用“加法”一件一件垒上去的。本质和灵魂一点都没有改变。满是人工修饰的痕迹,故而常流于“俗”。倘洗去铅华,会立即打回原形。所以,应该提升到追求“美”的层面上去才能达到较高境界。

“美”并不一定能被“一眼”就“看”出来。是要通过观者的欣赏品味细细体会出来的。因而它的内含也是“耐人寻味”的。

还以女人为例。孩童时期的天真无邪,少女时期的活泼可爱,青年期的勃发青春和娇羞,少妇期的成熟和性感,中年期的稳重、干练和睿智,再后期的宽容和母爱,老年期的和善慈祥,每个时段都有各自的闪光点,而且绝不会被别个时段的闪光点所替代。所有这些都是由先天具备或自我修炼、累积充实起来的,是“由内而外”洋溢出来,而不是靠化妆师描画“做”出来的。因而,这种“美”才是长久的、延续的,甚至是永远的。完全不必陷入以人力抗衡大自然的客观规律，把扮小装嫩作为唯一目标的泥淖而无法自拔。

英王伊丽莎白二世现已八十多岁高龄，可算是“老天拔地”了，丝毫无“性感”可言，除精神病患者外，绝不会有人对她抱有“非分之想”。但那种高贵的气质，儒雅的风度、睿智的眼神仍使她光彩逼人，令人折服。

王妃戴安娜的面孔相较于某些好莱坞的大牌女星确实略有差距，但她的热情、活力、真诚、贤良、亲和以及善举使她升华了。所以她的离去让全世界都感到惋惜，她的“美”必将长留人间。

再比如美国前任国务卿赖斯。一个黑种女人，以东方人尤其是中国人的审美观念是较难入眼的。但她的自信、开朗而适度的笑容、精明和干练、与各国高层人物交往时那种不卑不亢的气度，会让你“慢慢地”感受到另一种女性美。假如你以前忽视了的话，是否可以考虑再重新留意一下？

最后再提及一个发人深省的场面：一年一度的影视颁奖晚会。这是一个众星云集、美女如云的场合，几乎所有人都使出浑身解数把自己装扮到极致。但在某年的颁奖晚会上鹤立鸡群者却是八旬老人秦怡。是她衣着华美、浓妆艳抹、漂亮性感？这些在她身上都已不复存在。她的美是从高雅的气质里渗溢出来的，故而是永久的。

追求美术作品的面貌、风格以至“境界”，是否也可以此为鉴，作较为深入的思考？

我曾经不止一次在公开场合说过，我愿意接受美术评论家们的任何批评和建议，但我最不愿意听到有人说我的画“漂亮”。(尽管到现在为止还未有过)我认为“漂亮”是对美术作品最为严厉、最为彻底的批评和否定。因为他是从根本上把该作品定性为浅薄、浮华、艳俗，毫无思想深度，毫无内涵。除掉这些不就只剩下一个一文不值的空壳儿么？

近年来，有多少次机会受邀参加各式各样的“选美”大奖赛当评委，我都无一例外地婉言谢绝了。我对主办人说，你们不是在选“美”，是在选“漂亮女孩儿”。他们原本认为这两个概念是毫无区别的，是一回事。所以，他们愕然了，我也再无话可说。

“大”与“深”

除了“美与丑”,还应接触一下“大与深”的话题。

画坛上,不知有多少画家在努力追求浩瀚的大场景。雄伟壮观自不必说了,巨大的画幅带来的视觉冲击力和震撼当然是存在的,绝对不容小觑。但由此而带来的遗憾、缺陷和弊端也会随之而来。

追求“大”似乎并没有什么不对。但这究竟是手段呢,还是目的?为了表现某些特定的题材或预先设定要悬挂在什么地方,当然需要一些鸿篇巨制。但如果是为了大而大,甚至走火入魔为了创什么吉尼斯纪录,就作品的艺术性而言,那就没有丝毫意义。只要年龄不太老、体力够强、时间够充裕、经济能力也能容许,那就无穷尽无限期的画下去罢。但这终究也会有个尽头,别人要想超越他也是不太困难的。而随之而来的内容庞杂、重复、主体不突出、构图松散、支离破碎则在所难免。就像那亿万块砖石垒砌而成的万里长城,被誉为世界奇迹而深受瞩目。它打动人的是壮美的造型、千年屹立的雄姿、古代先民的高度智慧、工程的浩大和中华民族艰苦卓绝的精神风貌,是这些感觉的综合,而不是那一块块的砖。反过来试想一下,即使有超过它十倍数量的砖石杂乱无章、毫无整体构思的堆放在那里,会给人一种什么样的感觉?

还有许多包括“大家”在内的山水画家们都热衷于画长江万里图。这确实是一个好题材。但细想一下在这万里长江两岸究竟有多少真正激动人心的山头和景色?纵有夔门、神女峰、白帝城、石宝寨等数处精彩景点,硬凑到一幅长卷之内会相互映衬,形成对比使之各闪光华相得益彰么?一串项链挂在模特颈子上确实会让人觉得风情万种,但面对饰品商店挂满成千上万项链的墙壁,除了松散杂乱,使人头晕眼花之外还会有什么美感?

再具体一点说,是像产品或商品一样“平铺”在展台上供人欣赏呢,还是有所提炼和夸张,使某些主体更为突出?谁主谁次?为主的必定是少数,那多数的不就都淹没在“次要”之中毫无光彩可言?那又怎么能无限度地延伸下去?淡而无味的重复还谈何精彩?此外,既然是画万里长江的“全貌”,必然要采取俯视。那令人惊心动魄的三峡、那夔门将成什么样?

万仞绝壁之“高危感”一定是由仰视而且产生的。舍此而作的三峡,雄奇的精粹何在?更何况那长卷纵然可无限度地“长”,但上下宽度毕竟有限,那两岸的山峰再高也高不到哪儿去。想表现的是雄奇,但视觉上却如乘飞机俯瞰地面一样,纵有凹凸,地毯而已。

也许有人会说,我们有中国画特有而精妙的“散点透视”呀。诚然,它可以在平面上将一些焦点透视无法容纳的物象“安排”“组合”进来,但要同时将“雄奇”(纵向感)和“阔大”(横向感)较好地表现出来,那一定会“累死”“苦死”观众。他们必须一会儿跳上一会儿跳下。是不是应该考虑观众的“体力”和“意志力”呢?这句玩笑开得太刻薄了,就此打住,并致歉忱。

再说说人物画。或者更狭义一点说肖像画。从“广”的方面看,这里可以加进画面去的材料或元素好像并不太多。其实不用担心,只要往“深”里去挖,是可以无穷无尽的。一幅人像,可以画出一个人的一生,甚至是一段历史。(如罗中立的《父亲》)哪怕是一幅小品,也可以让人品味、咀嚼好多年,并不时发出会心的一笑。

由此想到苏州画家刘振夏数十年前画的一幅《篆刻艺人张寒月》。看着张寒月的那张脸,竟然越看越觉得这就是,也只能是篆刻艺人的脸!篆刻艺人究竟该有一张什么脸?老天爷和社会都没有规定。反正仿佛天生就应该那样,非这张脸莫属。那份朴实敦厚、温和良善,仿佛已修炼到宠辱不惊、去留无意的境界,令人可亲可近。刻满皱纹但光洁的前额满溢着睿智。光光的秃顶四周所剩不多的灰发及不易觉察微躬着的背,画出了篆刻家伏案辛劳、孜孜以求的一生。灰白的胡楂布满两腮和下颌,真的已经几天不剃了。这是不经意和不在意,加上简朴的衣着,那种旧式文人的不修边幅自然而然地流露出来。绝不同于当今常见到(刻意做作)的长发长髯、蓬头垢面的“艺术家”形象。尤其是那双眼睛和善而不空洞,细细看去还会发现一丝丝幽默和狡黠。一切艺术家的灵动在修炼一生达到炉火纯青之后都深深地蕴含在平和之中。

难怪苏州的画家们在当时的画展上交口称赞:“比张寒月还张寒月!”仅仅是“像”么?若仅止于此,那就只是“张寒月”而已。正因为写活了篆刻艺人由外表形象到内在的性格,因此也就由当下写尽了他的一生,其内涵何等丰富!

甚至我以一个画家之心曾经想过,张先生的篆刻作品尽管不一定比得上吴昌硕、齐白石,但也一定是稳健而不板滞、灵动而不浮躁的。而且尽管素昧平生,但可想像只要我有所请,张先生一定会笑而慨允的。

像这样写下去,简直能写出一本书来。

我至今未见过刘振夏及张寒月先生,以此为例,应无阿谀奉承之嫌。能使一件尺幅小品在另一位画家心中深埋数十年仍熠熠生辉,这才是真正艺术品的丰富内涵和强大的感染力。重复一句,这力量来自于内涵而不是表象,来自于作品的"深处"而不是尺幅。

"多"和"大"不是艺术的精髓。

真正能打动观者的东西不仅仅是要让他"看"到,更重要的是让他"感受"到,是身临其"境"而不是身陷其"图"。所谓"境",是通过自身的"觉"(包括视觉、听觉等一切器官的感知),调动先前累积的经验、学养,再经过"思"而"领悟"到的一个近乎"虚空"的状态。要触动乃至引导这种"思",光

玛雅遗迹

靠画面提供的“已知”部分是远远不够的，而恰恰是靠画面所营造出来的氛围和情绪，那种未知、模糊、朦胧、若隐若现、若有若无、充分留给观者的想像空间去“引诱”出来的。

已知的都是有限的，未知的才是无穷的。

这个“境”是指“情境”而绝非“环境”。是通过触动观者心底的那根深藏但又极为敏感的“痒痒筋儿”产生的。应该说这是画家通过自己的主观努力“诱使”观者一齐“参与”而共同“创作”产生的结果。这才是那个“境”，那个只可意会而不可言表的“境”。

往大里说，应犹如一位得道高僧给极具慧根者的“点化”而产生的“顿悟”。点化是“触动”“引爆”，而不是“说教”。更不是简单而表面化的图解和介绍。

说到这里似乎已偏离了有关“画面”的讨论，而精髓恰恰就在于此。中国画界尤其是评论界大部分至今仍在热衷于讨论笔墨、功力、构图、内容、表现形式至多及至雄强的气势、泼墨挥洒的胆识，极少有人想到或论及画家所营造的氛围，想表达的情绪。更重要的是想向观者表达什么，如何才能引起观者的共鸣。只有“共”鸣，才能琴瑟和谐产生出美好的、完整的乐章。

再回到画面上来。重要的不是一览无余，哪怕是极为精彩的部分。应是“似是而非”虚空的部分，是能充分激发和调动人们想像空间的部分。因此，它才是容量极大、内容极为丰富的部分。只有这，才是真正无穷尽的。

所以，我的观点是，不必一定盲目追求大，或者依靠大来起到“震慑”的作用。(当然，决不排除因内容和需求所必须的大)它再大也是有边的。唯有向纵深发展，向虚空发展那才是无穷的——就和人们的想像空间一样。

“画什么?”

按画家的正常思维,要使自己的作品表达出点儿什么来,首先想到的就是“画什么”。也就是内容题材是放在首要位置上的。

比如,要画文人的高风亮节一定是梅兰竹菊;要画高远志向当然是展翅的大鹏;要画富丽华贵首推牡丹;要画威严雄强必推狮虎;要画百折不挠首选松柏。经千百年的累积,很多“画材”已与“画题”划上了等号:柳燕等于春意盎然、骆驼等于任重道远、奔马等于一往无前、蝴蝶代表爱情、喜鹊即为喜庆,此类例子可以举出数十种。这看是千百年来中国特有的民族文化沉积的结果,实际上是众多画家们提供给观者别无选择的“结论”(此词不准,暂存)。经年累月的反复“提示”“强加”,观者也慢慢从懵懂到知晓,再慢慢到接受、到习惯、到惯性、到麻木。到今天为止,这些已沦为一种约定俗成的“符号”,一种画家和观者都已经非常习惯了的“程式”。殊不知“程式”这个词相对于艺术家来说是一个多么可怕的词!它完全是扼杀艺术的绳索,是摧毁艺术的毒药。

戏言一句“门外人”的闲话:被国人多年来一直挂在嘴边的国粹京剧,如今的日见式微,不能被年轻一代所理解接受,更谈不上爱好和发扬光大,令多少文艺家们痛心疾首!他们大声疾呼挽救国粹,不厌其烦、滔滔不绝地推介京剧如何如何精妙,但终究收效甚微。何以呢?我想“程式”乃是制约它发展的重大桎梏之一。我们要的是“元素”而非“程式”。我想,再好的国粹也应该有突破、有进展,而不能老是沉迷于“梅派”“程派”等以个人的突出成就而建立起来的“山头”之内,近亲结婚必然导致弱智后代的出现和繁衍。一个艺术种类的发扬光大,光靠“促销”这个短期行为是不行的。至今我尚未见过真正意义上的现代京剧。我心目中想像的京剧应该是集中大量京剧“元素”,调动一切手段进行发挥和再创造,使人一听就是地道的、浓郁的“京剧”味,但又完全不是旧有京剧那么回事。“腔”“韵”是京剧的魂,自有它独特的“味”。一旦陷入“程式”或曰“模式”的胡同里,回天乏术,走到尽头是必然的结局。

还回到前面所议的“符号”话题上来。

这些符号的存在和千百年来被广大民众包括画家们本人所习惯接受，当然有它的道理和价值，无可非议。但以发展眼光来看，如果永远只停留在图解题释的初级阶段，就必然会失去中国画应有的艺术感染力，最终只剩下毫无生命力的文字和符号。

这里要表述的是，应该更进一步去挖掘在描绘对象身上所独具的、能体现和深化画面主题思想的某些特质以及捕捉到常人所未及想到的、这些特质的精彩“细节”，那股内在的精、气、神去重点刻画，才能达到动人心魄的效果。

比如说松。一棵普通的松，不就只是一棵松么？最多挺拔高大而已，毫无能打动人的地方。但它的扭曲遒劲记录了它所受过的千难万劫，它尽力挣扎着从贫瘠的石缝间拼搏向上则能体现它毫不气馁永不服输的性格，历经风雪肆虐、雷击摧残而折断的枝干上来年又生出新枝，会体现出松树顽强的生命力，虽历尽坎坷仍永不言弃的精神，这才是我们挖掘和捕捉到的松之魂。基于此，也才能对应我们不平坦的人生而成为参照，从而引发人们的思索，最终受到鼓舞，获得教益。

再比如说竹。可以说，几乎中国所有的文化人都喜欢竹。除了它中空（寓意虚心）和有节（借喻气节、风骨）这些略带牵强的形体特征外，我认为最重要的是它的挺拔、高爽、不易折损的清高形象。在清风中摇曳生姿、高雅脱俗，与文人隐士的品位相近。相近的是“质”，是“魂”，是品格上的“高”和“清”，而不是形体的图解和借喻。假如绘画作品不能将这些微妙的，只能靠调动自身学养和品质去体会到极致的话，是无法到达那个境界，追到那个“魂”的。这才是中国画特有的元素。不信，请一位油画家或水彩画家画一幅竹试试看？（郑重声明：我也是画西洋画出身的，又旅居海外近二十年，绝无厚此薄彼之意，聊举一例而已，敬希同道原宥。）

问题越来越清晰了。从较高的层面来说，其内核原来是我们画松画竹并不只是为了画松画竹，而是借助于它们的形体，画出它们的精魂特质来表达自己的情绪、性格、追求和人生观。而画的内容和对象则退居其次了。这，才是绘画的精髓和真谛，尤其是中国画的精髓和真谛。

结论：画的内容、题材、布局、表现手法和技巧，甚至包括画面的效果，从某种夸张的层面来说，都仅仅是“手段”。而最终表达什么意向、什么情绪,向观者传递什么信息,希望在哪些方面引起反响和共鸣才是绘画艺术的真正目的,决不能为"画"而画。

这就和作一场讲演一样。你尽可以用普通话、天津话、东北话、广东话甚至英语、法语、葡萄牙语去讲,只要自己能得心应手,观众能够听懂就行。用什么样的语速语气,哪里该强哪里该弱,哪里该配以适当的手势动作,哪些地方应详加说明充分诠释,哪些地方应轻描淡写一略而过,这些都是演讲中必须要重视的技巧和手段。但真正的"目的"是讲述的内容、想传达的信息、想打动听众的那个"核心"。

这里有个检验的方法和标准:听众是不是"傻眼"了,盯着你的脸半张着嘴忘记合拢了,发出阵阵惊叹了?抑或是发自内心的开怀大笑或者流泪了,结束时报之以经久不息的掌声久久不忍离去?有很多自我欣赏自我陶醉者,根本不管别人的感受,只管自己"胳肢"自己笑。自己沉迷了,听众却走光了。就像相声中所述的一则笑料:一位弹琵琶的艺人在他从演奏的自我迷醉中"醒"过来时,台下听众不知何时早已散尽,只剩下两个"知音"。一位是琵琶声使他想起死去了的、以弹棉花为生的大哥,另一位则是苦等他结束后取回小板凳的老妇。

当然,作画也有自娱自乐的功用,无可厚非。但部分文人画的逸笔草草,那种名士派头,那种信手拈来率性潦草,那种浮薄和粗疏,趣则趣矣,但除此而外还会剩下什么呢?

言归正传。

既已厘清绘画的"手段"和"目的",那用什么典故、举什么实例,甚至编什么故事都无关紧要了。只要能为强化主旨服务,尽可信手拈来。

比如要表现孤独、凄清,画形单影只的人物、萧瑟的枯枝、荒疏的山水、萋萋芦草、五更残月都行。甚至连艳俗且充满脂粉气、富贵气的牡丹,只要选准特定的情境,也可以通过它娇弱的另一特性画出"潇潇春雨淡淡愁"的。

要表现雄强的气势和积极向上的精神,画狮、虎类猛兽、画奔马、雄鹰、画遒劲的苍松、画雄奇的大山大水都行。甚至小到摇曳的风竹、逆风而飞的麻雀、蓄势待发的鸬鹚,也都能体现出这种奋进内涵来的。

再比如画"春"。最终要表达的应该是春"意",而不只是春天的"景象"。

是那种万物复苏所蕴含的勃勃生机,那严冬过后令人倍感温暖的和煦春风带来的舒畅,激发出对美好生活的憧憬和向往。而这些是要通过对春天里特有物象典型特征的深入研究挖掘,提炼出最有价值、最能说明问题的经典瞬间,捕捉描绘而达到目的的。就像红杏枝头春意闹,关键在那个“闹”字;桃红柳绿游鱼乐,关键在那个“乐”字。什么“人”闹,为什么闹,怎么闹;游鱼在什么情境下才会乐,怎么乐,怎么才能表现出它的乐,这些都是高明的艺术家们必须弄清的。绝不是只靠罗列一堆春天里的物象,加上一句题解,就能将观者真正带进春天,亲身感受到融融春意,获得只有春天才有的愉悦和享受的。

因此,还可以引申另一个话题。

为了充分体现主观意图,既然描绘的物象和表现手法都可不必拘泥了,那绘画的材料和工具是不是也应该扩大选择面了?对于习惯界定的所谓“画种”概念是不是也应该放松些许尺度?

常听到有人评论一些作品:这简直不像中国画!试问,是维持旧有“程式”才像中国画么?干吗一定要“像”中国画?林风眠先生用了大量的水粉画颜料,甚至有了“洋”味十足的西画风格,那也不算是中国画了?

回想当年,我也是从小有心得的水彩、油画爱好者转攻中国画的。因为有书法根基和水彩画的用水经验,故画起来并不觉得多么吃力。好像也似模似样,像那么回事。但追求色彩和光影效果的积习未除,总是自觉或不自觉地露出西画的尾巴。多年后则慢慢演化为主动思考中西结合的问题和绘画的世界语问题。

也曾有不少同道好友在八十年代初就和我探讨这个问题。很多人都坚持中国画就要像中国画,水彩画就要像水彩画。似乎“光影、色彩”是西画的特点,“骨法用笔”是中国画的特点,两者并不能“兼容”。而我在“兼收并蓄”方面恰恰比较“豁达大度”,而在“坚持理念”方面却又十分固执甚至可算是冥顽不灵。故而在这“四不像”的“歧途”中一直走到今天。

直到十年前第二本画册出版时,我仍在特意为放在第一幅而画的作品里题上“旅居加国已近七载,以亦中亦西之身作此亦中亦西之画。毁誉不计,但求遣兴耳。”其顽固不化可见一斑。

另外,就寻找绘画的世界语问题,我也曾经当面求教于美术理论家蔡若虹先生,并作了长时间的探讨。若虹先生当然坚持"越是民族的、越是世界的"这个几乎被大家都认可的"公理"。我也决不反对这个经典概念,只是觉得仍有进一步完善的空间。

我认为在这个经典概念里,只重视了民族绘画(或艺术)各自无可替代的特色,却忽略了"世界"上所有的欣赏者也必然受制于本民族文化传统的影响,对外民族艺术的鉴赏力以及对这些民族文化源流的深入了解可能也会存在一些问题。

我想,在不影响表达本民族文化艺术精粹的前提下,为什么还一定要坚持表达的"手段"和"方式"呢?为什么坚持一定"只"用中文甚至中国古文对着世界各地的阿拉伯人、西班牙人、印第安人、爱斯基摩人、毛利人或者是土耳其人、阿富汗人"讲述"我们的艺术,并坚持不管你听不听得懂,能否理解和接受?似乎要的就只是和你们不一样,什么时候真正理解是你们的事。这是否有点儿"食古不化"、人为地为中国艺术走向世界设置了障碍?

当然可以依靠"翻译"(也就是鉴赏家和美术评论家们)来解决这个问题。但这一定是杯水车薪,无济于事的。全世界的欣赏者决无机会一个个接受他们的辅导甚至是"扫盲"。中国的艺术家们为什么不能自己学点儿"外语",或者寻找或创造出一种全世界都能听得懂的世界性语言来宣扬我们中国特有的、无可替代的艺术作品和艺术思想呢?

我们都能为盲人发明出盲文、为聋哑人发明手语,为什么就不能为中国艺术努力创造出一种既不失传统精粹,又能让"世界"听得懂的语言来呢?

真的,大可不必杞人忧天。这只是在画面形式、风格面貌、表现手段上让"世界"更容易读懂而已。充其量最多也不过是"充实""兼容""改良"。中华民族五千年文化的"基因"是永远不会也无法改变的。难道我们的身体里不是永远流着民族的血液,永远是黑发黄肤吗?

所有这些都不必界定得那么清楚。这些人为界定的"概念"也不应该是一成不变的。

这样的例子还可举出许许多多。关键是你的"目的"究竟是要想表现精神内涵呢,还是纯粹就为了画那个"物象",你的骨法用笔、你的墨分五色?倘若仅仅是为了把那个物象画好,画到栩栩如生,画成似与不似,画得活泼灵动,画到古藤如篆,画到力透纸背,画出锥划沙、屋漏痕、金石味,假如没有性格、没有情绪、没有灵魂，所有这些又能算什么呢？“技术”而已。

总之，是先确定目的，再调动手段去完成，还是只顾手段，画到哪算哪，达到什么效果算什么效果，是画家们需要运用自己的智慧去好好思考的。当然，不排除可能会妙手偶得碰出一些好画，但那应该是偶然而非必然，而且大都只能居于中等。要画出能传世的上乘精品，绝不仅仅靠手，主要是靠“脑子”画出来的。只有画家用了脑去思考，笔下的画才不会只是一个没有灵魂的躯壳。

看到不少画家满足于自己“擅长”画些什么就只拼命画什么。他会因此而越画越“熟”，却不知正在越画越“俗”。他同时也会因追随者将其捧为牡丹王、葡萄王、这个王、那个王而沾沾自喜沉迷其中。这种舍本求末、舍里抓表的做法，岂不像抵达宝山却空手而归般的可惜？为什么不能通过大脑的思维而不只是靠技术的熟练更上层楼呢？

中国画的题款是这个画种特有的形式之一，它常有生发主题的点睛之功，这当然是不容忽视的。在中国绘画的长河中，不知有多少传世佳作是因为有了精彩的题识，使画面的构图更加完美，使作品更多了些文人气息，使画面表现出的境界和格调获得极大的提升。更重要的是它会挖掘和生发画作的内涵和画外的联想。它能弥补画面的不足，促使画家将在画面上不能完全表达尽的情绪和追求酣畅淋漓地抒发出来。

这确实是中国绘画特有的创造。这在世界艺术之林中也是独树一帜的。

是精粹就应该继续将它发扬光大，将它的艺术感染力发挥到极致。从众多极为精彩的题识中可以看出，这是与画家的文学功底、艺术修养分不开的。文才高则诗文妙，理解深则画境高。这是对画作内涵的深挖，是品位的提高，是画面的开拓，是境界的升华。应是神来之笔，应是画龙点睛。

但毋庸讳言，同时也常会看到相当多还算看得过去的作品上被胡乱加上一个“题目”，好一点的尚可算作是“题解”“标签”，差一点的简直就是累赘、俗不可耐。它是为了题款而题款，甚至是“结结巴巴地、又洋洋得意”的卖弄。他们毫无自知之明，根本没有想到这不但不是“藏拙”而明明就是自曝其短，最终造成的是对画面的破坏和亵渎。

台湾著名画家和美术理论家何怀硕教授曾在他的“三论”中这样写道：

"寓意寄托过于显露便不含蓄,说教与宣扬思想之心过切,便流于粗浅,政治意识过于浓厚便近于传达。"这实在是高妙而精辟的见解。

其实,即便是平庸的"题解",虽无甚大错,但总让人感觉不舒服而难以接受。画家希冀对观者进行扫盲班似的初级辅导,去进一步"读懂"他的作品,其实这是杞人忧天、画蛇添足。

就像一个低能的影视导演,他自己就没有弄懂蒙太奇式的电影语言其实更可以抓住观众的注意力,激发他自身的思考,从而碰撞出火花来。什么都讲得清清楚楚,让大家看得明明白白,那还有什么含蓄可言?既已"一目了然",还有什么可看、可想、可揣摩、可品味的余地呢?

我想画家们倘若暂不具备题款的学养,应首先努力在增强画面的表现力和感染力方面下功夫,其次应向中国的文学宝库、诗词宝库、老庄哲学宝库学习,那是取之不尽用之不竭的源泉。应多读书必求甚解。才可避免出现"题葡萄错抄古人的枇杷诗","题牡丹错抄先贤的芍药诗"那可悲而可笑的错误。

自当年有人评论王维诗画时用了"诗中有画,画中有诗"之后,这个经典的评论也就成了历代画家、诗人对作品艺术性的衡量标准。甚至在某种程度上成为口头禅,一有需要就会摇头晃脑念念有词。可能是由于年代太久远了罢,用的人很多,想的人可就越来越少了。——就和大家都常会运用一些成语、民谚,只是基于约定俗成,大家基本上都知道大约是什么意思,却不再去深研它的精准内涵和当初的典故一样。

"诗中有画"比较好理解。诗是由抽象的文字构成的。作者用文字叙述自己想要表达的内容、情感和意境,而读者则须调动自身的学养、经验去理解和体悟诗中的内涵。好的诗会借用抽象的文字向读者展现出具体的、似乎可以伸手触摸的情境,"诱"使读者"深陷"其中不能自拔。在这里,精炼而准确的文字是作了无限延伸的,绝不仅仅限于字面。

就像一个高明的导演,通过他的"说戏",将演员带入那个特定的情境,使其完全忘了原来的自己而真正成了剧中的某个角色。以其"理所当然""天生成的"演绎(其实按最高境界来说,甚至应该去掉那个"演"字。就是浓缩、精炼、提高了的"生活",而不是"表演")去感染和打动观众。不是铺陈、说教、灌输和强加,而是启发、诱导、影响和调动观者自身的情绪,使之参与“共同创作”而产生共鸣。

我由衷地佩服历朝历代的诗歌评论家。他们对诗歌优劣的评论从来就不是只停留在字面上。辞藻的华美、新奇乃至深奥与否几乎都不在他们的考虑之列。他们的衡量标准始终是定位在格调、情境、意境和感人程度之上的。

回想一下历代的著名诗作词作罢，能流传千古的作品几乎都是一些“大白话”。一看就懂、毫不新奇，但一经吟咏就会像重磅的软锤一下子震得你心口生疼，使你的心绞痛、流泪、滴血甚至窒息。

想来，所谓“功夫在诗外”，也包含了这样一部分的含意。这里的“诗”，大概就是指具体的文字。

而“画中有诗”呢，就相对比较难于领悟了。画面是具体的，是物象的再现。且不必说具象的作品了，就是再“抽象”的画作，从画面表现的内容看也是会“一目了然”的。由这些具体物象不同形式的再现而要生出“诗”这个“抽象”的东西来，就似乎有点“玄乎”、有点“难度”了。

我觉得其中的关键就在于“画中有诗”的那个“中”字。这绝不只是指“画面上题了一首诗”，也不是指这个鸟、这块石、这棵树、这座山、这片云上有什么“诗”，而且整个画面综合产生的“诗境”。它是内含其中、由内而外渗溢出来的那种使人动情并摄人心魄的“感觉”。

和诗一样，它向人们传递的绝不只是画了什么东西，画得像不像，画得好不好，技法高明不高明，更重要的是感觉。画面给人提供的视觉感受是激越的、雄浑的、广袤的、幽深的、奇崛的、绮丽的、温婉的、浪漫的、宁静的、悠远的抑或是苍凉的、诡异的、哀怨的、悲凉的、凄清的？它给人带来什么样的触动、勾起什么样的联想、调动起什么样的情绪、引起什么样的共鸣？

这才是画中的“诗”，画中的“魂”。

从这个意义上说，诗与画应该是“同宗同源”的。它们的功能，它们的追求，它们的境界以至评判它们优劣的标准也应该是一样的，不是么？

可令人不解的是，从绝大多数（当然绝不是全部）画家的自白或评论家的画评中，却每每还是大讲表现对象如何栩栩如生，笔墨如何厚重老练或老辣，什么以篆书行草之法入画，线条高古峻挺并极富弹性和表现力，有金石味或别的什么味；什么墨色华滋、浓淡有致；采用了“积墨法”“积色法”或这个法、那个法,层层晕染但不板滞、色彩艳丽沉稳而不飘浮;再就是“外师造化,中得心源”;深得××先师精髓,如何如何;至多也不过是气韵生动、一气呵成,创出了自己特有的风格。听多了,看多了也就味如嚼蜡。想想这些词句多么贫乏而又空洞,如隔靴搔痒一样使人不得要领。戏言之,“放之四海而皆准”倒是一定的,吃不死人但也治不了病。

如果我们评论李白的静夜思,只是纠缠于“床前”“明”“月光”“疑是”“举头”“低头”“思故乡”这些词句是何等佳妙,则一定是舍本求末。上述词句不都是“大白话”么?有什么特别“佳妙”之处可言?它的绝佳之处并不在此,而在这些看似平淡无奇的词句组合后产生的那个“情境”。那辗转反侧、夜不成寐,对家乡、对亲人强烈思念,有家归不得的痛苦煎熬。这种平淡中见幽远、平实中现奇崛,看似毫无技巧,却缘自“大手笔”的千锤百炼。这才应该是我们追求的最高境界。反之,如果平淡中并不见幽远、平实中也没有奇崛,那就真的是温吞吞的白开水、淡而无味,自不必在书中交待了。

我想,这就是诗和画在境界上的差距。要想产生传世之作,则一定要在境界上做思考,而不能只求其“技”、其“表”而失去“终极目标”。

究其“竟”,则应归咎于画家们大多是为作“画”而作画,诗人们则大抵是由“情”由“感”而发,为“抒胸中之气”才摇头晃脑的。优劣暂且不论,至少诗人们创作的缘起、动力、目标是明晰的,“大方向”始终是正确的。身居“美术界”的我辈,如何向“诗”靠拢、赶上和超越“诗”,应是我们亟须思考的重大命题。

据多年研究的心得,无论何种知识学科或艺术门类,要想取得重大突破光靠内部慢慢研究改良是不够的。倘能通过“外部因素”的撞击从而使之产生“裂变反应”,那“蓄之久而发之暴”的力量将是无穷的。近亲结婚害处多已是大家都能普遍认同接受的真理。艺术界(尤其是美术界)为什么不能有更多的有识之士排除议论的干扰,不被固定的“程式”概念所束缚,勇敢地跨出旧有的樊篱,创出一番“真正的”新天地来呢?

当然,人类的习惯性“思维定式”的力量是不容忽视的。如何突破,还必须不厌其烦地再从根子上理一理。

首先应该认定这不是知识层面解决得了的问题,必须通过大智慧的碰撞才能有望大成。所以绝不能冀望于知识的累积,冀望于通过学习或某些传授指导得以解决。只能通过碰撞、思考、再碰撞、再思考最终获得“证悟”。

即使是真正的“高人”，也只能是“点化”而无法“传授”。

我曾对科学领域的人讲过，假如没有当年的“哥德巴赫猜想”，就绝不会有今天的陈景润。数学是一个较为抽象的学科，想像一下：在基本掌握了现有的数学知识以后，假如还想往前一步的话，那眼前一定是一片虚空、一片迷茫。

从山下奋力攀登、拼搏到达山之巅——这个领域的最高点，这是一大成功。但随之而来脚下的路也就没有了，向任何方向跨出去都是虚空的。有多少人就在这光辉的顶峰上停下来休息了，终身再无建树。

我们不能将责任全部推向他们，他确实已无路可走，无峰可攀。但是，这只限于对“人才”而言。登山之路没有了，还有登天之路。只不过登天之路更为困难，是要靠智慧、靠“天才”去发现的。当年的“哥德巴赫”们就像一位伟大的世界冠军教练员一样，他们自己虽然拿不了冠军，但他却能发现登天之路。在他智慧之光的指引下，多少人向着那近乎虚无的领域攀登，最终“造就”了各个领域的“陈景润”。

今天科技界的许多发明创造、很多灵感都来自于天马行空的神话传说和科学幻想。这些传说和幻想涉及了无数的门类，但创造“传说”和创作“幻想”的人则又大多不是此门类的人。他们可能并不具备这些门类的专业知识。这是一个多么奇怪的现象！就说当年的儒勒·凡尔纳，写出了多少本科学幻想作品！近百年来，多少发明创造、科技成果和他的智慧之光不谋而合！是真正“不谋”而合的吗？我看不一定。这其中受他启发、指引的绝对大有人在。

这些“幻想”都是从零到一、从无到有(或曰无中生有)的。都是创造，都来自于“智慧”。也可能正是由于他们缺少这些专业“知识”，所以他们才能不受任何框框条条的限制，没有太多主观意识中的“不可能”去干扰他们。他一心只想着“目标”，至于如何实施则无所谓，留待后来更专业的人士去实施、完成。正是因为没有这些固有知识和经验的制约，他们也才能无限自由地天马行空。

我一直想创立一个游离于所有学科之外的“交叉学科”。一个包容所有幻想、猜想、臆想，乃至狂想的“念头”，包容所有闲聊、议论、评头论足、指手画脚甚至冷嘲热讽嗤之以鼻的批评。不管其“出发点”如何,它总是别人智慧的结晶,将这些点点滴滴、一鳞半爪的闪光点搜集起来,就会成为人类极为难得的智慧资料库。“三人行必有吾师矣”,千百人的智慧中总会有能触动你的——无论是正面的启迪还是反面的借鉴——思维之机。

由此,是否也可以“幻想”一下,美术界的突破甚至是绘画理念“大革命”是否也应该多听听门外人的声音?

当今全世界的教育体系都是无一例外地采取传授知识的教学法。你不懂的,我教会你,如此而已。试想一下,古今中外的大画家、大艺术家有几个是完全靠师傅带徒弟,老师教学生而产生的?他们必定要与社会、与别的学科(如哲学、社会学、心理学等)甚至与地理、自然等学科碰撞迸发出火花后才产生的。

不知是否有人想过,一个人要想在社会上立足,就必须完成“全部学业”。倘若从学前教育起算,到硕士研究生毕业就要耗去20年的时间。而所学到的知识有多少是一生中绝对“必须”要具备的呢?这是多大的浪费!难道不应该改良吗?

试举一例:今后准备从事绘画、音乐、舞蹈、文学、历史等等工作的人,需要多少物理、化学、数学、生物方面的知识?那些复杂的公式、计算、元素周期表、实验和证明将耗掉他们多少时间?如果把这些时间用到他的专业上去,又将产生多大的作用?

以我的想法,对这类人只要进行“科普”教育即可,不必要让他们费时费脑计算和证明“勾股定理”“浮体定律”的。这个例子当然举得极端了些,有些离经叛道,与传统的教学理论大相径庭。但细细分析一下,是不是也有一丝丝道理?

再比如说美术学院的教学,当然绘画技巧是必不可少的基础教育和训练。但到了“真正创作”的时候,光靠“美术老师”是教不出来的。因为受各自思维定势甚至他们各自创作理念和风格的限制,老师的“经验”可能就会成为学生的桎梏。他们应该到大自然去,到社会中去,到老庄哲学中去,到唐诗宋词中去,甚至到音乐中去,到舞蹈、戏剧中去挖掘、碰撞、寻找灵感。更重要的是将这些“触动”运用自己的大脑去认真思考,进行再“熔炼”,最后通过智慧之光“淬火”才能大成。

这里就涉及写生。作为基础训练写生当然极为重要，这无可非议。但到了创作阶段就千万不能“依靠”写生了。一些久已成名、享誉国际的画家到晚年还坚持写生我就不以为然。写生终究不过是“写生”而已，到某个特定的时候反而会成为创作的障碍。

就说画黄山吧，经过写生画出来的作品当然会很像黄山。但仅仅是“像”而已，还是“园中之竹”和“眼中之竹”。我认为应改“写生”为“感受”“体味”“领略”，将它的磅礴、雄奇，尤其是它的浩然之气融于胸中。此系“胸中之竹”。到回家创作的时候，许多细节都已经忘记，剩下的只是那份“感悟”，那些最能让你激动、兴奋的“大感觉”。那才是黄山的精髓，也才是作画的精髓。还用得着去“抠”一石、一峰、一树那些细节么？

中国绘画走到今天，是追求“象”还是“意”已在当今画家心中早有定论。应该从“搜尽奇峰打草稿”的窠臼中“冲”出来追求更高层面的时候了，不是吗？这时候的“手中之竹”才是真正的“意中之竹”。

假如在美术理论界（或者具体到他们的学术研讨会、研究机构），在各类美术杂志，在各美术院校都能辟出一块空间来，不要就艺谈艺，就画谈画，就技巧谈技巧，就审美谈审美，定期或不定期地请进一些与本行似乎“完全不相干”的有识之士前来闲聊、神侃（玩笑用词），内容可以完全不涉及美术，只是根据各自的心得任意去“天马行空”。主办者完全不要在意他这一时段或这一节课究竟取得什么效果。一切都在“什么都不是”的那种潜移默化之中。

应该坚信这里一定会有许多妙言警句，有许多突然爆发的“灵感”。这些都是极为难得、可遇而不可求的智慧闪光。极可能会偶有一两句话，一两个观点是“说者无心”，却使部分画家或同学“听者有意”。说不定听者心中早就有了某些模糊的、不确定的、尚未理出头绪形成结论的概念，通过这灵感的碰撞，一个全新的理念就会因此而横空出世。谁知道呢？

再三不厌其烦地重复几句老生常谈来作为这篇文章的结束：

绘画艺术是灵性的展现，它应该是自由的、不受限制的、天马行空不断创新、飞跃前进的。一旦用固定的“程式”、公认的“技巧”、旧有的“观念”、习惯性的“欣赏经验”去管束甚至“制约”它，灵性就一定会被磨蚀掉。最后，“艺术”没有了，只剩下“图画”。

画坛现象种种

十几年前拙作《另类思维》的封面上用了这么一句话:“世界上第一个发现水的一定不是鱼。因为它一直生活在水中,根本无法感觉到水的存在。”意指不论研究什么问题,倘若身陷其中,则思维必定会受到某种局限和桎梏,极难冲破固有的思维定式。其结论也必定有失偏颇、很不全面、很不精准的。

忝为画界中人,痴迷花鸟画和书法已逾半个世纪,深陷其中无法自拔。对画界及周遭光怪陆离的“林林总总”常有觉察,但总难看深看透并客观思考,故一直不敢轻易置喙。

自定居海外二十多年,游历了几十个国家,亲身体验过秩序规范严谨的“老牌资本主义”国度中画家圈、收藏界、美术品市场、经纪人运作、画廊及拍卖公司的经营,于“跌爬滚打”中累积了各种经验和教训,再经反复观察、思考、印证,终于久病成医。虽不敢说金钟罩体、百毒不侵,却也已略窥其中奥旨。如今再回头看看国内极为年轻、充满朝气但又十分稚嫩的艺术大环境(并非限指艺术品市场),总觉按捺不住想说点什么。虽明知可能会遭挞伐,仍因性格使然,不吐不快。

(一)伪艺术家

这个大环境是由艺术家、准艺术家、画家、伪艺术家、自我感觉良好且略具小聪明的画画人、附庸风雅者、井底或井台旁边不知天高地厚的美术爱好者、艺术鉴赏家、评论家、收藏家、艺术品爱好者、艺术品投资人、艺术品经营者、艺术品经纪人、艺术品投机者、操盘手、艺术品炒家、“画蚊子”(此乃圈内俗称,一时未找着替代词,致歉)等为着各自不同的目标汇集到一起鱼龙混杂的大舞台。正因其庞而且杂,故什么样的正剧、轻喜剧、谐谑剧、黑色幽默剧、悲剧、惊悚剧、恶搞、无厘头乃至坑蒙拐骗闹剧皆时有上演。除剧式、剧情在不断变化而外,演员角色也在不断轮替和翻新。有钦定终身唱主角者(即俗云“体制”内者),有时运不济或无背景、裙带关系而终身屈居配角、龙套者。忠奸佞丑粉墨登场、摇旗呐喊、敲钟击缶各司其职。

要讲透这其中的众生百态，本人才疏学浅力有未逮，加之时间精力所限，只能择其要者作粗浅论述。

需事先郑重申明者，此文绝对属于“外史”和“非主流”。是专指“无法概全”之“偏”、“无法遮面”之“点”。因爱之深则难免责之切，望画界前辈师友原宥。将这些因青春而起的小痘剔去，姣好成熟的面庞必将呈现并与世长存，我坚信。

关于“伪艺术家”：

虽绞尽脑汁选用了个“伪”字，但终觉很不贴切，似有不尊之嫌。伪者，假也。这类人的艺术水平本不太低，故而并不算假。要算是“准”艺术家吧，但又受制于命运给他分配的角色，再不想也无法成为真正的艺术家。他们只是自得其乐地披着华丽大氅，被大群藏家、画商及别具心思的趋炎附势者盲目地“顶礼膜拜”。他们原本都极具艺术天赋，也都曾经过十载寒窗的苦读和钻研，基本已跨入艺术圣殿的门槛，倘若假以时日再逢阳光雨露的滋养，必定会成大器。这里所指的“大成”，是说他们本可在中华文化历史的长河里留下浓墨重彩的一笔，留下他们光辉的名字。也正是由于他们的不懈努力，终于成功地进入了世人翘首企盼、艳羡万分的象牙塔——艺术类的“国家体制”。以当今世俗的眼光看，他们已然大成。头上顶着一大堆金光耀眼的衔头，拿着丰厚的国家俸禄，种着自留地的庄稼，其乐也融融。但站在历史的角度和高度看，他们却成了圈养的狮虎和鹰隼，虽衣食无忧，受着购票游人的啧啧赞叹，却终究失去了本身的灵性。

诚然，能跻身历史、留下身后名的人毕竟是极少数。但就是这些“极少数”撑起了中华文明的灵魂和脊梁。他们之所以名留青史光照千秋，绝不是因为他们的衔头而是他们在各自专业领域里的成就。王羲之、颜真卿、苏东坡、倪云林、黄庭坚、李白、杜甫等先贤的大名千年后仍如雷贯耳，与他们当过什么官儿是没有关联的。不信试问一下：他们同时代官位大得多的宰相、尚书、大臣们乃至天子皇帝叫什么名字还有几个人记得？

（二）名头与价值

喜好艺术、喜欢收藏艺术品，在欣赏把玩的过程中逐步提高艺术修养陶冶情操本是极好的事。这是从事收藏的首要目的,当然增值获利也是符合市场价值规律,是理所应得的。但倘若把“营利”误认作“赢利”,当作首要甚至唯一的目标,则可能会衍生出令人啼笑皆非的闹剧来。

首先是认“名”不认“艺”。只要作者名字之上顶着的官衔名衔越多、越大、越唬人(哪怕很多像马季相声中贩卖的宇宙牌香烟一样是凭空杜撰的),则皆以此判定该作品的价值就越高。根本不管有时同一画家作品艺术水准的高低也是会有天壤之别的。高者可值数十万,应酬涂鸦之作则可能几千元也不值。更有甚者将画作的尺寸作为定价的唯一标准。岂不知即便在超市,同类菜品也是先以绿色、有机、转基因、品相、新鲜度等按质分类然后才以重量付钱的。翡翠和汉白玉、田黄和寿山石形虽似而质迥异,岂可并列按重论价?

从表面看似乎只是因艺术鉴赏力所限,(甚至听到过“买画的人不懂画,懂画的人不买画”这样不太精准的夸张议论。)然而究其实质却是因为他们的心被铜锈侵蚀这才蒙蔽了双眼。进而再以自己习惯仰视权贵、盲目崇拜头衔的心态以及孤陋寡闻的知识范畴去排斥那些真正的高级艺术品——只因为它们的作者“没听说过、名头不响”,没有或作者清高自爱不屑加上那些虚空的头衔。

身为画家,也不得不老实承认头衔有时真的是能唬住人的。回想当年自己刚刚小有所成,尚处于自我膨胀、浮躁、幼稚阶段的时候,所用的名片是折叠式、正反四面印着密密麻麻中英文的各式头衔。仅以不编造弄假为基础底线,所有只要搭上点边儿的职务和奖项全部列上,洋洋大观也洋洋得意。经二十多年的修炼过后,现在竟然连名片都不屑用了。认识的人本就知道你叫杨玉琪是个画画的,偶尔也写几本书或去一些大学或电视讲堂卖卖嘴皮子;在不认识的人眼中也就是一个笑眯眯、胖乎乎的普通小老头;想了解你的人伸手点一下“谷歌”,数万条消息自会瞬间提供给你;不想了解你的人被“聒噪”多了还会嫌烦呢。人,也都是随着修养的加深而逐渐成熟的,对年轻时的少不更事和青涩、轻狂自也不必羞愧和自责。谁还没有流过鼻涕、尿过床呢。只是成熟后仍然有意识为之,则就有些自轻自贱、自欺欺人了。

信笔至此,又突然想到一事不禁莞尔失笑。因为它和小本经营的买卖人为了糊弄对手而显阔、摆谱、扮大款一样,是少数勉强挤进艺术圈的人为吸引眼球而扭捏作态、虚张声势的幼稚行径。他们没有恶意也不会害人,只是在这个沉稳厚重的学术圈子里显示出一种另类表现形式的"萌"。他们似乎天生是为了那些一知半解、不懂装懂的收藏家们而设的,是配合这个生物链应运而生、不可或缺的一环。故忍不住浪费一点笔墨聊个闲篇。

不知见过多少想急于成名而又尚未成名的人们,他们其实对自己所有的方方面面,甚至包括面部长相都极为不自信。他们为摆脱困惑企图增加砝码、提高关注度的方法不是刻苦修炼内在而是着重于表面功夫。除编制头衔而外,另一个重要手段就是打扮或曰装扮成"艺术家范儿"。何谓"艺术家范儿"?不同于寻常人是也。着奇装异服、留披肩长发或扎成小辫儿、年轻轻即胡子拉碴、脏兮兮蓬头垢面、皱眉抿嘴永远作忧国忧民的沉思状。猛一看去令人心生敬畏,但其中也确有人如"擦马桶布"一样,是开(揩)不了口的。本来就腹内空空,一开口,必露馅儿。记得刚到多伦多的时候,友人向我介绍一位号称是某美术学院副院长、(后来知道是由当过几天造反派头头、革委会副主任演义而成的。不过当时确实吓我一跳。)披着长发的六十岁老人。他曾十分得意地告诉我,就凭着这一头长发在市中心路边拉人画速写时生意都会比别人好些。回国过海关时也会多受到一点尊重、多一点回头率的。真正可悲的是二十多年过去了,耄耋之年的他早已白发苍苍但仍坚守着他确信的艺术家范儿,流连于爱好美术追随风雅、有钱有闲的太太团里乐而忘机。随着阅人渐多,同时也看到不少人头发越剪越短儿近常人,但他们学养和艺术成就却逐渐令人刮目相看。我曾经和好友说笑话:"艺术家"们头发的长短是否和水平的高低、和人的美丑有着必然互为反衬的内在联系?戏以此论检索了近现代真正的艺界大家,还真没有几个长发披肩扎着小辫儿的。

(三)收藏的尴尬

还有另一方面的问题亦应引起足够的重视。

不可否认,真正意义上的曲高和寡也是影响收藏者们选择艺术品的重要因素。这个群落的人们由于自身并不是专业从事艺术研究的,对品位太高或较为先锋创新的艺术品暂不理解这很正常。对于真正高端或意识超前美术作品的理解和接受应该允许有一个过程。(凡·高的作品百年后才被人们认识和理解便是有力的实例)但令人想不通的是:相当一部分美术理论研究者、评论家们至今仍停留在只对极少数被艺术界和大众舆论确认无疑的名家们"味如嚼蜡、重复歌颂"的层面上,开口"六法"闭口"师造化",讲了"搜尽奇峰打草稿"必再加上一句"似与不似"。连遣词造句、立意观点皆如别人反复嚼过的口香糖,过了最初短暂的香甜可口,紧接着的淡而无味、苦涩尽出必定令人生厌、欲吐之而后快。究其原因我想不外乎前人评论已多,稍作搜罗拼拼凑凑改头换面即可成篇。"油多不坏菜、礼多人不怪",附和叫好、锦上添花总是讨人喜欢、绝对安全的。更何况合奏容易独奏难,要想出新招来也确实不易。因此,他们往往满足于将自己定位成"某某大师研究者"而沾沾自喜。就像扎在火腿上的麻绳儿一样只要和火腿粘在一起,似乎也就与火腿同等价值了。(食品店售货员确也常将火腿和麻绳一起称重一起计价,买者也傻乎乎按总重量计价付款的。)岂不知麻绳的作用充其量不过是方便挂架晾晒而已。一旦结束使命,马上就会因油腻腻脏兮兮而扔进垃圾堆的。

真正的美术理论家和艺术评论家倘若不能具备坚实的美学理论、历史、哲学、文学乃至社会学等方方面面综合性的基础、敏锐的洞察力、睿智深邃的思考能力以及对艺术发展方向具备前瞻性的展望,那就无法对浩如烟海、未成大名画家们的作品有选择地从高层面的专业角度进行剖析、总结、肯定和指导、推广,作为中华文化传承人,这是对历史的失责。虽说仅以此糊口似乎也不应过分苛责,但毕竟是占着茅坑不作为,夜深人静扪心自问时就难免会有愧疚之感了——尽管在黑暗中羞红了脸外人也无从看到。从安全、和谐及利益的角度计,"捧角儿"可以理解,这也算是三百六十行之一罢。在坊间,"角色"与"脚色"常常是通用的,若常年甚或终身老是捧着那几只"脚儿"不放,也不嫌腻得慌?

由于长年不懈的努力,他们的另一"成功"之处是在"久已定性无疑"的艺坛巨匠中继续不厌其烦地鎏金粉饰,使之越来越高大、越来越完美,直至成佛,最终到达一个神圣而不可亵渎的高峰供人仰慕、崇拜、学习。这本没有错,但以坚不可摧的高深理论和浩瀚的历史舆论为这些高峰封了顶,至此再也无人能够逾越，试想，这符合人类进化社会发展的规律吗？依愚妄见，山峰哪怕高到极致如珠穆朗玛，也终会有人去征服。它哪怕美到极致也会有阴暗面和裂缝陷坑的。将它们真实客观地剖析透彻，对后来者登山一定是有所助益的。

提一个无知的呓语罢：成立一个研究所或办一份专业杂志，吁请一些无私且有胆识的大智慧者专门剖析大师们的不足之处，从理论上提出可提高改进的余地和方向，我想这对推动整个美术界继续攀越高峰善莫大焉。不过，尊敬的美术理论家们，你们敢吗?!“君子动口不动手”，你们尽可放开了批评吧，画家们虽说是“动手”的，但那只是为了画画，绝对不会打人的。更何况大师们大都已经作古，是无法也绝不会计较你们的。

真的不敢想像，对整个中华文化的历史传承发扬光大而言，如果被收藏而传世的画作大都是一些金玉其外败絮其中的三流作品，那是何等可惜和令人心痛、心惊的事！何谓“传统”？本就是指能纵向地传下去、横向地统起来。多少艺术精粹被淹没流失了，今后又靠什么去“统”呢？由于“传”的瑕疵和先天畸形，继而导致“统”的软弱无能。作为文化人中的一分子，情何以堪？

尽管体制的光环和众多头衔令人眼热羡慕甚至心生妒意，但真正有识之士中仍有默默耕耘不问收获者。（如黄秋园先生等）亦有虽身居“龙套”然技艺高超让人过目不忘者；虽为他们的“时乖命蹇”而唏嘘不已，但终因钦敬而铭刻在心。余以为，这才是当今艺术界的中流砥柱，是中华美术的希望所在。从数量看，他们千百倍于“体制内”，纵百里挑一、千里挑一也是一支庞大的队伍，这才是足以匹配整个时代的生力军；从质量上看，他们较少框框条条的制约，心无旁骛、各自钻研、各具性格，这样的万紫千红才是真正艺术的春天。唯有先博大而后精深才是真正的精深。

真正意义上的评论家们理应清楚地看到这一大片芳草地，美术园地中百花争艳的春天就在这片广袤的沃土中孕育着。无意中忽视他们是弱智，有意识忽视他们则是对历史的不负责任，是对中华文化传承的犯罪。

(四)艺术品的圈子与市场

紧跟着引申出的问题就是"造假"。利之所趋,从之者众。细究之,所假冒的对象定然是名大价高的一流画家,而造假者则一定是无名画家中之佼佼者。倘不具备相当程度的艺技,又如何能模仿得惟妙惟肖?而最终受骗的却又是对此行业有意无意起着推波助澜作用的,以"赢利"为唯一目标的那些收藏家们。这又是一个多么讽刺、幽默、可悲、可叹的怪圈。

读到这里或许有正直的画家们会心一笑说:"活该!"似乎这些唯利是图的始作俑者受到损失、受到惩罚了。我却要说你们太善良了,所有这些早已在他们的算计之中,他们会永立不败之地坐收渔人之利。

试揭其秘:

"层层转嫁"。那些小画廊或小掮客私底下靠三寸不烂之舌的"忽悠"自不必说了,单表那些看似正规的拍卖公司罢,难道他们真的都是目不识丁、视假为真、常常看走眼的庸才?岂不知这种"大智若愚"才是精明到极致的商业行为的最高境界。把一文不值的仿品估真、估高,等着他们的是水涨船高的鉴定、管理、运作费用。被识破了,遭流拍损失的是卖主;蒙骗成功,损失的是买方;成交后被买方发现是赝品提出司法告诉,有相关法律保护着呢,你根本无奈我何。至多私下达成协议下次拿回来再拍,免收手续费就是,总会有不开眼的倒霉鬼买走。更何况有上次白纸黑字"成功"的拍卖纪录和价格存档,"涨幅"是一定有的,只是多少而已。而此次的拍卖佣金也是铁板钉钉确有保证的,绝不会白干。若问这样守株待兔有把握吗?不用担心,收藏界这个圈子不只是一个单层的圈子,它是一个多层复式、不断扩展壮大的精致套圈。其参与者和运作形式也相似于基因蜕变的"螳螂捕蝉、黄雀在后",是前仆后继、生生不息的。这又是一个连环套式的怪圈。

作为一个"另类思维"的研究者,我倒是常常为那些收藏家或艺术品经营者着急:为什么不能突破中国人习惯"随大流"的劣根性,有一点自己的独立思考呢?另辟蹊径尤其是当中勇敢的先行者们是经常会有意想不到收获的,别总以为随大流就一定安全。一窝蜂炒股,套牢;改投房产,受陷;千军万马过桥不是遭挤困动弹不得,就有可能会掉入河中。可后面还不知有多少傻乎乎的从众者在拼着命往前挤呢。

举一个收藏界朋友都熟知的例子：二十年前，有人去乡间踏青郊游，偶尔会出乎意料地发现歇脚农家的鸡食盆竟是一只元青花，院子里用砖头支着吃饭、晒米用的石板竟然是块北魏名碑。中国地广人多历史悠久，加之农村人文化的浅陋，像这样的机会和实例不知听过多少。于是敏感的聪明人动心了，仿而效之者竟汇成了浩浩荡荡向农村"进攻"的寻宝大军。殊不知幸运的成功者毕竟凤毛麟角。同样浩浩荡荡望洋兴叹的失意人中，不知有多少人是具有坚忍不拔、百折不挠精神的。他们仍然跋山涉水逐户搜寻。没想到队伍一旦壮大就必然会形成商机，总有更聪明的人在前面挖好了坑等着你呢。于是你千哄万骗、耗时费力才说动那家老实巴交、其犟如牛、冥顽不灵的山里农民，亲眼看着他从猪圈里挖出了祖上传下来的青铜鼎，欣喜若狂地冲净一看："西周"的。满心以为祖坟冒青烟捡漏了、发财了，终身衣食无忧了。可经专家鉴定，原来却是"上周"的。

身为画界中人同时又是画界的"槛外人"，我想以自己的经历和思考与藏界朋友以及艺术品经营者们聊聊我的一孔之见。

若想玩真正大名头的作品（如齐白石、徐悲鸿、李可染等），应多考虑底价太高、投资额大、周转时间和空间受限、涨幅和利润预期看似清晰但却又难以准确触摸。因为这是一个极为复杂的多因素问题。世界经济的大势、金融流动的走向、收藏界追猎喜好的演变、恶意炒作的后遗症、虚高泡沫的破裂隐患等任何一个因素的渐变都会在整个收藏界掀起轩然大波甚至引起多米诺骨牌效应。这和股票买入点的选择一样，极难做到把握精准。所以"砸手里了"的哀叹时有耳闻。同时还应想到，目前大名家艺术品的天价涨幅是由于国内艺术品市场尚处于很不成熟的"年轻"阶段，近年独特的社会现状、暴发者增多、房地产萧条带来的投资方向减少、引发众多投资人非理性投资等诸多因素综合造成的。（多少年前国内的高档艺术品大量流向国外市场而近年来此类作品又都大量回流了。金融市场是铁面无私的，这样的流向就足以证明国内藏品价格虚高的现象。）

记得前几年一大批莫测高深的"中国现代（油画）艺术品"横空出世，极短期间内即炒作到以"千万"为单位的天文价码。令我辈等才疏学浅孤陋寡闻者目瞪口呆。我们真的属于"皇帝新装"故事里的普通百姓，对其艺术水准自不敢妄加评述。只听说国外某名满全球的收藏界大鳄以每幅几千万元的价格,像逛超市一样满盘大收,然后将这一千多幅作品分批运走。那时对新老藏家甚至财大气粗的地产大鳄们带来何等巨大的刺激、诱惑和鼓舞!因此,登高者身先士卒,从众者踊跃跟上奋起直追。大批涂着灰暗色彩、呆若木鸡、扑克牌面孔的人像作品一时奇货可居,被"抢掠"一空。可曾几何时,还是这只大鳄,突然又清仓大甩卖了。只可惜展庭冷落、购者寥寥。细想想,人家是世界级富豪,率性一下只如一场毛毛细雨,而众多跟风者中则不少与身家性命攸关。于是刹那间就真和他们手中的藏品一样"面色青紫、呆若木鸡"了。从理论分析,固然投资大获益也可能丰硕,但不可回避的风险也会增大。如何取舍,如何规避风险,如何慧眼识珠,如何另辟蹊径,如何意识超前,如何领军开拓新的疆场,如何从险中求胜逐步演变成稳中求胜,这是对藏家、经营者智商和胆识极大的挑战和考验。

在中文领域常将商业运作、商业行为简称为"买卖"。千百年来约定俗成,何等简洁、生动、准确。

可不是嘛,左手以认定的价钱买进,右手再以合适的价钱卖出,中间的差额则归操作者所有。只是无法完全确定这中间的差额是盈利还是亏本,愿赌服输,无法怨天尤人的。依我愚见,历史的长河流转到今天,仅以"买卖"两字来概括就显得太简单太原始了。魔术的手法太简单就容易被识破。倘人人都会做、都能做、都去做,那还有你什么事儿?应使之具有"技术含量",除了有智慧有胆识而外,还要勤于学习、勤于思考、勤于服务以尽可能地增加所售产品的"附加值"。这就是"买和卖"两个字之间的"运作空间"。投入的精力愈多就会将这个空间拓展得愈大,最终获利的把握就愈大,所得的利润就愈多。看不到中间这个大天地或者不愿在这片土地上耕耘的人,永远就只能是一个小买卖人,成不了气候的。这就是小买卖与大商贾之间本质性的区别。

即以运作艺术品市场为例:

首先应彻底打破经营艺术品生意基本上是短线行为,是一锤子买卖的传统观念,要学会制定长线战略。所以一定要"组建团队"。组织形式是松散的合作模式(非正式公司),但是参与人员必须相对固定。要组成三驾马车的架构。主帅:投资人、老板、决策者;主将:具体执行者;军师:具相当艺术理论和画艺、善于分析思考、目光敏锐精准的谋划者。这样的结合体会各展所长、相辅相成、相得益彰。

具体实施：以专家的眼光而不仅是个人喜好出发，从名声尚未大响的画家群中遴选出具艺术灵气、功底深厚、有艺术思想和追求、有大师“苗头”者，锁定目标选购作品。（此时的作品价位应不会太高。）有一定积累后正式签约。进行重点包装推介。出画册、举办巡展、向高端场合高端人群引见。这是一般画家无力达到但又极想达到的境界。这绝对是双赢的局面：画家看到了成功的希望和可能，画商前期购入的作品也在同步增值中。在举办巡展和各类政、文、商活动中，也是极大极好推销画作的最佳时机。至此，就到了考验商家目光和胸怀的时候了，完全不必担心画家的翅膀硬了会单飞。其实画家也有思考，除了感激和良心，市场、人脉、文宣等全都需要依仗商家之力。画家从此只需专心创作，省心省力，再不必腆着脸王婆卖瓜岂不妙哉？讲句不太确切且不太礼貌的戏言：商家选定推广了多少画家，就等于以极小的成本建了多少座“永动机”式的艺术工厂。因为这些“机器”是有生命有灵魂的。只要当初那一点点润滑油的启动，以后就再也不需提供能源了。因为产品价值的一部分就成了继续推动机器不停运转的用之不竭的能量源泉。

小结此筹策特点：低成本、低风险甚至无风险；多个小源头汇集成大水流，长久运作永无止境。确保成功的前提是：老板（帅才）的实力、目光、胸怀和决断；将才：坚韧的行动力、执行力；军师：专业水准和前瞻意识。

有这样共赢的好事，精明的藏家、商家们何乐而不为？

创作与人生·《春梦》

近来,突然有人对我的旧作《春梦》等一系列作品表现出浓厚的兴趣,不少溢美之词令我感动。好友们将一些作品推荐到"新浪博客",不长时间之后点击量居然达百万以上,竟掀起一个小小的热潮。这实在是我始料未及的。

在我的理解中,美术作品和观者之间是在一个虚无的情感层面进行隔空交流的。艺术家当然会调动一切所能掌握的手段去营造他想要表达的那个情绪氛围;而观者则以自身的经验和学养去感受、体味和揣摩那些作品提供的信息,同时展开想像的翅膀再发挥、再创造从而达到一个全新的境界。其中会有部分人不能完全认同画家的"良苦用心",但也一定会有知音感受到画家心底细腻柔和的弦,并与之共鸣、产生更高境界的美妙乐章。我感激他们,他们使我们的作品升华了。

我坚信:好的艺术作品是画家和观者共同创作的。

日常作画前,我会记一些创作酝酿时所设定的"追求目标",作品完成后偶尔也会进行"总结和反思",至于是否真的达到既定水准则另当别论。 这些"私人笔记"本"不足为外人道也",总担心会被误读成自我吹嘘。现在为向方家求教只得全盘托出,"豁出去了"。

用句遮羞的套话:留待后人去评说罢。

春是令人向往、令人陶醉的,古今中外不知有多少文学家、艺术家、画家殚精竭虑寻找更为恰当的艺术语言来描述表达它。有人醉心于春天的物象,有人痴迷于春天的情境,有人会被"盎然春意"所触动,产生无尽的遐想。

如果引申下去,则内涵就更为丰富了。春天的万物复苏、万象更新激起了包括人类在内的整个生物界对异性、对爱情的追求。这也就是"春"的另一层含义。

提笔前设定的情境为"春梦"。

"梦"是人们对现实生活中未能满足部分的补充追求,潜意识会希望这些一时无法达到的愿望在梦境中获得满足。我将这一瞬间设定在春"将"到"未"到之时,尽管已有报讯的迎春,但毕竟还是春寒料峭。小树林里仍然是一片“光杆司令”。——全部尚未抽条发芽，应调动手段将它处理得模糊、朦胧、深远和虚幻，有点儿像电影手法中的蒙太奇。但由于将它置于一片略带温暖的暗绿之中，又似乎已经驱走了丝丝春寒。它神秘得像一个有美好向往的梦。

但只有氛围还是不够的——这将是一个什么样的梦？

一只小鸟被安放在“迎春”枝头这个有着特别含义并特别显著的位置。它孤独地站着，一动不动，仿佛已经在那里停留了一千年。它微微仰着头，陷入遐想之中。它脸上并无痛苦的表情，可知它想的一定是“美好”的事情——一段美妙的回忆或者是对美好未来的憧憬。

这里需要特别提及的是，小鸟完全彻底、深深陷入了梦幻之中但又不是常态定义的“睡着”。眼睛明明睁着，心却已经游离了身体飞向远方，处于绝对的“白日梦”状态。这就等同于人们的“走神”，任你呼喊或用手在他眼前晃动他都毫无知觉。他的眼神是空洞的、无意识的。

从它(他)的形单影只，我们可以猜测它是在想着恋人或伴侣。它去哪儿了，是暂时离开还是永不再回来？这里可能是它们去年“定情”之处，会给它留下许多挥之不去的回忆。

综上所述，可以想见这个“故事”最后会有一个美好的结局。因为它充满了希望。

几十年来，熟悉我的朋友们都常说我是一个没有“名士派头”的人。从年青时起就从未留过长发胡须，更没有梳过小辫儿。以至旅居海外二十多年后，还有好心人善意地提醒：杨老师，从外表上还真看不出您是一位艺术家。除了说话著文的遣词造句、作画的笔墨布局都较为委婉中庸，哪怕是背离常人极其前卫的另类观念，也都努力避开激烈的言辞锋芒而尽量含蓄地表达。潇洒是绝对谈不上了，甚至显得有点儿拘谨和木讷。

我也无数次地检讨过自己：是不是太过“温”了，太过缺少“个性的张扬”？然而常年的“痛苦挣扎”并没有能把自己从这锅“温吞水”中捞出来。

从记事起就顶着“国民党高官”的家庭出身而被归入另类，艰困孤独的童年促成了我深深的独立思考的习惯。巨大压力促就了顽强抗争的生命力，但又无时无刻不感受到那无处不在的安全威胁。极强的自尊被腐蚀成病态的不自信。数十载的风沙侵蚀和急流冲刷让山顶崩落的石块终于成为粗粝但圆润的鹅卵石。去掉的就让它去掉罢,我把它视为接受磨炼而应该付出的“工价”和糟粕,剩下的当是真正属于我应坚守的精华。

所以,我固执地认为艺术的可贵之处尽管是特质个性的张扬表达,但世界的多元也让我们深知,自然界万物皆各具形态特征,心理学和社会学也证明了人类的性格差异也是大相径庭的。假如在艺术殿堂里只见到潇洒的、充满文人情怀逸笔草草的自我陶醉,或总是见到那些狂怪淋漓的惊风墨雨,对人们视觉的冲击力强则强矣,但绷紧的神经是否也应该得到些许慰安、些许色彩呢?

百家争鸣能推动历史的长河快速前行,百花齐放则能反映出当代艺术的繁荣和昌盛。

既然跻身于这个时代,我不敢不能也不愿做那秀林之木,却真心地愿意做一朵温婉的小花。不恃强、不邀宠,只是竭尽全力表述自己的观点和展现自身的价值,以完成一个艺术工作者的历史使命。

当年出版社社长亲来多伦多向我约稿,希望能出一本巨型的能全面反映我艺术成就的画册。这个宗旨就决定了此事绝不只是拿出百十幅作品照片“凑”成一本“作品集”那么简单。除了后来蔡若虹和程大利的序和我自己一篇简而又简的后记,再没有安排其它文字。但我强烈地感觉到还必须要再说点什么。说艺术观点和艺术追求,说近半个世纪的从艺历程。而所有这些都无法“用字讲话”而只能“以画述文”。所以从题材选择、技巧运用、风格体现,甚至小到款识、印章以及作品的次序安排都在考虑之列。

这幅画就是专为画册而作的第一幅。

我也曾多次与我的学生们谈及落笔之前的思考。

我首先要表明的是自己“美而不丑”“新而不怪”“融会中西”的艺术思想。于是在款识中开宗明义地写道:“旅居加国已近七载,以亦中亦西之身作此亦中亦西之画。毁誉不计,但求遣兴耳。”一位地地道道的中国画家定居异域,采撷西方艺术之长融入自己的作品,这本身就是对传统的突破。能否被“传统”的捍卫者们所接纳虽不得而知,但我全然不惧。以自身的修为,以自己早已经历过世界巅峰的辉煌,早已把人世间的荣辱置之度外,只要向着自己制定的目标努力就行。也许百年后有人会笑话我“无知者无畏”，诚然，相较于人类知识的海洋，我可算是无知的，但对艺术高峰的追求，我绝对是无畏的。

这幅作品从画面看，我一反传统中国画极少用浓重背景来反衬浅色物象的做法，使清幽的月光洒满画面。其时已近午夜，在“浓荫倾覆”“凉气初透”的环境下，“人们”都早已进入梦乡。唯有它（他）们仍在“絮语绵绵”。这“永远讲不完”的话使它们毫无睡意。并没有很热烈的表述和激情的肢体动作，也没有分歧意见的争执。轻言悄语引发了“双方”共同的思考和遐想。是对未来的憧憬，还是对实施某项计划的安排？“浓密”“繁茂”“深不可测”的树林也和人类社会一样充满了温馨、神秘、复杂、不可知甚至是潜在“危机”。在安详、宁静、祥和的氛围里其实仍然不是完全的“田园牧歌”。我尽可能地调动所有艺术手段和艺术语言，营造和传送出人类天性中最真挚最美好的感情和环境，去拨动观众心底里那根最细腻最柔软的弦，使余音袅袅飘荡至永恒。

此外，即便是突出在柔和光影中的主角和暗隐在阴影里的款识（画家自白）的刻意安排，也是创作时表达作品深层寓意的思考和拙见。

开句玩笑：这算不算“愚者千虑”之一得，或曰“匠心独运”？

“思亲”是人类情感生活中极为重要的部分。只要“时空”一拉开，这种情愫就会油然而生，被某些外部情景触动之后会尤为强烈。

中秋佳节在中国人心目中应该是月圆人圆的美妙良辰。但对于形单影只、漂泊异域他乡，尤其是旅居大洋彼岸、无法与亲人团聚的海外游子却“别是一番滋味在心头”。“倍”思亲而不得，这种揪心的苦楚是无以言表的。

皎洁的月亮本应是美好、美丽的象征，但在“离人、游子”眼中却成为直捣心底的刺痛，它会变得惨淡、昏暗、凄凉。最为典型的情境应该是辗转反侧、夜不能寐的凌晨时分了，尘世的喧嚣已迷蒙远去，几枝在夜风中瑟瑟抖动的柳条更能给人带来阵阵寒意。这寒意不仅是气温带给身体的感觉，更是这种“情境”在心底激起的悲凉。灰灰的、漫不经心的淡墨渲染更会将这种凄苦的气氛推到极致。

初步的剧本一旦确定，称职的导演就必须进行深度的再创作：“思亲”，关键是"思"。要想让画中的"主角"配合演好这场悲剧,就一定要让它有背景、有故事、有思想、有情感并且能恰到好处地表现出来。除掉在浅水边彳亍不前、茕茕孑立,翘首企盼这些外部的"形体动作",极为重要的应是那愁苦、怀念甚至绝望的眼神,那空长一双翅膀而无法飞越重洋返回故乡与亲人重逢的无奈。紧紧地抿着微弯的嘴角,蹙起的眉头,以极为复杂的眼神盯着远方,却又绝不只是"目力所及"的地方,而是"心之所思"的那个更加遥不可及,使之魂牵梦萦的远方。"细节决定成败",只有无所不用其极地充分调动、运用好这些手段,才能将预先设定的主题实施最精彩的演绎。

对于这只被亲情煎熬着、几近绝望的鸟儿,我是否确实给予了它一张当今世界上最为愁苦的脸?

信笔至此,不由得又想起列宾的名画《伊凡雷帝和他的儿子》。在伊凡雷帝亲手砸死儿子的一刹那,他惊恐万分。众多评论家都说那是世界上最为恐怖的一颗脑袋,哪怕遮掉所有的五官、面颊、肌肉,仅剩下额头也能让人觉得紧张、阴森而毛骨悚然。

最后再聊一聊款识。

用淡墨参差不齐地写在本不适合题款却又是观者不得不看的地方,似乎能恰到好处地在虚空和近景之间增加一个过渡的层次,仿佛是对岸的芦苇丛隐没在迷茫的夜色中,从而使本来简约的画面不显单调。

内容则借用苏东坡论艺的一段文字。看似与本画丝毫无关,有点莫名其妙,但倘若遇到有心人细细揣摩,则一定会给他带去对画家相关经历、背景、学养、修为的探索思考以及诠释内涵、经营画面的独到匠心。

文曰:昔东坡居士云,笔势峥嵘辞彩绚烂,渐老渐熟乃造平淡。实非平淡,绚烂之极。

能否算是"天作之合"? 倘若东坡先生在世,也定会以此句为该画题识的,我想。

呵呵,这本来是企盼有识之士或心有灵犀的同道给我的品评,但至今未能等到。故只得厚颜"王婆卖瓜""自己胳肢自己笑"了。

仍望以此短文与刻意用"心"创作的道友们切磋、交流。

创作与人生·《深秋春韵》

记得在四十多年前的国际摄影大赛上有一幅金奖作品深深地打动过我。作品的题目叫《秋天里的春天》。

金色的秋天，阳光遍地、黄叶遍地。公园的长椅上背对镜头坐着一位年轻女孩。她扭过脸来，看着斜倚在树干上的帅小伙子。他们相互对视着，没有语言更没有动作交流。由于主人公——那位漂亮女孩和主体长椅背着光，对比极为强烈的画面显得简洁而明快，色调和暖而温馨。灿烂的金秋阳光被反衬得更加炽烈。可题目中点明的“春天”在哪里？细看之下这才恍然大悟：在他们满脸阳光、深情脉脉的对视之中。

这幅《深秋春韵》，是表述了我从四十年前就保留并时时呵护着的那份感动。

刻画的具体时段似乎比那幅摄影作品晚了一个多月。（是呵，我的人生也比定格中的那对年轻情侣离冬天更近了许多。）小小的一片白桦树林叶子几乎已经落尽，只剩下白白光光的树干在秋风中摇曳。温和的暗绿色使人在秋风中仍然感到丝丝暖意，将观者在不经意中带入一个朦胧、宁静、安详的情境。

前景中苍老而遒劲的树枝迎风弯曲，仿佛已经奋斗了多年，顶风抗雪、老而弥坚。恰恰唯有这两枝上顽强地挂着几片黄叶，在秋风的撕拽下仍然不肯轻言放弃。这是不是“人生一世、草木一秋”的浓缩写照？

两只麻雀（它们就像普通百姓一样的常见和平凡）就在这样的枝头上安详地栖歇着。它们没有相依相偎和甜言蜜语，只是在回忆中享受着那份宁静祥和。年轻的激情是没有了，取而代之的是相互信任、相互扶持的亲情。那些卿卿我我的话语在几十年中早已说尽，现在是不是“不用说你也一定会知道？”

上面那只应该是“大叔”。那坦然、那气度、那分量一定是家中的中流砥柱，安全和安定的基石。下面那只肯定是“大妈”了，那种安居次位的贤良、那份满足不用说也能看出来。再细看一下，“她”大概是突然想到了什么，还在抿着嘴角偷偷地乐呢。

这是另一份“秋天里的春天”。不单是指“在秋天里”的那份暖意。人生的秋天也是收获的季节、总结的季节、回忆的季节、享受的季节。这里洋溢出来的又将是另一种春天。它也许不那么灿烂、热烈、动人心魄,但却一定会更加幽香、醇厚、绵长。

就像一瓶陈年佳酿。

这是二十五年前台湾主办的国际邀请展中获唯一金奖的作品,恩师谭勇教授欣然为之题记。(作品尺寸:136cm x 136cm)

当年主办方策展团队曾五次专程来大陆约见事先拟请的画家并每人征集一幅作品。其时已有工作人员从山东大学一位教授家的墙上借走我以前赠送的一幅葡萄《秋实图》,但因信息未能及时反馈过来,故我仍将《苍松瑞雪》寄出了。待主办方收到并急送台北故宫博物院装裱时,最后评审已经结束,展厅布置已全部完成。以姚梦谷先生为首的十几位评委们竟然“移尊就教”,集体赶到装裱部这幅尚未干透的作品前进行专门评论。最后确定这幅《苍松瑞雪》为本次大展的唯一金奖。并费时费力重新调整展厅,将这幅画悬挂在展厅迎面正中央的首要位置。我同时也就成了大展唯一的一位入选两幅作品的画家。

在随后举行的两次“杨玉琪艺术研讨会”上,诸评委们对该画的立意,表现手法和技巧,画面的感染力给予了极高的评价。在众多的溢美之词中,我最看重并留下印象的却只有这样两句:

“这幅画绝对就是画家历尽坎坷的一生、顽强的生命力和高洁的品格。”

“杨玉琪的画绝无铜臭味。他的创作绝不是为了卖画,他绝不迎合、媚人,他只是画他想要表述的东西。”

后来姚梦谷大师还专门两次写信过来表达他的感受。“笔墨苍劲雄浑,意境深远……中国画坛必留第一席地也。”

再细看这幅画。

漫天风雪,肆虐不停。大概是由于上天或命运的眷顾,有两棵远松仍然安全直立着,而另一棵却已被完全压倒。死活未知,但再不能直起身来已成不争的事实。这似乎就是社会万象的浓缩。

就在这样的背景下,仍有一棵曾遭千难万劫的苍松在迎风斗雪、傲然挺立。多年前被撕裂的主干已经中空，旁边数根早已被折磨至死的枯枝和一个个结疤枯洞，记录着一段漫长的沧桑历史。厚厚的积雪压弯了枝头，但它反抗的弹力却蕴含其中，这是一种面对巨大压力和摧残的不屈抗争、坚守信念倾尽全身之力的僵持。以它顽强的斗志和坚韧的耐力，待雪化时重新昂首挺立是可以想见的。画面虽是停留在这“胶着”的一刻，但最终的胜利已在这拼搏中显现。这是令人鼓舞且值得人钦敬的。“上帝”不可能对每个人都公平，但沉沦和抗争却可以由自己选择。当然，最后的结果也一定会截然不同。

若铺陈开去还可以讲得更多。这是不是可以看作一篇勉强还算精彩的“人物传记”或“报告文学”？

苍劲如虬龙般的老藤，当年的柔嫩新枝，潇洒浓密的大片墨叶，晶莹剔透的葡萄编织成一幅秋天的图画。

将几组精心选择的物象有意识地安排在一起，让它们强烈的对比效果反衬出这幅看似简约的画面其实并不简单。

创作前设定的主题就是“怀旧”，而这个主题是必然要与时空的厚度交织在一起的。所以，老藤和新枝一定会拉开“往昔”和“当下”的距离，产生一段不易逾越的时空。大片的墨叶一定是今年的产物，尤其葡萄也是每年必会出现的丰收之果，但形相似而实已非。在这收获的季节，面对硕果最为简单也最易实现的愿望就是能与家人、与心爱的人共享。可是它哪儿去了？是去了远方，还是遭遇了不测？……总之，如今只剩下“主人公”的孤单身影出现在画面中。佳果的诱惑是强烈的，但它并没有飞上去啄食，因为比这更强烈的愿望是等待相爱、相知的人一起分享。这才是它心目中的最高享受。可以想见它此刻的心境是何等的凄惶，又是何等的急切。

环境的烘托更不如主角的表现来得更直接。以我的理解和揣测，那串葡萄并不是它眼中的唯一目标，更重要的是浓荫下那个静谧的空间里曾经有过的温馨友情和缠绵悱恻的难忘时光。可如今那里已经“鸟去藤空”。

为加强小鸟“迫切愿望”的表达，我从“引颈企盼”这个常用词里悟出了它生动的含义，所以就着重在“引颈”二字上进行了夸张。从身体结构说，小鸟根本无法做出这种翘首企盼的高难度动作，但在此情此景下看起来还是比较真实、可信,并不让人感觉过分的夸张。那尽力向上举起的小脑袋,那专注的眼神,为了让头扬得更高些而挺起的胸,为使身体平衡而勉力翘着的尾巴,无一处不显示出它的执着。以鸟的特性,只要稍一振翅即可飞上它目标所在的枝头,可它仍然痴迷而忘我地以这种费力的姿势观看着、回想着。

可怜的小鸟,你大概已经站着好久了,你是忘了累吗?你到底在看什么,是那串葡萄吗?肯定不是。这种唾手可得的东西是犯不着这么费劲的。更何况身旁的不远处还有更好更大的呢。一定是那枝空空的老藤,勾起你心底一个深埋的记忆,让你回想起与旧相知在一起时的幸福时光。你们之间究竟发生什么了,只剩下你一个"人"形单影只?是有一个什么约定吗,促使你在这里苦苦地等待?

对昔日友情的忠贞,就深含在执着的守候之中。

这就是在硕果累累的金秋时节,一只可爱可敬的小鸟给我们娓娓道出的关于"他"和"她"的凄美故事。后续的结果留待观者一起来共同创作罢。

这是画家早就编好的"剧本"。创作的题目就是《怀旧》。

注释云:小鸟亦是多情种,仰首企盼旧相知。

衷心祝愿密友早日归来。

怀旧

创作与“编剧”

张得再满的硬弓总有松弛的时候，再严肃的学者也会偶尔调皮。更何况一个怀着纯净透明的童心、充满激情、天生幽默而诙谐的艺术工作者呢。

一天在给学生上课的时候，主讲的内容是“尽精微、致广大”。特别强调对所要表达的物象首先要进行细致入微的观察，要能发现常人不易察觉到的精微之处，然后择其要者进行综合提炼并加以强调和适当夸张，使这些特点更加突出、更加闪光、更加能为烘托主题、突出“人物”性格发挥重要作用。

我先讲了年轻时碰到的一件让自己毕生难忘的事：

一次有机会去见一位我崇拜已久的前辈画家，于是带了一幅自己觉得很得意的《宿鸟图》前去求教。老先生由衷地赞扬了一番之后突然有些吞吞吐吐、欲言又止起来。最后似乎终于下定决心婉转地问道：你有没有仔细观察过鸟类睡觉时是怎么样的？我回答说：注意过，我还养过鸟呢。它们会完全缩起头，或埋在胸前厚厚的绒毛里，或钻进一侧翅膀下的腋窝中。老先生眯起眼睛似笑非笑地继续问：你说的只是大致的外部形状。小鸟闭眼时是上眼皮往下合，还是下眼皮往上合？我一下子傻眼了，我根本不知道。谁会注意到鸟类闭眼的那一瞬间呢？我在画“宿鸟”时也只是“想当然”地觉得人类合眼是上眼皮往下合，鸟类大概也差不多吧？没想到这个差不多竟然“差得太多”了，以至于画出了一幅大“笑画”。

为了详解“精微、强调与夸张”，我信手分别在两张纸上各点了两只小鸟。一反往日极端严谨的写实风格，夸张如漫画、如小品、如相声。

我笑着问他们，能分出“公母”“男女”吗？能看出它们的年龄吗？它们之间是什么关系？它们分别是什么样的性格？现在它们发生了什么事？结果将会怎么样？……刚开始同学们都以为我是在开玩笑，对着一两分钟点出的四只小鸟竟能问出这么一大堆的问题？一阵哄笑过后，大家都开始认真地观察、分析起来。在七嘴八舌议论了一番之后纷纷说出自己观察的结果，并在我的要求下详述了支持所作结论的那些“为什么”。

答案是一致的：一眼看穿，毫无疑问。

这是两对年轻的、热恋中的鸟。都是左“女”右“男”。

看那只“男”鸟，除了体形略大而外，他那使出浑身解数热烈追求的迫切心情跃然纸上。他的性格是进攻型的，善于用语言表达，巧舌如簧。他有点儿幽默，也有点儿“厚脸皮”。

他正在绘声绘色、油嘴滑舌地说着什么。可以想见，除了尽力表述爱慕之情，肯定还有那么一点儿“挑逗”的成分。不信你看，那“女孩”都“不好意思”了，都“羞答答不肯把头抬”了，但心里却挺甜。娇嗔着威胁要离开，却又挪不动脚步。抿着嘴儿偷偷乐的感觉表露无遗。同样是沉浸在爱河里的年轻人，同样的甜蜜蜜，但女孩毕竟是女孩，适度地运用“矜持”来“欲拒还迎”一下还是有必要的。

再配上朦朦胧胧、完全虚化了的背景，更映衬、暗示出对于他们来说似乎整个世界都已经不存在了。悠悠万事，唯此为大。

看吧，真正是“风暖鸟声碎，日高花影重”。

这可算是高明的编剧（事先设定主题、构思和风格），加上经验丰富的导演（画家本人的安排和实地指导操作）再加上主演（四只小鸟本“人”）。

精湛的演技，一部温馨的轻喜剧就这样呈现到观众的面前。

不知您的心被融化了没有？

灿烂金秋

儿子·春天

春天，总能给人带来美妙的遐想。和煦春风带来的温馨总能勾起人们对未来、对大千世界的无限期望。悠然自得、自由自在的探索游历是人人都向往的。

孩子是天使，是生命的延续。在他们身上，人们会倾注全部的感情、全部的心血、全部的希望。自己一生未逮的抱负也都冀望于他们接棒完成。

“他”们初来人间，感觉一切都十分新鲜，对一切都充满好奇。在他们的眼睛里一切都那么美好。那份童稚、天真、纯净、无邪会像天使般令人感动。他们绝不会想到人世间还有诸多的复杂、危机、陷阱和险恶。

这是所有理智的人们都极其向往，却又都是从自身逐步丢弃的那份纯净。用这份未被污染的纯净来构建和完善整个人类社会将会和理想天空一样美妙。但不知何时，这一切都依稀远去了，只剩下空泛的怀念。

画这幅画时虽年过“花甲”，已步入生命之秋，但烂漫的童趣在身上仍然存在。故春天、童趣依旧是最为喜爱、最常表现的画作主题。

看那两只刚出壳不久的雏鸭，那份轻松、新鲜、好奇、毫无戒心和从心底涌溢出来毫不掩饰的欢愉；无邪的笑意，那坚信“人人都会爱它”的信任溢于言表。再看那双清澈晶亮的眼睛，透出的是对美好未知的无限憧憬和向往。面对这样的眼神，你会忍心去欺骗“他”，让“他”失望？面对那可爱得让人心痛的小脸儿，我们的心也会变得纯净起来。

这就是“真、善、美”的力量。也是我想通过它们传达出的心声。

可就在这时一股极为复杂的情愫意外地从心底泛起，我也曾有过童年。无需讳言，由于当时的社会因素造成我童年的物质生活极度匮乏，饥饿寒冷带来肉体上的痛苦煎熬，加上各式各样的冷眼歧视，这苦难的阴影本应顺理成章地烙在脑海中陪伴终身。但无法解释的是，每逢我想起童年的时候，浮现存在脑子里的却全都是阳光和美好：师长爱抚的眼神，小伙伴的友情，心仪的画具、玩具。

人竟然这样健忘，这样的“好了伤疤忘了痛”？

哦，这正是造物主神奇智慧的高明之处。他从先天就赋予了人类正确筛选记忆的能力,也赋予人类以自我疗伤、自我修复的能力。只有放下阴影的包袱才能更好地向前看,从而顺利走完一生。

以我现在久居西方世界的生活状况和环境,与童年的苦难比较相去何止天壤,但我依然怀念童年的美好、童年的居地。那清清的河水、岸边"枯木逢春"的老柳树……我的眼睛突然被一层水翳蒙住,鼻头竟有些发酸。于是强慑激动的心情又拿起笔来题写道:

春风又绿江南岸,明月何时照我还?

是呵,"望家乡,路远山遥",可现在连"向爹娘梦里相寻告"都已成泡影。白发老父母早已仙去,连我自己也已两鬓飞霜。什么时候才能返乡"旧地重游"?什么时候才能重返"纯净"的孩提时代?

附记:基于相似的心态,我又画了另一幅《雏鸭》作品,并题写了一段旧句作为自身写照:"既不赴公卿约,亦不慕神仙学。任优游嬉戏,趁着那云淡天高,一如清池雏鸭。"

只要走过必定留下痕迹。真正用"心"去创作也必定会在作品中有所体现。

人们历来都说画是将情境凝固的一瞬间记录在平面上形成的作品,也正因为是凝固了的一瞬间无法再予以改变,因此它往往是独立存在的。(当然连环画或特定主题性质的组画除外)

我多年来一直不知天高地厚地妄图突破单幅作品表达时空的问题。主要手法是运用作品的特定内涵去触动观者的神经,以他们的共鸣和想像空间达到情境时空的延伸。这种努力的成功与否是一个极为复杂的多因素问题,而且不是画家本人就能完全掌控得了的。因此越是努力,越是感到任重而道远。

这次为了丰富《另类艺术论——跨越大师雷池》这本书,计划选出十来幅作品就"创作前的设计和思考"到完成后的"检视结果"作深入的解剖研究,自然又想到了这类问题。因此选了表达我和独生儿子相处、相知以及我对他的观察分析、鼓励指导和期望的作品。这里当然会有一段时空的厚度,这是与儿子成长的进程直接有关的。我在作画时特别留意刻画"他"在那个"特定的时间点"上"特定心态",又因儿子也确实在各方面都和我很"像",

所以又以“像”为基础画了第二幅。但他“中年以后”会成什么样我现在还看不到，想像中的“预知”总还是觉得“应该”和我差不多。故选用一幅我近年的“自画像”做参照，以便使这段时空看起来更加层次丰富、清楚明晰。

这就促使我在读画的过程中竟然看到了“连续剧”。

儿子接通知进入名牌大学，我奖他一幅画以资勉励。我刻意在画面中重现了概括自己一生心路历程的总结性作品《冷暖自知》所用的场景，这是我奋斗一生最终的栖息之地。一只羽翼未丰的天鹅从一个小小港湾游出，清波荡漾中小天鹅蓬起羽毛翩翩起舞。抿起的嘴角显出抑制不住的兴奋和得意。宽宽的脑袋上嵌着一双专注、遐想的大眼睛，充满了对美好未来的向往。他知道从今天起他将获准游出这港湾去一个更为宽阔的水面。它留给我的印象是：只有遐想而没有具体的奋斗目标，只有蓝天白云而不知必定会经历的风雨。一个完全不知天高地厚的毛头小伙形象跃然纸上。

两年后刚升三年级的儿子就被学校聘为助教，走上兼职的“工作岗位”。其精彩、奋进、初露锋芒自不待言。于是我又用一幅《雄鹰》作为奖励。

有不少画家在熟悉了某一物种、某一题材，甚至某一姿态动作、某一构图之后，总喜欢重复运用，直至像批量生产一样成为荣宝斋的木板水印。我是极不愿意当这样的印刷工的。即使确实因为需要，我也会在新的画幅、新的主题里努力赋予它全新的生命、全新的性格、全新的情境背景、全新的故事，以使其产生独特的效果。

总认为儿子理应“像”我，故选了一幅我的“自画像”作参考——

在起点很高的石峰上，“雄鹰”昂首看着远方，振翅欲飞。但一眼即可看出这是非常年轻的鹰。已经长成了鹰的“形”，摆出了鹰的“势”，但仍然欠缺鹰的“精魂”——那股“雄浑”之气。尽管当日“得意”的嘴角已被“坚毅”替代，眼神中的“向往”也已换成对明晰目标的执着，奋起的双翅似乎很有气势，但在与身形的配合上仍然觉得缺乏经验，仍能让人看出试飞的“稚拙”。在离开坚实大地前的一刹那，面对浩渺而不可知的苍穹，似乎已作好一飞冲天的准备，但还可捕捉到一丝丝稍纵即逝的“迟疑”。

今天再特意找出那幅身形姿势差不多的，直抒自己胸臆的“自画像”《雄风》作比对，那份苍劲、雄浑、睿智和刚毅、饱经劫难后的沉稳，是经过数十年风刀霜剑的磨砺、屡败屡战的拼搏、血和泪的重复洗礼才得以形成的。

这就是岁月的累积、时空的厚度与重量。再回头细看一下,同样画的是起步前的一刹那,成熟思考铸成的稳健使它充满了必操胜券的凛然之气。

呵,那神态、动作、性格、雄心竟那么相像!但年龄、经历又在他们身上分别烙下了截然不同印记。

这就是父与子。

事后我也曾给儿子细细讲述了这几幅画的经典内涵,在来回反复细看之后,儿子微微红了脸、低下头笑了。我知道他读懂了我在画中想要表述的意思。他开始知道人生道路的崎岖坎坷,初识了天高地厚。

我已将他从好高骛远的山顶拉回到准备起步之前。

我的性格总是让我在实施一项计划之前就预设很多"深意"。尽管大多被人忽视,但我仍偷偷地为这些"深意"沾沾自喜,自我陶醉。

二十六年前,人民日报出版社为我出了第一本大精装的画册(也是出版社第一次出版这样的画册)。这是在我历尽千磨万劫之后得到社会的首次肯定。我为封面画了顶风傲雪的苍松作为自己人生的小结,但终因尚未修炼成金刚不坏之躯,心底仍有一丝酸楚和不忿。怀着仍旧青涩幼稚的心态在最后还画了一幅"乱糟糟"的葡萄,并借先贤旧句题曰:笔底明珠无卖处,闲抛闲掷野藤中。

这又是一次"十年磨一剑"。在这篇幅、分量翻倍的新画册中,又为收官位置特意创作了一幅作为"小结"画。

三十年寒窗苦修,几经艺术生命的生死轮回而终于在不惑之年大成。得高职称、进大辞典、出画册、出传记后再经十年磨砺,浴火重生,获众多顶尖级国际殊荣。看似轰轰烈烈,但其中甘苦唯有自知。多少磨难、多少坎坷、多少打击、多少屈辱才能走进这尊荣的光环。在这四十年心血的凝聚点,何止百感交集、千感交集!

如何用一幅画来表达这一生的跌宕起伏和心路历程?

按常人所想应如火山,将集积数十年的心火岩浆尽情喷发。可现在看到的却是这样一幅画面——

一两株壮健而劲挺的芦苇迎风屹立,老辣的用笔赋予它伟岸而极富弹性的身姿,虽时近仲秋仍摇曳生姿极富生命力。

敦厚的黑色大石是整幅画的基础，也仿佛是自己人生的基础，坚实而稳重。抑或我就是从这大石的缝隙中扭曲而顽强地成长起来的？

平静而极富动感的水面扩展至无边无垠，令人由“江湖”之大思及“江湖”之深不可测，多少凶险隐匿其中。

一只成年雄鸭傲然畅游其中，那份沉稳、笃定和安详跃然纸上。细看那张脸，仰首向天，极显傲骨而无丝毫傲气。紧闭着嘴向人们暗示他已不想也不需要再夸夸其谈。嘴角那一抹神秘的、不易觉察的、蒙娜丽莎式的微笑，显示经历过人世间这个“老君炉”数十年的淬炼，早已炉火纯青成了绕指精钢，洞穿了一切已全无一丝火气。再看那双眼睛，充满睿智而又精光内敛。透过这“心灵的窗户”，可以看出他已想得更高更远，直达那不可知的空蒙境界。

看似漫不经心、毫无惊人之语的“打油”句子，经典地浓缩了我一生的遭遇、追求和“证悟”后的境界。

文曰：“春江水暖，秋湖水凉。宠辱不惊，去留无意。笑傲江湖，冷暖自知。”

这应是一幅我自己较为满意、别开生面的“自画像”，一篇浓缩的人生传记，一则经历“成功”之后再潜心反思心路历程的“领悟”。

信笔写到这里，该说的、不该说的似乎都已经说了。回头看“王婆卖瓜”实在有些讨人厌。请原谅一个老人的唠叨吧，我还想让骂声尽可能少一点、轻一些呢。所以，真的要再强调解释一下——

对画中的“正面的颂词”，大多只不过是指“事先的思考”和“主观的追求”而已，离达到理想中的“标杆”尚相差甚远，自己还在进一步的探索和努力之中。千万不可将肯定性的剖析误解为我自认已臻化境。对偶有不慎泄漏出的得意和轻狂，我也是觉得有些厚颜而不知天高地厚的。

那些词不达意的部分是文字功底不够所致，那些粗疏错漏则是艺术修养不足和性格缺陷使然。

也只得这样了，再祈原宥。

附录(二) 我的“心灵鸡汤”

流行语透视——前卫抑或堕落?

自从过了六十岁,我就一直警惕地、不断地监察自己的心态:是否开始老了?但又一直自我安慰:我还行。

可近几年面对汹涌而来的网络世界,我则日渐迷糊并动摇了。偶尔对一些所见所闻略作表态,太太总是笑着摇摇头:你“奥特”(Outdated 落伍)了。

我竟然“奥特”了?

开始还真有点不服气,但一向受尊重的主流媒体、电视、一些知名的主持人、节目和嘉宾的语言表述却在不断提醒和证实这个我日益担心的问题,我似乎真的跟不上时代了、落伍了,真的“奥特”了。

首先是持续不断地对“心灵鸡汤”的调侃和嘲讽。初始时我还不知心灵鸡汤为何物,后来才慢慢弄明白:这是泛指较有学养、对社会人生有较多领悟的长者或学有所成、业有所成的“大朋友们”整理出来,希望以自己的经验和智慧、以前车之鉴从正面影响或鼓舞年轻人,作为他们前进时的借鉴和参考,遭遇挫折、处于逆境时的慰藉、助力或启迪。在我的心里,一直都认为这是接力传递“正能量”、推动社会正向前进、颇有意义的事情。我也曾满腔热忱地投身其中,在几年时间里陆续写出数万字的札记短文,在自己的官网、“博客”中发表,似乎也还颇受欢迎。却不知曾几何时,这些“心灵鸡汤”早被主流媒体(抑或是主流社会?)所不齿。细品其语气,竟与评论街头“卜卦算命者”以及“骗人钱财而巧舌如簧者”归入一流,遭到不屑、反感、唾弃,扔进了社会的垃圾堆。

天可怜见!我们只是怀着一颗父母之心,总想满怀善意地给予经验尚不丰富的年轻人一点建议、一些参考、一点正面的帮助和鼓励。如此而已,别无他求。倘若嫌“唠叨”尚情有可原,但将此归入“忽悠”“江湖术士”之流则似乎有点不识好歹、有点弱智了——我们并没有想去骗什么呀。

年轻人的观念可以也应该超前，但“是非标准”是最基本的价值观和世界观，应该彻底弄清、弄透并坚守一生。“流行”的不一定是最好、最正确的，它可能在短时间内给予你一点新奇和趣味，但一定要经过大浪淘沙的检验才能最后定论。戏言之：好一点的如服饰、颜色、妆容、发型等，有多少是流行长久成为经典的？再比如流行性感冒或瘟疫，稍一露头马上就被“全民共诛之、世界共讨之”了。

幸亏已过“耳顺”之年，真的“耳顺”了，早练成百毒不侵、圆润如卵石了。对此，别人睁只眼闭着眼，我却可以更加炉火纯青、紧闭双目、自行入定。既然目标锁定的是一个极大的群体，则大可“事不关己、高高挂起”。

只是几十年自省、自律的标准却越来越模糊：本想跟紧时代发展的潮流亦步亦趋、希冀不被淘汰，但终于悲惨地发现自己仿佛被越甩越远，甚至成了自己年轻时嘲弄过的“民国初年仍拖着长辫的遗老遗少”或直接就像“孔乙己”了。

起先还只是觉得自己的中文水准落后了，好多词语都看不懂，急需重新学过。比如：神马、妹纸、酱紫、大神……这些总还算好，不懂就不懂吧，还不至于让人恶心。后来终于发展成竟可以不分男女、不分老少、直截了当、毫不脸红地将“生殖器”朗朗上口，成为习惯用语了。更让我不习惯的是一些大卫视台的名主持人和嘉宾们也都成了这个“潮流”的主力军，满口“屌丝”“傻逼”“齐逼小短裙”“蛋疼”并且还“面不改色心不跳”。

（写到这里遇到一个小插曲：我是用手写板著文的，今天为这个特定的题目平生第一次豁出去了，准备硬着头皮直接写出用于男女生殖器的那两个字，却怎么也写不出来。原来字库里就没有录入——居然“有幸”遇到与我同样“保守落伍”的同道。不知是应“喜”还是应“叹”？）

还有上节目应聘、应试或征婚的年青人，甚至一些年轻、漂亮的女孩也会这样一本正经地介绍自己：我就是一个“屌丝”……我实在无法想通，一个有着几千年文明的古老民族，成天不分场合地把生殖器挂在口边，究竟能展示什么样的情怀？是为了怀念先祖们“尚未演变成社会形态”前的生活状况？这和众多官员通奸、嫖娼、某些城市获“黄都”荣衔、众多女观众涌上舞台抱着男歌星生啃、还有……的社会大环境是否有着某种内在的联系？

我甚至想到国外的媒体在选用该节目或文章时该如何翻译？我虽然生

活在西方社会,但我绝无厚颜和胆量去请教那些“鬼佬”朋友们在碰到类似“习惯用语”的时候是如何对待、如何翻译或如何避开的。

人之老去是客观规律,长江后浪推前浪是社会进步发展的潮流,老一辈人终究要被年青人取代。我终于认了、也服气了。但让我“理解的要执行,不理解的也要执行,在执行当中加深理解”,我确实难以做到。

我本已下定决心,为撰此文只得赧颜创一个“平生之最”:唯一写一次那令人“脸儿红红、心儿跳跳”的两个赤裸裸的字。所万幸者,手写板挽救了我,它的字库不全,竟保全了我一生的清白。

至于那份“鸡汤”,我自认是从祖辈、从中华传统文化、传统哲学以及众多大智慧者的灵性中采撷、消化、提升从而滋养自己逐步成长的。它们已融在我的血液中分离不开了,我也早已将它们扩散到千百万读者中。虽不能确知其滋补效果,但坚信绝无任何不适应症和负作用。就让它留着罢,就让它这样原汁原味地摆上社会的超市货架,不鼓吹、不叫卖、任顾客自由选取。最终让时间当管理员,该尘封、该下架、该清仓、该淘汰,悉听尊便。但绝不希望被人为地、“一风吹”地、强制性或变相强制性地将它们一股脑儿扫入潮流的垃圾堆。

借一句国人最常说的话作结:我是好心,我这是为你们好。

爱琴海明珠罗德岛

我的人生哲言

聪慧而知性的人都常会思考探索人生的内涵。对此,中国辞书字典的解释是:“人生是指人的生存以及全部的生活经历”。而美国的学生课本中却这样写道:“人生就是为了梦想和兴趣而展开的表演。”“生存”和“表演”概念上的截然不同生动揭示了东西方文化的巨大差异。没有对错,只有取舍。但是否可以相互渗透而达至兼容?

人类因为有梦想而伟大。心之所及就是舞台的大小。

有才干的人能把小事做大,没能力的人会把大事做小。

人生有点儿像打牌,不管牌面好坏,也不知结果如何,都要淋漓尽致打到最后;无论发生了什么,需要思考的只是应对的心态和手段。身处逆境时,转过身去面向阳光,就不会陷身阴影而无法自拔。

人生也许还是不要平步青云为好。经历越复杂,思想越易成熟,进取心就越强烈,毅力就越坚强。“逆境”有着滋补人生的特殊养分。有了它,生活之花才会更加光鲜灿烂。

聪明人善于用别人的智慧丰富自己的思维,愚蠢者专门用别人的智慧干扰自己的情绪。

很多时候,所处环境是客观存在的事实,人们常无法改变。倘能以不同的心态去看待,其感觉往往会天差地远。第一位抵达南极的史考特与严寒搏斗了11个昼夜,最后终因断粮、断燃料而去世。他在遗书中写道:“如果我们拥有勇气和平静的思想,我们即便坐在自己的棺木上犹能欣赏风景,在饥寒交迫时犹能歌唱。”

豁达者心宽、天地宽,进取空间必定就会大。时时清空心中琐事烦忧才能多装宁静愉悦。所谓大肚能容,绝不仅仅是“纳”和“存”,更重要的是清除和舍弃。是“空”,是空灵的境界。

英国登山家爱德华·万博25岁时,历经了7次失败的尝试,最终登上马特洪峰。除了他坚韧的性格,是好奇心、机智、策略与分析思考将失败的教训转化为成功。因此,凡事必须跳出框框思考,别把既有的经验视为必然。应以理性从多方面获取启示。只要观察够审慎,对于新奇的答案不必犹疑。

英国首相布莱尔说过一句话颇耐人寻味:一个人年轻时他要是“保守党”就太没有心肝;但成年以后若还是“自由党”就欠成熟。

生活居所的空间,靠清理、挪动、舍弃而获得,因为它的容积是既定的。

心灵的空间,则靠思考、开悟、智慧而拓展,因此它是无限的。

组建家庭的要素:首先需要爱情,其次需要理性,同时还需要对人生的深刻理解和应对的智慧。

表面看来愈不相配的夫妻,其相处的境界一定愈高。如同怎么看都不协调的色彩或元素,只有经过大艺术家之手才能和谐地搭配组合。

若想爱,又何必问许多? 问得太多,只怕爱就要打折扣,甚至根本就再也爱不起来了。

理智者不问过去;聪慧者不问现在;豁达超然者不问未来。

在人生的进程中应常常记得留些余地,就像两车之间的缓冲。用以随时调整自己,使之进退有据。

“爱”和“恨”的界线是模糊不清的,有时甚至会是一段很宽的区域。在这个区域里他们交织在一起。当爱情彻底结束时,仇恨马上就会开始。

在漫长的人生道路上遭遇些许痛苦是不可避免的。我们不要老是记挂着它。只要投身于忙碌之中,疼痛马上就会淡忘。

生命就是精神的旅行。假如确定了理想的目标,要对自己的路有信心,别受周遭幼稚言论的干扰。你也许没能走上预想的路,但你仍走在路上。不同的道路可以看到不同的风景,人生的体验就是整个过程。

生命的长度不可知,但可拓展宽度和增加厚度。亦如面貌既定,但可多现笑容;无法控制他人,但可把握自己;不能预知明天,但可充分利用今天;不能事事顺利,却可诸事尽心。“岂能尽如人意,但求无愧我心”,斯言至确。

人不因为拥有得多才快乐,而是因计较得少而轻松。

倘无黑夜,便不见美丽星空。痛苦磨难会使人的意志更坚定,思想更成熟。坦然面对逆境才是大智慧者的境界。

言语本无形、无质,更无重量,但稍有不慎即会刺伤或重压人心,久久难愈。故说话时须谨而慎之,听话时则应宽怀大度。

真理是愈辩愈明的,但要理智界定争辩对象,严格按“轻重量级”而定,否则会耗时费力而自寻烦恼。井蛙不可以语以海,妙哉斯言。

送人鲜花时,是自己先闻到花香;抓泥巴摔人时,首先玷污自己的手。美意待人自己也会获得快乐,宽宥他人必会避开言教的诸多陷阱。因此,心存善念,正足行路,必逢坦途。

如果生命是枯燥而乏味的,就要自寻乐趣而不要只寄望于来世。

如果生命是绚丽多彩的,则须抓紧体味和享受而不必再寄望于虚无。

现实中可知的生命是有限的,能来这个世界走一遭已经是个奇迹,还有什么不满足的呢?

当动机、目的不能达到,欲望得不到满足时,人们大都会本能地向“挫折源”发起猛烈攻击。

其表现方式不外乎“外显、露骨”或“隐含、隐形”。

大智慧者失恋后,多半会超越情爱和性爱,转而去爱世界、爱人类。这就是心理学范畴内所说的“攻击挫折”以及后来衍生出的“攻击目标或爱的目标大位移”。如果能将情感的挫败来个大位移,下决心去另干一番事业,将是“人生使命感”的实现,它可以造就一个人终身的幸福。

金钱可以买到感官享乐,但不一定能获得内心的康泰和幸福感。因为金钱决买不到“人生使命感”。这种感觉具有一种升华了的超然性,它只能来自人的内心世界,因此绝对不会有标价。

依稀记得一个久远的故事:

几条猎狗追田鼠,田鼠钻进了只有一个出口的树洞。突然一只兔子从洞里钻出来并爬上了树。由于没站稳掉下来正砸到狗头上。猎狗被砸晕,兔子最终逃脱了。

听完这个荒诞的故事听众议论纷纷,根本没人信。有人说:“兔子不会爬树。”有人说:“一只兔子不可能同时砸晕几条猎狗。”然而就是没人提到,田鼠哪去了?

由于兔子的突然出现,听众的思路在不知不觉中被误导,田鼠竟悄然消失。

在追求人生目标的过程中,人们往往也会被琐事扰乱视线,以致停顿或走上岔路,最终背离既定的目标。

应时刻保持清醒:田鼠哪去了?既定目标哪去了?

面对挫折、失败甚至是羞辱,应坚定一个信念:输了,没关系。吞下自己的骄傲,承认自己不够好。把屈辱和痛苦彻底咽下去,闭紧嘴巴,重新起步。

学会做一只骆驼。可以长得不帅、跑得不快,但一定百折不挠、坚持到底。漫长的人生过程,总不免会经过沙漠,但总可以仰面笑对,做一只好骆驼。

在成功心理学中,德国心理学家霍尔曼指出:“阅历丰富的心灵,有着更持久的战斗力,因此也更容易达到既定的目标。阅历主要是指失败的经历,以及失败在心理上留下的痕迹。如同高尔夫球表面的凹点。虽不美观,但确实有利于提高承受力,更容易飞向成功。”

高尔夫球飞行离不开击球那一瞬间的爆发力。经历挫折的心灵也需要爆发力。

面对失败时,应首先调整心态,明确目标。目标明确了,会更易获得心理上的爆发力。

成功更青睐受过挫折的心灵。

以学历为唯一奋斗目标,人生之路就很窄;用社会需求来规划自己,机会就会很多。

找不到工作的人一般分三类:缺少求职技巧、缺乏就业竞争力,觉得为生存而工作可耻,从事体力劳动丢人。殊不知,这种“丢人”的感觉,恰恰是最丢人的!

生存远比成功重要。靠劳动赢得生存,本身就是一种成功。

只有得到了生存,才有可能追求梦想。

无论是硅谷、华尔街还是好莱坞,凡具有吸引力的领域都会聚集一大批极其聪明且雄心勃勃的才俊争夺屈指可数的权力宝座。但最终赢家只能是极少数。无疑,竞争者的敏睿、冒险精神、胆量、才智是取得成功的重要条件。

但更为重要的是要能及时捕捉住转瞬即逝的灵感果断行动。

阶梯十分陡峭,必须迅速抓住掠过的每一处凸点,准确而充分地及时利用。倘因盘算行动的风险而稍有迟疑,说不定机会就已离你远去。因此,在某些特定的时刻,“稳健”反而是有“危险”的。

伟大出于平凡,辉煌起自卑微。危机感常常是不断奋进的动力。

东方哲学认为,自然界是大宇宙,人体是小宇宙。它们之间有着互相依存和感应的关系,即“天人感应”。人应该追求与大宇宙同样的和谐与秩序。从人本主义的角度理解,又不应满足于对自然现象单一的崇拜模仿,而应以宁静的心态求得与“无限”的融化、合而为一。

世界上所有学科在超越了“术”的范畴达到“道”的层面之后,其精髓都是相通的。就像穿越过大气层之后,就会进入一个毫无视觉障碍的朗朗乾坤、空灵境界。

英国学者培根一句“知识就是力量”影响了世界数十年,我不敢苟同。知识就一定是力量吗?不一定。读破万卷书的书呆子、考试得高分而其它方面一无所长的人比比皆是,他们的力量何在呢?真正推动社会发展的一定是具创造力的大智慧者。如爱迪生、牛顿、伽利略、阿基米德;如曹雪芹、施耐庵、李白、杜甫;如米盖朗哲罗、达·芬奇、毕加索、凡·高;如八大、石涛、齐白石、徐悲鸿……他们的伟大成就无一例外地来自于大智慧,而不仅仅是知识。

人们习惯将学富五车的大知识分子尊称为“学者”。然而要真正推动社会“飞跃”发展,他们所起的作用是有限的。一个熟读经史,饱览诗书的大学问家,假如最终只是考证出朱元璋几岁离家、乞讨路线,或者只是确认了曹雪芹的婶母是谁,她的侄儿和侄儿媳妇叫什么名字,这究竟有什么重大意义呢?他们可能会是一名好教授,其实充其量只是“学”者而已。

若无名垂青史的杰出人物出现,一所学校、一个城市、一个地区甚至一个时代都将是平庸的,这个民族亦是可悲的。有了而不知珍惜则更是连希望都没有了。

佛家有言:一花一世界,一叶一如来。

是的,一滴水可以映射出太阳的光辉。人类世界本来就是由个体的人、人群、家庭这些“细胞”所组成。他们与大肌体息息相关、不可分割。他们的一点一滴、悲欢离合都会折射出大社会的变迁。

一天,派克公司总裁以普通人的身份到某地考察。他走到机场门外的出租车前,司机主动下车为他拉开车门并把他请进车内。在问过目的地之后,司机并没有马上发动汽车,而是礼貌地问:“先生,您喜欢听古典音乐还是轻音乐?”总裁答道:“古典的。”“那么钢琴曲可以吗?”“好的。”总裁觉得这位出租车司机很特别,就与他攀谈起来。总裁问:“作为出租车司机,有必要做这么多吗?”出租车司机答道:“是的,无论做什么,成功其实很容易。做到别人想到的就是成功。但别人没有想到的我也做到了,这就是精彩、是登峰造极!我喜欢登峰造极的感觉!”总裁深受启发。从此,他们始终坚持将“登峰造极”的理念运用于企业管理之中,使得派克公司也成为全球行业中的领袖。

人类文化演进出诸多“规矩”来“规范”人们的行为。尽管有些俗,但循规蹈矩都将被视为正常,真正免俗者是少之又少的。“俗”是一种顽固的社会标准,很难斗得过它。超前者必然孤独。多少事嵇康、阮籍、李太白做了是“大雅”,换了别人却是“没教养”。

能把小事干好的人,成功的几率更大。

倘若现有的工作不尽如人意,当然可以骑驴找马,但绝不可虐待这头驴。要么断然放弃,要么就把它当旅伴一样善待。

如能用睿智和敏锐捕捉到那些若隐若现、稍纵即逝却与你的专业相关,且暂时尚未商业化的需求,重新就业或继而拓业,则更易成功。

勇于申诉的人很多,善于表述的人很少。

敢于争辩的人很多,善于思辨的人很少。

敢于逞匹夫之勇的人很多,善于委婉斡旋的人很少。

哈佛大学婉拒了美国前总统里根申请名誉博士的要求,牛津大学谢绝了阿拉伯巨商千万巨款的捐赠。它代表了精神领域的尊荣和独立的人格。

这就是两所名校存在价值的最好阐述。

石块砸向陶罐?倒霉的是陶罐。

陶罐砸向石块?倒霉的还是陶罐。

要想保全自己不被毁掉,最好的办法是先真正认清自己和对手,要么避免实力相差悬殊的碰撞,要么努力提升自己的实力,使之百炼成钢。

人们的“正常”思维常受制于“思维定式”,极难突破。在一个习惯了的社会空间里,旧有的知识和经验像一个巨大的半透明气球将人们笼罩其中。思维也就被限制在这个空间之内。此时若以逻辑思维去推理,思路似乎也很清晰,推论也很正确。但所有这些都只是局限于这个范围之内。“当然、应该”等定式严重制约了思维的突破和飞跃。岂不知昨天“当然”“应该”的事，到今天可能就“不一定”了，到明天更说不定就会成为谬误。时代在发展，观念也要及时更新。而更新观念的最好方法就是跳出原有窠臼，站到一个更高更新的位置去俯瞰、思考，说不定全新的佳论就突现在脑海之中。

“思维定式”的突破，绝不是知识层面解决得了的问题，必须通过大智慧的碰撞才能有望大成。故不能仅冀望于知识的累积、冀望于通过学习得到解决。只能通过碰撞、思考、再碰撞、再思考最终获得“证悟”。

即便是真正的“高人”，也只能“点化”而无法“传授”。

假如没有当年的“哥德巴赫猜想”，就绝不会有今天的陈景润。今天多少科技界的发明创造、很多灵感都来自于天马行空的神话传说和科学幻想。这些传说和幻想涉及了无数的门类，但创造“传说”和创作“幻想”的人则又大多不是此门类的人。他们可能并不具备这些门类的专业知识。这是多么奇怪的现象！

创意创新、发明创造是“由零到一”“从无到有”的。而离开这，则只能是“由一到十”、循序渐进，慢慢来。

“幻想”大多都是“无中生有”，都是创造，都来自于“智慧”。有可能正是由于他们缺少这些专业“知识”，所以他们才能不受任何框框条条的限制，没有太多的“不可能”去干扰他。他们一心只想着“目标”，至于如何实施则无所谓，以后再说。正是因为没有这些固有知识和经验的制约，他们才能无限自由地天马行空。

狼群彼此合作之默契似乎是心有灵犀的，与其他动物合作好像也彼此心照。比如大乌鸦发现受伤或死亡的猎物时，会通知并带领狼群到达该处。此时，野狼强壮的爪子可以为乌鸦撕开猎物的躯体，乌鸦则安然享受碎屑残渣，大家愉快合作。

此系典型的共生关系：你具备的正是我缺乏的，我需要的却正是你舍弃的。和谐合作而永不相争。试想这不正是极佳的商业合作模式？

孙子曰：“凡战者，以正合，以奇胜。”

“奇”者，突破常规、另类思维之谓也。

古今优秀兵家，无不能大胆拓展另类思维，认清敌方的思维误区，使其深陷于自身的思维定势之中。“善出奇者，无穷于天地，不竭如江河”，诚然。

了解自己掌握的知识——正常人的意识。

不了解自己掌握的知识——糊涂人的状态。

明白自己未掌握的知识——智者的清醒和努力前行的动力保障。

不明白自己未掌握的知识——无知者的狂妄自大和悲哀。

熄灭理想虽比点燃理想容易,但也难免后悔的痛苦。现实中不知有多少人因为害怕被熄灭,索性就不开始。

当然,怕噎着就干脆不吃饭,确实会赢来眼前短暂的安稳。

美国科学家最近提出,大脑产生阿基米得式“顿悟”,有赖于大脑神经中枢独特的活动机制。这一机制为大脑“顿悟”时的独特认知过程提供了支持。研究表明,是大脑独特的思维方式和神经中枢活动机制,导致了灵感降临,“突破性瞬间”的到来。

思维定势最普遍的存在方式是:过去的实践经验和先入为主且未加筛选的信息。

思维定势不管以何种方式存在,它都毫无疑问会妨碍人们作出正确的决定。

思维定势对决定的影响已被千万次科学测试所证明。几乎无人能够逃脱它的影响。

刚有篮球的时候,用的是真正的篮子。每进一球,就需专人爬梯子取出。为此,人们绞尽脑汁效果都不理想。最后甚至运用机械将球弹出。

多年后,一个小男孩看到大人们取球的辛苦说:为什么不把篮筐的底去掉呢?人们如梦初醒,这才有了今天的篮网。

如此简单的“难题”却困扰了人们多年。可见,无形的“思维定式”的禁锢力何等强大。

生活中我们也会被诸多“篮筐瓶颈”困扰,深陷其中无法自拔。为什么创新、突破那么难呢?

其实换一个角度去思考,只要用剪刀轻轻一剪,难题就会迎刃而解。

生活原本并没有那么复杂。

降低思维定势影响的良方:

换几个角度考虑问题。反复尝试后,总结其中差异,取长补短。

咨询他人前先行独立思考,避免这些意见成为你的思维定势。

冷静地多方征询，获取尽可能多的意见。以开放性思维方式保持自己的思维创新力。

征询时，不要过多告知你自己的估计和意见倾向，以免造成他人的思维定势，最终“自食其果”。

谈判前作好充分准备，可降低受到对方“思维定势策略”影响的可能性。

独立思考、另辟蹊径因“另类”且有风险故常常被耻笑、遭拒绝，甚至被扼杀在襁褓中。因此杰出者的数量总是不多。

人们也常想避开平庸，但终因无法冲破自身思维定式的顽固壁垒，更大的平庸却总是如影随形。

平庸和杰出的本质区别：

平庸者多用加法，人云亦云、不假思索、照单全收。

杰出人物则多用减法，拨云见日去芜存菁、力求简单直奔本源。

在这个世界上，有多少人思索过这些？——

万人口口相传的可能是虚假；众人嗤之以鼻的却可能是真实。

长久期盼的也许是虚幻；猝不及防的却说不定是本真。

层层堆积的庞然大物可能是假象；单薄瘦削的可能正是实质。

心灵的最高境界是：丰富的单纯。

伟人的心灵世界无不具有这个特征，内心单纯却又包含丰富的情感、体验和思想。

相反的境界是：贫乏的复杂。

平庸的心灵被各种人际关系和利害算计占据着，所以复杂；同时又完全缺乏精神的内涵，所以又是贫乏的复杂。

还有贫乏的单纯，它没有精神的光彩其实算不上单纯，而是“简单”。

丰富的复杂呢？那可能就是一颗魔鬼的心。

思索必须高屋建瓴，审时度势。置身事外平心静气的思索，是调整心态的及时雨。从速思索、从容实行，才能运筹帷幄，决胜千里。

“是愿意做一个博学而无法与人交流者，还是一个善于与人交流而无学问者”，倘若两者必须选其一，绝大多数人都会选择后者，你呢？

研究发现：狼群中确有“行为规范”存在，其共同遵守的程度亦令人吃惊，几乎已成它们的本能，与“狼性”一味凶残的概念相去甚远。它们尊敬长者、善于教导幼崽,乐于显示感情共享情爱,稍有闲暇即抓紧休息,一有机会则尽情玩耍,确有需要才去捕猎。具团队合作精神,倘遇挫折或创伤则毅然割舍,轻装上阵,奋力前行。反思“大灰狼”“狼外婆”们尚能“洗心革面、重新做狼”,灵智的人类是否应觉汗颜?

狼群穿越荒漠雪地时常用“单一纵队”,首狼为开路先锋。它会竭尽体能推开积雪,以使众狼节省体力。极度疲累之后,它会移开让下一匹狼继任。不断替换的机制,让狼群保持最佳状态以应狩猎挑战。

首狼担任领导,余者则共同承担所有事务。狼并不都渴望成为领导者,有些偏好狩猎、看守或侦察。但每匹狼都担负一件重要工作。幼狼也在与长者的嬉闹中学到领导的才能同时了解狼群的发展,为未来承担重大责任作准备。

囊中无钱,存折无钱,惟脑子里装满钱的人终身痛苦。

家里有钱,卡里有钱,但心目中却无甚钱者方为大福。

玛雅遗址

在成都街头的垃圾桶上看到过这样一段短语:“无论你想丢点什么都可以,不过请记住,千万不要丢脸。”

我们可以躲开狮子和猛虎,却不容易躲开一只苍蝇。面对强大的竞争对手并不可怕,有时甚至会感到虽败犹荣;但遇到只会蝇营狗苟、搬弄是非的猥琐小人,却常会不胜其扰,被弄得遍体鳞伤。

若是只以“打仗”论,有些土匪也能征善战,但他们永远也不是军人。

现代医学证明:

“焦虑”是使人寿命减短的重要因素。焦虑、抑郁、紧张和惊恐对人类的伤害已超过许多疾病。

“活在当下”是明智而科学的生活态度。

我们不应为尚不可确知的“明天”而超前焦虑。顺其自然、随遇而安其实是另一层面积极的心态,它和醉生梦死、没心没肺是有着本质不同的。

集录几则智者的临别遗言:

“对喜欢我的人们,我告辞;对我无意中得罪过的人们,我请求原谅。”

“天底下任何事情都有它一定的时辰。生的时辰、死的时辰。”

“是走的时候了。我走向死亡,你们向生。我们之间,究竟谁的运气较好,只有上帝能决定。”

“我不再希望,我不再恐惧,我自由了!”

要想污染一个美丽的地方,有两种最为有效的办法:用垃圾,或者用钞票。要想扭曲和腐蚀一个人的灵魂又何尝不是如此?

勇气绝不是指毫无恐惧,而是理智地掌握恐惧、抵抗恐惧,最终克服恐惧、战胜恐惧。

成有钱人易,成聪明人难。

对当今出版物“繁荣昌盛”的忧天之思:

顾炎武说:“若后人之书,愈多而愈舛漏,愈速而愈不传。所以然者,其视成书太易,而急于求名故也。”若今人著书皆能以此为训,则可治劣书、伪书之滥觞矣!

曹聚仁先生说:中国的学问,一切都从史学中来。知堂老人(周作人先生)呢,始终相信二十四史是一部好书。李泽厚先生则说:我有自己的读书计划,其中读历史书是很重要的,历史揭示出一个事物的存在的前因后果,从而帮助你分析它的现在和将来。

读高产作家的书和文章,在下好打问号,何以故?

其一,高产未必高质量;

其二,我记住了王力先生之言:“正经的文章不能多产,要多产就只好胡说。”即便不是胡说,想来至少亦有“为赋新词强说愁”之嫌。

将“幸福”列个排行榜,排在榜首的会是什么?

假设:

“不工作而有收入最幸福。”

但很多不需工作就收入丰厚的女人并不幸福。

“拥有健康的身体最幸福。”

然而,却有不少嚷着找不到幸福的人健康而壮硕。

换一个思路:

流泪也是一种幸福,因为还有人值得你为他流泪。

被攻击、妒忌也未尝不是幸福,因你尚有值得被妒忌攻击之处。

被出卖也可算是“另类”幸福,它让你看清“朋友”。

其实失望也是幸福,因为有希望才会有失望。

察觉不到自己幸福,是因为还不懂得有些痛楚、失望、悲欢离合也是一种幸福。

人的一生中有两件最重要的事:

第一是命运,这一点也许自己难以改变;

第二是人格,这一点则可以任凭自己控制。你可以失去美貌、健康与财富,但永远不能失去人格。

一个有人格的人,他的命运可能仍然免不了坎坷,但却会因此而更为神圣。

附录(三) 电影文学剧本《晨露》

导言

时间:陈祖芬来多伦多对我作后续跟踪采访的时候。

有一天我必须乘晚班飞机去美国洛杉矶见一个朋友。丽君仍是一如既往的“超级稳妥”,故晚餐时间就比平时提早了许多。在等待出发的饭后闲聊中,无意中提到关于读书的问题。祖芬对我读书的海量和涉猎面之广,以及对当时国内的作家和作品都有相当程度的关注表示好奇和赞叹。这触动了我藏了三十年的一个难忘记忆,于是就给她讲了一个逝去了的美丽女孩的故事。刚开了个头,祖芬就含着眼泪冲上楼去拿她的笔记本。她预感到这又是一个美丽而动人的故事。

她告诉我说,每年全国政协会议文艺组讨论的期间,导演谢晋老是催着她要剧本,可她总因没有碰到触动灵感的契机而未能完成。今天她敏感地感到故事里那份纯真友情和无奈的结局定是无与伦比的精彩。倘若用它写成剧本,由大师级的谢晋来执导,绝对会成为一个电影界的经典。

我忘了要去机场的事儿,忍着心底的苦涩动情地讲了两个多小时。祖芬一直流着泪记了两个多小时,丽君也在旁边陪着抽泣。

回国后,祖芬一直想抽时间完成剧本,但不久就得到谢晋导演身体欠安的消息,后来又慢慢知道谢导已经非常虚弱,难以支撑再执导一部电影了。祖芬伤心得彻底失去了重新拾笔的动力。

在后来的电话交谈中,祖芬一直鼓动我自己动手写出来。她说,你是置身其中的当事人,只有你自己才会深度体验到那份刻骨铭心的少男少女独特的情怀。只有写出你自己的真情实感,才能打动所有人的心。

又几年过去了,一位电影导演、剧作家到南京来看望我。闲聊中我又讲了一次那个故事。他激动地直催我赶快写出来,电影总局方面的申请、报批手续完全交由他负责。

经过这一触动,我用一个星期完成了电影文学剧本《晨露》的创作。我总觉得"晨露"的生命虽然短暂,但它的晶莹和纯净却可以折射出太阳的光辉。

国家电影总局正式批准拍摄的文件很快就下来了。只是无缘进行下一步的实际运作,至今仍有点儿遗憾。

对我自己而言,写成了就算是了却了一个埋在心里三十年的心愿。愿以《晨露》献给剧中当年的朋友们。他们都不是虚构的,是真实的、有血有肉的。

所以我也愿意将它收入这本自传,让它陪伴我直到永远。

晨 露

1. 空镜头(清新、淡雅、水彩画风格的画面)

晨曦中,苏中地区崭新的中型城市泰州已抹上一片霞光。

宽阔的大道、整齐的绿化带、气派十足的装饰路灯、两边现代化的高楼……

高耸入云的大型电视塔,成片、成片的新型住宅小区……

繁华的商业街区、鳞次栉比的商家店铺……

一切都融在暖暖的朝霞中。

画外音(深沉厚重的男中音):这是一座有着两千多年历史的古城。久远的历史沉积并没有影响它腾飞的翅膀,反而给了她足够的滋养。她一飞冲天了。在她的老城区里,仍然保留着往昔的特殊韵味。只要你留心,就会不时听到历史的回声。在这片区域里,至今还居住着许多深爱着她而不忍离去的人们。这里,还在不断上演着鲜活的戏剧……

朦胧的古老小镇。(长镜头慢摇,采用大光圈拍摄,以增强背景的朦胧)深深的、曲折的、略显神秘的小巷。微湿而泛着冷光的麻石巷道。

斑驳的墙壁和墙根处黢黑的青苔。

古旧而不失威严的古县衙。周围是简易但年代久远的民居。

墙上镶嵌的石碣:泰山石敢当。

木制的、钉在某一墙头已辨不出颜色的路标:鼓楼街。

沿着略宽于小巷的鼓楼街推去——

整齐的麻石锁边、青石铺就的路面。

极为简单的石制牌坊:圈门口。

更为简单的石制牌坊:古税局街。

完全失去外形的砖砌门楼:察院。建筑已不存在,现已成为民居小巷。

古老砖桥,桥名:周桥。

桥头旁烧饼店内透出灯光,隐约有人在忙碌,作开市准备。

砖制拱门,匾额:"尚书解元。"

里面是古旧民居。但明显可看出当日的气势。

夫子庙。

三层古建筑,匾额上书"望海楼"。

宝塔。塔尖上已抹上一丝朝阳。

逐渐化出一小池塘。芦苇在晨风中摇曳。

稀疏的荷叶。荷叶上露珠晶莹。

渐推至一个尖尖的花苞。

花苞上一粒露珠折射朝阳,璀璨异常。

特技推近,推近,推近……

露珠充盈整个画面,它显现出极为清晰、晶莹剔透、瑰丽的清晨景色。

画外音:(深沉的男中音)

一滴水可以映射出太阳的光辉……

2. 古民居 厢房(内景)夜晚

灯光昏黄。旧式的大床。

面目清癯、略显冷峻的知识型老人石灵已进入弥留之际。紧闭的双目及微锁的眉头似乎还在思考什么问题。由于瘦削而半张的嘴又似乎想说些什么,但终因油尽灯枯,已再也无力表达。喉结的上下滑动显示他的生命正在逐渐走向消亡,却又让人深深地感到他在坚持着,企盼着……

周围默默地围着一群人:

床边的凳子上坐着比他年轻许多的夫人,紧紧地握住他的手。一望而知的贤良,坚毅深邃的眼神。无泪。但几十年风雨同舟、相濡以沫的深情、相互理解尽在其中。

站着的一弟两妹及其配偶、子女,均默然、哀伤、无泪。从外形看,无一知识型者。甚至无法看出各自的职业。即放入人群中就再不能分辨的那一类人。与老夫妇的风采形成极其强烈的对比。

床里边,床前桌椅上:寿衣、寿鞋、闲置的药罐、药瓶、水杯、体温计……

每人手中紧握着的、裁截好的黑布箍。

时钟已指向11:50。定格。

大家都在等着不可避免的那一刻的到来。

3. 飞机舱内

一个年约三十二、三岁的男子在不断焦急地看手表。他微胖、高大、英俊。衣着、眉宇间及举手投足皆突显出当代年轻人的潇洒和在国外生活过的优雅、自信。他就是石灵的儿子,刚从英国赶回来的石珺。

4. 上海浦东国际机场(内景)晚

国际到达出口处。

石珺背着行囊拖着行李箱像箭一样冲出来。

刚出机场大楼,他立即钻进一辆等待载客的出租车。

石珺:师傅,谢谢你,请送我到苏北泰州好吗?

驾驶员:(怀疑听错)什么,泰州?三百多公里呢!

石珺:是的,辛苦你了!我急着赶回去见我老父亲最后一面,就怕来不及了。我会好好感谢你的!

出租车在夜晚的高速公路上疾驰。

5. 古民居 厢房(景同前)

静穆中,房门被猛然推开。旋风般冲进肩背行囊手拎旅行箱的石珺。

他甩下行李扑向床边。

苍老、枯槁、几乎没有生命迹象的手被一只生机盎然、有力的手紧紧地握着、摇着。

石珺:爸,我回来了。我是阿珺。我回来了。你看看我呀,爸!……这几年在英国没能常回来见您,我好悔呀……我已被剑桥大学聘为终身教授了，还拿到美国ABI的金像奖！您看看这是金像！您看一眼摸一下啊，爸！……我没有辜负您的期望！……

周围的人为之动容。

老夫人的眼中充盈了泪光。眉梢眼角间透出不易觉察却又深深的慰藉。

年轻的手似乎感觉到一丝丝颤动。

从老人的眼角极为缓慢地渗出一滴晶亮的泪珠。

（绝不像常人所说是浑浊的老泪）

6. 特写（特技）

泪珠越来越饱满，越来越亮。璀璨如水晶钻石。

泪珠中幻化出无数的画面，虚虚的、游动的、重重叠叠的画面。

7. 幻化画面之一：（内景）画面四周略有虚化

地点：书香浓郁的画室。

年轻的石灵，风华正茂，风流倜傥。一派自信而儒雅。他在作画。

毛笔在宣纸上尽情挥洒。

花、鸟、虫、鱼叠映，形成一个奇幻画面。

背着画夹努力登山。

山间湖泊认真写生。

雨中写生，水彩画作品被蒙蒙细雨虚化。

灯下，乱叠的“书山”间，奋笔疾书。

揉太阳穴，关灯。黑暗中推开窗，晨曦扑面而来……

8. 幻化画面之二：（内景）画面四周略有虚化

批斗会场。

石灵成众矢之的。

墙面贴满批判文章。

蜷缩着的身体，宽大空荡的中山装。

低着看不见脸的蓬乱而微秃的脑袋。

微风吹过，丝丝头发在瑟瑟发抖。

9. 幻化之三:(外景)虚化

碎石场。

众石工光着脊背、流着油汗在烈日下劳作。

抡大锤者,舞动三百六十度猛砸。

使小锤者,埋着头以密集的频率敲打。

后面是大块原石堆成的大山。

前面是小块成品堆成的小山。

干瘦的脊梁。肩胛骨上下运动像是在抽搐或颤抖。

远远看去,人在石堆间显得十分渺小。

看不清面孔,但“体会”到他就是石灵。

10. 幻化之四:(外景)虚化(叠映)

苏北农村。

集体劳动,挖墒。

水田里,以人当牛背纤犁地。

锄草,扒地,挑秧。

简易茅棚。

黑漆漆的灶间,灶膛的微火闪映着,石灵疲惫的脸。

简易的床帐里,石灵捧书阅读。

昏黄的孤灯。

门外秋虫悲鸣。

11. 幻化之五:虚化(叠映)

从豪气冲天的青年,到谨小慎微的中年,到未老先衰的壮年。

快速叠映的数组典型画面,组成石灵浓缩了的人生。

12. 幻化之六:(外景)清晨 虚化

尚书解元牌楼下。

石灵夫妇送儿子到巷口。

短暂依依,儿子背着行囊迈着坚毅的步伐慢慢远去。

石灵夫妇惜别却又充满希冀的复杂眼神。

眼眶中隐隐有泪光在闪动……

画外音:(低沉的男中音)一个充满活力又极具张力的灵魂,在岁月的长河中历经磨砺和冲刷,终于“成熟”了。他洞悉了人生的奥秘,慢慢变得“现实”起来。然而,他并没有放弃。他将希望延续了下去,渴望获得另一种形式的成功。

13.(返回现实)古民居 侧房(内景)夜

两只老少互握的手,似乎有了感应。

石老的喉结节滑动加快。

半张的嘴里发出含混的呼噜声,似乎想竭尽全力说些什么……

老夫人和石珺几乎同时:快,叫救护车,送医院!……

一阵手忙脚乱。

14. 现代化的医院单人病房(内景)夜

紧张的抢救。

主治大夫果断的指令。

护士们杂沓急促的身影和脚步。

15. 医院各大型检查室(内景)叠映

核磁共振检查。

同位素,超声波扫描。

大型X光机透视拍片。

主治大夫查房,多位医学专家会诊。

氧气面罩……

吊瓶输液……

16. 某医院大楼外草坪(外景)白天

蓝天,白云,阳光明媚。

绿树、草地、花圃,一派和煦、清丽。

轮椅上坐着石灵,他奇迹般复活了。

石珺推着轮椅漫步,沉浸在极度幸福中。

石珺:爸,我就说嘛,您不该就这么走的。

石灵:哦,也该走了。我这一生已无太大遗憾,夫复何求?……天下事岂能尽如人意,但求不愧我心罢了!

石珺:爸,您除了此生不留遗憾而外,不是还想在这个世界上留下一些痕迹吗?我正好有四个月假期,替您写一本传记好吗?

石灵:(怅然)我是耽搁了,不值得了,不必再提了。

石珺:爸!

石灵:你要真的想写点儿东西,我给你讲段故事吧,也算了却我的一段牵挂。那是……

幽幽沉思的目光投向极远的虚无缥缈之处。尘封的往事被掀开,并逐渐清晰鲜活起来。

(特技、虚化)

17. 苏北大地 普通公路(外景)骄阳似火

(缓缓由虚幻化入,逐渐清晰。)

破旧的公共汽车在砂石公路上颠簸。车顶上堆满用网罩着的行李。车后扬起阵阵尘烟。

公路两边的白杨树飞快地从车窗旁掠过。

18. 车内 普通公路(外景)骄阳似火

十九岁的石灵和一个与他年龄相仿的年轻人在兴奋交谈。由于第一次出远门,颠簸、烟尘、噪音对他们丝毫没有影响。

石灵:不要怕。有我陪着你呢。

诸典:第一次单独离家,这要好多天呐。

石灵:你奶奶,你妈都把你托付给我了,你还担心什么?

诸典:还有这公家的照相机,也不知道能不能修好。假如……

石灵:放心,一定能。我们这次可以好好地逛逛南京了!哎,我们借住的那家人,你见过吗?

诸典:几年前见过。那是我爷爷的师侄家。

石灵:他们能接待我们吗? 我们可没钱住旅馆的。

诸典:这倒不会有问题。我们两家是世交了。

石灵:……

19. 南京 挹江门附近(外景)晴 午后

一条狭窄却热闹拥挤的小巷。

两边是低矮的平房。参差不齐。老旧。

进城卖菜的农民和小商小贩聚集于此,形成一个露天菜市的长龙。

家庭妇女们带着小孩挤来挤去。

招呼声,叫卖声,讨价还价声不绝于耳。

20. 接前景(外景)同时

一户极其普通的人家,大门外。

屋檐的瓦已残破。斑驳的单砖墙。

大门即房门。无窗。

靠房子的"边界线"是一砖垒、涂着粗水泥的水池和简易的缠着草绳敷着石灰的自来水龙头。

水池旁是一可拎起的煤炉,上面凹凸不平的铝制水壶正烧着水。

煤炉旁,一中年妇女(芷君母亲)正坐在小板凳上用一只扁木盆和搓衣板在洗衣服。两边各有未洗和已洗的两大堆衣服。身边一个六岁男孩正专心摆弄他心爱的自制玩具。

她扎着围裙、套着护袖。偶尔会直一直腰,用袖子撸一撸额上的细汗和粘着的散发。

她似乎习惯了门前的拥挤和嘈杂,也似乎觉得这市场和她没有什么关系,只是无焦点地、漠然地扫上一眼。

端庄的面庞和匀称的五官顽强地保留着昔日残留的美丽。忧郁的眼神透露出她的教养和依稀可辨的家世。

21. 前景 下午二时许

石灵、诸典二人一路核对门牌寻访到此。

门牌显示:张家巷13号。

诸典:请问——

芷君母:(猛抬头,兴奋地眼睛一亮,敏感地站起,掀起围裙擦去手上泡沫)噢,你们是诸——

诸典:哦,张伯母!……

芷君母:是的,是的,我接到诸叔的电报了,知道你们要来的。快,请进,请进!喝,小典!这么多年没见,你真的成了大人了!活脱脱就是你爸的翻版呢!(转向石灵)这位是——

诸典:这是我的好朋友石灵!没他陪我,奶奶根本不放心让我出来!

石灵:伯母您好!

芷君母:哦,好,好!——你是泰州人吗?有没有来过南京?

石灵:是泰州人,伯母,南京我还没有来过呢!

芷君母:哦,老天!我差点把你当成是另外一个人了!真是太像了!……

石灵:伯母,那是谁呢?

芷君母:(突然露出一丝痛苦的神色,慌忙掩饰)没,没什么!也就是我们芷君以前的朋友……

(回身对六岁小孩):小江,去把你芷君姐找回来,就说家里来客人了!

22. 屋内

芷君母亲忙着倒水招呼客人:坐、坐,快请坐!

石、诸二人一边应对芷君母,一边略略瞄了一下近乎"家徒四壁"的室内陈设。

清贫到如此程度仍然大出他们已有思想准备的意料之外。

石、诸二人不禁相视愕然。

一眼洞穿这就是一间房。前三分之一用简易材料隔成外间(不到顶)。无门。只在进出处挂一旧布门帘。为了通风采光,平常都处于半撩起的状态,特别须顾及隐私时才放下。

在这没有门的"门"旁"墙"上,醒目地挂着一件"装饰品":一个灰布缝制的三层“信插”。里面鼓鼓囊囊地插着许多老式的、没有任何色彩和图案装饰的明信片。一叠只为廉价而牺牲“私隐”的实用型明信片。

（镜头慢慢推进，似乎是不经意的特写。）

外间一桌三凳，吃饭用。除一竹制碗橱外，几乎别无他物。

里间一床，挂着已辨不出颜色的蚊帐。

床前一旧式橱柜（高），一矮灯柜，一梳妆台。

床旁的空间里面是叠起的两个旧板箱，前置一“马桶”。马桶前只有上不着天下不及地，只具象征性的半截短布帘。

床前梳妆台的上方，挂着两个极其简陋的小镜框。一只镜框中挤着许多一寸二寸的各式小照片，都是芷君父母和芷君青少年时期的留影。另一镜框中则是芷君和一些朋友的照片，其中较为突出的是一帧六寸左右的英俊青年的照片，猛一看还真与石灵颇有几分神似。

23. 屋内 前景

伴着一阵快乐的人声进来一女孩（张芷君），同时像带进一片阳光。

这是一个清丽、纯净的女孩。（21岁）白皙的脸上嵌着一双不大但明亮而睿智的眼睛。纤巧而坚挺的鼻子，薄薄的小嘴，抿一抿即会显现调侃或调皮的笑意。她是那种自己从未想过自身的美丽而满溢着自然纯真的气息，是那种乍一看并没有惊人的美艳，但越看越美，越看越耐看的那种“邻家小妹”；是那种丝毫不带有“性”意味的、晶莹剔透、令人不会也不忍触碰，只会因此而净化心灵，发自内心只想尽力呵护她的那种女孩。

芷君：噢，可来了！诸典，你都比我高了！现在还拉小提琴吗？你可从小就是个音乐神童呐！（转眼看到石灵，仿佛触动了她的某一根神经，突然一下子愣住。）——这就是你的朋友石灵么？你好！我叫芷君！

石灵：（突然间变得嗫嚅起来，红着脸）你，好——

诸典：哎，怎么了，“东方高尔基”？你的捷才哪儿去了？怎么扭扭捏捏像个女孩子？

石灵：别胡说，这不是在泰州！

芷君：什么，什么？“东方高尔基”？！嗬，大才子噢！

石灵：别听他的，他拿我开心呐！

诸典:(略显炫耀地)这可是真的噢!在整个中学期间,他的作业纸及文具全都是靠挣校刊稿费得来的呢!他可是全校有名、名副其实的东方高尔基!

芷君:我相信诸典,他是不讲假话的!哎呀呀,这可太好了,你们可以加入我们了!

石灵:什么?加入你们?

芷君:也没有啦!我们几个死党都在盼着你们来呢!怎么样,累不累?不累就跟我走!妈,我带他们出去走走,不回来吃晚饭了——今天有人请客!

芷君母:又是郭子?真是的!你们可要悠着点儿!

芷君:知——道——啦!

24. 市区街边小公园 下午 尚有阳光

古老而又年轻的南京市区大街。现代感中同时又蕴含着深深的文化气息。

(隐约、模糊、不露痕迹地透露出一点"文革"讯息。包括标语招贴、部分人的穿着,背景声音、音乐等)。

与张家巷相比,俨然两个世界。

五个年轻人一见如故,旁若无人,高谈阔论。

转入支路,不多几个拐弯,前面是一座略显荒凉的小小土山。

沿着人们自然踩踏的小径手脚并用攀爬而上。

至最高处立即豁然开朗。

极目远眺。古老的挹江门城楼,一些古建筑与现代建筑交相辉映。大片大片成荫绿树,风光无限。

山上有一供游人休憩的小亭。

五个年轻人或坐,或站,或倚柱,或远眺……

(方梓,时年二十二,瘦长,文弱。)

(郭坚,时年二十四,稍黑,敦厚,稳健。有兄长风范。)

芷君:过两天马上又要闹书荒了。真不知道该怎么办呢。

郭坚:那只有翻出以前的书来反复读、深入读了。你呀,也要"多求甚解"……

方梓：(略显神秘、故弄玄虚地)我又开辟了一个新源头。如果成功了，够我们读一阵子的呢。

芷君：怎么回事？快告诉我！

方梓：暂时保密！

芷君：嗤，故弄玄虚！我才不稀罕！我这两天正被欧·亨利压得喘不过气来呢。

方梓：是哪几篇？

芷君：《麦琪的礼物》《项链》《最后一片叶子》，哪一篇不压得你心头堵堵的?！

石灵：欧·亨利的深刻、机敏和出其不意的结局实在令人佩服！只是"偶然"的几率太高了些，人工斧凿的痕迹太重了些！

郭坚：哦，高！石灵是带着脑子读书的。有思考，有见地！

方梓：我认为，情节和文笔只是载体，是手段，表达出深刻的内涵才是目的呢。

郭坚：更重要的是不能在负面的情节里陷下去，甚至沉沦。要看到光明，看到希望。巴尔扎克就说过："生活好比一件衣衫。脏了就刷刷，破了就补补。但是你好歹得穿上衣衫。"不是吗？

石灵：巴尔扎克真的是看透人间百态了。简直入木十分！还有莎士比亚、雨果、莫泊桑、左拉、契诃夫、果戈理，哦呀呀，我简直服透了！真亏他们想得出！

芷君：石灵，没想到你也是"个中人"呢！看你的样子啊，我还以为你只会喜欢普希金和海涅呢！

石灵：(故作谦虚，眼睛里却流露出自负)哪里，也就喜欢读点书，皮毛而已。

芷君：读了不少书罢？说来听听？

石灵：我们那小城市，能找到多少书？只是尽力搜寻，力求不让一本漏网罢了。

芷君：嗬！口气还不小呢！说来听听嘛！

诸典：(这才好不容易插上嘴)他呀，——简直是书迷，书痴！……

(化出)

25. 巷口 泰州外景 傍晚

石灵焦急地等待着，不时抬起脚跟，目光穿过下班后匆忙归家的人群，急切地寻找一个身影。

一个骑自行车的青年匆匆而至。

石灵：嗨，怎么晚了？

青年：哎，不说了。那家伙还有好几页没看完，居然让我在那里等着！真是的，急死我了！

（说着，从黄色军用挎包里掏出一本书：莫泊桑的《羊脂球》。）

石灵：（迫不及待，一把抢过）哦，辛苦你了！

青年：你的最后时限是明早七点半之前噢！你可得抓紧点！明早上班前彭城会在单位门口等你！记住，用报纸包好，千万不能出事！

石灵：行，行！一定，一定，一定……

26. 石灵家卧室（内景）当日夜间

房内一横两竖搁了三张床。

一张古老的大床，两张用床板搁起的简易床铺。

都用竹竿支着蚊帐，形成三个相对独立的空间。

大床前有一张方桌。

空间只剩下“一人巷”的狭窄通道。

一张小床头的竹竿上，用夹子夹着一个可移来移去的、没有灯罩的25瓦灯头。这是他家唯一的光源。

蚊帐内。石灵半躺着倚着床头的方桌，端着书心无旁骛。

时而皱眉，时而微笑。

床头的小闹钟滴答不停。

略显夜光的指针在不倦地移动。

母亲的声音从大床上传来：睡吧，睡吧！我明天有四节课要上呢！你这样老开着灯我怎么能睡得着！?

石灵：（顺从地）噢！

（他翻了个身，从枕头下摸出手电筒。关了电灯后，拉起被子蒙住头。缝隙间透出几丝微弱的手电光。）

他不时看钟,又不时估量着所剩的书页。

窗户终于发白。

推开窗,一阵清凉迎面扑来。

他深深地舒展了一下胳膊,长长地舒了一口气。

他满足地笑了。

27. 石灵家大门外(外景)某星期日 午后

收废品老人。白发,长眉。慈祥良善。眼里带着笑容。担子里五花八门,但醒目地搁着两捆旧书。

老人:小石同志在家吗?

石灵:(应声而出)在,在!

老人:(颇有几分得意)怎么样,挑一挑?

石灵:太好了! 哦,正有我想要的……

老人:(带着几分欣赏,笑眯眯地看着他)

石灵:就这五本,唐大爷。(赧然地)这次只能给您一块五毛钱,行吗? 我……

老人:(连忙打断他)行,行,差不多了。下星期我还给你送来!(旋即自言自语)不总比送造纸厂回炉强嘛……

石灵:(充满感激)谢谢您,唐大爷! ……

28. 某中学 图书馆(走廊 内景)

本来用铁架悬挂的"图书馆"木牌掉了一个挂钩。一头耷拉着在随风晃荡,显得有点垂头丧气。

对开的木门赫然挂着一把生锈的大铁锁。

门缝处交叉贴着书写稚拙而潦草的封条。

具有滑稽意味的是,其中一扇门已被砸坏成一大洞,只要稍稍低头弯腰即可顺利进入。

封条与大门锁已形同虚设。

学校久已停课。空寂的走廊令人心里发毛。

29. 图书馆内(内景)无灯光 阴暗

一片狼藉。

一些书架空了,乱了,倒了。

地面厚厚的一层书,可以想见当初践踏的状况。

三个年轻的身影在昏暗中孜孜搜寻。

青年甲:来了三次了,还是没有找到!

青年乙:会不会消息不确切呢?

青年丙:绝对不会错!坤儿她妈就是这儿的管理员。她说了,绝对有一本,而且讲得清清楚楚,这本书的封面残缺了一半,是用牛皮纸修补的。

青年甲:那好,再接再厉!

良久,从一个角落深处传来一声兴奋的欢呼:

青年乙:找到了,找到了!就是它!

三个脑袋在窗前凑到一起。

特写:旧旧的、经修复的书。封面的牛皮纸上用毛笔正楷写着:悬崖。(苏)冈察洛夫著。

30. 小路上 阳光明媚 轻风拂面

三个年轻人兴奋地走着,议论着。

青年甲:终于找到了。石灵可是答应给我们每人一幅画的!

青年乙:绝对!石灵说话从来是算数的!

青年丙:我想要他的墨竹,那可是一绝!

青年甲:我想要白梅傲雪!

青年丙:我想要一幅雪松,送给我爷爷!

31. 诸典家(内景)白天

一进门的穿堂就算是客厅。

诸典正在院子里的一棵小桃树下拉小提琴。——苏联歌曲《小路》的旋律。

石灵:诸爷爷,我给您写了一幅字,您给指点指点!

诸爷爷:好,我看看,我看看,我看看……

(行书横批,文曰:世间清品至兰极,贤者虚怀与竹同。海陵石灵书)

诸爷爷：哦，好句子。好书法！遒劲而不刻意做作，潇洒而不失法度。好，好，真好……如此坚持下去，书画界必有你一席之地也！

一老一少在热烈地聊天。俨然一对忘年交。

临出门，诸爷爷捧出一大叠空白稿纸递到石灵手中。

诸爷爷：石灵啊，我老了，这东西再用不着了。我知道你需要这些。用完就来拿，千万不要客气，我这里可多着呢。人尽其才，物尽其用啊！

石灵：谢谢您，诸爷爷！……

32. 叠映画面（特效）

石灵伏案奋笔疾书。

一份又一份的小说手稿：《涟漪》《流不完的泪》《长恨歌》《晨曲》《秋天里的春天》……

诗集：《黄山清韵》《冬夜杂咏》……

石灵苦思冥想。

写作手稿越叠越厚。（化出）

33. 南京马路边 排档区（外景）夜晚 华灯初上

这是一天中最为热闹的时刻。

长长的一条街上，路边摊大排档热气腾腾。

馄饨、面条、煎饼、烧烤、麻辣烫、卤菜一应俱全。

象征性的遮阳伞下几乎座无虚席。

这五个年轻人已经来回走了几趟，还在认真地选择着，考察着，盘算着。

郭坚：……原则坚决不能破坏。每个月的今天是我们几个人的法定节日，由我请客是既定方针，也是我的权利！只是，只是今天……

（由于有石灵、诸典两位新朋友在场，他似有难言之隐。憋红了脸，嗫嚅着一时不知从何说起。）

芷君：怎么了，郭哥？有什么问题吗？

方梓：郭哥，今天这个机会让给我行吗？

郭坚：（像受了侮辱一样，急了）这怎么行！绝对不行！只是……哎，干脆告诉你们吧，今天我准时去我妈那儿领这个月的生活费，可正遇上她和我继父吵架。我只拿到两块钱。还有八块要到明后天才能给呢。今天就只能请大家吃碗简单的面条了。真对不起诸位。明天拿到钱再补,好吗?(语气中有着明显的愧疚和不安,好像是他欠了大家的一样)

五个人在一个面摊前坐下,每人一碗阳春面外加一只荷包蛋。

热气腾腾中,呼啦呼啦的吸面声骤起。

34. 芷君家 前半间屋 深夜(内景)

方桌被移向一边。

空出的地方用借来的木板搁起一张简易床铺。

石灵和诸典抵足而眠。此时尚未真正睡下,正半倚着枕头闲聊。

床前凳子上坐着芷君,他们似乎已经聊了很久。

石灵:芷君,什么时候能让我看看你的作品呢?

芷君:哪有!比起你和方哥、郭哥我可差远了。我身体不好,常常会感到体力不支,虚火盗汗的,也就是抓紧机会尽量多看点书而已。

石灵:有没有看过究竟是什么病呢?

芷君:是肺结核,医生说已经有好多处空洞了。嗨,又不疼又不痒的,也没啥了不起!拖久了,也就习惯成自然了。

石灵:芷君你千万不要灰心。注意治疗慢慢总会好的——哎,最近看过些什么书呢?

芷君:你看,这是我今年以来看书的目录清单。

(16K纸密密麻麻写满整页)。

(石灵接过一看,暗自大吃一惊。他一直以为在同龄人中他读过的书是最多的,几乎无人可比。这张清单中竟然有一多半的书他没有看过,甚至没有听说过。这给了他迎头一盆凉水,立时清醒了许多。“井底之蛙”的感觉油然而生,半天才透过一口气)。

石灵:哦,这么多!……

短暂的重击过后,男子汉的虚荣又占了上风。加上芷君嘴角微微流露出的调侃意味,在石灵看来简直就是挑战。他脸上有点挂不住了,抱着侥幸一搏的心态,总想争回一点面子。

石灵:有一本书我估计你一定还没有看过——

芷君:什么书?(调皮地)大、概、不、可、能!

石灵:打赌?

芷君:打赌!

石灵:赌什么?

芷君:粢饭糕,谁输了请吃粢饭糕。好么?

石灵:好,一言为定! 听好了,冈察洛夫的《悬崖》,看过么?

芷君:哈,你输了! 我还真的看过!(一把掀开他们盖着的毛巾被)起来吧,你! 走,找粢饭糕去! 路上我把内容讲给你听!

(粢饭糕是一种用糯米煮成饭后再切成长方形小块,经油炸制成的小食。一般由小贩于深夜挑着带煤炉的油锅担子,边炸边卖,既香又脆且价格便宜,在江南一带颇受老百姓欢迎。)

35. 大街(外景)深夜

夜太深了,大街上显得格外空旷。

偶有汽车疾驰而过。

下夜班的工人也是行色匆匆埋头赶路。

路灯在微微的夜雾中伸向远方。

(出于真心实意的折服,石灵心甘情愿请客。年轻的心很快就扫除了短暂的不愉快而迅速恢复了常态)。

三个年轻的身影在夜色中显得格外突出。

他们说着,笑着,兴高采烈。

终于,看到远处小贩担头挂着的小风灯。

他们呼啸着冲了过去。

风灯和炉火映红了小贩和三个年轻人的脸。

油锅的烟雾和水汽缭绕,模糊了三个年轻的脸。

他们兴致盎然地狼吞虎咽着,仿佛世界已不存在。

36. 景同前 时间同前

石灵和芷君在热烈地讨论着什么,似乎已进入忘我境界。

路灯下。接近得几乎重叠的影子。一会儿在身前抛出去很长很长,随即又慢慢缩短直至消失;随后又会在身后闪出,并越拖越长。

影子的变幻周而复始,枯燥地重复。但带给人的感觉却是温馨、甜美、青春的萌动……

大概是太忘我了,他们甚至都没有觉察到诸典已经在前面走出好远好远,几乎只剩下一个极为模糊的小黑点了。

这小黑点显得有些孤单。

37. 芷君家门外(白天 上午)

芷君母亲仍在一只大木盆前用搓衣板洗衣。

芷君用脸盆端出水来帮忙。

芷君母:哎呀,叫你歇歇你就给我老实歇着!这儿用不着你来帮忙!

芷君:(仍旧坚持抢过一些衣服)没事的!老是闲着也难过的!

芷君母:你呀!——哎,小典他们去哪儿了?

芷君:说是去南京艺术学院找一个同学。

芷君母:那中午不回来吃饭了?

芷君:大概吧!

芷君母:君儿,你注意到没有,石灵怎么就这么像郑琦呢?

芷君:是挺像的!光样子像也就罢了,连兴趣爱好也都一样呢!妈,你还不知道他还是一位画家呢!

芷君母:真的呀?这孩子,文文静静的,真招人喜欢!

芷君:他们家可也是"又黑又臭"的书香门第噢!

芷君母:(试探地)怎么,了解这么深了?

芷君:(猛然省悟失言了,娇嗔地)什么呀,妈!

芷君母:(似乎是自言自语)不是一家人,不进一家门哪!"烂木头"滚到一堆了!……

芷君:(抗议)什么烂木头!?妈,你……

芷君母:噢,不,不,我不是那个意思!我是说这孩子是太优秀了,可惜呀!

芷君:(不自觉地停下手中的活儿,陷入沉思)

38. 裁缝铺（内景）（于前五人排档吃面条的热气腾腾中叠印、化出）

总体感觉狭窄、拥塞、零乱、阴暗。

近门处并排放着一部拷边机和一部缝纫机，明显是为了便于由一人操作。

稍后的大案上，靠墙的一头堆满了一卷卷各色布料和一些半成品衣服的打样件。台面上一块布料已画好了线，部分已被剪裁开。剪、竹尺、画粉、软尺、线团、针盒等零星物件毫无规则地散放着，主人的恶劣心境和窘境清晰可见。

最里边靠墙是一根位于一人高的横杆。挂着已完成的服装。象征性防灰尘的布帘耷拉着。残缺的吊环和明显的破洞，主人根本视而不见。

郭坚母亲：（正在缝纫机后低头赌气）你说，我当初跟了你究竟图的什么？你是有钱、有势、还是有人品？不就是看你老实厚道，有个小手艺么？……我嫌弃过你残疾的腿么？……店里店外，家里家外，哪样不是我来？我让你动过手吗？……

郭坚继父：（双脚严重残疾，盘坐在大案后的高凳上）我……

郭母：我什么我？我和坚儿拖累你啦？吃你闲饭啦？……

郭父：我，不是，我没有……

郭母：自坚儿他爸死后，我就死心塌地地跟了你，总觉得有了个依靠。总以为你永远不会嫌弃我娘儿俩。可你……

郭父：（越发急得紫涨了脸就越发说不出话来）我……你……

郭母：你当初可是指天指地发誓一辈子照顾我娘儿俩的……坚儿要不是因为小儿麻痹后遗症，能要我们负担吗？你还不知道他是个多要强的人！每个月硬着头皮到这里来拿这十块钱生活费，他容易吗?！就为了能自立，他发愤读书又弄坏了眼睛。……他每月来这一趟，比上刀山还难呵！……

郭父：（牙根紧咬，腮边的肌肉都显出一条条凸痕。软尺在手上无意识地团来绕去）你，你这话太伤人了。我怎么会……要不是老鼠咬了人家的大衣，赔了，手头也不会那么紧……我只是想晚两三天等下面的工钱来了，再……我又不是不给……

郭母：（稍有缓和，低声喃喃自语）再要坚儿多跑这一趟，这不等于在抽他的脸，抽他的心嘛……（化出）

39.(化入)郭坚住处(内景)白天

一个旧式院落。角落里搭建的一间简易房,最初的用途想来是厨房。墙上有明显长期油烟熏炙的痕迹。面积本来很小,却因没有家具而显得空荡荡。

墙角的地下铺着厚厚的一层稻草,上复一草帘。一条薄薄的破旧被子团在上面,说明这就是床了。该放枕头的地方却是一个略显方正、有棱有角的布包袱,里面包着的应该是书本一类的东西。

"床"头的地方,杂乱地堆放着一些书。

开着的门边小板凳上坐着团成一团的郭坚。

他在专心看着放在膝盖上的书。

因为深度近视,他的脸几乎靠近了膝。低着的头,弓着的背,弯着的腰,卷曲的腿,整个人已形成一个圆环。除了翻动书页,他几乎不动,像一座变形的雕塑。

40. 景同前 白天

方梓来访。

方梓的身影遮挡了郭坚膝盖上的书。

郭坚:(抬起头,眼中闪出由衷的高兴。)哈,来啦?……

方梓:郭哥,今天没去"砍柴"在家磨刀呐?

郭坚:从哪儿来?

方梓:老一套。还不是先顺道去邮局找你一圈?(顺手从挎包里取出一张明信片递给郭坚。)喏,这一封又"做"好了,给你!

郭坚:(接过明信片,露出令人费解的复杂表情,陷入沉思)唉,芷君……

方梓:郭哥,以后做好还是让我直接去寄吧,你的腿又不方便。何苦呢!

郭坚:不!这是我能为芷君做的唯一最有意义的事了!

方梓:你每次都要跑到郊区监狱旁的那个邮筒,要好几个小时呢!

郭坚:那有什么!也不单是为了要盖上那个邮电所的邮戳,不也正好可以在那座监狱大门旁站一会儿,悼念一下郑琦兄弟么?

方梓:郭哥,其实你是有点迂腐了,我代劳也是一样的。

郭坚:不,这件事我要永远亲力亲为!……

方梓：(无可奈何)好，那我走了。 ……

41. 方梓家 书房（内景）夜晚

典型的高知家庭，可明显看出主人生活的优裕程度一定高于一般中等收入的家庭。

装满书籍的书橱，尽管贴着封条，仍能显出它应有的气度和丰富的内涵。

堆满书籍、稿纸的办公桌。

转椅上，书桌前，台灯下坐着方梓。

他的面前铺着稿纸、明信片。

他手上捧着一个嵌着一张四人合影照片的小镜框，皱眉沉思。

照片上芷君站在中间，身后是郭坚，左边是方梓，右边是郑琦。照片上的四个人明显带着那个时代特有的拘谨、僵化和做作。但那股清纯之气，那发自心底的快乐跃然纸上。

虚化的人像特写一个个滑过，最后定格在方梓和芷君的双人像上，似乎本来就是两个人单独的合影。

方梓的眼眶中慢慢涌溢出一星泪光。眼眶终于到了承受极限，眼泪肆无忌惮地喷涌而出。

方梓忘情地向照片上的芷君吻了上去。

方梓：哦，芷君！……

照片被泪水洇糊。

伴着轻轻的敲门声，极其优雅贤良、极具大家风范的方母走了进来。

方母：(显然已洞悉奥秘并十分理解)孩子！ ……

方梓：(良久对视)妈！ ……

方母：你怎么还在苦着自己呢？你怎么就不肯直接对她说出来呢？芷君是个好孩子！……何况郑琦已经不在了……她还年轻，病总是能慢慢治好的！……

方梓：妈！不是的！

方母：那是为什么？是她回绝你了吗？

方梓：不是，妈！我也说不清楚……芷君至今还不知道郑琦已经死了。我们一直以郑琦名义给她写信！……

方母:(仿佛一下子被噎住,倒抽一口气)哦!——不过,这还能瞒过多久?总有一天她会知道的呀!

方梓:不,还不单是这个!——

方母:那是——

方梓:是郭哥!他也喜欢芷君……

方母:(恍然大悟)哦!……

42.(化入)拥挤的公交车 白天

郭坚满头大汗。艰难的挤上,挤下。不断地换乘公交车。

43. 郊区 农村公交车终点站 白天

郭坚疲惫地下车。

远处可见到一座监狱高大的围墙和大门。周围有一些类似农舍的平房。这是一些个体小商店。

郭坚艰难地一步步慢慢地往监狱方向走去。

44. 农舍小商店近景 白天

郭坚从挎包里慎重地取出一封明信片。几乎带着虔诚意味地将它投入挂在门旁的铁制小邮筒。

郭坚慢慢地走到监狱大门的大路对面,倚在一棵树上,限入深深的沉思。

叠印:芷君家"门"旁的布制信插。一张张插入的明信片。(化出)

45. 由前景化入 郭坚住处 门边 傍晚

光线越来越暗,越来越暗。

郭坚无奈掩卷,揉揉眼,直起腰,伸伸胳膊。

因为腿麻木了,只得扶着门慢慢站起来。

轻轻踢腿,扭腰,活动。

46. 前景 房门外 天渐黑

郭坚仰头看看天,若有所思。天已呈青灰色,夜幕即将降临。

他从门口的小水缸里舀出一瓢水，咕咚咕咚喝了几口，又从口袋里掏出一个馍，啃了起来。

47. 接前景 时间稍后

天基本全黑了，屋内更是一个深邃黑洞。

看得出远处已华灯初上。

郭坚腋下夹着书，拎着小板凳，缓缓向外走。

出大门，穿小巷。

在巷口的路灯下停下来，放下板凳，靠着灯杆慢慢坐下。打开书，仿佛打开了另一个辉煌的世界。

坐姿大致同上。因为不让头的阴影投挡在书页上，只得将书举高，头略抬。

仍像一座雕塑，一幅剪影。

略有摇晃的路灯。昏黄的光晕中无数个小飞虫在忙碌地翻飞着。

慢慢地，喧闹声渐渐消失。

远处传来苍凉的小贩叫卖声和竹梆声。

“粢饭糕！……”

48. 郭坚住处 房门口 白天

坐姿同前。

膝盖上垫着书。上面铺着稿纸，艰难地写着。

在此画面上叠映：

书一页一页掀过。一本一本替换。

稿纸一页一页掀过。

握笔的手仍在艰难地、孜孜不倦地写着。

老旧的钢笔突然没有墨水了。他把笔杆拧开，挤了挤黑色的皮管。只听嗤嗤的气声，真的没水了。郭坚一脸无奈，甚至还有被打乱了思路的懊恼。

他慢慢站起来，卷起稿纸向外走去。

49. 邮电局大厅(内景)白天

熙熙攘攘、拥挤不堪如同农贸市场。

大厅右半部是电报、长途电话业务。柜台和多个电话亭外都有人等待着。

左半部是邮递业务。柜台外排列着几张长型大桌。上面散放着众多的糨糊碗、墨水瓶和蘸水笔。以供人们填写汇款单、书写信封和包裹封皮。

大桌四周的长凳上坐满了人,各人都在埋头忙碌着自己的事儿,如同参加一次盛大的聚餐。

郭坚和门口几个代写书信的老者们逐一打过招呼(他们看上去彼此已非常熟悉)后,终于挤了进来。

等待了片刻,看里面角落上有一个位置空了出来,郭坚连忙抢过去坐下,长长地舒了一口气。

移过一个墨水瓶,取过一支蘸水笔,铺开稿纸旁若无人地埋头写起来。

周围喧嚣的景象逐渐模糊起来,嘈杂声也逐渐远去……

郭坚低头皱眉、聚精会神的脸。

慢慢地,稿纸上的字迹变得模糊起来,叠映出一张张清纯的、可爱的、无邪的、调皮的芷君的脸。不但挥之不去,反而越来越清晰。

当郭坚的眼神变得柔和,嘴角露出丝丝笑意的时候。画面上又叠映出一张张清澈坦诚、毫无心机的脸。这是好兄弟郑琦。同时叠映的还有他们四人在一起的一幕幕美好的场景。

50. 特写(特技)画面由虚幻朦胧逐渐清晰 慢慢显现出郭坚床头的那个"枕头"(布包袱)

叠映:

解开。放进稿纸,扎好。

再解开,再放进,再扎好……

镜头慢慢拉开,进入画面的是一双可爱而柔弱的女孩的手。芷君不但整理稿件,还在狂热地阅读,入迷地阅读。还不时在某一处用红铅笔作一记号,将这页稿纸叠折一下。……他们还会并坐在草帘上,翻回叠折作记号的章节,热烈地讨论……激烈表述、点头附和、眉飞色舞、不以为然、竭力争论、拍肩言和,相视会心微笑……在这些跳动的画面中,眼见着,布包袱渐

渐“丰满”了起来。(化出)

51. 清静的街道 小巷(外景)晚 华灯初上

芷君和郭坚在散步,他们仿佛在争论着什么。

芷君:郭哥,你怎么能这么想! ……

郭坚:真的。这是绝对应该的。

芷君:什么应该的! 我只不过是作为一个读者,提出一点读后感而已。整个作品都是你一个人的心血写成的呀!

郭坚:这里面好多地方都是在你的建议下才改写的呀! 你的功劳可是不可磨灭的!

芷君:就为了这就要同时也署上我的名?! 你这不是寒碜我吗?

郭坚:这是我们共同努力的结晶,应该属于我们两个人! 我,我一直在想让我们的名字永远连在一起……

芷君:(似乎意识到了什么)哦,不行,绝对不行! 这样我会瞧不起我自己的!

郭坚:芷君——

芷君:郭哥,我,不能……

郭坚:(似有所悟)哦,……

52.(化入)裁缝铺(内景)白天

郭母:(过分的热情在掩饰内心的歉疚)噢,坚儿,你来啦! 快,坐,坐下来歇歇腿……

郭坚:叔! 妈! 妈,你又瘦了……

郭父:(腿疾不能走动)哎,哎……

郭母:(攥着郭坚的胳膊使劲地摇)坚儿,妈……

郭母的眼泪涌出眼眶。

郭坚:妈,妈你怎么啦?!

郭母:坚儿,妈对不起你,让你空跑一趟。这里出了点事,没来得及……今天只能先给你两块钱,还有八块钱过两天我就给你送去……

郭父:是,是,送去,一定……

特写:郭坚表情极其复杂的脸。

53. 路边摊大排档(外景)夜晚

前景 郭坚那张表情极其复杂的脸从热气腾腾中化出并逐渐清晰。

他在吃面,但动作迟缓,仍然没能从尴尬中解脱出来。

看看他的伙伴都在兴奋地吃着,似乎都不以为意,这才放下心来。

郭坚:怎么样?下面安排什么节目?

方梓:去江边吧!长江夜色可是不错的呢!

芷君:好呀,好呀!真的是好提议!昨天你们坐轮渡过来看的是白天景色,夜景可是更迷人呐!

石灵:太好了!可以走得到吗?

方梓:当然!半小时就足够了!

54. 江边(外景)夜色

两岸高楼密集的灯光。

各种霓虹灯在闪烁。

岸边各种货轮的灯光。强烈的探照灯光柱下,搬运工们在忙着装卸货物。

江心穿梭般轮船的灯光。

装卸货物的熙攘声、汽笛声、江浪拍岸声组成江岸交响曲。

石灵:哦,伟乎壮哉!只可惜看不到惊涛拍岸卷起的千堆雪。

芷君:虽无千堆雪,却有万盏灯呀!

郭坚:好对联!

方梓:(感慨地)现在我感到个人真是太渺小、太渺小了!就像一滴水,一盏灯一样,只有溶入大江大河,只有融进这无边灯海才能体现出他的真正价值来!

石灵:是呵!浩浩乎,大江东去,奔流到海不复回!……

郭坚:(指着江对岸依稀的灯光)嗨,你们谁知道对面偏右的地方是哪里吗?

诸典:不知道。黑黑的也看不清呀!

郭坚:就是白天也没有什么可看的!

芷君:那是哪里?连我也不知道呢!

方梓:乌江。当年楚霸王项羽就是在那里……

郭坚:是乌江。但垓下并不在这里。江边往里不远处还有一处霸王祠遗迹呢。哪天我们一起去看看?

诸典:力拔山兮气盖世,时不利兮骓不逝。骓不逝兮可奈何,虞兮虞兮奈若何!

石灵:我倒听说项羽自幼即有雄心壮志,刻苦好学。先跟项梁学剑,不久就学成了,但他不满足,说这只能跟三五人对阵,用处不大。后改学长枪,可对付十几、二十人了,他仍不满足。再学大刀,加上他膂力过人,三五十人已无法近他身边,他还是不满足,要学习对付千军万马之法。最后,项梁教他读书,尤其是读兵书,终于大成。运用知识和智慧,随时可运筹于帷幄之中而决胜于千里之外。终成一代霸业。伟哉!壮哉!

芷君:(欣赏地)看来石灵还真是有大抱负之人呐!

诸典:你们现在才知道啊?

似乎是在无意中,芷君和石灵已踱离人群,走向一个小小“半岛”的尖端。在映满灯光的江水背景中,一双剪影显得尤为突出。

诸典:(发现新大陆似的指着这剪影)哎,郭哥,方哥,快来看,哦,好美噢!

三个人都遽然停止了谈话,突然融入这拨人心弦的情境之中。

(长时间几乎是定格的画面。)

(音乐声起。长长的一段小提琴作引之后,大提琴伴奏下的无歌词男声混声合唱。)

良久,良久……

郭坚:(面对浩渺大江,仰首望苍穹)哦,人啊……

55. 南京市中心大街(外景)上午

熙来攘往,车水马龙。

芷君、石灵、诸典三人在人群中穿行。

偶尔向行人打听点什么，随后又继续前行。他们在左顾右盼地寻找着。

不时有公共汽车驶过。镜头被彻底遮挡，但旋即又掠了过去，眼前一片阳光。

56. 某照相机专营店（内景）上午

修理部柜台前。三个人在焦急不安地等待着技师对照相机作检查。

良久，他终于抬起头来。

诸典：师傅，怎么样？能修吗？

技师：问题不大，快门的弹簧断了。只是这种型号的弹簧我们这里没有备件，要到原厂去订才行。

诸典：那要等多久？

技师：差不多一个礼拜左右。

诸典：呵？一礼拜？

技师：这是最快的了！怎么样，修不修？

芷君：修，修，就这样！（回头转向无可奈何的诸典，又看似无意，却又有深意地掠了一眼在旁的石灵）正好在这里多玩几天不好吗？

诸典一脸无奈。

石灵没有吱声。嘴角却隐约闪过一丝似有若无、暗自窃喜的笑意。

57. 景同前

照相机专营店内景慢慢虚化。

石灵与芷君对视的刹那间面部特写。

石灵与芷君刹那间相互拨动心弦后受到强烈震撼的眼神特写。

眼眸中那一点跳动星光的特写（特技）。

58. 芷君家 里间屋内 下午

隔间的布帘放下了。

尽管外面的嘈杂声依旧，但从感觉上这块布已为他们隔出了一块清平世界。

芷君两手后撑着坐在床边，两脚轻松地晃荡着。

她的侧前方和对面坐着石灵和诸典。

他们正轻松热烈地讨论着什么。

芷君母：（掀帘而进）芷君，来来来先吃药，你都断了药十来天了。刚刚前面的冯老师送来这瓶“雷米封”。这是治肺结核的特效药。大半瓶呢，我算过了，足足可吃二十天的了！

递上半杯开水，向芷君手心里倒了一粒，满意地看着她一仰头咽了下去。

芷君母：（似对石、诸，又似自言自语）这冯老师真是好人呐！也是患着这个病，但他有公费医疗。总是记得多积攒一些药给我们芷君送来。要不是他，这富贵病我们可生不起哟……

芷君：妈，你今天也歇歇吧，就不要洗衣服了！

芷君妈：是歇着呢，歇着呢。今天衣服少，上午的已经洗完，再有，人家也要晚饭后才会送过来呢！毛头也被他妈早早接走去外婆家了。今天放假！听毛头妈讲，下星期她们邻居还有一个小孩要送给我带呢！

芷君：妈，你不要命啦？又接！……

芷君妈：不要紧的，我精神好着呢！

（伴着一阵自行车铃声，传来邮递员的声音：）张芷君，拿信！

芷君母掀帘出去，回头就递进一张明信片。

芷君母：（表情怪异，像扔掉一个烫手红薯想急忙逃走似的）给，郑琦的！你们玩吧，我去送衣服！

石灵：郑琦是谁？

芷君：我男朋友。

石灵：他在外面旅游吗，怎么用明信片呢？

诸典：他被判劳动改造了，按规定只能用这个！

石灵：（被猛然一击）怎么回事呢？

芷君：（好像刚从沉思中醒来，起身从布帘旁的布制信插里抽出一厚叠明信片，递给石灵，同时又指了指墙上镜框中那张帅气小伙子的照片。）就是他，你看看就知道了！哎，石灵，你们把脸转过去，我小便一下！

石、诸二人刹那间呆住，不知所措。有些愕然，又有些尴尬。

芷君似浑然不觉什么，坦坦荡荡走进床侧，坐到马桶上。

59. 明信片逐张叠映

由镜框中那张照片逐渐幻化出一位颇具艺术家风采的英俊青年。这青年与石灵有着惊人的神似。他就是郑琦。

郑琦背着画夹一步步登山。芷君拉着他的风衣衣角,亦步亦趋地跟着。仿佛衣角就是她的登山缆绳。

郑琦在山巅远眺,凝思。时而仰天长啸。

芷君:(调皮地推他一把:)看你,像不像个精神病? ……

(眼神里却毫不掩饰地流露出爱慕和崇拜。)

急流飞瀑前,郑琦在专心写生,芷君在一旁专心欣赏。

绿草茵茵的湖岸边,郑琦在大自然中沉迷,芷君依偎着他,同样的痴迷。

大海的礁石边,他们与拍岸惊涛融为一体,像一座双人雕塑。

他舒展双臂,似乎与庞大的海鸥群共游蓝天。

两个人的飞天幻象,慢慢隐入翱翔的海鸥群中。

60. 郑琦单位的工作室(室内)白天

这是由一座巨大的仓库隔成的画室。

四周沿墙立着十多幅已完成和尚未完成的毛主席画像。其中大部分是检阅红卫兵的情景。

中间巨大的画案上,一幅完成的书法作品赫然在目:

(沁园春·雪 北国风光 千里冰封 万里雪飘……)

郑琦在一幅接近完成的毛主席画像前奋力工作。

地面上是多时未清扫的厚厚的各式废纸、颜料瓶、油漆筒、废弃的油画框……

61. 另一古民居内(书房)夜晚

破旧不堪的沙发。

背景的黑暗中依稀可见书橱。

白发长髯的老者与郑琦就着简单的小菜对饮。

老者一脸得意,陶醉地半躺在单人沙发上,一手握着大大的酒杯,眯缝着眼看着郑琦。

郑琦手中翻阅着一本自制的诗集。(老者的手稿)。

郑琦:(由衷地欣赏)妙,妙! 舅公,哦,实在太妙了! 精彩! ……

老者:(突然直起身来,一把抢过诗集)来,我把你的和诗也抄上,抄上……(就着沙发扶手认真地写起来,一边写一边嘟噜)咏日历,……下面是什么来着? ……噢噢,弹指消尽纸千张,沧桑历尽敛韶光……再来,再来……还有,——此生纵有忘忧日,徒呼老大空悲伤。……

郑琦:我这是打油,实在不成句子。舅公,请您指点……来,干一杯! ……

62. 郑琦的画室(室内)白天

郑琦在十分投入地工作。

大门推开,众多壮汉抬进三四幅铁皮制成的毛主席画像。这些画像由于风吹日晒以及材质的缘故,已大大褪色并有多处生锈、起泡、剥落,令人不忍目睹。

来人:郑老师,给您添麻烦,这些都要重新画过了。

郑琦:急吗? 我这里真的很忙!(指指四周)你们看……

来人:郑老师,不急,不急! 但无论如何您得帮帮忙! 除了您,我们还能求谁去呢? 全市不就只批准了你们十几位高手可以画主席像吗?

郑琦:哦,哦! 生锈起泡的地方太多、太多了。这些都要先铲干净,再刮腻子,涂上白漆才能画呢! 工作量实在太大了……

来人:(赔笑)没关系,没关系! 那些事情哪能要您亲自动手呢! 我们动手就好了! 您放心,我们一定弄得妥妥当当,不用您劳半点神! ……

郑琦:那时间——?

来人:不急,不急! 一个月内画好就成!

(来人一挥手):快! 大家一齐上!

壮汉们"噢"的一声。一起涌向这几幅铁制画像。顷刻间,起泡的地方被剥掉,刮净,涂上白漆……

结束后,壮汉们呼的一声离去。

褪色的画像上成片、成片的白斑远远看去尤为醒目。给人留下说不出的感觉。

63. 郑琦家(室内)白天

标准的“五合一”房间配置。

集睡觉、看书、写作、作画、会客等五种功能于一体。虽觉紧凑拥挤,却也和谐。

墙上的画作,橱内案头陈设的工艺品充分体现出主人的品位。

郑琦正在挥毫书写一幅书法作品。

芷君在一旁聚精会神的观赏。

其文曰:玉生山中琢而成器,石出水底雕以见珍。郑琦 书于金陵古城。

芷君:太好了,句子也好,字也好。送给我好吗?

郑琦:行! 我来盖章……

轰的一声门被猛然推开。冲进来四个警察。

警察甲:你是郑琦吗?

郑琦:是啊,找我有什么事?

警察乙:你被逮捕了,跟我们走!

郑琦:(丈二和尚摸不着头脑)为什么,为什么!?

警察甲:为什么? 你自己知道!

警察乙:(熟练地给郑琦戴上手铐)带走!

芷君傻了一样矗立在当地,一动不动。

清澈、纯净、无邪的眼睛充满了惊惶和迷惘。

64. 公审大会会场(室外)白天

虚虚的公审大会会场全景。

虚虚的大会主席台。

虚虚的一排挂牌的犯罪分子。

虚虚的群众场面。

叠印:低头挂牌的郑琦。

叠印:公检法的判决书。

主持人甲振振有词:(结结巴巴地,又洋洋得意)郑琦终因丧心病狂地破坏、丑化、污辱伟大领袖毛主席的光辉形象而锒铛入狱了。被判无期徒刑。此外,他还为了发泄他的阶级仇恨,书写反动诗词:“沧桑历尽敛韶光”，韶山的光芒岂能敛去？！“此生纵有忘忧日，徒呼老大空悲伤。”他是盼着资本主义复辟的那一天！诗中的“老大”是指那家的大儿子，正在乡下插队。这不是明目张胆的反对上山下乡运动么？！……

主持人乙：（义愤填膺地站起）打倒郑琦！

台下群众稀稀拉拉地举手，有气无力地响应口号。

主持人乙：有些人为什么不举手，不接呼口号？你的阶级立场哪里去了？……打倒郑琦！

台下群众反应依然淡漠。

前几排的人则假装关心后面的人举手没有而转过头去作消极应付。后面则听到一些轻轻的笑声。（化出）

65.（化入）芷君家 里间屋内 时间同前

芷君、石灵、诸典仍以原来的姿势坐着。他们都被沉闷的空气压迫着透不过气来。良久……

石灵：老天！无期哦！

芷君：（似尚未从沉思中走出，机械地重复着）无期，是呵，无期，无期……

诸典：芷君姐——

芷君：（返回现实。淡淡地，却透着坚毅）没关系！我早已习惯了。

石灵慢慢站起身走向芷君。

芷君不解地直起身体，仰望石灵。

石灵似乎有千言万语不知从何说起，只是猛然握住芷君的手。紧紧地，紧紧地……

二人长久对视，忘记了整个世界的存在。

又是一长组对视的特写镜头交叉轮换叠映。

与照相机专卖店的对视特写形式一致但内涵却迥然不同。它由极度单纯演变为复杂得难以口述。

芷君的眼神：迷惘、温馨、理解、欣慰、感激、震撼、忘我、热烈响应、坚毅……

石灵的眼神：同情，同病相怜，深深的理解，发现人间至善至美的惊异和欣喜、爱抚和保护一件稀世之珍的冲动，毫无欲望的奉献，对芷君热烈响应的读懂、感动，逐渐走向坚毅……

相对无言。

一切尽在不言中。

(背景音乐。小提琴协奏曲如泣如诉。)

66. 景同前 时间紧接

返回现实。

芷君被紧握着的手开始微微颤动并逐渐激烈。最终导致全身颤抖而无法遏制。

石灵的眼睛掠过一丝惊惶。

芷君的眼神由坚毅逐步软化。像久困的孤独灵魂突然见到亲人一样刹那间崩溃了。眼睛里那颗坚毅的火星逐渐扩大、柔和(特技)最终演变成大粒的泪珠滚落下来并一发而不可收,像滂沱的大雨。

芷君:石灵,你坐下,我告诉你一个秘密!

石灵:什么?!

芷君:(石破天惊地)郑琦他,早就死了!

石灵和诸典惊恐的双眼和惊愕得合不拢的嘴。(特写)

芷君:真的,他早就死了。在宣判后没几天的一个深夜,他用敲碎的眼镜片割开了自己的手腕……

(化出,叠映)

简陋的牢房。

复杂而奇怪的人群组合。

(悲伤、愤懑、蛮横、绝望、破罐破摔、神经质、奴颜婢膝……一个当年司空见惯的人群组合的浓缩体。)

在这个奇特的群体中,郑琦显得特立独行。人们从他的沉默中看到的只有毫无知觉的麻木,对整个人世间的漠然和双眸中绝对的空洞。但隐隐约约地又会从中感受到沉默的力量,一种刻骨铭心的悲凉。

深夜。牢房狭小的窗外,下弦月。

长条形的大通铺上,沙丁鱼一样排列着酣睡中的那个奇特群体。

各种鼾声组成的交响曲。

郑琦平静而空洞的眼神,无欲、无望、无悲、无喜。

（一双手的特写）

它从脸上戴着的眼镜上撇下一面镜片，并包裹进棉被中压碎。

轻轻地，沉稳地划向另一只手的手腕。

朦胧的月光中，一缕黑色的液体从手腕的划伤处汩汩地流出来。

（化出）

67. 景同前 时间紧接

（化入）返回现实。

石灵：那这些明信片？……

芷君：（惨然一笑）这都是方梓和郭坚串通我妈一起糊弄我。他们都还以为我不知道呢。你说，这样的好意我能不接受么？我知道，只有我快乐了，他们也才能快乐……为了他们，这个苦果我只能独自品尝……

石灵：芷君，……

芷君：都过去了，真的过去了。就让这幕戏继续演下去吧。他们也都很苦，看到我这样他们也许能高兴一点……

石灵：（仍然不知从何说起）芷君！……

芷君能看透石灵心底的眼神。

石灵百感交集的眼神。

68. 景同前 紧接着

郭坚兴奋地冲进来，手上拿着一张邮局汇款单。

郭坚：好消息！我们每月的固定节日不必推迟了！

芷君：你妈把生活费给你了？

郭坚：（得意地）那不是！你想啊，我妈就是给我了，不就是十块钱吗？除掉四块二买饭票，二块五小菜金，不就剩三块三吗？上次已拿了两块，还剩一块三哪儿够庆祝？

芷君：那——

郭坚：（亮出汇款单）看，十二元，是我那篇小说的稿费！够我们狂欢了吧？

芷君：方梓知道吗？

郭坚:我已经通知他了,他驾着专车马上就到! 咦,芷君,你怎么了?神色不对呀! 怎么哭了呢?

芷君:(强作欢颜)哪儿呀,石灵在讲他们家的故事,弄得人酸酸地,直想哭!

郭坚:(狐疑地转向石灵)是吗?

石灵:我们是在聊天。不知怎么就说到那些伤心的事儿了。没什么,不就是一些陈年旧事嘛!

芷君:(语带双关地)好了,再不说了! 过去的就让它过去了,往前看吧! 走! 我们狂欢去!

郭坚:走,今天好好痛快一下!(夸张地)走——罗!

69. 芷君家门前小巷(室外)下午

四个人在人群中穿行。

他们时而招呼这边,时而招呼那边,兴高采烈。

好容易挤到巷口,迫不及待地翘首企盼。

方梓蹬着一辆三轮运货车飞驰而来。

郭坚和芷君欢呼雀跃如孩童。

石灵和诸典却大为惊愕。

石灵:这就是你们说的专车呵?

芷君:(自豪地)就是! 怎么,看不上?

70. 一条又一条大街(外景)下午

各色商店一一掠过。

各式招牌一一掠过。

显然三轮车负载太重,方梓几乎是站着骑车。每蹬一步都须大幅度地扭动臀部和腰。但他情绪高涨,只要前面没有状况,他都会扭过身来和大家谈笑。

对这个欢乐的群体,路人时不时地驻足而视。

目光中有赞许,有羡慕、有理解、有愕然……

芷君:这是我们每个月固定的狂欢节! 这一天我们会彻底地放松,尽情地享受！有时我们也会去中山陵，去玄武湖，去栖霞山！只要是专车能到的地方我们都会去！

石灵：诸位，你们让我想到了当年的画家王冕，哎，戴着峨冠驾着牛车，旁若无人，遨游近郊……

在繁华的新街口，他们绕行了两三圈，号称江苏第一楼的五星级酒店“金陵饭店”他们视而不见。一头钻进新华书店，书城。空着手出来后又相互簇拥着步入大排档林立的丰富路。

凉粉担前，每人一碗凉粉。

另一家热气腾腾的火炉前，每人一份鸭血粉丝汤。

他们旁若无人，大声谈笑。

简直像一群尚未成年的中学生。

71. 繁华的夫子庙商业区（外景）夜晚

大片、大片的古建筑群在灯光映照下如梦境一般。

鳞次栉比的商店亮如白昼，让人眼花缭乱。

游人摩肩接踵，如织如蚁。

一人一串冰糖葫芦，吃得津津有味。

一人五串新疆烤羊肉，吃得满嘴流油。

一人一串油炸臭豆腐干，吃得口齿留香。

……

72. 秦淮河的石桥上（外景）夜晚

两岸古建筑的灯光倒映在水里，令人疑幻疑真。

五个人或坐或站或倚，热烈地交谈。

芷君：怎么样，方梓，进行得还顺利吗？身体吃得消吗？

石灵：（莫名其妙）什么事这么严重？

芷君：（红灯记李奶奶的唱腔）说来话长……

方梓：别听她的，没什么大事儿！

石灵：肯定有大事，告诉我好吗？

方梓：（从挎包里拿出一部厚厚的书稿）好，给你，自己看吧！

芷君:(一把抢过)嗬,完成啦! 给我先看!

诸典:我也要看!

郭坚:(以疼爱的目光看着弟妹们)你们哪……

73. 空旷的小街、小巷(外景)夜

芷君、石灵、诸典懒散地、晃晃荡荡地走着。

似乎是疲劳了,却又十分兴奋。

芷君:你知道方梓为什么不接我的话茬儿吗? 你知道我为什么提前放他们先走吗?

石灵:方哥好像有什么不想让我们知道的!

芷君:对了! 今天他是太高兴了。我本以为每个月的这一天都是他最高兴的一天,所以也没有在意。后来,你没有注意到他呼吸声很急促吗? 他拼命克制着是不想破坏大家的兴致! 他也不想让人知道他比别人少了三分之一的肺和三根肋骨! ……

诸典:哦,天哪! 我们还坐他的车!

石灵:几百斤的重载,他居然骑了几个小时!

芷君:我刚刚才知道他最兴奋的原因,是他的这本书脱稿了! 他向我,也向他自己证明了他的成功! 证明了他的存在价值! 证明了他是真正的男子汉! 这是他近两年来的全部心血啊! ……

(化出)

74.大街转角处(外景)白天

车祸现场。

方梓骑自行车带着芷君刚从支路上转弯过来。

一辆装满超长钢筋的大货车突然快速倒车,他们一下子来不及躲闪,钢筋猛地戳进方梓的胸部。他们连人带车立即倒地。鲜血顿时染红了他们的衣衫。

芷君不顾一切地爬起来,扑向昏迷的方梓。

人力三轮车后座上,芷君抱着失去知觉的方梓。

芷君:方哥,醒醒! 醒醒! 坚持住! ……师傅,求求你再快,再快点！……

方梓胸部伤口的鲜血仍在外涌，洇红了芷君的胳膊，继而又流向座椅。……

75. 病房（内景）白天

从死神之手挣脱回来的方梓躺在病床上。神色黯然。

蓬乱着头发神情疲惫的芷君在一片片地喂他吃苹果。

方梓：彻底的残了，一切都完了！……

芷君：说什么呢，方哥！你平时可不是这样的人！你的男人气概呢，你的拼搏精神呢，都到哪儿去了？！不就是少了三根肋骨和三分之一的肺吗，留得青山在，还愁没柴烧吗？……

方梓：此一时，彼一时啊！

芷君：不管！我不管！我要见到以前的方哥！那个打不倒、折不弯的方哥！

方梓：我……

芷君：我还要见到那个我一直崇拜的方哥！我们永不放弃！我们永远在一起！

方梓：（紧握芷君的手，无言地摇着，眼中闪着慰藉的光）

芷君：以后重活不能干我们就干轻的！武的不能干就干文的！（强作调皮地）方哥，这下子你倒可以专心一致搞你的文学创作了，再不需要三心二意的了，不是么？

方梓：（无奈地苦笑）是啊，这下子倒真的是放下包袱轻装上阵了。身体的负担也没有你们那么重了！真的是心无挂碍了！

芷君：（惊喜地扑上去）方哥，你终于笑了！我就说嘛，我的方哥是打不倒的！

方梓：轻点压！你不知道我少了肋骨吗？你一下子压着我的后背了！

芷君：（先一愣，随即理会了方梓的调侃，破涕而笑）你呀，——有心没肺！

方梓：（机智地语带双关）你放心，我一直是有心的，你没有感觉到吗？

一时冲动的双关语似乎一下子击中了两个人的心灵禁区。他们同时语塞了。刹那间的对视后又迅即躲开对方的目光。

门外走廊的长椅上，方母心中像打翻了五味罐。她在悄然抹泪。

（化出）

76.（化入）空旷的小街、小巷（外景）夜

回到前景。

石灵：（突然想起）那郭哥还坐在他车上呢！

芷君：（神秘地一撇嘴）你还真不了解郭哥！

77. 空旷的大街（外景）夜

街角。

与石灵、芷君、诸典刚分手转过弯去。

郭坚立即跳下车来，从方梓手中抢过车笼头，推着车与方梓同行。

方梓：郭哥，我行的！今天真的很高兴！

郭坚：我还不知道你！让你坚持到现在还不知足？你不要命啦？

方梓：没事的，我现在还想去爬山呐！

郭坚：知足吧你！要不是我这腿，我真想让你坐到车上来！哎，你这体验生活的苦行僧生涯也该结束了吧？从现在起芷君也终于可以松一口气了。这么长时间以来，她可一直为你担心着呢！

方梓：结束了，结束了！终于告一段落了。芷君也可以——（突然转换话题）可那帮小家伙们却好像再也离不开我了！一有空就黏着我，前天还集体请我吃大排档庆祝呢！

郭坚：这帮小家伙真是太可爱了！只是再这样混下去就太可惜了！总要想想办法帮帮他们才好！哦，你到家了，早点休息！（顿了一顿）方梓，你终于成功了，完全成功了！

方梓：（欲言又止）……

郭坚招招手，转身往回走。

方梓一直凝望着郭坚的背影和那略显滞涩的步履，拖着长长的影子一步步远去……

在昏黄的路灯光晕里，背影终于完全融入深深的夜色。

78. 某小巷口的垃圾箱前（外景）清晨

一个戴着特大破草帽的人。一手拎着大编织袋,一手拿着长长竹片制成的“夹子”,正弓着腰翻捡垃圾。

当他直起身来的时候,出人意料的是方梓。

他穿着一件旧旧的过大过长的中山装。套在他瘦削的身上就像晾在衣架上一样干瘪。卷着的裤腿一高一低,没有袜子的脚上套着一双没有鞋带的军用黄球鞋。

这“化妆术”猛一看很到位,但方梓从骨子里透出的那种书香门第出身的儒雅气质却绝对无法掩饰。

他像是在开一个恶作剧的玩笑,却又极其认真。

他又把草帽往下压了压,弯下腰翻捡起来。不时地会夹住一个什么,笨拙地放进左手的编织袋。

79. 小巷民居的凹陷角落（外景）清晨

三四个十一二岁的小孩紧张地挤在一起,监视着那个神秘的拾荒者。

小孩甲:看,又来了! 又来了!

小孩乙:看来他真的是想赖在这儿不走了!

小孩甲:嘘,小心,注意!

小孩丙:用砖头摔他!

小孩甲:去,打破头怎么办? 瞎说!

小孩乙:上吧,二子?

小孩甲:(模仿电影)再等等! 蹲下! 同志们,注意隐蔽!

方梓仍在认真地翻捡。随着夹子一次次的发现,编织袋也开始慢慢地鼓起来。

方梓终于有些累了,他缓缓直起身,扭了扭僵硬的腰。

小孩甲:大家注意,按第一行动方案,上!

小孩丙冲在最前面,在方梓屁股上猛地一推,方梓由于完全没有防备,往前一倾。小孩甲立即从后面窜上,一把抢走方梓的编织袋返身就逃。

小孩乙夺过竹夹子向另一个岔路口逃逸。

小孩丁年龄最小但也不甘示弱,又赶上去在方梓的腰上推一把,返身就溜。

方梓直起腰来,站稳了,没有回头看。嘴角露出“早在意料之中”的笑意。

远处的拐角处,一直偷看着的芷君见此情景忘情地想冲出去相救,但终于又忍住了。

芷君:(自言自语)方哥,何必呢!非要这样才能证明自己么?……

80. 另一个小巷口的垃圾箱(外景)清晨

仍然是方梓,仍然是那身装扮。仍然是低着头认真地翻捡。

他的手偶尔也会停一下,不是为休息,而是在注意聆听什么。

方梓直起腰舒口气,稍事休息。

方梓似乎是想起了什么,迟疑了一下,没有回头,慢慢离去。

编织袋似乎在无意中被遗忘在垃圾箱前。

一位扫街的老大爷从远处慢慢扫近来。将归拢的垃圾用簸箕装好走到垃圾箱前,倒入。发现了编织袋,盯着看了一会,略带惋惜地摇摇头,慢慢地离去。

小孩甲:跟我来!

众小孩:哦!

81. 小巷另一隐蔽处(外景)清晨

众小孩簇拥着他们的首领小孩甲,拖着编织袋叽叽喳喳一路走来。

小孩甲在一块略高的石墩上威风地坐下。

小孩甲:黄毛,打开平分,袋子归我!

小孩乙:得令!

众小孩欢呼雀跃。

82. 方梓家 书房(内景)夜晚

堆满书籍、稿纸的办公桌。

转椅上,书桌前,台灯下坐着方梓。

家常随意的衣着更显出他的潇洒。

他时而奋笔疾书,时而皱眉沉思。

轻轻的敲门声。

伴着方梓的应答,父母推门而入。

父亲是极典型的教授风度,母亲是极优雅贤良的大家风范。她手里端着一碗夜宵。

方父:梓儿,怎么还不睡呢?

方母:你不能老是这样拼命了。你也不想想你的身体!——来来来,先歇一歇,吃点夜宵!

方梓:(抬起头,心怀感动)……

桂花汤圆在冒着热气。

方父在书桌对面的椅子上坐下,疼爱地看着方梓。

方父:(显然对方梓的计划很了解)怎么样,有突破吗?

方母:你等等,也不等孩子吃完!来,儿子,快吃!

方梓顺从地吃起来。

方梓:(边吃边说)火药味是小多了,敌意有没有完全消除还不好说。

方母:太累了,也太危险了。这些小孩从小缺少教育,谁知道他们会做出什么事来呢!

方父:这是绝对急不得的。要想极深极透地去体验,自己首先要全身心地沉进去,不是作秀,不是蜻蜓点水。对这些小孩是要用真情实意去感化他们才行的。

方梓:我现在首先做的就是让他们相信我不会给他们带来伤害,不会侵占他们的利益。而后才能进入下一步呢!

方父:交往也要注意策略,各个击破。这绝非一日之功,可以一蹴而就的。——不过,你这次的计划也确实太大了点。

方梓:爸,妈,你们放心,我是会小心照顾自己的。

方母:这才好,这才好。唉,你这个身体哟……(顺手又拿起桌上嵌着芷君照片的小镜框,细细地端详着)芷君最近怎么样了?身体好些了吗?怎么好多天没见她来我们家玩了?

方梓:(猛然被触动了,有些答非所问)噢,还那样,……也好些了……

方母:儿子,可别太苦了自己哟……

方梓:妈!——

83. 小巷垃圾箱旁(外景)清晨

方梓仍是拾荒者打扮,坐在路旁边一个台阶上休息。

身边横躺着一个编织袋,里面鼓鼓囊囊装满了丰收的果实。

他一边休息一边眯缝着眼偷偷地观察着四周。

慢慢地,几个小身影迟迟疑疑地从隐藏地走出来。一步一步向方梓靠近。他们似乎是在好奇地研究一个未知的同类。

方梓一抬起头,他们立即停下。在确定没有危险之后,才真正向他们的"目标"靠拢。

方梓:(拍拍垃圾袋)来,来,过来呀!

小孩甲:你是谁?

方梓:我是我呀!你这么聪明还看不出来?

小孩甲:你为什么抢我们的地盘?

方梓:我没有呀,这不是公共垃圾站吗?

小孩甲:可这里面的宝贝都是我们的!

方梓:是吗,我可不知道呀!怎么样,我们讲和好不好?我把这些宝贝都送给你们好吗?

小孩甲:这么多天你都是抢先捡我们的垃圾,捡到了又不带走,为什么?

方梓:我在找我想要的东西呀!

小孩乙:是什么呢?你找到了吗?

方梓:快了,就要找到了。

小孩丙:要我们帮你找吗?

方梓:好呀,以后我会慢慢告诉你们我找的是什么。

小孩甲:那好!你不会骗我们?

方梓:我就是想骗你们,可我还没有学会怎么骗呀!等我学会了再来骗你们好吗?

众小孩:(轰的一声笑了。戒备心基本解除)他们越围越近了,一两个胆大的已经挤近方梓的身边。

方梓:这袋宝贝还送给你们。我去看着你们分,可以吗?

小孩甲:行!跟我们来!

远处拐角处，一直偷偷注视着他们的芷君长长地嘘了一口气，露出了欣慰的笑意。

84. 众小孩的“根据地，大本营”（外景）白天

这是一个废弃的、围墙已大半倒塌的荒园。

“首领”小孩甲威风凛凛地指挥分配。

众小孩喜笑颜开，纷纷将自己的“财产”运送到属于自己专用的角落。

方梓：我说，你们这样每人只守着自己的，又要自己拿去卖，多麻烦啊，我给你们出个主意：一起去卖然后分钱不好吗？

小孩甲：（挠头，惊愕）我们怎么没有想到？好呀，弟兄们，你们说怎么样？

众小孩雀跃欢呼：好，好！……

85. 路上（外景）下午

众小孩每两个人半抬半拖着一个编织袋往前走。虽累得流汗，但情绪高涨。甚至呼朋唤友，一步一跳。

簇拥着方梓一起来到废品收购站。

分类，统计，过磅，算账，拿钱……

七八个小脑袋挤在一起，急切地看着小孩甲在极其认真地数钱。……

方梓满足的笑脸。

86. 小河边（外景）傍晚

方梓和两个小家伙一起“打水漂”。

其中一个攥着方梓的手急急地长时间地诉说着什么。

87. 小公园花坛边（外景）白天

方梓坐在路沿上，另三个小孩围着他坐在地下。

他们在促膝交谈，看得出谈话气氛融洽。

芷君似乎是无意间与他们巧遇。她也接受了邀请顺势坐下。从挎包中取出一个军用水壶递给方梓。

方梓喝了几大口，然后又自然地递给一个小孩，小孩喝过后又依次传下去。

三个小孩争先恐后地抢着说什么。

方梓会心地微笑,点头。

88. 城乡结合部(外景)傍晚

成片的低矮瓦房。

临时搭建的极为简易的棚户。棚户外像垃圾堆一样脏乱。

三个小孩后面簇拥,一个小孩前面拽着,几乎是使方梓脚不沾地走过来。

他们径直走到一个棚户前。

一小孩抢前钻进去:爸,方哥来看你了!

棚内很暗,好容易才看清:

一个其瘦无比看不出年龄的人躺在矮床上,他大概是生病了。

方梓坐在床边倾着身体与病人细谈。

外面明显地暗了下来。小孩点上“马灯”。

方梓从塑料袋里掏出几包小菜和一小瓶酒。

小孩父亲坐起来与方梓对饮。

89. 芷君家(内景)深夜

外间的临时床铺上,石灵、诸典各拿着一叠方梓的书稿,如饥如渴地读。脸上的表情随着书中的情节在不断变换。

里间的大床上,芷君母面向里面熟睡着。芷君半倚在床头也在认真地“啃”着方梓的书稿。

随着时间的流逝,翻过的稿纸越来越多。

读完了手中的部分,芷君便很随意地跳下床来,只穿着小背心和短内裤就一下子冲到外间。

芷君:来,交换、交换!......

石灵、诸典懵然抬起头怔怔地看着她,似乎完全没有弄清她要干什么。

芷君:怎么,傻啦?

石灵:没有,没有......

芷君:(调皮地)没有什么?

石灵:(猛然醒悟,慌忙掩饰)没有看完呢!

芷君:你呀,就那点花花肠子!

门外已有了杂沓的脚步声、说话声。

新的一天又快来到了。

90. 紫金山顶(外景)下午五时

一览众山小。绵延不断的林海,不易觉察的山岚。风光如画。

本应是晚霞满天,但由于浓浓的云层压着,只是在一些缝隙处漏出些许金光。

山顶的一大片平地。

石灵、诸典、郭坚、芷君、方梓的心情却像被眼前厚重的青紫色云层压抑着,都提不起精神来讲话。完全失却了往日轻松欢快的气氛。

诸典:是的。下午照相机已经拿到了,我们应该回去向单位交差了。

石灵:他这个三代单传的独子可牵着他家上两代人的心呢。

郭坚:芷君,你也真的想好了去泰州养病吗?

芷君:我妈这两天一直和我说,泰州那边空气好,让我到诸爷爷家去住一段时间,对我的肺结核病会有好处。她会每个月给我十块钱生活费,不要增加诸爷爷的负担。……

诸典:绝对没有问题!我爷爷奶奶和我妈都听我的!你去了以后就跟我妈睡好了!

石灵:我家虽然住房小点,但我每个月都有二十七块钱工资的。你的生活绝对没有问题!——我们还都有公费医疗呢!用不了半年,包管你的病就全好了!

方梓:怎么这么突然呢,怎么这么让人没有思想准备呢?

郭坚:猛一下分开还真有点……

芷君:(眼睛一红却又故作调侃)郭哥,你今天怎么酸起来了?

郭坚:不是,不是,我只是——

方梓:这怎么回事呢,怎么回事呢……

郭坚:(一只手压住芷君的肩膀,使劲地摇了摇)嗨!……

芷君:(再也忍不住了,扑向郭坚怀里,大声呜咽)郭哥!……

方梓也扑上去,一下子抱住他们俩。

两个男子汉喉头涌塞,泪流满面。

松涛阵阵。

天色更加暗了下来。

昏暗中,石灵和诸典的眼睛也涌出星星泪光。

三人拥抱的镜头。(定格)(逐渐化出)

91.(由三人拥抱的镜头化入)方梓卧室(内景)深夜

方梓不知是被骤起的狂风吵醒,还是被冻醒了。

他顺手打开床头灯。

墙上的挂钟正指向午夜1:30。

窗外暴风雪肆虐。狂风掀动窗户,咣咣作响。雪粒冰粒摔打在玻璃上,阵阵沙沙声令人心悸。

他起身走到窗前想看看外面的状况,但茫茫一片什么也看不清楚。

太冷了,他连打几个寒颤。

赶紧返回床上,却再也睡不着。

他突然叫了一声:不好!随即翻身下床。他一边慌忙穿衣,一边咕哝着。

方梓:郭哥危险了,郭哥要冻死了!郭哥……

急匆匆套好衣帽打开大门却又一下子被暴风雪推了回来。

他愣了一下,终于鼓足勇气一低头冲了出去,反手拉紧了门。

他一下子陷入一个发疯了的、天旋地转的狂风的世界,冰雪的世界。他几乎是被打着旋转,深一脚浅一脚,跌跌撞撞。

街上空无一人,公交车也早已进厂。

世界仿佛突然纯化了,只剩下一片银白色在路灯下闪着寒光。暴风夹着冰碴像无数根锋利的银针劈头盖脸地刺来。

世界在他心里也消失了。只是想到郭坚,那四壁透风的小屋,一堆稻草和薄薄的被子。

他从心底里发出绝望的呼号:快!快!郭坚要冻死了,快,快!!!

路变得极其漫长,好似永远走不到头。

每前进一步都好像要付出生命的代价。

好不容易看到郭坚的屋子。方梓好像打了强心剂一样,一个箭步冲上去扑到门上拼命地擂打。

方梓:郭哥,郭哥! 你醒醒!

门越敲越响,喊声越来越高充满了哭音。

方梓:郭哥! 你醒醒,郭哥! ……

门内一片死寂毫无反应。他再也忍不住了。退后一步蓄足力气用肩猛地一下将门撞开。

稻草堆上,薄薄的被子裹着一个蜷成一团的人缩在墙角一动也不动。

方梓一下子冲上去掀起被头,又解开自己的大衣扣子,将郭坚紧紧地裹了进来。他要用自己的体温驱走严寒,捂热郭坚冰冷的躯体。

方梓:(一边紧抱,一边摇动)郭哥,郭哥,你醒醒! ……

突然,门口有一个纤巧的身影闯了进来,一下子抱住他们两个,只听见一阵粗重急促的呼吸声。

芷君:方哥,你比我先来啦? 这下可好了……

方梓:芷君,你怎么来了? 你不要命啦?

郭坚:(悠悠醒来,茫然地左顾右盼)你们……

三个相拥着用自己的身体去温暖对方的年轻人团在被子里,像极了一尊远古先民朴实无华的泥塑。

暴风雪停了。天也慢慢地亮了。屋里也慢慢变得清亮起来。

三个人都没有说话。

三个人都微闭着眼,绽出满足的微笑。(化出)

92. 芷君家 外屋(内景)晚

本来靠墙的方桌被挪开,显得很郑重。

桌上放着一盘炒韭菜,一碗红烧豆腐,外加一碗蒸鸡蛋。

芷君和石灵、诸典分三面坐着。

芷君:(看着桌上的菜)妈,你今天怎么啦? 过年啦?

芷君母:今天再怎么也要郑重点呀,给诸典他们俩践行啊! 不要急,还有呢! 今天真的过年了!

不一会,一盆热气腾腾的菜馅水饺端了上来。

芷君母:石灵、诸典! 放开肚子吃!

石灵、诸典:伯母……

芷君母:(对着诸典说话却看着石灵)诸典,芷君的事就交给你了,回去好好跟诸老爷子说说,啊? 他会答应的! 芷君小的时候他一见着就抱,甭说多喜欢了! ……说妥了,就给我一个信儿,我就打发芷君过去。啊? ……

诸典:伯母,你放心! 准保没有问题! 一说好我就给您发电报。芷君姐现在就可以准备了!

石灵:(似乎心有灵犀)伯母,还有我呢! 芷君的事就是我们的事! 芷君到了泰州就什么都不用您操心了! 我们会好好照顾她的! 永远……您放心,不出一星期保证有好消息!

芷君一直低着头,慢慢地吃着,一声不吭。

芷君母:谢谢,谢谢! 你们真是好人哪! ……

突然,郭坚和方梓从外面闯了进来。一人手上拿着一包熟菜。

郭坚:(情绪亢奋得有点做作、夸张)伯母您好! 我们来参加聚餐好不好?

方梓:喝,赶得早不如赶得巧! 有钱没钱,包个饺子过年! 哈哈,今天真的过大年了!

芷君感激地看着两位兄长。眼眶又微微红了起来。她理解他们的一片苦心。为了让她轻松一点,他们都把离情别绪深深地藏在心里,以强装欢笑来缓和气氛。

餐桌上的气氛顿时热闹了许多。大声说话、大声欢笑、相互调侃……

石灵却明显地感受到其中那被强制掩饰的酸楚。

石灵:正好照相机修好了,我们来几张合影吧!

众人:好,好好!

拉开桌子,芷君母坐着,众人围站在后边。次序是:(自左至右)方梓、郭坚、诸典、芷君。

石灵将照相机搁在碗橱上,调好焦距、画面,按下自拍器。

随着自拍器的嗞嗞声,石灵快步走到芷君身旁。

芷君会心地转头看了看他,脸上露出甜美的笑意。

石灵像受到鼓励一样,略一迟疑终于将手搭上了芷君的肩膀。

芷君一震。(定格)

93. 明亮而设备先进的医院单人病房（内景）白天

窗外阳光灿烂。

病床上半躺着年过花甲的石灵。无声，泪流满面。

床边坐着夫人和石珺，他们一边一个握住石灵的手。

石夫人：后来呢？

石珺：（充满期待的目光）……

石灵：结束了，一切都结束了，没有后来了！……他们几位鲜活的性格伴了我一生，也鞭策了我一生。这是我藏在心底四十二年的秘密。也是我一辈子的伤痛。……

回来后，因为诸典的祖母担心肺结核会传染给她的孙子，没有同意接芷君来泰州养病。我也因为无能为力而做了一个可耻的寡信人。我无法面对芷君母女企盼而且充满信赖的眼神。

出于一种强烈的羞耻心，我不敢与他们联络，不敢打听他们的消息。时间久了，从此音讯杳然……

三年后，利用一次出差的机会，我终于躲躲闪闪地再次走进那个一直令我魂牵梦萦的小巷。那里有着我太多的梦。

可是，邻居告诉我，就在我们走后半年多，芷君就因病痛和贫困去世了。一个美丽而可爱的天使就这样带着企盼和无奈匆匆地离开了人间。……

94. 芷君内室（夜）昏黄的灯光

大床上。

芷君和母亲分别斜躺在两头。

芷君母：君儿，别想了！……

芷君：（手中拿着那晚的合影）我就是不信！

芷君母：他们一定也遇到了难处……

芷君：石灵绝不是那样的人！他是绝对守信的！

芷君母：别等了，也别想了！三个多月了，连个音讯也没有！

芷君：我就是不信，我就是不信！……

95. 芷君内室(同前)三个月后

床上的蚊帐已向上掀起。(按当地的风俗,病人去世前必须掀起蚊帐,以利其灵魂顺利升天。)

芷君已进入弥留之际。

床边坐着母亲,她已欲哭无泪。

她身后站着郭坚和方梓。

芷君回光返照,从弥留中醒来。

芷君:哦,你们都在,……(喘气,咳嗽)

芷君母:君儿,你醒了!要喝点水吗?

芷君:(艰难地摇头)我要走了,真的……谢谢你们,让你们费心了!……我还是找郑琦去了,我老早就知道他死了,……

芷君母、方梓、郭坚:(同时大吃一惊)啊!你……

芷君:你们放心,我会去找郑琦的!……郭哥,方哥,对不起,我不能陪你们了,来世罢!……不要责怪石灵,他一定有他的理由……他绝对是一个高尚的人……是我没福……妈!……我……

芷君头一歪,溘然长逝。

芷君母:紧紧握住女儿的手,使劲地摇着,呜咽着……

郭坚、方梓无言地流泪。

96. 简易得不能再简易的灵堂

唯一触目的是围着黑纱的芷君的遗像。

她清纯、无邪的笑靥与此场景形成强烈的反差。

在场的仍只有芷君母、郭坚和方梓。

火葬场的人力灵车拉到门口。

两名殡葬工入内。

门外有几位近邻围观、叹息、唏嘘。

殡葬工例行公事,毫无表情地将芷君用尸布裹起,抬起来,放进灵车。

就在将要拉动灵车时,芷君母突然“哇”的一声狂奔出去,发疯似地扑向灵车,速度之快,发力之猛,疯狂的程度让在场人惊得目瞪口呆。紧接着“哇”的声音突然被噎住,扑向灵车的身体突然软瘫了,滑倒在地。

郭坚、方梓：（冲上前去，扶起）伯母，伯母，你醒醒！……

人群一阵骚动。

有一中年男子（邻居）挤到芷君母身边，蹲下去检查。

邻居：放倒，放倒！都不要慌！我是医生！……

长时间的人工呼吸。

不见丝毫反应。

医生停下来，搭了搭颈子两边的动脉，翻了翻芷君母的眼皮。

医生无奈地宣布：不行了，走了！……

镜头逐一掠过一张张同情、叹息的脸。

镜头在郭坚、方梓失神的脸上定格。（化出）

97. 病房 石灵病床前（同前）阳光明媚（化入）

石灵：（紧握石珺的手）珺儿，以后你不管到哪，不管取得多高的成就，都要永远记着他们，他们是最平凡的中国人，但他们是民族的希望，他们身上有我们民族的魂！……

98. 南京禄口机场（内景）下午

石珺返回英国，石灵和夫人到机场送别。

老人身穿薄花呢半长风衣，戴着窄长型无框眼镜更显出无比儒雅。贤良的夫人搀扶着他，一直目送儿子进入安检通道。

99. 机场跑道（外景）白天

天高云淡，阳光明媚。一架波音747冲天而起，直上云霄。

波音飞机逐渐远去，慢慢变成一个黑点，消失在蓝天白云间。

（剧 终）

附录(四) 作者简介

1946年生于江苏泰州文化世家。

1990年旅居加拿大多伦多。

简历:师从南京师范大学谭勇教授,专研写意花鸟画,有独到见解和追求,被徐悲鸿大师的夫人廖静文誉为"悲鸿先生的第二代传人"。

中国书画大师林散之先生三十年前即赞道:"画是佳品,将成大名,驾江苏之上。"

台湾书画大师姚梦谷先生写道:"近日见到大作《葡萄》、《雪松》两帧,构图气势、笔墨俱见不凡,有此才华襟抱,尤为难得,此间艺坛诸贤,观感雷同。国内外画坛必留弟一席地也。"

中国美术家协会副主席、美术理论家蔡若虹先生写道:杨玉琪先生是显现在世界绘画舞台上的著名中国画画家。他的写意花鸟画达到了既巧夺天地之造化、又给人以强烈心灵感应的境界。

中国美术家协会理事、美术理论家程大利先生写道:玉琪是悟到作画的真境界的,他是不多人才能达到的以情作画。他的作品像他的人一样,写出了坚韧的性格和细腻的情感,达到了一种大境界。

多次在国内外举办个人画展、各级展览、各种联展并获奖。作品被美国美中友好协会、加拿大加中友好协会、维多利亚艺术博物馆、日本、台湾、香港、澳大利亚、新加坡、泰国等多家艺术机构及大学收藏;国内外多家报刊、电台、电视台相继发表其作品和专访评介。

代表作有:《苍松瑞雪》《苍莽古趣》《君子之风》《秋风起兮》《春梦》《潇潇春雨淡淡愁》《夜未央》《但愿人长久》《深秋春韵》《艳阳天》《雄风》《秋实图》《桃花流水鳜鱼肥》等。

陈祖芬撰写的长篇传记《永恒的诱惑——一位叫杨玉琪的画家》《多伦多之恋》在日本、中国出版。

任职：

美国ABI世界名人中心 终身院士

美国瑞恩斯大学 研究生导师

美国协和大学 特聘MBA教授、研究生导师

英国剑桥世界名人研究院 终身院士

新加坡协和学院 学术委员

国际华人美术家协会 主席

亚太地区书画家联谊会 名誉主席

加拿大杨玉琪美术学院 院长

荣誉：

载入《中国当代国画家大辞典》(浙江人民出版社)1988

载入《世界杰出人物名录》(美国)1997

载入《世界名人录》(英国)1997

载入《世界名人大辞典》(英国)1997

载入《世界领袖成就录》(英国)1999

荣获 ABI终身成就金像奖 (美国)1998

荣获 加拿大国庆奖 (加拿大)1991

荣获《世界名人前500名金奖》(美国、英国)1997

荣获 世界风云人物金质勋章 (英国)1997

荣获 20世纪杰出人物金质勋章 (英国)1999

荣获 世界名人金质勋章 (英国)1997

荣获 世界名人殿堂金质勋章 (英国)1999

荣获 世界杰出人物金质勋章 (美国)1999

荣获“国际华人薪传笔墨鉴赏”金奖(台湾)1989

《美术设计》荣获全国科普创作奖 1980

《杨玉琪画集》(一)(人民日报出版社) 1988

《杨玉琪画集》(二)(青岛出版社)1997

《杨玉琪画集》(三)(加拿大美亚国际文化出版社)2008

《当代国画名家作品集》(联合)(人民美术出版社)2009
《辉煌六十年百名画家书画集》(联合)(北京中联国兴书画院)2009
《廿轩雅集笔墨情缘画集》(联合)2005
《杨玉琪教授师生作品集》(联合1—12集)1993—2005
《杨玉琪另类艺术论》(加拿大美亚国际文化出版社)2008
《杨玉琪的另类谋略》(沈阳出版社)2003
《另类思维》(重庆出版社)2003
《云龙塔开心世界》1999
《文化创意思考》2006
《文化足迹 历史回声》2007
电影剧本《晨露》国家电影局批准2007
长篇演讲视频《另类思维》(十八集)全国各大电视台及网站播放。
长篇传记《冰火棱镜》(安徽师范大学出版社)2016

百度百科,词条:杨玉琪
互动百科,词条:杨玉琪
搜狗百科,词条:杨玉琪 http://baike.sogou.com/v6358807.htm
好搜百科, 词条: 艺术大师/绘画/国外
http://baike.haosou.com/doc/5736819-5949565.html
互动百科, 词条: 大师/艺术大师/绘画/外国
http://www.baike.com/wiki/大师
好搜百科, 词条: 国画流派/ 3 中国画派列表/现代中国画派、现代相对画派
360doc图书馆,词条: 国画/8-15现代中国画流派
词条:美术流派
现代中国画流派(现代中国画派、相对画派)
艺海慧天——杨玉琪的缤纷世界(杨玉琪官方网站)
画家村书画网(杨玉琪艺术官方网站)
http://www.sh1188.com/Company/index-3555
雅昌艺术网(杨玉琪的博客频道 网名: Mr.杨玉琪)
长篇演讲视频《另类思维》(十八集)